Helena Janeczek
Die Schwalben von Montecassino

Helena Janeczek

DIE SCHWALBEN VON MONTECASSINO

Roman

Aus dem Italienischen von Verena von Koskull

BERLIN VERLAG

Mehr über unsere Autorinnen, Autoren und Bücher:
www.berlinverlag.de

Von Helena Janeczek liegt im Piper Verlag vor:
Das Mädchen mit der Leica

»Questo libro è stato tradotto grazie a un contributo del Ministero degli Affari Esteri e della Cooperazione Internazionale italiano.«

»Die Übersetzung dieses Buches wurde durch einen Übersetzungszuschuss des Italienischen Ministeriums für auswärtige Angelegenheiten und internationale Zusammenarbeit ermöglicht.«

ISBN 978-3-8270-1443-6
Die Originalausgabe erschien 2010 unter dem Titel
Le rondini di Montecassino bei Guanda Editore, Parma
© 2010 Ugo Guanda Editore, S.p.A., Parma
Für die deutschsprachige Ausgabe:
© Berlin Verlag in der Piper Verlag GmbH, Berlin/München 2022
Satz: Eberl & Koesel Studio, Altusried-Krugzell
Gesetzt aus der Bell MT
Druck und Bindung: GGP Media GmbH, Pößneck
Printed in Germany

Für meinen Vater und für meinen Sohn

VOR DER SCHLACHT

Mailand, Piazzale Dateo – Segrate, Herbst 2007

»Alles, was in jedem Moment überall geschieht, ist die Vergangenheit.«
GUSTAV LANDAUER,
anarchistischer Philosoph, Kulturminister der
bayerischen Republik, 1919 von rechten Freischärlern
erschlagen.

»Der Krieg ist der Vater aller Dinge.«
HERAKLIT

Mein Vater war in Montecassino, er hat unter General Anders im Zweiten polnischen Korps gekämpft. Auf seinem Weg die Adria hinauf nach Bologna wurde er in Recanati verwundet. Während seiner Genesung auf einem Bauernhof lernte er ein Mädchen aus den Marken kennen. Meine Mutter, den Grund, weshalb er in Italien blieb.

Italien, der Grund, weshalb ich nach über sechzig Jahren meinen Nachnamen mehrmals ins Telefon buchstabieren muss. Der Taxifahrer, der das nicht überhören konnte, erkundigt sich, ob ich zufällig aus Polen sei wie er.

»Wussten Sie, dass polnische Soldaten, die eine Italienerin heirateten, ihr Anrecht auf Staatsbürgerschaft verspielten, mit dem die Engländer sie als treue Mitstreiter im Kampf gegen die Nazis belohnten?«, frage ich, während am Ende der Straße bereits die Überführung auftaucht, die die Stadtgrenze von Mailand markiert.

Nein, das wusste er nicht.

Die Exilpolen sind mit ihren Frauen bis in die entlegensten Winkel der Erde emigriert, von Argentinien bis Australien, erzähle ich ihm. In Italien sind nach dem Krieg nur wenige geblieben, nur rund zweihundert – von den tausend am Fuß der Benediktinerabtei Begrabenen einmal abgesehen. Ein halbes Jahrhundert lang hat diese Handvoll Überlebender den Friedhof gepflegt, die Erinnerung an die Schlacht weitergegeben, die Beziehung zu Polen lebendig gehalten.

»Waren Sie einmal dort? Kennt man in Polen noch *Czerwone Maki na Montecassino*?«

Der Tag hat schlecht begonnen, Zugverspätung, Taxi, um es pünktlich zu schaffen, Diskussion mit dem Telefonanbieter, doch gerade scheint er sich zum Besseren zu wenden. Als wir die Via Corelli erreichen, lasse ich mich zu dem Lied vom roten Mohn in Montecassino hinreißen, und der Taxifahrer fällt beim Refrain mit ein.

»Do widzenia!«, verabschiede ich mich, gebe mehr Trinkgeld als sonst und mache mich leise summend auf den Weg ins Büro.

So hätte dieser Herbstmorgen laufen können, wäre mir das alles eingefallen. Aber ich habe dem Taxifahrer nie erzählt, dass mein Vater in Montecassino gekämpft hat. Ich habe ihm bloß gesagt, er stamme aus Polen und keine Ahnung was sonst noch, um seinen Fragenhunger zu stillen: »Woher kommt Ihr Vater? Seit wann leben Sie in Italien? Haben Sie noch Verwandte in Polen? Wo genau? Sehen Sie sich ab und zu? Warum sprechen Sie kein Polnisch?«

Ich stolperte hinter glaubhaften Antworten her, zahlte meine spontane Aufrichtigkeit mit der Plumpheit improvisierter Lügen. Ich hatte mir eine italienische Mutter gegeben, um meine spärlichen Polnischkenntnisse zu rechtfertigen, jedoch nicht mit den anderen Fragen gerechnet. Ich kam ins Schleudern, antwortete mit Halbwahrheiten und begriff, dass einem unter Zugzwang nichts Brauchbares einfällt und dass spontane Lügen hässlich sind. Dem Mann, der sie mir aus der Nase gezogen hatte, fiel das womöglich nicht auf, aber mir schon. Ich sah das schwindelerregende Gefälle zwischen dem, was ich erzählte, und dem, was ich verschwieg, und wie zerbrechlich der verbale Schutzschild war, den ich vor mir aufgespannt hatte, ohne ihn wirklich zu brauchen.

Ein einziges Wort hätte genügt – Montecassino –, und schon hätte er mich in Uniform und Waffen gesehen. Es hätte genügt, das Lied vom roten Mohn tatsächlich zu kennen, statt es nur in einem Film über die polnische Eroberung der zerstörten Abtei gehört zu haben, gesungen von der Tenorstimme Adam Astons, der bereits vor dem Krieg ein echter Star gewesen war und in Filmschmonzetten verewigt ist, in denen der Held zu den schmachtenden Klängen eines

Tangos, angestimmt von einem befrackten Herrn im Kreis einer Zigeunerkapelle, die Hand der Heldin ergreift. Es hätte genügt zu wissen, dass Aston im wahren Leben Adolf Loewinsohn geheißen hatte und ein in Warschau geborener Jude war, den es 1939 in ein Theater nach Lwiw verschlagen hatte, ehe er die Sowjetunion 1942 mit General Anders' Truppen verließ. Doch seine größte patriotische Tat war dieses Lied gewesen, aufgenommen 1944 in Rom, in Gedenken an seine im blühenden Mohn gefallenen Kameraden.

Auch mein Vater hatte eine schöne Stimme und war polnischer Jude: genau wie meine Mutter, meine Großeltern, meine Onkel und Tanten und alle meine Verwandten, die tatsächlich in Polen geblieben sind, wenn auch als Tote. Das war es, was ich dem neugierigen Taxifahrer nicht unter die Nase reiben wollte, erst recht nicht, als ich erfuhr, wo er herkam.

Kielce: die Geburtsstadt des Schriftstellers Gustaw Herling, ehemaliger Häftling im sowjetischen Gulag, ehemaliger Soldat des Zweiten Armeekorps, Überlebender von Montecassino. Diese Assoziation hätte ich mit dem Taxifahrer teilen können, aber der Name der Stadt beschwor etwas ganz anderes in mir herauf.

Kielce: Schauplatz des ersten großen Pogroms der Nachkriegszeit, Massaker an rund vierzig überlebenden Juden, woraufhin meine Eltern beschlossen, Polen für immer den Rücken zu kehren.

Wie der berühmte Sänger Adam Aston trug auch mein Vater einen anderen als seinen Geburtsnamen. Allerdings nicht als Künstlernamen, sondern weil er ihn zum Überleben brauchte.

Hätte er ihn abgelegt und seinen jüdischen Namen wieder angenommen, der Pole aus Kielce hätte mir in seinem Taxi keine Fragen gestellt.

Aber der falsche Name meines Vaters ist mein Nachname. Mit ihm bin ich geboren und aufgewachsen, tausendmal habe

ich seine Herkunft erklärt, und häufig werde ich für eine Ein-
wanderin, eine Pflegekraft, gar eine Nutte gehalten, weil ich
in Italien heute einen slawischen Namen trage. Wie kann ich
etwas für falsch halten, das mir seinen Stempel aufgedrückt
hat? Wie kann es dieser Name sein, dem mein Vater sein
Leben und ich meines verdanke? Was ist eine Täuschung,
wenn sie wahrhaftig wird, wenn sie den Lauf der Geschichte
zu ändern vermag, die Wirklichkeit formt und sich gleich-
falls durch sie verändert? Zu was wird die Lüge, wenn sie
sich als Rettung erweist?

Und welche Geschichten, frage ich mich schließlich, kann
ich wiederum erzählen? Auf welche Legende kann ich zu-
rückgreifen, bin ich doch der lebende Beweis, dass zwischen
Wahrem und Falschem, zwischen Wirklichkeit und Fiktion
eine brüchige Grenze verläuft, die Leben und Tod voneinander trennt? Was kann ich erzählen, wohl wissend, dass sich
hinter jeder durch falsche Papiere geretteten Existenz ein
schwindelerregender Abgrund wahrer Namen, vergessener
Namen, verlorener Namen, verschwundener Namen auftut:
ausgerottete Familien, Bürger aller Nationen, von den Bomben in schwarze Stümpfe verwandelt, bis zur Unkenntlich-
keit zerfetzte Leiber, Leichen, die nie von den Schlachtfeldern
getragen wurden, unbekannte Soldaten.

Ich, Helena Janeczek, geboren in München, seit über
zwanzig Jahren wohnhaft in Italien, mit polnischen Wurzeln,
weil meine jüdischen Eltern aus Polen kamen, und erst recht,
weil ich einen slawischen Namen trage, habe, ohne bewusst
danach zu suchen, eines schönen Herbsttages einen Ort
gefunden: Einen Winkel der Welt, der am Ende sehr viel
mehr war als eine Ausflucht, um einen Rattenschwanz plum-
per Lügen durch eine Geschichte zu ersetzen, die so sagen-
haft klingt, dass sie bei ihren Zuhörern sämtliche Fragen
erstickt.

Im Mittelpunkt steht eine Abtei: das erste Kloster des
Abendlandes, viermal zerstört. Nur wenige Schritte darunter

der polnische Friedhof. Weiter unten im Tal, gleich hinter Cassino, der des Commonwealth. Die Deutschen sind in Caira begraben, die Amerikaner in Anzio, die Franzosen in Venafro, die Italiener in Mignano Monte Lungo. Soldaten, die während des Italienfeldzugs und vor allem in der Schlacht um Montecassino gefallen sind, zu der man die vier alliierten Offensiven zwischen Januar und Mai 1944 zusammenfasst. Die Abtei wurde wiederaufgebaut und die Fundamente eines römischen Tempels sichtbar gelassen, den die Bomben ans Licht gebracht hatten; der Felssporn, auf dem sie sich erhebt, ist von dichtem Grün bewachsen, das die letzten Reste des Krieges zudeckt. Nur sind es viel mehr Tote als die auf den umliegenden Ehrenstätten Begrabenen: über dreißigtausend. Dreißigtausend von Millionen. Millionen Männer, aus den fernsten Winkeln angesogen und in den Trichter eines bergumsäumten Tales gespuckt.

Unter ihnen war ein Cousin meiner Mutter: Dolek Szer. Vermutlich hat auch ein guter Freund der Familie dort gekämpft: Emilio Steinwurzel. Beide waren im Zweiten polnischen Korps. Doch kann man höchstens von einem Taxifahrer aus Kielce erwarten zu wissen, dass die Polen an der Befreiung Italiens beteiligt waren. Ebenso wenig macht man sich die Mühe, die Kanadier und Neuseeländer zu erwähnen, wenn von den Angloamerikanern oder schlicht den »Amerikanern« die Rede ist. Sogar die Italiener sind vergessen, die im Krieg der Alliierten bei den regulären Truppen kämpften statt im Widerstand. Wen wundert es da, dass sich kaum jemand an die Inder, Nepalesen, Maori, Algerier, Hawaii-Japaner, Brasilianer, Senegaler, an die mit der Jüdischen Brigade aus Palästina gekommenen Juden und an all die anderen Soldaten aus der ganzen Welt erinnert, die in Italien landeten. Die in Italien kämpften und häufig dort starben, weil der Strudel, der sie verschlang, nicht einfach Krieg, sondern Zweiter Weltkrieg hieß.

Zweiter Weltkrieg: Dort, datierbar durch einen falschen

Pass, liegen meine Wurzeln. Zweiter Weltkrieg: einzig und unteilbar. Einziger Mahlstrom, der fast jeden Fleck der Erde erfasst, jedes Tier und jede Landschaft, der die Menschen durcheinanderwirbelt und zugleich eint und trennt. Zu groß, um ihn ganz zu erfassen, zu fern seine Protagonisten, um sie ohne das Vehikel der Fiktion zu erreichen. Und dennoch sind ihre Leben und ihre vom Vergessen zerfressenen Tode zu wahr, um sich nicht möglichst dicht an die Quellen zu halten, die ihre Bahnen beschreiben und ihren Weg von Kontinent zu Kontinent, von der Vergangenheit in die Gegenwart belegen.

Mein Vater hat nie in Montecassino gekämpft, er ist nie ein Soldat von General Anders gewesen. Doch vielleicht ist durch den Trichter aus Bergen, Tälern und Flüssen in der Ciociaria etwas von mir hindurchgegangen: ein Stück meiner selbst, verloren und wiedergefunden an einem geografischen Punkt, an einem Ort, der uns alle mit einschließt.

ERSTE SCHLACHT
12. Januar – 12. Februar 1944

Sergeant John »Jacko« Wilkins, 36. Division »Texas«
San Marcos, Texas, 15. Juni 1939 – Cassino, 20. Januar 1944

Oh, die gelbe Rose von Texas ist das einzige Mädchen, das ich liebe,
Ihre Augen sind blauer als die texanischen Himmel,
Ihr Herz ist so groß wie Texas, und wohin ich auch gehe,
Werde ich mich ewig an sie erinnern, weil ich sie so sehr liebe.

Zahlreiche Rosen blühen entlang des Wegs,
Aber mein Herz ist in Amarillo, und dort werde ich bleiben,
Mit der gelben Rose von Texas, also muss ich schnell dorthin,
Denn ich war ihre erste Liebe und will die letzte sein.

Die Augen von Texas sind über euch, den lieben langen Tag,
Die Augen von Texas sind über euch, ihr entkommt ihnen nicht,
Glaubt nicht, ihr könntet ihnen des Nachts entfliehen oder am frühen Morgen,
Die Augen von Texas sind so lang über euch, wie Gabriels Horn ertönt.

THE YELLOW ROSE OF TEXAS,
Volks- und Marschlied der Konföderierten Staaten von Amerika

Sergeant John »Jacko« Wilkins – und jemanden wie ihn hat es gegeben – war der fünfte Sohn bescheidener Rancher aus San Marcos, Texas, die von der Weltwirtschaftskrise getroffen wurden. Er war kaum älter als neunzehn, als er von zu Hause fortging. Nicht wegen des Hungers, denn die Wilkins hatten nie ernstlich darunter gelitten, sondern all der Entbehrungen wegen, die ihm eine staubige, schmachvolle Kindheit beschert hatten. Inzwischen liefen die Dinge besser, doch vier Jungs waren dennoch zu viele, um mit fünfzig Longhorns über die Runden zu kommen, und die Übernahme der Farm stand dem Erstgeborenen Henry jr. zu. Als Jacko der Familie mitteilte, er wolle sich zur Nationalgarde melden, zeigten sich denn auch alle einmütig stolz. Der Ruhm, aber vor allem der Schmerz, von Fort Alamo bis zum Bürgerkrieg, gehörten der Vergangenheit an, die 1918 an der Marne gefallenen Lands-leute waren fern, und »Frankreich« war ein Wort, um Par-fums oder Seidenstrümpfe zu verkaufen, die sich niemand leisten konnte. Jetzt war die Nation groß, geeint und gestärkt, und »dem Heimatland zu dienen« bedeutete vor allem, Brände zu bekämpfen, die die Weidegründe bedrohten. Dass diese Brände durch Dürre oder menschliche Gier entfacht wurden, die zumeist unsichtbar und unauslöschlich blieb, stand auf einem anderen Blatt. Um jeden Acre texanischen Boden zu kämpfen blieb dennoch unerlässlich.

Henry jr. brachte Jacko mit dem grünen Truck bis nach Austin, seine Mutter umarmte ihn, und um sich die Rührung nicht anmerken zu lassen, ging sie einen Extra-Proviant an Trockenfleisch und Eingemachtem holen. Sein Vater sagte: »God bless you, son«. Es war das Jahr 1939.

Als John »Jacko« Wilkins zu Thanksgiving nach Hause kam, erzählte er, er habe ein Mädchen kennengelernt, Sally, und nach kurzem Zögern zog er eine Fotografie hervor, auf der sie freimütig lächelnd die obere Reihe ihrer nicht ganz geraden Zähne zeigte. Am unteren Rand des einer Westernlandschaft nachempfundenen Hintergrunds stand die Signatur des Fotografen aus San Antonio. Sally trug ein Blumenkleid, und ihre Beine steckten in einem Paar Cowboystiefel. Jacko wirkte daneben recht steif und linkisch in seiner Uniform. Aufrecht wie eine Säule und doch beinahe abwesend stand er da, woraus seine Mutter schloss, dass die Sache ernst war. Leider konnte Jacko zu Weihnachten nicht nach Hause kommen, weder allein noch mit seiner Verlobten, und am Erntedanktag des folgenden Jahres war es zu spät. Am 25. November 1940 wurde die gesamte texanische Nationalgarde zur 36. Division der Armee der Vereinigten Staaten.

Es lag in der Luft. Es lag in der Luft, seit die Hauptstadt der Seidenstrümpfe und Parfums im Juni gefallen war und der Blitz über London niederging, es lag in der Luft, seit Präsident Roosevelt nach dem Sommer das Gesetz zur ersten Wehrpflicht in Friedenszeiten verabschiedete, das Männer von einundzwanzig bis fünfunddreißig Jahren einbezog. Doch in San Marcos hielt man lieber an dem Gedanken fest, der Sohn und Bruder hätte weiterhin texanischen Boden zu verteidigen.

Zu Weihnachten wurden Jacko Wilkins und die 36. Division nach Camp Bowie, Texas, verlegt. Am Tag ihrer Ankunft, dem 14. Dezember 1940, tobte der heftigste Eissturm, den es in der Region je gegeben hatte. Einige deuteten ihn als unheilvolles Zeichen, die meisten aber, darunter Wilkins, nahmen das Wüten der Elemente als militärische Herausforderung. Es folgten monatelange Manöver und Übungen kreuz und quer durch die Nation, in Louisiana und in Carolina, in Camp Landing, Florida, in Camp Edwards, Massachusetts, und unweit von dort, wo die Pilgerväter an Land gegangen waren, in Martha's Vineyard. Aus Monaten wurden vom Takt der Urlaube bestimmte Jahre, die Urlaube ein

Sichaufteilen zwischen zu Hause und Sally, die Aufenthalte in San Marcos immer kürzer, nachdem alle zusammengekommen waren, um die Hochzeit zu feiern.

Kurz bevor er sich am 2. April 1943 im Hafen von New York einschiffte, schrieb Jacko an die Familie.

Ich bin stolz und glücklich, dass ich die gesamten Vereinigten Staaten kennenlernen durfte. Ich habe den Ozean gesehen, ich habe Palmen und Pinien gesehen, ich habe Tage mit Jungs verbracht, deren Ausdrucksweise mir so fremd und schwer verständlich war, wie es die meine für sie gewesen sein muss, ich habe mich an den Gedanken gewöhnt, dass viele von ihnen Schwarze sind. Dieses Land ist von einer Größe, die Ihr Euch nicht einmal vorstellen könnt, es ist in der Welt fraglos ohnegleichen und so stark und im Recht, dass wir bald mit dem Sieg in der Tasche heimkehren werden. Macht Euch um mich keine Sorgen, seid getrost, dass ich meine Pflicht erfülle, und das von ganzem Herzen.

Während der Atlantiküberquerung litt Jacko mehr als einmal an Seekrankheit und kotzte sich die Seele aus dem Leib. Nach der Ankunft im algerischen Arzew, wo die Vorbereitungsübungen für die Landung in Europa begannen, kollabierten zahlreiche Kameraden unter der Hitze und klagten über Durchfall, doch Wilkins blieb standhaft, schluckte Staub und benetzte die aufgesprungenen Lippen mit Speichel. Im marokkanischen Rabat wurde er befördert. Jacko konnte von Kindheit an schießen, auch krankes Vieh hatte er getötet, doch sein Talent mit der Pistole hatte sich bei der Nationalgarde gezeigt, als er eine Klapperschlange mit dem ersten Schuss in den Kopf getroffen hatte. Ein hervorragender Schütze, zäh und diszipliniert, von positivem Wesen und der Mission mit patriotischem Eifer verschrieben. Amerika hatte sich ein riesiges Kriegsheer geschmiedet, doch in diesem mächtigen, schlammgrünen Strom war jeder kostbar, der zu führen und zu befehlen verstand.

Große Neuigkeit: Ich wurde befördert. Ich habe noch keinen Kraut gesehen und bin schon Sergeant! Major Stratford hat zu mir gesagt, »Sieh zu, dass du dich als würdig erweist, Junge«, aber ich habe es als Kompliment genommen. Zum Feiern sind wir in die Stadt gegangen, in ein Bauchtanzlokal. Hier kommt auf zwanzig Männer nur eine Frau, ausnahmslos von Kopf bis Fuß verhüllt, häufig sieht man nur ihre Augen, manchmal auch tätowierte Muster über den Brauen. Das sind Stammesbräuche, und mit den Männern, so wurde uns gesagt, legt man sich besser nicht an. Trotzdem kann ich die Jungs verstehen. Plötzlich hatten sie diese zwischen Busen und Nabel nackten Frauen vor sich, die aufreizend mit Bauch und Hüften wackelten, und konnten einfach nicht mehr an sich halten. Natürlich hatten wir auch getrunken. Die Jungs steckten ihnen Dollars in den Büstenhalter oder in die Hosen: Das ist hier so üblich. Dann wollten sie mich in ein Bordell abschleppen, aber ich weigerte mich. Ich hoffe, es stört Dich nicht, dass ich Dir diese Dinge schreibe. Ich will damit nur sagen, dass ich in dem Moment an Dich gedacht habe und Du mir entsetzlich gefehlt hast. Du kannst Dir nicht vorstellen, welche Sehnsucht und Einsamkeit einen manchmal überkommt. Zum Beispiel abends auf dem Feldbett, wenn man knochenmüde ist, aber nicht einschlafen kann. Du kannst dir nicht vorstellen, in welcher Welt ich gelandet bin: arm, alt, dreckig, Menschen, die in dieser unverständlichen kehligen Sprache krakeelen, bettelnde Kinder, die einen wie Fliegen umschwirren, sengende Sonne und Staub. Inzwischen hoffe ich nur, dass sie uns bald zum Kampf in den echten Krieg schicken, damit all die hässlichen Gedanken ein Ende haben. Ich liebe Dich, Sally, das war es, was ich Dir sagen wollte.

Doch der marokkanische Sommer wollte nicht enden. Im August konnte Jacko die Augen nicht mehr davor verschließen, dass seine Kameraden sich einer nach dem anderen mit kleinen Jungen verdrückten, häufig mit denselben, Faid, Cherif und Mohammed, und er hielt sie sich mit zahllosen Zigaretten im Tausch für Datteln auf Abstand. Voll fassungsloser Wut sprach er mit Sallys Foto aus San Antonio darüber – »Sie versuchen hier, tüchtige Soldaten aus uns zu machen, Sally«, sagte er, »und machen uns zu Schwuchteln« –, und manchmal masturbierte er sich verzweifelt in den Schlaf.

Als sie am 9. September 1943 dem Krieg entgegenfuhren, glitten sie in einer so sternklaren Nacht über ein so spiegelglattes Meer, dass die Soldaten, als General Eisenhowers Stimme aus den Lautsprechern schallte und die Kapitulation der Italiener verkündete, wie auf einem Kreuzfahrtschiff zu tanzen anfingen. Am Strand von Paestum, wo sie vor Morgengrauen anlandeten, war vom Feind nichts zu sehen, doch beim Vorrücken im ersten Tageslicht traf man auf seine entkörperte Gegenwart: Stacheldraht auf den Dünen, Minen, dann ein paar Jagdbomber, das Feuer der versteckten Panzer, die sie erwarteten, deutsche Mörser und Maschinengewehre auf den mittelalterlichen Türmen der Stadt. Mit beißendem Qualm in den Augen erhaschten sie einen Blick auf den griechischen Tempel, dem Gott jenes Meeres geweiht, das sie ausgespien hatte, ohne sich zu wundern, dass er unversehrt geblieben war. Endlich nahmen sie Paestum ein, erschöpft und verstört, gekämpft zu haben. Wer von ihnen abermals in diese Gegend kommen sollte – ob schon nach einigen Monaten oder erst ein halbes Jahrhundert später –, sollte beim Anblick des Poseidontempels wieder dieselbe Verblüffung empfinden, Markstein des unbewussten Moments, in dem sich die Erkenntnis, ein Überlebender zu sein, auf ewig eingeschrieben hatte. Doch damals konnte Sergeant Wilkins nichts weiter tun, als rennen und den Blick nach vorn zu richten, ohne die Gefallenen zu sehen, ohne dem Schauder nachzugeben, sobald er mit seinen Kampfstiefeln gegen einen von ihnen stieß und die grausige Weichheit eines menschlichen Körpers spürte. Er machte seinem Trupp ein Zeichen, lud und schoss. Zwei Tage später erfolgte vom Boden und aus der Luft der gnadenlose Gegenangriff. Während eines der Rückeroberungsgefechte um Altavilla Silentina wurde Jacko von einer Maschinengewehrsalve an der Brust verwundet, während seine Jungs sich gerade noch rechtzeitig auf den Boden werfen und tags darauf zurückerobern konnten, was von der Gemeinde noch übrig war. Während seiner Genesung hörte Wilkins Geschichten aus Neapel, wo Krieg und Armut jedwede Ordnung zunichtegemacht hatten, und mochten ihm diese Schilderungen übertrieben erscheinen, wie es solche Geschichten bisweilen sind, um einen Bettlägerigen ein wenig aufzumuntern, musste er doch den Berichten glauben, die ihn über die Geschehnisse an der Front auf dem Laufenden hielten. Zwei seiner Männer waren beim Angriff auf das Dörfchen San Pietro gefallen. Einer hatte sein Leben auf den Hängen des Monte Lungo gelassen, ein weiterer war von einer Mine der Volturno-Linie zerfetzt worden. Es war die Feiertagszeit zwischen Halloween und Weihnachten.

Jacko empfand es als seine Pflicht, den Angehörigen und Verlobten persönlich zu schreiben, was ihn in eine haltlose Wehmut stürzte. Aber es half ihm, die Langeweile in Schach zu halten, die zermürbend und zugleich von rastloser Spannung durchsetzt war und im gänzlichen Gegensatz zu den Gefechten stand, von denen er ausgeschlossen war. In Gedanken kehrte er zu dem Augenblick zurück, in dem sein soeben begonnener Krieg um Haaresbreite zu Ende gewesen wäre, nicht mehr als eine wirre Erinnerung, doch im Grunde gab es nicht viel zu begreifen. Was er begriff, war, dass die Verwun-

dung ihn gerettet hatte, und er schwankte zwischen Schuldgefühl und Gottesdankbarkeit. Er versuchte, sich an Letztere
zu halten, wappnete sich mit Geduld und übte sich in Vergessen und Zuversicht. Bis eines Tages einer seiner Jungs aus
Indiana auftauchte und ihm aufgelöst erzählte, er habe sich
während des Ausgangs die Syphilis bei einer neapolitani-
schen Prostituierten aus dem Viertel Pallonetto geholt,
schön sei sie, wunderschön, aber – und er stammelte schluch-
zend wie ein Kind – sie sei ein Mann, und jetzt schäme er sich
so sehr, dass er ebenso gut sterben könnte. Sergeant Wilkins
beschwichtigte ihn, so gut er konnte, und ertappte sich dennoch bei dem zornigen Verlangen, diesen beschissenen Krieg
zu führen, ihn zu gewinnen und heimzukehren, ihn zu führen
und zu siegen, die Ziele und das große Hitlersche Übel, das
man ihm eingebläut hatte, klar vor Augen, ohne jemals inne-
zuhalten oder sich von dieser von Elend und Wahnsinn zerfressenen Welt anstecken zu lassen.

Im Januar verließ John Wilkins mit einem Verstärkungs-
konvoi das Lager im Schatten des Hauptquartiers der Alliierten, das im Königspalast von Caserta untergebracht war. Sie
sollten die amerikanischen Stellungen im Nordosten kurz
hinter der Grenze zu Latium erreichen, seit auch das letzte
Gebirgsbollwerk, der Monte Trocchio, eingenommen und
überwunden worden war. Es regnete. Es regnete fast immer,
und auf den Gebirgsstraßen verwandelte sich das Wasser in
klebrigen Schneeregen und schließlich in Schnee. Es war
sehr viel kälter, als man es von einem Land namens Italien
erwartet hätte, sehr viel kälter als in Texas, und zahlreiche
Lastwagen blieben im Schlamm stecken, vor allem bergan.
Doch Jacko konnte es kaum abwarten, endlich sein Regiment
zu erreichen, das 141. Der 36. Division »Texas«, und seine
innere Haltung entsprach seiner körperlichen Verfassung,
die inzwischen gänzlich wiederhergestellt war. Er war aus-
geruht, gut genährt, rasiert, flachste lautstark mit seinen
Kameraden. Doch etwas von dem, was er sah, sammelte sich

auf dem Grund seiner blauen Augen: Dörfer in Schutt und Asche, verheerte Olivenhaine, Kinder ohne Schuhe oder mit Lumpen an den Füßen neben ihren Müttern, die die Kleinsten auf dem Arm trugen und undefinierbare Bündel auf dem Kopf balancierten. Es war unklar, wohin diese Leute unterwegs waren, woher sie kamen, doch sie wanderten die Straße mit den monotonen Schritten eines Menschen entlang, der noch einen weiten Weg vor sich hat.

Italien war kalt, eng und vor allem dunkel, restlos dunkel: die Augen, Haare und Gesichter, die zerschlissenen Kleider und geschwärzten Felder, die geduckten, grauen Häuser, die niedrigen, grauen Himmel, die winterliche Finsternis. Und die nackten Füße der Kinder, die Füße dieser Kinder im Regen, die mit gleichgültigem Platschen im Schlamm versanken, ein Geräusch, das ihn, so ahnte Jacko, bis nach Hause begleiten würde. Womöglich würde er den nächtlichen Anblick der Toten, während er rannte und kämpfte, hinter sich lassen können, aber nicht diese Füße, die ihn überholten, während der Konvoi mühsam vorankroch, und wenn sie näher kamen, vertrieb er sie mit Schokolade oder Kaugummi oder einer Zigarette und sagte, »toma, amigo«. Erst dann wurden sie für einen kurzen Moment von großen, beklommenen Augen verdrängt, ehe eine verdreckte Hand nach den Gaben griff, etwas wie »senchiù« über die rissigen Lippen kam und die Füße davonflitzten und den Schlamm höher spritzen ließen als zuvor. Dann lachten alle. Jedes Mal blickte sich Sergeant Wilkins nach jemandem um, um die Bemerkung loszuwerden, diese Kinder seien noch viel übler dran als die ärmsten Kinder der *campesinos* bei ihnen daheim, und jedes Mal fiel ihm ein, dass er unter den Soldaten, die auf diesem Laster saßen, der einzige Texaner war. Wer weiß, ob die anderen, die zur Division »Texas« unterwegs waren, sein Spanisch drollig gefunden hatten.

Am Tag, als sie das Lager erreichten, wurde Wilkins von einer Erleuchtung durchzuckt und er konnte sich selbst von außen sehen. Er war der Held eines Comics, den er seit seiner Zeit bei der Nationalgarde liebte, Flash Gordon, der auf einem fremden Planeten gelandet war, während die übrig gebliebenen Männer seines Trupps – außer den vier Gefallenen waren zwei im Kampf schwer verwundet worden – sich äußerlich dem eroberten Land angeglichen hatten: lange Bärte, Augenringe, die Gesichter verschattet von der Mangelernährung, der Witterung, dem dünnen Schleier Dreck oder Ruß oder sonst etwas, den selbst die Ruhetage nicht hatten fortwischen können. Bald würde auch er so werden, es war seine Pflicht. Es war sogar ein Privileg, vom Planeten Amerika bis zu diesem entscheidenden Punkt gekommen zu sein, um die Gustav-Linie zu durchbrechen, die letzte Verteidigungslinie, die ihrem Vormarsch auf Rom noch im Weg stand. Doch nachts fand er keinen Schlaf. In drei Monaten waren die Gesichter der Kameraden, die seit der Landung in Salerno an seiner Seite gewesen waren, um Jahre gealtert. Jacko versuchte sich einzureden, dass Billy Morrison, Stanley Laughlin, Richard Gonzales und Jeff McVey zu Männern geworden waren, wie es im Krieg unvermeidlich war, doch auf seiner Brust spürte er die Hand lasten, mit der er ihnen zur Begrüßung auf die Schultern geklopft hatte, und sie fühlte sich fremd und gezeichnet an. Zum Glück schlief er ein, ehe ihm bewusst wurde, dass dieses Gefühl Angst war.

Der nächste Morgen war eisig, aber klar, und laut Vorhersage sollte sich das Wetter in den folgenden Tagen nicht ändern. Nach einem Frühstück mit Kaffee und Eipulver wurden Wilkins und seine Truppe zur Erkundung auf den Monte Trocchio geschickt. Die Sicht war hervorragend, die Deutschen waren dort unten, füllten das Liri-Tal zu ihren Füßen, doch der Blick wanderte immer wieder zu dem Gebäude auf dem Berggipfel, der vor ihnen aufragte. Die Abtei von Montecassino erhob sich auf dem Felsen, ihre wuchtige Silhouette war so vollkommen, so schön, klar und makellos, dass sie der festen Burg glich, als die Gott »The Lord is My

Rock and My Fortress« besungen wird. Die Deutschen hatten sich ins Zeug gelegt, um sie zu schützen, und eine Sicherheitszone um die Wiege des abendländischen Mönchtums gezogen, deren Fundamente der heilige Benedikt im Jahr 526 gelegt hatte, als auf dem neuen Kontinent noch nicht einmal die Wikinger angelandet waren. Der Offizier, der sie über die strategische und kulturelle Bedeutung der Abtei aufklärte, hatte sachlich geklungen, doch Jacko meinte in seiner Stimme einen unwilligen Unterton wahrzunehmen. Oder vielleicht war er es, der eine gänzlich neue Feindseligkeit gegen einen Feind verspürte, der in kurzer Zeit so vielen jungen Männern das Leben genommen hatte und nun alles daransetzte, diese Steine unversehrt zu lassen.

Doch zum Grübeln war keine Zeit. Man musste ins Tal zurück und sich für die entscheidende Stunde bereit machen. Seit einigen Tagen hatte die alliierte Offensive begonnen, im Nordwesten hatten die Franzosen in den Bergen angegriffen, im Südwesten versuchten die Briten, den Garigliano zu überqueren, doch bislang hatten diese Bemühungen keine durchschlagenden Erfolge gezeitigt, und man harrte auf das Eingreifen der Amerikaner. Ihnen, der 36. Division »Texas«, wurde die Ehre und die Bürde zuteil, die Gustav-Linie zu durchbrechen.

Aufklärungstrupps wurden vorangeschickt, die heil und gesund zurückkehrten. Daraufhin zogen die Pioniere los, um das Gelände zu entminen, Stacheldraht zu entfernen, die Strecke neu zu berechnen und die entminten Wege mit weißem Band zu kennzeichnen. Am Abend des 19. Januar bekamen die Soldaten des 141. und des 143. Regiments Steak zum Abendessen, für jeden ein Beefsteak, das immerhin in seiner Absicht an die Steaks erinnerte, die man in Texas aß, doch verblüfft stellte Jacko fest, dass seine an Konserven und Pulvernahrung gewöhnten Soldaten stumm vor sich hin kauten.

»Die haben wohl rein gar nichts mit denen zu tun, die

deine Frau dir brät«, wandte er sich scherzhaft an Gonzales, der neben ihm saß und aus der Nähe von Houston stammte.

»Nein, Sir«, antwortete der und senkte den Kopf wieder über seinen Teller.

»Schluckst du mit jedem Bissen auch ein wenig Heimweh hinunter? Wir wollen alle bald nach Hause zurück, stimmt's, Rick?«

»Sicher, Sir, aber ich weiß nicht, ob uns das gelingt, denn jedes Mal, wenn sie uns diesen Fraß vorsetzen, schicken sie uns am nächsten Tag ins Gefecht, und jedes Mal kommt irgendwer nicht zurück.«

»Na, wenigstens lassen sie uns mit vollem Bauch krepieren!« Jeff McVey begleitete seinen Zwischenruf mit einem Lachen und blickte Verständnis suchend zu seinem Vorgesetzten hinüber.

»Ich sage dir was, Jeff: Wenn wir hier das blutige Fleisch unseres heimischen Viehs zwischen die Kiemen kriegten, hätten wir die Krauts schon zum Teufel gejagt!«

Mit diesem Scherz von Sergeant Wilkins wurde das letzte Abendmahl beendet.

Am folgenden Tag brachen sie auf Anweisung des Oberbefehlshabers, General Clark, nach Einbruch der Dunkelheit auf. Man musste zum Fluss Rapido gelangen, die Pioniere eine Brücke bauen lassen, sie überqueren und am anderen Ufer in zwei Marschsäulen von unten und oben auf Sant'Angelo in Theodice vorrücken, in dessen Trümmern sich der Feind verschanzt hatte. Das Terrain entlang des Flusses war fruchtbar, jedoch weich und sumpfig, die Deutschen hatten einen Damm gebaut, um die Auen zu fluten, ein Vorankommen mit motorisierten Fahrzeugen und selbst mit einem Panzer war unmöglich. Somit war es allein an ihnen, den fünftausend Soldaten der 141. und 143., sich mitsamt der vier Handgranaten, hundertsechsunddreißig Schuss Munition, Trinkflaschen, Kochgeschirr, Rationen sowie Booten oder Schlauchbooten zur Flussüberquerung auf dem Rücken durch den Schlamm zu kämpfen. Gebeugt unter ihrer Last, marschierten sie in stummem Gänsemarsch voran und folgten dem weißen Band, das, von den Amphibienfahrzeugen überrollt, im Morast versank. Hätten sie einen Gedanken darauf verwenden können, oder wären sie Deutsche gewesen, wäre ihnen vielleicht der kleine Junge in den Sinn gekommen, der, ausgesetzt im tiefen Wald, Brotkrumen hatte fallen lassen, um den Rückweg zu finden. Doch die Vögel flatterten herbei und fraßen sie auf, und Hänsel und Gretel verliefen sich und kamen an das Pfefferkuchenhäuschen. In der vom Flussnebel verdichteten Finsternis kamen sie vom Weg ab und gerieten in vermintes Gelände, ein Kamerad wurde in die Luft gesprengt, und die Explosion dieser ersten Mine verriet dem Feind, dass sie anrückten und wo sie sich befanden. Die Deutschen eröffneten schweres Feuer mit Mörsern und Granaten, sie schossen aus Kasematten, die sie in Erwartung des Feindes vor geraumer Zeit errichtet hatten, sie hatten sich in den Schützengräben verkrochen, sie waren überall, in der Luft und unter der Erde. John Wilkins sah Billy Morrison fallen, ohne haltmachen und sich klar werden zu können, ob ihn eine Mine oder irgendetwas anderes erwischt hatte, das von jenseits des Flusses gekommen war, denn nun nahmen ihn die Nebelwerfer unter Beschuss, die man in *Screaming Mimis* umgetauft hatte, ein Backfischname, der ihr eindringliches Heulen beschwor. Auch Billy Morrison schrie, er atmete also noch, das genügte. Sie drängten vorwärts, rannten, duckten sich, stolperten, schlitterten über den durchnässten oder vereisten Grund, stürzten, rappelten sich hoch, krochen, bewegten sich kriechend voran. Sie verloren die ausgeweideten Boote Stück um Stück, sie verloren Mann um Mann, sobald sie haltmachten, um das feindliche Feuer zu erwidern, das unausgesetzt fortdauerte und nicht einmal ansatzweise nachließ. Sie erreichten den Fluss an einem Punkt, an dem die Böschung steil abfiel, hatten Mühe, in die Wasserfahrzeuge zu springen, die bereits ganz schlaff waren wegen der Einschusslöcher sämtlicher deutscher Maschinengewehre, deren Salven nun in das aufgewühlte Wasser prasselten, einige Schlauchboote kenterten, einige Soldaten begannen, in diesem Fluss zu ertrinken, der eigentlich Gari hieß, jedoch eisig und angeschwollen und »rapido« war, wie der Name besagt, mit dem er sich auf ewig in das amerikanische Gedächtnis einbrennen sollte. Richard Gonzales war von einem Granatsplitter getötet worden, der ihn am Hals getroffen und die Schulter durchschlagen hatte, mit hängendem Kiefer war der Kopf aus dem Schlauchboot gekippt, das durch das Körpergewicht Schlagseite bekam. Stanley Laughlin landete im Fluss, versuchte vergeblich, mit der Ausrüstung am Leib zu schwimmen. Sergeant Wilkins brüllte ihm zu, er solle sich festhalten, und musste mit ansehen, wie er von der Strömung fortgerissen wurde, wie er Rucksack und Gewehr von sich warf, verzweifelt um sein Leben kraulte, und Schluss. Sergeant Wilkins musste an anderes denken, den im Boot verbliebenen Jungs weitere Befehle zubrüllen. Sergeant Wilkins war der Erste, der einen Fuß auf das andere Ufer setzte, die Waffe auf das verminte Dunkel gerichtet, derweil Jeff McVey auf allen vieren das Schlauchboot festhielt. Sergeant Wilkins wurde frontal getroffen, stürzte rückwärts ins Wasser. Sergeant Wilkins verschwand in der Nacht des 20. Januar 1944 im Fluss Rapido.

Die Soldaten, die den Fluss nicht überquert hatten, und die Handvoll, die es geschafft hatten, schwimmend zum anderen Ufer zurückzukehren, das nun mit Leichen überhäuft war, zwischen denen man sich einen Weg bahnen oder hinter denen man sich verschanzen musste, wurden neu eingeteilt. Am 22. Januar wurde ein zweiter Angriff befohlen. Als auch dieser auf beinahe identische Weise scheiterte, gewährten die Deutschen eine Waffenruhe, um die Gefallenen zu bergen. John »Jacko« Wilkins' Leichnam wurde nicht gefunden. Mit den Toten, Verwundeten und Vermissten beliefen sich die Verluste auf 1681 Mann, so die offiziellen Zahlen, persönlich verlautbart von General Clark, diesem »goddamn' Yankee«, der sie, die Jungs aus Texas, in den Tod geschickt hatte, damit der Rest seiner 5. Armee zeitgleich in Anzio landen konnte, und es zählte nicht, dass es noch ein paar von ihnen in der 36. Division gab. Es war, als wären sie alle dort gewesen, am verfluchten Rapido, als wäre die verdammte Gustav-Linie zur verdammten Mason-Dixon-Linie geworden, und als wären sie, die Jungs aus Illinois, Maine und New Jersey und das ganze Kanonenfutter aus den Südstaaten, samt und sonders im Süden gelandet, während im Norden, wo man mit dem Sieg rechnete, niemand sonst war als ihr gottverdammter Oberbefehlshaber. Während er sich, getauft von dem rot gefärbten Wasser, das ihm am Körper gefror, zur Ausgangslinie schleppte, begann der einfache Soldat Jeff McVey, der als Einziger mit dem Leben davonkam und die folgenden Schlachten in Italien und Frankreich mit dem Verlangen überstand, ihn dafür bezahlen zu lassen, General Clark in breitestem Texanisch zu verfluchen.

Somit sei beschlossen, dass die Männer des Vereins der 36. Division, die sich in Brownwood, Texas, versammelt haben, beim Kongress der Vereinigten Staaten eine Petition einreichen, um eine Untersuchung zum Fiasko am Fluss Rapido einzuleiten und die notwendigen Schritte zur Korrektur eines Militärsystems zu unternehmen, das es einem unfähigen und unerfahrenen Offizier mit hoher Befehlsgewalt wie General Mark W. Clark erlaubt, die jungen Leben dieses Landes zu zerstören, und um zu verhindern, dass zukünftige Soldaten auf derart sinnlose Weise geopfert werden.

Genau zwei Jahre später, am 20. Januar 1946, gehörte McVey zu den Veteranen, die dieses entscheidende Dokument unterzeichneten. Während er mit ihnen ein auf dem *Mesquite Grill* zubereitetes Steak zu Abend aß, dachte Jeff an Wilkins und an die anderen Jungs, die am Fluss gestorben waren, erfüllt von dem inständigen, zornigen Wunsch eines Verratenen, diese in ihrem Gedenken verzehrte Mahlzeit möge die Urteilsforderung gegen den verdammten Yankee Mark Wayne Clark bestärken.

Doch das Gericht der Vereinigten Staaten sprach den General frei.

ZWEITE UND DRITTE SCHLACHT
15. Februar–24. März 1944

**Charles Maui Hira, 28. Bataillon der Maori,
und sein Enkel Rapata Sullivan**
   Hopuhopu, Waikato, Neuseeland, Oktober 1939 –
   Wellington 1946
   Auckland, Neuseeland, 15. Mai 2004 – Cassino,
   18.–21. Mai 2004

Der Ruf der Wüste
Und der Ruf von Punkt 209
Haben uns aus der Ferne hier versammelt
Im sechsten Monat des Maori-Kalenders
In der sechsten Jahreszeit

Im sechsten Himmel
Das äußerlich sichtbare Zeichen einer
inneren geistigen Gnade
Das himmlische Kanu des
28. Maori-Bataillons
Haere ra, Haere ra, Haere ra
Lebewohl, Lebewohl, Lebewohl.
Lebt wohl, ihr, die ihr eure Leben
Für eure Brüder hingegeben habt
Die heiligen Berge Griechenlands
Kretas, Ägyptens und Italiens werden
fortan auf ewig über euch wachen
Mein Herz glaubt, dass ihr
den Weg geebnet habt

damit ich am Punkt 209 stehen
und euch Lebewohl sagen kann.
Haere ra, Haere ra, Haere ra

Hiob sagte: Nichts brachten wir
mit uns in diese Welt,
nichts nehmen wir mit uns fort.
Der Herr hat gegeben, der Herr hat
genommen.
Das ist die Macht Gottes.
Ich sehe euch noch: ihr Kinder
des Kriegsgottes Tumatauenga
Euer Volk beweint euch noch,
Euer Volk grämt sich noch immer
über euch.
Ihr seid gefallen: Wir fragen warum
Aber werden auf ewig euren Verlust
beweinen.
Haere ra, Haere ra, Haere ra

Gebet des Priesters Wiremu Te Tau Huata am Punkt 209,
Enge von Tebaga, Tunesien

Charles Maui Hira hatte kaum das einundzwanzigste Lebensjahr vollendet – das Mindestalter, um sich beim 28. Bataillon zu melden –, und war noch nicht darüber hinaus, als er am 1. Mai 1940 im Hafen von Wellington auf die *Aquitania* eingeschifft wurde. Bei seiner Ankunft in Montecassino war er fast genauso alt wie sein Enkel Rapata, der viele Jahre später an seiner statt zum Gate des Fluges Auckland-Dubai unterwegs war, auf der ersten Etappe einer Reise, für die der neuseeländische Soldat Charles vier Jahre gebraucht hatte. Vier Jahre: davon die ersten Monate an Bord eines Schiffes, einem Ziel entgegen, das inmitten der Ozeane unerreichbar schien, zumal lange unklar blieb, wohin sie überhaupt unterwegs waren. Sicher war nur, dass sie in den Krieg zogen.

Rapata Ihipa Sullivan hatte sich nie aus Neuseeland fortbewegt, und so dachte er am Flugsteig wieder an seinen Großvater und versuchte sich einzureden, dass die siebenundzwanzig Stunden in der Luft, die ihn erwarteten, sofern alles glattlief, nichts dagegen waren. Damit versuchte er, der Flugangst und der Müdigkeit Herr zu werden. Er hatte schlecht geschlafen, in aller Hast gepackt, und wäre jetzt lieber nicht dort gewesen. Doch Charles Maui Hira hatte diesen Flug – den besten überhaupt, ein Emirates-Flug mit nur einer Zwischenlandung – bereits vor Monaten gebucht und für diese Reise sein Leben lang Geld beiseitegelegt.

Es war nicht fair, dass sein Großvater einfach so abgetreten war, ganz plötzlich, wie ein Kühlschrank oder wie sein mehrmals repariertes Radio. Es war nicht fair, dass er ausgerechnet in dem Moment hatte sterben müssen, als er nach Italien zurückkehren wollte. Den Orden, den Rapata fest in der Faust hielt, während er auf den Start der Maschine wartete und unbehaglich in einem der arabischen Flugzeugsitze saß, angeblich die breitesten und bequemsten überhaupt, hätte Charles Maui Hira sich zur Feier des sechzigsten Jahrestages der Schlacht an die Brust heften sollen. Stattdessen hatte er ihn das letzte Mal im Sarg getragen: zwei Tage lang, ehe der Deckel geschlossen wurde und irgendjemand, der das Recht besaß, ihn zu berühren, ihn abgenommen und Rapata überreicht hatte.

Sein Vater war am Ende des letzten Bestattungstages eingetroffen und zu Rapata ins *Marae* gekommen, in dem Charles Maui Hiras Leichnam aufgebahrt lag. In Auckland sei viel Verkehr gewesen, hatte er gesagt, und er hätte eine weitere Ewigkeit gebraucht, um sich zur Versammlungs- und Gebetsstätte durchzukämpfen, vor der sich das ganze Dorf drängelte. »Sogar ein paar *Morehu* waren dort«, bemerkte er, »mit einer Menge Blech an der Brust.« Rapata hatte die Veteranen ebenfalls gesehen. Es kannte keinen von ihnen, doch die Uniformen und ihre vom Alter eher verhutzelten, denn aus dem Leim gegangenen Silhouetten hatten ihm verraten, wer diese Alten waren. Rapata hatte seinem Vater nicht geantwortet, dankbar, dass für die *Kiri Mate* das Sprechen *Tapu* war. Während der gesamten Dauer des Beisetzungsrituals war es verboten zu sprechen, den Leichnam zu berühren, zu essen: Doch galt dieses Verbot nur für die direkten Verwandten. Allen anderen war es gestattet, zu lachen und Witze zu machen, es war sogar willkommen, was also konnte man von seinem Vater anderes erwarten, als dass er sich über den Toten und seine Kameraden lustig machte? Immerhin war er überhaupt gekommen. Rapata sah zu seiner in Trauer gekleideten Mutter neben der Totenbahre hinüber, seine Mutter mit dem *Kawakawa*-Kranz auf dem Kopf, die, seit sie im *Marae* waren, so viel geweint hatte, dass sie ihren Ex-Mann nun mit roten, ernsten, trockenen Augen musterte. Sein Vater war zum Totenmahl geblieben und hatte sich während der Wache der *po whakangahau* betrunken, doch am Morgen, als sie vom Friedhof zu Charles Maui Hiras

Haus gezogen waren, um es mit Gaben und Gebeten zu reinigen, war er verschwunden gewesen. Seitdem hatte Rapata ihn nicht wiedergesehen. Es war ihm schleierhaft, wie sein Vater von seiner Italienreise erfahren hatte, und noch immer schimpfte er sich einen Trottel, seinen Anruf überhaupt entgegengenommen zu haben.

Das Geld, das war das Problem, das Geld des Großvaters, das Rapata für die Reise ausgab, dabei wäre es doch an der Regierung, es lockerzumachen, und an ihm, es zu behalten, es zu verprassen, es für Nutten auszugeben, sich eine Harley zu kaufen, sich sogar für einen Master in Wirtschaft einzuschreiben oder, wenn er beim besten Willen nicht wüsste, was er damit anfangen solle, einen Teil davon seinem Vater zu geben, der ein Mann voller *Mana* war, eines wahren Maori würdig, nicht wie der Alte, der sich, weil er ein halbes Jahrhundert zuvor am anderen Ende der Welt der Sache der Krone gedient hatte, noch immer für einen Helden hielt.

»Vergiss es«, erwiderte Rapata mit bitterem Lachen.

»Du bist ein Schwachkopf«, sagte sein Vater, und Rapata konnte hören, wie er sich an seine angeblichen Freunde wandte, die feine Entourage aus Kleinkriminellen und echten Verbrechern, und mit polternder Trinkerstimme wiederholte: »Mein Sohn ist ein Schwachkopf, ein Arschkriecher der *Pakeha* wie sein Großvater, ein halber Mensch, ein *Kupapa*.« Und er konnte sie lachen hören, konnte hören, wie sie den beschissenen Pub, in dem sie sich jeden Abend trafen, mit ihrem fetten, kriecherischen Lachen füllten.

»Okay, Papa, du hast deine Show vor deinen Freunden gehabt, jetzt reicht's«, sagte er und legte auf.

Seit sein Vater fortgegangen war, und erst recht, seit er aufgehört hatte, für Rapata ein Vorbild zu sein – trotz der legendären Jugend als Verheißung der All Blacks und der militanten Jahre in der Bewegung für die Rechte der Maori, derer er sich, obwohl sich all das lange vor Rapatas Geburt abgespielt hatte, noch immer rühmte und unablässig davon sprach – war Charles Maui Hira zu seiner wichtigsten Bezugsperson geworden. Genau das war es, was sein Vater, sobald ihm wieder einfiel, einen Sohn zu haben, nicht verknusen konnte: dass Rapata diesen Mann, der in Tweedsakkos und mit pomadisiertem Haar in seinem Heimatdorf am Waikato geblieben war, ihm vorgezogen hatte, der aufgebrochen war, um die Stadt zu erobern, und stolz seine *Mokos* auf Rücken, Brust, Beinen und Gesäß zur Schau trug. Und genau das konnte Rapata ihm nicht verzeihen: die Erkenntnis, dass alles, was authentisch, mannhaft, als Ausdruck des *Mana* eines Kriegers erschien wie diese mit seinem kräftigen Körper verschmolzenen Tätowierungen, in Wirklichkeit falsch und gegenstandslos war wie eine Seifenblase, wie der endlose Schwachsinn, den sein Vater vom Stapel ließ, um Leute zu beeindrucken, die ihn nicht kannten, was womöglich sein einziges Talent, seine einzige wirkliche Begabung war.

Kupapa. Die Schmähung existierte, seit die Maori sich an die *Pakeha* verkauft hatten, um gegen andere Maori zu kämpfen, doch unter den Stämmen des Waikato, die 1863 die Invasion der Kolonialsoldaten zwei Jahre lang abgewehrt hatten, waren keine Diener der Weißen gewesen, und fast ebenso war es 1916 gewesen, als die Königin Te Puea Herangi verfügte, die Menschen ihrer *Iwi* sollten nicht für jene in den Krieg ziehen, die sie ihrer angestammten Erde beraubt hatten. Die Waikato gehorchten ihrer Herrscherin, bis die *Pakeha* sie per Gesetzesdekret dazu zwangen, und wer sich widersetzte, wurde gewaltsam in die Schützengräben Flanderns oder an die Dardanellen geschickt. Doch 1939 weichte Te Puea das Verbot auf, und es stand jedem frei, sich dem 28. Bataillon als Freiwilliger anzuschließen. Manche brachen aus Armut auf, manche, um ihr Heil in der Flucht zu suchen oder um die Welt zu sehen. Aus den *Iwi* des Waikato meldeten sich nur sehr wenige, weil sie sich dem Gründungsideal des Maori-Bataillons verschrieben fühlten. Für Sir Apirana

Ngata, den Abgeordneten der Labour-Partei, war es nicht leicht gewesen, die Bildung einer reinen Maori-Einheit durch das Parlament zu bringen, die an der Seite der *Pakeha* kämpfen, ihr Blut mit dem der *Pakeha* mischen und einen Tribut leisten sollten, der sich mit der Anerkennung als ebenbürtige Neuseeländer aufwiegen ließ. Es galt den »Preis der Staatsbürgerschaft« zu zahlen, wie Sir Ngata es genannt hatte: Mit dieser Absicht hatte sich Charles Maui Hira als Freiwilliger gemeldet, und genau deshalb wurde er in seinem Dorf häufiger als jeder andere *Kupapa* genannt.

Sosehr er seinen Vater auch verachtete, schmerzte dieses Wort Rapata wie ein Brandmal, viel heftiger als damals das *Moko*, das er sich als Achtzehnjähriger auf den Arm hatte stechen lassen, oder als die Bemerkung seines Großvaters, der es an seinem noch jungenhaften Körper beäugte: »Na schön, Rapi, wie ich sehe, ist das heutzutage wieder üblich. Aber denk dran, selbst in alten Zeiten waren die mutigsten Krieger jene, die sich auf ihr inneres *Mana* verließen und es nicht nötig hatten, es mit einer Rüstung aus Tinte vorzutäuschen. Wir waren Krieger, das musste sogar Marschall Rommel zugeben, und keiner von uns war tätowiert.«

»Na schön«, hatte Rapata enttäuscht geknurrt, obwohl er wusste, dass er mit der Reaktion hatte rechnen müssen, »aber du könntest wenigstens zugeben, dass ihr kein *Moko* mehr trugt, weil die *Pakeha* euch eingetrichtert hatten, das wäre etwas für Wilde und Primitive, und ihr wolltet nicht mehr als Wilde und Primitive gelten, ihr wolltet sein wie die *Pakeha*.«

»Da magst du recht haben. Aber wir haben gekämpft.«

Charles Maui Hira hatte sein Leben lang beweisen wollen, dass sie Krieger gewesen waren, keine *Kupapa*, keine Kollaborateure. Jetzt, über dem Pazifik schwebend, begann Rapata sich zu fragen, ob Charles seinen Enkel auch deshalb mit solcher Hingabe aufgezogen hatte: Weil er jemanden seines Blutes brauchte, der ihm die Absolution erteilte, jemanden, der an den Gräbern der im Kampf gegen die *Pakeha* gefallenen

Vorfahren für ihn bürgte, jemanden, der seine toten Kameraden besuchte, jemanden, an den er den Staffelstab weiterreichen konnte. Ein Flugticket zu bezahlen, anstatt es sich vom Staat schenken zu lassen, reicht offenkundig nicht aus. Der Preis der Staatsbürgerschaft war höher, es war der Preis des nicht in Blut dargebrachten Opfers, eine Schuld, die sämtliche Entbehrungen, Entsagungen und Ersparnisse der Nachkriegsjahre nicht hatten begleichen können.

Es mochte am Umstand des Fliegens liegen – an der klimatisierten Luft, dem Sicherheitsgurt, der ihn an den Sitz fesselte, dem arabischen Sitznachbarn, der die »Financial Times« las und ihm beim Umblättern jedes Mal in die Quere kam –, doch während er Richtung Italien flog, spürte Rapata, wie sich in ihm eine Leere auftat und der Verlust seines Großvaters ihn wie noch nie in die Tiefe zog. Bei der Beisetzung hatten ihn die Wut auf seinen Vater und die Gegenwart all der *Morehu* in Uniform geschützt, die Charles Maui Hira so in Erinnerung bewahrten, wie er erinnert werden wollte, dazu die Anteilnahme der Menschen, die Rapata seit seiner Kindheit kannte, die Geborgenheit des *Marae*, in dem er Hochzeiten, Feiern und Festessen erlebt hatte und in dem ihm selbst der Geruch des Holzes urvertraut war.

Einen Moment lang schloss er die Augen, kniff die Lider zusammen. Dann wandte er den Blick aus dem Fenster, hinter dem es außer Himmel nichts zu sehen gab.

Ehe Rapata Sullivan in dieser himmelblauen Leere gelandet war, hatte er Charles Maui Hiras Schmerz nie wahrgenommen. Nicht, weil sein Großvater die Schattenseiten der Kriegsjahre vor ihm verborgen gehalten hätte, sondern weil er sie ihm als nebensächlich beschrieben hatte, als erträglich angesichts der ruhmvollen Vergangenheit, als Kontrast, der die Taten des 28. Bataillons noch glanzvoller machte. Außerdem war er noch ein Kind gewesen. Was hätte er damals schon begreifen können, wo er doch auch jetzt noch ein halber Junge war, genauso alt wie sein Großvater, als er in Montecassino gekämpft hatte?

»Wir haben die Welt gesehen, Rapi«, hörte er ihn wieder sagen, »wir haben auf dem Olymp gekämpft, bei den Thermopylen, auf Kreta, in Ägypten. Weißt du, wer auf Kreta wohnte? Der Minotaurus, ein Ungeheuer, halb Stier, halb Mensch, der Jungen und Mädchen fraß, die der König der Insel ihm, um ihn gefügig zu halten, in einer Art Palast namens Labyrinth darbrachte. Bis eines Tages ein Jüngling auftauchte, der listiger und mutiger war, und das Ungeheuer tötete.«

»Und wie hat er ihn getötet, *Koro*? Mit einem Gewehr?«

»Nein, damals gab es noch keine Gewehre, das war vor langer Zeit, viele hundert Jahre bevor die Maori von den Nachbarinseln nach Aotearoa gelangten. Keine Ahnung, mit einem Dolch, einem Schwert.«

»War das, bevor solche Pyramiden in Ägypten gebaut wurden wie die auf dem Foto in deiner Küche?«

»Schon möglich, Rapi, das habe ich mich nie gefragt. Aber alle legten großen Wert darauf, uns Wilden vom anderen Ende der Welt zu erklären, dass es uralte Bauwerke seien, und überaus kostbar – die Wiege der Zivilisation. Aber ehrlich gesagt, gefiel mir der Palast auf Kreta besser, darin gab es eine große, mit blauen Delfinen bemalte Wand. Bei deren Anblick fühlte ich mich sofort zu Hause und bekam sogar ein bisschen Heimweh.«

»Der Palast von dem Ungeheuer, *Koro*?«

»Nein, der des Königs, der den Minotaurus beherrschte.«

»Aber der war böse! Ist doch wurst, ob er einen schönen Palast hatte, er war böse!«

»Ich glaube, es war nicht jener König, der die Delfine malen ließ, sondern einer seiner Nachfolger. Jahrhunderte später vielleicht. Und weißt du, Rapi, womöglich waren diese Geschichten nicht ganz wahr: ein bisschen wie unsere, an die wir glaubten, ehe die *Pakeha* uns Jesus brachten.«

»Wie Tumatauenga, der, um Platz und Licht zu haben, Rangi und Papa auseinanderschieben und töten will, obwohl sie seine Eltern sind? Wie Maui? Erzählst du mir die Geschichte von Maui, *Koro*?«

»Ein anderes Mal. Ich habe dir ja schon erzählt, dass wir unsere erste Kampfhandlung auf dem Olymp hatten, von dem die alten Griechen glaubten, dort wohnten ihre Götter: der Gott des Himmels, der Gott des Krieges, des Feuers, sogar der des Meeres. Und sie glaubten auch, dass, wenn sie in die Schlacht zogen, die Götter von dort oben zuschauten und zugunsten der einen oder der anderen eingriffen. Doch bei unserem Aufstieg trafen wir nur auf Minen und Stacheldraht und Deutsche.«

»Und habt ihr viele umgebracht?«

»Nein, nicht besonders viele. Das war nur der Anfang, Rapata. Diese Geschichten erzählte uns Major Dyer abends im Lager, er war der einzige *Pakeha* unter unseren Kommandeuren. Nach dem Krieg wurde er Lehrer, ganz offensichtlich bedeuteten Geschichten ihm viel. Doch wir waren zu müde und zu aufgeregt, endlich an der Front zu sein. Wir stellten dumme, alberne Fragen, und das ärgerte ihn. Wie kann es sein, Herr Major, dass diese *Pakeha* aus alten Zeiten ihre Götter allesamt auf dem Gipfel eines nicht einmal besonders hohen Berges zusammenpferchten? Uns kam das lächerlich oder zumindest seltsam vor. Wir waren ein recht undisziplinierter Haufen, aber gut eingespielt: Für die Moral einer Kompanie ist das sehr wichtig, und Major Dyer wusste das zu schätzen. Ich weiß noch, da war ein Junge, der sich mit höchstens sechzehn Jahren freiwillig gemeldet hatte und den man wie üblich als Einundzwanzigjährigen hatte durchgehen lassen, der fragte: ›Glaubten die alten Griechen auch, sie stammten von Tumatauenga ab, oder wie hieß deren Kriegsgott?‹ Major Dyer antwortete: ›Nein‹, doch dann dachte er nach. ›Ich weiß nicht, ob die Griechen eine genaue Vorstellung hatten, von wem sie abstammten‹, sagte er schließlich.

›Und wir sollen Wilde sein, Herr Major?‹, rief jemand, der in der Dunkelheit unerkannt blieb. Der Kommandeur war noch ganz in Gedanken und ging nicht darauf ein. ›Doch ich kann euch sagen, dass auch sie den Krieg für den Vater aller Dinge hielten.‹ Ich weiß nicht, ob ihm außer mir noch jemand zuhörte, und vielleicht hätte ich diese Worte ebenfalls vergessen, wenn Major Dyer sie nicht auf Kreta wiederholt hätte, wo die Deutschen mit Fallschirmen auf uns niederregneten. Obwohl wir der Invasion mit aller Kraft trotzten, wurden wir zum Rückzug gezwungen und erlitten schwere Verluste. Damals sagte der Major noch einmal, dass der Krieg für die Griechen, die sich untereinander ›Sterbliche‹ nannten, der Vater aller Dinge sei. Es war das erste Mal, dass ein Kamerad direkt neben mir starb.«

»Wie ist er gestorben, Großpapa? Hat er Blut gespuckt?«

»Lass gut sein, Junge, solche Dinge sind nichts für dich. Für heute ist es genug, geh schlafen.«

Wie hatte er, fragte sich Rapata, auch als er schon größer war, nicht bemerken können, dass der Großvater seine Erzählungen immer im Schatten enden ließ und sich gleich darauf zurückzog. Dass selbst die glorreichsten Erinnerungen von diesem Schatten verdunkelt waren? Wie hatte er nicht wahrnehmen können, dass es Dinge gab, die er seinem Enkel zwar gesagt, über die er aber nie gesprochen hatte? Die Gefangenschaft beispielsweise, dabei hatte Rapata doch in der Schule gelernt, dass die im Lager E535 in Milowitz internierten *Kiwis* eine Zeitung herausgaben, die »Tiki Times«, derer sich Neuseeland noch heute rühmte. Alles war von Schatten umflort: der Minotaurus, der die Kinder verschlang, die wie launische Befehlshaber gegnerischer Heere auf dem Olymp versammelten Götter. Oder wenn er von den Thermopylen erzählte, bei denen die Spartaner das Vorrücken des riesigen persischen Heeres aufgehalten hatten, und bemerkte, die in Italien gefallenen Maori-Soldaten seien ebenfalls dreihundert gewesen. »So waren wir, Rapata, wir hielten viel fester zusammen als die *Pakeha*, wir gaben unser Leben füreinander, ohne darüber nachzudenken, und wer uns als Vorhut für den Angriff von Montecassino auswählte, wusste das.«

Schwachsinn, dachte Rapata, den Blick im himmelblauen Nichts verloren, mit einem Nachdruck, der ihn selbst verblüffte. Die Wahrheit lautete, dass sie in Montecassino umsonst gekämpft und nicht einmal eine Niederlage erlitten hatten, die zu einem Sieg verholfen hätte. Die Wahrheit lautete, dass – so ein Zufall! – wer vorgeschickt worden war, um die zweite Offensive loszuschlagen? Vor allem die Maori und die Inder. Darunter nepalesische Gurkhas, laut Charles Maui Hira ebenfalls äußerst tapfere Männer. Dafür hatte das Empire jahrhundertelang über die halbe Welt geherrscht: um den tüchtigen eingeborenen Soldaten vorzuschicken und abschlachten zu lassen. Doch in den Dokumentarfilmen der BBC, die er sich im Netz angeschaut hatte, gab es kein einziges Interview mit einem farbigen Veteranen. Der Preis, den die Maori für die Staatsbürgerschaft gezahlt hatten, lag um sechzig Prozent höher als der der *Pakeha*. Und was hatten sie davon gehabt? Nichts als Gedenktafeln und Denkmäler, und dass man an jedem 25. April, am ANZAC Day, zum Gedenken an die Gefallenen sämtlicher Kriege in den *Marae* und Schulen über sie sprach. Und dass über die Hälfte derer, die beim neuseeländischen Militär landeten, noch immer Maori waren. Das haben wir davon, *Koro*: das Privileg, als Erste und in größerer Anzahl draufzugehen. Zum Wohl, *Koro, kia ora*, cheers!

Das Abendessen war serviert worden, und dem Beispiel seines arabischen Nachbarn folgend, hatte Rapata sich einen Gratis-Whiskey bringen lassen, dabei trank er, um seinem Vater eins auszuwischen und seinem Großvater Folge zu leisten, sonst nur ab und zu ein Bier. Doch jetzt, nachdem er eine Hähnchenbrust mit Würzreis und Karotten verschlungen hatte, hob er das Glas zu einem Toast und kippte es in einem

Zug hinunter, sodass der ungewohnte Alkohol in der Kehle brannte und ihm in die Augen stieg.

Während der Reisevorbereitungen hatte Rapata sich verpflichtet gefühlt, sein Wissen aufzufrischen, doch jetzt drohte all das, was er in den in seinem Rucksack verstauten Büchern über das 28. Bataillon und Montecassino gelesen hatte, Charles Maui Hiras Erzählungen fortzuwischen.

Die Wahrheit lautete, dass Rapata Angst hatte: Angst, dass alles, was sein Großvater für ihn gewesen war, in Rauch aufginge, sobald er nach Montecassino käme.

Vielleicht sollte er seinem eigenen Willen folgen, statt die Reden und Gebete über sich ergehen zu lassen, und das restliche Geld darauf verwenden, nach den Überresten der Mine in Polen zu suchen, wo der Großvater in Gefangenschaft gewesen war und über die Rapata nicht mehr wusste, als dass die wertvollste Wechselwährung »papiroski« geheißen hatte. »Zigaretten«, hatte er ihm erklärt, jedoch nur um zu sagen, dass er das Wort bereits aus Libyen kannte, wo sie zusammen mit den Polen Rommels Afrikakorps bei der Belagerung von Tobruk geschlagen hatten.

Ja, vielleicht sollte Rapata sich für das Gegenteil dessen entscheiden, was Charles Maui Hira getan hätte. Er sollte den Schatten suchen, statt der offiziellen Verklärung beizuwohnen. Er sollte seine Erinnerung verraten, um ihn zu retten.

Vielleicht hatte sein Vater recht: Er, Rapata Ihipa Sullivan, war tatsächlich nur ein halber Mann, ein in zwei Hälften geteilter Mann, halb Sohn eines zuerst rebellischen und dann nur noch zornigen Vaters, der ihm maorische Namen angehängt hatte, obwohl er ihn am Stadtrand von Auckland großzog, und halb Sohn eines Großvaters, der ihn in seinem Heimatdorf aufwachsen ließ und zwang, zu lernen, sein Zimmer in Ordnung zu halten, ein möglichst sauberes Englisch zu sprechen, und ihn bei jedem Verstoß gegen die eherne großväterliche Disziplin mit unerschütterlicher Ruhe strafte.

Er musste ungefähr zwölf Jahre alt gewesen sein, als er an einem Schulmorgen mit seinen Freunden fischen gegangen war und sehr spät heimkam. »Wenn du so etwas noch einmal tust«, hatte Charles Maui Hira ihn empfangen, »wenn du wirklich glaubst, du könntest deine Pflicht durch Spaß ersetzen, bin ich gezwungen, dich zu deiner Mutter nach Auckland zu schicken.« Und sie hatten nicht mehr darüber gesprochen. Weder an jenem Abend noch danach.

Er erinnerte sich noch an die stummen Beleidigungen, die er seinem Großvater an den Kopf geworfen hatte. Begriff er denn nicht, dass er zu seinen Freunden nur einmal, nur ein einziges Mal, nicht hatte Nein sagen wollen? Aber Rapata Sullivan war sowohl im Dorf am Waikato als auch im Viertel von Auckland der Einzige unter seinen Freunden, der einen Hochschulabschluss gemacht, und fast der Einzige, der einen Fuß in eine Universität gesetzt hatte, doch wer sich fortwährend über ihn lustig gemacht hatte, weil er sich für Soziologie mit Schwerpunkt »Postkoloniale Studien« entschieden hatte, war nicht sein Großvater, sondern sein Vater gewesen.

Der Araber im Nachbarsitz schlief mit aufgeklapptem Mund, den Kopf zu Rapata gekippt, in der Flugzeugkabine brannten nur noch die kleinen Leselampen. Jetzt, da er sich vom Geheimnis des einfachen Soldaten Charles Maui Hira entfernt hatte und in Gedanken zu sich selbst zurückgekehrt war, wurde Rapata ebenfalls schläfrig. Er würde versuchen, bis zur Landung ein wenig zu schlafen, auf der Strecke von Dubai nach Rom hätte er noch alle Zeit der Welt, um seine Lektüre fortzusetzen, wenn er denn wollte.

Krankensaal 41 NZ MOB. CCS, 10. März 1944

An Oberstleutnant R. R. C. Young, die Offiziere, Unteroffiziere und Männer des 28. Maori-Bataillons

Mit Stolz habe ich euer Sendschreiben erhalten. Es wird immer eines meiner kostbarsten Besitztümer sein. Zukünftige Schlachten stehen euch bevor, doch meine sind zu Ende, nie mehr werde ich die Planung eurer Schlachten teilen, und es wird die Aufgabe eines anderen sein, euch in euren Unterfangen beizustehen. Doch aus der Ferne werde ich mich weiterhin eurer Taten rühmen und eure Verluste beweinen. Ich weiß, ihr werdet euch auf ewig erinnern, dass in den Händen eines jeden von euch der Ruhm eures großen Bataillons und die Ehre eures Volkes ruht. Es war eines meiner stolzesten Privilegien, das Maori-Bataillon in zahlreichen Gefechten unter meinem Kommando zu haben. Jetzt ist der Moment des Abschieds gekommen. Ich danke euch, und auch jenen, die vor euch dienten, und wünsche euch alles Gute. Ich danke euch von ganzem Herzen.

Howard K. Kippenberger
Generalmajor

Als er auf diesen Brief stieß, war Rapata gerührt. Er hatte das Buch über das Maori-Bataillon zufällig aufgeschlagen, besser gesagt hatten die Seiten dem von seinem Großvater wer weiß wann hineingelegten Lesezeichen nachgegeben. Er hatte noch fast zwei Stunden Aufenthalt am Flughafen von Dubai und wusste nicht, wie er sie herumkriegen sollte. Er war an endlosen Kilometern von Duty-free-Läden entlanggelaufen, hatte sich eine lächerlich teure Coca-Cola gekauft und sich an das Ende einer von fast deckenhohen echten oder falschen Palmen flankierten Flaniermeile gesetzt. Einen

Moment lang versuchte er sich vorzustellen, was Charles Maui Hira getan hätte, wäre er am Flughafen Dubai angekommen. Nichts, beschloss er, er hätte lediglich versucht, das Gate seines Weiterflugs zu finden, sich dort einen Sitzplatz gesucht und gewartet, ohne auf irgendetwas oder irgendjemanden zu achten, was Rapata allerdings nicht gelang.

Vielleicht lag es auch am Luxus dieses Bienenstocks aus Glas und satiniertem Stahl, dass der Brief des neuseeländischen Oberbefehlshabers ihn so tief berührte. Er war von einem Mann geschrieben worden, der während eines normalen Beobachtungsrundgangs auf eine Mine getreten war, die ihm einen Fuß abgerissen und den anderen zerfetzt hatte. Der Ort, an dem Rapata sich befand, hatte rein gar nichts mit ihm und seinem Großvater zu tun, und ebenso wenig mit Howard Kippenberger, obschon der ein weißer Generalmajor gewesen war. Es war ein Ort für fette Scheiche mit einem Rattenschwanz von Frauen und quirligen Kindern und für blonde Damen auf schwindelerregend hohen Absätzen, die teilweise wie Nutten aussahen, ein Durchgangsort für Menschen jeglicher Hautfarbe in einheitlich grauen Anzügen mit Krawatte, Laptop und Köfferchen. Plötzlich traf Rapata eine Erkenntnis: Um Orte wie diese entstehen und wachsen zu lassen, hatte man Tausende Maori-Soldaten verschifft und dreihundert von ihnen in dem Land, in das er unterwegs war, in den Tod geschickt, hatte ein General mit deutschen Wurzeln seine Füße auf einer deutschen Mine verloren. Für diese Orte. Orte des Austausches, Orte des Friedens, eines auf Waren- und Geldverkehr gründenden Friedens, eines Weltfriedens. Verbissen begann er zu lesen. Auf dem Flug nach Rom übermannte ihn sogleich der Schlaf, der einer der Druckschwankung geschuldeten Ohnmacht glich, und als er aufwachte, wurde gerade der Film *Master and Commander* mit Russell Crowe gezeigt, der seit *Gladiator* zum Idol der Nation aufgestiegen war, und obwohl ihn dieser Kostümschinken über einen Marinekapitän zu Zeiten der Napoleonischen

Kriege langweilte, sah er ihn von Anfang bis Ende und dachte, dass die Galapagos-Meerechsen nicht übel waren.

In diesem Zustand landete Rapata Sullivan in Rom-Fiumicino: abgeschlagen, verloren, bereit, klaglos all das zu tun, was er tun musste, angefangen bei der Suche nach dem Zug Richtung Termini und von dort nach Cassino.

Was er durch die Zugfenster sah, kam ihm fast vertraut vor. Die Berge, die Schafherden. Die Straßen mit gewöhnlichen Autos und Tankstellen. Die Silos. Die Chips essenden Teenager mit iPods und MP3-Playern in den Ohren, genau wie Rapata, wenn er ins Dorf zurückkehrte, um den Großvater zu besuchen. Allerdings fuhr er immer mit dem Bus und brauchte fast fünf Stunden. Hier nahmen die Schüler und Pendler Züge, die ihren Bussen ähnelten, und alles war kleiner, die Berge weniger hoch und das auf dem Bahnhofsvorplatz von Cassino gegessene Pizzastück dünner, doch die Art, es auf den Pappteller zu schieben und die Cola in einen roten Pappbecher zu zapfen, war die gleiche. Dennoch: Mit einem »this« hatte er auf die gewünschte Pizza gezeigt und »Coke« zu einem Jungen gesagt, der außer »okay« offenbar kein weiteres Wort Englisch beherrschte, und auch das Geld hatte er entsprechend dem Preis auf der beleuchteten Menütafel zusammensuchen müssen. Trotzdem war alles leicht, leicht wie in einem Traum, und von einer unbekannten Sprache umgeben zu sein genügte nicht, um ihn wahr erscheinen zu lassen.

»Hotel Eden?«

Ehe die Betreiber des Fast-Food-Lokals jemanden suchen konnten, der Englisch sprach, war an einem der umstehenden Plastiktische ein Mädchen aufgestanden und sagte: »I show you.«

Sie war Sprachstudentin an der Universität von Cassino, kam aus Caserta, hatte ein paar Pickel, einen Akzent wie die Kellner in den Pizzerien zu Hause und einen ziemlich breiten Hintern, der in einer Bluejeans steckte.

»You American?«

»No, New Zealand.«

»Ah. You see *Lord of the Rings*?«

»Yes, but I live in Auckland, big city.«

Sie hatte ihn vor die Tür begleitet, »straight« und »third street to the left« gesagt und war mit triumphierender Miene zu ihren Freundinnen zurückgekehrt.

Ehe er im Hotel den Mund aufmachen konnte, hatte man ihn mit »Welcome, Sir. I hope you had a pleasant journey« empfangen und zu seinem Zimmer gebracht. Es bot einen perfekten Ausblick auf die Abtei, den man ihm ebenso stolz präsentierte wie das kleine Sicherheitsfach im Kleiderschrank. Der Tag war klar, sogar warm. Die hellen Klostermauern schienen das vom blauen Himmel aufgenommene Licht zurückzuwerfen und strahlten gänzlich unversehrt auf der von Grün bedeckten Anhöhe. Rapata ging ins Bad, zog sich Schuhe und Hosen aus, warf sich aufs Bett. Noch immer blickte ihn die Abtei durchs Fenster an, schön und leuchtend, als hätte sie immer dort gestanden. Rapata war in Montecassino angekommen, und Charles Maui Hira lebte nicht mehr. Die wiedergeborene Abtei sagte ihm, dass Dinge wiederauferstehen konnten, Menschen nicht: nicht einmal jene, die Krieg und Zerstörung überlebten. Er war kurz davor, ein paar Schmähungen Richtung Abtei zu schicken, verkniff es sich aber. Er schloss die Fensterläden und schlief bis zum Abend.

Unter dem Auge der Abtei

Italienische Freunde, ACHTUNG!

Bislang haben wir mit allen Mitteln versucht, den Beschuss des Klosters von Montecassino zu vermeiden. Die Deutschen wussten das zu ihrem Vorteil zu nutzen. Doch nun hat sich das Gefecht noch enger um den Heiligen Bezirk zusammengezogen. Die Zeit ist gekommen, in der wir schweren Herzens gezwungen sind, unsere Waffen auf das Kloster zu richten.

Mit dieser Warnung wollen wir euch die Möglichkeit geben, euch in Sicherheit zu bringen. Unsere Warnung ist dringend: Verlasst das Kloster. Geht sofort. Befolgt diese Aufforderung. Sie ist zu eurem Guten.

DIE FÜNFTE ARMEE

Sie regneten vom Himmel, abgeschossen von den alliierten Flugabwehrgeschützen, zielten auf die Abtei und gingen doch außerhalb ihrer Mauern nieder, flatterten aus Artilleriegranaten wie die Zettelchen der Baci-Perugina-Pralinen, auf die das autarke Italien, als es noch existierte, so stolz gewesen war. Es war der 14. Februar 1944, Valentinstag. Das wussten die Benediktinermönche, die den Heiligen des Tages in ihre Gebete einschlossen, den Märtyrerbischof, der vor weit über tausend Jahren auf der Via Flaminia enthauptet worden war. Das erinnerten die amerikanischen Soldaten, die sich auf einem Felssporn verschanzt hatten und hofften, die Briten kämen sie ablösen, ehe ihnen die Füße abfroren oder sich ein Granatsplitter in ihren Schädel bohrte oder beides. Das wussten die Engländer, Schotten, Iren und Neuseeländer, die in den Feldlagern die Zeit vor der Schlacht damit totschlugen, Briefe an ihre Frauen und Verlobten zu schreiben, Witze über die zu reißen, die Briefe an ihre Frauen und Ver-

51

lobten schrieben, was in Unflätigkeiten, Besäufnisse, und Streitereien ausartete und schließlich in Traurigkeit, Einsamkeit und Heimweh versank. Eine im Moment der Entschuldigungen gänzlich empfundene Einsamkeit, wenn dir klar wird, dass das Arschloch neben dir, das die Treue deines Mädchens anzweifelt, dem du gerade Küsse und das Versprechen schickst, heil und gesund zurückzukehren, um sie wieder in die Arme zu schließen, dass dieser halbe Analphabet, mit dem du zu Hause nie im Leben auch nur ein Wort gewechselt hättest, der Mensch ist, der dir seit Monaten am nächsten ist, mit dessen Geruch in der Nase du aufwachst und einschläfst, und solltest du dein Versprechen nicht halten können, wird er der Letzte sein, den du siehst.

»Los, trink einen Schluck Wein, schließlich haben wir hier sonst nichts, was uns Gesellschaft leisten kann. Es tut mir leid. Im Ernst.«

»Der schmeckt zum Kotzen. Das Wetter ist zum Kotzen, und die zu leichte Ausrüstung auch, und dieser Wein ist so sauer, dass er einem mit jedem Schluck heftiger wieder hochkommt. Hast du schon mal daran gedacht, dass uns keiner glauben wird, wenn wir erzählen, wie es in ›sunny Italy‹ so war?«

»Nein, habe ich nicht. Ich versuche, nicht darüber nachzudenken, nie über den nächsten Tag hinauszudenken, und trotzdem macht mich das Warten wahnsinnig. Würdest du meiner Frau ein paar Sachen schicken, sollte ich es nicht schaffen?«

»Du bist verheiratet?«

»Seit vier Jahren. Wir haben eine kleine Tochter. Deidre. Wenn ich richtig mitgezählt habe, ist sie gerade zwei geworden.«

»Klar. Und weißt du was: Ich fahre hin, höchstpersönlich.«

»Nach Belfast? Von Bristol? Nein, lass gut sein.«

»Ich tu's. Versprochen.«

»Du versprichst zu viel. Und dass man den Versprechun-
gen von euch Engländern nicht trauen kann, haben wir ja
gelernt. Das war nur ein Witz, verstanden? Um Danke zu
sagen.«

»Darf ich jetzt meinen Brief fertig schreiben?«

»Na schön: Ich trinke, und du machst, was du willst.«

Die Soldaten der 4. indischen Division, die *Sepoy* und *Naik*
der Punjab- und Rajputana-Bataillone und die nepalesischen
Gurkhas, die seit einigen Tagen auf den Berg vorrücken
mussten, um einen erneuten Angriff auf die Abtei zu star-
ten, hatten keine Ahnung, welcher Tag es war. Ihre weißen
Offiziere und die Soldaten des Royal Sussex hatten es über all
dem Schnee, den Gefechten und den Pfaden entlang der Steilwände und Felsspalten, die Menschen und Maultiere ver-
schluckten, vergessen.

Die Evakuierten wussten es nicht, die in der Abtei aufgenommen und dann, als die Schutzzone nicht mehr sicher
erschien, in die Höhlen auf dem Berg gescheucht worden
waren, wo sie an Kälte und Fieber, an Hunger, Durst und
Angst starben, an der unablässigen Angst wegen des unablässigen Trommelfeuers, das sie dort einschloss oder sie
umbrachte, kaum wagte sich einer hinaus, um nach etwas zu
essen oder Wasser zum Überleben zu suchen. Das Liri-Tal,
ihr Tal dort unten, war nunmehr unerreichbar fern, ferner
als die Hauptstadt, in die manche von ihnen kutschiert worden waren, um droben auf dem Vaterlandsaltar den Duce zu
sehen. Alles, Raum und Zeit, war für die Höhlenbewohner
nunmehr ewig weit weg. Vielleicht hatten manche Angehörige, die auf den gegenüberliegenden Berg geflohen waren,
auf den Monte Trocchio, wo das amerikanische Hauptquartier lag, und die aßen jetzt amerikanische statt italienische
Schokolade, und hatte man bis vor Kurzem geglaubt, sie be-
mitleiden zu müssen, weil man selbst ein schützendes Dach
und einen Schutzheiligen besaß, hatte sich all das in der ewi-
gen Nacht der Höhlen verloren. Jetzt war die Welt aus den

Fugen geraten, und sie waren wieder in einer Zeit gelandet, in der weder Dächer über dem Kopf noch die schützende Hand der Heiligen existierten, aber Minen, Stacheldraht und Querschläger gab es noch immer. Als das Artilleriefeuer in den ersten Februartagen so heftig wurde, dass sie glaubten, am Ende lebend begraben zu werden, flohen sie aus den Höhlen und ließen sich unter Gebeten und Drohungen wieder von den Mönchen aufnehmen. Alles war nunmehr ewig weit weg, verloren in Zeit und Raum, alles bis auf die Abtei.

Seit rund zehn Tagen waren sie in das Haus des Heiligen zurückgekehrt, um in seinen Mauern weiter zu sterben: Nicht mehr an Hunger und Durst, sondern an einem Fieber, dass sie vermutlich selbst mitgebracht hatten und das schließlich auch den Mönch Don Eusebio befiel, der sie pflegte, und weil er zu den Jüngsten gehörte, ging er zwischen den Gebeten und der Versorgung der Kranken noch in die Kellergewölbe der Tischlerei, um dort primitive Särge zu bauen. Ora et labora. Die Regel des Heiligen in Kriegszeiten: eine Zeit für die Lebenden, eine Zeit für die Toten und eine immer erschöpftere Zeit, um weniger die Herrlichkeit denn das Andenken Gottes und seines als Mensch am Kreuz gestorbenen Sohnes zu feiern. Viele Jahrzehnte später kamen nicht Mediziner, sondern Historiker zu dem Schluss, dass es sich bei der Epidemie um Typhus gehandelt hatte. Während eines Schneesturms am 13. Februar, der die Soldaten in den Schützengräben jenseits der Begrenzungslinie und auf dem Marsch zu vorgerückten Stellungen fast erfrieren ließ, kehrte Don Eusebios Seele heim. Nach dem Tod des pflegenden Mönches blieben fünf Benediktinerpater mit ihrem Abt zurück. Tags darauf war das Wetter sonnig, der Himmel klar.

Alle sahen in dem strahlend blauen Firmament des 14. Februar ein Zeichen der Hoffnung: Die Soldaten hofften, wieder leidlich trocken zu werden, damit sie sich keine Lungenentzündung holten und ihnen Kraft genug zum Aufstehen blieb, die Geflüchteten hofften, ihre Zuflucht verlassen und irgendeinen Deutschen für irgendeinen Tauschhandel finden zu können, denn auch in der Abtei wurden Essen und Wasser knapp, die Mönche hofften, wenigstens Don Eusebio, der in einem eigenhändig gezimmerten Sarg ruhte, ein christenwürdiges Begräbnis geben zu können. Ora et labora. Während sie sich bereit machten, in einer Trauerprozession zu einer Kapelle vor den Klostermauern zu ziehen, kehrte ein Junge zurück, der statt deutscher Lebensmittel ein Flugblatt der Alliierten in der Hand hielt. Die Verunsicherung, die diese vom Himmel geschossene Botschaft auslöste, entfachte Panik unter den Menschen, die sich in der Feste zusammenscharten und nicht mehr wussten, ob sie Schutz oder Gefängnis war, ob sie fliehen oder bleiben, ob sie dieser Nachricht Glauben schenken oder sie für ein Täuschungsmanöver halten sollten, um die Deutschen zum Rückzug zu bewegen, und sie wussten nicht, ob die Mönche, die sie drängten, woanders Zuflucht zu suchen, nicht vor allem ihre hungrigen Mäuler und siechen Leiber loswerden wollten. Die Panik machte sie willenlos, sie waren Höhlenmenschen, die sich in den Winkeln des Hauses des heiligen Benedikt verkrochen, angststarre Kaninchen vor der Schlange. Der Abt hatte einen deutschen Offizier kontaktiert, der gekommen war, den feindlichen Zettel in Augenschein genommen und den Zivilisten kategorisch davon abgeraten hatte, auch nur einen Fuß auf das Schlachtfeld zu setzen, er hatte versprochen, für geschütztes Geleit zu sorgen, und war gegangen. Die Mönche beschlossen zu bleiben, und wenn die Mönche blieben, blieben auch die an sie geklammerten Evakuierten. Es war eine Mischung aus Schläue und Glaube – wenn *sie* bleiben, sind wir wohl ebenfalls in Sicherheit –, ein als Schläue bemäntelter Glaube, und da half das Argument wenig, dass diese Handvoll Mönche und ihre paar Bediensteten sich nun einmal der Pflicht verschrieben hatten, das Haus und die heiligen Überreste ihres Gründers nicht im Stich zu lassen. Um nicht in die Höhlen zurückgeschickt zu werden, versuchten die Menschen in ihrer Lähmung, einen möglichst weiten Zeitsprung zu tun, der sie von der Steinzeit ins Mittelalter katapultierte: Sie gehorchten dem Instinkt, sich beim Einfall fremder Heere zum Adel oder zum Klerus zu flüchten. Unterdessen ging die Gegenwart weiter, die Mönche bestatteten Don Eusebio, kehrten zurück, beteten die *Vespera*, der deutsche Offizier kam nicht wieder, der Himmel war noch immer klar, aber inzwischen dunkel, und außerhalb der Mauern begannen die Soldaten, wieder aufeinander zu schießen. Doch der Himmel ist nie derselbe Himmel, je nachdem, wer ihn betrachtet. Der Himmel des 14. Februar, der endlich blaue, klare, wolkenlose Himmel, war für die Befehlshaber der Armeen, die ihn aufrecht stehend beobachten, bis zum Horizont absuchen und mit den Wetterberichten vergleichen konnten, ein anderer als für jene, die ihn aus einer Höhle, aus einer am ebensten Punkt eines Berggrats aus Steinen errichteten Deckung, aus einem am Fuß der Abtei gegrabenen Bunker oder aus dem Klosterhof betrachteten, wo Soldaten, Mönche und Geflüchtete wie Schildkrötenmenschen behutsam die Köpfe herausstreckten und zu ihm emporblickten.

Der Himmel ist nie derselbe Himmel, je nachdem, wer ihn betrachtet. General Freyberg sah einen Himmel, der nicht so bleiben würde. In spätestens zwei Tagen würde es wieder regnen, und deshalb musste der Bombenangriff vorgezogen werden. Er war es gewesen, der – kürzlich an die Spitze des neuen neuseeländischen Armeekorpses berufen und somit verantwortlich für die Operationen rund um Montecassino – die Zerstörung der Abtei gefordert hatte. General Clark war dagegen. Doch die 36. Division war im Rapido ertrunken, und die 34. Division »Red Bull« war auf den Berg gekraxelt und hatte über die Hälfte ihrer Männer verloren, und noch immer war es unmöglich zu sagen, wie viele Soldaten nie mehr von dort oben wiederkehren würden. Zwei US-Divisionen, in einer einzigen Schlacht an einer Nebenfront in Fetzen gerissen. Die Schwierigkeiten in Anzio, die geplante Invasion an den französischen Küsten, Montgomery, der kurz vor Weihnachten zurückbeordert und vor kaum einem Monat zum Befehlshaber der bevorstehenden Landung ernannt worden war. General Clark, dem er den zuvor als »Riesenschlamassel« bezeichneten Italienfeldzug übertragen hatte, war ein zweitklassiger General an der Spitze einer bunt zusammengewürfelten Truppe, und wenn die gerade verfügbaren Kräfte das neuseeländische Kontingent und die indische Division waren, musste er sich wohl mit dieser Wirklichkeit abfinden.

Doch die Wirklichkeit war nicht alles. Jenseits der Wirklichkeit, über der Wirklichkeit, ging das schwarz-weiße Flackern der Propaganda nieder wie die in den Himmel über Cassino beschworenen Fliegerbomben, und er, der eine eigene Pressestelle ins Leben gerufen hatte, um sicherzustellen, dass die Zeitungen von den militärischen Leistungen stets als »durchgeführt von General Mark W. Clarks 5. Armee« berichteten, wusste das besser als jeder andere. Er wusste, dass man ihn als Barbaren hinstellen würde, der gekommen war, um das künstlerische und geistige Erbe Europas zu zerstören, ausgerechnet ihn, der davon träumte, die Hauptstadt dieser zu einem Knochen für streunende Köter verkommenen Nation zu befreien, war doch der einzige Ruhm, den er bei der Sache davontragen konnte, der Einmarsch in Rom, caput mundi, so nah und doch unerreichbar hinter der Abtei. Wenn sie diesen heiligen Ort dem Erdboden gleichmachten, wäre das riesige Gewölk seiner Trümmer sehr viel schneller dort als der erste Soldat seiner Armee, es würde, schneller als die Luftwaffe der Alliierten, auf den Flügeln der Propaganda die Welt umrunden und käme wie eine vernichtende Stoßwelle zu ihm zurück. Sollten doch andere die Rolle der barbarischen Invasoren übernehmen, General Tuker zum Beispiel, der die Inder befehligt hatte, bis ein wieder aufflammendes tropisches Fieber ihn ans Bett gefesselt hatte, oder eben Freyberg, der von diesen entlegenen Inseln kam, auf denen es mehr Schafe als Menschen gab, gibt und vermutlich immer geben wird. Sollten sie doch darauf bestehen, diese an den Rändern eines überlebten Reiches zusammengeklaubten alten Eisen, dieser Sir Harold Rupert Leofric George Alexander, der natürlich adelig war wie die meisten britischen Generäle, adelig von Bluts wegen oder von Gnaden Seiner Majestät, dem ein mittelmäßiger militärischer Sieg genügte, um diese Herren mit geneigtem Haupt vor sich hintreten zu lassen und ihre Schultern mit dem Schwert zu berühren. Sollten sie sich doch darum kümmern: diese Gentlemen, für die der Krieg noch immer die Fortsetzung einer Partie Kricket mit anderen Mitteln war. Sie würden nie begreifen, dass im gegnerischen Feld nicht mehr ihre Standesgenossen standen, Frido von Senger und Etterlin oder Heinrich von Vietinghoff oder einer der vielen anderen hochrangigen Offiziere, die aus Kastengeist und Heimattreue Führer, Reich und Vaterland dienten: Eine neue Zeit war angebrochen, eine Zeit neuer Menschen wie er selbst oder der Minister für Volksaufklärung und Propaganda, der kleine, klumpfüßige Prolet Goebbels, der mehr Macht besaß als alle anderen, obwohl er über keinen einzigen bewaffneten Mann verfügte, den er ins Feld hätte schicken können, und er besaß sie, weil er nicht in Menschen, sondern in Massen dachte, weil er nicht die Verluste zählte, sondern den Gewinn im Blick behielt.

Nein, General Freyberg, der neunmal im Großen Krieg verwundete Baron Sir Bernard Cyril Freyberg, würde das nie begreifen. Wenn General Freyberg mit Generalmajor Kippenberger sprach, waren die Schafe in Neuseeland das Problem: Das Problem waren Männer, die man in ausreichender Anzahl zurück in die Heimat bringen musste, damit sie sich um ihre Herden kümmern konnten. Kippenberger, der auf einer Farm aufgewachsen war, kannte sich gewiss damit aus. Und beide wussten, wozu das Land ihrer Vorfahren fähig war, wenn es darum ging, die eigenen Soldaten und die Soldaten sämtlicher Kontinente zu verheizen, sie zu verschlingen, ohne sie vorrücken oder aus dem Schlamm der Schützengräben auftauchen zu lassen, obschon damals an der Somme, wo Freyberg das Viktoria-Kreuz und Kippenberger einen zerfetzten Arm davongetragen hatte, wenigstens keine Berge im Weg gewesen waren. Für sie war Europa genau das: Es war Verdun und Ypres, die Dardanellen und Passendale, die Marne und die Somme und auch der Isonzo, die Flüsse, die weiter dahinflossen, derweil die an ihren Ufern hockenden Menschen weiter starben, und nicht Rom, nicht die Abtei von Montecassino oder all die anderen kunsthistorischen Stätten, die Clark als typischer Yankee mit kulturellen Aspirationen offenbar so beeindruckend fand. Sie waren dort gewesen, sie waren wieder herausgekommen, sie waren lebend herausgekommen und als Helden in die Heimat zurückgekehrt, was unter anderem bedeutete, dass man nie mehr in ein Leben zurückfand, das aus der Aufzucht von Schafen und Kindern bestand. Die Orden, die sie sich verdient hatten und die am ANZAC Day oder bei jeder anderen offiziellen Feierlichkeit auf den Galauniformen getragen werden mussten, wogen schwer, wenn auch nicht im wörtlichen Sinn, doch steckte man sie sich an die Brust, kroch die Kälte des Metalls in die Finger, eine ewige Kälte, die sie weit überleben würde. Sie mussten darüber Rechenschaft ablegen, dem Metall ihrer ausgezeichneten und verschonten Leben Rede und Antwort stehen, und wenn sie sich um die Denkmäler versammelten, mussten sie diese Orden erhobenen Hauptes und mit geschwellter Brust zur Schau tragen: im Angesicht der erinnerten Gefallenen. Denn würden Männer und Kriegshelden wie sie diese mit einer Marmorinschrift bestatteten Soldaten nicht mehr besuchen, blieben von ihnen bald nur noch ein Datum und ein Name übrig. Dann wäre das Opfer ihrer Landsleute umsonst gewesen, es wäre kein Opfer mehr, sondern nur Fleisch, von Metall zerrissen, Fleisch, das in einem allzu fernen Land verwest war, zuweilen nicht begraben, zuweilen unbekannt, und das hätte eine Nation wie die ihre und wie jede andere Nation, ob groß oder klein, ob besiegt oder siegreich, nicht ertragen.

Genau das wussten General Freyberg und Generalmajor Kippenberger, während sie die Karten und den Himmel des 14. Februar studierten. Vielleicht hatte Clark nicht ganz unrecht zu behaupten, dass die in Schutt gelegte Abtei dem Feind eine noch bessere Bastion wäre, doch inzwischen war seit dem ersten verheerenden Angriff ein Monat vergangen, und die in Anzio gelandeten Truppen steckten in Schwierigkeiten, es war ein Monat vergangen, und der Winter war noch immer kalt und regnerisch und würde noch mindestens einen weiteren Monat andauern. Was konnten sie also unternehmen, damit ihre Offensive nicht unweigerlich in den dümmsten, schmutzigsten, endlosesten und unvorhersehbarsten Infanteriekrieg abrutschte? In ein Gemetzel, wie sie es bereits erlebt hatten und das die Welt vom alten Kontinent bis nach Neuseeland niemals wieder erleben wollte. Sie waren dort gewesen, sie hatten so gekämpft; Clark war ebenfalls dort gewesen, und auch all jene, die heute Generäle der Wehrmacht waren. Fehlte nur Goebbels, der Lahme, der Doktor, und jetzt sollten sie die von einem verkrüppelten Zivilisten an die Wand gemalten Bilder mehr fürchten als das Feuer, das Leben und Moral ihrer Soldaten verschlang? Diese Männer, diese Jungen, fühlten sich vom Auge der Abtei erdrückt, ausgeliefert bei jeder Kampfhandlung und jedem Manöver, und sie sollten nichts unternehmen, um diese latente, makellose Bedrohung zu bezwingen? Was sollte überhaupt diese ganze Scheinheiligkeit, als hätte irgendjemand gemuckt, als zuerst die Briten, dann die Amerikaner und schließlich die Deutschen Neapel bombardiert hatten, das um einige Jahrhunderte älter war als Rom, und einen Teil der gotischen Basilika Santa Chiara sowie zahlreiche jahrhundertealte Kunstschätze in Schutt verwandelt, zehntausend Häuser und fast ebenso viele Menschenleben vernichtet hatten? Selbst Rom war bombardiert worden, selbst die Fenster der Kuppel des Petersdoms im Vatikan, Meisterwerk Michelangelos, waren durch die explosive Ladung eines einzigen Flugzeuges in Scherben gegangen. Was war an der Abtei des heiligen Benedikt heiliger als an San Lorenzo und Santa Chiara? Was machte dieses Dutzend Mönche kostbarer als eine unbestimmte Zahl Geflüchteter? Die Propaganda, mehr nicht. Die Propaganda, die sich mächtig ins Zeug gelegt hatte, um den von der Wehrmacht organisierten Transport der *Kodices* und anderer Bücher und Kunstschätze in die Engelsburg zu dokumentieren, sich aber tunlichst davor gehütet hatte, selbige Wehrmacht dabei zu filmen, wie sie die Nationalbibliothek aus Vergeltung in Flammen setzte, und nicht den Mut besaß, all die Verheerungen der deutschen Städte zu zeigen, über denen die alliierten Feuerstürme flächendeckend niedergegangen waren, die Bunkerbrecher und Brandbomben, deren Flammen höher reichten als die höchsten Häuser. Der absichtlich verschonte Kölner Dom inmitten eines Trümmerfeldes, zum Zeugnis, wie feige und grausam der Feind war, war gezeigt worden, aber nicht eine der fünfzigtausend verkohlten, mumifizierten Leichen, die im Juli des soeben vergangenen Jahres in Hamburg mit dem flüssigen Asphalt verschmolzen waren. Die Steine anstelle der Menschen beweinen: das gebot die Propaganda.

Die Propaganda ist wie ein Leichentuch, das alles bedeckt, noch ehe es geschieht. Menschen und Steine, Zweifel und Wahrheit, die Spannungen und die Zufälle in der Kommandokette, die zur Entscheidung führt. Wäre General Tuker nicht krank geworden, hätte der bereits fiebernde General nicht die Idee gehabt, einen seiner Offiziere loszuschicken, um in den Bibliotheken und Antiquariaten Neapels herumzuwühlen; wäre der Offizier nicht mit einem Buch von 1887 mit dem Titel *Historische Beschreibung des Klosters von Monte Cas-*

sino mit einer kurzen Anmerkung zur Stadt von Cassino zurückgekehrt; wäre Tuker, seit einem guten Jahr Sir Francis Tuker,
Ritter des Order of the Bath, Karriere in Indien, Schule in
Brighton, nicht das Inbild dieser englischen Militärkaste
gewesen, denen auch die Lektüre eines italienischen Buches
zugänglich ist; hätte Francis Tuker, genannt »Gertie«, nicht
sämtliche seiner Vorgesetzten so abgrundtief verabscheut
und General Freyberg einen »störrischen Esel«, General
Alexander »ein lahmes Ersatzrad« genannt; hätte er sich
während seiner unerträglichen Bettlägerigkeit zwischen Fie-
berschüben und Penizillinspritzen nicht darüber klar werden
können, dass er nie wieder das Kommando übernehmen
würde; hätte er nicht reichlich Zeit gehabt, um die Beschreibung der Abtei wieder und wieder zu lesen, bis er die Dicke
der Mauern, die Anzahl und Anordnung der Fenster, die
Widerstandsfähigkeit des Tors und einzigen Zugangs erahnen konnte; hätte diese weiße Wesenheit seine Nächte nicht
heimgesucht wie das Gespenst des weißen Wales Kapitän
Ahab – etwas, das man zur Strecke bringen musste, wenn
einem sonst nichts blieb –, hätte er sich nicht eingeredet, dass
das Kloster eine Festung war, und es seinem Arzt und womöglich gar seinen wackeren Gurkhas und Indern beteuert,
die von nun an einem anderen gehorchen mussten.

»It is a fortress, indeed.«

»Yes, sahib. You want your tea, sahib?«

Hätte er diesen verbohrten, grätigen Brief an Freyberg
nicht diktiert oder selbst geschrieben, in dem er die Archi-
tektur der Abtei haarklein auflistet, hätte er abschließend
nicht betont: »Ich möchte darauf hinweisen, dass wir uns
allein dank unserer Recherchen und ohne jegliche Hilfe des
Geheimdienstes ein Bild vom wahren Wesen der Festung
machen konnten, die uns dennoch seit vielen Wochen wie ein
Stachel im Fleisch steckt. Ehe man eine Gefechtsformation
zur Eroberung einer solchen Stellung bildet, sollte man
sicher sein, dass man sie mit den zur Verfügung stehenden

Mitteln erobern kann, ohne die Buchhandlungen Neapels nach etwas abklappern zu müssen, das uns bereits seit Wochen hätte bekannt sein müssen.«

Hätte Freyberg, wiewohl er sich über den typisch bissigen Snobismus des Volkes ärgerte, in das er hineingeboren worden war, Tuker nicht recht gegeben und dessen Drängelei nicht Alexander unterbreitet mit dem Zusatz, dem Parlament im Falle einer Weigerung Rechenschaft über die extremen Verluste seiner Soldaten ablegen zu müssen, und also mit einem warnenden Fingerzeig auf den möglichen Rückzug des neuseeländischen Kontingents; hätte Alexander, statt zu entscheiden, nur zu vermitteln versucht; hätte Clark als Befehlshaber des betroffenen Armeekorpses sich nicht auf eine gegenteilige Meinung beschränkt, sondern seine ausdrückliche Ablehnung kundgetan und von Alexander schließlich nicht den schriftlichen Befehl zur Bombardierung verlangt. Hätte der Befehlshaber der Luftstreitkräfte des Mittelmeeres, der amerikanische General Ira Eaker, nicht gesagt, er selbst habe während eines Aufklärungsfluges eine feindliche Antenne auf der Abtei entdeckt, hätte Eaker nicht darauf hingewiesen, dass sein Geschwader nur wenige Tage zur Verfügung stand, wäre er nicht ein Befürworter des *strategic area bombing* gewesen, das er bis dahin noch nie an einem Einzelgebäude hatte testen können, wäre schließlich auch Clark von der Vorstellung besänftigt gewesen, dass die Bomber wenigstens amerikanisch wären, hätte er Alexander nicht geantwortet: »Wenn Sie sagen, es wird bombardiert, dann werden wir bombardieren, aber nicht in kleinem Maßstab, sondern mit sämtlichen verfügbaren Mitteln.« Wäre unter all diesen gleichgeordneten und untergeordneten Generälen einer gewesen, der zu einem klaren Befehl oder einem klaren Nein fähig gewesen wäre, wären die Dinge vielleicht nicht unbedingt anders gelaufen, aber es hätte einen Verantwortlichen gegeben.

Doch der moderne, von modernen Demokratien geführte

Krieg sieht anders aus, und um seine Schwäche gegenüber dem eines von seinem einzigen Führer geeinten Heeresvolkes zu vertuschen, konnte man nur mehr auf die Luftwaffe und auf die Propaganda vertrauen. Bombardieren. Doch nicht in kleinem Maßstab. Wenn es sich nicht vermeiden ließ, dass die Bilder um die Welt gingen, dann sollten sie wenigstens großartig, entsetzlich und Zeugnis der unvergleichlichen Macht der alliierten Luftstreitkräfte sein, ein Beweis, dass der Krieg trotz allem gewonnen werden würde, trotz aller Unzulänglichkeiten, trotz der Menschen. Wir werden bombardieren. Aber nicht in kleinem Maßstab. Wir werden sämtliche Mittel einsetzen, die uns zur Verfügung stehen.

Krieg unser, der du bist im Himmel, hehrer, allerhehrster Krieg, der du mit dem ersten Schwarm von B-17-Bombern aus Foggia und aus Sizilien kommst, von den Stützpunkten in Nordafrika und aus England, Krieg, der du die fliegenden Festungen über die Glaubensfestung des heiligen Benedikt fliegen lässt, der du kommst, wenn alles bereitet ist, wenn die Kameraleute der Wochenschau, die Kameraleute des »Pathé-Journal«, der Korrespondent der BBC London und die Fotografen und Kriegsreporter aus aller Welt, die sich schon seit Tagen auf den nahe gelegenen Bergen tummeln, vor Ort sind, weil das, was demnächst über die Berge der Ciociaria dahinschießt, der Weltkrieg ist. Doch um ihn spürbar zu machen und die Bewohner Chicagos und Berlins, Osakas und Stockholms auf die Bühne des weltumspannenden Kriegstheaters zu holen, muss die Welt im Flug der Geschwader, im Schauspiel ihrer treffsicheren Fliegerbomben im Himmel geeint sein. Sogar Martha Gellhorn ist da, die damalige Mrs Hemingway, die sich später erinnern wird, von einem Mäuerchen oder einer Brücke nach oben gestarrt und wie alle anderen Idioten begeistert gejubelt zu haben: Schaut, da sind sie, unsere Bomber in perfekter Formation. Es ist der Morgen des 15. Februar 1944, 9:28 Uhr, die großen Bomber sind gekommen, und alle wissen es bereits, alle außer die Soldaten des indischen Kontingents, die hinaufgestiegen sind, um die Amerikaner abzulösen, die so erschöpft und katatonisch mit ihren Gewehren verwachsen waren, dass viele es nicht schafften, allein und auf eigenen Beinen hinabzusteigen. Und natürlich wissen es die Geflüchteten in der Abtei nicht, die noch immer auf die Rückkehr des deutschen Offiziers mit seinem Versprechen oder auf einen Wink des Himmels warten, der nicht mehr Gott gehört, sondern dem, was sie in ehrfürchtiger Unwissenheit »Maschinen« nennen, die ebenfalls mächtig und gnadenlos und ebenso blind sind. So werden denn, als die Flugzeuge ihr Ziel erreichen, die Soldaten des Punjab-Bataillons, die der Abtei am nächsten sind, von einem Mauerbrockenhagel getroffen, und die Männer des Royal Sussex, die dabei sind, eine schon einmal eroberte Stellung zurückzuerobern, werden durch vom Felsen abprallende Bombensplitter vierundzwanzig Kameraden verlieren.

Die erste Welle bringt den Fußboden im Herzen der Abtei zum Einsturz und begräbt die Kellergewölbe samt aller, die sich dorthin geflüchtet hatten, unter Schutt. Die mit Fresken ausgemalte Kuppel der Kirche wird getroffen, unter ihr gehen der Hauptaltar, die wertvolle Catarinozzi-Orgel, das Chorgestühl, ein Meisterwerk neapolitanischer Holzschnitzer aus dem siebzehnten Jahrhundert, in Stücke. In die Höfe fallen gebrochene und zersplitterte Balken, ganze Säulen, eine für nichts herausgehängte weiße Fahne, es regnet Steine und Fenstersplitter, es fliegen, von den Detonationen in die Luft gerissen, Fetzen von Dingen und Körpern. Der Kreuzgang des Priorats stürzt auf rund hundert Geflüchtete nieder, der Bramante-Kreuzgang ist ein Haufen Geröll und Schutt. Die Schreie der Verschütteten sind nicht zu hören, die Schreie der Verletzten unter offenem Himmel werden vom Lärm der Flugzeuge, Bomben und Einstürze verschluckt. All das, was die Menschen im Lauf der Jahrhunderte erschaffen haben, tönt lauter als sie, lauter als ihre Gebete und Flüche und Klagen. Man stirbt einen tauben, ohrenbetäubenden Tod, man lebt, saugt mit der Panik den Staub in die Lungen, schluckt zu Sand gewordene Fresken, versucht sich zu bewegen, sich fortzurühren.

Nach der ersten Welle schleppt sich eine Handvoll Geflüchteter hinaus oder wird hinausgeschleppt, nicht wissend, wohin. Die Mönche retten sich in einen Schutzraum, kommen heraus, um zu sehen, wie viel noch übrig ist, und den Verletzten, so gut es geht, zu helfen. Sie haben ein wenig Essen zu verteilen, kein Wasser. Die zweite Welle beginnt um 13:28 Uhr mit Formationen aus mittelschweren Bombern B-25 Mitchell und B-26 Marauder, die sich in noch geringerer Flughöhe nähern und das, was von ihrem Ziel noch übrig ist, mit größerer Präzision treffen. Als die Luftangriffe vorüber sind, bleibt die schwere Artillerie, die ihre Kanonaden vom Land und vom Meer bis in den Abend fortsetzt. Das Grab und die Zelle des Heiligen sind verschont geblieben, doch um das Wunder gebührend zu würdigen und zu preisen, fehlt es an Zeit, Kraft und Herz. Der Offizier kehrt gegen 20 Uhr zurück, lässt den Abt eine Erklärung unterzeichnen, dass kein deutscher Soldat sich während des Bombenangriffs im Kloster befand, verspricht eine von Hitler persönlich geforderte Waffenruhe. In der Stille gibt noch manch eine stehen gebliebene Mauer nach, dann hallen nur noch die Schreie der Verwundeten und Verzweifelten durch Raum und Finsternis. Mit dem ersten Tageslicht verlässt ein Großteil der Überlebenden die Ruinen, um sich in Sicherheit zu bringen. Der Abt und die Mönche bleiben mit den letzten zurück und warten auf den deutschen Offizier, der nicht zurückkehrt, während erneut Granaten und Bomben fallen. Tags darauf machen sie sich hinter einem vom achtzigjährigen Abt getragenen Kreuz allein auf den Weg, ein paar Schwerverletzte werden im Warten auf das Ende zurückgelassen. Vielleicht endet alles mit diesen Sterbenden, darunter ein Mädchen, ein Junge ohne Beine, von ihrem Vater verlassen, nachdem die Mutter getötet wurde. Es endet in horizontaler Gleichförmigkeit aus Grau- und Rottönen, aus Grau, das das Rot verschluckt, aus Rot, das sich in dunkles Braun verwandelt: Farben undefinierbarer organischer und anorganischer Materie, ehe das Schwarz-Weiß der von ferne aufgenommenen Bilder, die weltweit die Leinwände füllen und bis heute sichtbar sind, ins Bewusstsein dringt. Tabula rasa, nichts. Jüngste Schätzungen belaufen sich auf rund zweihundert bis tausend Zivilisten, die sich während des Bombenangriffes in der Abtei aufhielten, eine später anhand von Knochen und Schädeln vorgenommene Zählung. Bleibt zu hoffen, dass das Ergebnis dieser Subtraktion zumindest annähernd der Zahl der geretteten Zivilisten entspricht.

Gegen zwei Uhr nachts ging Rapata auf, dass es zu Hause zwei Uhr nachmittags war, was bedeutete, dass dieses Hotelzimmer, in dem er keinen Schlaf fand, seinem alten Kinderzimmer am anderen Ende der Welt, in dem er in der Nacht vor seinem Abflug geschlafen hatte, diametral gegenüberlag. Er war mit der Ausrede in das großväterliche Haus zurückgekehrt, Fotografien von der Front holen zu wollen, um sie den *Morehu* zu zeigen, die sich vielleicht an Charles Maui Hira erinnern konnten, wenigstens die Fotos, wo er schon nicht daran dachte, sich an seiner statt die Uniform anzulegen, mit der sich der Großvater nicht hatte bestatten lassen wollen. Immerhin hatte Rapata sie aus dem Schrank geholt, aufs Bett gelegt und mit unnötig energischen Handstrichen abgestaubt. Dann hatte er einen großen, mit einem Loch für den Kleiderbügel versehenen schwarzen Plastiksack darübergezogen und sie wieder an ihren Platz gehängt. Ehe er sich darüber klar werden konnte, was leerer war, dieses Haus und dieses Zimmer mit der Uniform auf dem Bett oder das leere Bett selbst, war er hinausgegangen und hatte die Tür behutsam hinter sich geschlossen. Er hatte sich die Zähne mit seiner alten Zahnbürste geputzt, die noch immer im Plastikbecher neben der seines Großvaters stand, und sich in Unterhosen und T-Shirt ins Bett gelegt. Er hatte geglaubt, er würde Mühe haben, einzuschlafen, doch das Geräusch des Waikato hatte ihn wie immer in den Schlaf gewiegt.

Jetzt gab es keinen Fluss, um ihm zu helfen, und Rapata lag wach.

Wenige Stunden zuvor hatte er im Hotelrestaurant zu Abend gegessen. Man hatte ihm einen Tisch neben dem Eingang zugewiesen, offenbar der letzte noch freie Platz, denn das Lokal war brechend voll, eine Gesellschaft saß an langen Tafeln, um irgendetwas zu feiern. Rapata hatte sich mit dem

Rücken zum Gastraum gesetzt und auf den Kellner gewartet. Man hatte ihm die Speisekarte und einen Brotkorb gebracht, Brot und sonst nichts, aber nicht gefragt, was er trinken wolle. Er hatte angefangen, an einer Brotscheibe zu knabbern und die zum Glück ins Englische, Französische und Deutsche übersetzte Speisekarte zu lesen. Die Sprachen der Soldaten, hatte er sofort gedacht, und dass der Krieg zu einer Geldquelle geworden war. Feinde und Invasoren gab es nicht mehr: nur Touristen. Daran war nichts auszusetzen, sagte er sich. Ob der Großvater Anstoß an diesem friedlichen Nebeneinander von Englisch und Deutsch genommen hätte? Jedenfalls hatte diese Frage ihn darauf gebracht, eine Nachricht an seine Mutter zu schicken.

GOT HERE, TELL KORO IF U WANT, hatte er geschrieben.

Einmal, ganz am Anfang, als seine Mutter noch jedes Wochenende aus Auckland zurückkam, war sein Vater ihn besuchen gekommen. Eines Sonntagmorgens hatte er wie aus heiterem Himmel mit einem Spielzeugmotorrad für Rapata und einer bunten Perlenkette für seine Mutter vor Charles Maui Hiras Haustür gestanden. Sie hatten ihn zum Mittagessen aus Lamm und Kartoffeln eingeladen, sein Vater hatte der Einladung Anstand gezollt und nur Fanta getrunken, und wenn er nicht kaute, hatte er die üblichen Fragen gestellt: Schule, Rugby, Mädchen, ob er schon eine Freundin hätte, du kannst es deinem Vater ruhig sagen. Alles erschien friedlich und normal, davon abgesehen, dass sein Großvater und seine Mutter häufig fast gleichzeitig aufstanden und dann allzu hastig sagten: »Bleib, bleib ruhig, ich gehe in die Küche!« Am Ende hatte seine Mutter den Abwasch erledigt, und er war im Wohnzimmer geblieben und hatte zugesehen, wie sein Großvater eine Flasche Whisky aus dem Schrank mit den guten Gläsern nahm und sich und seinem Vater einen Schluck eingoss.

»Kia ora! Zum Wohl, Charlie, und vor allem auf unseren Rapata! Willst du auch was von diesem Zeug, Rapi?«, hatte sein Vater gesagt.

»Nein, danke. Das schmeckt widerlich. Es brennt.«

»Dann haben sie dich schon was für echte Kerle probieren lassen. Gut gemacht, *Koro*!«

Sein Vater hatte laut dabei gelacht und der Großvater ein Schmunzeln angedeutet. Rapata hatte sich hingehockt, um sein neues, rotes Motorrad über den Fußboden fahren zu lassen und das Gefühl der Leichtigkeit zu verbergen, das er in diesem Moment empfand. Er hatte gehofft, seine Mutter würde möglichst lang mit dem Aufräumen der Küche beschäftigt sein, sich für diesen Gedanken nicht einmal geschämt und das Motorrad bis zum Anschlag aufgezogen, um es mit einem »Brumm, brumm« unter dem Tisch hindurchsausen zu lassen.

»Aber ich würde wirklich gern mit meinem Sohn eine Männersause unternehmen«, hatte er seinen Vater über dem Tisch poltern hören. »Ich würde ihn gern in den hiesigen Pub mitnehmen, bevor ich nach Hause fahre. Du musst ja kein Bier trinken, ich kaufe dir Chips und Cola und lasse dich an den Spielautomaten spielen, kommst du mit, Rapi?«

»Okay«, hatte er aus seinem Unterschlupf geantwortet, wenn auch zu schnell und zu laut, um sich nicht zu verraten. »Aber ich muss erst Mama fragen.«

Charles Maui Hira hatte weiter an seinem Whisky genippt, von dem nur noch er etwas im Glas übrig hatte, und sich, als der Vorschlag seiner Tochter unterbreitet wurde, darauf beschränkt, sie mit ruhigem Ernst anzusehen.

»Na schön. Ihr könnt gehen«, hatte seine Mutter gesagt.

Rapata sollte nie genau erfahren, was danach passierte. Ob seine Mutter misstrauisch geworden war und ihnen nachspioniert hatte oder ob jemand aus der Nachbarschaft angerufen hatte, um Charles Maui Hira darauf hinzuweisen, dass sein Enkel allein vor den Spielautomaten hockte, derweil sich ein

Typ, der sich als sein Vater ausgab, mit ein paar Kumpels am Tresen volllaufen ließ. Er wusste nur, dass er irgendwann die Stimme seines Großvaters hörte, der sagte: »Es reicht, Rapata, wir gehen nach Hause.« Und diese Stimme hatte so fest und tonlos geklungen, dass er nicht gewagt hatte zu fragen, ob er wenigstens das gerade begonnene Spiel beenden dürfe und was er mit den übrig gebliebenen Spielmünzen in seiner Tasche machen solle. Sofort hatte der Großvater ihn um die Taille gefasst und vom Hocker gezogen wie ein Kleinkind, dabei war er fast acht, eine kleine Hilfestellung hätte genügt. Danach hatte der Großvater seine Hand genommen und war hinter dem Rücken seines Vaters, der noch immer, ohne etwas mitzubekommen, mit seinen Freunden anstieß, auf den Ausgang zugesteuert. Rapata wusste sehr wohl, dass sein Großvater ihn einfach nur fortbringen wollte, weg von dort. Damit sein Vater wer weiß wann bemerkte, dass sein Sohn nicht mehr da war. Wenn er es denn bemerkte. Er wollte ihn bloßstellen. Ohne Worte, Szenen oder Kräche. Durch Tatsachen, durch die tatsächlich sehr viel schmerzhaftere Wirklichkeit. Rapata jedenfalls tat sie entsetzlich weh: genau wie seine Hand im Klammergriff des Großvaters, wie der glasklare Gedanke, dass sein Vater womöglich vergessen hatte, dass er mit ihm in den Pub gekommen war, und nach Auckland zurückfahren könnte, ohne nach ihm zu suchen. Doch dann war diese unerwartete Sache passiert. Als sie die Tür fast erreicht hatten, war Charles Maui Hira abrupt stehen geblieben. Etwas, das er seinen Vater oder einen der Saufkumpane hatte sagen, nein, grölen hören, hatte ihn erstarren lassen. Dann hatte er ebenfalls losgebrüllt, sogar Rapatas Hand losgelassen, sich umgedreht und ein paar Schritte zurück gemacht. »Wenn du es noch einmal wagst, *das* vor meinem Enkel zu sagen, wenn du es noch einmal wagst, ihn mit diesem Scheißpack zusammenzubringen, das du im Schlepptau hast, dann schwöre ich dir, wirst du ihn nie wiedersehen.«

Scheißpack. Noch nie hatte er aus Charles Maui Hiras Mund etwas Derartiges gehört. Einen Moment lang waren alle und alles wie versteinert. Die Visagen der Freunde seines Vaters, vor denen er sich ohnehin schon gefürchtet hatte, weil sie von Kopf bis Fuß mit alten, zerlaufenen *Mokos* bedeckt waren, stierten seinen Großvater voll alkoholdumpfer Aggressivität an, mit vorgebeugten Oberkörpern, bereit, beim kleinsten Zeichen von den Hockern zu springen. Sein Vater hatte weder etwas gesagt noch getan. Er saß da, hielt die Flasche mit beiden Händen umfasst und führte sie nach einer Weile an die Lippen, ob automatisch oder bewusst. Daraufhin griffen auch die anderen wieder zu ihren Bieren, ließen sie aneinanderklirren und posaunten mit ihren nuscheligen Stimmen einen Trinkspruch, den Rapata nicht verstand, weil er weder auf Englisch noch auf Maori war: vielleicht ein Dialekt der Cookinseln oder von Samoa oder sonstwo, aber dass nicht alle Maori waren, die sein Vater aus Auckland mitgebracht hatte, um ihnen angeblich seinen Sohn vorzustellen, hatte er bereits geahnt. Und ebenso ahnte er in diesem Moment, dass es wichtig wäre, den Sinn dieser Worte zu erfassen, die den gerechten, kalten Zorn seines Großvaters in heiße Wut hatten umschlagen lassen, sodass er Rapatas Hand losließ und zum ersten Mal so gefährlich und verletzlich wirkte wie wohl damals als junger Soldat.

»Auf Charles Maui Hira, glorreicher Kämpfer unseres heldenhaften Maori-Bataillons«, hatte Rapatas Vater mit rotzigem Feixen krakeelt, und alle zusammen hatten ihm ihren Trinkspruch ins Gesicht gegrölt.

»Idioten«, hatte sein Großvater wohlvernehmlich und mit gefasster Stimme gesagt, als hätte diese Schmähung ihn wieder zu sich kommen lassen. »Ihr haltet euch für Männer, dabei seid ihr elende Mistköter, und Mistköter wie euch hätten *die* allesamt ausgerottet. Komm, Rapata, wir gehen: Deine Mutter wartet auf uns.«

Während sie in der feindseligen Stille Seite an Seite das

Lokal verließen, ohne sich bei der Hand zu nehmen, hatte Rapata begriffen, dass sein Großvater gewonnen hatte und er seinen Vater eine ganze Weile nicht wiedersehen würde. Im Auto hatte er aus dem Fenster gestarrt, auf das wogende, hohe Gras, das sich dem Wind fügte, und hinauf zu den länglichen Wolkenfetzen, die in die entgegengesetzte Richtung zogen.

»Hast du Angst gehabt, Rapi?«

»Nein …«

»Nein?«

»Ein bisschen: Wollten sie dich verhauen, *Koro*? Das waren so viele …«

»Stimmt. Es waren viele. Entschuldige, Rapata. Du hattest mit diesen Kerlen nichts am Hut, du hast ja nur gespielt.«

»Schon okay. Ich habe noch einen Haufen Spielmünzen. Darf ich die behalten?«

»Einen Haufen Spielmünzen? Wie viel Geld hat dein Vater dir denn gegeben?«

»Warum gehen wir nicht noch einen Moment zum Fluss hinunter?«, sagte sein Großvater, als sie schon fast zu Hause waren. »Ich möchte dir etwas erklären.«

»Weißt du, *Koro*, es hat gar keinen Spaß mehr gemacht. Ich bin froh, dass du mich abgeholt hast. Wärst du nur nicht so wütend gewesen.«

»Habe ich dir auch Angst gemacht, Rapata?«

»Die hätten dich verprügeln können und du warst allein und …«

»Alt?«

Sein Großvater hatte ihm mit der Hand übers Haar gestreichelt und dann hastig die Schulter geklopft, als wollte er das Übermaß an Zärtlichkeit wettmachen. Sein Großvater war wirklich alt, er hatte runzelige Hände und weißes Haar, und trotzdem: Er hatte ihm mehr Angst eingejagt als ein knappes Dutzend betrunkener Männer, deren tätowierte Gesichter so schwarz waren wie ihre Lederjacken. Eine diffuse, grenzenlose Angst, die zugleich »Angst vor« und »Angst um« etwas war, vor allem Angst um sich selbst, denn was wäre aus Rapata geworden, wenn er in einer kurzen Schlägerei Großvater und Vater verloren hätte? Er war ein Kind, und jede Auseinandersetzung zwischen Erwachsenen konnte ihn vernichten. Erst Jahre später sollte er, während er an einem Restauranttisch in Cassino vergeblich auf den Kellner wartete, begreifen, dass er es gewesen war, das Kind, der Sohn und Enkel, der verhindert hatte, dass an jenem Tag jemand vom Tresen aufstand und Charles Maui Hira mit gebrochenen Knochen endete.

Sie hatten sich an den Saum des Waikato gesetzt und angefangen, Steine ins Wasser zu werfen, wer am weitesten kam, hatte gewonnen. Bei zehn zu zehn hatten sie aufgehört, und während sie dem Dahinfließen des Flusses zusahen, an dessen Ufern die Krieger ihrer *Iwi* von englischen Kanonen niedergemäht worden waren, hob sein Großvater zu sprechen an.

»Das, was die Freunde deines Vaters gebrüllt haben, war der Gruß der Deutschen. Sieg Heil! Aber sie können es nicht einmal richtig aussprechen. Sie halten sich für stark, weil sie die *Pakeha* provozieren und unsere Geschichte lächerlich machen, wenn sie in diesem Aufzug saufend und prügelnd durch die Gegend ziehen, mit den Symbolen des Feindes, mit dem Stahlhelm auf den Schädeln ihres Bulldoggen-Maskottchens. Aber sie sind diejenigen, die sich lächerlich machen, sie sind lächerlich und eine Schande. Ich konnte dieses Gebrüll nicht zulassen, es ist eine Beleidigung für alle Jungs, die gefallen sind, verstehst du?«

Rapata hatte genickt, aber nicht gewusst, was er sagen sollte. »Fahren wir jetzt nach Hause, *Koro*?«

»Ja, du hast recht. Wir sollten besser gehen.«

Auf dem Rückweg hatte sein Großvater eine Geschichte des Maori-Bataillons zum Besten gegeben, die Rapata noch nicht kannte. Es war keine richtige Kriegsgeschichte, die Soldaten waren gerade erst aufgebrochen und nach dem letzten Zwischenhalt in Australien seit über zwölf Tagen auf See mit Kurs ins Unbekannte, es wurde von feindlichen U-Booten gemunkelt, die sie rammen würden, ehe sie es überhaupt in irgendeinen Hafen oder an irgendeine Front schaffen würden. Als sich die Schiffe mit dem neuseeländischen Kontingent einer Küste näherten, kamen auch die Lichter einer Stadt in Sicht, und alle hofften, dort endlich an Land gehen zu können: Kapstadt. Doch wegen starken Seegangs konnte am ersten Tag niemand die Schiffe verlassen, die so riesig waren, dass sie auf offenem Meer ankern mussten, und aus Wut hatte irgendjemand »Gefangenenschiff« auf die *Aquitania* geschrieben.

Am nächsten Tag wurden nur weiße Soldaten von Bord gelassen. Es gab Proteste seitens ihrer Kommandeure und der anderen Kameraden, die Regierung wurde eingeschaltet, und zu guter Letzt wurde auch das Maori-Bataillon im Militärhafen von Simonstown in den Bus gesetzt und in die Hauptstadt gekarrt. Man hatte ihnen eingeschärft, sollten die Leute sie nicht gut behandeln oder in den Geschäften nicht bedienen wollen, dürften sie keinen Ärger machen. Doch so war es nicht, oder kaum. Charles Maui Hira war mit den Jungs seiner Kompanie im schmucken Zentrum der weißen Stadt spazieren gegangen, hatte ein paar Warenhäuser betreten, um Vorräte zu kaufen, war stets höflich gewesen, und die Verkäufer ebenso, geradezu unglaublich zuvorkommend, als würde all das gerade nicht wirklich passieren und als wäre ihre Hautfarbe der Sonne oder einem Versehen geschuldet. Von Schwarzen weit und breit keine Spur. Nur vom Bus aus hatte er ihre gekrümmten Gestalten auf den Feldern erblickt, ihre Barackenviertel gesehen. Nach ihrer Rückkehr an Bord hatte der Kommandeur sie gelobt. Er sagte, sie seien die ersten Farbigen, die auf südafrikanischem Boden empfangen worden seien, und sie hätten Neuseeland alle Ehre gemacht.

»Das war ein historischer Moment«, hatte er hinzugefügt.

In der Nacht hatte Charles Maui Hira ein in Kapstadt gekauftes Pfefferminzbonbon gelutscht und über die durch das Busfenster erblickten afrikanischen Ureinwohner nachgedacht.

»Weißt du, Rapi, bis dahin hatte ich noch nie einen Schwarzen gesehen. Die Weißen sahen im Großen und Ganzen genauso aus wie bei uns, nur ihr Englisch klang ein bisschen seltsam, aber das war ein ganz anderer Menschenschlag: riesengroß, tiefschwarz und uns äußerlich kein bisschen ähnlich. Du kannst das nicht verstehen, denn heute kann man am weltverlorensten Ort aufwachsen und sieht sie trotzdem im Fernsehen, weil sie Sportler oder Sänger sind. Ich aber fragte mich ernsthaft: Wie kann es sein, dass man uns Maori mit diesen völlig andersartigen Menschen verwechselt? Richtig empört war ich über diese haarsträubend plumpe Ungerechtigkeit. Geradeso, als würden wir behaupten, *Pakeha* und Chinesen seien gleich, nein, noch absurder, denn bei denen ist der Unterschied der Hautfarbe wirklich minimal. Ich verstand es einfach nicht. Allerdings war mir klar, dass sie uns nur von Bord hatten gehen lassen, weil wir an der Seite des südafrikanischen Heeres kämpften, weil wir auf derselben Seite standen. Und nach Kriegsende war denn auch alles wie zuvor. Als die All Blacks zum Gastspiel gegen die Springboks reisten, mussten die Maori-Spieler zu Hause bleiben. Dann, Anfang der Sechzigerjahre, als auch dein Vater trainierte, gingen die Proteste los. Viele Leute wollte nicht, dass die Mannschaft auch nur einen Fuß nach Südafrika setzte oder dass die Südafrikaner bei uns spielten. 1981, du warst gerade zwei Jahre alt, kamen die Springboks nach Neuseeland, und da war der Teufel los. Mir erschien das übertrieben, Rugby war doch der Nationalsport für alle, und die All Blacks und die Springboks waren nun einmal die Besten und Stärksten. Ich dachte, wenn es uns gelänge, sie zu schlagen, wäre das genau richtig.«

»Und haben wir gewonnen?«

»Wenn ich mich recht entsinne, gewannen die All Blacks zwei von drei Spielen, aber alle anderen Mannschaften haben gegen die Springboks verloren. Jedenfalls herrschte hier fast Bürgerkrieg, ein Spiel wurde sogar abgesagt: gleich hier um die Ecke, in Hamilton, gegen die Waikato Rugby Union. Und die, die sich die Köpfe einschlugen, waren *Pakeha* und Maori – auf beiden Seiten, Fans gegen Demonstranten. Seitdem hat es zwischen Neuseeland und Südafrika keine Rugby-Begegnungen mehr gegeben.«

»Wir werden also nie wissen, ob wir inzwischen stärker sind als die Springboks?«

»Nein, aber eigentlich wollte ich auf etwas anderes hinaus. Es mag dir seltsam erscheinen, aber im Krieg habe ich begriffen, dass Rassismus nichts mit der Hautfarbe zu tun hat. Rassismus bedeutet, wenn jemand entscheidet, wer du bist. Die Deutschen machten Menschen zu Sklaven, die oft weißer und blonder waren als sie selbst, die Polen zum Beispiel. Begreifst du, wie dumm die Kumpels deines Vaters sind, mit ihren Hakenkreuzen und ihren Gangs, die ›Mongrel Mob‹ oder ›Black Power‹ heißen? Sie wollen die *Pakeha* wütend machen wie aufsässige Kinder, dabei wissen sie nicht einmal, wer sie selbst sind. Was haben wir mit diesen Schwarzen zu tun? Wir sind Maori: Maori und Neuseeländer. Aber warum haben sie uns in Südafrika an Land gehen lassen? Weil Krieg herrschte. Das Gesetz des Krieges beugt jedes andere Gesetz. Vergiss das nicht, Rapata. Es ist leicht, vor einem Rugbyspiel ›Ka mate, ka mate! Ka ora, ka ora!‹ zu brüllen, so machen es die All-Blacks-Fans auf der halben Welt. Doch wurde dieser *Haka* vor Jahrhunderten von einem Häuptling erschaffen, der dem Feind knapp entrinnen konnte. ›Das ist Tod, das ist Tod! Das ist Leben, das ist Leben!‹ Sag das mal, wenn du mitten im Krieg bist. Wir wussten Krieg zu führen, wir wussten mittendrin zu sein, zumindest zu meiner Zeit.«

Nachdem man ihn nach einem stummen Abendessen ins Bett geschickt hatte und er dem unvermeidlichen Streit zwischen seinem Großvater und seiner Mutter und ihrem schrill klagenden Weinen gelauscht hatte, das unvermeidlich durch die geschlossenen Türen drang, hatte er sich das Kissen auf die Ohren gedrückt und ebenfalls geweint, und zum ersten Mal war ihm klar geworden, dass er das Maori-Bataillon hasste. Er hatte kein Recht, wegen seines Vaters und seiner Mutter zu verzweifeln: Der Krieg hatte ihn geboren, er war aus ihm hervorgegangen, mehr als alle anderen Maori, die Nachkommen Tumatauengas waren, und wie der Kriegsgott, dem sein Bruder Tane verboten hatte, die Eltern zu ermorden, hatte er nur Trennung und Zwist hervorgebracht. Er war geboren, um Krieg zu bringen. Doch anders als Tumatauenga mit seinen zahllosen Brüdern, die er am Ende fast alle verschlang, war Rapata allein mit seinem nass geweinten Kissen, mit dem ewig gleichen Rauschen des Waikato und mit seinem Veteranengroßvater, der im Schlafzimmer nebenan starr auf dem Rücken lag und schlief, zugedeckt vom Strömen des Flusses, das jedes Geräusch seiner Anwesenheit mit sich forttrug.

Während Rapata im Restaurant auf den Kellner wartete, der nicht auftauchte, überkam ihn brennender Durst und Hunger, den die Reisemüdigkeit in Übelkeit verwandelte. Das schwammige Brot hatte ihm den Mund ausgedörrt und hinterließ einen bitter verbrannten Geschmack. Sämtliche Kellner umsorgten die große italienische Gesellschaft und übersahen ihn. Doch als endlich jemand auftauchte, der der Chef zu sein schien, da er weder eine Fliege noch ein weißes Hemd trug, und mit einem »Excuse me, sir, tonight we are very busy« an seinen Tisch kam, hatte er sich noch immer nichts zu essen ausgesucht.

»Pasta? Some special pasta?«

»Yes. I bring you special pasta. From here, Cassino:

with chicken, with what is inside the chicken. But very good.«

Später, als er die Speisekarte erneut aufschlug und darin Pommes frites und gegrilltes Lammkotelett entdeckte, kam er sich dumm vor, auf gut Glück ein Gericht bestellt zu haben, ohne zu wissen, was man ihm vorsetzen würde. Dumm und fremd. Wie ein Fremder, der allein an einem Tisch saß und den Kellnern zusah, die wie ein aus dem Gleichtakt geratenes Eiskunstlaufpaar mit vollen und leeren Tabletts zwischen Küche und Gastraum hin- und herglitten, derweil das Gelächter, die lauten Stimmen und die zwischen den langen Tischen umherflitzenden Kinder ihn darauf schließen ließen, dass wohl ein Geburtstag gefeiert wurde oder zumindest ein Fest, zu dem die ganze *Whanau* zusammengekommen war.

Das Aufflackern dieses Wortes machte ihn stutzig. Einem *Pakeha* wäre es nie in den Sinn gekommen, jedenfalls nicht hier und jetzt, beim Anblick dieser italienischen Gesellschaft. Die Weißen kannten es, benutzten es und wussten, dass es sich auf die Großfamilie der Maori bezog. Aber sie hatten keine *Whanau*. Rapata hingegen hatte in einem anderen Volk, über das er so gut wie nichts wusste und von dessen Sprache er kein einziges Wort verstand, etwas von seinen Leuten wiedererkannt, während er wie ein *Pakeha* allein am Tisch saß und die neuseeländische Delegation vermutlich in einem anderen Hotel zu Abend aß, was ihn noch einsamer machte. Er war einsam in diesem Moment und war es immer gewesen. Ein Maori ohne eine richtige Familie, ohne *Whanau*. Charles Maui Hira sei Dank, der die Wurzel des Übels und zugleich seine Heilung war. Doch letzten Endes war es besser so. Besser so, als sich all die anderen *Kiwis* antun und in den einmütigen Chor der kleinen großen Nation einstimmen zu müssen, in der jeder jeden kannte und in der die Fahrt an die Front fast etwas von einem Wanderausflug gehabt hatte. Das dachte er bei sich, während er zwei weiße, nach Milch und Stall schmeckende Kugeln aß, von denen er nicht wusste,

79

wie er zu ihnen gekommen war, bis ihm aufging, dass die italienische *Whanau* sie ihm hatte bringen lassen, weil sie ihn allein dort hatte sitzen sehen. Sein Großvater hatte ihm erzählt, die Italiener seien den Maori ähnlich, doch seit er zu ahnen begonnen hatte, dass die Kriegserinnerungen für Charles Maui Hira das Maß aller Dinge waren, hatte er auch diese Behauptung mit einem Funken Skepsis zur Kenntnis genommen.

Nach dieser Vorspeise waren die Kinder gekommen: zwei Jungen und ein Mädchen mit dunklem Haar, die ihn mit Fragen löcherten, die er nicht verstand, und ihm dann einen Game Boy vor den Teller legten, mit dem er allerdings umgehen konnte. Bei *Super Mario Bros* wurde er Zweiter, und vielleicht lag es an dieser bestandenen Prüfung, dass sie mit einem halbwüchsigen Mädchen als Dolmetscherin und Übersetzerin zurückkehrten. Bei der erneuten Frage, ob er »American« sei, durchzuckte Rapata die Erkenntnis, dass Amerikaner nie wirklich Amerikaner bedeutete, sondern Schwarzer, eine Art Schwarzer, jedenfalls kein Weißer.

»No. New Zealand. Maori«, antwortete er.

»What?«

»Ma-o-ri. New Zealand.«

»Ah, Maori!«, wiederholte das Mädchen, wobei das Wort viel mehr nach *Te Reo* klang als in seiner englischen Aussprache, »we have supposed you family from here, you Italian, we think.«

»No. But my grandfather was here during the war. As a soldier.«

Während das Mädchen für die als »my little cousins« vorgestellten Kinder übersetzte, die ihm mit der Universalsprache lautmalender Maschinengewehr- und Bombensalven klarmachten, dass sie verstanden hatten, fühlte Rapata sich durch sein den heimatlichen Koordinaten entrissenes Aussehen so befangen, dass er nicht wusste, was er sagen sollte.

»You know Maori?«

»Yes. Maori tattoo. My boyfriend has tattoo, tribal tattoo. Here«, sagte das Mädchen und deutete auf die entsprechenden Körperstellen. »You also have?«

Rapata nickte, und versuchte das Grinsen zu überspielen, als das Mädchen mit ihren beringten Fingern stolz auf ihre weichen Arme zeigte, die aus dem T-Shirt mit der Aufschrift »Guru« hervorschauten. Dann kam die Pasta, und das Mädchen scheuchte ihre kleinen Cousins fort, um ihn in Ruhe essen zu lassen. Er bat sie, seinen Dank für die köstliche Vorspeise auszurichten, und fügte hinzu – er wusste selbst nicht, wieso –, dass Gastfreundschaft und Familie seinem Volk ebenfalls viel bedeuteten, doch vielleicht hatte er sich zu kompliziert ausgedrückt, denn sie antwortete nur mit einem schlichten »thank you« und kehrte an ihren Platz zurück.

Er aß die Pasta nur zur Hälfte, inzwischen hatte er so gut wie keinen Hunger mehr, doch das Stück Kuchen und den nach Limonade schmeckenden Likör, den die italienische *Whanau* ihm bringen ließ, wollte er nicht stehen lassen. Sie prosteten ihm von ihren langen Tafeln zu, und Rapata hatte noch immer nicht begriffen, an was für einer Feier sie ihn teilhaben ließen, während die Worte »Maori« und »Nuova Zelanda« zu ihm herüberklangen. Als er aufstand, um in sein Zimmer zu gehen, und sich mit einer Verbeugung verabschiedete, tranken und aßen die Italiener fröhlich weiter und machten nicht den Eindruck, als wären sie so bald damit fertig. Es mochte an dem Zitronenlikör liegen oder an seinen vor Müdigkeit bleiernen Gliedern, doch Rapata fühlte sich beklommen und seltsam in seiner Haut, und als er sich im Badezimmerspiegel betrachtete und sein Gesicht nach etwas Italienischem absuchte, hatte er das lustige Gefühl, einem Fremden gegenüberzustehen. Was wusste Rapata Sullivan schon von sich, fern von Auckland, vom Waikato, von Neuseeland?

Er zog sich aus, sprang unter die Dusche, das Wasser prasselte erfrischend auf ihn nieder, und als er sich die Arme einseifte, ging ihm auf, dass er weniger Tattoos hatte als der unbekannte Freund des italienischen Mädchens: Das eine hatte er sich mit achtzehn Jahren stechen lassen, und es konnte eine Auffrischung vertragen, das auf dem anderen Arm hatte er sich, wie ihm später klar geworden war, eher aus Liebe zur Symmetrie denn wegen seiner Bedeutung machen lassen, und dann war da noch die kleine Spirale auf dem linken Schenkel, denn eine gerade Zahl war tabu.

Nach dem Uniabschluss war er zu einem der besten traditionellen Tätowierer gegangen, doch als er auf der Suche nach einem geeigneten Motiv etwas zur Genealogie seiner *Tupuna* sagen sollte, hatte er die Liste seiner Vorfahren mit ausdrucksloser Stimme heruntergeleiert, um sein Unbehagen zu verbergen. Jetzt erinnerte er sich an den Schmerz der Tätowierung ebenso wie an die schmerzhafte Frage, die ihm während der gesamten Prozedur durch den Kopf gegangen war: Welchen Sinn hatte es, sich diese ebenso akkuraten wie substanzlosen Abstammungslinien auf den Körper zeichnen zu lassen? Und als er gegangen war und versprochen hatte, wegen der Tätowierungen auf Schenkeln und Gesäß wiederzukommen, war ihm, als hätten selbst die Masken an den Wänden des *Marae* seine Notlüge bemerkt. Jetzt kam ihm der Gedanke, dass diese schmerzliche Erkenntnis das einzig wirklich Unauslöschliche war, was ihn damals gezeichnet hatte.

Er trocknete sich ab, holte seine Sachen aus dem Rucksack und legte sie aufs Geratewohl in den Schrank. Dann schlüpfte er in die Unterwäsche, die ihm als Schlafanzug diente, warf sich aufs Bett und stellte fest, dass das bleierne Gefühl in seinen Gliedern nun auch seinen Magen erfasst hatte und dass das Einzige, was die Dusche fortgewaschen hatte, sein Geruch war. Während er überlegte, sich wie ein gichtkranker Greis oder eine hochschwangere Frau ein Kissen unter die Beine zu legen, kam ihm der Gedanke, dass das wesentliche Merkmal der Maori heutzutage ihre Neigung zur Fettleibigkeit war, was sie mit den meisten Nachfahren sämtlicher Eingeborenenvölker gemein hatten. Gegen zwei Uhr wurde ihm klar, dass es in Neuseeland zwei Uhr nachmittags war. Es lag also nicht an der Zeitverschiebung, dass seine Mutter nicht auf seine Nachricht geantwortet hatte, offenbar besaß sie nicht mehr genug Guthaben. Morgen oder übermorgen würde er sich eine Prepaid-Karte besorgen müssen, um sie anzurufen, und jetzt musste er so schnell wie möglich versuchen, noch drei oder vier Stunden zu schlafen. Er schaltete den Fernseher aus und schlug das Vorwort des Buches über die Schlacht um Montecassino auf: *The Hollow Victory*, der hohle Sieg. Seine Hoffnung, es könnte so trocken sein, dass er darüber einschliefe, wurde nicht enttäuscht.

Als Rapata Sullivan am nächsten Tag mit Charles Maui Hiras Fotos im Rucksack an der Rezeption haltmachte, um sich zu erkundigen, wo der Bus zum Commonwealth War Cemetery abfuhr, wurde ihm mitgeteilt, dass es keinen Bus gab. Man könne versuchen, ihm ein Taxi zu rufen, doch wegen des derzeitigen Besucheransturms zum Jahrestag der Schlacht sei nicht gesagt, dass sich eines fände.

»Sorry, this is a small town. No much tourism. No much taxis. Or busses. Only the abbey. And the war. Many people here now for the war, old people, so need taxis. But we can try.«

Rapata war wie gerädert aufgewacht und trotz des Weckdienstes zu spät aus dem Bett gekommen. Seine Füße waren nicht mehr so geschwollen wie am Abend zuvor, doch der Orangensaft und der starke italienische Kaffee hatten die Übelkeit zurückkehren lassen, diesmal gemischt mit einem Brennen, das sich entlang der Speiseröhre bis in den Magen zog. Er wollte nur möglichst schnell seine Pflicht erfüllen, und das mit möglichst geringem Aufwand, auch wenn es Geld kostete, das er für so etwas nicht übrig hatte. Stattdessen musste er erfahren, dass das überaus schwierig sei und womöglich gar nicht klappte. Eine unerklärliche Verzagtheit ergriff ihn: Es mochte am Schlafmangel liegen oder an dem absurden Umstand, problemlos bis an diesen Ort am anderen Ende der Welt gekommen zu sein und nun nicht zu wissen, wie er die letzten Meter bis zum Ziel überwinden sollte. Inzwischen hatte die Frau hinter dem Tresen eine Hand auf den Telefonhörer gelegt und blickte ihn fragend an.

»And couldn't I walk there?«

Noch während er diese gewagte Frage aussprach, machte er sich auf ein knappes Nein gefasst, erhielt als Antwort jedoch nur einen ratlosen Blick, der verriet, dass sie eine derartige Möglichkeit noch nie in Betracht gezogen hatte. Nun ja, sagte sie schließlich, der britische Friedhof befinde sich am Stadtrand, an der Straße nach Sant'Angelo in Theodice. Das sei die einzige Kriegsgräberstätte, die man notfalls zu Fuß erreichen könnte. Die deutsche sei viel zu weit weg: Die liege in Caira, another village, outside the village. Die polnische befinde sich am Fuß der Abtei, bis dahin sei es ein strammer Marsch, eine Bergwanderung fast, immer bergauf an der Serpentinenstraße entlang. Wie lange würde er brauchen: eine halbe Stunde? Eine Dreiviertelstunde? Das könne sie leider nicht sagen, aber für einen jungen Mann wie ihn wäre das machbar. Ansonsten sollte er es doch noch einmal mit einem Taxi versuchen, oder vielleicht wäre einer der Hotelangestellten zu einer kleinen Spritztour bereit.

Nein danke, er würde zu Fuß gehen, entgegnete Rapata knapp. Dann würde er den Anfang der Gedenkfeier eben verpassen, aber müde, wie er war, wäre das Gehen an der frischen Luft bestimmt erholsam und reinigend, außerdem wollte er schleunigst aus dem Hotel verschwinden, denn obwohl er sich in verständlichstem Englisch ausgedrückt hatte, blieb ihm das Gefühl, dass ihm irgendetwas an dieser Unterhaltung entgangen war.

Hatte die Dame hinter dem Tresen, die offenbar die Hotelchefin war – das verrieten ihr Alter, die Frisur und der Goldschmuck an Fingern und Hals, wie ihn daheim nur die reichsten und geltungssüchtigsten *Pakeha* trugen –, mit ihrer mitteilsamen Zuvorkommenheit ihr Gegenüber ausnutzen wollen, dem die Fremdheit zwar nicht unbedingt anzusehen war, aber im Pass geschrieben stand – Rapata Ihipa Sullivan, geboren in Ngaruawahia, Waikato, Neuseeland? Was wollte sie? Ihn ein Extra zahlen lassen, ihm wenigstens ein ordentliches Trinkgeld aus der Tasche ziehen? Die Italiener hatten den Ruf, nicht besonders ehrlich zu sein, erinnerte sich Rapata mit Unbehagen. Für die Maori galt das Gleiche, wenn auch auf andere Weise. Mitunter leider zu Recht, er musste nur an seinen Vater denken. Doch jetzt konnte er sich nicht damit aufhalten oder sich über den Grund seines Misstrauens Gedanken machen, das gewiss ungerecht und übertrieben war. Eigentlich war die Situation ganz einfach: Er war zum ersten Mal im Ausland, obendrein allein, und konnte nicht erwarten, alles zu verstehen. Eigentlich waren ihm Italien und die Italiener ziemlich wurst, ganz egal, wie sie waren. Und was war schon eine dreiviertelstündige Wanderung an einem sonnigen Tag Mitte Mai im Vergleich zu den Märschen in glutheißer Wüste oder durch Regen, Schnee und Morast, wie ihn die Soldaten wie Charles Maui Hira hatten bewältigen müssen? Bevor ihm die Erinnerung an seinen Großvater ein schlechtes Gewissen machte, würde er sich in Bewegung setzen und basta.

Doch jetzt wusste die Dame nicht recht, wie sie ihm den Weg erklären sollte.

»Oh, but that's no problem«, sagte Rapata entschlossen. »I'll ask for the British Cemetery.«

»Yes. But not everybody in Cassino knows really how to get there. Like me, you see?«

»Alright. So maybe we could find the way with Google maps.«

»Sorry?«

»With the internet, with the computer.«

»Of course, of course. But I'm too old lady for this, and my son, he is in the restaurant now, for the lunch.«

»I could try myself, if you don't mind me.«

»Okay. You do, you teach me.«

Während er sich an die Recherche machte, die sogleich die gewünschten Ergebnisse lieferte, beugte sich die Hotelchefin über seine Schulter, begleitete seine Suche mit verblüfften kleinen Juchzern, »incredible! Very good! Yes, it's this!« und kam ihm dabei so nah, dass Rapata ihren Geruch unter dem würzigen, penetranten Parfum erahnte. Doch schließlich kam die Karte aus dem Drucker, wies ihm mit einer fast schnurgeraden blauen Linie den Weg und gab die Entfernung mit rund zwei Kilometern an, die in weniger als einer halben Stunde zu bewältigen waren.

Er schulterte den Rucksack, bedankte sich triumphierend und ging. Mit dem diffusen Gefühl, einen Sieg errungen zu haben, setzte er sich entschlossen in Bewegung, ohne die Stadt ringsum eines Blickes zu würdigen, die Augen fest auf die Karte geheftet. Nach einer Weile ging ihm auf, dass er in eine Art Marschschritt verfallen war und seine Wegbeschreibung wie eine Militärkarte studierte, und um die Schrittgeschwindigkeit zu halten und seinem lächerlichen Übermut Luft zu machen, begann er zu singen:

Maori Battalion march to victory!
Maori Battalion staunch and true!
Maori Battalion march to glory!
And take the honour of the people with you!

And we'll march, march, march to the enemy!
And we'll fight right to the end!
For God! For King! And for Country!
AU-E! ake ake kia kaha e!

Nach zehn Minuten hatte er das Stadtzentrum hinter sich gelassen und erreichte nach rund weiteren zehn den Friedhofseingang. Als er das Handy aus der Innentasche des Rucksacks zog, um nachzusehen, wie lange er gebraucht hatte, fiel ihm ein, dass er beim Aufbruch vom Hotel nicht auf die Uhr geschaut hatte. Doch er hatte Nachrichten erhalten. Seine Mutter hatte versucht, ihn anzurufen und ihm sogar eine Sprachnachricht hinterlassen, doch es gelang ihm nicht, sie abzuhören. Mehrmals hatte sie es von ihrer Büronummer versucht, als er offenbar gerade eingeschlafen war. Rapata meinte sie vor sich zu sehen, plötzlich erschien ihm alles klar, und ein Schwall heißer, heftiger Wut erfasste ihn, wie nur die einem am nächsten stehenden Menschen sie entfachen können. Er konnte die Ausrede hören, die seine Mutter vorgeschoben hatte, um als Letzte im Büro zu bleiben und heimlich ihre Telefonate zu machen. Doch hätte sie jemand zur Rede gestellt, hätte sie zugeben müssen, dass sie gegen das Telefonverbot verstoßen hatte, weil sie mit ihrem Sohn in Italien sprechen wollte. »Wollte«, nicht »musste«: ohne geheuchelte Beweggründe, fromme Lügen, Zerknirschung oder übertriebene Entschuldigungen. Trotzig und erhobenen Hauptes. Rapata konnte ihre Anspannung spüren, mit der sie ihn beharrlich zu erreichen versuchte, während die Zeit verstrich und er nicht abhob, ihre Bangigkeit, die sie niemals zugeben würde. Schließlich die Kapitulation: Länger konnte sie nicht bleiben, sie musste nach Hause und ihrem Lebensgefährten, den so zu nennen Rapata noch immer gegen den Strich ging, etwas zum Abendessen machen. Doch am meisten verletzte ihn an der Sache, dass seine Mutter offenbar nicht einmal im Traum daran gedacht hatte, es später noch einmal von zu Hause aus zu versuchen. Denn es war nicht ihr Zuhause, sondern das des *Pakeha*, bei dem sie eingezogen war, nachdem Rapata das Haus verlassen hatte. »Das ist keine romantische Entscheidung«, hatte sie ihm gesagt, »aber du verstehst doch auch, dass es keinen Sinn mehr hat, die Miete zu zahlen. Es ist viel vernünftiger, das Geld zur Seite zu legen, für dich, meine ich.« Was hätte er anderes antworten sollen als, »Klar, verstehe ich«?

Jahrelang hatte seine Mutter sämtliche Verehrer abgewiesen, und selbst wenn sie mit dem einen oder anderen ausgegangen war, hatte Rapata nie etwas davon mitbekommen, nie hatte sie einen Fremden mit nach Hause gebracht. Seit er alt genug gewesen war, gewissen Unterhaltungen zu folgen, hatte seine Mutter die gut gemeinten Ermunterungen ihrer Freundinnen, es doch noch einmal zu versuchen und ein neues Leben anzufangen, sie sei doch noch jung, tüchtig und schön, stets mit einem schmallippigen, gereizten Lächeln beiseitegewischt. »So geht es mir viel besser«, sagte sie, »ich denke gar nicht daran.« Seine Mutter war tatsächlich schön. Im Gegensatz zu den meisten Maorifrauen hatte die Zeit ihr nichts anhaben können, sie hatte weder zugenommen noch sich gehenlassen, war weder welk noch farblos geworden. Im Gegenteil, je definitiver die Trennung von seinem Vater wurde und sie zu ihrer Unabhängigkeit zurückfand, desto mehr blühte sie auf, obwohl die Metapher nicht ganz passend war. Die reife Schönheit seiner Mutter war das Gegenteil einer zarten Blume: Sie hatte etwas Hartes, Majestätisches, ähnlich den Holzfiguren der *Marae*: der gleiche Bernsteinton, die gleiche zeitlos strenge Eleganz. Seine Mutter war schon immer eine entschiedene Frau gewesen, eine unnachgiebige, fordernde Mutter, dem Geschlecht Charles Maui Hiras würdig, denn eigentlich hätte sie ein Sohn werden sollen, doch erst, nachdem sie endgültig allein geblieben war, hatte sie sich von der Tochter eines Soldaten, der für God, for King and Country kämpfte, in die Tochter eines Kriegers verwandelt, der einem der unbeugsamsten Stämme seines Geschlechtes entsprang. Deshalb konnte sich Rapata nicht an die Vorstellung dieses Lebensgefährten gewöhnen, deshalb setzte er so selten wie möglich einen Fuß in diese Wohnung und traf sie lieber woanders, führte sie zum Mittagessen zum Chinesen aus, wo man nur selten Kollegen traf, oder zu einem Abendessen in ein Lokal ihrer Wahl, dann holte er sie ab und brachte sie wieder heim, und manchmal drehte sich seine Mutter noch einmal um, ehe sie in der Haustür verschwand, und verabschiedete sich mit einem kleinen Winken, aufrecht wie eine Statue. Wenn er die Hand hob, um zurückzuwinken, war Rapata dankbar für die Autoscheibe und den breiten Gehsteig des neuen Wohnviertels, für den Abstand, den er zwischen ihm und seiner Mutter schuf, denn sonst hätte sie das leise Zucken bemerkt, das seine Züge erfasste, nur ein flüchtiger Schatten, denn auch Rapata war durch die Schule seines Großvaters gegangen, doch diese Winzigkeit hätte ihr genügt, um ihn zu entlarven. In jenen Augenblicken überkam ihn der jähe Drang, sie zu umarmen, ihren mütterlichen Geruch tief einzuatmen, sich zu versichern, dass es noch immer derselbe war, seit sie sanfter geworden war und nun auf der Schwelle innehielt, um ihm mit ihrer für diese Geste viel zu großen Hand zuzuwinken. Das letzte Mal, dass er sie tatsächlich umarmt hatte, war bei Charles Maui Hiras Beerdigung gewesen. In seinem ganzen Leben hatte sie ihn noch nie so fest umarmt, da war er sich sicher.

Nun, da Rapata vor dem Tor des Commonwealth War Cemetery stand und versuchte, die verpassten Anrufe zu deuten, wurde ihm bewusst, dass er sich nie gefragt hatte, worauf sein Großvater hatte verzichten müssen, um den Sohn seiner Tochter großzuziehen, der fast zehn Jahre lang bei ihm gelebt hatte. Er war nicht das einzige Kind gewesen, das bei den Großeltern aufwuchs, die in den Augen ihrer Enkel bereits alt und somit frei waren, ihnen den Rest ihrer verbleibenden Zeit zu widmen. Doch im ganzen Umkreis war Charles Maui Hira der einzige alte Mann gewesen, der seinen kleinen Enkel ohne die Hilfe der *Whanau* großzog. Zu Beginn ihres Zusammenlebens war der Großvater nicht einmal besonders alt oder gebrechlich gewesen. Er hätte jagen oder fischen gehen oder sich ins Auto setzen und verreisen können, er hätte die Bataillonskameraden besuchen können, die seine eigentliche Familie waren, seine *Whanau*, wie er selbst zu sagen pflegte. Auch zu den drei Schwestern war der Kontakt abgebrochen, zum einen, weil sie nach der Hochzeit nach Otago, nach Gisborne und nach South Island gezogen waren, und zum anderen, weil sie ihm nie ganz verziehen hatten, die Familie für einen ewig weit entfernten Krieg im Stich gelassen zu haben, aus dem er nicht zurückkehren hätte können. Doch vielleicht hätte er ohne einen kleinen Jungen, der seine Zeit in Anspruch nahm und ihn räumlich band, irgendwann wieder einen Schritt auf sie zumachen können. Wenn man an die letzte verbliebene Großtante dachte, die bei der Beerdigung so heftig geweint hatte, dass ihr der *Kawakawa*-Kranz fast vom kleinen, runzeligen Schädel gerutscht wäre, hätten ihm die Türen vermutlich sperrangelweit offen gestanden. Charles Maui Hira hätte sich sogar eine neue Frau suchen können.

Für Rapata war dieser unerhörte Gedanke wie ein Schlüssel zu einem vom Vater auf die Tochter übertragenen Gebot: Du wirst niemand anderen brauchen. So gesehen, war der übersteigerte Stolz seiner Mutter womöglich gar nicht so absurd: Es war Stolz und nicht sein vermeintliches Gegenteil, der sie nach Hause trieb, um für einen Mann zu kochen, der das nicht im Mindesten von ihr erwartete, Stolz, der sie standhaft davon abhielt, ein Telefon zu benutzen, für dessen Rechnung er sie nicht aufkommen ließ.

Und wenn zu Hause in Neuseeland irgendetwas passiert war, irgendetwas Ernstes? Dass er seine Mailbox nicht abhören konnte, wäre seiner Mutter nicht begreiflich zu machen.

All das ging Rapata durch den Kopf, während er die Nummer seiner Mutter wählte, obwohl vom Friedhof die Klänge der Nationalhymne herüberhallten und er nicht genug Guthaben zum Telefonieren hatte. Um diese Uhrzeit war ihr Handy bestimmt ausgeschaltet. Doch es klingelte.

»Rapata … wo bist du? Wie viel Uhr ist es? Von wo rufst du an?«

»Von meinem Telefon. Entschuldige, dass ich dich geweckt habe. Du hast mir eine Nachricht hinterlassen, doch im Ausland kann ich sie nicht abhören. Alles in Ordnung?«

»Wie? Wir können nicht reden, das kostet zu viel. Ist bei dir alles gut? Bist du gut angekommen?«

»Ich stehe vor dem Friedhof in Montecassino. Es hat schon angefangen.«

»Na schön, geh, geh … Ich umarme dich, mein Sohn.«

»Darf ich fragen, weshalb du hundertmal versucht hast, mich zu erreichen?«

»Ich wollte dir nur sagen, dass ich *Koro* gesagt habe, dass du ihm zu Ehren nach Italien gefahren bist.«

Die unerbittliche Warnung des aufgebrauchten Guthabens erklang.

Was war bloß mit seiner Mutter los? Doch hoffentlich nichts Ernstes, sagte er sich, wohl wissend, dass es für seine Mutter nichts gab, dass es wert gewesen wäre, als ernst oder immerhin dringend bezeichnet zu werden. Als man bei ihr ein Papillom diagnostizierte, hatte Rapata, der sich zum Beenden seiner Doktorarbeit zu Hause eingeigelt hatte, erst drei Wochen später davon erfahren. »Ich habe gerade die Untersuchungsergebnisse bekommen, es gibt keine bösartigen Zellen«, hatte sie ihm mitgeteilt und eine gedämpfte Teigtasche in die Essig-Soja-Soße getaucht.

»Warum hast du mir nichts davon gesagt?«

»Was hättest du schon tun können?«, hatte sie erwidert, »es ist doch alles gut gegangen, oder nicht?«, als würde das negative Ergebnis ihr Verhalten rechtfertigen.

Vielleicht war der Tumor zurückgekommen, überlegte Rapata. Ja, so etwas musste es wohl sein, sonst hätte seine Mutter nicht all die heimlichen Anrufe aus dem Büro gemacht. Vom Friedhof wogte kräftiger Applaus herüber, offenbar hatten die offiziellen Reden begonnen. Seine Mutter hatte Blasenkrebs, und Rapata stand zwei Tage von ihr entfernt vor einer Kriegsgräberstätte voller Unbekannter, ob tot oder lebendig, abgesehen von der Premierministerin Helen Clark, die er aus dem Fernsehen kannte, nebst Gatten – sofern er überhaupt da war. Ein hochgewachsener, bebrillter Blondschopf, der ebenso blutarm war wie sein Fachgebiet: Medizinsoziologie, Statistiken über die Behandlung und Vorsorge des nationalen Gesundheitssystems, in die auch seine Mutter Eingang finden würde. Wäre er diesem Mr Clark jetzt über den Weg gelaufen, hätte er ihm sagen können: »Hallo, Professor, ich weiß nicht, ob Sie sich an mich erinnern, aber dürfte ich Sie fragen, was Ihre Tabellen zur Heilungsrate von wiederkehrenden Papillomen bei Maorifrauen um die fünfzig sagen?«

»Warten Sie, wie war der Name? Morrison? Rapata Morrison?«

»Sullivan. Vielleicht verwechseln Sie mich mit dem Schauspieler aus *Once Were Warriors*, der den Kopfgeldjäger in *Krieg der Sterne* gespielt hat.«

»Krieg der Sterne? Sie sind der Student, der vor Kurzem seinen Master bei dem Kollegen für postkoloniale Studien gemacht hat, richtig? Es sind junge Leute wie Sie, die unserer Gesellschaft als Beispiel dienen. Und jetzt sind Sie auch noch hier, bei dieser Feier …«

»Mein Großvater war beim Maori-Bataillon.«

»Ah! Meine Hochachtung. Was Ihre Frage anbelangt, kann ich nur sagen, dass spät diagnostizierte Tumoren unter Maorifrauen besonders häufig auftreten. Aber kommen Sie zu mir ins Institut, dann reden wir noch einmal darüber. Jetzt muss ich leider gehen: Noch einen schönen Tag!«

Rapata hatte nicht die geringste Lust, den Friedhof zu betreten und womöglich in eine solche Situation zu geraten.

Wenn er auf der Stelle in Windeseile kehrtmachen würde, könnte er vielleicht noch rechtzeitig eine Prepaid-Karte kaufen und seine Mutter zurückrufen, bevor sie wieder in den

Tiefschlaf fiel. Nein, Blödsinn, außerdem hatte sie ihr Handy jetzt bestimmt ausgeschaltet. Er wanderte schon zu lange vor diesem Friedhofstor auf und ab und verlor sich in Erinnerungen, Entschlusslosigkeiten, Hirngespinsten und Schwachsinn. Außerdem gab es in dieser Stadt kein Verkehrsmittel, um schnell wieder ins Zentrum zu gelangen. Er fluchte laut und stieß Schimpfwörter aus, die für die vorbeifahrenden Autofahrer mit ihren wegen der Hitze heruntergekurbelten Fenstern mehr als vernehmlich waren. Außerdem schwitzte er mit dem Rucksack über der Jacke, die er nicht ausgezogen hatte. In Cassino gab es keine Busse, und bei den Maori gab es keine schmutzigen Wörter. Sein Großvater hatte ihm erzählt, aus Milowitz habe er Briefe in *Te Reo* geschrieben, weil sie nicht zensiert werden konnten, doch das war eine andere Geschichte. Auch die amerikanische Armee hatte Navajo benutzt, um in diesem unverständlichen Idiom Botschaften zu übermitteln, und die Lage der amerikanischen Ureinwohner war seit jeher verzweifelter gewesen als die ihre. Der Krieg hatte die Gepflogenheiten umgeschrieben, und mit dem Frieden wurde alles wieder wie vorher: Alles kehrte zur gewohnten Scheinheiligkeit zurück, in der eine zur Premierministerin gewählte Frau eine hübsche Rede zum Gedenken an die Helden halten konnte, die im hochheiligen Grauen dieses letzten Weltkrieges gefallen waren, derweil die Maorifrauen weiterhin wer weiß wie viel häufiger unter häuslicher Gewalt und Abtreibungen und beschissenen Tumoren zu leiden hatten, weil selbst das beste Gesundheitssystem sie nicht dazu bringen konnte, ihre als Stolz bemäntelte Scham zu überwinden und ins Krankenhaus zu gehen, wenn es nötig wäre. Und dann gab es manche, die trotz aller Opfer und Mühen, diesem Schicksal zu entgehen, in ethnisch basierten Zahlenspalten landeten wie seine Mutter. Seine Mutter, die vielleicht zu sterben begann, während Rapata in Italien den Lebensspuren eines Toten folgte. Als er, um sich zu beruhigen, stehen blieb und mit einem Seufzer die Luft ausstieß, begriff er, dass das der Grund für seine Angst gewesen war: gänzlich verlassen zu sein. Als braver maorischer Vollidiot hatte er versucht, sie mit Wut zu umschiffen, mit der typischen Maori-Wut, derenthalben die *Pakeha* ganz besonders besorgt und aufmerksam waren, und je besorgter und aufmerksamer sich die *Pakeha* für die Probleme der Maori zeigten, desto wütender fiel deren Reaktion aus: diese verdammte Wut, die außer im Krieg zu nichts führte außer zur demokratischen Vorherrschaft der Weißen. Doch wenn sie ihre Wut verlören und ihren Stolz vergäßen, bliebe nur noch die Verzweiflung. Das mochte nicht für alle Maori gelten, aber für ihn schon: Drei Generationen, die auf unterschiedliche Weise gegen ein von Zugehörigkeit bestimmtes Schicksal gekämpft hatten, und nun drohte er allein zurückzubleiben, wie angewurzelt vor dem Tor eines imperialen Friedhofs. Welchen Sinn hatten all ihre Mühen? Nur das, was man für einen anderen tat, hatte Sinn. Doch er war für einen anderen dort, für Charles Maui Hira, den Vater seiner Mutter. Weil er ihn geliebt hatte, weil er seinen Großvater liebte. Deshalb würde er jetzt dort hineingehen und seine Mutter später zurückrufen, sobald diese elende Feier vorbei wäre und er wieder in die Stadt hinunterwanderte, würde er sie wecken, wenn zu Hause der Morgen graute.

*

Worauf Rapata nicht gefasst gewesen war, als er das Tor durchquert hatte und sich auf die Menschengruppe zubewegte, die sich um das hohe, weiße Kreuz oberhalb einer ebenfalls weißen Marmorfreitreppe versammelt hatte, waren weder die unerwartet vielen Anwesenden, Fotografen, neuseeländischen und italienischen Fernseh- und Presseleute noch die Tatsache, dass die *Kiwi*-Veteranen ihre Orden nicht nur an die Uniformen, sondern an die Brusttaschen ihrer dunkelblauen Blazer geheftet hatten und alle denselben Panamahut trugen, der, obwohl mit dem Namen der Nation verse-

hen, für die sie gekämpft hatten, wie ein altmodischer Pfad-
finderhut aussah. Und ebenso wenig war es der leibhaftige
Anblick des Professors mit der dicken Brille, der steif hinter
seiner Gattin im bequemen Trauerkostüm stand, die soeben
ihre Rede beendete, oder die Tatsache, dass unweit der Ehe-
leute Clark eine in Tracht gekleidete Maori-Gruppe wartete.
Es war etwas, dass ihm gar nicht aufgefallen wäre, hätte ihn
nicht jeder Schritt gezwungen, es wahrzunehmen: das Gras.
Das Gras des Soldatenfriedhofes, in das die kleinen, allesamt
gleichen Grabmäler eingelassen waren, hatte unter seinen
Füßen die gleichbleibende Konsistenz eines Teppichs oder
eines Fußabstreifers, und unweigerlich fiel der Blick nach
unten. Ein Rasen, das war es, der gewiss nicht nur im Frühling so aussah, sondern auch im Hochsommer oder im Winter, ein der Natur abgenötigter Kunstgriff, dessen Erhalt
bestimmt sehr viel kostspieliger war als der von weißem
Marmor. Inmitten der italienischen Landschaft aus Bergen
und Flüssen, die Neuseeland nicht unähnlich war, deckte ein
nahezu makelloser englischer Rasen ihre Toten, sämtliche
Toten – Schotten, Iren, Walliser, Kanadier, Nepalesen, Inder.
Als er stehen blieb und seine Gedanken von den Reden einiger Veteranen abdrifteten, erinnerte sich Rapata, dass das
Gras auf sämtlichen Soldatenfriedhöfen, die er gesehen
hatte, gleich aussah. Allerdings hatte er sie nie betreten und
kannte sie nur aus Filmen, und fast immer ruhten dort amerikanische Gefallene. Diesmal lag es also nicht an den Engländern, sondern es war einfach Usus, als müsste die Natur
selbst in Reih und Glied gebracht werden, um die sterblichen
Überreste der Soldaten würdig zu bewahren.

Als Rapata sich wieder den Feierlichkeiten zuwandte,
hatte sich die Maori-Gruppe bereits in den neuseeländischen
Abschnitt begeben, um ihrer Aufgabe nachzukommen. Sie
reckten den *Taiaha* genannten Spieß, stießen ihn nach vorn
und begleiteten ihre Bewegungen mit rituellen Schreien.
Ihre Gesichter und die nur mit einem kleinen Schurz beklei-

deten Körper trugen das *Moko* zur Schau, das von der Haut der Soldaten, deren Gräber sie umtanzten, und der alten Veteranen, die ihnen unter ihren hellen Panamahüten hervor zusahen, verbannt worden war. Eine Gruppe junger Mädchen in langen, von federgesäumten Umhängen bedeckten Tuniken wartete darauf, die Trauergesänge anzustimmen, die ihr *Kauae* verzerrten. Ihres bedeckte nur Kinn und Lippen, anders als das der Mütter, die ihre heimkehrenden Söhne empfangen und die Gefallenen beweint hatten, denn zur Zeit des 28. Bataillons war die Tradition der Tätowierung auf den Gesichtern der Frauen noch lebendig. Sie alle gehörten zur *New Zealand Defence Force Maori Cultural Group* und waren Teil der Armee, der *New Zealand Army*, die in Maori *Ngati tumatauenga* heißt, »Stamm des Kriegsgottes«. Sie durften bei keiner öffentlichen Feierlichkeit fehlen, doch wer nicht aus Neuseeland stammte und sie zum ersten Mal sah, konnte das nicht ahnen. Jetzt war die Aufmerksamkeit sämtlicher Anwesender auf die Bewegungen dieser Körper gerichtet. Von ihren Schreien und Gesängen überhöht, erschien die Stille auf dem Friedhof fast vollkommen, tiefer noch als während der Reden der Veteranen, die ihre über sechzig Jahre unterdrückten Tränen nur mit Mühe hatten zurückhalten können. Während sich die nackten Füße auf den Rasen senkten, um den geweihten Boden der neuseeländischen Gräber zu reinigen, wanderte Rapatas Blick zu den Zuschauern: zu den befremdeten oder gebannten Gesichtern der zumeist wohl einheimischen Italiener, den ausdruckslosen Mienen der Alten mit Baretten auf dem Kopf, die er als Deutsche identifizierte und versuchte, die bange Ehrfurcht in das Wort »Fallschirmjäger« zu legen, mit der sein Großvater es ausgesprochen hatte. Es gelang ihm nicht, stattdessen empfand er echten Groll gegenüber diesen Männern, die noch immer am Leben waren und den Bestattungsriten der halb nackten Krieger seines Volkes beiwohnten. Er wusste nicht, was ihm mehr Unwillen bereitete, die Fallschirmjäger oder die Maori, die in deren Augen kein Ritual, sondern eine folkloristische Touristendarbietung vollzogen. Die nicht neuseeländischen Zuschauer mit Fotoapparaten oder Videokameras drängelten sich nach vorn. Ein Reporter wollte Nahaufnahmen von einem der stattlichsten Maori mit den eindrucksvollsten Tätowierungen machen, wie magnetisch angezogen steuerte er auf sein Motiv zu, doch ehe er sichs versah, sprang der Mann auf ihn zu und drängte ihn mit einem kräftigen Stoß seines *Taiaha* zurück. Verdutzt und entgeistert stolperte der Fotograf in die Reihen zurück, die Stimmung war angespannt. »Behave yourself!«, rief eine Stimme, die einem *Pakeha*-Veteranen gehörte, jedoch exakt den gleichen Tonfall anschlug, mit dem Charles Maui Hira ihn als Kind zurechtgewiesen hatte: »Behave yourself, Rapata«, und wenn er sich zu mehr als dieser harsch gebellten Bemerkung hinreißen ließ, fügte er hinzu, er würde »a misbehaved brat«, einen ungezogenen Rotzlöffel, in seinem Haus nicht dulden. Am liebsten wäre er in dem durch die Kameraden seines Großvaters geheiligten, von englischem Rasen gedeckten italienischen Erdboden versunken. Was zum Teufel hatte er hier verloren? Hatte er eine zweitägige Reise auf sich nehmen müssen, nur um festzustellen, dass die offiziellen Maori-Krieger nicht mehr waren als ein Haufen aufgepumpter Clowns mit schmucken Tattoos, die an zurechtgemachte Cheerleader erinnerten, und dass es nur eines Alten mit einem lächerlichen Picknickhut auf dem Kopf bedurfte, um sie zurück in ihre Schranken zu weisen? Dass man ihrer Kultur, in der es ein mühevoller Weg war, bis die Toten die Seelen und Geister in das Ursprungsland Hawaiki entließen, den gleichen Platz einräumte wie kleinen Jungs, sofern sie es mit ihren Spielen nicht zu wild trieben? Sollten die Maori ruhig spielen, solange sie sich anständig benähmen: Das war alles. Was habe ich hier verloren?, fragte sich Rapata noch einmal, warf einen Blick auf die Uhr seines Handys und stellte fest, dass es zu Hause noch immer Nacht war.

Er setzte sich in Bewegung und umrundete den Friedhof von der anderen Seite, möglichst weit weg vom Ort des Gedenkens. Er wusste, dass das nicht in Ordnung war, immerhin trug er in seinem Rucksack einen Orden und Fotos bei sich, die er den *Morehu* hätte zeigen sollen, angefangen bei dem kleinen Greis mit dem Federumhang über der Uniform, der wie ein Felsbrocken auf seinen krummen Schultern lastete. War dieser Alte etwa auch lächerlich, folkloristisch und clownesk? Nein, ganz und gar nicht, doch Rapata hatte keine Ahnung, wie er sich einem Mann nähern sollte, der seinen Schmerz als Federmantel bis nach Übersee mit sich trug.

Unschlüssig blieb er stehen. Als er den Kopf wieder hob, fiel sein Blick auf das vor ihm liegende Grab. Zwei gekreuzte Macheten waren darauf eingraviert, die auf den ersten Blick vertraut erschienen, versehen mit einer Inschrift, deren Alphabet er nicht entziffern konnte. »Jas Bahadur Limbu«, las er darunter, »7th Gurkha Rifles. 25th February 1944, Age 17«. Er erstarrte. In diesem Bereich war der Rasen ungepflegter, an den Rändern entlang des Kiesweges ausgefranst, zeigte kahle Stellen. Rapata hatte das hintere linke Geviert des Friedhofes erreicht, in dem die Gräber der Gurkhas lagen. Er schritt es ab und las die Inschriften: Die meisten Gefallenen waren jünger als achtzehn.

Wundert dich das?, fragte er sich. Er wusste doch, dass viele der Jungen, die mit dem Bataillon aufgebrochen waren, sogar noch jünger gewesen waren, die Altersuntergrenze hatte nur auf dem Papier existiert, auf dem üblichen scheinheiligen Feigenblatt, man musste sich nur melden und eine falsche Angabe machen, die sowieso niemand kontrollierte. Es waren Freiwillige, oder nicht? Keiner zwang sie, Soldat zu werden. Immer hereinspaziert, sollten sie ihre nackten Füße und ihre unbehaarten Körper doch in Kampfstiefel und Uniformen zwängen. Die Jungen, die in jenen fernen Winkeln der Erde rekrutiert worden waren, um den gerechten

Krieg der Weltbefreiung zu kämpfen, waren allesamt Freiwillige gewesen – Gurkhas, Inder und Maori. Auch wenn sie keine Ahnung hatten, wo Deutschland lag, und ihnen der Name des Tyrannen vor ihrer Gefechtsausbildung noch nie zu Ohren gekommen war. Für sie genügten Essen, Kleidung, ein Feldbett unter freiem Himmel und natürlich Sold. Wie viel waren die Leben dieser Jungen wert? Rapata stellte fest, dass er es nicht wusste. Nicht einmal, was das Maori-Bataillon betraf, hatte er je ein Wort über die Besoldung gehört, weder von seinem Großvater noch in der offiziellen Form von Schulbüchern, Fernsehsendungen, Artikeln, dem ANZAC Day und dergleichen. Er stellte fest, dass das Reden über Geld, das ohnehin als unanständig galt, im Zusammenhang mit Krieg, zumal mit diesem Krieg, noch verwerflicher war: Die *Pakeha* hatten sich dafür ihr Wort *tapu* angeeignet und seine Bedeutung von »heilig« auf »unaussprechlich« gestutzt. Der Preis der Staatsbürgerschaft – von wegen! Der Blutzoll, doch welcher? Dreißig Silberlinge oder dreitausend Dukaten für ein Pfund unseres Fleisches, weil wir nicht bluten, wenn ihr uns verwundet? Weil wir nicht lachen, wenn ihr uns kitzelt? Weil wir nicht sterben, wenn ihr uns vergiftet?

Sein Großvater hatte ihm erzählt, als er seine beim Angriff auf den Bahnhof von Cassino verwundeten Kameraden im Militärkrankenhaus besuchte, hatte auf einer Pritsche ein weinender nepalesischer Junge gelegen. Er hatte beide Beine verloren, trotz Jod und Chloroform hing der Gestank nach altem Blut und verbranntem Fleisch in der Luft, und als man ihm den Verband wechselte, kamen die von Knochensplittern starrenden Muskelfetzen unterhalb der Knie zum Vorschein. Charles Maui Hira nahm an, der Junge mit dem großen, runden Kindergesicht weinte wegen der unerträglichen Schmerzen, also ging er zu ihm, beugte sich zu ihm hinunter und sagte: »Die kriegen dich schon wieder hin, sie amputieren, und danach tut es nicht mehr weh.« Das Wimmern des Jungen schlug in heftiges Schluchzen um. »Was ist los?«, fragte Charles Maui Hira, »Hast du Angst, dass sie dir noch mehr wehtun werden, oder glaubst du nicht, was ich dir sage? Ist es das?« Der Gurkha schüttelte heftig seinen unversehrten Kinderkopf mit den Mandelaugen, der in grausigem Gegensatz zu seinem verstümmelten Körper stand. Dann stammelte er in kläglichem Englisch hervor: »Was soll ich jetzt bloß tun, sie haben ihr ganzes Geld zusammengekratzt, damit ich Soldat werden kann, und mit meinem heimgeschickten Sold habe ich sie alle durchgefüttert, was soll ich denn jetzt ohne Beine machen?«

Ob der nepalesische Junge überlebt hatte, fragte sich Rapata, oder ob er vielleicht in einer dieser Grabstätten unter dem fleckigen Rasen lag, Jas Bahadur Limbu oder ein anderer, und er wunderte sich, diese Erinnerung wiedergefunden zu haben, die weder Korpsgeist noch Mut beschwor, sondern nur ein Zeugnis des Grauens war. Bestimmt war diese Episode seinem Großvater herausgerutscht, als er wieder einmal von dem ersten Angriff erzählte: Wie stolz sie gewesen waren, dass ausgerechnet das 28. Bataillon damit beauftragt wurde, und wie enttäuscht wiederum, als man erfuhr, dass die Kompanien A und B ins Gefecht ziehen sollten und ihre nicht, denn sie alle wollten beweisen, den Durchbruch zu schaffen, bei dem die Amerikaner versagt hatten, alle taten so, als hätten sie bereits ein paar Klimpermünzen Ruhm in der Tasche. Sie hatten gesehen, wie die Abtei, das Auge des Feindes auf dem Gipfel des Berges, in sich zusammenfiel, der Niederschlag aus Qualm und Staub hing ihnen noch immer in der Nase und in den Haaren. Nie zuvor, weder in Griechenland noch während der Gefechtsjahre in der Wüste, hatten sie die geballte und unerschöpfliche Macht der Militärallianz, für die sie kämpften, mit eigenen Augen gesehen, und niemand fragte sich, weshalb die Trümmer des Klosters nach dreitägigen Luftangriffen noch immer nicht erobert waren. Es genügte der Name der Operation, für die man sie ins

Gefecht schickte – »Avenger«, Rächer. Es genügte zu wissen, dass man zweihundert Mann aus den *Iwi* des Nordens und von der Ostküste ausersehen hatte, um entlang der Bahnstrecke Neapel-Rom vorzurücken, den Rapido zu überqueren und die fast zweitausend Texaner zu rächen, die darin ertrunken waren. »Um es besser zu machen als zwei Yankee-Regimenter, braucht es nur unsere Jungs, die es gewohnt sind, in der Erde nach Kauriharz zu buddeln oder sich für ein bisschen Geld von den Klippen zu stürzen«, sagten sie, um die ausgewählten »Gum Diggers« und »Penny Divers« zu foppen und sich selbst ein wenig Mut zu machen. Sie hatten die 36. Division in den Stellungen abgelöst und sich von den Texanern die Geschichten über den Fluss erzählen lassen, der sich so rot gefärbt hatte, dass er den Spitznamen »Bloody River« trug, doch nun blieb ihnen nichts weiter übrig, als darin einen Ansporn zum Sieg zu sehen.

Im Tal mussten die Maori den strategisch entscheidenden Bahnhof besetzen, damit die Pioniere Brücken bauen und die Straße für die Panzer ebnen konnten, während die Nepalesen und die Inder den Gipfel mit der Abteiruine erstürmten: Das war der Plan. Sie alle waren Freiwillige, Kerntruppen, deshalb hatte man sie zur Vorhut bestimmt. Bereits in Nordafrika hatten sie Seite an Seite gekämpft und Rommels Wüstenfüchsen gezeigt, wer sie waren. Die Gurkhas waren dafür berüchtigt, die Köpfe des Feindes mit ihren *Khukuris* abzuschneiden, die Rajput-Schützen rühmten sich ihrer seit Jahrhunderten der Kriegskunst verschriebenen Geschlechter, und über die Maori munkelte man, sie seien noch immer Kannibalen, wie es einige Stämme in grauer Vorzeit vielleicht einmal gewesen waren.

»Allein bei unserer Erwähnung bekamen die armen Italiener eine Heidenangst«, hatte sein Großvater erzählt, »es kam tatsächlich vor, dass sie uns voller Schrecken fragten, ob wir die Absicht hätten, sie aufzufressen, und darüber mussten wir lachen. Doch nach einer Weile stellten sie fest, dass wir besser waren als unser Ruf, genau wie die anderen seltsamen, dunkelhäutigen Soldaten unserer Armee. Wir waren respektvoller, höflicher: Die nepalesischen Kopfjäger wagten es nicht einmal, die italienischen Mädchen anzusprechen. Für uns galt das nicht unbedingt, aber wir taten nichts, wofür wir uns hätten schämen müssen. Jedenfalls waren wir die Fröhlichsten, und oft verbrachten wir die Abende gemeinsam, tranken und sangen: Wir sangen unsere *waiata* und die Italiener ihre Lieder, die ich inzwischen vergessen habe, aber unser Reverend kannte sie auswendig, er lernte sogar Italienisch. Es waren Liebeslieder, wie sie damals in Mode waren, du würdest Schnulzen dazu sagen, ich würde sie romantisch nennen, doch mit einer schönen Stimme klangen sie gefällig. Wenn die Italiener beschwipst waren, sagten sie gern: ›Wer hätte je gedacht, dass ihr Wilden von allen Soldaten die besten Christen seid!‹ Die Amerikaner waren großzügig, aber Hurenböcke und Aufschneider, die Engländer waren hochnäsig – sie starben lieber, als den Armen ein paar Essensreste abzutreten, das behaupteten jedenfalls die Italiener. In meinen Augen waren sie eher voller Groll und Abscheu gegen dieses kaputte Land und gegen diesen Krieg, der sie zwar nicht unbedingt das Leben, aber immerhin ein Auge, ein Bein oder einen Arm kosten konnte. Deshalb wurden sie gallig und drehten mitunter durch. Wir nicht. Wenn es nichts zu kämpfen gab, schlugen wir uns mit Wein und den schönsten Köstlichkeiten voll, wir lachten und sangen und nahmen uns gegenseitig auf den Arm und dachten uns Blödsinn aus, und daran sah man, dass wir aus anderem Holz geschnitzt waren: Wir waren keine armseligen Ärzte oder Bauern oder Angestellte, denen man ein Gewehr in die Hand gedrückt hatte. Sonst hätten sie uns nicht für den zweiten Angriff ausgewählt.«

Rapata war vor dem Grabstein eines mit sechzehn Jahren gefallenen Kopfjägers stehen geblieben. »Siehst du, *Koro*, wo deine Krieger gelandet sind?«, murmelte er. Dann machte er

Richtung Eingang kehrt, um endlich zu verschwinden und seine Landsleute ihre vermaledeite Feier beenden zu lassen, derweil bei den Gräbern der Gurkha nicht eine Blume und nur ein einziger verdorrter Kranz zu finden war. Bestimmt hat ihn irgendein offizieller Abgesandter in den vergangenen Tagen während der Gedenkfeier sämtlicher Truppen des Commonwealth dorthin gelegt, dachte er. Keine ins Flugzeug gesetzte Veteranendelegation aus Kathmandu oder wenigstens aus London, ganz zu schweigen von einer mickerigen Handvoll Angehöriger, die am Symbol des Lebens und Sterbens ihrer Verwandten trauern konnten. Commonwealth? Dieses Weltreich machte es sich nicht mehr zur Bürde und Pflicht, jene, die in seinen zerstückelten Randbezirken hängen geblieben waren, zu seinen Trauerfeiern zu fahren. Und wo waren die Inder? Wenn die Repräsentation der Welt, wie sie sich Rapata in den geometrischen Hierarchien eines Friedhofes zeigte, eine Logik besaß, dann mussten sich die Inder genau am anderen Ende befinden. In einem Anflug grimmiger Entschlossenheit überquerte Rapata das breite Feld mit den britischen Gräbern, die er keines Blickes würdigte. Auf der anderen Seite blieb er stehen: gleiches Geviert, gleiche Größe. Nicht einmal ein Kranz, gar nichts. Auf den Steinen die Namen der Gefallenen, vor allem Alì und Khan, wie die verdammten pakistanischen Kricketchampions. Arabische Inschriften. Und die anderen? Sie hatten unterschiedlichen Formationen angehört – Rajputana, Punjab, Maratha, Punjab, Rajputana, Rajputana, las er, während er in hektischem Zickzack zwischen den Gräbern umherlief –, konnten aber doch nicht alle Muslime sein. Er fand zwei nicht weit voneinander entfernte Grabsteine, der eine gehörte einem Sikh, der andere einem Hindu, auch wenn beide den Nachnamen Singh trugen. Wo waren die anderen geblieben? Hatte man sie auf dem Berg erfrieren und dann verrotten lassen? Nur die Hindus? Das ergab keinen Sinn. Hatte man sie eingeäschert und zurück nach Hause geschickt?

Hatte man die Urnen auf einen Laster gepackt und irgendwo anders begraben, zu viel der Ehre, dort unter die Erde zu kommen, wo man gestorben war, nur wenige Schritte hinter den vorderen Reihen der englischen Offiziere, die sie befehligt hatten? Eines war jedenfalls sicher: Es fehlten Tote. Die der indischen Division zugedachten Gräber erfassten nur einen Bruchteil der Soldaten, die ihr Leben in Montecassino verloren hatten. Und daran zeigte sich noch etwas, nämlich dass die Gestaltung des Soldatenfriedhofes nicht nur klassistisch und rassistisch war, sondern vor allem falsch. Der Friedhof vermittelte die Botschaft, dass die in diesen Schlachten Gefallenen größtenteils gebürtige Briten waren, alle anderen waren zu vernachlässigen und wurden nach ganz hinten verbannt, wo sie unsichtbar blieben, wenn man nicht gezielt nach ihnen suchte. Rapata wusste nicht, wie viele Männer in der indischen Division an dieser Front gekämpft hatten, er nahm sich vor, es später in *Der hohle Sieg* nachzuschlagen, doch war ihm ein Satz seines Großvaters eingefallen, der nun einen anderen Sinn bekam: »Nach der Bombardierung des Klosters schickte die indische Division ganze Brigaden auf den Berg: und zwar zwei, drei, vier Bataillone auf einmal, während wir uns mit einem halben durchschlagen mussten.« Allmählich begann er zu begreifen, was Charles Maui Hira ihm hatte sagen wollen, als er von dem Gurkha ohne Beine erzählte. Und die Erinnerungen brachten ihm eine Episode ins Gedächtnis.

Rapata war für die Ferien, die kurz nach dem ANZAC Day endeten, ins Dorf zurückgekehrt, seine Mutter hatte ihn zum Bus begleitet, er musste also dreizehn oder vierzehn gewesen sein. Es war wohl eines der ersten Male, dass er allein zu seinem Großvater fuhr. In der letzten Ferienwoche hatte seine Mutter angerufen, um ihm zu sagen, dass sie wie üblich am Feiertag käme, jedoch früh wieder würde aufbrechen müssen, da sie am nächsten Tag einen Termin in der

Stadt habe. Rapata hatte nicht die geringste Lust, auf seinen letzten Nachmittag mit seinen Freunden zu verzichten, außerdem wollte er beweisen, dass er schon groß war. »Du kannst ruhig in Auckland bleiben, Mama«, hatte er gesagt, »ich kann doch mit dem Bus zurückkommen und du holst mich abends an der Haltestelle ab.« Er hatte keine Ahnung, wie seine Mutter diese Forderung nach Selbstständigkeit aufnehmen würde, doch nach kurzem Nachdenken willigte sie ein. Erst jetzt kam ihm die Idee, dass der Termin in Auckland vielleicht ein Rendezvous gewesen war.

Es war nichts Neues, dass Rapata am ANZAC Day seine alten Freunden sah, und ebenso wenig, dass man sich wegen der großen Festessen mit der *Whanau* später als sonst traf und er deshalb ausnahmsweise länger fortbleiben durfte. Doch es war das erste Mal, dass der Großvater zu Hause allein auf ihn wartete und die Mutter seines damals besten Spielkameraden bei ihm anrief und ihm mitteilte, die Kinder seien nicht nur wie üblich völlig verdreckt, sondern obendrein nass bis auf die Knochen zurückgekehrt. Ob Rapata zum Abendessen bleiben dürfe, bis seine Sachen einigermaßen trocken wären? Seltsamerweise willigte Charles Maui Hira ein.

Zuerst hatten sie auf den regendurchweichten Wiesen Fußball gespielt, dann waren sie an den Waikato hinuntergegangen, um sich ein Kanuwettrennen zu liefern, und hatten im Eifer des Paddelns nicht bemerkt, dass ein weiterer heftiger Regenguss bevorstand. Sie hatten einfach weitergemacht und sich gefühlt, als könnten ihnen die Blitze nichts anhaben, sie hatten gegen die lautesten Donnerschläge angeschrien und über ihre Aufregung, von oben bis unten durchnässt inmitten eines Gewitters zu sein, sogar ihren Wetteifer vergessen. Bis einer von ihnen gesagt hatte, sein Vater würde ihn windelweich prügeln, wenn sie nicht sofort nach Hause zurückkehrten. Also waren sie ans Ufer gepaddelt, hatten sich das Kanu auf die Köpfe gehievt und sich auf den Rückweg gemacht. Jemand war ausgerutscht und hatte die anderen mitgerissen, nur wie durch ein Wunder war das Kanu nicht im Fluss gelandet, dennoch hatten sie weitere Zeit verloren. Irgendwann liefen sie durch tintenschwarze Finsternis und waren trotz der Anstrengung und der Bewegung so durchgefroren, dass sie zitterten. Die anderen Jungs waren es gewohnt, bei schlechtem Wetter draußen zu sein, und wenn sie sich doch einmal erkälteten, machte das nichts. Aber Rapata durfte nicht riskieren, ausgerechnet vor Schulbeginn in zwei Tagen krank zu werden.

All das würde er dann Charles Maui Hira beichten müssen. Nicht nur, weil er es früher oder später sowieso erfahren würde, sondern auch, weil Rapata es noch immer nicht fertigbrachte, seinen Großvater anzulügen. Er rechnete mit einer eisigen Standpauke, die ihn wieder zu einem Kleinkind schrumpfen ließ, und wenn er sich unverantwortlich benahm, verdiente er es nicht besser. Doch als er zu Hause ankam, saß sein Großvater vor dem Fernseher, auf dem Tischchen ein schmutziger Teller mit den aufgewärmten Resten von Schweinegeschnetzeltem mit *Kumara*. Es war merkwürdig, dass er ihn noch nicht in die Küche gebracht und abgewaschen hatte, und ebenso merkwürdig war, dass er nicht einmal aufstand, um ihm entgegenzugehen. »Raus aus dem nassen Zeug, zieh den Schlafanzug an, und ab ins Bett«, hatte er nur gesagt, ohne ihn anzusehen, und Rapata war kleinlaut ins Bad gehuscht. Ein einziger, müder, ohne Wut geäußerter Satz: Und Rapata hatte begriffen, dass Schweigen schlimmer war als die schlimmste Standpauke. Als er im Bett lag, wurde ihm klar, dass er nicht würde einschlafen können, ehe er nicht mit seinem Großvater gesprochen hatte. Also stand er auf, schlich ängstlich und bedrückt ins Wohnzimmer und stammelte nur: »Gute Nacht, *Koro*.«

»Gute Nacht, Rapata.«

Und dann? Er hätte ihn fragen sollen: »Willst du nicht wissen, was passiert ist?« Doch er brachte es nicht fertig, ihm fehlten der Mut und die Kraft und er hatte Schüttelfrost, der hoffentlich nur der Erschöpfung geschuldet war. »Und wie war dein Tag so?«, brachte er schließlich heraus.

Keine Antwort. Zögernd wagte Rapata sich vor, bis er seinem Großvater ins Gesicht sehen konnte, und bekam einen Schreck. Er nahm ihn gar nicht wahr, seine Augen waren starr auf den Fernseher gerichtet.

Es lief eine Sendung, die die Erlebnisse der neuseeländischen Träger des Viktoria-Kreuzes rekonstruierte, gerade war ein Foto von Leutnant Ngarimu zu sehen, der seine Abteilung an der Enge von Tebaga in Tunesien auf einen Felsen geführt hatte, auf dem sich der Feind verschanzt hatte. Er hatte zwei Maschinengewehrnester eigenhändig zerstört, war, obwohl schwer verwundet, die ganze Nacht bei seinen Männern geblieben und hatte beim ersten Gegenangriff am nächsten Morgen sein Leben verloren.

Der ANZAC Day! Rapata hatte ihn völlig vergessen, besser gesagt, er hatte dessen Bedeutung vergessen, zum einen, weil sein Großvater tagsüber nie den Fernseher anmachte, und zum anderen, weil die Heldentaten des Maori-Bataillons, die er als Kind so gern gehört hatte, ihn allmählich langweilten.

»Kanntest du Leutnant Ngarimu?«, fragte er vorsichtig, »habt ihr zusammen gekämpft?«

»Nicht direkt, er kam von der Ostküste und gehörte zur Ngati Porou, die dann mit der Kompanie C zusammengelegt wurde. Die Sache mit seinem Stamm hätte ich gar nicht gewusst, wenn es nicht gerade im Fernsehen erwähnt worden wäre, aber ich kannte ihn, klar.«

»Er war wunderschön. Zumindest auf dem Foto sieht er aus, wie man sich einen echten Helden vorstellt«, sagte Rapata, da er spürte, dass er irgendetwas sagen musste, um den Blick, den der Großvater ihm endlich zugewandt hatte, zu halten.

»Jung und schön. Das war er. Der einzige Maori, dem die

Engländer diesen Orden verliehen haben, auch wenn unsere Generäle noch andere Männer vorgeschlagen hatten. Aber das wird im Fernsehen nicht erzählt.«

»Du könntest es mir doch erzählen, *Koro*.«

»Es ist spät, Rapi, du solltest schlafen gehen, du musst morgen früh los.«

»Ich habe schon gepackt, es ist alles fertig. Eigentlich wollte ich mich morgen früh von meinen Freunden verabschieden, aber das ist nicht so wichtig.«

Während Rapata nun an diesen Abend zurückdachte, kamen ihm Bezüge in den Sinn, die er erst sehr viel später erkennen sollte, Märchen und Legenden, in denen jemand die rettenden Fäden einer Erzählung spann. Doch obwohl der Vergleich mit Scheherazade oder Esther hinkte, verblüffte ihn dennoch, dass er damals begriffen hatte, wie er Charles Maui Hira aus seiner Erstarrung reißen konnte, denn zum ersten Mal traf ihn die panische Erkenntnis, dass er alt war. Nicht wie ein in der kindlichen Wahrnehmung alt erscheinender Erwachsener, sondern wie jemand, der bereit war, zu seinen toten Kameraden zu gehen. *Morehu* bedeutete in weiterem Sinn »Veteran«. Doch ursprünglich stand es für »Überlebender«.

»Mach den Kasten aus und setz dich. Oder nein: Zuerst holst du etwas zu trinken, es ist Cola und Orangensaft da.«

»Hättest du auch lieber einen Tee?«

»Na schön, aber wenn das heißt, du hast dich erkältet, hol dir auch ein Aspirin, und zieh dir was über.«

Rapata war mit einem Tablett zurückgekehrt, und nachdem er den Tee eingegossen und gezuckert hatte, hatte er sich in den Sessel gesetzt, der fast im rechten Winkel zum Sofa stand und in dem der Großvater tagsüber las oder Zeug reparierte, und ihn erwartungsvoll angesehen.

»Wovon soll ich dir erzählen? Ich könnte mit Haane Manahi anfangen, der in Rotorua am See aufgewachsen war, mit Te Arawa aus der Bay of Plenty, einem Penny-Diver aus der Kompanie B. Wir alle Mann wurden zur Eroberung des Felsendorfes Takrouna in Tunesien geschickt, und schließlich führte Sergeant Manahi mich auch auf einen mit Brombeeren, Staub und Steinen bedeckten Felsen. Für diesen hundertsten Angriff, der zum Glück der letzte von ich weiß nicht wie vielen sein sollte, hatte er zwölf Freiwillige ausgewählt, acht aus seiner Kompanie und vier aus unserer. Jedenfalls kapitulierten die Italiener schließlich, und nachdem über dreihundert von ihnen und fünf Deutsche gefangen genommen worden waren, rückten wir in das Dorf ein, das dank unseres Artilleriefeuers in Schutt und Asche lag, doch das war uns egal. Haane wurde befohlen, sich um die Bergung der Leichen zu kümmern, was nicht einfach war, man musste sie in Tücher wickeln, wie Pakete zusammenschnüren und mit Seilen den Felsen hinunterlassen, und all das, als es schon fast dunkel war. Er wurde sofort für das Viktoria-Kreuz vorgeschlagen – nicht nur von Freyberg, sondern von Montgomery –, weil er Unglaubliches geleistet hatte: fast zwei Tage, unter heftigem feindlichem Beschuss, auf diesem nackten, steilen Felsen, an dem man hochkraxeln, angreifen, Widerstand leisten und dann allein wieder absteigen musste, um Verstärkung anzufordern, die neuen Männer in Stellung zu bringen, zum nächsten Angriff überzugehen. Ein Wunder, dass er dabei nicht draufgegangen ist. Vor ein paar Jahren ist er bei einem Autounfall gestorben, das dämlichste Ende für einen nie offiziell gewürdigten Helden. Sicher, er bekam einen Orden verliehen, aber nicht einmal einen besonders bedeutenden, weil er kein hoher Offizier war.«

Charles Maui Hira hatte den Fernseher ausgeschaltet, in dem inzwischen irgendetwas anderes lief, und an seinem Tee genippt, ehe er mit der Erzählung fortfuhr. Inzwischen brannte nur noch das Licht im Eingang, doch obwohl Rapata die Miene des Großvaters nicht deutlich erkennen konnte, wirkte er heiterer und wacher.

»Das Gleiche ist Charlie Shelford passiert, einfacher Soldat aus meiner Kompanie, der im Gegensatz zu Manahi ein Hitzkopf war, um es gelinde auszudrücken: ständig besoffen, und dann ließ er Sachen vom Stapel, die man nicht wiederholen kann. Er wurde mehrmals zu Disziplinarrest verdonnert, einmal fast einen Monat lang, aber es nützte nichts. Charlie pfiff auf Disziplin, er verschwand mehrere Tage ohne Erlaubnis, in Ägypten fuhr er mit unseren Lastwagen los, um bei den Deutschen Waffen zusammenzuhamstern und sie auf dem Schwarzmarkt zu verhökern. Eine Legende, aber eher im Schlechten als im Guten. Wie auch immer: Ich machte einen großen Bogen um ihn. Hin und wieder nannte er mich ›Charles‹, um mich zu provozieren, als wäre ich ein Butler. Aber er hatte Mumm. In Gazala in Libyen standen wir unter Kreuzfeuer und waren abgeschnitten, sie hätten uns massakriert, wenn Charlie sich nicht angeboten hätte, die Stellung, von der sie uns unter Maschinengewehrbeschuss nahmen, allein zu säubern. Er rannte wie ein Wahnsinniger und schoss dabei mit seiner requirierten *Spandau* unablässig aus der Hüfte, es war einfach unfassbar, dass er bei all dem, was auf ihn einprasselte, noch lebendig war. Wenige Meter vor dem Ziel erwischte ein Kugelhagel seine Beine, kriechend schleppte er sich weiter und versuchte, sein Maschinengewehr abzufeuern, doch auch das war getroffen worden und funktionierte nicht mehr, also warf er mit letzter Kraft eine Handgranate: Volltreffer. Damit hatte er den Feind aufgejagt. Trotz seiner blutenden Beine schaffte Charlie es, die Offiziere und weitere rund vierzig Italiener gefangen zu nehmen. Ihm wurde die *Distinguished Conduct Medal* verliehen, aber er hätte das Viktoria-Kreuz verdient gehabt. Auch Charlie hat ein böses Ende genommen, er wurde von einem Auto überfahren, als er, besoffen wie immer, am Stadtrand von Auckland über die Straße torkelte, aber bei ihm war das nicht anders zu erwarten.«

Rapata war schläfrig geworden, doch diese letzte Schilderung hatte ihn gebannt. Zum ersten Mal hatte sein Großvater durchblicken lassen, dass es unter seinen heldenhaften Kameraden nicht nur Musterknaben, sondern auch Mistkerle gab. Er hätte ihn gern gefragt, ob es noch mehr Typen wie Shelford gegeben hatte, verkniff es sich aber, immerhin hatte sein Großvater ihn für groß genug gehalten, ihm diese Geschichte ohne Auslassungen zu erzählen.

»Weiter. Wen gab es noch?«

»Nun, Rapi, ich glaube, das habe ich schon oft erwähnt: Wir sind mit Ehrungen und Orden überschüttet worden, rund einhundert waren es, das heißt, wir haben weit mehr als doppelt so viele wie die anderen neuseeländischen Einheiten erhalten, darum fällt die Auswahl schwer. Es gab etliche Männer, die vielleicht nicht das Zeug zum Viktoria-Kreuz hatten, das für außergewöhnliche Kühnheit verliehen wird. Offiziere, die sich durch ihren Mut, ihren unermüdlichen Einsatz und ihren Verantwortungssinn gegenüber der Truppe hervorgetan haben. Durch ihr *Mana*. Das nicht unter die Kriterien fällt, anhand derer die englische Krone ihre Auszeichnungen vergibt, aber ich versichere dir, es macht einen Unterschied. Vor allem diesen Männern verdanken wir alles: nicht nur den Ruhm unseres Bataillons, sondern das Leben, das wir uns bewahren konnten, während sie es häufig verloren. Denn ein guter Offizier schont sich nicht, er geht als Erster voran, solange er kann, er ist Sporn und Schild, und stirbt deshalb fast immer als Erster. Ich könnte dir von Hauptmann Wikiriwhi erzählen, er war ein Te Arawa und gehörte ebenfalls zur Kompanie B, er ist nicht gestorben, soweit ich weiß, geht es ihm gut, um nicht ständig nur von Toten zu reden. Das letzte Mal sah ich ihn bei einer Versammlung zur Gründung des Veteranenvereins unseres Bataillons, deine Mutter muss damals drei oder vier gewesen sein. Um ihm unsere Dankbarkeit zu zeigen, wählten wir ihn zum Präsidenten. Er hat geheiratet, bekam Kinder und bekleidete einen ziemlich hohen Posten in der Sozialbehörde in seiner Heimat in Pukekohe. Dann habe ich erfahren, dass er befördert und nach Auckland versetzt wurde. Er hieß Matarehua, doch wir nannten ihn Monty wie den General, was allerdings keine Absicht war. Vor dem Krieg hatte er die Schafe seiner *Whanau* gehütet. Auch er spielte in Takrouna eine entscheidende Rolle, deshalb wurde ihm der *Distinguished Service Order* verliehen, der wertvoller ist als Shelfords Auszeichnung, aber nur ab einem bestimmten Rang vergeben wird. Er wurde zweimal verwundet, das erste Mal in irgendeinem Drecknest in der Wüste, das zweite Mal schwer, während des Angriffs auf den Bahnhof an der Front von Cassino. Die Geschichte habe ich dir doch schon x-mal erzählt.«

»Kann sein, aber an Hauptmann Wikiriwhi erinnere ich mich nicht.«

»Solltest du nicht ins Bett gehen? Du hast ganz glasige Augen.«

»Nein, nein, mir geht's gut, das Aspirin wirkt, es ist nicht mal halb elf, und ich fahre doch morgen.«

»Na schön. Die Kompanien A und B sollten also den Bahnhof erobern und ihn halten, bis unsere Pioniere den Bahndamm entmint und vor allem die von den Deutschen gerissenen Krater aufgefüllt hatten, damit wir sodann mit unseren Panzern und dem Gros unserer Infanterie vorrücken konnten. Sogar der Einsatz des Combat Command war geplant, der berühmten amerikanischen Spezialeinheit. Es gab keine andere Lösung, das gesamte Tal war ein einziger Sumpf: Zum einen hatten die *Jerries* es absichtlich geflutet, und zum anderen hatte es den ganzen Monat in einem fort geregnet. Sogar die Bombardierung der Abtei war ein Problem gewesen, man hatte praktisch den einzigen klaren Tag erwischen müssen. Die Bahnlinie musst du dir nicht mit Gleisen und Schwellen vorstellen, denn die Deutschen hatten alles zerstört, aber sie blieb der einzige nutzbare Weg, allerdings nur zu Fuß und im Gänsemarsch, weshalb es unmöglich war, mehr als zwei Kompanien einzusetzen. Die eigentliche Aktion sollte um halb zehn erfolgen, was bedeutete, dass man sich um Viertel nach sechs in Bewegung setzen musste. Wir konnten noch gemeinsam essen, und danach gab es einen Gottesdienst, abgehalten von Leutnant Takurua, dem Sohn von Takurua Tamarau, Häuptling der Tuhoe und Oberhaupt der bei den Stämmen der Ostküste sehr verbreiteten Ringatu-Kirche. Unter den Soldaten, die den Angriff durchführen sollten, waren viele Anhänger dieses Kultes, bei dem es weder Geistliche noch besondere Gewänder und Insignien oder dergleichen gibt und der meistens in den *Marae* statt in einem eigenen Gotteshaus abgehalten wird. Takurua rezitierte einige Passagen der Propheten, die er auswendig kannte, und dann sangen wir gemeinsam ›Der Herr ist mein Hirte‹ und auch den Psalm in dem es heißt, ›Gelobt sei der Herr, mein Fels/der meine Hände kämpfen lehrt/und meine Fäuste, Krieg zu führen,/meine Hilfe und meine Burg/mein Schutz und mein Erretter/mein Schild, auf den ich traue‹. Du fragst dich womöglich, wieso ich das noch im Kopf habe. Nun ja, wir konnten unser Gebet nicht beenden. Das nahmen alle als ein schlechtes Omen. Hinterher sagten uns die Italiener, der Siebzehnte, das Datum jenes Tages, verheiße Unglück, allerdings wäre es noch schlimmer gewesen, er wäre auf den nächsten Tag gefallen, einen Freitag. Wir baten Pater Huata, nach dem Angriff einen Versöhnungsgottesdienst abzuhalten. Was konnten wir sonst auch tun? Nichts. Nur abwarten, während Hauptmann Henare mit der Kompanie A und Hauptmann Wikiriwhi mit der B sich in Marsch gesetzt hatten. Kurz vor neun begann die Artillerie loszuschlagen, und da unsere Leute unseres Wissens noch nicht zum Angriff übergegangen waren, verschaffte uns dieser Lärm eine gewisse Erleichterung. An der Front gibt es nichts Schlimmeres als Stille, es gibt sie kaum, doch schon eine von vereinzelten Schüssen durchhallt Nacht lässt einen den Tod im Nacken spüren. Und für einen Soldaten gibt es nichts Schlimmeres, als die eigenen Kameraden in Aktion zu wissen und nichts anderes tun zu können, als den von Waffenlärm geschriebenen Botschaften in der Finsternis zu lauschen. In unserem Fall war das ein vergebliches Unterfangen, wir waren zu weit von der Kampfzone entfernt und konnten kaum etwas anderes hören als das anfängliche Sperrfeuer. Und nicht das Geringste tun. Du fragst dich vielleicht, ob ich nicht übertreibe ...«

»Nein, nein, *Koro*, ich höre zu, rede weiter.«

»Nun, Rapi, du bist kein kleines Kind mehr, und ich bin mir beinahe sicher, dass du dich vielleicht nicht jetzt, nicht heute Abend oder morgen, aber vielleicht in ein oder zwei Jahren fragen wirst, ob sich all das, was dein Großvater dir erzählt hat, wirklich so zugetragen hat, ob wirklich niemand von uns nicht auch ein bisschen erleichtert war, nicht ins Gefecht geschickt worden zu sein. Das wäre eine berechtigte Frage, Rapata, die Frage eines Jungen, der gelernt hat, kraft seiner eigenen Erfahrungen selbstständig zu denken. Aber ich sage dir: Nein. Nicht in einem solchen Moment. Wenn die anderen draußen sind, und du wartest, kann sich keine einzige Faser deines Körpers entspannen. Das Warten bereitet physische Schmerzen, das ist nicht als Metapher gemeint, denn hatte man eine Verwundung erlitten, machte sie sich bemerkbar. Du weißt ja, man spürt sie sogar beim Wetterwechsel. Heute zum Beispiel, fast ein halbes Jahrhundert später. Und außerdem waren wir seit vier Jahren zusammen, Rapata, Tag und Nacht. Wir waren ein neuer, aus den alten Stämmen gebildeter Stamm und gehörten in den Kompanien dennoch zu derselben *Iwi*, wir waren Nachbarn, Klassenkameraden oder gar Cousins oder Brüder. Als würdest du morgen mit gut der Hälfte der Jungen aufbrechen, mit denen du heute klatschnass geworden bist ...«

»Wir waren beim Gewitter am Fluss, der Rückweg war schrecklich, eine Mordskälte, aber darf ich sagen, dass es trotzdem großartig war?«

»Nimm noch ein Aspirin, bevor du ins Bett gehst. Oder besser: Geh ins Bett.«

»Ach komm, jetzt ist es doch auch egal, du kannst jetzt nicht mittendrin aufhören …«

»Den Rest gibt es morgen früh. Vorausgesetzt, du bekommst kein Fieber. Ehrlich gesagt, bin ich auch hundemüde.«

»Bitte, Opa, nur die Geschichte von Hauptmann Wikiriwhi, und dann gehen wir schlafen.«

»Da gibt es nicht viel zu erzählen. Wir warteten die ganze Nacht und den nächsten Tag. Irgendwann wurde die Kompanie C mobilisiert, um den anderen Hilfe zu leisten, doch bei helllichtem Tag um zehn Uhr morgens auf dem Bahndamm vorzurücken war unmöglich. Sie unter Beschuss zu nehmen wäre so einfach gewesen, wie Insektenspray auf eine Ameisenstraße zu sprühen. Ich muss zugeben, als ich sie zurückkommen sah, durchzuckte mich eine erbärmliche Genugtuung, weil ich es ungerecht fand, dass sie durften und wir nicht, bis mir aufging, was das bedeutete: dass weder Panzer noch Infanterienachschub oder irgendwer sonst durchgekommen war; dass unsere Männer getan hatten, was sie tun mussten, und dann angefangen hatten, Widerstand zu leisten. Denn so hatte ihr Befehl gelautet: ›Widerstand um jeden Preis‹. Sie kamen am Abend des darauffolgenden Tages, gegen acht zurück: rund sechzig Mann von zweihundert, viele davon verwundet. Die Kompanie A zählte vierzig Mann, die B war auf siebenundzwanzig geschrumpft. Noch nie hatten wir Verluste dieser Größenordnung erlitten, obendrein durch ein Scheitern auf ganzer Linie, durch eine Niederlage. Wikiriwhi fehlte. Takurua ebenfalls, es hieß, er sei gefallen. Ganz zum Schluss, als sie bereits auf dem Rückzug waren. Wikiriwhi nicht, er war verwundet, tatsächlich war er fast sofort verwundet worden, hatte sich am Sammelpunkt verarzten lassen und war dann zurückgekehrt, um wieder das kurzfristig an Takurua übergebene Kommando zu übernehmen. Mit einem gesunden und einem geflickten Bein hatte er seine Männer das Lokomotivdepots einnehmen lassen und

dann zum Bahnhof geführt. Obendrein hatte er das Funkgerät tragen wollen, weil er fürchtete, ein nächtlicher Angriff
könnte zu Versprengung führen, doch es war kaputtgegangen, als er das erste Mal getroffen worden war. Also gab es
von Anfang an keinen Kontakt mehr mit der Außenwelt. Bis
auch die A auf ihrem Rückzug eintraf, weil ihr Ziel unerreichbar war. Als sie die Hilfe der Artillerie angefordert hatten, hatte das zu kurze Feuer Oberleutnant Asher getötet
und Leutnant Crapp schwer verwundet. Wikiriwhi war als
Offizier nur Takurua geblieben. Sie hatten sich im Bahnhof
verbarrikadiert, von Mitternacht bis drei Uhr des folgenden
Tages. Dann begann die Erde unter ihrer Verschanzung zu
beben, und kurz darauf stürzte in der dicken, wegen der
Nebelwand nicht zu atmenden Luft die Mauer des Nachbar-
hauses ein, und wie eine Fata Morgana tauchte ein riesiger
Panzer Tiger auf. Er richtete seinen Geschützturm auf sie,
sie hatten keine Panzerabwehrwaffen, die sowieso nutzlos
gewesen wären, Hauptmann Wikiriwhi rief das Kommando
an und schrie, ›Wir stecken in der Klemme‹, offenbar wurde
ihm nur erneut gesagt, er solle trotzdem durchhalten, denn
seine Männer hörten ihn schreien, ›Fahrt zur Hölle!‹, und
dann, an sie gewandt, ›Weg, weg!‹ Er war abermals am Bein
getroffen worden, als er stehen geblieben war, um zwei von
ihnen weiterzuscheuchen, die Deckung gesucht hatten, statt
abzuhauen. Ein Sprenggeschoss hatte ihm eine üble Wunde
verpasst. Sie wollten ihn nicht dort lassen, doch er zwang sie
per Befehl und drohte dem Soldaten Sutherland, der darauf
bestand, bei ihm zu bleiben, mit einer Pistole. Rewi, der einzige der drei Wikiriwhi-Brüder, der mit den Überbleibseln
seiner Kompanie zurückkehrte, presste die Kiefer aufeinander, um nicht mit den Zähnen zu klappern. Als er seinen Bruder Te Tuahu sah, der wie die restlichen Überlebenden im
Laufe der Nacht allein zurückkam, brach er in Tränen aus.
Die anderen schliefen den bleiernen Schlaf der wie durch ein
Wunder am Leben gebliebenen Soldaten, was mir nicht ge-

lang. Irgendwann bin ich trotzdem eingeschlafen, weil man alles lernt, alles kann zur gewohnten Pflicht werden. Auch am nächsten Tag hörten wir nichts von den verlorenen Männern. Inzwischen hielten wir Hauptmann Wikiriwhi für tot. Die vom 24. Bataillon hatten ihn nach vierundzwanzig Stunden aufgegabelt. Irgendwie hatte er sich bis zu unseren Linien geschleppt. Es ging uns mächtig gegen den Strich, dass die *Pakeha* mit der Suche unserer Verwundeten beauftragt worden waren. Man hat mir erzählt, als im Mai endlich der Sieg errungen war, hätten wir uns das Recht, unsere Gefallenen zu bergen, nicht nehmen lassen. Militärpolizei, Beisetzung durch die mit der Registrierung der Grabstätten betraute Einheit, alles streng nach Vorschrift und so weiter. Unser Kommandeur Peta Awatere sagte den Jungs in Maori, sie sollen Ruhe bewahren, und zu dem Typen von der Militärpolizei, er könne für nichts garantieren, sollte man uns nach einer sechzigtägigen Wartezeit daran hindern, unsere Kameraden, Brüder und Verwandten zu beerdigen. Anderthalb Monate, um uns ihre Überreste zurückzuholen! Jedenfalls, als uns die Nachricht erreichte, dass man Hauptmann Wikiriwhi ins Lazarett gebracht hatte, waren wir erleichtert, aber auch beunruhigt. Wir wussten nicht, wer sonst noch im Militärkrankenhaus gelandet war und in welchem Zustand. Pater Huata hatte das sofort begriffen, und um die Gemüter zu beruhigen und niemanden ungerecht zu behandeln, beschloss er, dass ihn ein Soldat der D bei seinem Gang ins Krankenhaus begleiten sollte. Ich weiß nicht, wieso seine Wahl auf mich fiel, vielleicht, weil ich ihm immer ruhig und gefasst erschienen war, er war ein seltsamer Kriegerpriester, immer ist er mit uns ins Feld gezogen. Er wusste auch, dass ich fast der Einzige unter den Kameraden ohne enge Verwandte oder Mitglieder der *Whanau* war, und vielleicht hatte er sich gedacht, das würde mir den Besuch leichter machen. Auf dem Weg stellte ich mir vor, unsere Leute würden sofort ins Auge springen, ihrer Hautfarbe und der Anzahl wegen, doch eher das Gegenteil war der Fall: Die Weißen fielen auf. Da war ein weinender Gurkha-Junge ohne Beine, nicht weit von dort, wo Hauptmann Wikiriwhi lag, und ein Sikh mit einem tiefen Klaff von einem Schrapnell auf der Stirn, der ihm den halben Turban durchgesuppt hatte, er schrie, niemand solle es wagen, seine Kopfbedeckung anzufassen. Ein Soldat der Rajputana Rifles schwor, er hätte es mit seiner Abteilung bis ganz nach oben zum Kloster geschafft, doch dann hätte eine Garbe sie alle getötet, nur er sei aus unerfindlichen Gründen am Leben geblieben, *Allahu akbar*. Während Pater Huata und ich die Runde machten und nach unseren Männern suchten, trafen unablässig weitere verwundete Inder und Nepalesen ein, viele von ihnen grausam zugerichtet und mehr tot als lebendig. Unsere Jungs waren nur ein Tropfen in diesem Meer aus dunkler, von einem sinnlosen Gemetzel zerfetzter Haut, aus Kehlen, die in so unterschiedlichen und unverständlichen Sprachen schrien, dass sie wie Tiere klangen, und nachdem wir uns vergewissert hatten, dass keiner von den Unsrigen im Sterben lag, konnte ich mir eine dumme Bemerkung an Pater Huata nicht verkneifen: ›Vielleicht hat Gott uns auch diesmal nicht gänzlich im Stich gelassen.‹ ›Wieso sagst du das, Charlie?‹ ›Weil ich immer wieder an die Gebete von Leutnant Takurua denken musste, ich dachte, sie seien völlig umsonst gewesen. Oder dass es ein schlechtes Omen war, sie nicht zu beenden. Aber jetzt, wo ich hier bin, scheint es fast, als hätte Gott uns verschonen wollen.‹ Pater Huata war kurz stehen geblieben und dachte nach. ›Manchmal kann uns der Kriegsgott in der Schlacht nicht helfen, aber der Gott der Liebe verlässt uns nie‹, antwortete er schließlich, ›weder uns noch sonst jemanden.‹ Ehrlich gesagt, klang das ein bisschen nach einer Priesterantwort, denn er wirkte ebenfalls erleichtert, endlich mit einigermaßen guten Neuigkeiten zurückkehren zu können, weil keiner unserer Jungs in Lebensgefahr schwebte. Tatsächlich schafften es alle bis auf einen. Außer dem Orden, den er sich in

Takrouna verdient hatte, bekam Hauptmann Wikiriwhi noch eine weitere Auszeichnung, wenn auch einen kleinere. Er hatte sein Möglichstes getan, um sich an die Befehle zu halten, doch wer weiß, wie viel Jungs noch draufgegangen wären, hätte nicht er sie angeführt. Leider fehlt mir die Gewissheit, dass der Gott der Liebe uns nie verlässt, aber ich habe gelernt, dass, kehrt der Kriegsgott uns den Rücken zu, nur die Menschen uns retten können. Seien es andere, wie Wikiriwhi, oder wir selbst. Und das, glaube ich, ist nun wirklich alles. Gute Nacht, Rapi.«

Rapata war auf dem Kiesweg stehen geblieben, und als er sich umdrehte, sah er, dass sich inzwischen nur noch wenige versprengte Landsleute im neuseeländischen Abschnitt aufhielten: unter ihnen ein Junge mit kurzem Röckchen und ein Mädchen mit dem *kauae*, die an einem Grabmal beieinanderstanden, in der gleichen Haltung wie alle anderen, mit gesenkten Köpfen, hängenden oder verschränkten Armen. Ein unwirkliches Gefühl erfasste ihn, nicht nur wegen ihres Anblicks, der einer anachronistischen Illustration aus einem Schulbuch glich – ein Ahnenpaar, das einen von den Engländern in den *Land Wars* des neunzehnten Jahrhunderts getöteten Angehörigen betrauert –, sondern auch, weil ihm die Erkenntnis gekommen war, dass er seiner Erinnerung nicht trauen konnte, von der er befürchtet hatte, er könnte sie zerstören, wenn er zu viel las und sich auf eine offizielle, objektive Wahrheit einließe, die die Erzählungen seines Großvaters verändern und verdrängen würde. Niemals hätte er geahnt, dass die Geschichten, mit denen er groß geworden war, die Zeugnisse, die ihn so sehr erfüllten, als gehörten sie ihm, sich als so brüchig erweisen würden. Der Gurkha ohne Beine, in Ordnung, an den erinnerte er sich genau. Doch dass er aus Verzweiflung geweint hatte, weil er nicht wusste, wie er seine Familie ernähren sollte – sicher, dass der Großvater ihm das erzählt hatte? Wann? Hatte er sich das womöglich nur eingebildet? Aber warum? Auf welcher Grundlage, durch welchen Einfluss? Nein, bestimmt hatte er sich diese Geschichte nicht eingebildet, auch wenn er ihren Ursprung nicht mehr festmachen konnte. Er musste sich auf seinen Großvater und sich selbst verlassen, diesem vierhändig gesponnenen Erzählfaden einen Vertrauensvorschuss gewähren, das unsichtbare *Moko* erkennen. *Mataora*, lebendes Gesicht, so wurde der Ahne genannt, der die Maori in die Gesichtstätowierung eingeweiht hatte. Obwohl die Muster unverändert weitergegeben wurden, passte sich das *Moko* durch die ständig bewegte Mimik den Zügen seines Trägers an: Darin lag der Unterschied zwischen einer lebendigen und einer toten Erinnerung. Nichts zu besitzen als einen Grabstein, dem man mit geneigtem Kopf und hängenden Schultern Blumen und Kränze darbrachte und davor verharrte, als wäre man selbst aus Stein. Sie besaßen mehr, sie waren mehr als ein Haufen überlebender, wilder Stammesangehöriger. Sie waren ein Volk der Erinnerung, ein Volk kriegsgeschaffener Erinnerungen, dachte Rapata zum ersten Mal auf dem Commonwealth-Friedhof von Montcassino. Andernfalls wären sie verschwunden. Andernfalls hätten die Kanonen, die Krankheiten, die Missionare und alles andere gesiegt: die unaufhaltsame Zivilisation, der Fortschritt, die Demokratie, das Geld, die Supermärkte und die gemischten Ehen. Trotz der Maori-Partei im Parlament und jeder anderen Art der Präsenz, die für sich genommen gar nichts hieß, genau wie die Krieger in Lendenschurz oder die immer hohleren Bekundungen maorischen Stolzes seines Vaters für sich genommen zu nichts nutze waren. Jahrhundertelang hatten sie einander das lebende Gesicht auf unsichtbarem Weg weiterzugeben vermocht, so wie Charles Maui Hira es bei ihm getan hatte.

Endlich begab sich Rapata zu den neuseeländischen Gräbern, darauf gefasst, die Kameraden seines Großvaters im Abseits zu finden. Nicht unbedingt ganz hinten und auch nicht zu weit am Rand, denn die nach neunzehntem Jahrhundert aussehenden *Tupuna*, die nun Hand in Hand vom Weg traten, hatten ungefähr in der Mitte gestanden. Außerdem musste er vorsichtig damit sein, das Maori-Bataillon mit den anderen farbigen Truppen der Briten in einen Topf zu werfen, denn ein Maori hatte dieses Bataillon gewollt, und bis zum Rang des Oberbefehlshabers hatte es Maori-Offiziere gegeben. Sie beieinander zu begraben, hätte also einen anderen Sinn gehabt. War es nicht ganz natürlich und richtig, dass, wer zusammen gelebt und gekämpft hatte, seinen Kameraden und Verwandten auch im Tod nahe war? Erst recht für ein Volk, das sich den Namen *Tangata whenua* gegeben hatte, wobei »Whenua« sowohl Erde als auch Plazenta bedeutete, und dessen Sprache dasselbe Wort – *Iwi* – für Stamm und Knochen verwendete, für Menschen, die jeden Ort, an dem Maori begraben lagen, als heiliges, eigenes Land betrachteten? Hatte die Regierung nicht deshalb die *Maori Cultural Group* eingeladen? Mochten sie auch plump und lächerlich sein, was tat das dem Grund ihrer Anwesenheit für einen Abbruch?

Wäre er nicht auf die Gurkhas und Inder gestoßen, hätte er bei der Suche nach den eigenen Toten vielleicht nicht dieses leise Unbehagen verspürt. Doch er hatte die Grabareale gesehen, sie waren nur wenige Schritte entfernt, Ghettos für Tote, die an Ghettos für Lebende gemahnten.

In einem dieser Ghettos hatte Rapata ein paar Jahre seiner Jugend verbracht, und nun lebte er wieder dort: Otara, im Süden von Auckland. In Otara gab es keine Hochhäuser, nichts in dieser weiten Ansammlung kleiner Gebäude erinnerte wirklich an die Straßen eines schwarzen Ghettos, und dennoch wohnten dort noch immer fast ausschließlich Polynesier und Maori. Als er eines Abends mit seiner neuen koreanischen Karre tanken gefahren war, hatte er den kleinen Bruder eines Klassenkameraden aus der Mittelschule mit seiner Gang getroffen, allesamt in Gangsta-Rapper-Kluft: Hosen und T-Shirts in Übergröße, Sonnenbrillen, Caps. Er

hätte ihn nicht wiedererkannt, wäre er nicht auf ihn zuge-
kommen und hätte gerufen, »Rapata Sullivan! Was machst
du denn hier?« Als er erklärte, er sei hierhergezogen, lautete
die Antwort, »Willkommen zurück unter den gewöhnlichen
Niggern, Bruder«, und die Bemerkung hatte allzu gewollt
geklungen. Doch es stimmte. Nicht einmal die erst kürzlich
ins Land gekommenen Asiaten ließen sich in gewissen Vororten nieder. Diese Randbezirke waren immer weit ab von
allem, und mit ihnen sämtliche ihrer Bewohner.

Doch für die Toten des Maori-Bataillons gab es auf dem
Commonwealth-Friedhof kein abgeteiltes Areal. Rapata
brauchte einen Moment, um das zu begreifen, obwohl er es
nicht anders erwartet hatte, und außerdem trugen viele von
ihnen englische Vor- und Nachnamen. Sie waren alle beieinander begraben, die Soldaten des neuseeländischen Kontingents. Der ausgelobte Preis der Staatsbürgerschaft, ging es
ihm durch den Kopf, hatte das Recht gezeitigt, bei den *Pakeha*
zu ruhen. Vielleicht war das wenig, vielleicht bedeutete das
nichts, doch als Rapata vor dem Bild eines Jungen in Uniform
auf dem einzigen mit einer Fotografie versehenen Grabstein
stand, und es war das Grab eines Maori, hätte er heulen können, auch wenn er keine Ahnung hatte, wem es gehörte. Dieses pausbäckige Gesicht mit dem leicht einfältigen, stolzen
Lächeln, dieses verschwommene Schwarz-Weiß-Bild, das
nach zurückgestriegeltem Haar samt Scheitel und Pomade
und der verlangten Pose eines überteuerten Fotografen aussah, ließ vermuten, dass Sir Apirana Ngata und vor allem sein
Großvater recht gehabt hatten: Charles Maui Hira, der es
nicht mehr geschafft hatte, seinen Kameraden die Ehre zu
erweisen und zu sehen, dass sie als Staatsbürger Neuseelands
bestattet worden waren, um dann seinem Enkel sagen zu
können, »Siehst du, ich hatte recht«. Schon möglich, dass es
keine Absicht gewesen war, und es blieb zu vermuten, dass es
anders gelaufen wäre, wäre dieser Soldatenfriedhof dreißig
Jahre später entstanden, als der Kampf der Maori radikaler

geworden war. Doch es zählte, was war, es zählte, was es dort und zu diesem Zeitpunkt bedeutete, unabhängig von dem Warum und dem Wie. Bestimmt war dem Architekten oder dem für die Beisetzung verantwortlichen Militär gar nicht bewusst gewesen, dass die überall verstreuten Gefallenen des 28. Bataillons den gesamten neuseeländischen Bereich in einen *Urupa* verwandelt hatten, in einen Maori-Friedhof: Deshalb hatte die *Cultural Group* ihr Reinigungsritual auf das gesamte Areal ausgedehnt. In diesem Kontinent, von dem sie aufgebrochen waren, in diesem Stück Italien, das ihrer Heimat so ähnlich sah, ruhten auch die Europäer dank ihrer maorischen Kameraden in neuseeländischer Heimaterde. Hatten die *Pakeha* sie auch ihrer Erde beraubt, sie betrogen und ermordet, um sie in ihren Besitz zu bringen, so war es ihnen doch nicht gelungen, sie zu weihen. Rapata musste an den Ausdruck »das Salz der Erde« denken. Dass die Maori, trotz allem, das Salz ihrer Erde geblieben waren. Musste man, um das zu begreifen, ans andere Ende der Welt reisen, wo sie sich, mit weiterem Blut und weiterem Krieg, ein winziges Stück dessen zurückerobert hatten, was ihnen genommen worden war?

Aber nun wusste Rapata nicht mehr, was er tun sollte. Unter den Neuseeländern, die vereinzelt zwischen den Gräbern standen, war kein *Morehu* mehr, und er würde die gefallenen Kameraden seines Großvaters einen nach dem anderen suchen müssen. An manche Namen erinnerte er sich, an andere nicht, um sie zu finden, hieß es also, Reihe um Reihe abzulaufen und das Todesdatum auf jedem Grabstein zu lesen. Wie viele mochten es gewesen sein? Nicht einmal das wusste er. Wenn er es täte, würde er die Veteranen, die womöglich im Bus saßen und noch auf die Nachzügler warteten, nicht mehr erwischen, so viel war sicher. Andererseits konnte er auch nicht einfach in den Bus steigen und sagen: »Ich bin der Enkel von Charles Maui Hira, der im 28. Bataillon diente, ich würde gern die Überlebenden kennenlernen, die mit meinem Großvater gekämpft haben.« Lieber sollte er in Erfahrung bringen, wo sie untergebracht waren oder zu Abend essen würden, auch deshalb war Eile geboten. Er hatte eine kleine Gruppe *Pakeha* entdeckt, sie unterhielten sich und waren nicht mehr in eine Andacht versunken, die er lieber nicht hätte stören wollen. Rapata ging zu ihnen, stellte sich vor, erwähnte die Gründe, weshalb er sich als Einzelgänger dort aufhielt, und fragte, ob es möglich wäre, irgendwo zu ihnen zu stoßen. Aber gewiss, lautete die Antwort, vielleicht könne er gleich mit ihnen mitkommen, denn das Hotel liege außerhalb der Stadt und das Abendessen würde gegen sieben Uhr beginnen, da sie am nächsten Morgen recht früh nach Rom aufbrechen müssten. Die Premierministerin und ihr Mann würden zur Audienz beim polnischen Papst empfangen, derweil sie mit einem Touristenführer die Stadt besichtigten.

Rapata war kurz davor, einzuwilligen, damit hätte er sich sowohl das Geld für als auch die Suche nach einem Taxi gespart, doch er hatte keine Lust, allein in der Lobby zu warten und die Zeit totzuschlagen, statt seine Mutter anzurufen. Er bedankte sich, ließ sich den Namen des Hotels geben, und nachdem er sich verabschiedet hatte, machte er sich eilig auf den Weg zum Ausgang, denn für all das, was er sich vorgenommen hatte, blieb nicht mehr viel Zeit. Wenn er sich beeilte, würde er im Hotel Eden vielleicht noch duschen und die Kleider wechseln können, die ihm auf der Haut klebten.

Zügig und ohne sich umzublicken, nahm er denselben Weg zurück, den er gekommen war, und erreichte das Stadtzentrum. »Telephone, telephone card, international phone call«, versuchte er, eine Gruppe Jugendlicher zu fragen, die plaudernd zusammenstanden und wie Schüler oder Studenten aussahen. Offenbar hatten sie verstanden, hatten jedoch keine Antwort parat, denn sie berieten sich untereinander, dann sagte ein Mädchen, »come with us«. Einige klaubten ihre Taschen und Mappen vom Boden, verabschiedeten sich mit überschwänglichem Winken von den anderen und setzten sich schwatzend in Bewegung. Weil Rapata nicht sicher war, ob sie ihn tatsächlich finden lassen würden, was er suchte, fing er an, sich in den Straßen umzublicken. Vielleicht tauchte irgendwo eine Telefonzelle auf, die den Schülern nie aufgefallen war. Stattdessen sah er nur Mietshäuser, ein paar Werkstätten, ein paar Lebensmittelläden, Werbeplakate. Als er an einem kleinen, alten, zwischen zwei Neubauten eingezwängten Haus vorbeikam, in dessen Hof Hühner kratzten und ein Kettenhund bellte, wurde Rapata sich bewusst, dass dieser Ort nichts mehr mit der Stadt zu tun hatte, die bombardiert und völlig umsonst in Schutt und Asche gelegt worden war, ehe man seinen Großvater losgeschickt hatte, um ihre Trümmer zu erobern. Hätte er die Stelle gesucht, an der Charles Maui Hira gekämpft hatte, um den Feind aus den Überresten des Hotel Continental und des Hotel des Roses zu vertreiben, und stattdessen in Gefangenschaft geraten war, hätte er nicht den kleinsten Anhaltspunkt gefunden, vielleicht nicht einmal mehr die Straße. Cassino war wiederauferstanden und hatte alles ausgelöscht, was es gewesen war, alles bis auf die Benediktinerabtei, die vom Berg auf die Stadt herabblickte, halb Leuchtturm, halb Disneyschloss, und als Brücke zu sich selbst und ihrer Vergangenheit genügen musste. Plötzlich war Rapata es müde, hinter diesen Jugendlichen herzulaufen, die weiterhin mit sich selbst beschäftigt waren, lachten und in ihrer Sprache schwatzten, es half ihm nicht weiter. Es war ihm nicht gelungen, die toten Kameraden seines Großvaters zu finden, er hatte mit keinem Überlebenden des Maori-Bataillons gesprochen, und nun trottete er hinter diesen Schülern her, für die der Krieg, der sich auf diesem Boden abgespielt hatte, Lichtjahre entfernt war, oder vielleicht auch nicht, aber bestimmt sehr viel weiter entfernt als für ihn, der aus Neuseeland gekommen war. Wie ein dummer Straßenköter, ging es ihm durch den Kopf,

vielleicht, weil der Kettenhund, den er gesehen hatte, mittel-
groß und von undefinierbarer Rasse gewesen war. Aber was
hätten diese Leute andererseits machen sollen? Schließlich
hatten nicht sie die Flugzeuge gerufen, die tonnenweise
Bomben über ihren Häusern abgeworfen hatten, wieso also
sollten sie die Erinnerungen derer bewahren, die gekommen
waren, um sie zu zerstören? Sie konnten nur froh sein, dass
ihre Enkel durch die neu bebauten Straßen liefen, als hätten
sie nie anders ausgesehen. Und stimmte das nicht auch, standen diese Gebäude nicht da, seit er und diese Jugendlichen
geboren worden waren, oder gar schon länger?

An einer großen Kreuzung mit einer Ampel mussten sie
stehen bleiben.

»There«, sagte ein Junge und deutete zum Ende des Plat-
zes auf der anderen Straßenseite, »we take the train now, you
go to the bar and ask.«

»The bar?«

»Yes, on the left, the bar della stazione. They have telephone, we think.«

Rapata erblickte ein Café mit Tischchen im Freien, an
denen wenige Menschen saßen, vor allem junge Leute wie
seine Begleiter. Gemeinsam überquerten sie den Platz, die
Jugendlichen riefen »bye, bye« und »ciao« und gingen Richtung Gleise davon. Die Bahnhofsuhr zeigte zwölf Minuten
nach fünf, er hatte sehr viel weniger Zeit gebraucht als gedacht.

In dem Lokal gab es einen langen Tresen und einen Ziga-
rettenverkauf, er konnte kein Telefon entdecken, versuchte
zu fragen, hatte Mühe, sich verständlich zu machen und zu
verstehen, begriff aber schließlich, dass die Telefonkarte, die
sie ihm zeigten, bei einem öffentlichen Telefon in der Nähe
funktionierte. Seine Mutter stand gegen sechs Uhr auf, deshalb konnte er draußen noch eine Runde drehen und sich
nach einem Callcenter umsehen. Schlimmstenfalls würde er
zurückkommen und sie mit der Karte anrufen, obwohl das

teuer war. Er versuchte, es zu erklären, doch offenbar verstanden sie ihn nicht, also sagte er mehrmals »thank you«, verließ das Lokal und machte sich auf den Weg zu der Straße, die er tags zuvor zu seinem Hotel genommen und an deren Ecke er die Pizza gegessen hatte.

Er holte das Handy hervor, es zeigte fünf Uhr neunzehn. Ohne zu wissen, warum, drehte er sich um und verglich die Zeit mit der Bahnhofsuhr. Und da wurde ihm endlich bewusst, wo er sich befand. Der Bahnhof von Cassino war nicht nur der Ort, den er hinter sich gelassen hatte, als er aus dem Zug gestiegen war, sondern auch der, in dem die Kompanien A und B rund zwanzig Stunden lang Widerstand geleistet hatten. Rapata wollte ihn sehen, er wollte zu dem Bahndamm gehen, auf dem das Maori-Bataillon vorgerückt war, und Zeit dafür hatte er genug. Er durchquerte die Halle bis zum ersten Gleis und blickte in die seiner Ankunft entgegengesetzte Richtung, die nach Neapel führte. Und da sah er sie. Zu viert standen sie nebeneinander, fast am Ende des Bahnsteigs, wo keine Reisenden mehr warteten. Mit gesenkten Blicken und hängenden Schultern, den Panamahut in den Händen. Nur der *Morehu* in Uniform trug noch sein Barett, hatte aber den gefiederten Umhang ausgezogen. Er breitete ihn aus, streckte die Arme, der Wind blähte den Mantel wie einen Vorhang und ließ ihn über die leeren Gleise wehen. Rapata sah, dass er ihn loslassen wollte, dass die anderen Kameraden ihn davon abhielten, dass sie einander bei den Schultern fassten, sich fast umarmten, und dass sie alle weinten.

Der Lautsprecher verkündete die Ankunft eines Zuges, »Roma« war das einzige Wort, das Rapata verstand, doch diese künstliche Stimme, die aus der Gegenwart auf sie niederplärrte, versetzte ihm einen Ruck: Er konnte nicht dortbleiben, zwei Schritte von den Kameraden seines Großvaters entfernt, getrennt durch die Geräusche, die laut schwatzenden Italiener, die auf dem Heimweg waren.

Als er zu ihnen trat, wischten sich die Soldaten des 28. Bataillons mit dem Handrücken die Tränen fort. Er zögerte, hob an, »tena koutou«, holte Luft und fuhr fort, »tena koutou i nenei ahihai«.

»Tena koe i tenei ahihai«, erwiderte der Mann, der ihm am nächsten stand, und wandte sich langsam zu der Stimme um, der er reflexhaft ebenfalls einen Guten Abend gewünscht hatte. Die anderen taten es ihm gleich, sie wirkten nicht überrascht, auf Maori angesprochen worden zu sein, und schienen sich nicht zu fragen, wer dieser vollkommen unbekannte Junge war oder was ihn an den Bahnhof von Cassino verschlagen hatte. Vielleicht war es für sie in dem Moment ganz selbstverständlich, diese aufgeschütteten Erdwälle, auf denen wieder Gleise verliefen, als *Whenua tapu* zu sehen, als angestammtes Land, das jedes Mitglied der *Tangata Whenua*, der Menschen dieses Landes, anzuziehen vermochte. Oder vielleicht war es nur der Effekt der Tränen und der Verlorenheit, die in ihren geröteten Augen zurückgeblieben war. Man konnte die Falten in ihren Gesichtern sehen, der *Morehu* mit dem Barett und dem Umhang ähnelte einer Schildkröte, er war der Schmächtigste von allen und sah am deutlichsten wie ein Maori aus.

»Ich bin der Enkel eines Soldaten aus der Kompanie D«, sagte Rapata, »von der Iwi Waikato-Tainui aus Hopuhopu, der mit der *Aquitania* herkam und genau hier von den Deutschen gefangen genommen wurde. Charles Maui Hira.«

»Charlie? Charlies *Mokupuna*? Und wie geht es …«

Bisher hatte immer derselbe Veteran geredet, doch nun hielt ihn der Mann neben dem Barett-Träger mit einer leichten Kopfbewegung zurück.

»Ich habe gehört, dass er von uns gegangen ist, aber für uns – zumindest für mich – war es zu weit, zu seinem *Tangihanga* zu reisen. Wir kommen alle von der Ostküste, drei Cowboys und ein Penny-Diver, wenn du weißt, was das heißt.«

»Natürlich, er hat mir alles über das Bataillon erzählt und wäre so gern hierher zurückgekommen. Es war großes Pech, dass er vor ein paar Monaten so plötzlich starb. Ich weiß nicht, ob ihr davon gehört habt, aber bei seiner Beisetzung war ein halbes Dutzend *Morehu* anwesend. Ich nehme an, sie gehörten zu seiner Kompanie, oder sie hatten es nicht so weit.«

»Ach ja, leider werden wir immer älter und weniger, mein Junge: Sonst wäre bei Charlies Maui Hiras Beerdigung nicht nur ein mickeriges halbes Dutzend gewesen. Aber es ist großartig, dass du aufgetaucht bist, so ist die ruhmreiche Truppe fast komplett. Fehlt nur noch die A, aber unser Gum-Digger ist im Hotel geblieben, um sich auszuruhen. Übrigens, du hast uns noch nicht gesagt, wie du heißt.«

»Rapata, Rapata Sullivan. Ich wollte später sowieso in euer Hotel kommen, um euch zu treffen. Vorhin auf dem Friedhof war nicht der passende Moment. Vielleicht liegt es auch an mir, ich weiß nie, wie ich mich bei solchen offiziellen Feierlichkeiten verhalten soll. Eigentlich bin ich ganz froh, allein hier zu sein, mit dem Geld, das *Koro* zur Seite gelegt hatte ...«

»Die offiziellen Feierlichkeiten. Wir waren schon vor ein paar Tagen mit einer Delegation hier, um einen Kranz niederzulegen, dort unter der Gedenktafel. Aber wie du siehst, sind wir heimlich an den Tatort zurückgekehrt. Und du hast großes Glück, uns zu erwischen, denn heute Abend wollten wir uns eigentlich abseilen. Stimmt's, Jungs?«

Sie grinsten, und ihre Gesichter sahen völlig verändert aus. Sie waren wieder, wer sie sein wollten, die *old boys* des Bataillons, die sich über ihren kleinen Ausbüxer freuten und darüber, wie wenig es brauchte, um sich noch geeint und stark zu fühlen. Sie mussten alle um die Achtzig sein, doch das war ihnen plötzlich nicht mehr anzusehen: Die sind von genau dem gleichen Schlag wie *Koro*, dachte Rapata, und der vorhin eher höflich gemeinte Satz über das Pech des Großvaters, es nicht mehr nach Italien geschafft zu haben, versetzte ihm jetzt einen schmerzhaften Stich. Wie sehr hätte Charles Maui Hira sich gefreut, an seiner Stelle hier zu sein, wie gern wäre er heimlich zusammen mit seinen Kameraden an die Orte des Geschehens zurückgekehrt. Doch es hatte nicht sein sollen, und nun war es an ihm, die Gelegenheit, die der Zufall ihm geboten hatte, beim Schopf zu packen.

»Das klingt nach einem großartigen Plan«, sagte er, »wenn es euch nicht stört, würde ich euch gern ein wenig Gesellschaft leisten, ich könnte euch einen ausgeben, vielleicht ein Bier, um auf das Bataillon anzustoßen und auch auf meinen Großvater.«

»Wir sagten es ja bereits, oder nicht?, wir haben dich eingezogen, Rapata Sullivan: Ein Ngati Walkabout hat uns nämlich noch gefehlt. Aber vergiss das Bier, wir sind alt, wir können nur Tee oder Orangensaft trinken.«

»In Ordnung. Dann stoßen wir eben mit Tee und Orangensaft an, einverstanden?«

Alle brachen in Lachen aus, in das sich hie und da ein leises Husten stahl, was der komplizenhaften, ostentativen Kernigkeit ihres Gelächters jedoch keinen Abbruch tat.

»Du kennst uns noch nicht, Junge, das war ein Witz. Von wegen Orangensaft oder Bier: Hier braucht es eine ordentliche Flasche Rotwein wie in alten Zeiten, und vielleicht nicht nur eine. Aber die geht auf uns: Das ist das Mindeste, wo wir doch Charlie an seinem *Tangi* nicht verabschieden konnten.«

Kann einem der Kopf von federleichter, trunkener Euphorie erfüllt sein, während man von der Brust abwärts eine herzzerreißende Schwere fühlt, kann man zugleich glücklich und traurig sein? Das war Rapata noch nie passiert, noch nie hatte er so deutlich empfunden, aufgenommen zu sein, während zugleich etwas fehlte, doch zu seinem Erstaunen überwog die Freude, die zwar nicht stärker war, aber alles andere gleichsam durchdrang und in sich aufnahm.

»Danke«, sagte er, »*whakamoemiti*, ich danke euch sehr.«

»Unser Charlie hat den Jungen gut erzogen«, bemerkte der, der vom Tod seines Großvaters erfahren hatte, und es klang, als hätten sie alle von Rapata gewusst, was womöglich nur Einbildung war. Aber es tröstete ihn zu denken, dass Charles Maui Hira doch mit ihnen Kontakt gehalten hatte, obwohl er, der Enkel, den es großzuziehen galt, das größte Hindernis dabei gewesen war. Am merkwürdigsten aber war die Vertrautheit, die ihm diese Männer vermittelten, obschon sie ganz anders waren, als er sie sich vorgestellt hatte. Es lag an ihrer distinguierten Aufmachung und vor allem daran, dass er die meisten von ihnen nicht für Kameraden seines Großvaters gehalten hätte: Sie waren schlanker und zerbrechlicher und das Alter hatte ihre individuellen Züge verwischt. Offenbar entstammten sie gemischten Familien, hatten ihren Wurzeln in einer bestimmten *Iwi* aber mehr Gewicht gegeben und sich, obwohl sie sich hätten anders entscheiden können, bei diesem Bataillon gemeldet. Sie hätten in einer *Pakeha*-Einheit kämpfen können, was weniger gefährlich gewesen wäre, oder sich ihre Maori-Abstammung zunutze machen können, um der Wehrpflicht der Weißen zu entgehen.

»Ehe wir zum vergnüglichen Teil übergehen«, unterbrach der schlankste Veteran mit hellen Augen seine Gedanken, »müssen wir das zu Ende bringen, was uns hierhergeführt hat: das Gebet für unsere toten Brüder. Wenn du dich uns anschließen möchtest, bist du willkommen, wenn du uns lieber allein lassen willst, treffen wir uns gleich vor dem Bahnhof.«

Rapata musste nicht darüber nachdenken oder sich fragen, was sein Großvater getan hätte: Gemeinsam mit den Überlebenden wollte er der Gefallenen gedenken, und so hörte er sich unverzüglich antworten: »Wenn ihr nichts dagegen habt, bleibe ich.«

Über alle vier Gesichter huschte ein unmerkliches Lächeln.

»Ein Ngati Walkabout macht einem immer Scherereien«, sagte der Veteran mit dem Barett, während er mit einer kleinen Hilfestellung seiner Kameraden über einen niedrigen Metallzaun stieg, »aber was soll man machen.« Er nutzte den Scherz, um sich vom Gewicht seines Umhangs zu befreien, den er wie eine Decke über den Kranz breitete und der bis auf den Boden fiel. Er bückte sich und ging mühsam in die Knie, um nach dem Saum zu angeln und ihn auf dem kleinen Rasenstück, das die Gedenktafel säumte, zurechtzuziehen. Abschließend fuhr er mit seiner greisen Hand mehrmals über die braunen und grünen Federn, dann fasste ihn ein Kamerad unter die Achseln und half ihm auf. Als er wieder stand, sagte er: »Entschuldige, Hereme, aber so wird das nichts ...«

»Er hat recht, wir müssten ihn oben irgendwie fixieren.«

»Wir bräuchten Steine zum Drauflegen.«

»Ich mache das«, sagte Rapata, und da gerade kein Zug einfuhr, kletterte er auf das Gleisbett hinunter und begann, zwischen den Schienen die größten Steine aufzusammeln. Als er sich umdrehte, um sie den *Morehu* anzureichen, wurde ihm bewusst, dass Hauptmann Wikiriwhis Soldaten genau dort, wo er Steine aufklaubte, vor mehr als einem halben Jahrhundert gestorben waren. Einer der alten Männer, die die Steine entgegennahmen, war unter seinem Kommando gewesen. Rapata überlegte, welcher von ihnen es sein mochte und ob sich später die Gelegenheit ergäbe, ihn danach zu fragen, während er mit den letzten Steinen wieder auf den Bahnsteig kletterte und wartete, bis die Veteranen den Umhang fixiert hatten.

»Gut, fahren wir fort«, sagte der Soldat Hereme, und im Halbkreis stellten sie sich um den zugedeckten Stein auf das Rasenstück. Rapata stand rechts außen.

»Es bräuchte Pater Huata.«

»Tja, er hat sich ja auch einfach aus dem Staub gemacht.«

»Wäre es dir etwa lieber, Monate oder Jahre vor dich hinzuvegetieren? Er hat's richtig gemacht: zack und weg. So stirbt ein Soldat ...«

»Was hat das denn damit zu tun? Außerdem haben wir sowieso keine Wahl. Wir sind in Gottes Hand, was soll ich euch sagen, Jungs ...«

»Ganz genau, du bist dran, Jamie, du kennst dich mit dem Herrgott besser aus.«

Der Alte mit dem schlohweißen Haar und den hellen Augen, der besonders weiß aussah, hob die rechte Hand und stimmte einen Trauergesang an, den Rapata noch nie gehört hatte. Der erhobenen Hand nach zu urteilen, musste es sich um einen Gesang der Ringatu handeln, und er fragte sich, ob Jamie in der Kompanie B gewesen war, denn in seinem Einberufungsgebiet wurde dieser Kult besonders gepflegt. Doch die anderen kannten dieses *Waiata tangi*, und der Refrain war so einfach, dass Rapata ihn sofort mitsprechen konnte. Er lautete »E Hori e« und war ein Lebewohl an jenen Hori und seine Kameraden, die das Leben und ihre Knochen in einem fernen Land gelassen hatten, jedoch im Herzen der Tuhoe rings um den See und überall in der Bay of Plenty bleiben würden.

Rapata zwang sich, sich nicht umzublicken, nicht auf die Reisenden zu achten, die sich, angelockt von diesem unverständlichen Gesang, auf dem Bahnsteig sammelten, und die Blicke der *Morehu* zu meiden, die aus voller Brust und mit aller Kraft gegen die Tränen zu kämpfen schienen. So kamen sie zum Ende des Trauergesangs.

Jamie schluckte kurz und biss sich auf die Lippen, dann fuhr er in *Te Reo* fort: »Ich weiß nicht, was ich euch sagen soll, außer, dass wir eure Abwesenheit noch immer spüren. Und eure Gegenwart. Deshalb füge ich nichts mehr hinzu außer lebt wohl.«

Mit sacht zitternden Fingern zog er einen Zettel aus der Tasche und begann zu lesen:

»Haere-ra, George Asher.«

»Haere-ra«, echoten die anderen.

Haere-ra, Barney Brass

haere-ra, John Dinsdale

haere-ra, Charles Hapeta

haere-ra, Albert Heke

haere-ra, Anaru Heke

haere-ra, Hatu Herewini

haere-ra, Patrick Kereti

haere-ra, Leonard Koha

haere-ra, Raroa Leef

haere-ra, Ephram Maaka

haere-ra, Peeti McCauley

haere-ra, Samuel Mendes

haere-ra, Tei Porter

haere-ra, Roihi Rikiriki

haere-ra, George Simon

haere-ra, George Takurua

haere-ra, Huinui Te Kuru

haere-ra, John Robert Thwaites

haere-ra, Pompey Tuiri

haere-ra, George Warren

haere-ra, Wipere Wiremu.

»Und Lebwohl auch dir, Donald Puke, der du ich weiß nicht wie viele Tage später im Krankenhaus gestorben bist. Vielleicht ist es besser, dass der Herr dich zu sich rief, denn was für ein Leben hättest du gehabt, Ronnie. Haere-ra.«

»Haere-ra«, wiederholten die *Morehu* abermals, und mit ihnen Rapata Sullivan.

Ihr letztes Lebewohl verlor sich auf dem Bahnhof von Cassino, verlor seinen Sinn. In diesem offenen, fremden Raum klang dieser selbstverständliche Abschiedsgruß wie eine archaische Beschwörung, wie ein ritueller Schrei, womöglich gar dem »Heil« des Feindes ähnlich, das Rapata und der Großteil der umstehenden Italiener nur aus Kriegsfilmen kannten.

»Verzeiht mir«, fuhr Jamie fort, und seine Stimme klang leise und brüchig, »verzeiht, dass ich diesen Zettel brauchte, um euch alle zu erinnern. Es sind so viele Jahre vergangen, doch für mich ist der Tag nie vorüber, an dem ich euch irgendwo hier verloren habe. Er ist nicht vorüber. Und ich weiß noch immer nicht, warum ich es geschafft habe. Warum ich und ihr nicht. Ich will euch dafür danken, ich will all jenen danken, die gestorben sind, um mich zu retten: Ihr wisst, wen ich meine, ihr wisst es besser als ich, denn inmitten einer Schlacht lässt einen der Verstand im Stich …«

Die Ankündigung eines Zuges erscholl und dämpfte Jamies Stimme zu einem Flüstern.

»Und wir wollen euch danken, weil ihr die besten Kameraden wart, die wir uns hätten wünschen können!«, rief der *Morehu* mit der dicken Brille und dem grau melierten Haar, der bisher stumm geblieben war, gegen den Lautsprecher an. »Kia kaha, Jungs!«, übertönte er den Signalton des einfahrenden Zuges und fuhr dann mit normaler Stimme fort, »wenn du mir den Zettel gibst, Jamie, mache ich weiter.«

Der Veteran der Kompanie B nickte und hielt ihm den Zettel hin, derweil der Zug mit einem Schwall aus Wind und Lärm auf dem Gleis einfuhr und viele Schaulustige mit sich fortnahm. Als er abgefahren war, schob sich der *Morehu* die Brille auf die kahle Stirn, die wegen des Hutes wieder herunterzurutschen drohte, und setzte sich eine andere auf.

»Auch unseren Kameraden der C und der D, mit denen wir im März versuchten, die *Jerries* aus dem Hotel zu vertreiben, wollen wir Lebewohl sagen.«

Haere-ra, Louis Aspinall

haere-ra, Frank Rodney Brooking

haere-ra, Rukutai Haddon

haere-ra, Komene Kaire

haere-ra, Richard Matthews

haere-ra, James Mohi
haere-ra, Tama Paurini
haere-ra, Thomas Himona Rakau
haere-ra, Ruihui Rogers
haere-ra, Peter Simon
haere-ra, Matekino Te Keena
haere-ra, Colin Maurice Topi
haere-ra, Walter Ratana Tumaru.

»Und wie könnten wir Robert Turei vergessen, der im Monat darauf das Pech hatte, auf eine Mine zu treten, oder Barko Rameka und George Perawiti, die von einem verdammten deutschen MG niedergemäht wurden, während wir auf dem Rückzug nach Mignano waren.«

»Haere«, echoten die anderen.

»Und schließlich sagen wir Lebewohl zu Charles Maui Hira, der gern hier bei uns gewesen wäre, jedoch nach Hawaiki zurückgekehrt ist und uns vielleicht zusammen mit unseren Kameraden von dort oben im Himmel zusieht. Haere-ra, Charlie, haere-ra, ihr alle.«

Die *Morehu* wiederholten den Gruß, den Blick auf Rapata gerichtet, der tief durchatmete, um dieses »Lebewohl, Charlie« auszusprechen – er hatte seinen Großvater nie so genannt –, dann stand der Veteran, der die letzten Namen verlesen hatte, mit verlorener Miene da, die Lesebrille in der Hand.

»Du hast die andere Brille auf dem Kopf, Ben«, sagte Jamie, wie um zu zeigen, dass er sich wieder gefasst hatte, »aber du warst gut, wer hätte das gedacht.«

»Ihr wart beide sehr gut, und wir haben unseren Beitrag geleistet. Unsere Jungs haben bestimmt taube Ohren gekriegt!«

»Na klar, Rewi, wenn du den Mund aufmachst, kriegen selbst die Toten taube Ohren.«

»Los, lasst uns gehen. Unser Fläschchen haben wir uns

verdient. Jetzt müssen wir nur noch rauskriegen, wo wir es bekommen.«

»Für die Männer des 28. Bataillons war das noch nie ein Problem, oder?«

»Hört mal«, warf Rapata ein, »ich habe gleich hier vorn ein Lokal gesehen. Dort kann man draußen sitzen, so hätten wir unsere Ruhe und könnten den schönen Tag genießen. Außerdem gibt es ganz in der Nähe ein Telefon. Ich muss zu Hause anrufen, aber vorhin war es noch zu früh. Deshalb bin ich hierhergekommen und habe euch gefunden.«

»Bestens. Da ist auch der Taxistand, dann müssen wir keines suchen, wenn wir zu besoffen sind, um zu laufen«, sagte der Veteran mit der Brille, »und Hereme hat ein bisschen Zeit, um darüber nachzudenken, ob er den *Korowai*, den er von seinem Vater geerbt hat, wirklich hierlassen will. Vorausgesetzt, er findet seinen Umhang nachher noch wieder.«

»Was ist denn mit dir los, Ben?«, versetzte Rewi, der schweigsame Alte mit dem fast kahlen Schädel. Sie alle schienen Mühe zu haben, ihre Ergriffenheit abzuschütteln. Auch Rapatas Beine fühlten sich taub und bleiern an, als er sich in Bewegung setzte.

Als sie den Platz erreichten, drehte Rapata sich um und blickte auf die Uhr. Es war fünf Minuten vor sechs, seine Mutter würde noch rund anderthalb Stunden zu Hause sein, er konnte sich also mit ihnen hinsetzen und bestellen. Die Dringlichkeit, mit ihr zu sprechen, war verflogen, und dass er sich nicht entschließen konnte, den Anruf auf den nächsten Tag zu verschieben, lag vielleicht nur daran, dass er den Veteranen vorhin davon erzählt hatte.

Sie fanden einen abseitsstehenden Tisch in der Sonne.

»Ein Glück, dass sie uns den hier gegeben haben«, sagte Rewi und deutete auf seinen Panamahut, »sonst hätte ich mir jetzt schon die Platte verbrannt.«

»Na ja, lieber die Platte als das bisschen, was noch darunter ist«, versetzte Ben, und die anderen quittierten seinen gutmütigen Scherz mit einem Lachen.

Als der Kellner kam, wanderten alle Blicke zu Hereme, der ohne seinen Umhang und mit der bis zur Brust aufgeknöpften Uniform fast ein wenig nackt und wehrlos aussah. »Na schön, ich versuch's«, sagte er und wandte sich mit einem »*Un fiasco di Chianti, per favore*« an den Jungen. Applaus. Der Kellner musste lächeln und gab eine langsame Antwort, die Rapata nicht verstand und die alle *Morehu* mit vor Anstrengung runzeligen Mienen zu entschlüsseln versuchten.

»*Caapito*, Jungs?«, rief Hereme und lieferte Rapata eine kleine Zusammenfassung: Chianti gebe es nur in der Flasche, doch er könne einen roten Hauswein empfehlen, der weniger kostete und obendrein besser sei.

»Es hat sich nichts geändert: Wenn du ihre Sprache sprichst, behandeln sie dich sofort besser«, bemerkte Jamie.

»Okay, jetzt bist du dran. Los, Major Richardson, das schaffst du!«

»*Grazie mille*!«, hob Jamie an den Kellner gewandt an, »*allora una bottiglia di vostro vino rosso buono.*«

Applaus und anerkennende Pfiffe. Sogar der offenkundig belustigte Kellner deutete Beifall an und vergaß darüber, langsam zu sprechen, doch ihren zufriedenen Gesichtern und den zu einem einstimmigen »*graazie, graazie*« auf die ordengeschmückte Brust gelegten Händen konnte Rapata entnehmen, dass es sich offenbar um Komplimente für ihr Italienisch handelte, denen die prompte Erklärung folgte, das hätten sie während der Gefechte zwischen Tarent und Triest im Zweiten Weltkrieg gelernt.

Der Wein war dunkel und kräftig und sorgte mit seinem Namen »Montepulciano d'Abruzzo« für Diskussionsstoff: Montepulciano lag nicht in den Abruzzen, durch die sie gekommen waren, sondern in der Toskana, in der sie ebenfalls gewesen waren. Während die *Morehu* über Wein und Geografie diskutierten, Montepulciano, Montalcino, Monte Cassino, all diese verdammten, über ganz Italien verstreuten Monte irgendwas, hatte Rapata seinen Rucksack abgesetzt und Charles Maui Hiras Fotos hervorgeholt, die, soweit er wusste, größtenteils in Ägypten gemacht worden waren, darunter auch das mit der Pyramide, das in der Küche gehangen hatte.

»Was hast du da, lass mal sehen«, sagte Ben, der neben ihm saß.

Schweigend reichten sie die Fotos herum. Wie merkwürdig, dass sie nun die Tränen fortblinzeln mussten, aber beim Verlesen der Gefallenennamen und beim Trauergesang ganz gefasst geblieben waren. Um die Beklommenheit zu zerstreuen, die ihn vielleicht noch mehr erfasst hatte als diese vom Wein, der Sonne und der Erleichterung ob der erfüllten Pflicht gelösten Alten, sagte Rapata: »Ich kannte das *Waiata tangi* nicht, das ihr gesungen habt. Wenn ich recht verstanden habe, ist es für einen von euch geschrieben worden.«

»Ja«, antwortete Hereme, »für Leutnant Takurua. Sein Vater hat es komponiert, der ihn gut zehn Jahre überlebt hat, dabei war George oder Hori der Jüngste von einem Haufen Kindern. Er war das Lieblingskind. Der Vater hatte mehrere Frauen, er war Häuptling und ein über seine *Iwi* hinaus einflussreicher Mann. Denn er hatte *Mana* und war voller Kraft und Klugheit, wenn es darum ging, unseren Kampf fortzuführen und Allianzen mit wichtigen Persönlichkeiten wie Sir Apiana Ngata zu schmieden. Und wegen seiner Stellung in der Ringatu-Kirche, die auch bei uns im Norden zahlreiche Anhänger hat. Rewi zum Beispiel, der ein Ngati Porou ist wie ich. George war sanftmütig und zutiefst religiös, er wirkte jünger als er tatsächlich war. Er war dreißig, als er starb. Aber in der Schlacht war er … mutig ist nicht das richtige Wort, furchtlos erst recht nicht. Es war, als hätte er stets um seinen Platz und seine Pflicht gewusst und danach gehandelt. Unser Jamie behauptet, er verdanke ihm mehr als einmal sein Leben.«

»Mein Großvater hat mir von Takurua erzählt, er sagte, er habe vor dem Angriff auf den Bahnhof einen Gottesdienst abgehalten und sei während des Rückzugs gefallen, als Hauptmann Wikiriwhi schwer verletzt wurde. Übrigens, ist Hauptmann Wikiriwhi nicht hier?«

»Nein, Junge«, antwortete Ben, »das Alter. Und sein Bein. Eher das beschissene Bein als das Alter. Die Busse, die Flugzeuge, die Krücken, verstehst du? Es ist schon ein Wunder, was er im Laufe seines Lebens alles zuwege gebracht hat.«

Rapata wagte nicht zu fragen, was genau mit Hauptmann Wikiriwhis Bein passiert war. In den Geschichten mit glücklichem Ausgang, an die er sich erinnerte, kamen Krücken, künstliche Gliedmaßen und Rollstühle nicht vor. Zwei Drittel des Maori-Bataillons war während des Krieges verwundet worden: Sicher, das wusste er. Doch hatte er das allenfalls mit Charles Maui Hiras gelegentlichen Schmerzen in Verbindung gebracht, die nicht mehr zu sein schienen als ein Altersgebrechen. So etwas ging vorüber, eine Wunde heilte irgendwann. In seiner Vorstellung war kein Platz für Männer, die weder tot noch lebendig waren, diese Kategorie gab es nicht. Das galt nicht nur für Rapata Sullivan, der jung und in friedlichen Zeiten aufgewachsen war, sondern für alle. Die Toten schluckten die Verwundeten, den Toten galten Schmerz und Ruhm. Die Trauer war die gezügelte Pein, die er nun vor Augen hatte und die selbst nach einem halben Jahrhundert nicht verging, man konnte sie erben, man konnte Schmerz für Menschen empfinden, denen man nie begegnet war. Die Trauer um die Gefallenen war unersättlich, man musste sie teilen, um sie erträglich zu machen, brechen wie das Brot, dann ließ sie sich ein wenig lindern. Doch viele Verwundete waren mit sich allein und waren ihren Familien eine Bürde. Rapata dachte an die Statistiken wie die von Mr Clark und versuchte, eine neue Spalte mit der Überschrift »Verwundete« aufzumachen. »Kriegsversehrte, Invalide«. Schon die Worte waren obszön, unaussprechlich, und die dazugehörigen Zahlen galt es noch sorgsamer zu verschleiern als die Tumorrate bei indigenen Frauen.

Dreitausendfünfhundert Männer waren aufgebrochen, ein Drittel von ihnen war tot, ein weiteres Drittel wohl für immer verstümmelt. Das wäre für eine annähernd realistische Darstellung des Krieges das Mindeste gewesen. Von den weniger sichtbaren Folgen einmal abgesehen – Kugeln, die unter einem Schulterblatt stecken geblieben waren, durchsiebte Lungen, Persönlichkeitsveränderungen und so fort.

»Was machst du für ein ernstes Gesicht, Junge?«, fragte Ben. »Was versteckst du da in deiner Hand?«

Rapata musste lächeln, als er die Faust mit dem Orden öffnete, den er hervorgeholt hatte, als die *Morehu* die Fotos kreisen ließen. Zugleich fühlte er sich von dieser Geste, von diesem Stück Metall, das seine Körpertemperatur angenommen hatte und nun schwer in seiner über den Tisch gestreckten Hand lag, wie entblößt. Hereme, der ihm gegenübersaß, griff danach und betrachtete es eingehend, dabei war es nur eine normale »Military Medal«, womöglich konnte er nicht einmal den eingravierten Namen entziffern.

»Was willst du von uns wissen, Rapata? Willst du, dass wir dir erzählen, was wir von deinem Großvater erinnern? Willst du wissen, wer die Männer neben ihm auf den Fotos sind?«

»Ja, aber vielleicht nicht jetzt. Ich könnte euch in Neuseeland besuchen kommen, vielleicht wohnt ja einer von euch in Auckland, das wäre einfacher für mich.«

»Ich lebe in Auckland, Jamie in Pukekohe ganz in der Nähe, und Ben kreuzt häufig bei ihm auf, fast jedes Mal, wenn jemand aus seiner *Whanau* etwas in der Stadt zu erledigen hat. Nur zu Rewi ist es eine echte Reise bis ganz nach oben ans East Cape. Aber ich kann sie dir nur wärmstens empfehlen, es ist wunderschön dort. Doch du könntest zu einer unserer Vereinsversammlungen kommen.«

»Natürlich«, rief Ben, »dann könntest du sogar den alten

Ngati Walkabout kennenlernen, der mit Charlie ganze Nächte hindurch Läuse zerquetscht hat. Genau wie ich und dieser glückliche Soldat hier, der schon damals kaum noch ein Haar auf dem Kopf hatte. Das war das Höchstmaß an Intimität, mehr sage ich nicht.«

Rapata fiel in das Gelächter der Alten ein, reckte die Beine unter dem Tisch und stellte fest, dass er in diesem Moment einfach glücklich war.

»Ich will dir was sagen, Junge«, fuhr Jamie fort, »ich habe größten Respekt für das, was Charlie getan hat. Als er uns eröffnete, er habe einen *Mokupuna* großzuziehen, haben ein paar von uns ihn auf den Arm genommen, wir nannten ihn *Māma Walkabout*. Aber dass du heute hier bei uns bist, zeigt, dass es richtig war. Halte sein Andenken in Ehren, vergiss es nicht. Es ist egal, ob du die Namen dieser Jungs kennst, von denen mindestens die Hälfte tot ist, doch verlier nie das ganze Bild aus dem Blick, wenn du verstehst, was ich meine. In einem Psalm heißt es: ›Die Zunge soll mir am Gaumen kleben, wenn ich an dich nicht mehr denke!‹ Aber jetzt ist's genug gepredigt.«

»Lass gut sein mit den Psalmen, James Richardson, wir müssen noch auf Charlie anstoßen. Und eine neue Flasche bestellen, die hier ist nämlich alle.«

»Stimmt. Und wir müssen dem Jungen den Orden anstecken«, fuhr Hereme fort.

»Das mache ich«, meldete sich Ben, »bevor ihm die Zunge am Gaumen festklebt, das wäre bei diesem Roten aus Montecassino ein echter Jammer.«

»Auf Charles Maui Hira«, rief Rewi unvermittelt, »der hier vor rund sechzig Jahren Feuer, Staub und Steine schluckte, in vorderster Reihe gegen den Feind, während wir anderen ihm folgten!«

»Auf Charlie! Kia ora! Und auf seinen *Mokupuna*!«

Rapata erhob sein Glas und leerte es wie die *Morehu* in einem Zug. Er wusste nicht, wie es ihnen ging, er jedenfalls hatte schon einen Schwips, der ihn ausrufen ließ: »Auf euch und alle Männer des 28. Bataillons! Kia ora!«, und weil ihm das zu läppisch erschien, sang er los: »Maori battalion march to victory/Maori battalion staunch and true/Maori battalion march to glory/and take the honour of the people with you!« Sogleich fielen die Alten mit ein und schmetterten das Finale »Ake, ake, kia kaha e!« so laut, dass sämtliche Italiener von den Nachbartischen herüberschauten und selbst der Kellner den Kopf aus der Tür steckte, was es einfacher machte, per Handzeichen eine weitere Flasche zu bestellen.

»Ich wollte nur noch eines loswerden«, sagte Rewi, »weil wir uns vielleicht nicht wiedersehen und weil ich an jenem Tag, an dem das Soldatenleben für deinen Großvater nicht weit von hier sein Ende fand, dabei war. Aber danach reicht es für heute, dann muss gefeiert werden. Also, wir von der Kompanie C und die von der B waren eindeutig in der Mehrzahl und stammten aus Gegenden, in denen das Bataillon großen Zulauf gefunden hatte, und für uns waren die Ngati Walkabout oft ziemlich schräge Vögel. Angefangen bei dem Beinamen – Stamm der Wanderer –, der so lässig klingt. Außerdem war es nicht einfach, einen Namen für die Jungs der Kompanie D zu finden, die aus viel entlegeneren Orten stammten: aus Wellington oder aus den hintersten Winkeln des South Island, sogar von den Pazifikinseln. Jedenfalls war in der D ein bisschen von allem: weniger Blutsbande, mehr Leute, die sich aus den unterschiedlichsten Gründen freiwillig gemeldet hatten – aus Notwendigkeit, aus Abenteuerlust, weil sie nicht wussten, was sie mit ihrem Leben anstellen sollten, weil sie die Eltern hassten, sogar, weil das umworbene Mädchen sich mit einem anderen verlobt hatte, und das ist kein Witz. Glaubst du etwa, ein Zwanzigjähriger, der als Soldat aufbricht, weiß, was er tut? Uns von der Ostküste kam es hingegen darauf an, unseren Brüdern, Cousins oder Onkeln zu folgen, weshalb häufig ein Großteil der jungen Männer einer *Iwi* aufbrach. Doch wegen all der Geschehnisse in der Vergangenheit – das durch die *Pakeha* geraubte Land, die Verweigerung des Militärdienstes und die Zwangsrekrutierung während des Ersten Weltkrieges, aber davon weißt du womöglich –, gab es nur wenige Waikato im Maori-Bataillon.«

Nickend verteilte Rapata den Inhalt der neuen Flasche in die Gläser, und Rewi trank einen Schluck, ehe er fortfuhr. »Wie auch immer, dass du Ja sagst, ist bereits eine Bestätigung dessen, was ich dir erzählen will. Ich, wir alle, kannten deinen Großvater, wenn auch nicht besonders gut. Nach dem Krieg war er zu den ersten Versammlungen gekommen, dann verschwand er. Von Pater Huata erfuhren wir, dass seine Frau erkrankt und schließlich gestorben war. Viele Jahre später tauchte er wieder auf, ließ aber danach wieder so gut wie nichts mehr von sich hören. Aber das wunderte uns nicht sonderlich. Es war eher eine Ausnahme, dass einem Ngati Walkabout, mochte er sich im Krieg auch hochverdient gemacht haben, viel daran gelegen war, den Korpsgeist hochzuhalten. Wir glaubten tatsächlich, du seist eine Art Ausrede, und Charlie hätte anderes zu tun, er hätte die Nase voll oder er wolle – wieso auch nicht – lieber vergessen. Das ist legitim und manchmal unerlässlich, um weitermachen zu können. Kurz, nach einer Weile hörten wir auf, ihn aufzuspüren zu wollen. Pater Huata blieb wohl mit ihm in Kontakt, sie waren befreundet, aber dann zog er Anfang der Sechzigerjahre von Waikato ins fünf Stunden entfernte Wairoa. Als der Reverend vor sechzehn Jahren starb, riss auch diese Verbindung ab. Wir schickten deinem Großvater nur noch die offiziellen Vereinsmitteilungen. Uns kam nie in den Sinn, dass wir ihn besuchen könnten, zumindest diejenigen, die inzwischen in der Nähe von Auckland lebten. Und ebenso wenig kamen wir darauf, ihn auf die Liste der *Morehu* zu setzen, die von der Regierung zu dieser Reise eingeladen wurden. Wusstest du das?«

Rapata schüttelte den Kopf und trank einen Schluck, um den Kloß im Hals hinunterzuspülen.

»Aber Charles Maui Hira ist trotzdem gekommen. Mit eigenen Mitteln und mit seinem Fleisch und Blut. Bestimmt hast du schon oft gehört, dass du ihm ähnlich siehst? Wärst du anders angezogen, könnten wir glatt glauben, wir hätten ein Gespenst aus einem shakespeareschen Drama vor uns. Eines, das wiederkehrt, um dich anzuklagen, und sei es nur der Nachlässigkeit, und dir zu sagen, dass vor allem deine Zunge am Gaumen kleben sollte. Ich weiß nicht, ob es richtig war, dir das zu sagen, Rapata Sullivan, aber ich möchte Charlie einfach um Verzeihung bitten, ich möchte, dass du ihn in unser aller Namen um Verzeihung bittest.«

Rapata wusste nicht, was er sagen sollte. Er war es nicht gewohnt zu trinken, allemal einen so schweren Roten, und die ungewohnte Wärme, die seinen Magen erfüllte und ihm zu Kopf stieg, ließ die Kälte, die ihn bei diesen Worten ergriffen hatte, noch spürbarer werden.

»*Koro* hätte sich sehr gefreut, wenn einer von euch ihn besuchen gekommen wäre«, sagte er, schaute langsam von seinem Glas auf und sah die *Morehu* mit einem Blick an, der gewiss feindselig oder immerhin strafend und deshalb ungerecht war, doch es war ihm egal, ob er sie damit verletzte. »Er hat oft gesagt, das Bataillon sei seine *Whanau*.«

Es folgte ein so langes Schweigen, dass die Leute am Nachbartisch verwundert zu den bis eben noch so fröhlichen und ausgelassenen greisen Herrschaften herüberschauten.

»Unser Rewi fühlt sich mit seinen Shetland-Schafen wohler als mit Menschen«, sagte Jamie schließlich. »Wenn er sich durchringt, mehr als einen Satz von sich zu geben, kannst du sicher sein, dass es tiefgründig wird. Übrigens: Er hat furchtbar viele Schafe, aber ich mochte Ziegen schon immer lieber. Die können selbst auf den steilsten Klippen grasen.«

»Ich muss mich bei euch entschuldigen«, antwortete Rapata. »Offenbar ist mir der Wein zu Kopf gestiegen, ich bin das Trinken nicht gewohnt.«

»Tja, dann wärst du kein guter Bataillonssoldat.«

»Ich fürchte nicht.«

»Aber wir können den Drill jetzt fortsetzen.«

Rapata musste grinsen. »Zu Befehl, Major Richardson«, sagte er und trank noch einen Schluck. Eigentlich wäre es an ihm gewesen, die Sache wieder geradezubiegen, aber stattdessen hatten sie die Situation gerettet, mit ihrer täppischen Art alter Soldaten und ewiger Jungen, in der sie seinem Großvater kein bisschen ähnlich waren.

»Er fehlt mir«, murmelte er.

»Natürlich«, sagte Rewi, »so soll es sein. Du bist ein guter Junge.«

»*For he's a jolly good fellow, for he's a jolly good fellow*«, pflichtete Ben ihm bei, und die anderen fielen mit erhobenen Gläsern ein, »*for he's a jolly good fellow … which nobody can denyyy!*«

Sie setzten ihren Gesang fort und begruben den Zwischenfall unter einem ganzen Repertoire von Liedern, die im Bataillon beliebt gewesen waren. Traditionelle *Waiata* und amerikanische Lieder, die man in Maori umgemünzt hatte, manche beschwingt und tanzbar, andere schwermütig.

Rapata gab sich einer angenehmen, weinseligen Müdigkeit hin, aus der er nur aufzuckte, um dem Kellner die leere Flasche zu zeigen.

»*Moolte graazie*«, sagte Hereme, als ihnen eine neue gebracht wurde.

»Es braucht eine Hommage auf Italien«, sagte Ben und blickte seinen Kameraden an, der den ererbten Federmantel geopfert hatte.

Hereme machte mit *Che bella cosa na jurnata 'e sole* den Anfang, und bei *O sole mio* fielen die anderen mit ein und zogen die Aufmerksamkeit der umsitzenden Gäste und der Passanten auf sich, die in echtes Staunen umschlug, als der rösche, uniformierte Alte einige Strophen solo vortrug, in leicht altersbrüchigem Tenor und – vom exotischen Akzent abgesehen – makelloser Intonation. Wie war es möglich, dass er dieses neapolitanische Lied ohne das kleinste Zögern in- und auswendig kannte?

»Unglaublich!«, rief der Kellner.

»Enrico Caruso. Im Krieg gelernt«, erklärte Hereme strahlend und ein wenig entrückt wie ein Schlafwandler, den man besser nicht weckte.

»Und nun das allerschönste Lied. Von Beniamino Gigli«, schob er nach, und Ben erklärte Rapata, jetzt würde seine Glanznummer folgen, die er zu vorgerückter Stunde stets zum Besten geben musste.

»*Mamma, son tanto felice perché ritorno da te. La mia canzone ti dice ch'è il più bel sogno per me! Mamma son tanto felice … Viver lontano perché? Mamma, solo per te la mia canzone vola, Mamma, sarai con me, tu non sarai più sola!*«

Während Hereme sang, den Blick in der Ferne verloren, herrschte auf dem Platz vollkommene Stille. Die *Morehu* hatten die Hände um ihre Gläser gelegt, wagten aber nicht, sie zu heben. Sie schienen sich vielmehr daran festzuhalten, ihre Augen füllten sich mit Tränen, die sich Jamie mit den Fingern fortwischte und dann einfach laufen ließ, um den Gesang seines Kameraden nicht zu stören und weil es sinnlos war, gerade so, als wollte man Regen aufhalten.

Als Hereme geendet hatte, wirkte er erschöpft. Die ahnungslosen Italiener klatschten begeistert, was Jamie Zeit gab, sich zu schnäuzen, ehe er sprach.

»Weißt du, wonach fast alle Verwundeten und Sterbenden rufen? Eher noch als nach Gott, und seien sie noch so fromm oder kühn. Wir waren unendlich weit weg von unseren Müttern und hatten dieses Lied, um uns zu trösten.«

»Wir sollten gehen«, sagte Rewi, der Einzige, der nicht sichtlich bewegt war.

Er zahlte und schrieb Rapata ihre Adressen auf eine Papierserviette. Langsam und ein wenig schwankend, legten sie die wenigen Meter bis zum Taxistand zurück.

»Ich rufe euch an, wenn ich zurück bin«, versprach Rapata, ehe er sich auf ihre Art von ihnen verabschiedete, Stirn gegen Stirn, Nase gegen Nase.

Während die *Morehu* den alten, weißen Mercedes bestiegen, fiel ihm ein, dass er sie bitten könnte, ihm den Weg zum Hotel Continental zu beschreiben, zu der Stelle also, wo sein Großvater sein letztes Gefecht gekämpft hatte. Er zog die Papierserviette mit den Adressen hervor und reichte sie Hereme, der sich neben den Taxifahrer gesetzt hatte und sie ihm mit einer rudimentären Karte und ein paar gekritzelten Erklärungen wieder zurückgab. Rapata bedankte sich und kehrte auf den Platz zurück, während das Taxi im Rückwärtsgang wendete, rechts abbog und in der breiten Straße verschwand.

Wozu zurückblicken, dem Taxi, den Alten hinterher, es reichte schon, sich von Kopf bis Fuß wattig, benommen und zugleich erfüllt von etwas zu fühlen, das er nicht benennen konnte. Die Bahnhofsuhr zeigte Viertel nach sieben. Wenn er versuchen wollte, seine Mutter zu erreichen, musste er es sofort tun. Er kehrte in die Bar zurück, kaufte eine Telefonkarte und ging in die Bahnhofshalle, in der er zwei Fernsprecher gesehen hatte. Wie ein Echo hallte das Klingeln vom anderen Ende der Welt durch den Hörer, vielleicht saß seine Mutter gerade im Auto, er musste es einfach klingeln lassen und hoffen, dass die Leitung nicht zusammenbrach.

»Rapi, bist du das? Ich habe ›Unbekannte Nummer‹ gelesen und kurz angehalten. Was ist los? Von wo aus rufst du gerade an?«

»Bahnhof, Telefonkarte: Jetzt können wir reden.«

»Hör mal, ich bin spät dran, was gibt's?«

»Wieso hast du mich angerufen, Mama? Und tu nicht so, als wäre nichts, das nehme ich dir nicht ab. Wenn irgendwas mit deiner Gesundheit ist, sagst du es mir jetzt sofort.«

»Mit meiner Gesundheit? Hast du getrunken, Rapata? Du klingst so komisch …«

»Ja, habe ich, in Ordnung? Du beantwortest mir jetzt meine Frage. Ich weiß, du würdest mich nicht hundertmal aus dem Büro anrufen, wenn nicht irgendwas wäre.«

»Nicht in diesem Ton, verstanden? Auch wenn du in Italien und betrunken bist. Du beruhigst dich jetzt, oder ich lege auf!«

»Schon gut, aber ich habe mir Sorgen gemacht. Ich dachte, der Krebs wäre zurückgekommen.«

»Der was?« Er hörte seine Mutter lachen. »Ich hoffe, das war nicht die Ausrede, um dich zu betrinken. Nein, ich habe keinen Krebs, mein Junge. Was ich dir sagen wollte, hat nichts damit zu tun. Erinnerst du dich an Tante Kiri, die letzte Schwester deines Vaters, die zum *Tangihanga* gekommen ist? Sie hat mir die Briefe geschickt, die er nach Hause schrieb, vor allem aus der Gefangenschaft. Gestern Morgen lagen sie in meinem Büro. Ich wollte, dass du sie bekommst, solange du dort bist, deshalb habe ich dich erreichen wollen. Aber dann ging mir auf, dass sie selbst mit dem schnellsten Kurierdienst nicht rechtzeitig bei dir wären. Zufrieden?«

Rapata schwieg, das ozeanische Rauschen der Überseeverbindung in den Ohren, das dem Summen in seinem Kopf sehr ähnlich war. Er war in Cassino, bis zu seinem Rückflug waren es noch fünf Tage, aber wenn er sofort aufbräche, könnte er es noch rechtzeitig an den Ort schaffen, von dem diese Briefe abgeschickt worden waren.

»Hör zu: Es gibt eine Möglichkeit, sie mir zu schicken. Wenn du ins Büro kommst, legst du sie auf den Scanner und schickst sie mir per Mail. In Ordnung, Mama?«

»Daran habe ich auch schon gedacht, aber sie sind so schwer zu lesen. Als ich gestern versuchte, dich anzurufen, habe ich immerhin den letzten eingescannt.«

»Schickst du ihn mir?«

»Du musst mich nur ins Büro fahren lassen.«

»Danke!«

149

»Rapata, fang nicht an zu trinken, zumindest nicht von dem Geld deines Großvaters!«

»Ach Quatsch!«, und diesmal musste auch er lachen, »ein paar *Morehu* haben mich eingeladen, weißt du? Das konnte ich nicht ablehnen.«

»Nun ja, für jemanden, der nicht ablehnen konnte, hast du dich ganz schön ins Zeug gelegt«, bemerkte seine Mutter, doch es war ein liebevoller Rüffel, ihre übliche Art, das letzte Wort zu haben, und Rapata gewährte es ihr.

Erleichtert und hoch gespannt kehrte er zum Hotel zurück, kaufte sich unterwegs ein belegtes Brötchen und eine Cola, um den Wein wegzustecken und die Zeit bis zum Erhalt des Briefes zu überbrücken.

An der Rezeption saß ein Junge, vermutlich der Sohn der Besitzerin. Sein Englisch war auch nicht besser, doch immerhin wunderte er sich nicht über Rapatas Bitte, seine Mails abrufen zu dürfen. »Fifteen minutes, ten Euro«, sagte er, überließ ihm seinen Platz und verschwand, das Handy in der einen und das schnurlose Empfangstelefon in der anderen Hand.

Rapata ärgerte sich über den Preis, schließlich mussten Charles Maui Hiras Ersparnisse noch für einen Flug nach Polen reichen. Wenigstens war die Mail seiner Mutter eingetroffen.

»Hier ist der Brief«, hatte sie geschrieben, »auch ich wusste bis gestern nichts davon. Seit der Beisetzung stehe ich mit Tante Kiri wieder in Kontakt. Ich habe sie ein paarmal angerufen, und das letzte Mal erzählte ich ihr, dass du demnächst die Reise machen würdest. Daraufhin wollte sie dir diese Briefe schicken, die sie sonst behalten hätte, bis wir sie irgendwann geerbt hätten. Aroha nui!«

Rapata öffnete den Anhang, beschloss, ihn auszudrucken, ohne um Erlaubnis zu fragen, und fing hastig an zu lesen, um das Zeitlimit nicht zu überschreiten.

Landshut, Deutschland, 20. April 1945

Meine Lieben,
ich bin am Leben! Und ich bin frei. Wenn Euch dieser
Brief erreicht, hoffe ich bereits auf einem Schiff nach
Neuseeland zu sein. Hier in Bayern sind die Amerikaner,
und weiter nördlich rücken die Russen vor und verbreiten
Verwüstung und Vergeltung. Die Deutschen fliehen,
weil die Russen sie abmurksen und ihre Frauen vergewaltigen. Ihr könnt euch nicht vorstellen, was dieser Krieg gewesen ist, nicht einmal die grausamsten unserer einstigen
Häuptlinge haben je solche Taten begangen. Ich aber
muss nur zusehen, wieder auf die Beine zu kommen. Seit
sie mich bei der ersten Musterung gewogen haben, habe
ich zwanzig Kilo verloren. Nur durch ein Wunder haben
wir alle überlebt. Wir haben siebenhundert Meilen zu Fuß
zurückgelegt, bei hohem Schnee und Unwettern über die
Berge. Mit erfrorenen, nassen Füßen, selbst nachts ließen
wir die Stiefel an, um das Schlimmste zu verhindern. Am
19. Januar, da herrscht hier tiefster Winter, brachen wir
aus Milowitz auf. Anfangs ließen sie uns bis zu zwanzig
Meilen am Tag marschieren, damit wir den Russen nicht
in die Hände fielen, die so nah waren, dass wir hinter uns
ihre Maschinengewehre hörten. Wenn es nicht schneite,
war es noch kälter: -15 °C, -20 °C. Es ist eine Kälte, die dir
in die Knochen kriecht und dich vernichtet. Sie verbrennt
dir das Hirn. Ja, die Kälte brennt, aber auf eine andere,
bösartigere Art, ich kann es nicht erklären. Mir ist der
Gedanke gekommen, dass die Niedertracht der Menschen
hier nicht zuletzt von dieser Kälte rührt. Denn irgendwann
spürt man nichts mehr. Nicht einmal Hunger. Man ist wie
ein wandelnder Toter. Und alles stirbt, außer die Läuse.
  Seit ich in Gefangenschaft geraten bin, habe ich ein
Jahr im Reich der Toten verbracht. Jenes, an das die alten
Pakeha glaubten, das Reich der Schatten, wie uns unser

Kommandeur in Griechenland erklärte. Mir ist, als hätte ich seitdem keine Farben mehr auf Erden gesehen, nur Weiß und Schwarz und Grau. Die Ruinen von Cassino, den Schnee, das Bergwerk. Das Schönste war der Himmel bei Tagesanbruch, bevor wir einfuhren, und das hohe, blaue Firmament während unseres Marsches. Ich konnte nicht anders, als Rangi in ihm zu sehen, der uns verhöhnte und sich dafür rächte, was wir, die Nachkommen ihres Sohnes Tumatauenga, seiner Frau Papa, unserer Erde, angetan hatten. Einmal mimte ein Kamerad den Schuss auf eine Taube. Wir alle begriffen seine neidvolle Geste. Ich sagte, in dieser Gestalt habe Maui seinen himmlischen Vater wiedergefunden. Sie lachten mich aus, doch später bat mich Jack Gallichan, der im Lager die »Tiki Times« gegründet hatte, mir die Geschichten von Maui zu erzählen: vom Raub des Feuers, oder wie er mit seinen Brüdern den riesigen Fisch fängt, der, ausgeweidet, die Nordinsel hervorbringt, oder wie er die Südinsel aus seinem Kanu schuf. Seltsam: Ich, der einzige Maori, entfachte in den *Pakeha* eine Sehnsucht, die uns half, die Zähne zusammenzubeißen, um möglichst schnell nach Hause zu kommen. Sie fingen an, mich Maui zu nennen. In dem Bergwerk, in dem wir arbeiten mussten, haben sie mich gegen einen Wachmann verteidigt, der mich schikanierte, und gesagt, ich sei Neuseeländer wie sie. Doch erst, als sie mir den Spitznamen Maui gaben, begriff ich, dass sie es tatsächlich so empfanden.

Ich muss Euch so viel erzählen! Auf dem Marsch war es unmöglich, und in Milowitz hatten wir kein Papier. Doch eines will ich Euch sofort sagen, auch wenn es mir schwerfällt. Seit ich gefangen genommen wurde, habe ich an meiner Entscheidung, mich freiwillig zu melden, so manches Mal gezweifelt. Voller Groll gegen mich selbst habe ich an Euch gedacht, Euch recht gegeben, mir gesagt, dass es keinen Grund gab, für diese eisigen Länder zu sterben. Sollten sie sich gegenseitig zerfleischen, diese von einer Gier besessenen Weißen, die alles überlebt wie die Läuse. Ich trug etwas in mir, das womöglich schlimmer war als Hass. Noch nie hatte ich etwas Ähnliches empfunden: Ich hatte den Feind getötet, damit er mich nicht umbrachte, ich hatte ihn gehasst, weil er meine Kameraden tötete. Es war Krieg. Doch die Deutschen, denen wir in Polen begegneten, waren etwas anderes. Die Wachen, die SS, die den evakuierten Gefangenenkolonnen folgte und Polen und Russen erschoss. Ganz zu schweigen von den *Hurai*, die sie ausgerottet haben. Ich wusste nicht, dass es so viele gab, zumal in Europa, in Polen. Wer weiß, wie sie aus dem Heiligen Land dorthin gelangten, aber auch die Tuhoe, die der Ringatu-Kirche angehören, glauben, dass ihre *Tupuna* mit Kanus von dort hergekommen sind, und Aotearoa ist schließlich sehr viel weiter weg. Von den *Hurai* erzählte mir einer der kleinen polnischen Jungen, die in den niedrigsten und engsten Stollen schuften mussten. Das ganze Bergwerk war unsicher und einsturzgefährdet, man erlitt Knochenbrüche wegen herabstürzender Felsbrocken oder Vergiftungen. Einmal sind drei Kinder gestorben, und unter denen, die sie bergen sollten, war mein Freund Marek: Als er mir tags darauf Brot und Butter im Tausch gegen Zigaretten und Schokolade bringt, frage ich ihn, ob es ihm um seine »vergasten« Freunde leidtue: So nannte man das. Er antwortet nicht, schlägt die Augen nieder. Dann starrt er mich herausfordernd an. »Deutsche make kaputt, vergast: Polacken many, Jude all«, sagt er. Mit Mimik und Gesten hat er mir erklärt, dass sich nicht weit von dort ein riesiges Lager befand, in das die *Hurai* aus aller Welt mit dem Zug gebracht worden waren. Alte und Kinder wurden sofort »vergast«, die anderen mussten sich zu Tode arbeiten. Dann wurden die Leichen verbrannt. Seine Verwandten, die in der Nähe wohnten, rochen den

Gestank Tag und Nacht. Wäre der harte Blick dieses Jungen nicht gewesen, ich hätte ihm keine Sekunde geglaubt. Was hatte es für einen Sinn, Menschen im Zug zu transportieren, um sie mit Gas zu ermorden und dann zu verbrennen? Schließlich sahen wir sie sogar. Am Tag vor Beginn unseres Marsches zog an unseren Baracken eine Kolonne Männer in einer Art zerlumptem grauem Schlafanzug vorbei, Holzpantinen an den Füßen, flankiert von SS-Leuten, Wachen und Hunden. Danach habe ich mich auch an diesen Anblick gewöhnt: Am Straßenrand stießen wir häufig auf vereiste Stapel ermordeter *Hurai*. Männer wie Frauen mit rasierten Schädeln, und so mager, dass man sie nicht voneinander unterscheiden konnte. Diese ermordeten Menschen durften weder berührt noch begraben werden. Welches menschliche Wesen bringt es fertig, sich so etwas auszudenken?

Jetzt will ich heimkehren und vergessen, was ich seit jenem 22. März sah und erlebte, als ich, versteckt zwischen den Trümmern, die Minen explodieren hörte, die meinen Kameraden zur Falle geworden waren. Ich wusste, wenn ich herauskäme, drohte ich den *Jerries* in die Hände zu fallen, doch ich musste meinen Leuten helfen. Leider konnte ich nichts mehr für sie tun.

Ich hoffe, Ihr könnt mir verzeihen, dass ich Euch für diesen entsetzlichen Krieg verlassen habe, und kann es kaum abwarten, Euch wieder in die Arme zu schließen.

Naku noa
Charlie

Die Uhr des Computers zeigte an, dass ihm noch ein paar Minuten blieben, um seiner Mutter zu antworten. Wer weiß, ob es nur an der Eile lag, dass er unter den vielen ungeheuerlichen Informationen ausgerechnet die erfasst hatte, die seinen Plan, nach Milowitz zu fahren, greifbarer machte.

»Entschuldige«, tippte er, »ich habe nur wenig Zeit. Kannst du mir im Internet einen Flug zu einem polnischen Flughafen in der Nähe von Auschwitz ab dem 22. nachmittags buchen? Morgen früh fahre ich zurück nach Rom, von dort melde ich mich wieder. Danke! R.«

Rapata war aufgestanden und tigerte bereits vor dem Rezeptionstresen auf und ab, als der Junge wieder auftauchte.

»I have to leave tomorrow, very early«, sagte er. »Can you prepare the bill and check for the first train to Rome in the morning?«

»Now, immediately?«, fragte der Junge nur, und Rapata begriff, dass er offenbar ziemlich angespannt wirkte.

»It's okay later: I'll go out for a walk«, sagte er kurzerhand.

»After dinner?«

»Fine, fine«, antwortete er bereits in der Tür und schob den Brief in die Jackentasche.

Wieder nahm er die Straße zum Bahnhof. Es begann zu dämmern, doch die Geschäfte waren noch geöffnet, er musste über die gestapelten Obst- und Gemüsekisten hinwegsteigen, die ein Händler gerade von den ausladenden Verkaufstischen auf dem Gehsteig räumte. INTERNATIONAL FRUIT stand in den Farben der italienischen Flagge auf einem Schild. An der Kreuzung stieß er auf eine Einkaufsstraße voller Schaufenster, Lokale, Eis essender Passanten. Er bog rechts ab, lief bis zum Ende der Straße, erreichte den Stadtrand und stand plötzlich unterhalb der Abtei in der Kurve mit dem rötlichen Haus – SMALL RED BUILDING, hatte Hereme aufgeschrieben –, das einmal das Hotel Continental gewesen war: der Stützpunkt der Deutschen, in den weder Charles Maui Hira noch irgendein anderer Soldat des Maori-Bataillons einen Fuß gesetzt hatte, es sei denn, als Gefangener. POW, Prisoner of War, Kriegsgefangener. Nach vier Tagen des Gefechts, des über Schuttberge Kletterns und sich im weitläufigen Nichts aus Staub, Steinen und Putzbrocken

Verlierens, in dem keine Militärkarte mehr von Nutzen war, des Versteckspiels zwischen noch stehenden Mauern, Bombenkratern und Ruinengruben, des Katz-und-Maus-Spiels mit dem Leben, dem Tod, den deutschen Scharfschützen. Nach vier Jahren Krieg, in denen er Schlacht um Schlacht miterlebt hatte, wie ihre *Iwi* dezimiert wurden, wie ihre versprengten Knochen sich verloren – zwei Brüder in Kreta, einer in Tunesien, der letzte auf dem Schienendamm eines Bahnhofes oder in einem verminten Loch in irgendeinem ausgelöschten süditalienischen Kaff. Nur er, Charles Maui Hira, Waikato-Tainui aus Hopuhopu unweit von Ngaruawahia, *Kupapa* seiner Königin, seines Volkes, seiner im Stich gelassenen *Whanau*, blieb im Schatten eines Trümmerberges heil und am Leben.

Er hatte Rapata erzählt, als er sich hinauswagte, um seinen Kameraden zu helfen, habe er das Knattern eines Maschinengewehrs gehört, da sei es zu spät gewesen. Aber vielleicht stimmte das nicht, und das Feuer, das sie alle umgebracht hatte, hatte bereits begonnen, als sein Großvater noch einen Rückzieher hätte machen und sich retten können. »Ich wusste, wenn ich herauskäme, drohte ich den *Jerries* in die Hände zu fallen, aber ich musste meinen Leuten helfen«, hatte er geschrieben. Vielleicht war er es leid gewesen, Kriegsgefangener eines jahrhundertelangen Krieges zu sein, der keinerlei Anstalten machte, enden zu wollen. Rapata schloss die Augen, nicht die kleinste Träne war darin, nichts außer das Bild von Charles Maui Hira vor dem Hintergrund einer ägyptischen Pyramide, ein Schnappschuss vor dem Grab eines Pharaos, der vor Anbruch ihrer Zeit gestorben war. Er würde den Gefangenen befreien und ihren Krieg fortsetzen, ihren Befreiungskrieg, es gab keine andere Wahl.

From New Zealand

In der Tiefkühlabteilung des Lidl-Supermarkts mache ich eine verblüffende Entdeckung: eine durchsichtige Tüte mit einem schlammfarbenen Fleischbrocken und der Aufschrift HIRSCH, HERKUNFT: NEUSEELAND. Seit Monaten mache ich mich über Neuseeland schlau, zeichne Routen und Entfernungen auf Google Maps nach, studiere Flugzeiten und Busfahrpläne, schaue Dokus und Amateurclips auf YouTube, besuche Diskussionsforen, speichere Essays und Artikel und empfinde Dankbarkeit für eine Nation, die so entlegen und spärlich bevölkert ist, dass sie Enzyklopädien und Bücher komplett online stellt. Ganze Vormittage habe ich vor dem Sender *Maori Television* zugebracht, um mein Bild des Durchschnitts-Maori von heute auf den Prüfstand zu stellen, einen Blick auf ihre Wohnungen zu erhaschen, den Klang ihres Idioms und ihr Englisch zu hören, ihre Mimik, Gestik und Körpersprache zu erfassen, und mir zwei Wörterbücher »english-maori« zugelegt, um mir die notwendigsten Wörter ihrer hybriden Sprache anzueignen. Aber ich habe nie einen Maori getroffen, bin nie in Neuseeland gewesen und werde voraussichtlich auch während meiner Arbeit an diesem Buch nicht dorthin reisen können.

Genau daran erinnert mich die Aufschrift auf der Tüte mit gefrorenem Gulasch. Sie erinnert mich daran, dass es immer etwas geben wird, das sich mir entzieht, meinem Wissen aus zweiter Hand verborgen bleibt, und dass der Fehler nicht im Kern lauert, weder in der Geschichte des Bataillons noch in der Recherche zur indigenen Kultur, sondern in einem nahezu unsichtbaren Detail, im banalen Flüchtigkeitsfehler, der einem unterläuft, weil man nicht dort aufgewachsen ist, nicht einmal je einen Fuß dorthin gesetzt hat.

Ich hatte gelesen, dass es in Neuseeland ursprünglich keine Säugetiere gab: keine Kängurus, Koalas oder Schnabeltiere wie in Australien. Ich hatte von der Biodiversität autochthoner Arten gelesen, Vögel vor allem, wie der Kiwi, die inzwischen vom Aussterben bedroht und seit geraumer Zeit geschützt waren. Ich hatte mir Schafe, Kühe, Schweine und sogar Hunde und Katzen hinzugedacht, die von den britischen Siedlern mitgebracht worden waren, sie mir als Teil des täglichen Speiseplans und in den Häusern und auf den Weiden vorgestellt. Aber Hirsche? Wie waren Hirsche nach Neuseeland gekommen? Und wie viele musste es dort geben, damit sie in einer lombardischen Vorortfiliale eines Discounters mit Hauptsitz in Baden-Württemberg landeten? Angeregt durch ihr totes Fleisch, füllen sich die Hänge und Wälder Neuseelands in meiner Vorstellung mit riesigen stummen Rudeln, deren Fremdheit auf der Südhalbkugel sie noch majestätischer und wunderschön erscheinen lässt.

Ich hänge meine Einkaufstaschen an den Fahrradlenker und kehre mit dem aus der Kühltruhe heraufbeschworenen Bild der neuseeländischen Hirsche und dem dringenden Bedürfnis, eine Lücke zu füllen, nach Hause zurück. Zum Schreiben dieser Geschichte wäre das alles andere als unerlässlich, aber das zählt nicht. Was zählt, ist der Wissensdrang, der über ein Ziel hinausgeht und sich nicht einbildet, Leerstellen zu füllen oder Erfahrungen zu ersetzen, sondern vor allem ein Vorwärtsstreben ist, eine Spannung, um eine Distanz zu verkürzen, die nicht mehr nur allein das betrifft, was man weiß, sondern auch das, was man fühlt und sich vorstellt. Somit gibt es nichts eindeutig Überflüssiges, sondern den Traum einer Wirklichkeit, dem man aufs Geratewohl folgen muss, um sie zu verinnerlichen und auf dem Papier wahr werden zu lassen. Das gilt eigentlich immer, Orte und Zeiten sind nur durch Fiktion erreichbar, es sei denn, man greift auf das eigene Leben zurück. Die Wirklichkeit, die Wahrhaftigkeit des Geschriebenen, ist ein Wagnis, das verlangt, sich auf es einzulassen und seinen Regeln bedingungslos zu folgen. Man glaubt, dass sie existiert: nicht, dass äußere und innere Wirklichkeit im mindesten identisch oder austauschbar wären, aber dass es einen Bereich gibt, in dem die äußere Wirklichkeit sich mit den eigenen Erfahrungen überschneidet, einen archimedischen Punkt, der einen erdet und von dem aus man auf sie zugreifen kann. Nichts Menschliches ist einem fremd, um es mit Terenz zu sagen, und eine Geschichte ist so gut wie die andere, doch nur in diesem Sinne: Es muss einem gelingen, sie wie die eigene zu behandeln oder die eigene wie die eines anderen zu sehen, als etwas, das es zu entdecken, zu befragen, allmählich kennenzulernen gilt.

Jedenfalls kommen die Hirsche 1851 aus England und Schottland nach Neuseeland. Hauptsächlich gehören sie zu der Rasse *Cervus elaphus*, landläufig »europäischer Rothirsch« oder »Edelhirsch« genannt. Man siedelt sie »for sport« dort an, zum Vergnügen, für die zum Sport gewordene Jagd und auch aus ideellen Gründen: damit der europäische Hirsch die Überlegenheit des Europäers bezeuge und diese, indem er das Ebenbild seines ursprünglichen Habitats erschafft, auf die Natur übertrage. In den ersten Jahren unternehmen rund zweihundertfünfzig Tiere die gleiche Reise, die das Maori-Bataillon kaum ein halbes Jahrhundert später in die Gegenrichtung antreten wird, insgesamt sind es rund tausend. In den Wäldern und auf den Hängen Neuseelands finden sie Nahrung im Überfluss, ein geeignetes Klima und keine Feinde außer den Menschen, der ihn während der zulässigen Jagdzeiten mit Genehmigung abschießt. So vermehrt sich der europäische Rot- und Edelhirsch. Und als das neue Jahrhundert anbricht, geht manch einem auf, dass das lebende Landschaftsmobiliar, die friedfertigen, den Gewehren ausgesetzten Pflanzenfresser, allmählich »a pest« werden, wie die Engländer eine Plage nennen. Sie zerstören das Ökosystem, in dem sie nicht vorgesehen waren, machen sich auf Wiesen und Weiden breit, fressen das Unterholz und die zarten Jungbäume, was zu verkahlten Böden, Erosionen und Erdrutschen führt. Also wird die geschützte Spezies zum Schädling erklärt, und es beginnt eine Großjagd, die nicht mehr nur »for sport« ist. Bewaffnete Männertrupps ziehen los, die von der Regierung für jedes erlegte Tier eine Bezahlung plus eine Abschussprämie erhalten: Zu Spitzenzeiten des Abschlachtens sind es durchschnittlich fünfzigtausend Tiere pro Jahr, und unter dem Einsatz von Hubschraubern werden täglich Hunderte aus der Luft zur Strecke gebracht, ähnlich wie man es zeitgleich nicht allzu weit entfernt mit den vietnamesischen Bauern macht. Die Tiere werden nicht mehr ausschließlich auf Geheiß der Regierung eliminiert, sondern auch durch eine grenzenlos ausufernde Jagd, deren Beute zu einer so einträglichen Ware wird, dass zwischen fliegenden Wilderern und Regierungsbeauftragten mit der Lizenz zum Töten regelrechte Kriege entbrennen. Im Jagdfieber, das auch vor dem Beschuss und der Abfackelung von Hubschrauber keinen Halt macht, verliert man den Überblick über die genaue Zahl der erlegten Tiere. Schätzungsweise wurden zwischen den Dreißiger- und den Sechzigerjahren anderthalb bis drei Millionen Hirsche massakriert. Aber dann führt ihre Ausrottung nebst wirtschaftlichem Ertrag zu einer völlig neuen Idee. Man überlegt, die Jagdbeute von der Jagd zu erlösen und die Vermehrung der Spezies fortan zu kontrollieren und auszunutzen. Jetzt steigen die Hubschrauber nicht mehr in die Luft, um die Hirsche zu töten, sondern um sie lebend zu fangen. *Deer farms* entstehen, wachsen, werden perfektioniert. Viehfarmen der neuen Welt, die Platz genug für ihre Planung bietet: landwirtschaftliche Betriebe nach amerikanischem Vorbild mit Vieh, das auf weiten, umzäunten Flächen weidet, nur dass es keine Rinder sind, sondern Hirsche – die letzte Spezies, die der Mensch zu zähmen und zu züchten gelernt hat. Somit ist es einer Katastrophe und einem Gemetzel zu verdanken, dass Neuseeland zum größten Hirschfleisch-Produzenten und -Exporteur auf dem Weltmarkt aufsteigt.

Ich empfinde entsetzliches Mitleid mit den armen Tieren, die während der drei oder vier Monate, die es Mitte des neunzehnten Jahrhunderts zur Überquerung der Ozeane brauchte, in den Schiffsbäuchen eingepfercht waren, und für ihre Millionen Nachkommen, die nur dank des durch ihr Blut erzielten Marktpreises dem Schicksal des amerikanischen Bisons entgangen sind. Ich frage mich, wie viele wohl auf den Schiffen eingegangen sind, wie viele in den englischen und schottischen Parks eingefangen werden mussten, um am Ende rund tausend von ihnen lebend ans Ziel zu bringen. Und hinter den Hirschen sehe ich Menschen. Mich durchzuckt der Gedanke an Menschenhandel, der das Gegenteil dieses ebenso grausamen wie sinnlosen Imports ist: auf der einen Seite die aus rein wirtschaftlichem Interesse und durch rassistische Theorien legitimiert, zu Ware und Werkzeug erniedrigten Menschen. Auf der anderen Seite eine ohne jeden praktischen Nutzen ans andere Ende der Welt verschiffte Tierart. Aber genau das hat das Zeug, die Ideologie einer ganzen Epoche zu entlarven und den verzweifelten Wahn hinter ihrer Herrschsucht zu zeigen. Die Hirsche sind aus einem einzigen Grund nach Neuseeland gekommen, der jeden anderen in den Schatten stellt, für den jeder andere nur als Ausrede oder Verschleierung dient: aus Heimweh. Irgendjemand, der eines Tages loszog, um Holz zu schlagen, und auf einer Lichtung Rast machte, muss dort etwas gesehen haben, das nicht da war und ihm fehlte. Und die ganze Landschaft, die bis eben noch vertraut erschien, erinnerte ihn daran, dass er *a thousand and thousand miles away from home* war. Das ganze Firmament der Dominanzvorstellungen spannte sich über dem Kopf dieses einsamen Siedlers auf, damit er dieses Heimweh nicht mehr spüren musste. Diese Empfindung aus der fremden Landschaft zu verbannen, bedeutet, jeden Ort zu beherrschen, das Maß aller Dinge zu sein, das Recht zu besitzen, die Welt nach seinem Ebenbild zu formen. Damit er nicht erkennen muss, dass er in Wirklichkeit ein Niemand ist, ein winziger Punkt, der selbst auf den detailgetreusten Karten nicht zu sehen ist, eine zum eigenen Schaden verrückte Spielfigur eines Brettspiels, das eine Mischung aus Risiko und Monopoly ist. Die europäischen Hirsche geben den Spielfiguren – auch sie Engländer und Schotten und ebenfalls drei bis vier Monate lang auf See, die all ihre Habe in eine Reise ohne Wiederkehr investiert hatten – ihre Menschlichkeit zurück. Die meisten von ihnen waren verarmte Bauern, kleine Handwerker, Leute, die sich mit ihrem Leben nicht abfinden wollten. Später auch Soldaten. Ob sie auf Hirsche oder auf Bisons, auf Indianer oder auf Maori schossen, ist völlig gleichgültig. In keinem Winkel der Welt hat irgendjemand noch das natürliche Recht, abseits der Dynamik von Macht und Profit zu existieren, die von einem gemeinsamen Zentrum aus ihre Kreise ziehen. Es gibt keine Natur mehr, nur Staatsbürgerschaft, die es sich zu erkämpfen und zu verdienen gilt wie Neuland, das Ertrag bringen muss, koste es auch das Leben. Die Siedler sterben ebenfalls: vor Erschöpfung, an Unfällen und an Krankheiten, die sich an solch entlegenen Orten als unheilbar erweisen, oder in Raubkriegen mit dem Segen derer, die nie einen Fuß aus ihren Palästen, aufgeklärten Häusern und altweltlichen Bibliotheken gesetzt haben. Gewiss, es sind nicht so viele wie die Hirsche und die Maori, die in diesem vermeintlichen *struggle for life*, der Mystifizierung eines überlebten Naturgesetzes, ihr Leben lassen, während die Wünsche und Interessen einiger weniger Strippenzieher wohlverschlossen in den Köpfen und auf den Bankkonten liegen und nichts mehr mit Biologie zu tun haben. Der letzte Akt dieser Geschichte kehrt wieder auf die Bühne ihres Ursprungs zurück. Nach Italien an die Gustav-Linie, im Kampf gegen die Deutschen, die angetreten waren, um mit ihrem reinen, arischen Blut die Ultima Ratio dieses über ein Jahrhundert auf sämtlichen Kontinenten ausgebrachten Allmachtwahns zu verteidigen. Dort vergossen die Maori um den Preis einer Staatsbürgerschaft des Landes, dem sie doch eingeboren waren, ihr Blut.

Im Juni 1940, während die *Aquitania* aus Kapstadt ablegte, um ihre Reise an die Front fortzusetzen, wurde in der Geburtsstadt meiner Eltern, die am 4. September 1939, einen Tag nach dem Kriegseintritt Großbritanniens, Frankreichs, Australiens und Neuseelands, von der Wehrmacht besetzt worden war, das Ghetto errichtet. Der *Judenrat* musste auf deutschen Befehl die jüdische Bevölkerung aus ihren gutbürgerlichen Wohnungen oder aus den Dörfern holen und sie samt und sonders in dem abgezirkelten Areal zusammenpferchen. Als das Maori-Bataillon kurz vor Weihnachten 1941 bei Tobruk mit der polnischen Division »Karpacka« und den später in Italien wiedergetroffenen Indern gegen die Truppen der Achsenmächte kämpfte, wurde das Ghetto Zawiercie mit Stacheldraht umzäunt und mit einem einzigen, Tag und Nacht mit Waffen bewachten Zugang versehen. Kein Jude konnte es bei Todesstrafe verlassen außer in Polizeibegleitung, 2500 Zwangsarbeiter, die in einer Uniformfabrik der Luftwaffe arbeiten mussten, oder solche wie mein Großvater, der auf Geheiß der neuen Eigentümer die Vollmacht erhielt, die Kristallmanufaktur weiterzuführen. Im August 1942 hatten die in Lord Montgomerys Truppen integrierten Maori soeben Feldmarschall Rommels Vorrücken in El Alamein gestoppt, als die Gestapo und die SS 2000 Juden aus ihren Häusern zerrten, sie auf dem Platz zusammentrieben und in die Züge nach Auschwitz luden. Im Sommer '43, als Zawiercie nach der Deportation von rund 7000 Juden für »judenrein« erklärt wurde, waren die Maori in das Lager von Maadi in Ägypten zurückgekehrt und warteten auf ein neues Ziel und auf Verstärkung über den Seeweg, um die enormen Verluste auszugleichen, die die drei siegreichen Kriegsjahre in

Nordafrika gefordert hatten. In dem am 27. August 1943 in Auschwitz-Birkenau registrierten Zug waren meine Groß-eltern, meine Onkel und Tanten, meine gesamte Ursprungs-familie bis auf meine Mutter, die dank der Unaufmerksam-keit einer Wache am Abend zuvor hatte fliehen können, meinen Vater mit seinen kleineren Brüdern und zwei zwi-schen zehn und vierzehn Jahre alten Neffen, und die Cousins meiner Mutter, die kurz nach dem Einmarsch in das russisch besetzte Gebiet Polens geflohen waren und schließlich von General Anders' Armee aus der Sowjetunion geholt wurden. Während die Maori in Tarent landeten, sich von der Adria bis zur Gustav-Linie hinaufkämpften, in der zweiten Schlacht um Montecassino ihr Blut vergossen, hielten sich die Über-lebenden meiner Familie im Untergrund auf, mit falschen Papieren oder wasserstoffblondem Haar, versprengt, ver-steckt, verfolgt und einer nach dem anderen durch etwas oder jemanden verraten und deportiert. Im März 1944, als einige Kompanien des 28. Bataillons zur Verstärkung losge-schickt wurden, in dem verzweifelten Versuch, den Feind aus seinen cassinischen Stützpunkten – dem Hotel Continental und dem Hotel des Roses – herauszutreiben, wurde meine Mutter auf den geheimen Tipp eines Polen, der versprochen hatte, sie zu ihrem Vater zu bringen, geschnappt und wäh-rend der tobenden Schlacht um den Durchbruch der Gustav-Linie in ein Gestapo-Gefängnis gesperrt. Als die Maori die Toskana im Kampf durchquert und sich bei Florenz zusam-mengezogen hatten, das kurz vor der Befreiung stand, wurde meine Mutter am 19. Juli 1944 in das Vernichtungslager Auschwitz-Birkenau gebracht. »Aus einem Sammeltransport des RSHA aus Sosnowiec und Będzin werden 34 Männer selektiert, die die Nummern A-17556 bis A-17589 erhalten, und sieben Frauen, versehen mit den Nummern A-9800 bis A-9806, und dem Lager als Häftlinge überstellt. Der Rest, darunter 276 Männer, wird in den Gaskammern getötet.« Meine Mutter, eine der sieben Frauen, wurde dem Effektenlager »Kanada« zugewiesen, in dem die Habe der Häftlinge und der Vergasten aufbewahrt wurde, derweil die Maori Rimini einnahmen und mit der 8. Armee abermals die Adria hinaufzogen. Im November, als das Maori-Bataillon in die Gefechte um Cesena, Forlì und Faenza verwickelt war, wurde sie in einen Viehwaggon gepfercht und in das Frauen-KZ Weißwasser in der Slowakei gebracht, wo sie bis zum Eintreffen der Roten Armee überlebte. Die Maori-Soldaten waren in Triest, als der Krieg auch für sie endete, doch sie mussten Monate warten, bis es für sie zurück nach Tarent ging und sie sich endlich einschiffen konnten. Erst am 23. Januar 1946 trafen sie im Hafen von Wellington ein. Nur ein Bruchteil derer, die beim Verlassen der *Dominion Monarch* von der Wochenschau gefilmt und unter dem Beifall der Menge mit *Wero* und *Tangi*, den traditionellen Zeremonien des Willkommens und der Totenbeweinung, empfangen wurden, entsprach den Soldaten, die sechs Jahre zuvor mit der *Aquitania* in See gestochen waren.

Als ich ein kleines Mädchen in München war, der *Hauptstadt der Bewegung*, wusste ich von alldem nichts: weder von dem Weltkrieg, den mein Geburtsland entfacht hatte, noch von der Existenz des Volkes, dem ich angehörte, und erst recht nicht von seiner unlängst erlittenen Katastrophe, die meine Familie geprägt hatte. Ich wuchs in der Normalität einer sorglosen Kindheit auf, in einer Zeit, die Frieden und Wohlstand als unveränderlichen Horizont in die Zukunft projizierte, in einer lebenswerten, beschaulichen Stadt, aus der inzwischen jede Spur der verheerenden Bombardierungen verschwunden war. Ich hörte die zwitschernde Sprache, die meine Eltern untereinander benutzten, und versuchte, Worte und Bruchstücke zu verstehen, doch ohne mir Fragen zu stellen. Ich wusste, dass sie Polen waren, und das genügte mir. Weil unser Haus in der Innenstadt lag, wo es keine Kinder gab, und fast alle Deutschen in Kleinfamilien lebten, in die ich später als Schülerin eingeladen wurde, um mit deren

Töchtern zu spielen, lebte ich, ohne mir einer Leerstelle bewusst zu sein. Doch wenn wir mit den anderen Kindern aus ihren Häusern im Hof Cowboys und Indianer spielten, war ich die Einzige, die sich freiwillig als Rothaut meldete. Zu Hause hatte der Krieg durch meinen Vater Einzug gehalten, der mir vor dem Schlafengehen eine Nacherzählung der *Ilias* vorlas, und ich hasste meine griechische Namensgeberin, bemitleidete Hektor und war auf der Seite der Trojaner. Ich zeichnete sie sogar: unten die Sterblichen in den feindlichen Schlachtordnungen, über ihren Köpfen die grausamen, launischen Götter, Kriegsherren, die sie gegeneinander aufhetzten. Als ich noch kleiner war, hatte ich irgendwann ein Stofftier bekommen, mit dem ich unzertrennlich war, eine schwarze Katze mit Menschenkörper, die eigentlich vielleicht der Gestiefelte Kater sein sollte, jedoch eine brokatene Maharadschajacke und einen Turban trug. Meine Mutter hatte sie genäht und sie mir unter den Weihnachtsbaum gelegt, als ich noch keine fünf Jahre alt war. Ich mochte keine Puppen, bis auf eine, die ich ein paar Jahre später in einem Schaufenster in Italien sah und unbedingt haben wollte, ein kleines Mädchen mit rabenschwarzem Haar und brauner Haut, das einen Poncho trug. Ich hatte sie Felicitas getauft, weil ich wusste, dass ein Indio-Mädchen einen spanischen Namen brauchte. Später, als ich selbst lesen konnte, suchte ich mir Kinderbücher aus, die in Amazonien, im Atlasgebirge bei den Tuareg, in Tibet, in Malaysia, auf dem *Altiplano* der Anden spielten, hörte die Radiosendung »Stimme fremder Völker« und lernte, Wiegenlieder und chinesische, arabische oder indische Weisen, Eingeborenengesänge und slawische Chöre auf Kassette aufzunehmen. Gut möglich, dass darunter auch ein *Haka* war, doch die meisten Tonbänder wurden später überspielt, zuerst mit Abba, dann mit amerikanischem Folk und Rock. Am längsten währte der Traum, Ethnologin zu werden, der wohl mit dem Erlernen des Wortes geboren worden war.

Nichts von alldem wäre so gekommen, wäre ich 1968 nicht vier Jahre alt gewesen. Es war nun einmal die Zeit, in der man auch Kindern bestimmte Spielsachen und Bücher gab, aber gleichzeitig bekam ich in meiner Familie und selbst in München nicht einmal das kleinste Echo der Proteste mit. Ich war es, die mit dunkler Ahnung im Unumgrenzbaren und Ungesagten umhertappte und mich als eine Stimme fremder Völker erkannte. Fremde Völker: das war ich. Ganz gleich, von welchem Stamm oder welcher ausgebeuteten, bedrohten, unterlegenen Minderheit. Ich war, wer ich war, ich konnte es in mir spüren. Als ich am Ende meiner Kindheit erfuhr, welchem verfolgten Volk ich tatsächlich angehörte, war das spät. Es ist unmöglich, anhand einer Information den Kreis einer früheren Empfindung neu zu schlagen, die so klar und zugleich so grenzenlos ist. Ich wusste nichts über die Maori, Nepalesen, Inder, Maghrebiner, die gekommen waren, um auf dem Kontinent, der mein Volk auslöschte, zu kämpfen und zu sterben. Nicht einmal heute weiß ich, ob und inwieweit, jenseits jedes nachweisbaren Zusammenhangs von Ursache und Wirkung, durch eine Verkettung von Ereignissen, die eher dem sprichwörtlichen Flügelschlag eines Schmetterlings gleicht, der am anderen Ende der Welt ein Erdbeben auslöst, ihr Opfer dazu beigetragen hat, dass zumindest meine Mutter und mein Vater sich retten konnten und ich dank ihres Überlebens geboren wurde. Und dennoch finde ich mich an einem möglichen, schwindelerregenden, entsetzlich objektiven Kreuzungspunkt zwischen meiner fiktiven und tatsächlichen Geschichte und jener Geschichte wieder, die vor gut sechzig Jahren Menschen in Fleisch und Blut widerfuhr. Und es ist unwichtig, ob diese Menschen meine Eltern oder die aus Neuseeland aufgebrochenen Maori sind, ich kann nur versuchen, ihre Spuren zu erfassen, indem ich den Weg rückwärts mache wie ein flussauf schwimmender Lachs: bei der Information anfange, beim Sammeln von Unterlagen, Daten, bruchstückhaften Anhaltspunkten; versuche, aus der Anhäufung eine Karte zu erstellen, die einer Erkenntnis gleichkommt, in der Hoffnung, mit ihrer Verinnerlichung ließen sich Leerstellen füllen und sie könnte ein Eigenleben entwickeln. Man kann sich nichts Wahres vorstellen, ohne einen Ansatzpunkt in sich selbst zu finden, doch sind die in die Seele eingeritzten Bilder auf ihre Weise noch abstrakter als eine Karte, unpersönlich wie ein Dokumentarfilm, und so kann ich nicht umhin, sie mir wie das Ebenbild eines *Moko* vorzustellen, in dessen Arabesken sich eine jüngere Tätowierung versteckt: eine Nummer von A-9800 bis A-9806, die sich meine Mutter nach dem Krieg vom Arm entfernen ließ.

VOR UND NACH DER LETZTEN SCHLACHT

Edoardo Bielinski und Anand Gupta
   Roma – Cassino, August 2009
Irena Levick und die Brüder Szer
   Polen 1939 – Palästina 1943
   Rischon LeZion, Israel, Oktober 2009

>*»Ich sah einen deutschen Piloten immer engere Manöver über einer Gruppe Buben fliegen, die, angeführt von einem Lehrer, von einem Dorf zu dem nahe gelegenen Wald zu gelangen versuchten; er ging auf eine Flughöhe von fünfzig Metern hinunter, warf Bomben und fuhr die Maschinengewehre aus. Die Buben stoben wie Schwalben davon, doch ein paar leuchtende Flecken blieben auf dem Feld zurück. Ich begriff, wie der Krieg werden würde.«*

WŁADYSŁAW ANDERS, Eine Armee im Exil

Verkaufen würde ich meine Stiefel
und in Droschken fahren.
Nur um bei dir zu sein.
Denn ich ohne dich, und du ohne mich,
wie eine Klinke ohne Tür,
mein Kätzchen, mein Vögelchen.

Fahren würde ich zum Bahnhof
und fremde Schals verkaufen.
Nur um bei dir zu sein.
Denn ich ohne dich, und du ohne mich,
wie eine Klinke ohne Tür,
mein Kätzchen, mein Vögelchen.

Essen würde ich ohne Tisch
und Schlafen ohne Kissen.
Nur um bei dir zu sein.
Denn ich ohne dich, und du ohne mich,
wie eine Klinke ohne Tür,
mein Kätzchen, mein Vögelchen.

Schlafen würde ich im Bahnhof
und die Böden wischen.
Nur um bei dir zu sein.
Denn ich ohne dich, du ohne mich,
wie eine Klinke ohne Tür,
mein Kätzchen, mein Vögelchen.

Jiddisches Lied

Die Vermissten auf dem Friedhof suchen

Am dritten Tag, den er vor den Toren des polnischen Friedhofs von Montecassino verbringt, dreht sich der Junge zu der Liste der Gefallenen hinter seinem Campingstuhl um, auf dem er bis eben gesessen hat. Eigentlich sind es zwei Stühle, strategisch im Schatten platziert, doch der zweite ist schon seit einer Weile nicht mehr besetzt. Darum fängt der Junge an, sich zu langweilen oder die Gedanken schweifen zu lassen, was mehr oder weniger dasselbe und nicht ganz ungefährlich ist. Darum ist er aufgestanden und schlendert nun um sein kleines Lager herum, versucht, die Vögel zu erspähen, die in den hohen Ästen zu hören sind, mustert das Laub und die zu Boden gefallenen Pinienzapfen und bleibt schließlich eine Handbreit vor der Liste stehen. Er hat bei sich: einen iPod, ein paar Bücher, den bereits von vorn bis hinten gelesenen *Corriere dello Sport*, im Rucksack ein Notizbuch und einen Stift, dazu die tägliche Menge Flugblätter, die er in Rom in einer Druckerei hat anfertigen lassen, in der sein Vater die Skripte für seine Studenten drucken lässt. Eben hat er den Stapel auf den Stuhl neben sich gelegt und hält nur noch das Handy in der Hand, mit dem er mehrere SMS verschickt hat, die letzte mit der Frage »Wann kommst du wieder?«, »15 h ok?«, »Ok«, »Brauchst du was?«, »Nope«. In einer Plastiktüte unter dem Stuhl befinden sich: eine große Flasche Wasser, ein Päckchen Vivident Cube, eine Schachtel Chipster. Doch er hat keine Lust, sich irgendetwas in den Mund zu stopfen, nur um die Zeit totzuschlagen, außerdem hat er zu Mittag gegessen. Er hat sich überreden lassen, ihren Posten zu verlassen, um einen Teller Nudeln zu essen. Nach den Rigatoni all'arrabbiata haben sie sich sogar

Tartufo-Eis in Espresso gegönnt, einen echten Erwachsenennachtisch.

Jetzt weiß der Junge nicht recht, was er mit dieser Liste der nur wenige Meter entfernt begrabenen Soldaten anfangen soll, außer unter dem Buchstaben B nachzusehen, ob jemand seinen Namen trägt, doch es gibt keinen einzigen Bielinski. Wie merkwürdig. Er hatte immer geglaubt, es sei ein stinknormaler oder zumindest sehr geläufiger Name, auch wenn es zu Hause immer halb im Scherz hieß: »Haltet den Namen der Bielinskis in Ehren«. Dass kein Namensvetter das Unglück hatte, in Montecassino zu sterben, ändert an der Durchschnittlichkeit seines Nachnamens allerdings wenig, und überhaupt: umso besser, was interessieren ihn die Kriegsschicksale der Bielinskis.

Seit drei Tagen sitzt der Junge vor den Toren des polnischen Friedhofes, den er nur am ersten Tag betreten hat, aus einer Art gastgeberischem Pflichtgefühl gegenüber seinem Freund, den er seit Beginn ihrer Reise Partner nennt und frühmorgens, als das Amphitheater aus Gräbern noch unberührt und frei von Besuchern und Touristen war, begleitet hat.

»General Anders«, hatte er gesagt. »Er ist im Exil in London gestorben, doch um neben seinen Soldaten beigesetzt zu werden, hat er sich hierher überführen lassen.«

»Ganz schön viele Kränze und frische Blumen. Cool.«

»Cool für dich vielleicht. Aber wenn man von frühester Kindheit an alle zwei Jahre hierhergeschleift wird, geht einem das mächtig auf den Sack, das kannst du mir glauben.«

»Okay, verstehe. Und was jetzt, Edo, gehen wir zurück?«

»Ich bereite schon mal alles vor. Du kannst noch eine Runde drehen, wenn du willst.«

»Nein, ich komme mit. Hier habe ich genug gesehen.«

Mit ausholender Bewegung hatte der Junge über das Friedhofsgelände gedeutet, und die vage Geste ließ erkennen, dass er ebenfalls nur höflich hatte sein wollen. Sie hatten den Stufen der Gefallenen den Rücken gekehrt und waren zu ihren von den Bielinskis gestifteten, rot-blau gestreiften Klappstühlen zurückgekehrt. Die übrigen Annehmlichkeiten, die ihre Mission ihnen zugesteht, wurden ihnen *by courtesy of* Andy und seiner Familie zur Verfügung gestellt. Allem voran das Auto, der graue Citroën seiner Mutter, den sie benutzen dürfen, weil der Partner seit Neuestem den Führerschein hat, sowie das Zimmer im Bed & Breakfast statt des Zeltes der Bielinskis auf dem Campingplatz Terme Varroniane, auch wenn Edoardos Eltern gesagt hatten: »Die Hälfte zahlen natürlich wir. Sie haben recht: Es ist besser, ihr habt ein Dach über dem Kopf, in der Gegend kann das Wetter sehr wechselhaft sein.« Dann also das Zimmer, bestens. Allerdings stand zu vermuten, dass es zwischen den Elternpaaren eine Art Absprache über die Bedingungen ihrer Reise gegeben haben musste, was die unumstößliche These untermauerte, dass Freiheit, sofern sie nicht auch finanzieller Natur war, eine abstrakte Vorstellung war. Und schließlich noch das heute in der Trattoria von Andy mit der Ausrede »ich gehe mal aufs Klo« bezahlte Mittagessen.

Am ersten Tag waren sie mit belegten Brötchen aus der Metzgerei losgezogen, dazu Schokokekse und Obst, der gleiche Proviant, den sie auf einem Moped-Ausflug oder zu einem Strandtag mitgenommen hätten. Am nächsten Tag, einem Sonntag, lag die Sache komplizierter, weshalb Andy vorschlug, »Ich treibe irgendwo eine Pizza auf und bringe sie mit«, und Edoardo zum ersten Mal allein blieb. Aber da war die Situation eine andere gewesen. Der Friedhof hatte sich geleert, und nur paar Menschen verweilten im Schatten des Parkplatzes, als er den Partner zum Auto begleitet hatte. Daraufhin war er zu ihrem kleinen Lager zurückgegangen, hatte sich ein paar Zettel mit dem Aufdruck ZAGINIENI WE WŁOSZECH, vermisst in Italien, geschnappt und auf dem Rückweg überlegt, wem man sie wohl am ehesten in die Hand drücken könnte.

»Przepraszam«, hatte er sich besonders an die Frauen und vor allem an die Mütter gewandt, die gerade dabei waren, Proviant und Getränke an ihre Familien zu verteilen. »Entschuldigen Sie die nochmalige Störung, es tut mir leid, Ihr Picknick zu unterbrechen. Den Zettel, den wir Ihnen vorhin unten auf dem Friedhof gaben … ich weiß nicht, ob Sie ihn gesehen haben, es geht um etwas sehr Wichtiges. Viele Polen sind in dieses Land gekommen, um ehrliche Arbeit zu leisten: Sie sind verschwunden, wie vom Erdboden verschluckt. Es sind mindestens hundert. Seit Jahren sucht die polnische Polizei nach ihnen. Aber von rund achtzig von ihnen gibt es bis heute keine einzige Spur. Eine furchtbare Sache, und man muss alles daransetzen, um herauszufinden, was aus ihnen geworden ist.«

»Aha«, antworteten die polnischen Mütter und musterten ihn höflich verdutzt.

»Verstehen Sie, ganz viele Menschen sind hierhergekommen, um mit harter Knochenarbeit, Tomatenpflücken und so, ein bisschen Geld zu verdienen, sie bekamen einen Hungerlohn und wurden gehalten wie Sklaven, ohne Strom oder Wasser, in baufällige alte Häuser gesperrt. Wie in den kommunistischen Lagern, in denen die Soldaten landeten, die Sie hier besuchen«, fuhr Edoardo fort und war der Erste, der sich über seinen herausgerutschten Vergleich wunderte, der die Leute sofort aufhorchen ließ. Also waren die Ausflüge zum Soldatenfriedhof, die zahllosen Geschichten über die für einen Apfel und ein Ei hergegebene ferne Heimat, das ständige »Ihr Kinder seid die Ersten, die in einem freien Polen geboren und aufgewachsen sind, ihr könnt gar nicht nachvollziehen, was für ein Privileg das ist, ein echtes Wunder und unglaubliches Glück« doch nicht völlig umsonst gewesen.

»Wie in den Lagern. Wenn man da krepiert … pfffff. Das kann man nicht zulassen. Polen ist ein demokratischer Staat und seit fünf Jahren Mitglied der Europäischen Union«, sagte er und gefiel sich in seiner rhetorischen Bravour, die einem Kongressauftritt seines Vaters würdig gewesen wäre, auch wenn er merkte, dass ihm sein eigentliches Anliegen entglitt. Aber er konnte einfach nicht aufhören zu reden, und je mehr seine Rede ums Prinzipielle kreiste, desto komplizierter wurde sie, und er stolperte hinter den Wörtern und verdammten Deklinationen dieser aus angeborener Vaterlandsliebe übernommenen Sprache her. Mit diesen Familien, die sich Getränkeflaschen und aus der Kühlbox gezogene Bierdosen anreichten, mit dieser Handvoll Menschen im Vergleich zu den Busladungen, denen er allenfalls einen Zettel in die Hand drücken konnte, hatte Edoardo Bielinski seine Zielgruppe zum ersten Mal genau vor Augen und begann, sich in ihren Gesichtern zu spiegeln.

Was machte er für einen Eindruck? Für wie alt hielten sie ihn? In der Schule hatte er immer zu den Größten gehört, und bei Zutritt ab achtzehn hatte man ihn nie nach einem Ausweis gefragt. Sogar bei Partys hatte er sich angewöhnt, sich ein bisschen älter zu machen: zuerst wegen eines Mädchens, das im zweiten Jahr an der Tor Vergata studierte. Das Mädel hatte ihm gefallen, und wenn er nicht sofort gleichgezogen hätte – »Ich auch! Philosophie, an der Sapienza« –, hätte er ihr nicht weiter den Hof machen können. Aus der Sache war nichts geworden, aber zu anderen Gelegenheiten hatte er andere ältere Mädchen kennengelernt und sich vorsorglich ein paar Jahre mehr gegeben, oft nur aus reiner Neugier, wie weit er es treiben konnte: Aus zwanzig waren zweiundzwanzig und schließlich, wenn auch nur selten, vierundzwanzig geworden. Doch vor den Friedhofstoren in Montecassino zu stehen und zu versuchen, irgendwelche armen Teufel wiederzufinden, war nicht das Gleiche wie Mädchen auf Partys anzuschwindeln. Er musste nicht nur erwachsener wirken, als er war, sondern als ein Mensch rüberkommen, dem man ein dunkles Geheimnis anvertraute. Und gelang ihm das, mit seinem römisch eingefärbten Pol-

nisch, den zu einem nachlässigen Zopf zusammengebunde-
nen Wust blonder Locken, die abzuschneiden er sich einfach
nicht überwinden konnte, den Jeans und zu großen T-Shirts?
Es war an ihm, die eventuellen Aussagen zusammenzutragen, Andy konnte ihm nur mit den Flugblättern helfen. Edoardo hatte sich nie gefragt, welche Wirkung sein Freund auf
die Polen haben mochte, dieses zierliche Parioli-Bürschchen,
das er auf Partys manchmal als Sohn eines kaschmirischen
Maharadschas vorstellte. »Echt?«, fragten die Mädchen
dann, »kannst du was auf Indisch sagen?«, und Andy dekla-
mierte ein Wiegenlied, das er als Lobgesang auf den Gott
Krishna verkaufte und damit am Ende wieder die besseren
Chancen bei den Mädchen hatte.

Welchen Eindruck machten sie auf die Leute, die sie links
und rechts vor dem Tor sitzen sahen? Wie Black and White,
die kleinen Scotchterrier, nach denen sie der Mathelehrer
Mr Dowland getauft hatte, weil Edoardo Bielinski und
Anand Gupta seit der Grundschule unzertrennlich waren?
Wie zwei Jungs, die Flugblätter verteilten, um ihr Taschen-
geld aufzubessern, das war die wahrscheinlichste Antwort.
Wer weiß, wie oft der Zettel für einen Werbe-Flyer gehalten
und weggeworfen wurde, zum Glück gab es nur oben auf
dem Parkplatz Mülleimer. Der Gedanke beruhigte Edoardo,
während er erklärte, wie wenig unternommen wurde, um die
Verschwundenen wiederzufinden, und dass sich etwas Ähnliches wiederholen könnte.

»Seit ein neues Gesetz in Italien Illegalität zur Straftat
erklärt, könnte es für diese Kriminellen paradoxerweise wieder verlockend sein, Arbeitskräfte mit europäischem Pass
auszubeuten. Um das von vornherein zu verhindern, muss
man das Geschehene im Fokus der öffentlichen Aufmerksamkeit halten«, fuhr Edoardo fort und rang mit den richtigen
Wörtern, die ihm auf Polnisch nicht geläufig waren – Ver-
ordnung, Gesetz, Illegalität –, und mit seiner anschwellen-
den Wut, die ihn auch über alles andere stolpern ließ.

»Sag es doch auf Italienisch, wir leben seit vielen Jahren hier«, sagte schließlich eine junge, blondierte Mutter, deren gepflegte Füße mit den lackierten Nägeln in orthopädischen Flip-Flops steckten. Das Auto, aus dem sie gerade ein Päckchen süßer Snacks für ihren Sohn und ihre Tochter holte, war ein Opel Astra mit Bologneser Kennzeichen, und er ahnte, dass diese polnische Durchschnittsfamilie aus der Emilia-Romagna vermutlich nie etwas mit Sklavenhändlern des neuen Jahrtausends zu tun gehabt hatte und ihn bei seinem Vorhaben nicht weiterbrachte. Und wenn ihm ein aus den apulischen Arbeitslagern befreiter Pole begegnet wäre und gesagt hätte, »Das alles brauchst du mir nicht zu erzählen, ich war nämlich dort«, was hätte er dann getan?

»Willst du ein Bier?«

»Nein, danke.«

»Cola? Auch kein Wasser?«

»Ich warte auf meinen Freund, er ist Pizza holen gegangen, aber zu einem kleinen Schluck Bier als Aperitif sage ich nicht Nein.«

»Hol dir eine kalte Dose aus dem Auto.«

»Vielen Dank, Signora, sehr nett. Aber mir reicht ein Schluck zum Anstoßen.«

»Hol es dir trotzdem, den Rest trinken wir.«

Edoardo fischte eine Halbliterdose Bier aus der Kühlbox, atmete den chemischen Blumenduft im Inneren des Opel Astra ein, füllte den Plastikbecher, den die polnische Mutter ihm hinhielt, setzte ihn an die Lippen und hörte sich mit zitternder Stimme sagen:

»Na zdrowie. Na zdrowie Polski i Polaków we Włoszech!«, auf das Wohl Polens und der Polen in Italien.

»Na zdrowie«, antworteten Mann und Frau und setzten ihre Bierdosen an die Lippen.

»Jedenfalls«, fuhr er fort, »wollte ich Sie nur fragen, ob ich Ihnen ein paar von diesen Zetteln dalassen darf. Um sie unter Ihren Bekannten zu verteilen. Vielleicht in der Kirche, wenn es dort, wo Sie wohnen, polnischen Gottesdienst gibt, könnten Sie sie Ihrem Pfarrer geben. Es sind Fotos der Verschwundenen und die Adresse drauf, an die man sich wenden kann, wenn man irgendwas weiß. Auch meine Mail-Adresse und meine Handynummer«, sagte er und merkte, dass er sich vorstellen musste. »Ich heiße Edoardo, Edoardo Bielinski … Edward. Ich bin Journalist … na ja, noch nicht, aber ich bin auf dem Weg dahin.«

»Aha«, sagte die junge polnische Mutter mit einem Lächeln, von dem Edoardo nicht zu sagen wusste, ob es skeptisch oder überzeugt war, und griff nach den Flyern, die er ihr hinhielt. »Ja, wir könnten es in der Kirche versuchen, allerdings gehen wir nicht jeden Sonntag hin. Wir leben auf dem Land, in der Provinz.«

»Dziękuję, dziękuję bardzo, danke«, antwortete Edoardo, um die Flyer erleichtert, und auf einmal war es ihm gleich, ob sie ihm glaubten oder ihn für das hielten, was er war: für einen Jungen, der mit einem silbernen Löffel im Mund oder eher noch mit der Gnade der späten Geburt auf die Welt gekommen war. An jenem Tag, dem 21. 3. 1990 um 8:26 Uhr, war eine Fee an seine Wiege getreten. Sie war in die Gemelli-Klinik gekommen und hatte ihm als Gabe weder das Medaillon der Madonna von Częstochowa noch ein feines, goldenes Armbändchen mit Perlen und Korallen oder irgendein anderes großes oder kleines, nützliches oder Glück bringendes Geschenk mitgebracht, das die Großeltern, Onkel und Tanten, Verwandten, Freunde und Kollegen seinen Eltern in den Besuchszeiten überreichten und das Zimmer mit Blumen und den Klängen ihrer Sprachen füllten. Die Gabe kam vielmehr als schlichtes, weißes Blatt Papier daher, welches besagte, dass Edoardo Radosław Bielinski, Erstgeborener von Giorgio Bielinski und Flavia D'Angelo, ein Bürger der Republik Italien war, und während der Kleine seine erste Milch nuckelte, hatte sein Vater sich in den Straßenverkehr gestürzt und war zum Standesamt gefahren, um ihn anzumelden.

Als Anand, wie in seiner SMS versprochen und getreu seiner eisernen angelsächsischen und in Rom nachgerade peinlichen Pünktlichkeit, um drei Uhr nachmittags zurückkehrt, tigert Edoardo nervös vor dem Friedhofseingang auf und ab. Ganze zwei Gruppen sind auf dem Friedhof, die eine bereits seit fast einer Stunde, sie könnte also jeden Augenblick wieder herauskommen. Doch allein könnte er nur die Hälfte der Flyer verteilen, das ist einfachste Mathematik.

»Na endlich!!!«, ruft er dem Partner entgegen, der mit langen Schritten das letzte Stück Straße herunterfedert, und hält ihm einen Stapel Zettel entgegen.

»Ich habe dir doch gesagt, ich bin rechtzeitig zurück. Ich habe es genau berechnet …«

»Na klar, berechnet! Seit zwei Uhr warte ich hier. Die essen zu Mittag, da sind wir noch nicht mit dem Frühstück fertig.«

»Bei sich zu Hause vielleicht. Aber wo findest du hier, bitte schön, ein Lokal, dass dir vor halb eins was zu essen gibt?«

»Andy: Weißt du, was organisierte Reise bedeutet? Das bedeutet, das sich diejenigen, die sie organisieren, mit dem Hotel oder dem Restaurant abstimmen, denn die haben auch was davon. Dann können sie erst die Reisegruppe abfertigen und dann ihre Stammgäste.«

»Right. Da habe ich nicht dran gedacht.«

»Was soll's, egal. Was hast du getrieben?«

»Rate mal.«

»Nickerchen? Gib es zu, Mistkerl.«

»Von wegen.«

»Du bist ins Netz gegangen und hast mit Freunden und Verwandten nah und fern gechattet?«

»Klar doch. Aber hauptsächlich habe ich was anderes gemacht. Da kommst du nie drauf.«

»Na los, spuck's aus, gleich kommt unser Einsatz.«

»Ich habe dir einen Sprung ins Wasser organisiert.«

»Was?«

»Ich habe gerade was im Internet über diese Schlacht gelesen, weil ich es nicht in Ordnung fand, hier zu sein und keinen Schimmer zu haben, und dabei erfahren, dass die Front am Meer endete. Minturno, Scauri, Formia. Selbst von hier aus sind wir in kaum einer Stunde dort.«

»Ich fasse es nicht. Du lässt mich hier sitzen, mit vier Bussen voller Polen, mit denen ich allein nie und nimmer fertigwerde, und planst eine Sause ans Meer?«

»Na und? Was ist daran so schlimm? Der Friedhof schließt um sechs, und wenn wir zusammengepackt haben, ist es doch wohl unser gutes Recht, zu tun, was uns passt. Oder dürfen wir uns aus Cassino nicht wegbewegen, weil wir dem Cousin dritten Grades irgendeines verschwundenen Polen über den Weg laufen könnten ... Himmel, Edo, ich wollte nur was Nettes auf die Beine stellen, nachdem wir seit zwei Tagen zwischen Gräbern und Bergen hocken. Du weißt doch, dass ich danach in die Maremma fahre, und im September – bye bye – geht's nach Amerika. Das ist die letzte Chance zusammen ans Meer zu fahren, das habe ich gedacht.«

»Na schön. Ich weiß nicht, wie es dir geht, aber ich habe keine Badehose dabei. Was soll ich machen? In Unterhosen ins Wasser gehen? Das ist dir echt nicht zu wünschen, Alter ...«

»Ich habe eine, sogar mehr als eine, die kann ich dir leihen. Und ich habe zwei Handtücher aus unserem Zimmer mitgenommen.«

»Dann ist das eine von langer Hand vorbereitete Verschwörung. Von wegen, das ist dir erst heute Nachmittag eingefallen!«

Bei dieser Bemerkung, aus der inzwischen alle Streitlust verschwunden ist, blickt Anand kurz zu Boden. Zu den vielen Unterschieden zwischen ihm und dem Menschen, den er seinen besten Freund nennt und der seit seiner Kindheit der wichtigste Mensch außerhalb seiner Familie ist, gehören die wesentlichen und augenscheinlichen – Aussehen, Herkunft,

Charakter, Interessen –, die er hinnimmt wie eine Naturge-
gebenheit, und kleinere, die man gern vergisst, wie beispielsweise die Tatsache, dass der Koffer für diese gemeinsame
Reise von Anands philippinischer Hausangestellter gepackt
worden war.

»Dolores hat wahrscheinlich gedacht, ich fahre ans Meer«,
sagt er, den Blick noch immer auf die Spitzen seiner hellen
Converse gerichtet, die die einzige Gemeinsamkeit in seiner
und Edoardos Garderobe sind.

»Stimmt ja, Dolores. Ich vergaß, dass du ein Prinz aus
Kaschmir bist. Übrigens: Morgen könnten wir deine Landsleute auf dem britischen Friedhof besuchen gehen, was
meinst du?«

Andy begreift, dass das versöhnlich gemeint ist, und kann
gerade noch einwilligen, als das anschwellende Stimmengewirr sie auf ihre Posten zwingt, um der ersten Welle her-
ausströmender Friedhofstouristen Flyer in die Hände zu
drücken. Am Anfang fand er ihren Anblick befremdlich, er
konnte nicht fassen, dass sie noch immer so aussahen, so
durch und durch polnisch, mit den Polyester-Trainingsanzügen über den gefakten Nikes, den herabhängenden Schnurrbärten, den Blumenkleidern der dicken Matronen, halb Kittel, halb Strandkleid, all dieser trübe Ostmuff, und das mehr
als zwanzig Jahre nach dem Zusammenbruch des Kommunismus. Er hatte nicht damit gerechnet, war doch das vage
Bild, das er mit dem Osten verband, das einer grenzenlosen
Welt, die es zu erobern galt, und die von den Herkunftsorten
der Bielinskis bis weit hinter die der Guptas reichte. Egal
wie, es ist ein wachsender Markt für die Luxusbranche, in der
sein Vater tätig ist. Drei Boutiquen in Moskau, dazu die neu
eröffneten Läden in Baku, Aserbaidschan, und sogar in
Almaty, der alten Hauptstadt von Kasachstan. Und Manil
Gupta, der nach Hause zurückkehrte und von den Klagen
wegen all der herrlichen Kreationen berichtete, mit denen
diese ex-kommunistischen Proleten und russischen Mafiosi,

gegen die selbst die Scheichs einen fabelhaften Geschmack hatten, ihre Ehefrauen und Konkubinen behängten. Auch die Designer schütteten ihm ihr Herz aus, und wie oft hatte die Familie ihn ehrfürchtig über den perfekten Schliff eines Diamanten oder die Leuchtkraft einer Partie Smaragde berichten hören, denn auf diese Dinge war der Leiter der Edelstein-Abteilung von Bulgari so stolz, dass er es zum heimischen Tischgespräch machte.

Für Anand Gupta war Polen ein Teil dieses riesigen Dunstkreises, in dem die Menschen zusehends besser lebten und immer mehr auf ihr Äußeres und ihre Kleidung achteten oder sich zumindest an der westlichen Mode orientierten. Ihn verblüffte der Anblick dieser Menschen, die immerhin als Touristen an diesem Ort waren, bettelarm konnten sie also nicht sein, wirkliche Armut hatte Andy nur in Indien gesehen, jedes Mal, wenn er die Großeltern besuchen fuhr, gleich vor dem Flughafen von Neu-Delhi. Kein sonderlich schöner Anblick für ein Kind, das einen Steinwurf vom Piazzale Flaminio aufwuchs, auch wenn fast immer die Scheibe eines Autofensters dazwischen war. Echte Armut war etwas, das einem beim ersten Anblick den Atem verschlug, sie bedeutete Menschen in Lumpen, barfüßige, dreckige, häufig verkrüppelte und zahnlose Menschen, echte Armut war echt und real, the real thing. Und in ihrer Allgegenwärtigkeit und Absolutheit besaß sie eine Art Eigenleben und Würde, Andy wusste es nicht recht zu erklären, jedenfalls ging sie nie mit diesem aus hässlichen Klamotten und absurden Bärten bestehenden Verlierertum einher. Diese Gedanken gingen Anand Gupta im Kopf herum, und unwillkürlich verglich er die Friedhofsbesucher mit den briefmarkengroßen Passfotos auf dem Flyer. Auch dort Schnurrbärte. Dicke Schnurrbärte, hängende Schnurrbärte, traurige Schnurrbärte. Schnurrbärte, die durch die leeren Personalausweisblicke noch trauriger wurden, wie auch durch die Tatsache, dass ihre Träger in Italien verschwunden waren, und durch die Druckertinte, die die Schattierungen von Kastanienbraun und Flachsblond in einheitliches Grauschwarz verwandelte.

»Wo kommen die eigentlich alle her?«, hatte er Edoardo schon am Ende des ersten Tages vorsichtig gefragt.

»Pff, keine Ahnung«, hatte der geantwortet, aber weil die Sache ihn nicht losließ, hatte er angefangen, auf jedes Indiz zu achten, von den Nummernschildern der Busse bis zu den Aufschriften auf den Schleifen der Grabgestecke.

»Von überallher«, sagte er schließlich zu seinem Partner, als wollte er mit dieser knappen Antwort bekräftigen, dass es eine exzellente strategische Entscheidung gewesen war, sich vor dem Friedhof von Montecassino zu postieren.

»Also vom Land, aus der Provinz?«, hakte Andy nach, und obwohl Edo sich nicht sicher war, weil ihm nur die Namen der größeren Städte bekannt vorkamen, antwortete er in einem Geistesblitz Ja, denn laut dem Buch, in dem er die Geschichte der Verschwundenen nachgelesen hatte, stammte ein Großteil tatsächlich aus den gottverlassensten Winkeln Polens. Doch das Triumphgefühl, auf der richtigen Fährte zu sein, behält er für sich: ein wenig aus Aberglauben, aber vor allem, weil seinem Partner nicht ernsthaft daran gelegen ist, irgendeinen der spurlos verschwundenen Polen wiederzufinden. Er weiß, dass Anand Gupta mit nach Montecassino gekommen ist, um ihm einen Gefallen zu tun, ihn zu unterstützen und Zeit mit ihm zu verbringen, bevor der eine sich für »Keine Ahnung« an einer italienischen Uni einschreibt und der andere auf den Campus der besten Business School der Vereinigten Staaten zieht. Aus Freundschaft. Im Namen ihrer Freundschaft und all dessen, was sie war und womöglich nie mehr sein wird, und in der trotzigen Hoffnung, das Gegenteil zu beweisen, stehen Edo und Andy nun an beiden Seiten des Tores und verschweigen einander das meiste dessen, was ihnen durch den Kopf geht.

So behält Anand seine Gedanken zu den Polyester-Trainingsanzügen und den Schnurrbärten für sich, um sich keine

Kommentare anhören zu müssen wie »Na, klar, für dich sind nur geschniegelte Reiche normal«, und ebenso bleibt seine unbewusste Feststellung ungesagt, dass jeder Friedhofsbesucher von Montecassino in der Hierarchie des polnischen Verlierertums immer noch sehr viel weiter oben steht als alle verschwundenen Sklaven. Deren Routen, die an den Rändern von Tomatenplantagen und einsamen Gemüsefeldern enden, würden sich niemals mit denen kreuzen, die zu den sterblichen Überresten der Soldaten von General Anders führen; also könnten Edoardo Bielinski und Anand Gupta ihre Campingstühle ebenso gut einklappen und sich an den Stränden und auf den Dorffesten zwischen Gaeta und Scauri ein paar Tage Ferien gönnen.

Aber nein, Andy hält den Mund, vom »Przepraszam« abgesehen, das er schon am zweiten Tag draufhatte, und während er seine Flyer nun mehr oder weniger synchron mit Edoardo verteilt, sagt er sogar »proszę« und »proszę panstwo«, was Edo beim ersten Mal mit einem anerkennend verblüfften Seitenblick quittiert und denkt, schau sich einer den an, dem seine Hautfarbe am Arsch vorbeigeht und der mit seiner klassischen guten Erziehung, die das Maß aller Dinge ist, wieder alles hinkriegt.

»He, Partner, wenn ich anfangen würde, Schimpfwörter zu sagen, würdest du die dann auch nachplappern wie ein Papagei?«, sagt er, als sie im Auto sitzen und das von Andy festgelegte Ziel ansteuern. Edo fläzt müde im Beifahrersitz, müde, aber froh, ans Meer zu fahren, aber nicht einmal das gesteht er seinem Freund, allenfalls in Form einer freundschaftlichen Frotzelei.

»Klar. Aber ich würde sie stilvoll nachplappern«, erwidert Andy, man müsse schließlich kein Genie sein, um zwei kleine Worte zu wiederholen und zu begreifen, dass sie »bitte« heißen, wenn man sie in drei Tagen hundert Mal hört.

»Okay, wenn es so einfach ist, wollen wir mal hören, wie du dich mit dem hier schlägst: trzydzieścitrzy.«

»Wie bitte? Sag's noch mal.«

»Trzydzieścitrzy.«

Andy versucht es, verhaspelt sich, stammelt ein »tsch...
tsch«, wie ein kleines Kind, das eine Lokomotive nachahmt,
dann muss auch er lachen und fragt, ob er gerade die Aussprache eines besonders versauten Schimpfwortes verhauen
hat, »denn dann hätten es die Polen beim Fluchen verdammt
schwer«.

»Ach, Quatsch. Das heißt ›dreiunddreißig‹. Das habe ich
als Kind nämlich auch nie auf die Reihe gekriegt.«

»Wenn ich eine Revanche wollte, würde ich dich jetzt
etwas auf Hindi wiederholen lassen, aber heute will ich gnä-
dig sein und dich verschonen.«

»Du hast Angst zu verlieren, gib's zu. Polnisch ist schwerer.«

»Da wäre ich mir nicht so sicher, aber dafür, dass es eine
auf diesem Kontinent gesprochene Sprache ist, ist es absurd.«

»Yep. Absurde Sprache von absurdem polnischem Volk,
really makes 'em freak. Erinnerst du dich an Chad Jones, der
mich Radosław nannte, um mich zu verarschen? ›Seht her,
Leute, da kommt unser Ra-do-słav! Für wen hältst du dich,
Ra-do-słav Bielinski, nur weil du drei Körbe geworfen hast?‹
Und ich Blödmann antworte auch noch, ›Alter, ich heiße
Edoardo‹, statt zu sagen, ›Du kannst mich nennen, wie du
willst, aber sprich es wenigstens richtig aus, Arschloch!‹
Aber wenn man klein ist, kriegt man so was nicht hin. Was
ist eigentlich aus diesem Neandertaler geworden, der sich für
den geilsten Typen der Welt hielt?«

»Keine Ahnung, ist zurück nach Amerika ...«, erwidert
der Partner mit einer Gleichgültigkeit, die schlimmer als die
schlimmste Verachtung und vielleicht ein Grund ist, weshalb
ihn selbst die größten Arschgesichter auf der International
School in Rom in Ruhe ließen, auch als er nicht mehr our
little cutie Anand Gupta war. Unser kleiner, ach so zerbrechlicher, fleißiger, milchschokoladenbrauner Andy mit den gro-

ßen Kulleraugen, der Schwarm aller Mütter, Freund aller kleinen Mädchen und Liebling der Lehrerinnen, weil er in sämtlichen Fächern gut und in den wichtigsten sehr gut war. Aber zu hilfsbereit, um unter den Strebern zu landen, und vor allem zu dicke mit dem unverbesserlichen Chaoten Edoardo, der seit der ersten Klasse unter dem geheimnisvollen Zeichen dieser schützenden Freundschaft stand.

»Bielinski, lass diese Schweinerei sofort unter dem Tisch verschwinden, und das nächste Mal gibt's dafür einen Eintrag, you got me?«

»Yes, Mrs Fergusson.«

Doch nach zwei Wochen war man wieder an demselben Punkt, und so fand sich auf dem Zeugnis stets der gleiche Satz über den »Schüler, der Interesse und große Auffassungsgabe zeigt, es jedoch an Disziplin, Ordnung und Beständigkeit vermissen lässt«.

Nach jedem Elterngespräch reagierte Giorgio Bielinski, sofern er überhaupt die Zeit fand hinzugehen, entnervter, er selbst hatte ein Schweizer Internat besucht, was seine armen Eltern viel zusätzliche Arbeit gekostet hatte, und weil er dieses Opfer inzwischen erkannte und zu würdigen wusste, platzte ihm auf den Heimfahrten häufig der Kragen: »Wir hätten ihn auch dorthin schicken sollen, das müssten wir immer noch tun«, woraufhin Flavia ihm mit einem »Ist gut, beruhige dich« sanft über den Arm strich und ihrerseits die ewig gleichen Argumente zur Verteidigung ihres Sohnes auspackte. Womöglich reichte ein »Beruhige dich«, um ihn in den abgeklärten, ausgeglichenen Gemütszustand zurückzuversetzen, aus dem herausgerissen zu werden ihn, den eingefleischten römischen Katholiken und verhinderten Buddhisten, jedes Mal völlig verstörte. Und so war Giorgio Bielinski, sobald er in den Aufzug stieg, wieder der Vater, der bereit war, ohne laut zu werden oder aus der Haut zu fahren, mit seinem Sohn zu sprechen.

»Edoardo, komm bitte kurz her, du weißt sicher schon, worüber ich mit dir sprechen will. Vielleicht sagst du es mir.«

»Über das Übliche: Ordnung, geltende Regeln ... liege ich richtig?«

»Ganz genau. Und was gedenkst du in der Hinsicht zu unternehmen?«

»Mich mehr reinhängen, nehme ich an.«

»Das genügt mir nicht. Du sollst mir sagen, was genau du gegen dieses Problem unternehmen willst.«

»Okay. Ich stelle mir den Wecker früher, damit ich nicht mehr zu spät komme, und versuche, mir rechtzeitig einen neuen Tintenkiller zu besorgen, denn sonst muss ich alles mit der Hand ausstreichen, und das sieht aus wie Kraut und Rüben ...«

»Hmm, einen Tintenkiller ... Hör mal, Edoardo, vielleicht ist dir nicht klar, dass du wegen solcher Dämlichkeiten regelmäßig schlechtere Noten bekommst, als du haben könntest.«

»Doch, sicher, Papa, mich macht das ja auch wütend.«

»Ach ja? Dann ist dir vielleicht nicht klar, dass wir nicht so reich sind wie die Eltern deines Freundes Anand, der nie auch nur halb so viele Probleme in der Schule hat wie du. Wir sind auch keine Barone, aber wenn man sich die italienischen Universitäten heutzutage anschaut, haben wir es ziemlich weit gebracht. Und das, wohlgemerkt, weil gute Schüler es zu unserer Zeit auch ohne eine Empfehlung auf die Uni schaffen konnten. Heute kannst du das vergessen, verstanden?«

»Papa, ich bin in der Siebten!«

»Sicher. Aber du bist kein Kleinkind mehr. Und du bist nicht dumm. Es war uns wichtig, dir und deiner Schwester eine möglichst internationale Ausbildung zu bieten, und das bedeutet eine nicht unerhebliche finanzielle Belastung für uns, verstehst du das?«

»Hör mal, Papa, selbst wenn wir dieses Jahr in Basketball

gewinnen, könnt ihr mich auf eine stinknormale Mittelschule schicken, für mich ist das okay.«

An diesem Punkt kam Giorgio Bielinski wie immer zu dem Schluss, dass er seine Pflicht getan hatte, es wie immer umsonst gewesen war und er es deshalb dabei bewenden lassen konnte.

»Wann habt ihr das nächste Spiel?«

»Samstag, gegen die aus der Achten mit diesem Arsch von Chad Jones, der total nervt, weil er in allen Ballsportarten immer der Beste ist. Kommst du?«

»Tut mir leid, ich bin in Brüssel. Aber ich sehe zu, dass ich zum Finale da bin.«

»Okay, aber dieses Spiel ist besser als das Finale, es ist die eigentliche Rache, weißt du?«

»Mama wird da sein, ich sag's ihr gleich. Und ich gebe auch Opa Radek Bescheid, der wird sich freuen. Und du, Champion, sieh zu, dass du den Namen Bielinski in Ehren hältst.«

Edoardo, der es kaum noch abwarten konnte, sich vor den Fernseher zu fläzen und die Ergebnisse der NBA und von AS Roma zu sehen, schielte zum Bildschirm hinüber, und Giorgio ließ ihn ziehen.

Ab diesem Moment begann sich womöglich eine Entscheidung abzuzeichnen, die der seit acht Jahren aufgeführten Komödie ein Ende setzte, denn als er in die Küche kam, um seiner Frau Bericht zu erstatten, rührte Flavia die Spaghetti um und bemerkte: »Na, wenn sogar er das sagt, sollten wir uns vielleicht ernsthaft überlegen, ihn auf ein ordentliches staatliches Gymnasium zu schicken. Viel fehlt nicht mehr.«

Sie würden im Sommer noch einmal darüber reden, wenn die Kinder in ihren Ferienlagern waren und es abends zu Hause fast schon zu friedlich war. Sie wären sich sofort völlig einig gewesen, hätte der Wechsel von der englischen Schule auf ein italienisches Gymnasium nicht den Verlust eines Schuljahres bedeutet.

»Was soll's, immerhin haben wir ihm damit eine Mittel-
stufe erspart, die ihn fürs Leben verkorkst.«

Doch am Ende konnte Giorgio Flavia überzeugen, dass
Edoardo den mittleren Schulabschluss auch als Privatschüler
schaffen konnte, er müsse sich nur über die entsprechenden
Bücher setzen und das eine oder andere in Geschichte, Geografie und italienischer Literatur aufholen.

»Allerdings sollten wir ihm dann irgendeinen Anreiz bieten, eine Belohnung. Wir könnten ein Teil des gesparten
Schulgeldes für etwas ausgeben, was ihm Spaß macht. Hast
du eine Idee?«

Flavia war so erstaunt über diesen astreinen politischen
Schachzug, dass sie wieder einmal dachte: Wäre dieses Land
politisch nicht so hoffnungslos festgefahren und hätte ihr
Mann nicht beschlossen, um die Kommunisten einen großen
Bogen zu machen und mit den anderen im Traum nichts zu
tun zu haben, hätte er sein selbst in Familiendingen brillan-
tes Talent anders und zum Wohle aller einsetzen können.
Deshalb fiel ihr kein anderer Vorschlag ein, als Edoardo Geld
zu geben, mit dem er machen konnte, was er wollte. Doch
weil Professor Bielinski auf dem Rückflug von einem Think
Tank über die neuen EU-Mitgliedstaaten die geniale Einge-
bung hatte, ihm ein Jahresabo für das Stadion zu schenken,
kam es anders. Danach fragte sie sich, ob es der magische
Effekt von AS Roma war, der ihren Sohn antrieb, oder ob die
kurzfristige Prüfungsvorbereitung in Edoardo den Kampf-
geist eines Läufers geweckt hatte, der zwar nicht für den
Marathon gemacht war, bei einem Zweihundert-Meter-Lauf
aber durchaus Chancen hatte. Doch als er es auf das Tasso-
Gymnasium geschafft hatte, liefen die Dinge auch weiterhin
besser. Vielleicht war es tatsächlich nur eine Frage der Reife,
wie Flavia immer behauptet hatte, oder vielleicht hatte es
auch damit zu tun, dass auf dieser angesehenen, wiewohl
progressiven Schule gewisse formale Schwächen nicht mehr
so ins Gewicht fielen. Edoardo wirkte so zufrieden auf der

neuen Schule und mit seinen neuen Freunden, dass er sogar das Basketballspielen an den Nagel hängte und bis auf Anand Gupta nichts mehr aus seinem vorigen Leben erwähnte.

Während der Gymnasialzeit blieb Edo über Facebook, Messenger und SMS mit Andy in täglichem Kontakt, schleppte ihn auf Partys und gab ihn als kaschmirischen Prinzen aus (»Wieso eigentlich Kaschmir?«, fragte Anand ihn nach dem dritten oder vierten Mal, »wir stammen aus Uttar Pradesh, das ist viel weiter unten.« »Als was?« »Du kannst mich mal ...«). Und in krassem Widerspruch zu seinen politischen Überzeugungen, verschwand er von Zeit zu Zeit wie ein Dieb im beruhigend luxuriösen Zuhause seines Freundes in Parioli und tauchte kurz vor dem Abendessen mit einem »Ich bin wieder da, Mama, aber ich esse nicht mit« wieder auf, was Flavia auf eine uneingestehbare Weise rührte.

»Hast du dich wieder mit ungesundem Zeugs vollgestopft?«, bohrte sie, um ihn aus der Reserve zu locken.

»Nein, gar nicht, ich war bei Andy, und sie haben mich mit Teigtaschen, Chutney und Soßen abgefüllt, das konnte ich schließlich nicht ablehnen.«

»Ah, natürlich«, entgegnete sie und steckte den Kopf in den Kühlschrank, um ihr Lächeln zu verbergen. »Es gibt Mozzarella und Obst, solltest du Hunger kriegen.«

Wenn Flavia ihren Sohn mit seinem indischen Kumpel sah, musste sie immer an Tonio Kröger denken, den sie wegen eines Artikels über Thomas Mann und Benjamin Britten noch einmal gelesen und daraufhin festgestellt hatte, dass die Wirklichkeit die Karten auf seltsame Weise neu gemischt hatte: als wäre ihr großer, sportlicher, blonder Junge der künstlerische Knabe mit dem unsteten, empfindsamen Gemüt, während Andy nicht nur von Kind auf zutiefst ausgeglichen wirkte, sondern hinter seinem exotischen Aussehen eine wie aus der Zeit gefallene, durch und durch bürgerliche Seele steckte. Er war ein Bürgerlicher, wie er im Buche steht

und für den alles noch war, wie es sein sollte: die Verpflichtungen, das Geld, die Kultur, die Familie, die Freundschaften.
Anand Guptas Welt schien fest gefügt und so schön und
geordnet wie eine Himmelskarte.

Flavia erinnerte sich, wie sie Edoardo einmal von »einer
Art indischem Weihnachtsfest« abgeholt hatte, wie Andys
Mutter sich ausdrückte, und tags zuvor hatte sie eine Schach-
tel Lego mit einem Raumschiff aus *Krieg der Sterne* gekauft.
Sie wusste, dass das Fest Diwali hieß, doch hatte sie nicht mit
einer in allen Ecken von Laternen und Duftkerzen erhellten
Wohnung gerechnet, deren flackernde, warme Strahlenbün-
del die Farben der Tapeten, Kissen, Sofas und kostbaren
Stoffe zum Leuchten brachten, die Anands Mutter zunächst
für sich selbst und später für die Damen der internationalen
Gemeinschaft hatte kommen lassen, bestätigte doch ein Mes-
singschild an der Tür, dass sich in diesem Haus das Studio
von *Arch. Shrila Gupta, contemporary interior design from India*
befand. In diesem Augenblick war Signora Gupta nicht mehr
die zierliche Frau, die mit dezentem Bulgari-Schmuck in
Hosen und flachen Schuhen vor der Schule gewartet hatte,
jetzt trug sie einen Sari aus pinkfarbener, golddurchwirkter
Seide, der im vielfachen Kerzenlicht schillerte, bot Flavia mit
beringten, bis zu den Armen mit Arabesken bemalten Händen Süßigkeiten und würzigen Tee an und führte sie auf die
Terrasse, wo sie ihren von weiteren Laternen umstrahlten
Sohn antraf, der sich über das Geländer beugte und Luft-
schlangen in das Dunkel des römischen Herbstabends wir-
beln ließ. »Hast du gesehen, wie irre das war, Mama?«, hatte
Edoardo später im Auto gesagt, »die feiern Halloween, Weihnachten und Silvester auf einmal«, und als er in den Schlafanzug schlüpfte, hatten seine Wangen im unbarmherzig
sterilen Licht des Badezimmers noch immer geglüht: ein polnischer Bauer, der gerade aus *Tausendundeiner Nacht* erwacht
oder von einem renaissancehaft pompösen Hollywood-Plane-
ten zurückgekehrt war – *Krieg der Sterne* eben. Flavia wusste,

dass sie ihm niemals etwas Vergleichbares würden bieten können. Keine familiäre Eintracht, Zugewandtheit oder Harmonie würde je mit etwas mithalten können, das all ihre Bemühungen und Verdienste bei Weitem übertraf. Es ging nicht einmal um Reichtum oder Klasse: Die Bielinskis konnten eine noch so schöne Familie abgeben, stolz darauf sein und ihren Kindern diesen Stolz weitergeben, die Geschichten von Flucht und Massengräbern wurden sie dennoch nicht los, die zahllosen Exilanten ließen sich nicht von Sofa und Esstisch vertreiben, die ehemaligen Kämpfer des Zweiten Armeekorps, der Berling-Armee, der polnischen Heimatarmee Armia Krajowa, die den Warschauer Aufstand initiiert hatte, die ehemaligen Deportierten, die sich, während Flavia die Scialatielli abräumte und den Fischeintopf auftrug, das Wort »Lager« in seinen sieben polnischen Deklinationen zuwarfen, wobei häufig nicht einmal klar war, welche Art von Lager sie meinten: Arbeitslager, Gefangenenlager, Konzentrationslager oder Vernichtungslager, und ob Stalin oder Hitler es hatte errichten lassen. Und sie konnten nicht verhindern, dass die Geschichte des kleinen Giorgio, der von einem Geiselstaat als Geisel gehalten wurde, wieder und wieder erzählt wurde wie ein Märchen: Wie die arme Oma Dorka jeden Abend weinte und drohte, »Ich gehe zurück, Radek, ich gehe zurück nach Polen«, und am Ende war es dem Großvater gelungen, jemanden zu finden, der bereit war, seinen Sohn gegen ein paar wertvolle amerikanische Fachbücher herauszuschmuggeln, und so war Jerzik mit zwei Jahren ganz allein auf seinen kleinen weißen Beinchen nach Rom gekommen.

»Wirklich ganz allein, Oma?«

»Ja, Edziu, Schatz, wäre ich hingefahren, hätten sie mich nicht mehr rausgelassen, und meine Eltern, die sich bis dahin um ihn gekümmert hatten, hätten sie bestimmt nicht fortgelassen.«

»Warum, *babcia*?«

»Weil ganz Polen ein Gefängnis war.«

Auch auf Flavias Seite gab es Erinnerungen an Bomber und Säuberungen, mythische und ungeheuerliche Begebenheiten wie die der *Caterina Costa*, dem stählernen Leviathan, der zerfetzt und mit verrenkten Flügeln vom Hafen bis zum Palast von Capodimonte emporgeschleudert worden war, wie die der Schulkameraden vom Gymnasium, die in den Vier Tagen von Neapel im Vomero gefallen waren, gefolgt von der Bitterkeit darüber, wie wenig von ihrem Opfer blieb, als die Stadt zum Symbol einer Nation wurde, die zu allem bereit war, um glimpflich davonzukommen und ihre Vergangenheit zu vergessen. Vielleicht hätten ihre Eltern, ihre Mutter zumal, kaum noch ein Wort darüber verloren, hätten sie nicht zu den gebotenen Festen und Jahrestagen die polnischen Schwiegereltern getroffen, weshalb sich ihr Vater bemüßigt fühlte, einen Wettstreit von Leid und vergeblichen Heldentaten anzuzetteln oder zumindest ein Fetzchen italienischer und allemal neapolitanischer Ehre zu retten.

»Schau, Radek«, sagte er, nachdem er im Bücherschrank herumgekramt hatte, »ein Foto von der Beisetzung dieser Knirpse, dieser italienischen Patrioten. Das hat nicht irgendwer gemacht, sondern der größte Fotoreporter überhaupt, Robert Capa: Trotzdem erinnert sich keiner mehr daran.«

Nein, das Zuhause der Bielinskis würde niemals zu einer Zeit und Raum enthobenen Welt werden, zu einer Lichtjahre entfernten Galaxie. Und obgleich Flavia bestens verstand, was Edoardo in einer Zeit, in der er gänzlich im Hier und Jetzt verankert schien, gleichwohl es ein in die Geschichte eingelassenes Heute, ein Vorposten der Vergangenheit war, bei Andy suchte, blieb es ihr ein Rätsel, was sein Freund Anand Gupta bei ihm fand. Wieso hatte er eingewilligt, eine Woche in Cassino zu verbringen und die konfusen Träume von Ruhm und Gerechtigkeit zu unterstützen, die ihren Sohn umtrieben?

War das Band reiner Freundschaft stark genug, um sich

zu solchem Beistand zu verpflichten, ohne groß Fragen zu stellen? Wer weiß, wie sehr sich der arme Junge dort unten auf dem Friedhof anödete.

Mehr noch als die anderen Mütter, denen mitunter verstörende Bemerkungen herausrutschten (»Stell dir vor, er und Martina würden ein Paar, der perfekte Schwiegersohn!«), hatte Flavia Anand Gupta gern, sie vertraute ihm und war dem Schicksal dankbar, das ihn und ihren Sohn vereint – ja, vereint war das treffende Wort – hatte. Aber verstehen tat sie es nicht.

Was fand Andy an ihrer kleinen, unaufgeräumten, alten Wohnung, die bis auf den Basketballkorb auf der Terrasse wenig verlockende Spiele bot und die er zu manchen Zeiten frequentierte wie einen Freihafen? Die einzige Erklärung, die ihr im Laufe der Jahre gekommen war, lautete, dass der Junge sie als eine Art Zwischenreich zwischen seinem eigenen Umfeld und dem Ort empfand, an dem er aufwuchs: Rom, Italien. Die Bielinskis waren wie eine dieser magischen Türen aus dem Märchen, durch die man ein und aus gehen konnte, ohne befürchten zu müssen, in einer anderen Welt stecken zu bleiben. Doch bei genauerem Nachdenken konnte auch diese Vermutung sie nicht restlos überzeugen.

Deshalb freut sie sich, dass Edoardo sofort drangeht, als sie ihn gegen halb zehn anruft, und nicht einsilbig ist wie in den Tagen zuvor, sondern auf die Frage »Wie geht's«, »Super!«, ruft. »Wir sitzen gerade in einem kleinen Restaurant in Scauri am Meer und essen Miesmuscheln und frittierten Fisch! Wir waren sogar im Wasser, hat alles dieses Genie von Andy organisiert.«

»Gib ihn mir mal kurz.«

»Hier ist der Partner, Mama.«

»Nice idea you got, Anand, indeed. You having a good time?«

»Yes, Flavia, very pretty places, beautiful landscape. Maybe we go and see the abbey tomorrow, looks very impressive from where we are. It's supposed to be such an important site, I think it's worthwhile visiting.«

»Oh, do that!«, sagt Flavia, doch inzwischen hat sich Edo wieder das Handy geschnappt: »Nicht, dass dir noch einfällt, Andy zu fragen, wie weit wir mit unseren Recherchen sind.«

»Das würde ich im Traum nicht tun. Hör mal, Opa Radek will wissen, ob du dir seine heiligen Bücher angeschaut hast ...«

»Welche Bücher?«

»Über die Schlacht, Edoardo. Sag mir nicht, du hast sie nicht eingepackt.«

»Eingepackt schon, aber nur, damit er nicht irgendwo in der Wohnung darüber stolpert. Du weißt doch, dass interessiert mich nicht so. Mal sehen, vielleicht schaue ich mal rein, damit er nicht beleidigt ist ... aber ich habe sie mit, Mama, sie liegen hübsch ordentlich auf dem Schreibtisch im Bed & Breakfast.«

Und dort wären sie auch geblieben, reglos und ungeöffnet, wenn Anand, nachdem er sich mit seinen zwischen Australien und Kalifornien verstreuten Cousins ausgetauscht hat und Edoardo selig wie ein Kind ins Bett gefallen ist, wo er jetzt laut vor sich hin schnarcht, nicht angefangen würde, die Buchrücken des Stapels neben dem soeben ausgeschalteten Computer in Augenschein zu nehmen.

Unter all den in unverständlichem Polnisch verfassten Büchern findet er *An Army in Exile* und erinnert sich an das mit vielen Blumen und Schleifen geschmückte Grab des Autors: Lt-General W. Anders C.B., was auch immer die letzte Abkürzung heißen mag. Ganz behutsam zieht er es aus dem Stapel, damit die oberen Bücher nicht hinunterfallen und seinen Freund wecken, der sich im Schlaf grunzend herumwälzt, schlägt es auf und denkt dabei, dass er ihn vielleicht doch wach machen sollte, damit das Geschnarche aufhört und er einschlafen kann, und während er noch überlegt und den Kauf von Ohrstöpseln erwägt, bleibt er am Porträt des Generalleutnants neben dem Titelblatt hängen: ein Mann mit einem dunklen, abzeichengeschmückten Barett, einem beige- oder khakifarbenen Militärhemd und einem Oberlippenbart. Schon wieder ein polnischer Schnurrbart! Dieser sieht allerdings ganz anders aus als die seiner in Italien befindlichen oder verschwundenen polnischen Landsleute oder als die von Andys in Indien lebenden Verwandten, wie man sie aus zahlreichen Bollywood-Filmen kennt und die er »Paki-Schnauzer« getauft hat. Ein bisschen vielleicht wie der von Clark Gable in *Vom Winde verweht* oder wie der von George Clooney, der Gable in einem Film parodiert. Nein, das trifft es auch nicht. Dieser Schnurrbart ist der eines Soldaten, eines hochrangingen Offiziers aus alten Zeiten. Er hat nichts Schmieriges an sich und erinnert nicht im Entferntesten an einen windigen Latin Lover alter Schule. Nicht zuletzt wegen dieses auf wundersame Weise stolzen und makellosen Schnurrbarts wird Andy von nun an jeden Abend über den Erinnerungen von Krieg, Gefangenschaft und Exil des Generals Władysław Anders, Befehlshaber des Zweiten polnischen Korps, einschlafen.

Zu Besuch bei Irka

»Jetzt sag schon. Wieso fährst du nach Israel?«, bohrt meine Mutter am Vortag meiner Abreise morgens um acht.

»Ich hab's dir doch schon gesagt. Aber ich kann jetzt nicht reden, der Junge muss zur Schule.«

Offenbar ist sie verwirrt aufgewacht und will nicht eher auflegen, als bis sich ihre durch meine unbegreiflichen und womöglich hintergründigen Pläne ausgelöste Unruhe gelegt hat. Deshalb rufe ich sie zurück, kaum bin ich wieder zu Hause.

Also noch einmal: Ich habe mir also eine dreitägige Reise organisiert, um mit der Frau ihres Cousins Zygmunt darüber zu reden, wie sie zur polnischen Armee gekommen sind?

»Aber das habe ich dir doch schon alles erzählt, oder nicht? Alles, was ich von Irka weiß. Ich habe dir doch ihre Telefonnummer gegeben, und du hast auch mit ihr geredet.«

»Ja, aber nur, um sie zu fragen, ob sie bereit wäre, mich zu treffen. Solche Dinge kann man nicht am Telefon besprechen, wenn man nicht einmal genau weiß, in welcher Sprache man sich unterhalten soll und ob man sich gut genug verständlich machen kann.«

»Bist du Historikerin, oder schreibst du einen Roman?«

Es ist nicht das erste Mal, dass meine Mutter mir mit dieser Frage kommt. Eine wohl eher rhetorisch gemeinte Frage, denn ihr Tonfall verrät, was sie von der Sache hält, nämlich dass ich eindeutig übertreibe. Ich erkläre ihr, Genauigkeit sei mir wichtig, und weil ich eben keine Historikerin sei, müsse ich sehen, wo Irka lebt, ihre Wohnung, all die Kleinigkeiten, die ich mir nicht einfach ausdenken könne, dieser Frau ins

Gesicht sehen und sie mit meiner Kindheitserinnerung an sie vergleichen.

»Kennst du Irka denn?«

Hätte ich die Alben mit ihren bei jeder Gelegenheit geknipsten Fotos zur Hand, könnte ich meiner Mutter die dokumentarischen Belege unserer vielleicht zwei Verwandtschaftsbesuche in Israel und der Gegenbesuche in München unter die Nase halten. Aber jetzt am Telefon will ich ihr Gedächtnis, dieses in Auflösung begriffene Archiv, nicht in Bedrängnis bringen, und gehe über den Schreck der Erkenntnis hinweg, dass sie Mühe hat, mir zu glauben. Damit steht Erinnerung gegen Erinnerung, und das ist zu wenig, selbst wenn man es nicht mit jemandem zu tun hat, der auf die neunzig zugeht. Ich hoffe nur, dass die Person, die ich treffen werde, die in ihrem Gedächtnis abgelagerten Lebenslandschaften besser vor Erosion geschützt hat, zumindest klang es so, als ich mit ihr sprach und mir wieder einfiel, was meine Mutter mir nach einem Wiedersehen mit ihr berichtet hatte, besagtes »Das habe ich dir doch schon alles erzählt«, das sich auf eine kurze, aber von fraglichen Details durchsetzte Zusammenfassung bezieht.

Irka stamme aus Wilno, hatte sie mir gesagt, also aus Vilnius, das damals zu Polen gehörte, und sei, wie meine Mutter auf ihre typische Art betonte, aus bestem Hause. Ihre Cousins sollte sie im Lager kennenlernen, aus dem sie schließlich gemeinsam flohen und sich der polnischen Armee anschlossen, »die von Anders, die du so interessant findest«.

Dann waren sie und Zygmunt in Palästina geblieben, während Dolek, der älteste der Szer-Brüder, der schon vor dem Krieg Arzt und dann Offizier gewesen war, mit den Polen weiterzog und nach Italien kam. »Nach Montecatini oder Montecassino, jedenfalls das aus deinem Buch.«

»Schön, Mama, wunderbar. Aber warte mal: Welches Lager? Ein russisches oder ein deutsches?«

Keine Antwort. Ich hatte sie mit Fragen bedrängt, »In

Sibirien oder wo?«, und sie hatte leicht gereizt versetzt, »Weiß ich doch nicht, im Lager eben«, als wäre Lager eben Lager, was zum Teufel musst du noch wissen. Als wäre das Lager ein absoluter Ort, an dem alles passieren kann, selbst das, was gegen seine Gesetze verstößt, selbst das Unmögliche.

»Hat sie dir wirklich gesagt, dass sie geflohen sind?«, hakte ich vorsichtig nach, und sie wiederholte dieselbe Geschichte noch einmal und machte aus »fliehen« »fortkommen« oder Ähnliches, ohne den Unterschied zu bemerken. In einem Lager zu landen ist das Normalste der Welt, sich in einem Lager zu treffen ebenfalls, »sie lernten sich in dem und dem Lager kennen«, ist das Gleiche wie »sie lernten sich an der Uni kennen«, und obwohl das Lager zu verlassen sehr viel weniger selbstverständlich war, bleibt jede Überlebensgeschichte dennoch so unanfechtbar, dass man sie für bare Münze nimmt, als gelte auch hier eine Art Regel, eine Norm, die mit dem Wunder deckungsgleich ist.

Angeblich sind prozentual von den überlebenden polnischen Juden die meisten durch die Deportation in den sowjetischen Gulag der Schoah entgangen, doch das weiß meine Mutter nicht, und vermutlich hat auch Irka davon keine Ahnung, die ich kurz nach dem Gespräch mit meiner Mutter anrufe, um sie an meine Ankunft zu erinnern.

»I can't walk«, sagt sie auf Englisch, das viel besser ist als erwartet, und ich versichere ihr, dass wisse ich bereits, no problem, ich würde ein Taxi nehmen.

»Very well, I look forward to see you.«

Die Frau, die ich als Kind kennenlernte, ist in dieser Stimme noch ganz lebendig, es ist eine ruhige, raue, aber schöne Stimme, die zu ihren taubenblauen Augen passt, turteltaubenblau, kommt mir bei ihrer Stimme in den Sinn. Ich sehe Irkas Augen ganz genau vor mir, als ich noch am selben Tag versuche, ein kleines Geschenk für sie zu kaufen, einen Schal, eine Kette, etwas, für einen Menschen, der im Laufe der Jahre vom Becken abwärts zahlreiche Prothesenoperationen durchgemacht hat, die sie nun zu einer Gehilfe zwingen und wegen des Bewegungsmangels aus der Form gebracht haben.

»Ein Wrack«, hatte meine Mutter gesagt, wie stets darauf erpicht, ihre motorische und physische Überlegenheit gegenüber ihren Altersgenossen hervorzuheben. Am Ende traue ich mich doch nicht, eine knallblaue Kette zu kaufen, aber nachdem ich mich mühsam für etwas entschieden und obendrein darauf bestanden habe, es in eine Tüte packen zu lassen, die den Kauf in einer Boutique im Zentrum Mailands bestätigt, ist alles völlig umsonst, denn ich vergesse die Tüte im Taxi. Weil ich einen falschen Straßennamen hatte, ließ sich der Taxifahrer Irkas Telefonnummer geben, stellte sein Handy auf Lautsprecher und redete in seinem derben Hebräisch drauflos, und weil mir unklar war, wie viel sie verstand oder wie beunruhigt sie war, sprang ich, als er anhielt und sagte »it's here«, hastig aus dem Taxi.

Es ist später Samstagvormittag, Sabbat, das Zentrum von Tel Aviv ist wie ausgestorben. Ich stehe vor einem Neubau an der Hauptstraße, sehe eine Bank, ein Handelszentrum, beide geschlossen, und dieses mindestens zehn Stockwerke hohe Gebäude erscheint mir als Wohnsitz für alte Leute völlig unpassend. Ein Glück, dass wenigstens ein Café geöffnet hat, schlimmstenfalls könnte ich von dort aus noch ein Taxi rufen. Kann diese halbrunde Tür, über der die israelische Flagge mit dem Davidstern im heißen, *Kamsin* genannten Schirokko flattert, kann dieser Eingang, der allenfalls nach Kommunalbehörde aussieht, wirklich der richtige sein? Ich spreche kein Hebräisch, das ist das Problem, ich kann höchstens ein paar Brocken entziffern und zu verstehen geben, dass ich die Sprache nicht spreche, »ani lo medaberet ivrit«, schiebe ich stammelnd hinterher, kaum bin ich eingetreten und habe mich mit einem fragenden »Irena Sher« an den Portier gewandt. Der Portier ruft eine Kollegin mit Rastazöpfchen, »three-four-five« radebrecht das äthiopische Mädchen, und als ich den Fahrstuhlknopf für den dritten Stock drücke, fällt mir auf, dass ich das Geschenk verloren habe.

Irka öffnet mir, sie hat keine Gehhilfe, sagt »helloooh« und »schalom«, wir umarmen uns, genauer gesagt, ich lege ihr behutsam die Arme um ihren weichen, alten Frauenkörper. Ich hatte sie bereits auf den unvermeidlichen Fotos gesehen, die meine Mutter geknipst hat, doch sie sieht noch leidender aus als auf den Bildern, ihre vom schmerzhaften Sich-auf-den-Beinen-halten klein gewordenen Taubenaugen. Dennoch führt sie mich mit weder wackeligen noch kleinen Schritten zu einem Tresen, der als Tisch und Trennung zwischen Küche und Wohnzimmer dient, lässt mich Platz nehmen und bleibt stehen, um mir Frühstück anzubieten, das ich, I'm sorry, schon gehabt habe.

»But I haven't.«

»Sit, sit«, sage ich, »I can do it«, und da es so weit bei mir noch reicht, wiederhole ich es in einer vertrauteren Sprache, »usiąź, Irka, proszę«, was nur dazu führt, dass sie mich auf Polnisch fragt, ob ich wenigstens ein bisschen Obst esse, um ihr Gesellschaft zu leisten.

»My back is all out of place«, sagt sie, kaum hat sie sich endlich hingesetzt, und begleitet diesen Satz mit einer kippelnden Handbewegung. »Not a good day today.«

Ich habe gelernt, dass viele alte Menschen über ihre Gebrechen reden, weil das weniger persönlich ist und sie damit die Aufmerksamkeit einfordern, die ihnen des Alters wegen zusteht. Trotz der laufenden Klimaanlage sehe ich auf Irkas Stirn ein paar Schweißtropfen.

»You tell me when it's enough, and I'll go. I can also come back tomorrow, if you want.«

Die Antwort ist ein leichtes Kopfschütteln, ein kleines, von leiser Contenance getragenes Lächeln, und darin erkenne ich sie wieder. Die Frau des Cousins meiner Mutter besaß genau das: eine distanzierte Freundlichkeit, die der kindliche

Instinkt jedoch als nicht aufgesetzt empfand, eine schwer fassbare, erhabene Gelassenheit, die sich in ihrer nüchternen, klaren Schönheit niederschlug. Gleich nach dem Betreten ihrer Zweizimmerwohnung habe ich die Bilder über dem Sofa wahrgenommen, ihre postimpressionistisch geprägten oder an der Technik flämischer Meister inspirierten Ölgemälde, Einflüsse, von denen ich nichts wusste, als sie sie uns im Atelierzimmer des kleinen Wohnhauses in der Pionierstadt Rischon LeZion gezeigt hatte, die inzwischen zu einer Satellitenstadt Tel Avivs geworden war. Auch ihre Tochter Michal, die bereits verheiratet und Mutter war, malte, allerdings abstrakter und farbiger, doch nur Irka war offiziell Malerin, mit Werken in dem einen oder anderen Museum und verschiedenen Sammel- und Einzelausstellungen.

»Zu modern für mich«, hatte sie Michals Arbeiten kommentiert, die in der Wohnung hingen. Es waren die Siebzigerjahre, und sie, Ehefrau eines der Firmengründer des Maccabee-Biers, der schon vor dem Krieg Chemiker vom Fach gewesen war, machte diese Feststellung wie um zu sagen, Jeans und abstrakten Expressionismus sollte man lieber den jungen Leuten überlassen – ich weiß nicht, wie ich das hatte aufschnappen können und mich daran erinnern kann.

Ich würde ihr gern sagen, dass ich mich noch an ihre Bilder erinnere, fürchte aber, es könnte ein wenig anbiedernd herüberkommen, und außerdem ist Irka aus irgendeinem Grund zunehmend unglücklich wegen ihres Englisch, ich kann sie nicht damit beruhigen, dass ich es »excellent« finde, derweil sie den gedeckten Tisch ignoriert und nach der Nummer ihrer Enkelin sucht, die uns zur Hilfe kommen soll.

»She speaks very good english, I forget, I forget«, sagt sie immer wieder und blättert abermals durch ihr Notizbuch, ich würde ihr gern helfen, aber ich kann nicht, die Namen sind auf Hebräisch geschrieben. Unterdessen bemerkte ich in einem geöffneten Fach der klassischen Hellholzküche ein paar Kunstbände – Matisse, Cézanne, Rembrandt, Vermeer –, und erst später fällt mir das römische Alphabet auf, in dem auch ihre Bilder signiert sind: Irena Sher, dazu ein Name in Klammern, den ich nicht entziffern kann.

»Your maiden name?«, frage ich und deute auf den Schriftzug unten links, im westlichen Winkel einer Landschaft, die die Hügel bei Jerusalem mit Cézannes Mont Sainte-Victoire vermählt, und zum ersten Mal scheint sie wirklich kein Wort zu verstehen.

»*Dein Mädchenname?*«

»*Ja, mein Mädchenname.*«

»*Das ist?*«

»Levick, Irena Levick.«

Jetzt, da wir in einer Sprache angekommen sind, in der sie ihren Mädchennamen mühelos wiedererkennt, erscheint alles einfacher. Bereits am Telefon hatte ich sie gefragt, in welcher der Sprachen, in denen wir uns unterhalten könnten, sie sich am wohlsten fühle, bekam aber nur zu hören, »as you like«, und nach einem überflüssigen Austausch von Höflichkeiten – »no just as you prefer!« – hatte ich mich willkürlich für Englisch entschieden, die Verkehrssprache, in der die israelischen Straßenschilder bis heute beschriftet sind, die Sprache der Armee, in die Anders' Korps eingegliedert war. Ich glaubte, sie wäre des Deutschen so mächtig wie alle Polen ihrer Generation, und genau deshalb bezweifelte ich, dass es die passendste Sprache sein könnte, um den Faden ihrer Vergangenheit wiederaufzunehmen. Ich hatte mich geirrt.

»*Mein Vater*«, sagt sie, »*hat mit mir Deutsch gesprochen.*«

Ich stehe noch immer vor dem Bild, Irka sitzt hinter mir und fängt an, von ihrem Vater zu erzählen, der Arzt war und starb, als sie zehn oder elf war, er starb, weil er sich beim Rasieren geschnitten und kurz zuvor einen Mann operiert hatte, der eine Hand in einer Presse verloren hatte, er hatte sie amputieren müssen.

»*Mein Vater hat in der Schweiz studiert.*«

Wir setzen uns und unterhalten uns weiter in der Sprache ihres Vaters. Sie ist nicht das Befehlswerkzeug der Henker, sondern das ehrenwerte, dank eines Numerus clausus, der den Zugang jüdischer Studenten an polnischen Universitäten beschränkte und die Auserwählten damit häufig zu hervorragend ausgebildeten Weltbürgern werden ließ, in der Schweiz erlernte Idiom.

Der Unfall hatte sich in einer Fabrik in Kaunas, Kovno, ereignet, der provisorischen Hauptstadt des unabhängigen Litauens. Dieser Arbeiter hatte sechs Kinder und wurde gerettet, ihr Vater jedoch nicht, ihr Vater starb an *Blutvergiftung*. Mich verblüfft die krude Präzision dieses Begriffs, zumal sie ihn ohne Zögern verwendet, wie auch *Flecktyphus*, *Lungenentzündung* und Ähnliches. Später kommt mir der Gedanke, dass die Bewahrung des medizinischen deutschen Wortschatzes eine Art Liebe ist, die, was Widerstandsfähigkeit angeht, mit den Bakterien mithalten kann, die ihr den Vater genommen haben.

»Sechs Kinder zum Durchfüttern«, habe ihr Vater gesagt, ehe er starb. »Ich nicht, dem Himmel sei Dank.«

»Hattest du keine Geschwister?«

»Nein, ich war Einzelkind. Damals war das in Mode, weißt du ...«

Die Antwort lässt mich sprachlos, auch wenn ein Schuss Ironie darin mitschwingt. In Mode, wo denn?

»In Kaunas?«, frage ich, »in Wilna?«, während ich sie in diesen kleinen Metropolen vor mir sehe, Schmelztiegel der Sprachen und Nationen, in denen Litauer, Russen, Belarussen, Ukrainer und Deutsche Seite an Seite mit der jüdischen und polnischen Mehrheit lebten.

»Nein, nein, nach Wilna sind wir nach dem Tod meines Vaters gezogen, davor lebten wir in einem Dorf ...«

So gut ich kann, notiere ich mir den Namen des Dorfes, doch später finde ich keine Spur davon, abgesehen von der Toponomastik eines Straßennamens in Kaunas: Giedraičiai gatvé. Wer weiß, ob der Flecken so winzig ist, dass er auf keiner der im Netz zu findenden Landkarten verzeichnet ist, oder ob er, da die einzige Wiederkehr dieses Namens, die ich enträtseln kann, mit der Judenvernichtung zusammenhängt, mitsamt seinen Bewohnern ausgelöscht wurde.

Als ich am folgenden Tag in Begleitung ihrer Enkelin wiederkomme, die schließlich ein Fotoalbum wiederfindet, kommt eine Fotografie zum Vorschein, auf der die ganze Familie Levick auf einer Wiese zu sehen ist, umgeben von frischen Heugarben, die Erwachsenen in Hemden oder Baumwollkleidern, einige mit Heugabeln in der Hand. Auch ein paar Onkel und Tanten väterlicherseits sind darauf, doch Irkas Eltern zeigen auf diesem Schnappschuss unter freiem Himmel ein sehr viel natürlicheres Lächeln als auf den üblichen Fotos jener Zeit. Sie sind jung, schön, sehen zerzaust und gesund aus, trotz der exotisch dunklen Haut ihrer jüdischen Gesichter, doch sieht man sich die tatsächlichen Farben der Kleinsten aus dem Bild an, könnte das auch ein Effekt der Schwarz-Weiß-Fotografie sein.

»Das war in Giedraičiai, in Litauen.«

Was ich auf dem Foto erkennen kann, ist mehr als eine verschwundene Welt. Eine verschwundene Welt ist eine Welt, von der man weiß, dass es sie gegeben hat, deren Verlust sich ermessen lässt. Eine Welt wie die von Wilna, dem jüdischen Wilna, der Stadt von Rabbi Elia, der im achtzehnten Jahrhundert die rationale orthodoxe Lehre begründete, Wilna, wo man das reinste Jiddisch sprach, Wilna, wo die Juden mehr als ein Drittel der Bevölkerung ausmachten, wo es über hundert Synagogen und zehn Jeschiwas gab, Wilna, das als »Stadt von Geist und Reinheit« besungen wurde, »die den ersten Faden der Flagge unserer Freiheit webte«, als »unsere Heimatstadt, nach der wir uns sehnen«, Wilna, das bereits in den Dreißigerjahren von jenen verklärt wurde, die es auf den Bühnen der Lower East Side und an den Ufern des Hudson heraufbeschworen. Seit dem Einzug Napoleons, der flüchtigen Hoffnung der vom Zar unterdrückten Völker, wurde es »Jerusalem Litauens« genannt. Doch trotz der nach der Emanzipation wieder errichteten Hürden fanden in Wilna selbst die unterschiedlichsten säkularen Strömungen Raum, vom Sozialismus der Bundisten bis zu den in Hebräisch verfassten zionistischen Zeitungen, von einem wissenschaftlichen Institut mit jiddischem Namen bis zu den Orten, an denen sich die dort zusammenlebenden Völker mischten: Parks, Cafés, Konzertsäle, Theater, Museen, Lichtspielhäuser. Oder Schönheitswettbewerbe für Kinder.

»Damit haben sie mich zur *kleinen Königin* gekrönt«, bemerkt Irka selbstironisch kokett und zeigt auf ein Porträtfoto, das größer ist als die anderen.

Es zeigt sie mit drei oder vier Jahren in einem hellen, bestickten Kleid, die Ponyfransen ihres Pagenkopfes sind tadellos gekämmt, künstliche Glanzlichter lassen ihre großen, ernsten Augen schimmern. Darunter steht »Wilno«. Lustigerweise gibt es ein ähnliches Bild von meiner Mutter, die Irkas Altersgenossin ist, allerdings war sie ein paar Jahre älter, als Cousin Józek, der netteste der Szer-Brüder, sie so entzückend fand, dass er sie in sein sensationelles Auto setzte und nach Katowice zum Fotografen fuhr. Auch meine Mutter hat mit dieser Fotografie einen Schönheitswettbewerb gewonnen.

In der verschwundenen Welt, die ich erahnen kann, wurden kleine Mädchen aus gutem Hause aufgeputzt und fotografiert, es war eine Welt, in der man lernte, Tennis und Klavier zu spielen, und nicht mehr jeden Samstag in der Synagoge verbrachte, sondern Geburtstage mit Kerzen und Geschenken feierte. Jene verschwundene Welt hat unendlich viel vergänglichere Spuren hinterlassen als die andere, die der Gassen und Läden, der Chassidim mit pelzumkränztem Haar, der armen und frommen Schtetl, einer Handvoll Hütten und einer Holzsynagoge inmitten von Wiesen und Wäldern.

Ob Irena Levicks Geburtsdorf auch ein Schtetl war? Ob sich in einem entlegenen Dorf ein kleines Mädchen und gewolltes Einzelkind großziehen ließ, dessen Vater, ein Arzt, Deutsch, und dessen Mutter Russisch sprach, kein Wort Jiddisch unter ihrem Dach, erst später mit den Großeltern, als sie ihrer goldenen Kindheit bereits entrissen war. Ob man ihr in diesem wenige Seelen großen Flecken so früh eine Geige in die Hand gedrückt hatte, dass sie bereits mit sieben Jahren ihr erstes Konzert geben konnte, wovon sie mir fast zeitgleich mit der fatalen Blutvergiftung erzählt, und aus ihrem Stolz des Wunderkindes, des Vaterlieblings, kaum einen Hehl macht, diesmal ohne jegliche ironische Distanz? Wo hat sie dieses Konzert gegeben? In Giedraičiai? In Wilna? In Kaunas? Ich frage nicht nach, denn zum einen will ich den Fluss ihrer schönsten und schmerzlichsten Erinnerungen nicht unterbrechen, und zum anderen versuche ich noch, sie in ihrer Unfasslichkeit zu begreifen. Zwei Eltern und ein kleines Mädchen, das Mozart spielte, den bezopften Kopf gegen die Geige geschmiegt, und zugleich durch die Wiesen rannte, womöglich gar mit nackten Füßen. Ich weiß nicht, ob sie sich irgendeinem politischen Ideal nahe fühlten, doch dieses junge Paar strahlt etwas Pionierhaftes aus, ihr Vorsatz einer humanistischen Erziehung zwischen Wäldern, Feldern und Seen erscheint wie eine wahr gewordene Utopie. Eine bürgerliche Utopie, die im Fleisch und im polyglotten Geist einer achtzigjährigen Tochter lebendig geblieben ist, ein in knapp dreißig Quadratmetern einer israelischen Seniorenresidenz verwahrtes lebendes Fossil.

Seit Irka angefangen hat, von ihrem Vater zu erzählen, ist sie ruhiger. Sie scheint vergessen zu haben, dass sie ihre Enkelin anrufen wollte, und hat den Tisch bereits allein gedeckt, als die Frau eintrifft, die ihr zur Hand geht, wenn Raissa keine Zeit hat. Raissa kam mit der großen, postsowjetischen Migrationswelle aus Minsk und kümmert sich seither um sie: seit Irkas Hüft-OP vor fünfzehn Jahren. Sie geht jeden Tag mit ihr spazieren, kocht ihr Gerichte, die ihr schmecken, wohnt jedoch zu weit weg, um auch samstags vorbeizuschauen. Später telefonieren sie miteinander, auf Russisch, fast so, als wären sie eine Familie.

Shoshana ist eine wohlfrisierte, sorgsam geschminkte Dame um die fünfzig, sie bringt selbst gebackenen Kuchen mit, den zu probieren ich ihr verspreche, »mais pas tout de suite, madame, excusez-moi«. Irka hat uns mit den Worten »vous pouvez parler français« vorgestellt und sich ans Essen gemacht. Shoshana ist Ägypterin.

»D'où, si je peux demander?«

»Du Caire!«

Sie erzählt, sie habe ganz Italien gesehen, von Capri bis nach Como, aber Neapel habe ihr nicht gefallen, »c'est trop chaotique, c'est trop arabe«. »Ben oui«, sagt sie lachend und zeigt mit einer theatralischen Geste auf ihre riesigen schwarzen Augen und ihre kräftige, gebogene Nase: Ihr Enkelchen nennt sie denn auch Araberin. Tatsächlich spricht sie noch Arabisch, mais c'est normal, n'est-ce pas?

»Sie ist keine ordinäre Person«, sagt Irka, nachdem sie uns allein gelassen hat, und nennt sie »arabička«, wie sie es womöglich mit Raissa tut.

»Das sieht man«, antworte ich und füge hinzu, dass die ägyptischen Juden zumeist gebildete, gut erzogene Leute seien.

Wie viel in der Diaspora erhaltene gute Erziehung sich in dieser winzigen Wohnung im dritten Stock begegnet! Wie viele Welten, die auf dieser Grundlage mühelos miteinander kommunizieren, obwohl sie, von außen betrachtet und auf Stereotype reduziert, weit entfernt und grundverschieden erscheinen. Das ist das weltbürgerliche Judentum, ob aus Wilna oder Lwiw, ob aus Alexandria oder Kairo, die undefinierbarste und unhaltbarste Identität, dazu bestimmt, absorbiert und ausgelöscht zu werden. Übrigens ist der von Shoshana mitgebrachte Kuchen ein luftiger Cheesecake, der mit französischer Patisserie nicht das Geringste zu tun hat, erst recht nicht mit orientalischer.

Nachdem wir ihn aufgegessen haben, räume ich den Tisch ab, ohne auf Irkas »lass doch, lass doch« einzugehen, und setze mich wieder an meinen kleinen, weißen Computer, der sich über meine Einsatzbereitschaft nicht zu wundern scheint. Jetzt fällt es ihr nicht schwer, ihre unterbrochene Erzählung wiederaufzunehmen.

Obwohl das Dorf nur rund fünfzig Kilometer entfernt liegt, kommen Irka und ihre Mutter, da sie litauische Staatsbürgerinnen sind, illegal nach Wilna. Vom Haus des Onkels, der sie beherbergt hat, durchqueren sie einen Großteil Polens Richtung Westen, um sich bei den Großeltern mütterlicherseits in Łódź niederzulassen, wo Irka das jüdische Gymnasium besucht und die »mala matura«, das kleine Abitur, machen kann, ehe die Stadt besetzt wird.

Unterdessen hat ihre Mutter abermals geheiratet, einen ebenfalls verwitweten Mann mit einem Sohn, wenige Jahre jünger als Irka. Nach dem Einmarsch der Deutschen sind Vater und Sohn nach Lwiw geflohen, die Mutter will, dass Irka zu ihnen stößt, sie verspricht, nachzukommen, jedoch nicht sogleich, zuerst muss sie klären, wie sie ihre alten Eltern dorthin bringen soll.

»*Meine Mutter*«, sagt Irka und stellt mit zitternden Händen ein Glas ab, »*man hat sie gebracht, wo man hat lebendige Menschen begraben.*« Der Name fällt ihr nicht ein, sie sagt es noch einmal, in eine Grube, in der man lebendige Menschen begrub, matt und flehend blickt sie mich an, ich kenne die Antwort nicht, und zu unserer beider Erleichterung murmelt sie schließlich: »Nach Treblinka.« Wir schweigen beide.

»*Sie war sehr jung, meine Mutter, nicht viel älter als dreißig.*«

Nicht viel älter als dreißig? Zum ersten Mal habe ich den Eindruck, dass Irka etwas durcheinanderbringt, dass ein Bild, das sie über ein halbes Jahrhundert in sich trug, sie zumindest zur Übertreibung neigen lässt, ein ungeheuerliches Bild, Spiegel ihrer Ohnmacht, der Schuld, ihre junge Mutter nicht zu schützen vermocht zu haben. Ich kann mich nicht erinnern, dass jemand in den Gruben lebendig begraben wurde, es sei denn, wegen der bei Massenerschießungen unvermeidlichen Fehlerquote, zumindest nicht in einem funktionierenden Vernichtungslager. Doch bei ihr nachzufragen ist undenkbar, nicht einmal, von wem und wie und wann sie vom Schicksal ihrer Mutter erfahren hatte. Ich kann es nicht tun, es ist nicht wichtig. Ich werde versuchen, der Sache auf anderen Wegen auf den Grund zu gehen, die mich nicht zwingen, bei ihr nachzuhaken. Die Wahrheit des Überlebenden, des Zeugen, soll möglichst auch diese sein: seine Albträume, seine Gespenster, die Versteinerung seines Traumas.

Am nächsten Tag fahre ich zum ersten Mal nach Jerusalem, mein Ziel ist vor allem das Archiv des Museums und der Gedenkstätte Yad Vashem. Völlig unverhofft stoße ich gleich beim ersten Versuch in der Datenbank auf die Karteikarte von Irkas Mutter, die − eine Seltenheit − auch mit einem Passfoto versehen ist, das ein Gesicht mit breiten Wangenknochen zeigt, eine dunkle, wilde Schönheit, die keinerlei Ähnlichkeit mit ihrer schönen Tochter hat.

Master of Pharmacy, Riva Levick nee Fridman was born in Dokshitse in 1904 to Mendel and Rakhel. She was married to Yosef. Prior to WWII she lived in Giedraičiai, Lithuania. During the war she was in Lodz, Poland. Master of Pharmacy Levick perished in 1942 in Treblinka, Poland at the age of 38. This information is based on a Page of Testimony (displayed on left) submitted on 01-May-1999 by her daughter, a Shoah survivor.

Sollte sich der Rest auch zu einer unergründlichen nächtlichen Wahrheit verdüstert haben, ihr Alter ist immerhin gewiss.

Irgendetwas sagt mir, dass man Riva Levick, geborene Fridman, die als Witwe in ihren Dreißigern gezwungen war, mit einem kleinen Mädchen im Schlepptau in der Verwandtschaft umherzuziehen und, trotz ihres Abschlusses in Pharmazie, ein zweites Mal zu heiraten, nicht allzu sehr hinterfragen sollte, was das Leid um ihr Ende noch unberührbarer macht. Darauf weist vielleicht auch die Tatsache hin, dass der Name, mit dem Irena Sher ihre Existenz und ihren Tod im Archiv der Opfer angegeben hat, der des ersten Mannes ist, ihres Vaters. Doch vor allem hat es etwas mit der Geige zu tun.

»Ich hatte mir eine besonders wertvolle Konzertgeige gekauft, doch als ich floh, sagte meine Mutter, ich müsse sie zurücklassen, sie würden sie mir fortnehmen, beschlagnahmen.«

Wenn Irka von den Jahren in Łódź erzählt, spricht sie über fast nichts anderes: über das Trio und das Quartett, in denen sie spielte, wie sie bereits Privatstunden gab, von Onkeln väterlicherseits, die nach Johannesburg emigriert waren und versprochen hatten, ihr bei einer Solistinnenkarriere zu helfen. Dahinter erahnt man Verzicht, Disziplin, die Jugend eines Mädchens voller Geist und Klugheit, das sich einem Instrument verschrieben und einem einzigen Ziel gewidmet hat. Meine Mutter, die seit ihrer Zeit als »kleine Königinnen« jenes winzige, undefinierbare Quäntchen verfehlt hatte, das ein sehr hübsches junges Mädchen von einem schönen jungen Mädchen unterscheidet – und Irka musste geradezu einschüchternd schön gewesen sein –, hatte in dem Alter ganz andere Grillen im Kopf. Sie hörte Swing, tanzte Foxtrott, hatte sogar einen Freund, ein Pole obendrein.

Ein kleines Mädchen allein mit seiner allzu jungen Mutter, die weiß, dass sie nur auf sich selbst zählen kann, ein kleines Mädchen, das Polen mit einer Geige statt einer Puppe oder einem Teddy durchquert und mit seinem Instrumentenkasten im Arm zur Frau wird.

»In Lwiw habe ich ein schönes Kleid verkauft und mir eine andere gekauft.«

Nach Lwiw zu kommen, fünfhundert Kilometer allein zurückzulegen, von denen nur die letzten Hundert nicht von den Nazis besetzt waren, war für ein sechzehnjähriges Mädchen nicht ohne. Sie schützte sich, so gut sie konnte, ein bisschen verstecktes Geld, vielleicht ein wenig Familienschmuck. Doch zählte sie vor allem auf ihre blauen Augen, ihr wohlerzogenes Auftreten, ihr perfektes Deutsch, Russisch und Polnisch, auf alles, was es mehr als wahrscheinlich machte, dass sie keine Jüdin, sondern eine »Goika« war. Sich auf sowjetisches Territorium zu flüchten schien der kürzeste und gangbarste Rettungsweg, obschon die Russen und die Deutschen Verbündete waren und die heimlichen Abmachungen zwischen Stalin und Hitler sich nicht auf die Aufteilung Polens beschränkten, sondern seine Bewohner mit einschloss.

Doch »die jüdische Jugend aus den nördlichen Vororten Warschaus und den Judenvierteln der kleinen, von den Deutschen besetzten Dörfer und Städte«, die, wie Gustaw Herling in *Welt ohne Erbarmen* erzählt, seit September »wie ein in die Flucht gejagter Vogelschwarm zum Bug zog«, dachte nur daran, zu fliehen und heil an die Grenze zu kommen. Und dort, o Wunder, »taten die Deutschen nichts, um die Flüchtenden zurückzuhalten, erteilten ihnen aber mit Schlägen zum Abschied eine praktische Unterweisung in ihrer Lehre vom ›Rasse-Mythos‹; auf dem jenseitigen Ufer des Bug jedoch stellten sich die russischen Hüter des ›Klassen-Mythos‹ in ihren langen Pelzmänteln mit aufgepflanzten Bajonetten, Polizeihunden und Maschinengewehrsalven den in das ›Gelobte Land‹ Flüchtenden entgegen.«

Wussten sie es? Rechneten sie damit? Was begriffen die Juden aus den deutsch besetzten Gebieten von dem, was ihnen widerfuhr, was vermochten sie vorauszusehen, zu antizipieren? Binnen einer oder zweier Wochen waren sie vogelfrei geworden. Im zu Schlesien und also zu Deutschland erklärten Będzin, aus dem die Cousins meiner Mutter geflohen waren, wie in Łódź, das Teil des Generalgouvernements Polen geblieben, jedoch zu Ehren eines deutschen Generals in Litzmannstadt umgetauft worden war. Ja, sie wussten es, doch die Situation war nicht statisch, sondern verschlimmerte sich zusehends. Man musste sich Tag für Tag anpassen, mit täglich neuen Ängsten und neuen Illusionen, das Schlimmste könnte vorübergehen. Wenn der Verstand mit diesem Dilemma rang, waren es mitunter die Beine, die wie von selbst befanden, das Schlimmste gehe keineswegs vorüber.

In Łódź, der überbevölkerten Industriestadt, deren Synagogen und Geschäfte bereits im September zerstört waren, wüten Razzien und physische Übergriffe, denen nur die Sterbenden entfliehen konnten und flohen, Festnahmen, Erschießungen auf den Plätzen oder in den Gefängnissen, gruppenweise oder einzeln. Nach der sofortigen Umsetzung der Rassengesetze ist man ab dem 9. November 1939 bei Todesstrafe verpflichtet, den gelben Stern zu tragen. Die Beschlagnahmung der Immobilien geht Hand in Hand mit der Deportierung ihrer Besitzer. Am 10. Dezember 1939 wird die Einrichtung eines ersten Ghettos angeordnet, Sammelpunkt, um die Stadt in weniger als einem Jahr »judenrein« zu machen. Ab dem 6. Februar 1940 sind sämtliche Juden gezwungen, in das Ghetto überzusiedeln, das am 30. April geschlossen wird. Über zweihunderttausend werden innerhalb seiner Grenzen zusammengepfercht, es ist nach dem Warschauer Ghetto das größte. Doch im März 1940 waren bereits sechzigtausend Juden deportiert oder geflohen: manche sogar nach Warschau oder anderswohin, wo es laut den Gerüchten, die mit wachsender Verzweiflung nur umso heftiger kursierten, weniger gnadenlose Verfolgungen gab. Manche, wie Irka, ihr Stiefvater und Stiefbruder, Richtung Osten, in die Heimat der Sowjets, das Land, welches das Ende jeder Diskriminierung, die Gleichheit aller Menschen versprach.

Doch war das für den neuen Verbündeten Deutschlands kein Grund, sich diesen Flüchtigen gegenüber gastfreier zu zeigen, als es die neutrale Schweiz mit den österreichischen oder deutschen Juden gewesen war. Außerdem gab es die polnischen Juden als solche nur für die Deutschen. Für die Sowjets waren sie das Gleiche wie alle anderen: Bürger – wie ein geheimes Zusatzprotokoll des Molotow-Ribbentrop-Paktes besagt – einer ausgelöschten Nation.

Beide Seiten werden in ihrem Gebiet keinerlei polnische Agitation dulden, die sich schädlich auf das Gebiet der anderen Seite auswirkt. Sie werden in ihrem jeweiligen Gebiet auch jedes Aufkommen solcher Agitation schon im Keim ersticken und sich gegenseitig über diesbezüglich zweckdienliche Maßnahmen informieren.

An der Grenze wurde die Klausel einfach umgesetzt. Inzwischen lag auf der Hand, dass man es wusste, auch Irka wird es gewusst haben, als ihre Mutter »geh« zu ihr sagte, doch die von Angst und Hoffnung getragenen Schwärme rissen dennoch nicht ab.

Von Dezember bis März kampierten Scharen Unglücklicher in dem knapp zwei Kilometer breiten Niemandsland entlang des Bug; sie schliefen bei Frost, Schnee und Sturm unter freiem Himmel, deckten sich mit roten Federbetten zu, zündeten des Nachts Feuer an und klopften an die Türen der Bauernkaten in der Nähe und baten um Hilfe und Unterkunft. Auf den Bauernhöfen ringsum entstanden kleine Tauschmärkte – Kleidungsstücke, Juwelen und Dollars wurden für Lebensmittel und für Hilfe bei der Überquerung des Flusses gege-

ben … Unzählige schattenhafte Gestalten drängten
sich vor jeder Hütte, blickten durch die Fensterschei-
ben, klopften gegen das Glas und kehrten dann, enttäuscht und um eine Hoffnung ärmer, zu ihren Lager-
feuern zurück … Manchmal löste sich jemand aus der
Menschenmasse, lief einige Hundert Meter durch die
verschneite Ebene, bis er, im grellen Strahl eines sowjetischen Scheinwerfers gefangen, von einer Maschinengewehrsalve getroffen, aufs Gesicht fiel.

Viele, und laut Herling die meisten dieser Flüchtenden, verloren mit der Zeit die Hoffnung oder die Mittel, sie am Leben
zu halten, und kehrten unter die Herrschaft der Nazis zurück,
die sie in den folgenden Jahren auslöschen sollten. Womöglich ertrugen einige das Harren auf etwas anderes nicht. Sie
hatten jene zurückgelassen, die es nicht schafften oder sich
diesen unvorhersehbaren Weg nicht zutrauten: Eltern vor
allem, und dann Großeltern, kränkelnde Angehörige, Geschwister, manchmal Kinder, die so klein waren, dass man sie
den Gefahren und Entbehrungen nicht aussetzen wollte. Sie
glaubten, wollten glauben, dass sie als Vorhut aufgebrochen
waren und, hätten sie erst einmal Fuß gefasst, einen Weg finden würden, die anderen nachzuholen, genau wie Irka und
ihre Mutter geglaubt hatten. Jedenfalls waren sie geflohen,
hatten Hals über Kopf entschieden, nur das unbedingt Not-
wendige zusammengerafft, tunlichst darauf bedacht, jede
Begegnung mit den Deutschen zu vermeiden, hatten sich,
wenn möglich, verkleidet, schliefen den fluchtbereiten Schlaf
des Beutetiers oder blieben wach und taten jeden Schritt mit
panischem Herzen. Und nun steckten sie fest, nur wenige
Meter vor dem Ziel. Jetzt, da die Flucht zu Ende war, gab die
Angst nach. Sie ergab sich der Erschöpfung, der Verzweiflung, der Ruhelosigkeit, der Reue und wich dem Heimweh.
Sie waren nicht in Amerika, nicht einmal im großen Hafen
irgendeiner europäischen Stadt, um an Bord eines Dampf-

schiffes zu gehen. Sie waren noch immer in Polen, wenn auch an der Schwelle einer schwer zu überwindenden Grenze. Man musste nur umdrehen, kehrtmachen, und in kurzer Zeit wäre man wieder zu Hause, denn ganz gleich, in welchem Zimmer sich ihre Leichen türmen würden, dieser Ort war Heimat für sie. Home is where the heart is.

So machte es auch Józek, der Cousin, der meine Mutter nach Katowice gebracht hatte, um sie am Schönheitswettbewerb teilnehmen zu lassen. Er kehrte nach Będzin zurück, weil er »schon immer der Bravste gewesen war und zurück zu seinem Papa und seiner Mama wollte«, hat meine Mutter mir wortwörtlich gesagt. Bis zur Selektion an den Gleisen von Auschwitz, wo sie zu unterschiedlichen Zeiten alle vernichtet wurden, blieb Doktor Józek Szer bei Vater und Mutter. Sofern meine Mutter sich nicht irrt, hatten es die Szer-Brüder sogar bereits auf sowjetisches Gebiet geschafft, als sich ihr Cousin zu seiner Rückkehr des verlorenen Sohnes entschied.

Laut Gustaw Herling war er nicht der Einzige. Irgendwann schließlich »geschah das Erstaunliche: Die gleichen Menschen, die noch vor ein paar Monaten ihr Leben aufs Spiel gesetzt hatten, um in das ›Gelobte Land‹ zu gelangen, begannen jetzt in Scharen in entgegengesetzter Richtung zurückzustürmen, in das Land der pharaonischen Gefangenschaft«. Was war das, kollektiver Wahnsinn? Oder reißt es den Schriftsteller, der den Gulag überlebt hat, plötzlich zu Übertreibungen hin? Offensichtlich will er deutlich machen, dass selbst diejenigen, die von den Russen nicht mehr erwarteten, als ihre Haut zu retten, inzwischen so ernüchtert waren, dass sie lieber ins Ghetto zurückkehrten, als den Pass dieses neuen Staates anzunehmen, in dem ohnehin seit der Zarenzeit die ethnische Zugehörigkeit »evreij« vermerkt war. Kann dies eine ausreichende Erklärung dafür sein, dass es, wie viele Historiker versichern, großenteils Juden waren, die vor den Schaltern der fliegenden Kommissionen der deutschen »Einwanderungszentralstelle« Schlange standen? So geht es in sämtlichen Städten Ostpolens, auch in Lwiw, wo die Kommission im Mai 1940 eintrifft. Die Enttäuschung der Flüchtlinge ist bitter, als sie feststellen, dass die Repatriierung fast ausschließlich Volksdeutschen zusteht. So können von all denen, die eine Kehrtwendung machen, am Ende nur sehr wenige amtlich bewilligt dorthin zurückkehren, wo der sichere Tod sie erwartet. Aber der Punkt ist, dass sie es nicht wissen. Sie können es nicht wissen, ebenso wenig wie die Nazis, die noch rund ein Jahr brauchen, um die Endlösung der Judenfrage als einen systematischen Genozid festzuschreiben. Die Flüchtenden hatten gar nicht miterlebt, wie sehr sich die Situation zu Hause verschlimmert hatte. Und obwohl ihnen Berichte über die Ghettos und alles andere zu Ohren kamen, standen sie vor dem Dilemma, sich zwischen dem zu entscheiden, was sie durchmachten, und dem, was man ihnen zutrug. Was erwartete sie, nachdem sie ihre Lieben verlassen hatten? Nachdem die Rotarmisten mit der Wucht einer biblischen Plage eingefallen waren und keine Mittel gescheut hatten, sich auch die letzten frei verfügbaren Waren unter den Nagel zu reißen, versanken prosperierende und prachtvoller Städte wie Lwiw – Österreich-Ungarns einstige Zierde Lemberg – binnen kürzester Zeit in Hunger. Nun waren sie ebenso dreckig, kaputt und überbevölkert wie Städte in Fernost. Der Exodus nach Lwiw, das aufgrund seines Rufes, seiner Größe und der relativen Grenznähe zum bevorzugten Ziel geworden war, hatte die jüdische Bevölkerung auf zweihunderttausend anwachsen lassen und somit verdoppelt, eine Ballung, die auf makabre Weise einem riesigen Ghetto glich, und trotzdem kamen polnische Flüchtlinge zu Zehntausenden. All diese Illegalen hatten weder eine Chance auf Arbeit noch auf ihre ersehnten Familienzusammenführungen. Die einzige Gewissheit für gläubige Juden bestand darin, dass ihnen die Ausübung ihrer Religion auf Lebenszeit verboten war, für alle anderen gab es neue Gefahren und neue Bedrohungen. Gefahren, die ihnen nun als Polen und, da die seit Jahrhunderten geltende diskriminierende Gesetzgebung sie häufig dazu gemacht hatte, als Bürgerlichen drohten. Wie viele Rabbiner und Würdenträger der Gemeinschaft, aber auch Ärzte, Anwälte, Schriftsteller und selbst Dichter waren bereits gefangen genommen und unter Folter gezwungen, sich als »Volksfeinde«, »Schmarotzer«, »Handlanger im Dienst fremder Mächte« zu bekennen, bei Nacht und Nebel abgeholt von der Geheimpolizei wie später auch ihre Familien, spurlos verschwunden und deportiert? Wie viele Schneider, Flickschuster, Krämer und Straßenhändler? Im Mai 1940 hatten neben dem täglichen Terror, der unter dem Einsatz krimineller Spitzel und Gelegenheitsdenunzianten jeden zu jedwedem Zeitpunkt treffen konnte, bereits zwei der vier Massendeportationen von Polen in die Sowjetunion stattgefunden. Davon wusste man in Lwiw und in Białystok, in Grodno und in Wilna. In diesem Licht erscheint der Gedanke, dass es vielleicht besser war, nach Hause zurückzukehren und gemeinsam mit der Familie zu leiden, statt sich der sicheren Gefahr auszuliefern, in Sibirien zu enden, weniger wahnsinnig. Dennoch konnten die vielen, die eine Rückkehr in das Land des Pharaos beantragt hatten, nicht ahnen, wie eng die Freundschaft zwischen dem deutschen und dem sowjetischen Reich in jener Zeit war. Die von der Einwanderungszentralstelle gesammelten Listen, die einzigen mit den richtigen Namen und Adressen der Vertriebenen, waren direkt dem NKWD, dem Volkskommissariat für innere Angelegenheiten, übergeben worden. Anhand dieser Listen bereitete die stalinistische Geheimpolizei die dritte Deportation vor, die im Juni 1940 erfolgte. Dann die letzte, im Juni 1941, die abermals hauptsächlich Flüchtlinge betraf.

Das Einzige, was ich von Irka aus der Zeit vor ihrer Deportation weiß, ist, dass sie in Lwiw ein gutes Kleid verkauft hat, um sich eine miese Geige zu kaufen. Was bedeutet, dass sie eine ihrer restlichen Notreserven einsetzte – und die Tatsache, dass sie sich von einem Kleid trennte, lässt erahnen, dass sie nicht mehr viele hatte –, um sich etwas zu beschaffen, das weder Brot noch Butter oder Kohle war. Und es bedeutet vor allem, dass sie sich gleich zweimal der Gefahr einer Verhaftung aussetzte, denn wer auf dem Schwarzmarkt handelte, und sei es nur, um den Hunger zu stillen, galt als Spekulant und somit als Erzfeind der Neuordnung. Ein schönes Mädchen, das teure Kleider besaß und sich erlauben konnte, sie gegen ein Instrument zu tauschen, das allenfalls ein paar Wohlstandsschwielen an einer Hand erzeugte, konnte erst recht nicht darauf hoffen, mit heiler Haut davonzukommen. Während der Sowjetmensch keine Geigen brauchte, konnte das Fräulein Irena Levick es sich nicht verkneifen, für diese Anschaffung sogar ihr Leben aufs Spiel zu setzen. Was unter anderem deutlich macht, wie eigenständig sie ihre Dinge und Entscheidungen handhabe, obwohl sie zu ihrem Stiefvater geflüchtet war, und die Kehrseite dieser Selbstständigkeit heißt Einsamkeit. Im Gegensatz zu ihrer Mutter, für die Irka wohl keine Hoffnung mehr blieb, hat die Geige sie denn auch nie mehr verlassen.

Ich weiß nicht, auf welchen Wegen ihr Stiefvater und ihr Stiefbruder auf den Deportationslisten gelandet waren: Ich weiß nur, dass Irka es anscheinend fertigbrachte, dem zu ihrer Abholung erschienenen NKWD-Beamten zu sagen, »Ich gehe mit ihnen mit!« In ihrem exzellenten Russisch, mit ihren nordischen Augen und der ernsten, ruhigen Ausstrahlung einer fast erwachsenen Frau.

»Ty sumasšešaja!«, soll der Russe ausgerufen haben, »du bist ja verrückt!«

Und er soll sie darauf hingewiesen haben, dass sie, da sie Litauerin und keine Polin wäre, nach Wilna oder Kaunas zurückkehren, die Schule beenden, wieder ein normales Leben führen könne.

»Ja, aber sie sind meine Familie«, beharrte Irka, »und was soll ich allein in Litauen?«

»Niet, eto nie vasmožno, das ist nicht möglich. Der sowjetische Staat weiß, wen er umsiedeln muss, und wer nicht auf
der Liste steht, kann nicht deportiert werden.«

Sich mitten in der Nacht auf eine Diskussion mit einem
Beamten der Geheimpolizei einzulassen, sich hilfloser zu
geben, als sie war, zu verschweigen, dass sie anfangs tatsächlich einmal den Plan gehabt hatte, nach Litauen zu irgendeinem verbliebenen Verwandten zu gelangen – was war das,
wenn nicht Wahnsinn? Hätte sie dem armen Jungen nicht
eher sofort zur Hand gehen sollen, der von den Russen gezwungen war, in weniger als einer halben Stunde das Gepäck
zusammenzuklauben, während er ihren Vater in Schach hielt,
der mit den Händen an der Wand stand oder im Schlafanzug
am Boden kniete?

Allerdings ist da noch ein Satz, den Irka dem sowjetischen
Beamten sagte und den ich, als ich beim Lesen meiner Notizen erneut auf ihn stieß und ihn mit den historischen Fakten
abglich, zunächst als Verständnisfehler meinerseits oder als
fehlerhafte Erinnerung ihrerseits abgetan hatte.

»Außerdem sind in Litauen die Deutschen!«

Aber sie wiederholte ihn mehrmals. Nichts hatte in mir
den Eindruck erweckt, Irkas Erinnerungen könnten nicht
mehr ganz verlässlich sein, und so beschließe ich, diesem Satz
auf den Grund zu gehen. Und entdecke Folgendes: Die letzte
Deportation hatte am 20. Juni 1941 begonnen, nur zwei Tage
vor dem Überfall der Deutschen, was auch der Grund war,
weshalb sie lückenhafter, hastiger und willkürlicher von-
stattenging als die anderen. Gut möglich, dass unweit der
Grenze, an der Unmengen von Panzern und Männern zusammengezogen wurden, der unmittelbar bevorstehende
Krieg für gewiss galt, und ebenso sein Ausgang, auf den
unzählige vom russischen Regime Geknechtete zählten. Es
kann auch sein, dass die Deportation fortgesetzt wurde, als
bereits die ersten deutschen Bomben fielen, obschon das
NKWD bei diesem Signal alle Hände voll damit zu tun hatte,

die politischen Gefangenen umzubringen. In den heillos überfüllten Gefängnissen von Lwiw nahm das Massaker an einer Anzahl von Menschen, die der Bevölkerung einer Kleinstadt entsprach, eine ganze Woche in Anspruch. Tatsache ist, dass die Wehrmacht vor allem in Litauen blitzschnell vorrückte: Kaunas fiel am 25., Wilna am 26., Lwiw erst am 30. Juni.

Wenn es tatsächlich die letzte Deportationswelle war, der sich Irka in ihrer wohlerzogenen Dickköpfigkeit anzuschließen vermochte, war sie vielleicht weniger verrückt, als es den Anschein hatte. Kaum werden die in Schlachthäuser verwandelten Gefängnisse geöffnet, wo die Sommerhitze Seuchen in den blutgeschwemmten Leichen gären lässt, bringen die neuen Besatzer zusammen mit den ukrainischen Nationalisten, die unter den Hingerichteten viele Opfer zählen, das Gerücht in Umlauf, schuld daran seien die Juden, die im Dienst des NKWD ständen oder sonst wie für die Russen arbeiteten. Den gesamten Juli über wird Vergeltung geübt, die Lwiw abermals um die Bevölkerung einer Kleinstadt bringt, allerdings einer rein jüdischen. Im Unterschied zu der von den Nazis geplanten anschließenden Säuberung beschränken sich die ukrainischen Pogrome nicht auf Plünderung und Mord, sondern schließen Massenvergewaltigungen, Verstümmelungen und Gewalttaten mit ein, die man zu überleben, aber niemals zu vergessen verdammt ist. Auch in Litauen gestaltet sich die Kollaboration der Litauer mit den Deutschen so, dass die Zahl der ausgerotteten Juden trotz der Nähe zur russischen Grenze, und obwohl die Verfolgung erst 1941 begann, ein wenig höher ist als in jedem anderen von den Nazis eroberten Teil der Welt: einschließlich des Generalgouvernements Polen und der Gebiete unter den Schloten der Vernichtungslager.

Wie hatte das Mädchen mit der Geige, das Fräulein aus gutem Hause ahnen können, dass die einzige mögliche Rettung die Russen waren, selbst wenn sie in einem Gulag endete? War es Überlebensinstinkt oder, im Gegenteil, eine Schicksalsergebenheit, in der nichts mehr zählte, außer nicht noch einsamer zurückzubleiben und jene nicht allein zu lassen, um die sich ihre Mutter nicht mehr kümmern konnte? Wie dem auch sei, in einem Güterwaggon, der im Bahnhof von Lwiw auf seine Abfahrt wartet, lernt Irena Levick die drei Cousins meiner Mutter kennen, die im Sowjetgebiet geblieben sind: Dolek, den Ältesten, der Arzt ist wie der nunmehr im heimischen Ghetto von Będzin eingesperrte Józek; Benno, Anwalt, mit seiner Frau und deren drei Brüdern; und Zygmunt, den Jüngsten. Von all dem, was die Brüder Szer an der Universität von Montpellier studiert haben, wird fortan nur Doleks Wissen von Nutzen sein. Einen Arzt braucht man immer. Selbst wenn er in manchen Fällen nichts anderes tun kann, als bei Alten und Kindern den Tod durch Verhungern oder Verdursten oder Hitze festzustellen und ihm die kalte terminologische Würde von »Dehydratation« und »Asthenie« zu verleihen, ehe die Leichen aus der Luke des fahrenden Zuges geworfen werden, denn das ist die einzige Möglichkeit, sie unterwegs loszuwerden. Ein Arzt, dem es irgendwie gelungen ist, ein Minimum an Medikamenten mitzunehmen, und der vor allem das Stehvermögen besitzt, die von seinem Eid verlangte Haltung zu bewahren, ist für die willkürlich in einen dunklen, stinkenden Waggon gestopften Menschen ein Anker, ein Gegenaltar für die Gebete aller Konfessionen, die aus ihnen hervorbrechen und sich mit ihren Wehklagen mischen. Aber auch ein Mädchen, das Russisch wie seine Muttersprache beherrscht und die zugänglichste der Wachen sofort ausgemacht hat, könnte sich als überaus nützlich erwiesen haben. Sie wartet den richtigen Moment ab und blickt ihn mit teilnahmsloser Sanftheit an. »Nemnoško vody, požalusta, dolžny vypit rebiota«, sagt sie zu ihm und hält ihm das letzte, als Opfergabe aufgehobene Wertstück hin, »die Kinder haben Durst, bitte, ein bisschen Wasser.« Oder vielleicht auch nicht, vielleicht ist da kein

Russe, der zu Mitleid bereit wäre und sich kaufen ließe. Daraufhin schüttelt das Mädchen den Kopf, nur ganz leicht, weil die Verzweiflung groß ist und jede überflüssige Bewegung Luft und Platz zu rauben scheint.

»Bardzo mi przykro, prosżze panì«, sagt es zu der Mutter, »ich bin untröstlich, Gnädige Frau«, und kauert sich wieder ganz klein zusammen, mit angezogenen Knien, zwischen denen der Geigenkasten mit der eingetauschten Violine klemmt. Doch vielleicht kann während einer Deportationsfahrt auch die hilfreich sein.

»Schau«, sagt die Mutter zu ihrem hustenden Kind, das keuchend nach Luft ringt wie ein Fisch auf dem Trocknen und die rissigen Lippen unermüdlich mit der Zunge schmirgelt, »ta piękna gra na skrzypcach«, dieses hübsche Fräulein spielt Geige. »Sie werden uns ein Konzert geben, wenn wir ankommen, nicht wahr?«

»Aber gewiss«, entgegnet Irka, »oczywiście«, und zum Glück gibt es kaum Licht.

Doch selbst wenn der durch die Luke dringende Lichtstrahl auf ihr Gesicht fallen sollte, würde der ungeweinte Tränenschleier mit dem samtigen, unveränderlichen Graublau ihrer Augen verschwimmen.

Zwei Jungen, getrennt durch eine Abtei

Als sie am nächsten Morgen zu den Friedhofstoren kommen, ist es schon nach halb zehn. Normalerweise holt Andy Edoardo aus dem Bett und greift dabei zu immer unsanfteren Methoden wie aufgerissene Vorhänge, laute Musik aus dem Computer oder heftiges Schütteln, begleitet von einem direkt ins Ohr gerufenen »Aufwachen«. Aber hätte Oma Dorka nicht angerufen – »Wie viel Uhr ist es denn, *babcia*?«, »Halb neun, Edek« –, hätten sie diesmal beide verschlafen. Nach einer Katzenwäsche sind sie in die Klamotten gesprungen, haben gefrühstückt und den Mund nur für literweise Kaffee, hausgemachten Kuchen, Frühstücksflocken, Zwieback mit Butter und Marmelade und Fruchtsaft aufgemacht. Erst, als sie bereits im Auto saßen und schon fast bei den Serpentinen waren, sprach Andy den ersten Satz. »Was wollte deine Großmutter?«

»Sie sagte, vielleicht würden sie in den nächsten Tagen einen kleinen Ausflug hierher machen, weil irgendwelche Freunde von ihnen zu Besuch sind, Leute, die in England wohnen, ehemalige Kämpfer.«

»You mean veterans from the Second Corps, some guys who fought with general Anders?«

»Of course I mean, yes. Wieso bist du zu verpeilt, um Italienisch zu sprechen?«

Eine Weile fährt Anand stumm vor sich hin, den Blick starr auf die Straße gerichtet, und wäre das beim Fahren nicht unerlässlich, hätte man glatt meinen können, er sei sauer.

»He, Partner, ich wollte dich nicht kränken …«

»Never mind. Aber morgen stelle ich den Wecker.«

»Mies geschlafen? Ärger mit den Miesmuscheln? Was anderes?«

»Nein ... mal abgesehen von deinem Geschnarche ... like a walrus!«

»Wie ein Walross? Das sind ja unschöne Neuigkeiten. Ist das immer so oder nur heute Nacht?«

»Pff, ich glaube, die anderen Nächte bin ich vor dir eingeschlafen und habe nichts mitgekriegt.«

»Gosh ... I'm sorry, partner.«

So geht der Moment vorüber, in dem Andy Edoardo von dem Buch erzählen wollte, das er in der Nacht zu lesen angefangen hat, und er weiß selbst nicht genau, warum er es auch danach nicht erwähnt, als sie trotz Verspätung tatenlos auf ihren Stühlen sitzen, weil der Friedhof fast den gesamten Vormittag über leer ist. Sie reden über andere Dinge, zum Beispiel, dass sie es nicht einmal geschafft haben, Zeitungen und eine frische Flasche Wasser zu kaufen, und tauschen gemeinsame Erinnerungen aus, legendäre Geschichten und wenig kommentierte Anekdoten, bei denen sie sich geeint und erwachsen fühlen und auf ihren an diesem Ort aufgestellten Klappstühlen wie zwei rüstige Greise auf einer Parkbank aussehen.

»Apropos Walross«, sagt Anand völlig unvermittelt. »Hast du gesehen, dass viele Polen diesen Schnauzer tragen, you know the walrus kind of mustache? Hier auch«, fügt er hinzu und zeigt auf die winzigen Gesichter auf dem Flyer, der in seinem Schoß bereitliegt.

»Na und?«

»Nichts. Ist mir nur aufgefallen.«

Edoardo mustert die x-mal gesehenen Gesichter und erklärt Andy, dass auch Lech Wałesa so einen Schnauzer trägt, »und falls du nicht weißt, wer das ist, das ist der Anführer von Solidarność, Friedensnobelpreisträger«, genau wie ein Cousin, der einen Segeltörn auf der Masurischen Seenplatte organisiert hatte, während einer dieser Urlaube, in denen die

Bielinskis die vom Lauf der Geschichte wiederhergestellte Möglichkeit genutzt und ihre Zeit mit der Verwandtschaft verbracht hatten. Aber die Verschollenen, die sich ihm in die Netzhaut eingebrannt hatten, seit er zum ersten Mal die Internetseite der polnischen Polizei geöffnet hatte, waren bartlos: Michał Serbinowski und Rafał Zarczycki, der eine dunkel, der andere blond, beide sahen aus wie ganz normale, x-beliebige Jungen. Als er auf Michał Serbinowskis kindliches Milchgesicht geklickt hatte, bekam Edoardo die Bestätigung, dass er kaum sieben und Rafal acht Jahre älter war als er: Jungen mit Erzengelnamen, die in seinem Alter aufgebrochen und im italienischen Nichts verschwunden waren, und die Schwermut, die ihn bei dieser Feststellung ergriffen hatte, machte sich jedes Mal aufs Neue bemerkbar, sobald sein Blick auf ihre Gesichter fiel.

Von dem Verschwinden der Polen hatte Edoardo Bielinski an einem Winterabend nach der Rückkehr aus dem Kino erfahren, wo er mit einem Mädchen gewesen war, das er am Tag der Demo gegen Kürzungen im Bildungswesen kennengelernt hatte, bei der es auf der Piazza Navona zu »gewaltsamen Zusammenstößen zwischen Rowdys« gekommen war. So zumindest drückten sich das Fernsehen und die regierungsnahen Zeitungen aus, um den Anschein zu erwecken, sie, die Leute der Onda, hätten die Gewalt vom Zaun gebrochen, was nicht stimmte.

Edoardo und die Oberstufenschüler des Tasso-Gymnasiums waren im Menschenzug ein Stück weiter vorn, als plötzlich seine kleine Schwester Marta auftauchte, zusammen mit anderen Mädchen, die kein Wort herausbrachten oder unter Tränen riefen: »Die bringen uns um!« Diese Faschos seien allesamt männlich und erwachsen, trügen Helme und hätten sich mit Knüppeln, Riemen und Stangen bewaffnet, mit denen sie auf jeden losgingen, der ihnen unterkäme, dabei sei doch offensichtlich, dass sie nicht älter als vierzehn oder fünfzehn seien! Marta war wieder in Tränen ausgebrochen, und Edoardo hatte sie fest in den Arm genommen – sie ging ihm nur bis zum Kinn – und angefangen, ihr »uspokòj się«, beruhige dich, krieg dich wieder ein, ins Ohr zu murmeln, er wusste selbst nicht, warum auf Polnisch, doch der Gebrauch dieser vertraulichen Sprache hatte Wirkung gezeigt. Jugendliche lägen blutig geschlagen am Boden, sagte Marta, zwei hätten versucht, ihre Köpfe mit den Händen zu schützen, der eine gehöre zu ihrer Gruppe, der Zweite sei von einer anderen Schule.

Bei dieser Neuigkeit war es selbst den mitmarschierenden Lehrern nicht gelungen, die älteren Schüler zu beruhigen. Das war der Moment, in dem Edoardo Bielinski verloren hatte. Er hatte zu sagen versucht, »wir sind doch ruhig«, war aber zu wütend und zu aufgebracht gewesen, und als Lorenzo Pascucci gebrüllt hatte: »Mensch, Weißer, kapierst du nicht, dass die Bullen und die Faschos sich abgesprochen haben? Das hier ist wie in Genua, wie bei den Straßenschlachten von Valle Giulia, von denen mein Vater mir so oft erzählt hat«, hatte er nicht gewusst, was er antworten sollte, und die anderen waren ebenfalls stumm geblieben. Daraufhin hatte sich der Sohn eines Ressortleiters bei der RAI weiter für das Recht auf Selbstverteidigung ereifert und schließlich, bestärkt von dem als Zustimmung interpretierten Schweigen, einen Kumpel im Abschnitt der Uni-Studenten kontaktiert.

Während der gesamten Selbstverwaltung an seinem Gymnasium war Edoardo Bielinski die am meisten gehörte Stimme des Protests gewesen. Er brannte für die Sache und war trotzdem immer für eine Blödelei zu haben, wenn er das Wort ergriff, nahm er kein Blatt vor den Mund (»Wenn wir jemanden erwischen, der diese Penne mit Parolen oder sonst was beschmiert, macht er erst alles sauber, und dann fliegt er: Kapiert?«), weshalb auch die Lehrer und Eltern ihn ernst nahmen. Ebenso selbstverständlich, wie er die Forderungen dieses Protests vertrat – »weder rechts noch links: Schule ist für alle da!« –, standen die Schüler hinter ihm. Sie hatten ihm sogar einen neuen Spitznamen verpasst, der wie ein echter Kampfname klang. Eigentlich kursierte der Name bereits vorher, allerdings nur in seiner Klasse, und sein Ursprung war unklar: Ob sich irgendjemand zu einem düpierten »Ey, Blonder!!!« hatte hinreißen lassen, woraufhin er zurückschoss, »So kannst du deinen Bruder nennen«, und dann einlenkte, »Weißer, wenn überhaupt! Das bedeutet Bielinski nämlich«, oder ob es etwas damit zu tun hatte, dass Pascucci Edoardo »den Weißen« und sich und seine Kumpels »die Roten« nannte: Rote und Weiße wie in der Russischen Revolution, und mit diesem politischen Seitenhieb war sich der kleine Lorenzo wahnsinnig toll vorgekommen. Bis dahin hatte es mit Pascucci keine Probleme gegeben. Zwar hatte der Weiße zwei Jahre zuvor, als es die erste Prügelei mit den Faschisten gegeben hatte, die eines Morgens mit Flugblättern und Schlagstöcken am Tasso aufgetaucht waren, Biss und gesunden Menschenverstand gezeigt, doch für Lorenzuccio war er immer ein Mitläufer geblieben, der nicht scharf darauf war, ihm seinen Rang abzulaufen. Nichts wahrer als das. Edoardo war nie darauf aus gewesen, sich zum Schülerrädelsführer aufzuschwingen, und deshalb wurmte es Pascucci zu sehen, wie er gleichsam durch Volkes Wille binnen weniger Tage an ihm vorbeizogen war und ihn mühelos beiseitegeschoben hatte.

So lagen die Dinge, bis Lorenzo sich rächte und Verstärkung holte, auch wenn er hinterher schwor, er habe die vermummten, mit Helmen ausstaffierten Typen nicht herangepfiffen.

Jedenfalls schien auf der Piazza Navona wieder Ruhe eingekehrt zu sein, sofern das auf einem vor protestierenden Schülern wimmelnden Platz möglich ist. In diesem trügerischen Schwebezustand beginnt Edoardo eine Unterhaltung mit einem Mädchen, das mit der studentischen Vorhut eingetroffen ist. Diesmal ist von Anfang an klar, dass der Weiße aufs Gymnasium geht, wenn auch in die Abschlussklasse, während Sara aus Magliano moderne Literaturwissenschaft in Sabina studiert. Trotzdem fangen sie nach einem kurzen Austausch über die Schlägerei an, über andere Dinge zu reden. Edoardo holt erst Kippen und dann Bonbons hervor: »Willst du eine oder lieber ein Mentos?« Im Gegenzug bietet Sara ihm den Rest aus ihrer Wasserflasche an, »Wenn du es nicht zu eklig findest …« »Machst du Witze?«, erwidert Edo, setzt die Flasche an die Lippen und nimmt einen langen Zug, ohne Sara, die kurzes, schwarzes Haar, grünliche Augen und einen winzigen Brillanten im rechten Nasenflügel hat, aus den Augen zu lassen. »Keine Sorge, ich habe dir noch was übrig gelassen …«, sagt er lachend und gibt ihr die Flasche zurück, und zwischen einer Flachserei und der nächsten tauschen sie ihre Handynummern aus, ehe Sara sich mit einem »Ich glaube, ich muss wieder zu den Leuten von meinem Fachbereich zurück, aber wir hören voneinander, Hübscher« und zwei flüchtigen Wangenküssen verabschiedet.

Was danach passiert, sind Kriegsszenen, die am selben Abend in sämtlichen Fernsehnachrichten ausgestrahlt und im Internet unter großem Hin und Her von Schuldzuweisungen und Verantwortungssuche verbreitet, neu zusammengeschnitten und kommentiert werden. Zu Barrikaden gestapelte, elegante gelbe Stühle aus Stoff und Holz vor dem Bernini-Brunnen, die sich leicht werfen lassen und Gott sei Dank weniger gefährlich sind als die altmodischen Modelle aus Metall. Es fliegen Flaschen, (wenige) Tischchen, andere mehr oder weniger stumpfe Gegenstände, die Faschisten werfen zurück und haben obendrein Knüppel, dieselben trikolorefarbenen Knüppel, die sie zuvor gegen die inzwischen längst verschwundenen Schüler eingesetzt haben, auch die anderen ruhigen, friedlichen Demonstranten sind fast ausnahmslos geflohen, und Edoardo fragt sich, weshalb er noch immer dort ist.

Hatte ihn der Gedanke zurückgehalten, irgendwo im Getümmel könnte Sara sein, war er vor Verknalltheit so verblödet, dass er den Brandgeruch nicht rechtzeitig wahrgenommen hat? Der Weiße bleibt friedlich, aber nicht ruhig, brüllt verzweifelte Parolen, an die er sich später nicht mehr erinnern kann, drängelt sich immer wieder zu den Kampflinien durch wie ein Kamikaze oder ein wikingischer Berserker oder wie jemand, der nicht mehr sauber tickt: »Es reicht!!!«, »Wir machen hier alles kaputt!«, »Scheiß Faschos, feige Drecksäcke«, »Fickt euch, Sackgesichter! Wofür haltet ihr euch, ihr Arschlöcher, was habt ihr überhaupt hier zu suchen?« Und schließlich die Polizei, die zum Angriff übergeht, die Einsatztrupps, die in alle Richtungen austeilen, oder nein: Die Faschisten werden mit Samthandschuhen angefasst, als sie zu Boden gedrückt, entwaffnet, ihre Handys kassiert werden, denn die Beamten kennen deren Anführer, der »für seine Jungs« garantiert, indessen werden die Festgenommenen auf der Gegenseite weniger zart angefasst.

Edoardo ist denn auch nicht überrascht, als er unter denen ist, die zur Feststellung der Personalien abgeführt werden, und nicht sonderlich geschockt, als die Polizisten sie »kommunistische Schwuchteln« nennen. Hinten im Polizeiwagen kriegt er sich sogar ein bisschen ein, ärgert sich über sich selbst und hofft, irgendjemand oder irgendetwas könne bezeugen, dass er den Bogen zwar überspannt, sich aber an der Gewalt in keiner Weise beteiligt hat.

So kommt es auch, es gibt sogar Filmaufnahmen, die das beweisen, doch als man ihn auf dem Präsidium nach seinem Ausweis fragt, ist der Weiße plötzlich wieder nur Edoardo Radosław Bielinski.

»Glaubst du, du kannst einfach hierherkommen und Ärger machen, du beschissener Slawe? Hat uns gerade noch gefehlt, dass ihr bei uns auch noch rumrandaliert!«

»Ich habe damit nichts zu tun, das können Sie auch die anderen fragen, ich war dort, um friedlich zu protestieren …«

»Solche wie du haben hier nichts zu melden. Das ist nicht euer Land, ihr haltet die Klappe!«

»Aber ich bin in Rom geboren, da steht es. Ich gehe aufs Tasso-Gymnasium, bin Schüler, genau wie alle anderen, die heute ...«

»Hast du gehört, Vince, jetzt haben wir dieses Pack sogar auf dem Gymnasium! Mal sehen: Geboren am 21.3.1991. Minderjährig. Na, bestens. Dann hör mal gut zu: Als Erstes überprüfen wir, wie es um die Aufenthaltsgenehmigung deiner Eltern steht, wir kommen zu euch nach Hause, und bei der kleinsten Unregelmäßigkeit weißt du ja, was euch blüht: Die Koffer könnt ihr packen, allesamt. Und nach Hause abschwirren.«

»Nein, Moment, hören Sie, wir ...«

»Nein? Aber ja doch, da kannst du Gift drauf nehmen!«

»Wir sind Italiener, italienische Staatsbürger. Meine Mutter ist Neapolitanerin ... mein Vater ... ich gebe Ihnen die Nummer, Sie können das überprüfen.«

»Du sagst uns nicht, was wir zu tun haben, kapiert? Du kannst dich darauf gefasst machen, hier die Nacht zu verbringen, dann wollen wir mal sehen, wann wir dich wieder rauslassen. Und halt die Klappe, sonst sorgen wir dafür, klar?«

So landet Edoardo Bielinski zusammen mit rechten und linken Schlägern in einer Zelle und wird nie erfahren, warum er mit einem Großteil der grundlos festgehaltenen jungen Leute gegen Abend doch wieder freigelassen wird.

Seine Familie wartet geschlossen vor dem Präsidium. Als Marta ihn sieht, fängt sie an zu weinen, seine Mutter drückt ihn fest an sich wie damals, als er bei einer Wanderung auf dem Gran Sasso auf einer Abkürzung verloren gegangen war, sein Vater trägt eine gänzlich ungewohnte, katatonische Gelassenheit zur Schau. Edoardo hat seit Stunden nicht geredet. Er hatte sich in eine Ecke gekauert, die Arme um die Knie geschlungen und versucht, den Zoff zwischen Autonomen und Faschisten zu ignorieren und das Gebrüll über seinen Kopf hinwegrollen zu lassen, der so leer wie ein Kürbis war und unsichtbare Blessuren davongetragen hatte, die schwerer waren als ein Hieb mit einem Schlagstock. Jetzt lässt er sich in den Rücksitz des Lancia sinken und war noch nie so froh, dass das Innere eines an einem schönen Spätherbsttag in der Sonne geparkten Wagens die Wärme speichert, die nun den Polstern entströmt und seine Lebensgeister zurückkehren lässt. Niemand sagt ein Wort. Seine Schwester putzt sich die Nase.

Weil sie keine Zeit zum Kochen hatte, schickt Flavia Giorgio los, um Pizza zu kaufen, die sie vor dem Fernseher essen und auf der Suche nach Nachrichten durch die Kanäle schalten.

»Niemand redet über das, was passiert ist«, bemerkt Marta, »oder wurde vorhin darüber berichtet, Mama?«

»Ich weiß nicht, ich hatte zu tun …«, seufzt Flavia und blickt wieder zum Bildschirm.

»Bestimmt wird es Ermittlungen geben, wie die Dinge gelaufen sind. Hoffentlich.«

»Na klar, Papa, da kannst du Gift drauf nehmen. Ist doch sonnenklar, dass die Bullen mit zweierlei Maß gemessen haben. Und zwar nicht zum ersten Mal, das weißt du doch.«

»Eben. Deshalb habe ich ja auch ›hoffentlich‹ gesagt. Solange nicht das Gegenteil bewiesen ist, haben wir eine unabhängige Justiz, die in der Lage ist, auch bei Fehltritten der Exekutive für Klarheit zu sorgen.«

»Na fein, hoffentlich. Können wir bitte umschalten, damit ich auf andere Gedanken komme?«

»Du hast recht, Edek. Was hältst du davon, wenn wir uns einen schönen Film anmachen?«

»Okay. Marta darf aussuchen.«

Edoardo weiß nicht, warum er seiner Schwester die Wahl überlässt, die allerdings die geniale Idee hat, auf einen Klassiker aus ihrer Kindheit zu setzen, weshalb die Bielinskis ihre

Pizzakartons vor den Abenteuern eines Mammuts, eines Faultiers und eines Säbelzahntigers leeren und sich jedes Mal schlapplachen, wenn das glupschäugige Eichhörnchen vergeblich versucht, sich die verdammte Eichel zu schnappen. Eine ganz normale, glückliche Familie, die gemeinsam vor dem Fernseher sitzt. Wenn kümmert es schon, wenn das Gelächter eine Spur zu laut ist? Edoardo ist für all das dennoch dankbar. Ja, wir wollen den Namen der Bielinskis in Ehren halten. Und nichts verlangen und nur das Nötigste sagen, wenn uns jemand eine Frage stellt. Im Hause Bielinski ziehen Verschwiegenheit und Selbstzensur ein, die seit Ende der kommunistischen Eiszeit verschwunden sein sollten. Vor dem Einschlafen entlädt Edoardo den Rassismus der Polizisten in sein Kopfkissen, Giorgio und Flavia murmeln hinter der geschlossenen Schlafzimmertür, »Was ist bloß aus diesem Land geworden?«, und dass man vor Opa Radek und Oma Dorka bloß kein Wort über die jungen Leute auf der Piazza Navona verliert, versteht sich von selbst. Eine geeinte Familie eben. Im Grunde ist ja gar nichts passiert. Im Grunde hatten sie sogar Glück, dass Flavia den ganzen Tag zu Hause war und zuerst Marta beruhigen und gegen drei Uhr nachmittags anfangen konnte, sich um ihren Sohn zu kümmern. Im Grunde waren sie nur wenige Stunden in Sorge gewesen, um es gelinde auszudrücken, nachdem ihnen klar geworden war, dass Edoardo in Polizeigewahrsam gelandet sein musste, und die Befürchtung, dass der Junge sich zu irgendeiner Dummheit hatte hinreißen lassen (»Er ist ein guter Junge, aber ein Hitzkopf«, »Nun übertreib mal nicht, er ist nicht hitzköpfiger als du«), hatte sich verflüchtigt, als Flavia den Anruf erhielt, sie könne ihren Sohn abholen.

»Signora, Sie sind die Mutter von Edoardo Ra-do-sław Bielinski, geboren am 21. 3. 1991 in Rom?«

»Ja, so ist es.«

»Und Ihr Mann ist ein gewisser Giorgio Tadeusz Bielinski, geboren am 6. 11. 1953 in Warschau, italienischer

Staatsbürger seit seiner Volljährigkeit am 6. 11. 1971? Wohnhaft in Rom in der Via Bellinzona 14, Dozent für internationale Rechtsgeschichte an der Universität La Sapienza?«

»Ganz genau. Entschuldigen Sie, darf ich fragen …«

»Signora, wir rufen an, um Sie in Kenntnis zu setzen, dass wir Ihren Sohn in Gewahrsam genommen und festgestellt haben, dass er an den heutigen gewaltsamen Ausschreitungen nicht beteiligt war, weshalb wir Sie auffordern, gemeinsam mit dem Vater bei uns vorstellig zu werden und, da es sich um einen Minderjährigen handelt, vor der Entlassung Ihre Ausweise zu zeigen.«

»In Ordnung, wir sind schon auf dem Weg …«

Später wird Flavia sich fragen, ob ihr an diesem Telefonat und an den bürokratischen Schritten zu Edoardos Entlassung irgendetwas merkwürdig vorkam. Später bedeutet sehr viel später. Es bedeutet einen Abend Ende Januar, als ihr Sohn nach seinem Kinobesuch mit Sara nach Hause kommt und sich neben sie aufs Sofa fläzt, um den Schluss einer Nachrichtensendung zu sehen. Giorgio ist bei einer Konferenz in Budapest, Marta übernachtet bei einer Freundin, Flavia hat bis eben eine Doktorarbeit korrigiert und den Fernseher eingeschaltet, um sich ein wenig zu zerstreuen und sich nicht einzugestehen, dass sie auf die Rückkehr ihres Sohnes wartet. In der Sendung geht es um Lampedusa, wo sowohl die von den Booten in die Aufnahmelager gebrachten Fremden als auch die Einheimischen seit Kurzem den Aufstand proben. Unter den Gästen ist auch der Abgeordnete Roberto Cota, und eigentlich ist Flavia nicht sonderlich erpicht darauf, ihm zuzuhören und sich die Schmierenkomödie der anwesenden Politiker anzutun, die sich auf Kosten all dieser armen Teufel ihre Wortgefechte liefern, aber der neue Fraktionsvorsitzende der Lega Nord mit seiner unerschütterlichen Nonchalance fasziniert sie.

»Willst du umschalten?«, fragt sie in der heimlichen Hoffnung, Edoardo möge sie aus ihrer Hypnose erlösen.

»Nein, mal hören, was dieser Vogel zu sagen hat.«

»Wenigstens ist er vorzeigbar und intelligent. Einer, der weiß, dass er mit dem, was er sagt und wie er es sagt, auf enorme Zustimmung stößt.«

»Na und?«

»Die erfinden sich schneller neu, als man bis drei zählen kann, und auf der Gegenseite tut sich nichts, da ist alles völlig festgefahren. Was soll's: Ich habe Hunger, ich hole mir was zum Knabbern. Willst du auch was?«

Edoardo nickt und bleibt allein im Wohnzimmer zurück, als ein gewisser Alessandro Leogrande vorgestellt wird, der vor Kurzem ein Buch über die neue Sklaverei in Apulien veröffentlicht hat. Von einem Scheinwerfer erhellt, der ihn aus dem gesichtslosen Publikum hinter den Politikern herauspickt, steht ein junger Mann in Jackett und offenem Hemdkragen auf, und was er kurz vor dem Beginn des Abspanns zu sagen hat, beeindruckt Edoardo ebenso sehr wie seine Mutter, die mit einer Schachtel Kekse und einem Krug Wasser zurückgekommen ist.

Als er sich direkt an den Mann von der Lega wendet, um ihm zu widersprechen, verliert er weder den Faden noch die Ruhe, bedient sich keiner publikumsheischenden Floskeln, bleibt integer und faktentreu, und mit seinem pausbäckigen, bebrillten, bärtigen Gesicht hat er in Flavias Augen mehr Ähnlichkeit mit einem süditalienischen Gewerkschafter aus früheren Zeiten als mit einem Schriftsteller oder Journalisten. Edoardo ist tief beeindruckt von dem, was er sagt, von dem knapp umrissenen Sklavenuniversum aus illegalen schwarzen Einwanderern und Weißen: Tausende Polen und Rumänen, die in Schwarzarbeit auf dem Land gefangen gehalten werden: »Neu-EU-Bürger« nennt Leogrande sie, genau wie sein Vater, doch mit dieser Angelegenheit hat sich Professor Bielinski nie befasst und womöglich gar nichts damit zu tun.

Flavia schaltet den Fernseher ab und bringt den Krug und

die Kekse in die Küche. Edo folgt ihr und stellt die Gläser krachend in die Spüle.

»Hast du gesehen? Wir sind wieder in der Sklaverei angekommen, wir sind ihre weißen Neger.«

»Wer, wir? Entschuldige, ich überlege gerade, ob ich für morgen früh den kleinen oder den großen Espressokocher fertig machen soll.«

»Wir Polen. Sie behandeln uns wie Dreck, aber das darf man in diesem Haus ja nicht sagen, seit der Kommunismus tot ist, läuft schließlich alles prima.«

»Im Kommunismus wurde man mehr als nur schlecht behandelt, und das weißt du, Edoardo. Und von uns Erdfressern haben diese Leute auch nie viel gehalten. Obendrein Neapolitaner, stell dir mal vor. Du hast also schlechte Karten, mein Junge«, sagt Flavia lachend und zaust ihm durch die blonde Mähne.

»Das ist nicht witzig«, zischt Edoardo, weicht zurück, bleibt stehen und platzt heraus: »Willst du wissen, wie mich diese Arschlöcher auf der Polizeiwache behandelt haben, willst du wissen, was sie zu mir gesagt haben?«

Ja, Flavia will es wissen.

Und nachdem sie fassungslos zugehört hat, ihm abermals mit der kurz zuvor erschreckt zurückgezogenen Hand durchs Haar gefahren ist, fragt sie sich dort in der Küche, vor dem schmutzigen Geschirr ihres abendlichen Resteessens, was sie tun soll.

»Würdest du es bitte Papa nicht sagen?«, sagt Edoardo überraschend.

»Moment mal. Erst beklagst du dich, dass hier gewisse Dinge unter den Teppich gekehrt werden, und dann willst du, dass ich es deinem Vater nicht erzähle. Es ist außerdem sein gutes Recht, es zu erfahren. Er weiß sowieso viel besser als ich, was man tun kann ...«

»Lass hören, Mama. Was kann man denn tun? Das ist drei Monate her, auf den Tag genau drei Monate ...«

»Ich weiß es nicht. Jemanden zu einer Aussage überreden. Du hättest uns sofort berichten sollen, was passiert ist.«

»Ah, jetzt ist es also meine Schuld!«

»Schrei mich nicht an, Edoardo. Entschuldige, vielleicht habe ich mich nicht klar ausgedrückt. Ich verstehe dich. Ich glaube nur, dass es inzwischen schwierig wäre …«

»Du verstehst einen Scheiß. Niemand will sich hier mit den Bullen anlegen, das ist schon damals niemandem eingefallen, erst recht nicht, als sie wieder zu Hause bei Papa und Mama waren.«

»Trotzdem, fragen kostet nichts.«

»Mama, ich will nicht, dass die Sache hochgekocht wird. Ich will es nicht, verstanden? Nicht ich bin das Problem, sondern dieses Land, das sich um keinen Deut ändern würde, wenn es wüsste, dass man den Sohn eines Sapienza-Professors für einen polnischen Untermenschen gehalten hat, wir bitten vielmals um Entschuldigung. Ich will keine Privilegierten-Gerechtigkeit, während solche Dinge jeden Tag passieren.«

»In Ordnung. Ich denke darüber nach. Und jetzt lass uns schlafen gehen, wir müssen früh raus. Du hast morgen sogar eine Prüfung, wenn ich mich recht erinnere.«

»Sagst du mir Bescheid, wenn du was entscheidest?«

»Natürlich. Darf ich dir jetzt einen Gutenachtkuss geben?«

»Hmmm. Nacht, Mama.«

Am nächsten Tag kommt Edoardo mit einer roten Tüte von der Buchhandlung Arion an der Piazza Fiume nach Hause, darin *Uomini e Caporali* von Alessandro Leogrande. Während er sich bestürzt und gefesselt in das Buch vertieft (»Es ist wahnsinnig gut, Mama, auch wie es geschrieben ist, das würde dir garantiert auch gefallen«), gibt er seiner Mutter eine Art Livereportage, die einen unbewussten Schweigepakt zwischen den beiden besiegelt. Flavia spürt, dass ihm die Lektüre hilft, das Erlebte zu verarbeiten: Er kann über die Polen in Apulien sprechen, ohne über sich reden zu müssen. Eines Abends fasst Edoardo das Gelesene vor der ganzen Familie zusammen und erwähnt, dass ihn eine von seinem Vater zwar sporadisch verfolgte, aber verabscheute Sendung auf diesen Skandal gebracht hat.

»Hast du davon gewusst? Und die polnischen Vereine, all die Freunde von Opa Radek, was haben die dagegen unternommen?«

»Hör mal, Edek. Natürlich habe ich davon gehört. Von dem Gerichtsverfahren gegen diese verbrecherischen Vorarbeiter beispielsweise. Aber ich war nicht über jeden einzelnen Fall dieser Menschen im Bilde, die unter ungeklärten Umständen verschwunden oder gestorben sind. Womöglich hast du recht, die polnische Gemeinschaft sollte sich eingehender mit diesen Dingen befassen. Aber dass sich ein Italiener der Sache angenommen hat, ist im Grunde das Beste, was passieren konnte, nicht wahr? Das Problem betrifft die polnische und die italienische Öffentlichkeit, es hätte nicht viel Sinn, sich nur im eigenen Umfeld damit zu befassen ...«

»Mag sein, Papa. Aber ihr solltet allmählich aufwachen ...«

»Gut. Willst du vielleicht eine Rezension schreiben? Wir lassen sie übersetzen und schlagen sie ›Polska Włoska‹ vor. Dann bist du derjenige, der einen Weckruf gibt.«

Edoardo wird keine Rezension schreiben, und er scheint die Angelegenheit vergessen zu haben, als er sich in den letzten Monaten vor dem Abitur in den Schulbüchern vergräbt.

Bisweilen fragt Flavia sich noch immer, ob es richtig war, nicht mit Giorgio über die Einschüchterungen zu sprechen, das hat es bei einer so schwerwiegenden Angelegenheit wie dieser noch nie gegeben, und es ist verstörend, diesen Vorfall so nennen zu müssen. Es ist ein Fehler, und sie benimmt sich noch immer wie die perfekte, unpolitische italienische Gluckenmutter, aber was soll's: Flavia bringt es einfach nicht übers Herz, Edoardo wieder aus dem Gleichgewicht zu bringen, wo er sich durch die Identifizierung mit Menschen, die sehr viel Schlimmeres erfahren haben, offensichtlich wieder gefangen hat.

Als Edoardo, nachdem er die Abiturprüfungen mit unverhofft guten Zensuren bestanden und den Schmerz ob der beendeten Liebelei mit Sara halbwegs verwunden hat, im Juli verkündet, er wolle sich vor den polnischen Friedhof in Montecassino postieren, um nach den Verschwundenen zu suchen, ist Flavia denn auch die Erste, die ihn unterstützt. Giorgio spricht sich sowieso nie offen gegen etwas aus. Seinetwegen kann der Junge auch diese Erfahrung machen, wenn er denn unbedingt möchte, auch wenn er die Sache für eine überflüssige Zeitverschwendung hält, wie er seiner Frau gegenüber bemerkt, »er sollte sich lieber einen Job suchen oder richtig Ferien machen«.

Doch nicht nur Giorgio irrt sich, das Projekt als ebenso idealistisches wie vermessenes Abenteuer abzutun, sondern auch Flavia, die sich als Mitwisserin und Hüterin des Auslösers für die Suche nach den Verschwundenen empfindet: Sie begreift nicht, dass das Interesse ihres Sohnes schon seit geraumer Zeit nicht mehr nur Spiegel und Vorwand ist.

Niemand ist daran schuld und niemand kann etwas daran ändern, dass Edoardo sich noch immer so fühlt wie an jenem Nachmittag des 29. Oktober auf der Polizeiwache: alleingelassen. Vielleicht übertreibt er, wie es für ihn und für sein Alter typisch ist, doch es gibt Erlebnisse und Verletzungen, die die Wahrnehmung für immer verändern. Am empfindlichsten getroffen ist das Gehör: feststellen zu müssen, dass die slawischen Sprachen einander so ähnlich sind, dass er versteht, was die Maurer in den öffentlichen Verkehrsmitteln, die Altenpflegerinnen bei McDonald's, die blonden Nutten mit ihren mondblassen, im Licht der Scheinwerfer auf der Via Salaria zur Schau gestellten Stelzenbeinen zueinander sagen.

Es sind Legionen, ein unsichtbares Heer, wie die auf der

Erde gelandeten Außerirdischen aus einem Kinderfilm: Nur Edoardo scheint ihr Paralleluniversum wahrzunehmen. Edoardo sieht, wie sie von den Callcentern, den Kebab-Imbissen, den Läden eingesaugt werden, in denen es Okra und Säcke voll Reis sowie Wodka und Gläser mit sauren Gurken gibt, und entdeckt eine Apartheid der Fakten, nicht der Rassen: Schwarze, Weiße, Gelbe, Braune aller Schattierungen. Das ist die Hauptstadt, Rom, oder nein: Das sind nur die Viertel, die Edoardo hin und wieder durchquert. Kein Wunder, dass gleich dahinter die Randzonen echter Unsichtbarkeit beginnen, die nur dann einen Riss bekommen, wenn etwas Aufsehenerregendes passiert – eine Vergewaltigung, eine Räumung, eine Schlägerei –, doch gleich darauf haben sich all diese Geistermenschen wieder in Luft aufgelöst. Um junge Männer wie Michał und Rafał von der Erdoberfläche namens Italien verschwinden zu lassen, braucht es nicht viel.

Als er seinem zukünftigen Partner das erste Mal ihre Fotos zeigt, meint Andy »nice kid«, sonst nichts. Diese zwei Worte genügen Edoardo. Er hat mit Andy nie wirklich darüber gesprochen, was am Tasso los war, erst recht nicht darüber, was ihm nach der Demonstration auf der Piazza Navona passiert ist. Längere Zeit haben sie sich so gut wie gar nicht gesehen und seltener gesprochen als sonst, zuerst wegen des Schulprotests, dann wegen des Hauptgegenstands ihrer sporadisch getippten Unterhaltungen, Sara, die drei Jahre älter ist, in einer WG unweit der Cestius-Pyramide wohnt, wo Edo in den ersten Monaten sein Lager aufschlägt, und die in den angehängten Schnappschüssen präsentiert wird (»U know I dn't like piercing, but she's got great eyes ... & huge boobs 2!!!«) wie in einer Foto-Lovestory.

Der Weiße hatte geglaubt, das mit seiner unendlichen Liebe geteilte Engagement hätte ihn und den Prinzen von Kaschmir voneinander entfernt, doch als die unendliche Liebe in die Brüche geht (»I just feel like Shit. Am liebsten würde ich zu ihr hin und ihr vor ihren Freundinnen sagen, wie scheiße sie ist!« »Bau keinen Mist, Edo. Halte durch bis zu den Prüfungen und danach U can gt all the girls n the world!«), stellt er fest, dass der Austausch darüber ihre Freundschaft gestärkt hat. Deshalb und wegen des »nice kid« beim Anblick von Michał Serbinowskis Foto, ist Andy derjenige, den er bittet, ihn bei seiner Friedhofswache für die Verschwundenen zu begleiten. Doch vielleicht auch, weil keiner seiner neuen, für die Probleme von Einwanderung und Rassismus empfänglichen Freunde je so behandelt werden würde wie er, wogegen der Sohn eines Bulgari-Managers, wenngleich er es niemals darauf anlegen würde, auch nicht davor gefeit ist. Ein kleiner Unfall mit dem Citroën würde genügen, der auf Shrila Gupta zugelassen ist, Mutter eines kaum volljährigen Jungen mit einem indischen und einem belgischen Pass, weil er im Schatten der Diamantenbörse in Antwerpen geboren ist, dessen Führerschein das einzige Italienische an ihm ist.

Dieser Gedanke kommt Edo zum ersten Mal, als sein Partner im gestreiften Campingstuhl neben ihm herzhaft gähnt und die Arme unkoordiniert gen Himmel reckt. Das weiße Polohemd mit dem kleinen Markenkrokodil auf der Brust strahlt makellos, die Edelstahluhr mit Gummiarmband ist um die sechstausend Dollar wert. Edoardo mustert Andy von den hellen Mokassins bis zum nicht zu langen und nicht zu kurzen und ein klein wenig schnöseligen Haarschnitt: Er ist auch ein »nice kid«, wenn auch in der Luxusversion, doch welchem Polizisten oder Carabiniere fiele das schon auf, wenn die Farbe des Gesichts, das sich beim zweiten Gähnen in Falten legt, nicht die richtige ist.

»Ich bin müde.«

Vielleicht sollte Edoardo ihn warnen, ehe es zu spät ist, auch wenn Andy womöglich nie irgendwelche Probleme bekommen wird. Ganz bestimmt würde er ihn nicht verstehen, er würde ihn auslachen und etwas sagen wie »Come on, you're getting paranoid«, Ende der Diskussion. Plötzlich überfällt Edo die Ahnung, dass er alles andere als paranoid, sondern wahnsinnig dumm und leichtsinnig ist, ausgerechnet Andy zu dieser ungenehmigten Flugblattaktion mitzuschleppen. Was, wenn sie kontrolliert werden, wenn man ihre Papiere sehen will? Zwei Stunden von zu Hause und von den Menschen entfernt, die ihnen helfen könnten. Wenige Tage vor Inkrafttreten des Sicherheitsdekrets. Er hat nicht den leisesten Schimmer, ob Anand Gupta eine Aufenthaltsgenehmigung besitzt. Hier braucht es nicht einmal einen Autounfall: Es genügt, dass jemand herumerzählt, oben auf dem Friedhof lungerten den ganzen Tag zwei Jungen herum, von denen einer garantiert kein EU-Bürger ist, und würden Touristen belästigen.

Der Weiße, der die Proteste des Tasso-Gymnasiums bis auf die Piazza Navona geführt hatte, hätte dem Problem die Stirn geboten. Edoardo, der fünf Stunden auf dem Polizeipräsidium verbracht hat, Edoardo Radosław Bielinski nicht. Er glaubt nicht mehr daran, dass es verlässliche Bedingungen gibt, um sich zu schützen und geschützt zu wissen. Und das gilt hundertmal mehr für Andy, der in schläfriger Ahnungslosigkeit in seinem Stuhl lümmelt, in goldener Arglosigkeit, aus der Edo ihn nie herausreißen wollte. Er hat keine Ahnung, wie er ihn in Sicherheit bringen soll.

»Hör mal, seit einer geschlagenen Stunde gähnst du jetzt herum und wiederholst ständig, wie müde du bist. Wenn du willst, kannst du auch zurück nach Rom fahren, wenn dir das alles hier brachial auf den Sack geht.«

»Und wieso? Ich bin einfach nur müde, ich entspanne mich. Ich habe mir überlegt, wir könnten gleich die Abtei besichtigen, und zum Mittagessen …«

»Die Abtei? Hast du da wirklich Lust drauf, oder sagst du das nur, um was zu unternehmen? Du langweilst dich, gib's zu …«

»Die ist doch nur einen Steinwurf entfernt. Das ist das

Kloster des heiligen Benedikt, eines der ältesten des Abendlandes …«

»Andy, das ist nicht eines der ältesten Kloster des Abendlandes. Es wurde Stein für Stein wiederaufgebaut, das faschis-
tische Mietshaus, in dem ich wohne, ist älter. Da ist nicht das
kleinste originale Fitzelchen, für das es sich lohnen würde,
den braven Touristen zu spielen.«

»So what? Du warst dort und ich nicht. Darf ich?«

»Aber was schert dich die Abtei? Kannst du mir das mit
eigenen Worten erklären, die nicht klingen wie aus dem Rei-
seführer? Warum musst du immer den Klassenprimus spielen, statt den Indern, die hier krepiert sind, die letzte Ehre zu
erweisen, wie ich es dir seit Tagen vorschlage?«

»Weil mich die Abtei mehr interessiert, in Ordnung? Mal
ehrlich, jemandes Grab zu besichtigen, nur weil er in Indien
geboren ist, who cares?«

»Ah, das ist dir also scheißegal?«

»So ziemlich.«

»Das heißt, dieser nachgebaute, krachkatholische Kasten
interessiert dich mehr als deine Landsleute? Muss ich dich
darauf hinweisen, dass du, Anand Gupta, Inder bist? Und
dass du von Glück sagen kannst, wenn die Leute es kapieren
und dich nicht für einen beschissenen Araber oder Schwarzen halten?«

»What the hell is wrong with you, today? Ich weiß selbst,
dass ich Inder bin, okay, aber deshalb muss ich mich nicht
verpflichtet fühlen, diese verdammten Gräber zu besuchen.
Du bist schließlich auch nicht wie ein Besessener zwischen
den Gräbern der Polen herumgerannt, und sogar vor dem
Grab von General Anders hast du eigentlich nicht mehr
gesagt als: Schweineöde …«

»Weil sie mich schon mein Leben lang hierherschleifen
und mich damit nerven.«

»Dir ist nicht klar …«

»Lass hören. Was soll mir nicht klar sein, im Gegensatz zu

dir, der du deine Nase so gut wie nie aus der Villa Borghese und der Via Condotti hinausgestreckt hast.«

Jetzt ist Andy ernsthaft getroffen. Eigentlich wollte er Edoardo etwas sagen, das er sich selbst nicht genau erklären kann, nämlich, wie schön es ist, einen Ort zu haben, an den der Befehlshaber einer Armee sich zurückbringen ließ, um neben seinen Soldaten zu ruhen, wie faszinierend die Geschichte dieses Mannes ist, unglaublicher noch als die von ihnen beiden geliebten Kriegsfilme, doch jetzt denkt er gar nicht mehr daran.

»Edo, you can be such a selfrighteous dick«, knurrt er, nachdem er eine Weile auf seine wildledernen Tod's gestarrt hat, »du bist so ein Arschloch.«

»Sorry. Echt, entschuldige bitte. Lass uns die Abtei ansehen gehen.«

Edoardo ist aufgesprungen, stellt sich vor seinen Partner hin, deutet mit einer Hand auf die großen, hellen Mauern hinter seinem Rücken und tänzelt in sinnlosen Trippelschritten, die die Nervosität nicht vertreiben können, von einem Fuß auf den anderen.

»Nein. Heute nicht. Dank dir ist mir die Lust vergangen.«

»Würdest du gern zurück nach Rom, Partner?«

»Ich würde gern ein bisschen allein sein.«

»Nur zu. Geh, wenn du willst.«

Andy blickt auf seine Bulgari Diagono, auf der es fast halb zwölf ist, und sieht nicht zu ihm auf. Edoardo ist unschlüssig, ob er sich wieder setzen oder stehen bleiben und abwarten soll, bis Andy etwas sagt.

»Ich gehe eine Runde pennen. Am frühen Nachmittag bin ich wieder hier.«

Edo setzt sich in Bewegung, erleichtert, endlich einen Fuß vor den anderen setzen zu können, der Weg bergan kommt gerade recht, ein bisschen körperliche Bewegung tut gut. Sie lassen die Stapel Flugblätter auf den Stühlen liegen und gehen einer hinter dem anderen unter den schattigen Bäumen am Straßenrand entlang Richtung Parkplatz. Schon auf halbem Weg hören sie Stimmen. Wenn schon etwas schiefläuft, dann richtig, denkt Edoardo und legt einen Schritt zu, um zu sehen, wie viele Besucher gerade ankommen, die er zu verpassen droht, doch sofort schämt er sich dafür. Er will nicht, dass Andy hinter ihm herhechelt und sich darin bestätigt sieht, dass ihm die Flyer und die Verschwundenen und die Polen das Allerwichtigste sind. Dennoch ist er erleichtert, dass er gleich wieder hinuntermuss, erst recht, als der Parkplatz in Sichtweite kommt und er feststellt, dass noch alle dort sind: unglaublich, wie die Stille ringsum den Sinn für Entfernungen täuscht.

»There's a lot of them«, sagt Anand, »do you want me to come back with you?«

»Nein, ach was, geh ruhig … ich kriege das schon hin.«

Jetzt kann Edoardo es kaum abwarten, Andy loszuwerden und sich in die Arbeit zu stürzen. »See ya!!!«, ruft er ihm durch das Autofenster zu und spurtet los.

Einen Moment lang sitzt Andy da, ohne den Zündschlüssel zu drehen, vielleicht, um noch ein wenig frische Luft hereinzulassen, oder vielleicht, weil er müde und enttäuscht und traurig ist. Er gähnt ein weiteres Mal, und dieser Urreflex löst ihn aus seiner Starre und lässt ihn die Straße hinunterblicken, die zum Friedhof führt und auf der Edoardo gewiss schon verschwunden ist. Aber da steht er, mitten auf der Fahrbahn, die Augen auf eine Gruppe gerichtet, die sich gerade hinter einem Kranz und einem Kruzifix in Bewegung setzt. Gut möglich auch, dass er zu ihm herübersieht, und deshalb lässt er den Motor an und fährt los.

Kaum ist er im Zimmer, geht er ins Bad und trinkt zwei Zahnputzbecher Wasser. Eine Dusche wäre nicht schlecht, doch er hat keine Lust. So sehr hat er gar nicht geschwitzt. Ich bin nun mal Inder, sagt er sich bitter, ohne dem Gedanken weiter nachgehen zu wollen. Es wäre sowieso zwecklos, Edoardo würde es nicht begreifen. Er erfüllt seine Mission, sein Dharma, und ich meines, er würde gar nicht wissen, wovon ich rede.

Niemand hat versucht, ihn auf dem Handy zu erreichen, Edoardo schon gar nicht, was bestätigt, dass er noch alle Hände voll zu tun hat. Danach, da ist Andy sich so gut wie sicher, wird er ihm eine Nachricht schicken, um noch einmal zu beteuern, er könne gehen oder bleiben, ganz wie er wolle, und ihn abermals um Entschuldigung zu bitten.

Doch Andy kann ganz und gar nicht tun, was er will, schließlich hat er das Auto, ohne das man hier kaum vom Fleck kommt, außerdem hat er sich auf diese Aufgabe eingelassen. Deshalb kann er sich nur die Schuhe und die Hosen ausziehen, sich auf seiner Seite des Doppelbettes ausstrecken und das in diesem Moment einzig Richtige tun: Schlafen, ein bisschen Schlaf nachholen. Nichts zu machen, es gelingt ihm nicht. Dann kann er ebenso gut den Computer anschalten, doch da fällt ihm etwas anderes ein. Er schwingt die Beine ins Bett zurück, setzt sich in den Schneidersitz und schließt die Augen, um sich auf das Gayatri Mantra zu konzentrieren, wie es ihm seit seinem Upanayana, dem Übertritt ins Erwachsenenalter, im vergangenen Jahr in Neu Delhi erlaubt ist. Er ist jetzt ein Mann und könnte versuchen, das Mantra stumm zu sprechen, doch er tut es lieber laut. Er singt, »om bhūr bhuvaḥ svaḥ tat savitur vareṇyaṃ bhargo devasya dhīmahi dhiyo yo naḥ pracodayāt«, und wiederholt die heiligen Verse, bis die leichte Heiserkeit in seiner Stimme einer festen, neutralen Tonlage weicht. Als er das abschließende »Om« ausatmet, fühlt er sich ruhig.

Er hat das Piepen nicht gehört, das eine Nachricht von Edoardo ankündigt. Er antwortet, er werde gegen halb drei oder drei zurück sein, und Edo schreibt postwendend »Danke, Partner!«

Anand hat weder Hunger noch Durst, seine Müdigkeit ist verflogen. Er beschließt, zusammen mit Edoardo zu essen, Seite an Seite in ihren Campingstühlen, genau wie die letzten

Tage. Nachher wird er irgendetwas auftreiben, das er zum Friedhof mitnehmen kann. Nachher. Jetzt hat das noch Zeit. Er legt sich aufs Bett und greift nach General Anders' Buch, das auf dem Nachttisch liegt. Er beschließt, noch einmal von vorn anzufangen, weil er über eine Menge Dinge gestolpert ist, die er nicht durchschaut oder über die er nicht genug weiß. Zum Beispiel hatte er nicht mehr im Kopf, dass nicht nur die Nazis in Polen eingefallen sind, sondern auch die Russen. Edoardo würde sagen, er sei ein alter Streber, aber Andy fängt an, sich sämtliche Fragen in seinem Notizbuch aufzuschreiben. Dieser General Rommel, der General Anders einen Befehl erteilt, was hatte der auf der Seite der Polen zu suchen? Oder vorher noch, als der Autor von »den langen Jahren des anderen Krieges« spricht, in dem er unter dem Befehl des Huseyn Khan Nakhchivanski kämpfte, und erzählt, am Ende habe er »überreicht durch Zar Nikolaus, umringt von seiner Familie«, das Diplom der Militärakademie von Sankt Petersburg erhalten. Seltsam, dass er seine militärische Laufbahn in der russischen Armee begann, doch das lässt sich noch nachvollziehen. Auch der Moment, »da ich mir das Barett mit dem polnischen Adler aufsetzen möchte«, erscheint noch begreiflich, doch bei allem anderen kommt man nicht mehr mit. Andys Wissen nach hätte zwischen den beiden Kriegen Frieden herrschen müssen, doch Anders hetzt von einer Front zur nächsten: Deutsche, Russen, Ukrainer, Aufstände, Staatsstreiche, Verwundungen und Orden, bis auf die Jahre an der École Supérieure de Guerre – »Frankreich liebenswert, Paris herrlich« –, die er als »die schönsten meines Lebens« erinnert. Nachdem Andy dank Wikipedia Juliusz Rómmel, »Polish General«, von Erwin Rommel, »German Field Marshall«, zu unterscheiden lernt, findet er heraus, dass Władysław Anders in Wirklichkeit der protestantisch getaufte Sohn eines Deutschbalten war, jedoch geschworen hatte, zum Katholizismus überzutreten, sollte das Schicksal ihn heil und gesund aus dem russischen Gefängnis entlassen. Auch diese Information ist verwirrend, denn der Lektüre seiner Memoiren nach scheint seine Zugehörigkeit dem General in Leib und Seele eingebrannt: sein Polen, seine Männer, die Schändung einer Wundertätigen Medaille durch einen Bolschewiken, die ihn ärger zu verletzen scheint als alle Verwundungen und Schläge. Diese fremde Welt aus unaussprechlichen Namen, nie gehörten Orten, unbekannten Ereignissen, deren Grauen jede Vorstellung übersteigt, fasziniert Anand Gupta. Es ist das Geheimnis eines Mannes, der, nachdem er diese Welt durchschritten hat, nun wenige Schritte von dort begraben liegt, wo Andy seine Tage verbringt. Doch vor allem ist es das Geheimnis einer Geschichte, die ihn vom ersten Kapitel an so sehr in den Bann schlägt, dass er unbeirrt weiterliest, auch als ihm das Moleskine wegrutscht und zwischen den Kissen landet.

»Ich hatte eine Vorahnung der Katastrophe, als ich Ströme verzweifelter, leidender Flüchtlinge auf allen Arten von Fahrzeugen sah, mit ihren Gerätschaften bepackt, häufig gefolgt von ihrem Vieh. Als sie unsere Abteilungen sahen, blieben sie stehen und machten jedes Fortkommen unmöglich. Ich gab den Befehl aus, den Bau von Befestigungen bei Płock zu beschleunigen, zur Sicherung des Weichselübergangs, denn dort lag mein möglicher Rückzugsweg. Mława hielt sich großartig, trotz der Überlegenheit des Feindes. In der Nacht vom 3. auf den 4. September wurde ich jedoch in Kenntnis gesetzt, dass ihre Verteidiger den Befehl erhalten hatten, sich bei Tagesanbruch auf abgelegenere Stellungen zurückzuziehen. Wie war das möglich? Wie sollten sie sich bei helllichtem Tag, unter feindlichem Artilleriefeuer und dem massiven Druck aus der Luft zurückziehen?«

Flüsse, die es zu verteidigen und zu überqueren galt, zerstörte oder zu sprengende Brücken, Befehle, Gegenbefehle, zu spät erhaltene Befehle, am tatsächlichen Frontgeschehen vorbei, gekappte Kommunikationswege, dislozierte Oberkommandos nach dem Fall Warschaus. »Unsere Gesamtsituation war äußerst kritisch.« Vorrücken, sich zurückziehen, in den nächtlichen Wäldern Schutz suchen, zerbombte Straßen finden, die für die Flüchtlingsströme unpassierbar sind, deutsche Truppen, eine Luftwaffe, die die Truppen ungestört hätte niedermähen können, sich mit den Panzern über Land kämpfen, irgendwo durchbrechen, um voranzukommen, weil man sich umzingelt weiß, die Direktiven ändern, weil die Russen von hinten angreifen, und fortschreiten, sich nach Südosten vorankämpfen, in die einzige Richtung, die noch bleibt.

»Wir rückten weiter vor, schlossen uns mit Einheiten des Generals Dab-Biernacki zusammen. Ich erhielt genaue Befehle. Ich hatte nur Kavallerieabteilungen zur Verfügung und musste den Feind zwischen Zamość und Tarnawatka angreifen, in Richtung Suchowola-Krasnobród. Die einzige Abteilung, die im Hinblick auf Nachschub und moralische Verfassung noch in Ordnung war, war meine alte Brigade Nowogrodek. Auch die Brigade Volinia war kampftauglich. Von den anderen Abteilungen waren nur wenige Gruppen übrig. Das war alles, was mir zu Befehl stand.«

Um jeden Preis muss eine Lücke in die feindlichen Linien geschlagen werden, am Nachmittag des 22. September 1939 greifen sie an, gewinnen am 23. September die Oberhand, durchqueren den Durchbruch, nachdem sie so gut wie sämtliche eigenen Fahrzeuge zurückgelassen und zerstört haben, »sowohl die gepanzerten als auch die Versorgungsfahrzeuge«, für die kein Treibstoff mehr da ist, nicht einmal die Nachschubwagen können passieren, weil »wir gezwungen waren, durch die Felder zu marschieren«. Das, was von den Geschützen noch übrig ist, wird auf vier Pferdegespanne geladen, doch »der Boden war sehr hart und die Pferde völlig entkräftet«. Selbst General Anders und sein Stab führen die Vorhut im Sattel an und machen halt, um den siegreichen Bajonettangriff der Kavalleriebrigade Volinia gegen die deutschen Reservetruppen zu beobachten.

»Wir rückten weiter vor. Kämpften an der Kreuzung von Krasnobród. Das glorreiche, unbeugsame 25. Ulanenregiment Großpolen errang den Durchbruch mit einem Sturmlauf zu Pferde. Unglücklicherweise kam dabei fast eine ganze Schwadron ums Leben.« Es werden Gefangene gemacht, Hunderte Soldaten in Feindeshand sowie ein Feldlazarett mit zahlreichen Verwundeten befreit, »aber die Deutschen drängten von allen Seiten heran, wir mussten uns an den Flanken verteidigen, und hinter uns hörten wir Kanonendonner. Trotz allem hielten wir für lange Zeit stand.«

Doch die Russen, so erfährt man, dringen immer weiter auf polnisches Gebiet vor. Man muss sich beeilen, es rechtzeitig zwischen den nationalsozialistischen und sowjetischen Truppen hindurch schaffen, sich den Grenzen der einzigen erreichbaren Freundesländer nähern – Rumänien und Ungarn –, um das, was vom polnischen Heer noch übrig ist, in Sicherheit zu bringen und sich im Ausland neu zu organisieren: Das ist die letzte Hoffnung.

»Wir waren restlos erschöpft. Seit dem 1. September marschierten wir des Nachts und kämpften bei Tag. Auch gab es nicht immer Wälder, in denen wir uns verstecken konnten. Unablässig ritten die Offiziere an den Kolonnen entlang, um die Soldaten zu wecken, die eingeschlafen waren. Es war unmöglich, den Soldaten den Abstieg vom Pferd zu befehlen, sie wären schlafend zusammengebrochen und man hätte sie nicht mehr wach bekommen.«

Sie sind nicht schnell genug. Allmählich stoßen sie auf sowjetische Truppen, schlagkräftige, gut in Stellung gebrachte Einheiten, und der General schickt einen seiner besten Offiziere los, Hauptmann Stanisław Kuczynski, um in ihrem Hauptquartier die Einwilligung zu erlangen, sie kampflos bis Ungarn passieren zu lassen. »Es half nichts. Er wurde allem beraubt und entkam nur um Haaresbreite dem Tod. Fast unverzüglich eröffneten die Russen das Feuer auf uns, mit zuvor in Stellung gebrachter Artillerie.«

Am 27. September feuern die polnische Artillerie und ihre Schützen den letzten Schuss. »Wir hatten keine Ausrüstung mehr. Die Pferde waren erschöpft und ohne Wasser. Ein Durchbruch war unmöglich.«

Sie teilen sich in kleine Gruppen auf, zerstreuen sich in den Wäldern, versuchen, sich nachts zu bewegen und einzeln bis nach Ungarn durchzuschlagen. Doch das Gebiet wimmelt vor sowjetischen Truppen, unterstützt von bewaffneten Banden, es ist gefährlich, Erkundungstrupps loszuschicken, sich Ortschaften, Siedlungen oder Straßen zu nähern.

»Wir rasteten in den Wäldern, um unsere müden Pferde ausruhen zu lassen und bei Sonnenuntergang wieder aufzubrechen. Kurz darauf bemerkten wir, dass wir von sowjetischen Abteilungen umzingelt waren: Sie hatten den ausdrücklichen Befehl, die polnischen Truppen gefangen zu nehmen. Da der Wald sehr dicht und der Boden sumpfig war, ließen wir die Pferde zurück und versteckten uns in unwegsamem Gelände.«

Es geht zu Fuß weiter. Über Wurzeln stolpernd, suchen sie nach dem undurchdringlichsten Dickicht. Während sie im Unterholz kauern, ziehen brüllend und schießend die russischen Häscher wie bei einer Treibjagd vorbei. General Anders blickt den wenigen Männern, die ihm noch geblieben sind, fest in die Augen, um zu verhindern, dass jemand in der Anspannung auch nur einen einzigen Schuss abfeuert. Bei Sonnenuntergang setzen sie ihren Marsch gen Süden fort. Nicht weit von einem Dorf werden sie im Dunkeln von einer Bande Soldaten und Partisanen angegriffen. »Feuer aus kürzester Distanz und gleich darauf Nahkampf. Wie großartig war diese Handvoll Polen in jenem Moment! Ich wurde ein erstes Mal und ein zweites Mal verwundet. Ich spürte, dass ich am Rücken getroffen war und dass mein Bein heftig blutete. Ich bat meine Kameraden, mich zurückzulassen, um sie an der Fortsetzung ihres Marsches nicht zu hindern. Ich war fest entschlossen, mich dem Feind nicht lebend zu ergeben.

Doch sie weigerten sich kategorisch, mich zurückzulassen. Unter größten Schwierigkeiten und unvorstellbaren Mühen trugen sie mich wortwörtlich auf den Armen. Ich erlitt einen Blutsturz und kurz darauf einen zweiten. Ich gab ihnen den absoluten Befehl, Ungarn zu erreichen, und sagte diesen großartigen Soldaten Lebewohl.«

Anand folgt General Anders ins nächste Kapitel, der am Morgen wieder zu Bewusstsein kommt und beschließt, »mich bis ins nächstgelegene Dorf, Jesionska Stasiowa, zu schleppen und es mit dem Schicksal aufzunehmen«, zusammen mit Hauptmann Kuczynski und dem Soldaten Tomczyk, die ihm selbst auf seinen Befehl hin nicht von der Seite gewichen sind. Er erlebt mit, wie der General sogleich von einem Spähpanzer aufgegriffen wird und auf seinem Transport ins Hauptquartier der Roten Armee bereits vollständig besetzte Dörfer durchquert, und nickt mit dem Kopf auf den Seiten ein.

Es ist ein leichter, unsteter Schlummer, wie man ihn tagsüber schläft, eine Art Halbschlaf, in dem Pferde auftauchen und verschwinden, dunkel wie Schatten oder weiß und verschwitzt, Pferde und Wälder, nachtgrüne Bäume, Erde und schneebedeckte Wipfel, schwarz-weiße Wälder im Mondlicht. Bewegte Schemen in der nächtlichen Mondlandschaft, Soldaten, die schwarz und schmächtig im Sattel kauern, schlafend oder wach, eins geworden mit den Rücken der Tiere, vage Schemen, die vorüberziehen. Der ganz vorn muss General Anders sein, an den Nacken seines Tieres geklammert, reitet er unter den Ästen voran, kein Hufgeräusch, kein Schnauben, kein Schuss, nur der General, der seine Truppen über den weißen, von Pferdespuren durchfurchten Grund führt, General Anders, der, abermals schwarz-weiß, durch die Tannen- und Birkenwälder seiner Heimat trabt, die im Begriff ist, besiegt und besetzt zu werden, der General, der wie Arjuna sein Dharma erfüllt und seine Soldaten durch die Nacht, den Wald, den fallenden Schnee führt.

Als Andy aufwacht, ist es fast Zeit zu gehen. Bedächtig schlüpft er wieder in die Hosen, zu seiner Verwunderung ist er leicht verschwitzt, tatsächlich lassen die vor dem geöffneten Fenster zugezogenen Läden nichts als Hitze herein. Im Bad wäscht er sich Gesicht und Hände und lässt das Wasser über die Handgelenke laufen. Mein Traum war wie ein Film, sagt er sich, und vielleicht hat er irgendwann einmal etwas Ähnliches gesehen, was aber gewiss nichts mit dem Zweiten Weltkrieg zu tun hatte. Vielleicht *Der letzte Samurai* oder gar *Der Herr der Ringe*, doch den Schnee hat er selbst hinzugedacht, den Schnee dieser fernen, unbekannten Landstriche, den er in seinem Leben erst ein einziges Mal berührt hat.

Von General Anders' Aufbruch ins Feld bis zu seiner Gefangennahme rund hundert Kilometer vor dem ersehnten Ziel fällt zwischen dem 1. und dem 29. September 1939 weder eine Flocke Schnee, wie es selbst im äußersten Osten Europas für diese Jahreszeit normal ist, noch ein Tropfen Regen.

»Das herrliche, sonnige und sommerlich trockene Wetter hatte den Pegel der Flüsse beträchtlich sinken lassen, und so stand dem Vorrücken der deutschen Panzer kein potenzielles Hindernis im Weg. Die deutsche Luftwaffe profitierte von exzellenter Sicht, und unglücklicherweise gab es keine polnischen Luftstreitkräfte mehr.«

Der Schnee war Anand aus den Seiten entgegengeweht, die er in der Nacht zuvor verschlungen hatte. Er hatte sich aus der Zukunft dorthin verirrt.

Irka im Gulag

Es mag vielleicht nicht für Irena Levick und die Brüder Szer gelten, deren Reise in einem Lager in der Oblast Archangelsk endet, doch zahlreiche Polen erreichen die letzte Station ihrer Deportation, kurz bevor General Anders aus der Lubjanka entlassen wird, der letzten Station seiner sowjetischen Gefangenschaft, die an jenem Spätseptembertag begann, als er verwundet in die Hände der Roten Armee fiel. Im Moskauer Gefängnis des Geheimdienstes konnte er die Bombenangriffe aus der Luft bereits seit geraumer Zeit hören, und obwohl er seine Hoffnungen sogleich wieder in den Krieg setzte, hätte er mit dessen persönlichen Folgen für sich niemals gerechnet.

Um vier Uhr nachmittags des 4. August wurde die Zellentür geöffnet und folgende Frage an uns gerichtet:
»Wessen Name hier beginnt mit dem Buchstaben A? Schnell, schnell, raus zur Vernehmung!«
Auch im Korridor des Gefängnisses nahm ich etwas äußerst Ungewöhnliches wahr. Niemand trieb mich mit Schlägen in den Rücken voran oder packte mich am Arm, wie es zuvor üblich gewesen war. Der Gefängniskommandant selbst stieß zu uns. Und da ich an Krücken ging, half man mir die Treppe hinauf. Wie überaus kultiviert! Die Korridore machten einen zusehends gepflegteren Eindruck. Dann, nach einer sehr kurzen Wartezeit, betrat ich ein geräumiges, vornehm eingerichtetes Arbeitszimmer voller Teppiche und weicher Sessel. Zwei in Zivil gekleidete Männer erhoben sich hinter einem Tisch:

»Wie geht es Ihnen?«

»Mit wem spreche ich?«

»Ich bin Beria ... Ich bin Merkulov ...«, antworteten sie einer nachdem anderen.

Sie fragten, ob ich eine Zigarette oder einen Tee wünsche. Ich fragte sie, ob ich ein Gefangener oder ein freier Mann sei. Die Antwort lautete: »Sie sind frei.«

Also bat ich um Tee und Zigaretten.

Die obersten Leiter des NKWD, des Volkskommissariats für innere Angelegenheiten, das über das Schicksal eines jeden unter sowjetischer Herrschaft verfügt, setzen Anders in Kenntnis, dass ein Vertrag mit England unterzeichnet und ein Abkommen mit der polnischen Exilregierung in London getroffen worden sei. Nun lautete das Ziel, in Eintracht zu leben beziehungsweise gemeinsam gegen die Deutschen, die feigen, nazifaschistischen Verräter, zu kämpfen. In Kürze würde es eine Amnestie für alle Polen geben, das Abkommen sehe sogar die Bildung eines neuen Heeres vor. Und er, Władysław Anders, der sich unter den Polen in Russland allergrößter Beliebtheit erfreute, sollte zu seinem Befehlshaber ernannt werden! Sogar Genosse Stalin hatte sich für seine Person interessiert!

Während der zweite Satz stimmen mag, hat der General keine Zweifel, dass der erste eine Lüge ist, und er fragt sich nach dem Grund, erscheint sie als reine Schmeichelei doch zu groß. Jedenfalls wird er wenige Tage später tatsächlich entlassen: Man geleitet ihn sogar in Lawrenti Berias Limousine zu seiner neuen, luxuriösen Wohnung, obwohl ihm die zu großen NKWD-Hosen um die barfuß getragenen Schuhe schlottern.

Von dem Moment an sind sämtliche in der Sowjetunion internierten Polen, nicht nur die Kriegsgefangenen, sondern auch die zivilen Insassen der Gulags, ihre Familienangehörigen sowie alle anderen in die Verbannung Gezwungenen wieder frei. Frei, zu ihm zu kommen und Soldaten zu werden, Kämpfer für Polens Freiheit. Doch das wissen viele nicht oder erfahren es erst sehr viel später oder – wer weiß wie viele – nie. Doch selbst wenn sie es erfahren, ist nicht gesagt, dass die Lagerleitung sie bereitwillig ziehen lässt und auf ihre Arbeitskraft verzichten will.

Ganz gleich, mit welcher Deportation Irka und die Szer-Brüder in ihr Lager in der Oblast Archangelsk gekommen sind, es muss ein ganzer arktischer Winter vergehen, ehe sie von der Amnestie erfahren. Sie sind frei und wissen es nicht. Und ebenso wenig wissen sie, dass sie eine Zeit lang denselben Grund und Boden mit dem Mann teilten, der sie, barfuß in die Freiheit entlassen, aus der Sklaverei ihres arktischen Ägyptens inmitten der Wälder hinausführen wird.

Auch General Anders wurde gleich nach seiner Gefangennahme nach Lwiw gebracht, und ausgerechnet in Lwiw hatte der Bus, mit dem er zusammen mit den anderen Gefangenen nach Osten deportiert werden sollte, eine Panne. Der General war schwer verletzt, er protestierte, er würde bluten, könne sich nicht von der Stelle rühren und die Reise am kommenden Tag unmöglich fortsetzen. Irgendwann versuchten die NKWD-Beamten, ihn in den überfüllten Krankenhäusern unterzubringen, und schließlich nahm das Militärkrankenhaus ihn auf.

»Diesem Umstand ist es zu verdanken, dass ich nicht in einem Konzentrationslager landete. Und dies mag auch der Grund sein, weshalb ich nicht das Schicksal meiner Kameraden in Katyn erlitt.«

Kaum zwei Jahre später muss es Stalin wie ein Glück, ja, wie eine Bestätigung der ihn leitenden unfehlbaren historischen Notwendigkeit erschienen sein, dass er angesichts all jener, die er nicht einmal sechs Monate zuvor ermorden ließ, immerhin noch einen General aus den Tiefen eines Gefängnisses fischen kann. Deshalb hat er sich womöglich für Anders interessiert! Doch obwohl Anders dem Gemetzel an polnischen Offizieren entgangen war, glich die Tatsache, dass er überdies bis zu jenem Moment überlebt hatte, eher einem Wunder der angebeteten Madonna als dem Ergebnis des von Stalin verehrten Determinismus.

Während Anders im Herbst '39 im Lwiwer Krankenhaus liegt, unternimmt das NKWD mehrere Versuche, ihn anzuwerben. Man trägt ihm sogar an, Befehlshaber der Roten Armee zu werden. »Denken Sie darüber nach«, bekommt er zu hören, »wir reden das nächste Mal darüber«, und diese Bemerkung gefällt ihm ganz und gar nicht. Er hat noch immer eine Kugel im Bein, und die schmerzenden Wunden machen jeglichen Gedanken an eine Flucht auf eigene Faust sofort zunichte. Die einzige Möglichkeit, dem zuvorzukommen, was sich die sowjetischen Köpfe für ihn auszumalen scheinen, ist, sich in den von den Nazis besetzten Teil Polens schicken zu lassen, die Genesung abzuwarten und dann die Flucht ins Ausland zu wagen. Am Ende gelingt es ihm dank der einen oder anderen gehörig geschmierten Beziehung, zusammen mit anderen verwundeten Offizieren auf einen Konvoi in deutsches Gebiet verfrachtet zu werden, der jedoch in der Grenzstadt Przemyśl haltmacht. Mehrere Tage harren sie dort an der Grenze aus. Die Wachen des NKWD beteuern immer wieder, der Zug würde sich bald wieder in Bewegung setzen, was jedoch immer offensichtlicher falsch ist. Wie demütigend muss es für Anders gewesen sein, zu erkennen, dass er festsaß, dass sein verdammter Gesundheitszustand ihn verhöhnte, ausgerechnet jetzt, da er das Ziel vor Augen hatte, das für alle anderen, die sich auf ihren Beinen halten konnten, erreichbar war. Und es klingt wie noch größerer Hohn, wie ein grausamer Scherz des Schicksals, dass es anstelle des Generals mit deutschen Wurzeln, der für den Kampf für Polen brannte, womöglich just zur selben Zeit einem um seine Eltern besorgten Sohn, dem jungen jüdischen Arzt Józef Szer aus Będzin, abermals gelingen sollte, die Grenze zu übertreten.

Der Konvoi fährt nicht weiter. Anders und die anderen verwundeten Offiziere werden in einen beschlagnahmten Bus verladen und nach Lwiw zurückgebracht. Während der Wintermonate des Jahres 1940, als das Fräulein Irena Levick die sowjetische Ordnung wegen einer Geige herausfordert, sitzt Władysław Anders im Gefängnis von Brygidki, Schauplatz des Massakers, als die Deutschen auf Lwiw vorrücken, doch da hat man den General bereits nach Moskau verlegt, zuerst in eine Gemeinschaftszelle, in der die Gefangenen einander die Luft nehmen, zusammengekrümmt und praktisch übereinander auf dem Boden schlafen, häufig tagelang ohne Wasser. Dann wird der Gefangene, der sich kaum auf den Krücken halten kann und mehrmals die Treppen hinuntergestoßen wird, mit blauen Flecken und Schürfungen übersät in eine Isolationszelle geschubst, »ein Kämmerchen mit einem kaputten Ofen und einem vergitterten Fenster ohne Scheiben«.

Alle zwei bis drei Tage bekommt er einen Kanten Brot und eine undefinierbare Brühe zu essen. Keine ärztliche Versorgung. Keine Kleidung. Das Fenster bleibt unverglast. Nur ein einziges Mal darf er den Raum verlassen. Nach sechs Wochen hat er nicht nur an Händen und Füßen Erfrierungen, sondern auch im Gesicht, wo sich eitrige Schwären bilden.

»Ich war überzeugt, mein Ende sei nah. Ich war bis auf die Knochen abgemagert und so schwach, dass ich den Schmerz der Wunden und der Kälte nicht mehr spürte. Ich war überzeugt, keine zwei Wochen mehr zu überleben.«

Sein einziger Besuch sind die NKWD-Männer, die in die Zelle platzen, um sie zu durchsuchen. »Eine peinlich genaue Inspizierung sämtlicher Körperöffnungen, die mit höchster Fertigkeit und Brutalität ausgeführt wurde. Nicht einmal mein während der Gefangenschaft gewachsener langer Bart wurde ausgelassen, der vor Eiter aus den Schwären in meinem Gesicht starrte und vor Kälte steifgefroren war. Bei diesen Gelegenheiten wurde ich wiederholt geschlagen.«

Nach acht Wochen, am 29. Februar 1940, wird General Anders aus der winzigen, weißen Hölle gezerrt und in das politische Gefängnis Lubjanka überführt. Die ersten Deportationskonvois waren bereits in das Massengefängnis unter freiem Himmel aufgebrochen, in das Gulag-Universum, das so grenzenlos ist, dass es niemals möglich sein wird, die Lager, Kolonien und Verbanntensiedlungen samt all jenen, die in ihnen verschwunden sind, zu kartieren. In den besetzten Städten hatte es vor allem jene getroffen, die ein größeres oder kleineres Rädchen im polnischen Staatsapparat gewesen waren, vom Polizisten bis zum Richter, von Gewerkschaftern und Abgeordneten bis zu Lehrern, Eisenbahnern, Postbeamten und den Postboten selbst. Auf dem Land verschwanden ganze Dorfbevölkerungen, Bauern und Waldarbeiter, und nicht nur Polen wie in den städtischen Gebieten, sondern auch Belarussen und Ukrainer. Die Februarkälte war so heftig, dass die kleinen Kinder auf den Lastwagen oder an den Sammelpunkten buchstäblich zu Eis gefroren, noch ehe sie die Waggons erreichten.

Auch die alte Irka, der trotz ihrer klimatisierten Miniwohnung Schweißtropfen auf den Schläfen stehen, betont immer wieder, wie eisig-kalt es war.

»Oblast Archangelsk, verstehst du, in den Wäldern, um Holz zu schlagen, es herrschten minus vierzig Grad, minus vierzig!«

Holz schlagen. In den Wäldern. Darin bestand die Arbeit, andere gab es nicht. Und ringsum nichts als Wald. In der Oblast Archangelsk, im Westen Sibiriens, südlich des Polarkreises. Wo Urwald die Erde bedeckt, himmelhohe Bäume, die nie zuvor gefällt wurden, außer von Stürmen und Altersschwäche oder von Krankheiten, die sie von innen zerfressen. Doch jetzt, dank der Arbeitskraft der Gefangenen und der weit verteilten Arbeitsstätten des Gulag-Systems, sind diese Bäume dazu bestimmt, zu Brettern, Häusern, Möbeln und sogar Spielzeug zu werden, für den Nachwuchs irgendeines

Apparatschiks oder als Belohnung für sozialistische Vorzeigekinder. Die Oblast Archangelsk ist größer als das Vor- und Nachkriegspolen, ungefähr doppelt so groß wie Italien ohne seine Inseln. Doch wen es dorthin verschlagen hat, ist sich dessen nicht bewusst. Er sieht, getreu dem deutschen Sprichwort, den Wald vor lauter Bäumen nicht.

Überflüssig zu sagen, dass Irka nicht dafür gemacht ist, Holz zu fällen, die Stämme durch den hohen Schnee zu schleifen, um sie auf einen Pferdeschlitten zu stapeln und festzubinden, der sie zurück ins Lager zieht. Die Abholzung war eine der härtesten Arbeiten, zu der man im Gulag verdammt sein konnte. Gustaw Herling begreift das sofort, und kaum ist er im Lager Jerzewo angekommen, verkauft er einem der Kriminellen, die in der Hierarchie was zählen, seine Stiefel, um in seine Brigade aufgenommen und nicht in die Wälder geschickt zu werden. Vielleicht unterstanden die Lager von Herling und Irka – die beide in der Oblast Archangelsk zur Holzgewinnung und -verarbeitung errichtet wurden – derselben örtlichen Verwaltung: KargopolLag, die »Besserungsarbeitslager« von Kargopol. Und selbst wenn nicht, ist es dennoch ein kurioser Zufall, dass Herling an die Schwärme von Juden erinnert, die versuchten, den Fluss Bug zu überqueren, um auf sowjetisches Gebiet zu gelangen, insbesondere an einen von ihnen: Zelik Lejmann, Friseur aus Warschau und Friseur in Jerzewo, ein Privileg, das laut dem alten Lagerfriseur seinem Denunziantentum geschuldet war, »und das schien auch zu stimmen, denn Lejmann war wie durch ein Wunder dem Schicksal der anderen polnischen Juden [...] entgangen; diese hatte man zu Hunderten im Wald langsam zu Tode gequält«.

Auch Irka hätte in den Wäldern vor Entkräftung sterben können. Besser gesagt, sie hätte im Teufelskreis der Schinderei verenden können, in dem die Arbeitsleistung weit unter den Durchschnitt sinkt, weshalb die Essensration gekürzt wird, was wiederum die Kräfte für die Waldarbeit am nächsten Tag schwinden lässt, weshalb die Essensration abermals gekürzt wird. Doch während des Transports hatte sie Zygmunt kennengelernt, und Zygmunt Szer gehörte zu ihrer Brigade. Er machte ihr von Anfang an den Hof. Er umwarb sie auf eine Art, die ihm verwehrt gewesen wäre, wären sie sich bereits als Flüchtlinge in Lwiw begegnet, und erst recht zuvor, als sie zur jüdischen Jeunesse dorée der Vorkriegszeit gehörten. Er umwarb sie, indem er ihr half, die Baumstämme auf den Schlitten zu laden.

»Das gefiel meinem Pferd überhaupt nicht, einmal hat es sogar versucht, ihn zu beißen ...«

»Im Ernst? War es auf Zygmunt eifersüchtig?«

»Tja, vielleicht«, sagt Irka lachend und wird weich. »Mein Pferd war sehr schön, ganz weiß und kräftig.«

Auch ich werde weich bei der Vorstellung, wie sich dieses arme, ebenfalls in den verschneiten Wald deportierte Pferd nicht anders zu helfen weiß, als den armen Zygmunt zu beißen. Auf den Fotografien in Irkas Album und in meinen Erinnerungen sieht der Cousin meiner Mutter stets fast unverändert aus. Nicht viel größer als seine Frau, das Haar zuerst mit Pomade und später mit Wasser streng zurückgestriegelt, immer mit einer dicken, dunkel gefassten Brille auf der Nase. Anders als das weiße Pferd war Zygmunt Szer weder schön noch robust. Zygmunt Szer, der Brauchemiker, Inbild des schmächtigen jüdischen Gelehrten, der nicht nur wie durch ein Wunder der Kälte, dem hüfthohen Schnee, der Härte und Schwere jener riesigen Bäume widersteht, sondern obendrein mit einer Hingabe genannten Beharrlichkeit und vom Zorn des Pferdes unbeirrt Irka hilft. Manchmal ist Liebe einfach groß.

Auch im Lager sind Irena Levick und Zygmunt Szer Nachbarn. Irkas Baracke, wo sie mit ihrem Stiefvater, dem Stiefbruder und einer ganzen polnischen Familie schläft, liegt direkt neben der, in der die Szer-Brüder mit Anwalt Bennos Frau und deren Brüdern hausen. Weshalb man denken könnte, dass es sich streng genommen nicht um ein richtiges Lager handelte, sondern eher um eine dörfliche Zwangsgemeinschaft, wie sie mit der Deportation der Kulaken begann, der russischen Bauern, die im Zuge der Kollektivierung in den Dreißigerjahren als auszurottende Klasse von ihren Äckern gerissen worden waren. In den »Besserungsarbeitslagern« waren Männer und Frauen in getrennten Baracken untergebracht, auch die Kinder, sofern es welche gab, bis sie groß genug waren, um sie in Waisenhäuser zu stecken. Doch als man anfing, ganze Bevölkerungsmassen zu deportieren – Polen, Ukrainer, Balten, Finnen, Wolgadeutsche, Krimtataren, Tschetschenen, Usbeken, Kalmücken, Inguschen und zahllose andere Nomaden Zentralasiens und des Kaukasus –, landeten nicht alle in richtigen Lagern. Es genügte, sie irgendwo abzukippen und zur Zwangsarbeit zu verdonnern, damit Raum und Zeit, mit denen das große sowjetische Vaterland reichlich gesegnet ist, sie dezimierte.

Doch Irka spricht von dem Ort ihrer Deportation immer als Lager. Gewiss wird sie ihn auch so genannt haben, als sie dort war. Gewiss haben auch die anderen Deportierten ihn so genannt. Lager: Das Wort ist auf Russisch und Deutsch dasselbe, die Bandbreite der daraus geschmiedeten Komposita zu Spezifizierung in beiden Regimen ähnlich, und nicht von ungefähr hat sich im Sprachgebrauch nur die Bezeichnung *Vernichtungslager* gehalten, um die zum Zweck und mit den Mitteln der Vernichtung errichteten Lager zu benennen. Freilich: Zwischen einem Zwangsarbeiterlager der Nazis und einem Konzentrationslager mit vornehmlich jüdischen Insassen sowie einem sowjetischen Lager in milderem Klima und einem nördlich des Polarkreises ließen sich die Unterschiede auf der unzweifelhaften Skala der Toten ablesen. Doch sie alle waren Orte, an denen es außer dem Lager nichts anderes mehr gab. Eine Welt, in der man gefangen, bewacht, wie ein Sklave zur Arbeit gezwungen, wie ein Sklave entrechtet, wie ein Sklave vom Hunger geknechtet war. Eine andere Welt. In der die geistige Zersetzung mit jedem dort verbrachten Tag voranschritt und in der der physische Tod, sofern er nicht angestrebt, immerhin wie maschineller Verschleiß in Kauf genommen wurde. »Lager«: etwas, das in den Augen des Deportierten keinen anderen Namen hat; in den Augen jener, die der Welt, in der sie gelandet sind, einen Namen geben, weil dies eine der letzten inneren Freiheiten ist, die ihnen noch geblieben sind.

Wer weiß, ob Irkas Lager einen richtigen Namen hatte? Ein unwichtiges Lager, in dem es nur deportierte Polen und polnische Juden gab, dazu die vom Produktionsplan vorgegebene Leistungsnorm, die zur Erfüllung des Solls in die Wälder geschickten Brigaden, die Buchhaltung zu seiner Quantifizierung, ein paar Wachen, NKWD und der Kommandant. Vielleicht waren sie noch nicht einmal von Stacheldraht umgeben, der Urwald ringsum war Umzäunung genug, und dazu Eis und Schnee fast das ganze Jahr. Wohin hätte man schon fliehen sollen?

Ein kleines Lager, in dem die Gefangenen des Nachts reihum Wache halten. Zum Schutz wovor, fragt man sich, gab es doch im Umkreis von vielen Meilen keine Menschenseele. Vor den Deutschen, meint Irka. Irgendwo dort draußen rückte die Wehrmacht unablässig vor, vielleicht hatten sie bereits Leningrad eingenommen, und die Oblast Archangelsk war nun einmal nicht Sibirien, sondern lag immer noch westlich des Urals. Doch möglich ist auch, dass die Deutschen selbst ihre Erinnerungen an Russland noch immer bedrohen und dass sich die Landkarte zwischen Treblinka und der Oblast Archangelsk für sie zusammengeschoben hat.

Jedenfalls wird auch sie eines Nachts zur Wachablösung geschickt. Allein, mit einem Stock, an den Waldsaum, mitten zwischen die ersten Bäume. Diesmal kann Zygmunt ihr nicht helfen.

»Ein dicker Holzknüppel«, sagt Irka noch einmal und

stemmt sich hoch auf ihre gebrechlichen Beine, um zu zeigen, wie sie ihn mit beiden Händen umfasste.

»*Wie ein ganzer Mann*, so musste ich sein«, sagt sie und verzieht das Gesicht, vielleicht aus Schmerz wegen eines zwickenden Wirbels oder weil sie sich selbst nicht ganz ernst nehmen kann.

Der Knüppel ist nicht gegen die Deutschen, sondern gegen die Wölfe. Der Wald wimmelt vor Wölfen.

»Ich habe *eine ganze Kompanie* auf mich zukommen sehen«, erzählt Irka, die meisten waren recht klein, aber zwei waren riesig.

»Ich hatte fürchterliche Angst. Aber wenn du rennst, ist es das Ende, wenn du zu fliehen versuchst, fallen sie über dich her. Eine entsetzliche Angst.«

Doch glücklicherweise war die Nacht nicht dunkel, im Gegenteil: Es war eine weiße Nacht. Im Dämmerlicht hatte Irka mit vorgerecktem Stock zurückweichen können, instinktiv hatten ihre zitternden Füße Halt gefunden. Langsam und vorsichtig hatte sie sich immer weiter zurückgezogen, den Blick auf das Rudel gerichtet, bis sie die baumlose Ebene erreichte. Erst, als sie es innehalten und hinter einem der Leittiere im Wald verschwinden sah, drehte sie sich um und rannte zu den Baracken.

Nach dieser Begegnung knickte Irka ein. »Ich hatte ein gutes Verhältnis zu dem Kommandanten«, erzählt sie, »weil ich gut Russisch sprach. Doch hatte ich mir das nie zunutze machen wollen. Ich wollte dieselbe Arbeit tun wie alle anderen.«

Jetzt aber wird die Angst, in den Wolfswald zurückkehren zu müssen, allzu groß. »Schicken Sie mich nicht wieder dort hinaus, Kommandant!«, fleht sie. »Ich hatte solche Angst, der Wolf könnte mich verschlucken.«

Genauso drückt sie sich aus: verschlucken, wortwörtlich. Und es ist nicht klar, ob sie es tut, weil ihr das Wort »zerfleischen« oder »verschlingen« nicht einfällt, oder ob es Absicht ist. Doch ihren unmerklich hochgezogenen Augenbrauen nach zu urteilen, und angesichts der Tatsache, dass von dem Wolfsrudel plötzlich nur noch einer übrig war, ist die zweite Vermutung nicht unwahrscheinlich.

Im Winter wenige Monate zuvor hatte sie eine Lungenentzündung bekommen. Diesen Begriff aus dem väterlichen Wortschatz zu erinnern scheint ihr leichterzufallen, doch als sie erkrankte, sprach niemand um sie herum Deutsch, und in jedem Lager konnte diese Krankheit tödlich sein. Zum Glück gab es Dolek, der offiziell zum Lagerarzt ernannt worden war, und der Bruder ihres treuen Zygmunt hatte sie gepflegt.

»Weißt du, wie leicht man sich inmitten von Schnee und schattigen Wäldern, mit durchnässten Lumpen am Leib und bei minus vierzig Grad eine Lungenentzündung holt?«

Minus vierzig Grad. Vierzig Grad unter null: Das ist der einzige Punkt, den sie betont, geradezu herausstellt, während die Erzählung von ihrer Zeit im Lager ohne Wiederholungen oder Erinnerungslücken voranschreitet. Offensichtlich hat sie inzwischen Geschmack daran gefunden, ihre Geschichte zu erzählen, einschließlich der Wölfe und der Heidenangst, die sie ihr machten. Es ist schön, wenn man am Ende seines Lebens, das einem allmählich langweilig wird, in seiner an der Hauptstraße gelegenen Wohnung im dritten Stock bei wohlklimatisierter Luft davon erzählen kann, als wäre es ein Märchen. Doch vierzig Grad unter null sind etwas Unfassbares und Unbeschreibliches, das man niemandem begreiflich machen kann, der es nicht erlebt hat, zumal an einem israelischen Shabbat-Nachmittag, an dem draußen fast ebenso viele Plusgrade herrschen.

»Bei unter vierzig Grad kann man nicht atmen«, sagt sie irgendwann. Es ist ein Versuch, ein tonloser Satz, den sie in der Luft hängen lässt und eine Hand zum Mund führt, um zu zeigen, zu was der Atem bei vierzig Grad minus wird. Wie der gefrorene Atem vor einem steht, zu einem festen Fremdkörper verdichtet.

Ich nicke und lächle, denn bei ihrer eindringlichen Geste muss ich an Warlam Schalamow denken, der erzählt, wie die Gefangenen am Atem erkennen, bei wie viel Grad unter null sie zu arbeiten gezwungen sind: »…wenn sich gefrorener Nebel bildet, herrschen draußen vierzig Grad minus; wenn die Luft geräuschvoll durch die Nase entweicht, das Atmen aber noch keine Mühe bereitet, sind wir bei minus fünfundvierzig; wenn der Atem rasselt und mühsam geht, sind es minus fünfzig. Unter minus fünfundfünfzig gefriert die Spucke in der Luft.«

Vielleicht geriet das zum Abholzen in die Wälder geschickte Fräulein Irena Levick im Gegensatz zu den Veteranen von Kolyma schon bei zehn Minusgraden weniger in Atemnot. Vielleicht war der Grund, weshalb sie beim Kommandanten eine Versetzung in die Buchhaltung erbat und bewilligt bekam, die Furcht, wieder bei vierzig Grad unter null hinaus zu müssen, und weniger die Angst vor den Wölfen − bei ihrer Fähigkeit, sich in eine Märchenfigur zu verwandeln. Trotz dieser unausgesprochenen Verbeugung vor Rotkäppchen will ich nicht bezweifeln, dass diese Wölfe echt waren: ebenso echt wie das Grauen, das sie hervorriefen. Doch es gibt Geschichten, die selbst für die, die sie erlebt haben, durch das Erzählen so unwirklich werden, dass sie einer Lüge gleichen und leichter zu exorzieren sind. Aber den Körper, der anfing, bei vierzig Grad unter null Schaden zu nehmen, als sie siebzehn Jahre alt war, hat Irka bis über ihr sechsundachtzigstes Lebensjahr mit sich herumgetragen, und heute bereitet er ihr in jedem Augenblick Schmerzen. In seinem Inneren, im Lungengewebe, das so ausgeleiert ist wie das eines unvorsichtigen Tauchers, verbergen sich jene Dinge, die sich nicht erzählen lassen.

Ganz gleich, wie Irka in einem schützenden Büro gelandet ist, von nun an muss sie über die von jeder Brigade erbrachte Leistung Buch führen. Das ist keine leichte Aufgabe für jemanden, der ein *Gymnazium* besucht hat, doch es gibt einen

Gefangenen, der sich damit auskennt, ein Pole mit einem Abschluss in Rechnungswesen, der geduldig genug ist, ihr zu helfen.

»Ich habe schnell gelernt. In Mathematik war ich immer gut.«

Die Arbeit ist alles andere als harmlos, denn die Transsubstantiation von Holz in Brot- und Suppenrationen vollzieht sich anhand dieser Rechnung. Doch irgendeiner der Inhaftierten muss sie nun einmal anstellen, und man hofft, dass dieser Irgendeine die Güte besaß, bei den Schummeleien hinsichtlich des vorgeschriebenen Leistungssolls ein Auge zuzudrücken, ob blau oder nicht.

Immerhin muss Zygmunt sich nicht mehr die Hände und den Rücken mit zusätzlichen Baumstämmen kaputt machen. Offenbar ist das auch nicht mehr nötig. Zygmunt Szer hat ihr einen Heiratsantrag gemacht, und sie hat mit Freuden Ja gesagt. Wer weiß, ob Zygmunt, hätte er sie nicht umwerben können wie im Lager, jemals eine Frau abbekommen hätte, die so schön und intelligent ist wie Irka, voller Talent und sogar ein bisschen geheimnisvoll, weil eine ungebundene Selbstständigkeit sie umstrahlt.

Irka indes muss vollkommen klar gewesen sein, was diese in Bäumen gemessene Liebe wert war, und sie sollte es für den Rest ihres Lebens nicht mehr vergessen. Sie spricht von ihrem Mann mit komplizenhafter Ironie, die ihre verhohlene Liebe von jeglichem missverständlichen Anstrich reiner Dankbarkeit befreit.

Irena Levick muss sofort begriffen haben, was die Gegenwart dieses Menschen für sie bedeutete, der mit seinen immer dürreren Beinchen, den immer schwieligeren, frostgeplagten Händen und der in den Schnee fallenden Brille, die wiederzufinden einer Katastrophe gleichkam, beharrlich sagte: »Ich bin da«. Wenn es einen einzigen Vorteil gab, in ein Lager gesperrt zu sein, dann wohl den, dass man sich bei den Menschen, bei ihrem Wert und Wesen, im Guten wie im Schlechten nicht irren konnte. Seit ihr Vater an Blutvergiftung gestorben war, hatte Irka zum ersten Mal die Gewissheit, auf jemanden zählen zu können. Nicht mehr nur eine Geige zu haben, sondern auch Zygmunt Szer, an dem sie sich festhalten konnte. Dieses Glückes ist sie sich auch jetzt noch heiter bewusst, während sie erzählt und dabei den Blick auf die Fotografie von sich und Zygmunt richtet, die an der Wand hängt: Irka hochelegant, mit blonder, vornehm toupierter Sechzigerjahre-Frisur, Zygmunt in Jackett und Krawatte und genau wie immer. Womöglich fließt die Schilderung ihrer Deportation deshalb ohne das kleinste Stocken dahin und nimmt den untergründigen Ton eines Märchens an.

Und so heiraten Irena Levick und Zygmunt Szer im Lager.

»Was? Du willst diesen alten Juden nehmen?«, fragt sie der Kommandant, als er davon erfährt, und lässt den Verdacht aufblitzen, dass nicht nur das weiße Pferd eifersüchtig wegen Irka ist.

»Ich bin auch Jüdin«, habe sie entgegnet, was ihm als Antwort offenbar genügte.

Richtig, Zygmunt war Jude und recht hässlich obendrein, aber alt?

»Nun ja, er war sechs Jahre älter als ich ... offenbar erschien das viel.«

Ihn »alter Jude« zu nennen, mochte also die gezügeltere Variante einer unmissverständlicheren Beleidigung und somit geradezu taktvoll gewesen sein.

Wenn dem so ist, wenn das Gerade-noch-Fräulein Irka diesen Einfluss auf den Kommandanten hatte, dann verwundert es nicht, dass im Lager Hochzeit gefeiert wurde. Nicht eine nur auf dem Papier oder im Bett vollzogene Ehe, sondern eine richtige jüdische Hochzeit.

Um eine Chuppa zu errichten, braucht man ein Stück Stoff und vier Stäbe, und von denen gab es dort, wenn auch rau und krumm, mehr als genug. Auf eine Synagoge lässt sich zur Not verzichten, und mit den Verwandten der Braut auf der einen und den Brüdern des Bräutigams auf der anderen Seite ist eine der beiden Baracken völlig ausreichend. Doch das Lager ist voller Juden, und dann ist da noch die polnische Familie aus Irkas Baracke und der Buchhalter und wer weiß wie viele andere, die man dazubitten müsste. Das Schwierigste ist der Rabbiner. In dem kleinen Lager im Wald ist nur ein Chassid gelandet, der an einer Talmudschule lernte, es jedoch nicht mehr schaffte, zum Rabbiner ernannt zu werden. Aber eine Ketubba zu verfassen, einen Ehevertrag, hat er gelernt. Wenn die Braut einen Stift und ein Stück Papier mitgehen lässt, das zumindest auf einer Seite frei von Spalten und Zahlen ist, wird er mit Haschems Hilfe, gesegnet sei sein Name, gern bereit und in der Lage sein, ihn aufzusetzen. Im Grunde sind sie ein Nomadenvolk, und mit dem Zuspruch des Allerhöchsten kennt das Gesetz seine kleinen Ausnahmen, ob in der Wüste oder in den Wäldern.

Am Ende ist alles bereit, der Baldachin für Irka und Zygmunt, ein altes Halstuch oder ein Fetzen Stoff als Schleier, sogar ein Glas, das man zertreten kann, ein überaus kostbarer Gegenstand, aber was soll's. Im Lager passiert es nicht alle Tage, dass geheiratet wird.

Ein paar Abende nimmt jemand Irka zur Seite, vielleicht die polnische Mutter, mit der sie die Baracke teilt.

»Słuchaj Irusiu, hör zu, meine Liebe: Wir wussten gar nicht, dass du Jüdin bist. Für uns bist du eine wie wir. Das sage ich dir von ganzem Herzen, z całym sercem. Deshalb möchten wir auch deine Hochzeit feiern.«

»Aber gewiss doch, danke. Ihr seid für mich wie Familie geworden, und ich würde mich sehr freuen, wenn ihr dabei wärt.«

»Warte, Irka, du hast mich nicht richtig verstanden. Wir würden deine Hochzeit gern auf unsere Art feiern.«

»Wie das, mit einem Priester? Ehrlich gesagt, ist das nicht erlaubt, und wir haben hier auch gar keinen ...«

»Nein, nicht doch, das verstehe ich. Aber wenn du nichts dagegen hast, würden wir gern eine schöne polnische Hochzeit feiern. Zusätzlich, hinterher.«

So kommt es, dass Irka und Zygmunt an einem einzigen Tag zweimal zu Mann und Frau werden: zuerst unter der Chuppa aus Stangen und Lumpen, dann mit verspritztem Wasser, das heilig wird, und den Polen, die sich bekreuzigen und den Brautleuten Brot und Salz bringen, eine ebenso großzügige wie glückbringende Gabe.

»Ich hatte zwei Hochzeiten an einem Tag«, wiederholt Irka. »Im Lager«, setzt sie nachdrücklich hinzu und ist gewiss noch immer stolz darauf.

Selbst wenn es nicht der schönste Tag ihres Lebens war, so muss er doch in der ganzen Zeit, die sie alle im Lager zu fristen gezwungen waren, einer der schönsten gewesen sein. Fast so schön wie jener, an dem sie erfuhren, dass sie frei waren zu gehen.

Das, was Irka mir erzählt hat, ist unglaublich: noch unglaublicher als die Wölfe oder das eifersüchtige Pferd, dem Zygmunt Holz auf den Schlitten lud. Der Gulag wimmelte vor Anhängern sämtlicher Konfessionen, und dort wie anderswo war es nicht verboten zu glauben, sondern seinen Glauben zu praktizieren. Es war nicht verboten, Christ zu sein, doch fast alle Klöster und Kirchen waren konfisziert, entweiht und häufig in Lager oder Gefängnisse umgewandelt worden. Es war nicht verboten, Jude zu sein, doch alles Jüdische war verfemt. In der Oblast Archangelsk, vielleicht sogar im Licht der arktischen Sonne und mit dem Wissen des Kommandanten, waren indes zwei religiöse Feste begangen worden, zwei heilige Bündnisse an einem einzigen Tag!

Vielleicht sollte man wirklich aufhören, dieses Dorf Lager zu nennen, in dem es zwar Wölfe gab, eisige Kälte herrschte und man zum Holzschlagen in den Wald geschickt wurde, doch verglichen mit anderen Lagern, ging es einem dort gar nicht so schlecht. Oder stimmt das nicht?

Da ist eine Sache, die Irka erst hinterher und fast wie nebenbei erzählt: als sie mir sagt, Emil Goldwag, ihr Stiefbruder, sei von der polnischen Armee ins britische Heer gewechselt, das ihm, da er minderjährig war, die Möglichkeit gab, sein Studium zu beenden und Ingenieur in England zu werden.

»Und der Mann deiner Mutter?«, frage ich. Und Irka antwortet: »Mein Stiefvater hat gesagt: ›Stalin geht nicht in solchen Lumpen herum.‹ Er wurde festgenommen und in ein anderes Lager gebracht, in ein Straflager.«

»*Stalin geht nicht herum in solchen Schmatn*«, wiederholt sie und spuckt mit ihrem ersten und einzigen jiddischen Wort und der Verachtung für diese Lumpen – Schmatn – all das Grauen aus, an das sie sich nicht erinnern wollte. Das Gedächtnis macht es wie Aschenputtel, es bewahrt das Gute und sortiert das Schlechte aus, und wer könnte sich anmaßen zu behaupten, das sei nicht recht? Jedenfalls frage ich mich nicht mehr, warum sie den Ort ihrer Deportation trotz des Glücks, das sie für einige Momente dort empfunden haben mag, noch immer Lager nennt.

Und den Tag der Befreiung, hat es den je gegeben? Einen Tag, an dem nur noch der Kommandant, die Wachleute, der NKWD und vielleicht – zu schön, um wahr zu sein – der elende Denunziant, der den Satz über Stalin gemeldet hatte, im Lager zurückblieben? Einen Tag, an dem sämtliche Anhänger konterrevolutionärer Kräfte wieder zu Bürgern einer verbündeten Nation, eines Staates mit einer rechtmäßigen, wiewohl im Exil befindlichen Regierung wurden? An dem sie sich, wie beim Aufbruch zur Waldarbeit kaum zwei unermesslich weit zurückliegende Tage zuvor, in Zweierreihen langsam in Bewegung setzen, mit ihrem Papierkram und den alten Koffern in der Hand oder auf den Schultern, auf den Ausgang und die Freiheit zu?

Vielleicht ist das die Stelle, an der es mir leidtut, ihren Erinnerungsfluss kaum je unterbrochen zu haben. Warum habe ich Irka so wenige Fragen gestellt? Nie nach Daten beispielsweise, »erinnerst du dich, wann du deportiert wurdest?«, nie nach genaueren Details, »beschreibst du mir, wie euer Lager aussah?«, warum habe ich es nicht versucht? Wegen der Schweißtropfen auf Stirn und Schläfen, die zeigten, dass ihr beim Reden der Rücken schmerzte, und weil ich nicht wusste, wie lange ihr Rückgrat ihre Geschichten noch ertragen würde. Wegen Vater und Mutter, die von Anfang an wieder gegenwärtig waren, und was tat ich? Beschwor ich die Toten herauf, lockte sie aus der Lampe und ließ Irka dann mit ihnen in ihrem Miniapartment zurück? Schlafwandler soll man nicht wecken: Vielleicht bringt dieser Satz mein instinktives Verhalten am treffendsten auf den Punkt. Ich fürchtete, ich könnte Irka auf ein Terrain führen, auf dem die nebelhaften Erinnerungen sie aus dem Tritt brächten: wie die wegen Unterernährung nachtblind gewordenen Häftlinge, von denen Herling erzählt, die bei Einbruch der Dämmerung versuchten, so schnell wie möglich ins Lager zurückzukehren. Sobald sie merkte, dass ihr früheres Leben ihr entglitt, könnte ihr die Lust vergehen, davon zu erzählen. Womöglich könnte sie sich gar gedemütigt fühlen ob des absurden Anscheins, der hartnäckige Fragesteller wüsste besser Bescheid als der Betroffene, und das wollte ich nicht. Ich wollte, dass sie die Schöpferin ihrer Geschichte blieb, mit ihren eigenen Tönen und Farben, mit der Freiheit, sich zu widersprechen, hin und her zu springen und zu entscheiden, was sie mir erzählen wollte und was nicht. Denn – da gebe ich meiner Mutter recht – ich bin keine Historikerin. Mein Material kann voller Lücken, Ungenauigkeiten, Ungesagtheiten und Verklärungen oder in einem Halbsatz angedeuteter Abgründe sein. Mehr noch: So ist die Wahrheit eben beschaffen, wenn man sich zu ihrem Sprachrohr machen will, und sie liefe Gefahr, verfälscht zu werden, wenn sie zuvor nicht gänzlich dem gehörte, der sie zu vermitteln sucht. Wenn unter all den erlittenen Gewalttaten derer, die den totalitaristischen Mühlsteinen zu entrinnen vermochten, die ärgste der Raub der Unschuld ist, darf man sich dann auf ein Befragungsrecht im Namen der Wahrheit berufen, das ebenfalls zu Gewalt zu werden droht? Stell mir keine Fragen, dann erzähle ich dir keine Lügen.

Doch es ist nicht nur das. Irka hat mir auch Dinge verschwiegen, die nicht von unmittelbarem Leid oder Befangenheit überschattet sind. Zwar nimmt sie um elf Uhr ein israelisches Frühstück mit Brot, frischem Käse und Salat zu sich und bietet mir gegen zwei ein von Raissa gekochtes Mittagessen an, zuerst Suppe, dann Hühnchen und danach Shoshanas Süßigkeiten, die zu essen ihr offenbar eine Gewohnheit ist, um ihren Tag zu füllen. Doch in all ihren Kriegserinnerungen, Lager eingeschlossen, fällt kein einziges Mal das Wort »Hunger«. Kann es sein, dass sie so sehr wohlerzogenes Fräulein geblieben ist, dass man über Hunger ebenso wenig spricht wie über Geld? Dass die Kälte, die Angst, selbst die brennende Reue wegen ihrer Mutter gesagt und gezeigt werden kann, nicht aber der Hunger, der mit was behaftet ist: mit Scham?

Mir kommt die Bemerkung eines polnischstämmigen Freundes in den Sinn, mit dem ich anlässlich des fünfundsechzigsten Jahrestages der Schlacht um Montecassino zur Gedenkfeier auf dem Soldatenfriedhof gefahren bin: Paolo Morawski, Historiker, der viele Jahre lang Radio-Features für den öffentlichen Rundfunk machte und Gustaw Herling sowie einige andere Veteranen des Zweiten Armeekorps mehrmals interviewte.

»Weißt du«, sagte Paolo, »jedes Mal, wenn ich Interviews über den Krieg führte, bekam ich von Hunger zu hören, und wie sehr man darunter gelitten habe. Von den Polen, die ich kenne, nie. Kann es sein, dass die Menschen in Italien stärker unter Hunger litten als in Polen?«

Nein, befanden wir, das war unwahrscheinlich. In Italien stand die Erinnerung an den Hunger an erster Stelle, wäh-

rend sie in Polen so weit hintanstand – hinter den Flächen-
bombardierungen, den standrechtlichen Erschießungen, den
Lagern der einen und der anderen, der endgültigen Auslö-
schung des Staates –, dass sie nebensächlich wurde. Nach
dem Krieg musste jede polnische Familie ihre Toten und ihre
von den Grenzen der neuen Blöcke auseinandergerissenen
Mitglieder zählen, welche Bedeutung konnte es da noch
haben, ob man in den Jahren zuvor Mühe gehabt hatte, etwas
Essbares aufzutreiben? Und wie kann sich eine polnische
Jüdin wie meine Mutter, die Auschwitz überlebte, oder wie
Irka, die einem russischen Lager entkam, mit der Erinnerung an ihren Hunger aufhalten? Du bist noch am Leben?
Was willst du mehr? Ja, vom Hunger zu sprechen oder gar
harte Brotkanten und stinkende Suppen zu erwähnen ist
schändlicher Undank oder, schlimmer noch, schamlos. Die
anderen starben, und du hattest bloß Hunger. Bloßer Hunger,
den man außer Acht lassen kann. Eine solche Schamlosigkeit
gehört in Schweigen gehüllt, und nur, wer sich dazu überwinden kann, alles zu erzählen, setzt sich darüber hinweg.

Dürfte man diese Geschichte aus der Sicht des Hungers
erzählen, wären einige Dinge von vornherein klarer. Es wäre
klar, dass man mit der Zählung der Untergegangenen und
der Geretteten nicht gleich hinter dem Eingangstor eines
Lagers beginnen kann. Der Hunger endet nicht, oder – wie
es in den befreiten NS-Lagern geschah – wenn der Hunger
endet, endet oft auch das Leben. Mit vollem Bauch sterben!
Dieser Wunsch ging für zahlreiche abgezehrte Leiber, die bis
zu diesem Tag durchgehalten hatten, buchstäblich in Erfüllung. In der Sowjetunion war es nicht so. In der Sowjetunion
fand der Hunger schlechtweg kein Ende. In der Sowjetunion
waren die befreiten Gefangenen auch Mäuler, die man nicht
mehr stopfen musste. Oft hat es den Anschein, als wäre nach
diesem Kriterium entschieden worden: Wer kostet uns mehr,
als er einbringt? Alte, Frauen, Kinder, Waisen, und unter den
Männern möglichst die Schwächsten, jedenfalls alle, die zu

den enormen Kriegsanstrengungen, die das Vaterland in den unsichtbaren arktischen Schützengräben unternahm, nichts beitragen konnten.

Fünf Monate nachdem die Männer mit ihren in Lumpen gehüllten Füßen und ihren Erlebnissen in den Sammellagern einzutreffen begannen, hat General Anders Gelegenheit, sich darüber zu beklagen. Am 3. Dezember 1941 ist General Sikorski, Ministerpräsident der polnischen Exilregierung, auf seiner ersten Mission in Moskau, wo die Rote Armee, die Flugabwehr und die eisige Kälte es endlich geschafft haben, die Deutschen zurückzudrängen. Von Oktober bis zum Ende des in Planung befindlichen Gegenangriffs bleiben eine Million sowjetische Soldaten auf dem Schlachtfeld zurück, doch die Staatsräson verlangt, dass man sich einen Moment Zeit nimmt, um den lächerlichen Zählungen der Polen zuzuhören.

SIKORSKI: Nun zurück zu unserem Problem. Ich muss erklären, dass Ihre Erklärung zur Amnestie nicht umgesetzt wurde, Herr Präsident. Eine große Anzahl unserer Männer befindet sich noch immer in Gefängnissen und Zwangsarbeitslagern.
STALIN (macht sich Notizen): Das ist unmöglich, die Amnestie wurde für alle Polen erlassen, und allen Polen wurde die Freiheit zurückgegeben. (Die letzten Worte sind an Molotow gerichtet, der zustimmend nickt.)
ANDERS (geht auf General Sikorskis Wunsch ins Detail): Das entspricht nicht dem tatsächlichen Stand der Dinge. (...) Die einsatzfähigen Leute wurden festgehalten und nur ein kleiner Teil in die Freiheit entlassen. Ich habe Männer in meiner Armee, die erst vor wenigen Wochen freigelassen wurden und berichten, dass sich in den Lagern Hunderte, ja, Tausende unserer Landsleute befinden. Die Anweisungen der Regierung wurden nicht umgesetzt. Da die Lagerkommandanten andere Befehle haben, um die Produktionspläne zu

erfüllen, wollen sie ihre besten Arbeitskräfte nicht verlieren.

MOLOTOW: (lächelt und nickt)

Bereits im Herbst, als im belagerten Leningrad die Jagd auf
Ratten, Krähen und auf alles, was kreucht und fleucht,
beginnt, kann der Häftling Gustaw Herling nicht begreifen,
weshalb »die Amnestie mit unerklärlicher Beharrlichkeit
weiter an mir vorüberging. Jeden Abend schleppte ich mich
zu der Durchgangsbaracke, wo die aus den anderen Lagern
zur Entlassung gelangenden Polen ihre letzte Nacht in
Gefangenschaft verbrachten«. Bis Ende November, als »von
den 200 Polen in Jercewo nur noch sechs hier verblieben
waren«, vergehen Monate, in denen er sich fragt, ob man ihn
»vielleicht sogar aus Versehen aus der Liste der Lebenden
gestrichen hatte«. Und überzeugt, »dass ich den nächsten
Frühling nicht überleben würde und alle Hoffnung auf Entlassung aufgegeben hatte, entschloss ich mich, zum Protest
in Hungerstreik zu treten«.

Warum werden sechs Polen, darunter auch eine Frau, die
Lehrerin gewesen war, nicht entlassen? Wer weiß das schon.
In Herlings Fall hat ein Denunziant die Finger im Spiel, der
für die Aussetzung der Amnestieklauseln sorgt, doch bei all
den anderen? Gewiss, das Gulag-Universum gehorcht der
Logik der Ausbeutung, doch wie im Sowjetstaat, der in ihm
seine furchtbarste Fratze zeigt, ist das bestimmende Moment
die Willkür. Die Entscheidung über Freiheit oder Sklaverei,
über Leben oder Tod, kann bei jedem liegen: beim Kommandanten, beim NKWD, beim Mitgefangenen, der einen für eine
Nichtigkeit verpfeift.

Deshalb ist Herlings Hungerstreik ein in dieser Welt der
Willkür unternommenes Wagnis, eine nahezu aussichtslose
Verzweiflungstat für einen Körper »nahe am Endstadium der
Avitaminose, physisch am Ende«, die vom Verstand nur mit-
getragen wird, weil in der anderen Waagschale nichts als

weitere mögliche Todesarten liegen: durch sofortige Erschießung, zusätzliche Strafe oder Hunger.

Als Herling nach Monaten des Lazaretts und der Unterbringung in der »Leichenhalle« wieder auf den Beinen ist und endlich entlassen wird, hat sich das Opfer der Haustiere in Leningrad vollzogen, und man stirbt in einem Monatsrhythmus von hunderttausend Seelen. Schließlich »wurde mir eine Liste der Orte vorgelegt, für die ich eine Aufenthaltserlaubnis bekommen konnte. Aber es war unmöglich, zur polnischen Armee zu gelangen. Der jetzt sehr höfliche NKWD-Offizier gab vor, nicht zu wissen, wo ich sie erreichen könnte, aber selbst wenn er es mir gesagt hätte, hätte es mir nichts genützt, denn die aus dem Lager Kargopol entlassenen Gefangenen durften nicht über den Ural hinaus«. Es braucht weitere zwei Monate der Odyssee mit weiteren willkürlichen Toten, weiterem Hunger, weiteren in der Hoffnung, nicht entdeckt oder wegen des unerlaubten Aufenthalts in für ihn nicht passierbaren Zonen verraten zu werden, bestiegenen Zügen, ehe Herling am 12. März endlich ein Sammellager der polnischen Armee in Kasachstan erreicht.

Und Irka und die Szer-Brüder? Ich weiß nur, dass sie Taschkent durchquerten und in einem Lager bei Samarkand strandeten. Was bedeutet, dass auch ihre Befreiung beträchtliche Zeit auf sich warten ließ, da die polnischen Truppen erst ab Januar 1942 in die asiatischen Republiken verlegt wurden. »Irgendwie haben sie es geschafft, aus dem Lager zu fliehen«, höre ich meine Mutter sagen, als sie mir das erste Mal von den Erlebnissen ihrer Cousins berichtete. So hatte Irka es ihr erzählt. »Irgendwie geflohen«: So wird es gewesen sein. Aber wie? Und wie haben sie es von den Wäldern der Oblast Archangelsk nach Usbekistan geschafft?

»Mit dem Zug«, antwortet Irka, ohne dem etwas hinzuzufügen.

Als hätte dieser Zug vor den Toren auf sie gewartet und sie nach dreitausend Kilometern Luftlinie wieder abgesetzt, mit Polstersitzen und Imbisswägelchen, das sie mit Snacks und Getränken versorgt.

Viele Polen, vor allem Kinder, die mit ihren Müttern in die Verbannung geschickt worden waren, derweil ihre Väter in Gefangenenlagern oder im Gulag endeten, erzählen, diese Reise sei das Allerschlimmste gewesen, viel schlimmer als die Deportation. Nach dem Moment des Jubels, als sie auf die eine oder andere Weise von ihrer Freiheit erfahren hatten, wurde ihnen sofort klar, dass niemand sie aus der sowjetischen Sklaverei hinausführen würde. Und so gab es viele, die wegen ihres Alters oder wegen der Entkräftung ihrer Angehörigen und angesichts des bevorstehenden Winters auf einen Aufbruch verzichteten. Die anderen machten sich mit ein paar Schlitten auf den Weg, auf die sie ihre Habseligkeiten und die zum Laufen zu schwachen Angehörigen luden, Männer, Frauen und große Kinder, die sich viele Dutzend Kilometer durch den Schnee bis zur nächsten Bahnstation schleppten. Oder sie ließen sich auf Flößen die Flussläufe hinuntertreiben, in der Hoffnung, sie würden nicht zufrieren. Sofern sie den Bahnhof endlich erreichten, mussten sie das Geld für die Fahrkarte auftreiben, um einen Zug besteigen zu können, von dem nicht das Geringste zu sehen war. Wenn das Warten nach vielleicht einer Woche schließlich ein Ende hatte, fanden sie sich in berstenden Waggons voller Russen wieder, die aus ihren belagerten Städten Richtung Osten evakuiert wurden, und erschöpften Truppen der Roten Armee in Versetzung. Güterzüge obendrein, die, hatte man Glück, Essbares transportierten, von dem man sich etwas abzweigen konnte, Züge, die nach Lust und Laune hielten, um anderen Zügen den Vorrang zu lassen, ohne Ankündigung wieder losfuhren und die Erwachsenen, die um Brot anstanden, zurückließen. Wieder Hunger und Durst, wieder Krankheiten und Tote wegen Krankheit und Hunger und Durst: Großeltern und vor allem kleinere Geschwister. Monatelang. Es mochten fast vier oder nur zwei Monate gewesen sein, doch die Reise, auf der die Familien der befreiten Sklaven sich trotz der Erfindung der Eisenbahn immer weiter auflösten, übertraf die vierzig Tage des Auszugs aus Ägypten bei Weitem.

Wenn ich an Irka und die Brüder Szer in diesen Zügen denke, von denen sie nicht spricht, stelle ich mir die Waggons unweigerlich als chinesische Schachteln vor, russische Matrjoschkas fast, gefertigt aus dem Holz der arktischen Wälder. Im kleinsten Waggon, dem massiven Püppchen, das sich nicht öffnen lässt, stecken die drei Millionen von den Deutschen vernichteten polnischen Juden. Die größere Puppe enthält die fünf bis fünfeinhalb Millionen durch Deutsche, Russen sowie Ukrainer gestorbenen Polen, und die Matrjoschka, die alle anderen in sich trägt, umschließt die dreiundzwanzig Millionen Kriegsopfer der Sowjetunion.

Als sie die Puppe verlassen können, als sie endlich aus dem Zug gestiegen sind und sich im Lager von Jizzax unweit von Samarkand wiederfinden, über dem der polnische Adler weht, ist es noch immer nicht vorbei. Die von den Sowjets zur Ernährung von vierzigtausend Soldaten bereitgestellten Rationen wurden auf vierundzwanzigtausend reduziert und müssen mit den mittlerweile weit mehr als doppelt so vielen Zivilisten geteilt werden, und so fordert die Unterernährung weitere Opfer.

Die Verlegung der Polen in die asiatischen Republiken war während der Moskauer Konferenz mit Stalin ausgehandelt worden, um die Menschen aus den ersten Lagern im Ural nicht weiterhin erfrieren zu lassen. Doch in dem milderen und allmählich immer wärmeren Klima verbreiten sich die von verlausten Menschen in verdreckten, vollgestopften Zügen mitgebrachten Krankheiten im Nullkommanichts. Epidemien aller Art, Durchfall, Scharlach und vor allem Typhus.

»*Flecktyphus*«, sagt Irka. »Ich war schon so gut wie tot.«

Abermals ist ihr offenbar am exakten medizinischen Terminus gelegen, an diesem »*Fleck*« vor dem »*typhus*«, das im ersten Moment fast pingelig erscheint, doch später wird mir klar, dass Irka einen guten Grund dafür hat, ihr knappes Überleben an diesem wissenschaftlichen Begriff festzumachen. Die roten Flecken geronnenen Blutes sind nämlich typisch für die durch Läuse übertragene Krankheit. Ausgerechnet in der Region Samarkand und ausgerechnet in den ersten Monaten des Jahres 1942 befällt das Läusefieber unzählige der dort zusammengescharten Polen. »Unser Pflegepersonal, Ärzte und Krankenschwestern«, schreibt General Anders, »zeigt große Opferbereitschaft und rettet die Soldaten unter entsetzlichen Bedingungen vor dem sicheren Tod, ohne Medikamente, Unterkünfte, Bettzeug, angemessene Lebensmittel. Viele starben, vor allem Kinder.«

Diese Vielen waren Unzählige, Abertausende, zehn Prozent der aus den asiatischen Republiken zusammengeströmten Polen. Doch zur Rettung von Zygmunt Szers junger Ehefrau gab es unter »unserem Pflegepersonal« ihren Schwager.

»Dolek hat mich nach Samarkand ins Krankenhaus bringen lassen, und eines Tages kam er mit Wein, mit Rotwein, um mich zu behandeln. Er war als Militärarzt in die Armee eingetreten und musste viel arbeiten, er war tüchtig. ›Trink‹, sagte er zu mir, ›das tut dir gut, es reinigt das Blut.‹ Und ich trank und fühlte mich besser, ich trank noch mehr und fühlte mich in meinem Rausch immer wohler, bis ich schließlich anfing zu singen, ich sang, während sie um mich herum starben wie die Fliegen. Dann kamen die Schwestern und nahmen ihn mir weg, den guten Wein.«

In diesem Moment um sein Leben zu kämpfen, bedeutete auch, für die Freiheit zu kämpfen, denn inzwischen war klar, dass die Polen die Sowjetunion endlich verlassen würden. Es waren Vereinbarungen mit den Briten über die Verlegung der Armee auf iranisches Gebiet getroffen worden, Zivilisten mit eingeschlossen, und auch Stalin, der damit beschäftigt war, die Deutschen zurückzudrängen, die den Kaukasus besetzt hatten und die nach ihm benannte Stadt belagerten, hatte seine Zustimmung gegeben, vierzigtausend mehr schlecht als recht wiederhergestellte Soldaten sowie zahllose weitere unnütze zu stopfende Mäuler ziehen zu lassen. Es war also das Warten auf diesen unmittelbar bevorstehenden Aufbruch, das einen beim Verlassen des Krankenhauses den noch matten, wehen Kopf heben und aus dem Militärlaster auf die Moscheen und Medresen von Samarkand blicken ließ, das Jahrhunderte zuvor von Dschingis Khan zerstört, dann von Timor auserwählt worden war und nun als Hauptstadt eines Reiches neu erblühte.

Auch im Lager von Jizzax, wo Zygmunt seine dank des Bruders ins Leben zurückgekehrte Frau linkisch umarmt, sind unerwartete Neuigkeiten eingetroffen, gute Nachrichten. Ein Onkel von Irka ist wiederaufgetaucht, der nach Białystok geflüchtet und von dort in irgendein Lager gebracht worden war: Weil er in der Lage ist, ihn zu fahren, steuert er kurz darauf einen mit jüdischen Kindern voll besetzten Bus nach Teheran. Es gibt unendlich viele polnische Waisenkinder, und obwohl man enorme Anstrengungen unternimmt, um für sie eine Ausreiseerlaubnis zu erwirken, kann nur ein kleiner Teil mit General Anders' Truppen evakuiert werden. Der Grund, weshalb die Sowjetunion beteuert, den Kindern werde es an nichts fehlen, hat in diesem Fall weder mit den Produktionsplänen noch mit der Mission zu tun, die zukünftigen Generationen des Sozialismus zu schmieden. Sie allesamt auf Schiffe zu verfrachten, dem Blitzlichtgewitter der Fotografen ausgesetzt, fünfzigtausend Kindergerippe, die den aus den NS-Lagern Befreiten so entsetzlich ähnlich sind, wäre ganz schlechte Propaganda. Es hätte schon ins Auge gehen können, all diese Polen laufen zu lassen, die in den künftigen Jahrzehnten die Ersten und Einzigen sein werden, die der Welt erzählen, wie es im Gulag zugeht. Doch die zerstörte Welt hat andere Prioritäten oder will lieber nichts davon hören, und Stalin weiß das sehr wohl. Vor allem weiß er, dass die Welt im Vergleich zu seinem Bündnis mit Churchill und Roosevelt kaum einen Pfifferling wert ist.

Irgendwann trifft auch Irkas Stiefvater in Jizzax ein. Man weiß nicht, wie oder woher oder wie er herausgefunden hatte, wo er seinen Sohn wiedertreffen könnte, und auch nicht, wie lange er umhergeirrt war, um ihn zu finden.

»Er war nicht wiederzuerkennen, *ganz zerbrochen.*«

Zerbrochen wie ein heruntergefallener Teller oder eine Tasse. Ihre Augen werden eng, das Grau wird matter.

Wieder ist es unmöglich, etwas zu sagen. Ich halte nur das Bild fest, das nicht weiterläuft, nicht vorbeizieht, nicht in den Bienenstock einer Geschichte zurückkehrt. Die Propaganda-experten haben recht: Bilder sind stärker als Geschichten. Bilder sind stärker, weil sie nichts erklären. Ich begreife erst am nächsten Tag, als sie mir ein in Palästina aufgenommenes Foto ihres Stiefbruders Emil in seiner »Juniaki«-Uniform der in die Armee eingegliederten Jungen zwischen zwölf und siebzehn zeigt. Er sieht älter aus, wie ein Mann.

»Was für ein hübscher Junge«, sage ich und frage ohne nachzudenken: »Und dein Stiefvater?«

»*Er war ganz zerbrochen.*« Den identisch wiederholten Worten des Vortages folgt ein knapper, fast geknurrter Satz der Erklärung, den ich kaum verstehe. »Er war im Kazett.«

Kurz nach seinem Eintreffen stirbt der Stiefvater im usbe-kischen Lager. Nachdem er sich von einem unbekannten Ort des sowjetischen Gulags dorthin geschleppt hatte, von einem Ort, der über ein halbes Jahrhundert später das Wort Lager von Irkas Lippen stiehlt.

Bilder sind stärker als Geschichten, auch wenn es sie nicht gibt. Wenn sie in einem gesonderten Album stecken, unver-änderlich wie jene, die auf dem Küchentresen durchgeblät-tert werden, die von Aschenputtel ausgelesene Spreu. Sie bestehen aus Worten, aus zwei Worten, mehr nicht. Aus einem Beiwort, das zu dem Geräusch des berstenden Geschirrs passt, das Jargonwort für die NS-Lager.

»Wer könnte unsere Gesichter unterscheiden?« So beschreibt Primo Levi den Eindruck der Häftlinge auf das Zivilpersonal von Auschwitz. »Wir sind für sie Kazett, Neutrum und Einzahl.«

Irka hat einen für alle gesehen, für all jene, die aus dem Kazett nie hinausgekommen sind. Das zeigen diese zwei Worte, die jede Geschichte auslöschen. Dass er es geschafft hatte, das Lager zu erreichen, wie ein durchgegangenes Pferd, wie ein streunender Hund, der krepiert, kaum dass er sein menschliches Ziel erreicht hat, zählt und tröstet nicht.

Vielleicht hat Irka ihren Stiefvater deshalb nie beim Namen genannt.

Doch der Tote wird in usbekischer Erde begraben, vielleicht mit dem Luxus von zehn Männern, die seinen Leichnam segnen, vielleicht gar mit dem Kaddisch eines Rabbiners, und sein letztes Bild als Lebender endet mit der übrigen Spreu im Album. Man muss jeden Tag essen, richtig gesund werden, für den Jungen Emil sorgen, sich eng an Zygmunt halten. Vor allem darf man Dolek nie aus dem Blick verlieren, der Einzige, der über das Werkzeug verfügt, sie alle zu befreien. Dem Stethoskop und der Medizin haben sie ihren Auszug aus Ägypten zu verdanken. Ein Arzt ist immer nützlich. Und in einem Heer, das ums Überleben kämpft, um in den Krieg zu ziehen, kann es nie genug davon geben.

Endlich kommt der Moment, in dem die Schiffe im Hafen von Krasnowodsk bereitliegen: »Rote Wasser« lautet die russische Übersetzung des alten Namens, der vor nicht allzu langer Zeit durch den Namen Türkmenbaşy, »Führer der Turkmenen«, ersetzt wurde, dem Titel, mit dem ein kleiner, postsowjetischer Diktator sich selbst und dem einzigen Seehafen seines riesigen Landes ein Glanzlicht aufsetzen wollte. Bahnkonvois bringen die Menschen in zwei Schüben nach Krasnowodsk, die Schiffe füllen sich endlos, sie überqueren das Kaspische Meer, das große Binnenmeer, dessen Störe das schwarze Gold Kaviar in ihren Bäuchen tragen, und legen in Pahlawi an. Auch dieser Hafen hat seinen Namen geändert, heute heißt er Bandar Anzali, um die Huldigung an die letzte Dynastie der Schahs von Persien auszumerzen. Allerdings hat sich die Iranische Revolution nicht die Mühe gemacht, den katholischen Friedhof anzurühren, auf dem jene begraben wurden, die auf dem Schiff oder wenig später in den am Strand errichteten Zelten ihr Leben aushauchten.

Dies ist die Ruhestätte der 639 Polen, Soldaten der Polnischen Armee im Osten des General Władysław Anders: Zivilisten, Kriegsgefangene und Häftlinge der sowjetischen Lager, die 1942 auf dem Rückweg in ihre Heimat starben. Friede ihrer Erinnerung.

Es ist das letzte Massensterben. Zwar endet es nicht sogleich, auch der Typhus ist auf den Schiffen mitgereist, und es werden weitere zweitausend Menschen sterben, doch für jene, die dem Tod auch diesmal entgehen, wird es endlich allmählich besser. Das neue Land ist wunderschön. Es ist das Gegenteil des arktischen Ägypten, nicht ein Nadelwald entlang des Weges von Pahlawi nach Teheran, stattdessen klare, heiße Luft, die nach Obstbäumen, Wildstauden und Rosen duftet. Noch nie hat man so viele Rosen gesehen. Nie hätte man für möglich gehalten, ihre Gegenwart mit der Nase wahrzunehmen, trotz des Dieselgestanks auf dem halb offenen Militärlaster. Was machen die Iraner mit all diesen Rosen, die so anders aussehen als in den Vorkriegsfilmen? Das ist schwer zu erahnen. Doch ist es schon viel, sich plötzlich wieder zu erinnern, dass es Rosen gibt. Ob tiefgläubige, von ihren Äckern gerissene Katholiken oder weltliche, aus den Städten geflohene Juden, vielen mag durch den Kopf gehen, dass ein von Rosengärten überbordendes Land gewisse Ähnlichkeit mit dem Paradies haben muss.

Der Gedanke drängt sich nicht sofort auf, denn über weite Strecken ist die Landschaft karg und steinig, aber dennoch voller Farben, genau wie die Menschen, die sie bewohnen. Beim Anblick dieser Leute, die so vollkommen anders aussehen, sich anders bewegen, stehen bleiben, einander mit Verbeugungen begrüßen, beim Anblick dieser Kinder, die durch die Straßen flitzen, dieser Märkte, auf denen man sich drängt und verläuft, beginnen diese ausgezehrten Körper zu erahnen, worunter sie außer Hunger und Kälte noch gelitten haben: Farbentzug, Bewegungsentzug.

»Wir wurden«, so erzählt Irka, »von den Juden in Teheran aufgenommen, von den reichsten. Sie haben uns in ihren Häusern beherbergt und es uns an nichts fehlen lassen. Uns Abendländer ließen sie sogar am Tisch essen, aber sie saßen auf Teppichen am Boden.«

Das Familienoberhaupt verfügt nicht nur über die Mittel, um die Inneneinrichtung auf den neuesten Stand zu bringen, eine Marotte, die sich nun zum ersten Mal als nützlich erwiesen hat, sondern geht zudem einer Tätigkeit nach, auf die ihr Gastgeber Irkas Schilderungen zufolge offenbar sehr stolz war.

»Er war der persönliche Parfümeur des Schahs!«

Deshalb also all die Rosen.

Jedenfalls beginnen sich die Wege der hundertfünfzehntausend evakuierten Polen in Teheran zu trennen. Jene, die in Anders' Armee eingetreten sind, die ersten kampftauglich zu machenden Einheiten, die weiblichen Hilfskorps und die Juniaki setzten ihre langsame Rückkehr auf den Kontinent, auf dem es die Heimat zu befreien gilt, fort.

»Wir bekamen unsere Uniformen, auch ich hatte eine«, erzählt Irka, und man ahnt, dass sie sich in ihrer kurzen, eng geknöpften Uniformjacke und dem schräg auf dem blonden Haar sitzenden Schiffchen ziemlich fesch vorkam.

Schließlich nehmen sie ihren Marsch wieder auf, durch ein Land, das Irka zum ersten Mal nicht genau benennen kann.

»Wir waren auch in der Wüste«, sagt sie, und als ich auf »Irak« tippe, macht sie eine flüchtige Kopfbewegung wie um zu sagen, ja, mag sein, aber das ist unwichtig. Wie seltsam, dass ihr nicht bewusst war und ich erst jetzt bemerke, dass sie auf ihrem Weg nach Palästina das Land der Erzväter und das des babylonischen Exils durchquert haben muss, ohne es überhaupt zu bemerken, weil sich die nahezu sichere Rettung durch wohltuende Gleichgültigkeit bemerkbar zu machen begann.

Irka und Zygmunt haben es denn auch fast geschafft. In Palästina wohnen sie erst in den Camps der polnischen Armee, danach, noch immer nach Männern und Frauen getrennt, in Kibbuzim, für die sie von Mitgliedern der Jewish Agency angeworben werden. Doch dass sie das Bleibeangebot fast sofort annehmen, hat womöglich weniger mit dem Glauben an den zionistischen Traum als mit der Erfüllung eines privaten Traums zu tun: ein Haus, in dem sie zusammenleben können, nicht mehr und nicht weniger. Dank der Wiederbegegnung mit einem alten Freund lassen sie sich in Tel Aviv nieder, Frishman Street, in einem weißen Gebäude im Bauhausstil, wie sie überall aus dem Boden sprießen, mit einem Balkon, von dem aus man das nahe Meer sehen kann.

Emil zieht indessen mit General Anders' Armee weiter und gelangt unter dem Schutz des britischen Heeres nach Ägypten, und ebenso Dolek, der Militärarzt, der im September 1943 in Tarent landet und im Mai des folgenden Jahres mit dem Zweiten polnischen Korps an der Front in Cassino steht.

In denselben Monaten setzt sich die Diaspora der Zivilbevölkerung fort, von Teheran bis zu den entlegensten Orten Polens. Viele von ihnen landen in Indien, das noch für kurze Zeit ungeteiltes Kolonialgebiet ist und sowohl Quetta als auch Karatschi sowie zahlreiche kleinere Städte mit einschließt, die im Gebiet der Republik Indien verbleiben werden. Die Polen gelangen nach Südafrika, doch vor allem in die britischen Kolonien Kenia, Uganda und Tanganjika. Und schließlich landen siebenhundertdreiunddreißig Waisen in Begleitung von rund hundert Erwachsenen am 1. November 1944 im Hafen von Wellington, Neuseeland, wo das Polish Children's Camp in Pahiatua und das sofortige Recht auf Staatsbürgerschaft sie erwarten.

Bei genauerem Hinsehen ist es nicht ganz zufällig und somit weniger erstaunlich, als es scheinen mag, dass die Punkte, von denen die Soldaten in den Krieg aufbrachen, sich mit jenen decken, an denen die Heimatlosen stranden. Sie alle sind Zweitware der Geschichte, Existenzen, die man einziehen oder ausmustern kann, sofern man noch über große Überseegebiete verfügt wie Großbritannien. Aus den Vereinigten Staaten, wo Stalin »Uncle Joe« genannt wird, kommt kein einziges Aufnahmeangebot.

Es gibt ein Foto, eine der ersten Aufnahmen aus Palästina, auf dem Irkas Aussehen etwas von einem Menschen hat, der noch auf der Schwelle steht.

Es ist klein, ein Passfoto, und ihr Blick ist starr geradeaus gerichtet, ohne Posen, mit denen sie sich dem Blick des Fotoapparates entziehen könnte.

»Schau mal, wie mager ich war«, bemerkt sie, weil sie offenbar fürchtet, es könnte mir nicht auffallen.

Denn tatsächlich sehe ich eine junge Frau in einem leichten Blumenkleid, mit schulterlangem, welligem, ein wenig ungekämmtem Haar und blendend hellen Augen, riesig und so strahlend, wie sie nie mehr sein würden. Und in diesem leuchtenden und zugleich starr geöffneten Blick verdichtet sich der Moment des Übergangs: Nur ihren Augen ist ihre Magerkeit noch anzusehen.

Dann werden auch die letzten Spuren von Hunger und Todesflucht aus ihrem Gesicht verschwinden. Es gibt jedoch ein Unglück, das Irka nicht vergessen kann, weil dieser grundlose Schmerz ihre Geschichte zusammenhält.

Im Sammellager von Jizzax tauchte auch Benno auf, der

andere Schwager. Allein. Er ließ seine Frau bei seinen Brüdern zurück und machte sich davon. Im Lager oder irgendwo zwischen dem Lager und Usbekistan ließ er sie im Stich, und noch heute ist Irka darüber erschüttert.

Meine Mutter erzählt, dass Benek im Gegensatz zum stets vortrefflichen Józek schon als Kind schrecklich war, berühmt ist die Anekdote, wie er auf den bereits fahrenden Karren geklettert war, mit dem die Familie Szer umzog. »Und dann war er ein Schürzenjäger, ein echter *Bonvivant*, aber liebenswert.«

Schürzenjäger? Im Lager?

»Weißt du, was er getan hat?«, fährt Irka fort. »Wir waren am Hafen und warteten auf das Schiff, das uns fortbringen sollte, da hat er meine Geige für zwei Brote und vier Eier verkauft. Er war ganz stolz auf sein gutes Geschäft!« Ohne lauter zu werden, trieft ihre Stimme vor Sarkasmus. Sie versteht es, auf elegante Art gehässig zu sein.

Die Geige! Mit der sie sogar im Lager zusammen mit einer Pianistin Konzerte gegeben hatte, die sie von der Oblast Archangelsk bis nach Usbekistan geschleppt hatte, über die Zygmunt für sie gewacht hatte, als sie in Samarkand mit dem Typhus kämpfte.

»Ich war entsetzlich wütend auf Benno. Wegen allem. Sehr wütend.«

Dann besorgte sich Irka eine neue Geige, auf der sie spielte, bis sie Mutter wurde. Und obwohl sie inzwischen sogar zu malen aufgehört hat, weil ihr der Rücken und manchmal sogar die Hände wehtun, bleibt die Geige für jeden, der ihre Wohnung betritt, sichtbar: Sie hängt über dem Sofa, genau in der Mitte, verewigt auf dem einzigen Selbstporträt unter den Gemälden, die mit in die Seniorenresidenz gezogen sind. Irkas Haar ist auf altmodische Art aufgesteckt, und ihr mit weichen Pinselstrichen gemaltes Gesicht hebt sich leuchtend von dem fast unsichtbaren Bogen und dem schattendunklen Instrumentenkörper ab. Sie ist eine der Zeit enthobene Figur, das Inbild einer sich selbst genügenden, verhalten entrückten, idealisierten Einheit.

Doch es ist das erste Mal, dass Irka ein Gefühl gezeigt oder es zumindest beim Namen genannt hat.

Wut: Das ist es, was von einer für zwei arabische Fladenbrote und vier Eier verhökerten Geige bleibt. Kaum zwei oder drei Jahre zuvor war sie in Lwiw noch ein gutes Kleid wert gewesen. Doch mehr als ein halbes Jahrhundert später, in Rischon LeZion, der Partnerstadt des heute ukrainischen Lwiw, bringt sie die Stimme noch immer zum Beben, die sich Irena Sher durch ihre Hilfe bewahren konnte.

Die Schwalben der Abtei

Als Andy zur verabredeten Zeit zum Friedhof hinuntergeht, scheint alles beim Alten zu sein. Kaum sieht Edo ihn kommen, in sauberem weißem Hemd, den Rucksack auf den Schultern, rudert er mit den Armen wie jemand, der auf der Autobahn eine Panne hat und Hilfe braucht, aber eigentlich will er damit sagen, »Du weißt nicht, was du verpasst hast!« Beiden ist klar, dass, ganz gleich, was in der Zwischenzeit vorgefallen ist, von nun an alles viel einfacher wird, und Edoardo strahlt auf seine so typische Art und ist so aus dem Häuschen, dass Anand sich von seinem brennenden Mitteilungsdrang mitreißen lässt.

»Die Wallfahrer, die von vorhin ... Weißt du noch?«

»Die Wallfahrer von vorhin, okay.«

»Also, die Polen von vorhin machen eine Pilgerfahrt. Eine Mischung aus Wallfahrt und Rundreise zu den polnischen Friedhöfen in Italien. Rom, Montecassino, dann Loreto und der Militärfriedhof in Ancona. Auch Assisi, ich weiß nicht, ob davor oder danach. Warst du schon mal in Assisi? Da ist es richtig schön, nicht so wie hier.«

»Ungefähr jedes Mal, wenn uns irgendwelche Verwandten in der Maremma besuchen kamen. Take 'em around, darling, would you, please? San Gimignano, Siena, Volterra, Assisi, Gubbio ... Ganz abgesehen von Florenz.«

»Nicht schlecht. Die komplette Tour. Aber bei dir war ja nichts anderes zu erwarten.«

»Assisi kann man nun mal nicht auslassen, richtig? And we all like Saint Francis.«

»Wer wir?«

»Wir Guptas, oder wir Hindus. Wir Vaishyas. Der heilige

Franz war ein Kaufmannssohn, wie übrigens auch Gandhi, der aus einer Vaishya-Familie stammte. Na ja, hat hiermit nichts zu tun. Also, was war mit den Wallfahrern los?«

»Beim Rauskommen sind ein paar stehen geblieben und wir haben angefangen zu reden. Sie haben mich gefragt, wie es heute um die Polen in Italien bestellt ist. Und ich habe geantwortet, so gut ich konnte, und ihnen ein bisschen von mir erzählt. Sie fanden es toll, dass ich hier geboren bin, dass mein Vater schon hier aufgewachsen ist und ich mich trotzdem noch immer für das interessiere, was in Polen los ist. Ich habe auch versucht zu sagen, dass das nicht ganz stimmt und dass mich vor allem diese armen Teufel interessieren, die in Apulien verschwunden sind, aber sie fanden es trotzdem prima. Sie meinten, auch in Polen würde man nicht viel darüber erfahren, es sei denn, es passiert was Großes.«

»Und konnten sie dir von was Großem berichten?«

»Tja, also: Das Große war dieser Prozess in Bari, wo diese beschissenen Verbrecher fünfzehn Jahre gekriegt haben. Da war das polnische Fernsehen, sämtliche Zeitungen, deshalb erinnerten sie sich daran.«

»Und haben sie dir sonst noch was erzählt?«

»Nein, aber sie hatten einen echt dicken Hals deswegen. Die Schande, dass Polen von anderen Polen versklavt werden, diese Vorarbeiter, die sich untereinander aus Spaß Kapos nannten. Einer behauptete, das konnte nur in Italien passieren, weil es hier die Mafia gebe. Dahinter steckten bestimmt italienische Mafiosi, aber die seien so mächtig und geschützt, dass niemand sich trauen würde, die anzufassen. Sie haben mich auch gefragt, wie ich das sehe, ich würde Italien doch gut kennen. Und weißt du, was mein Problem war? Dass ich nicht wusste, wie ich ihnen sagen soll: ›Nein, diesmal hat die Mafia womöglich gar nichts damit zu tun.‹ Zumindest behaupten das mein Buch und die Staatsanwälte, aber keine Ahnung ... so richtig überzeugt bin ich auch nicht ... Leider sind deren Argumente nicht ganz abwegig. Diese Geschichte von Sklaven und Tomaten würde wohl zu wenig bringen. Du, große italienische Verbrecherorganisation, fragst dich: Was soll der ganze Aufwand für vier Artischocken und zwei mickerige Brokkoli? Wir schöpfen die Kohle ab und machen die Auftraggeber, die Drecksarbeit können die Ausländer erledigen. Aber mein Problem war nicht nur, dass ich Schwierigkeiten hatte, das auf Polnisch zu erklären. Es machte mich einfach fertig, zu sagen, dass diese Leute vom Erdboden verschluckt wurden oder gelitten haben wie im Lager und nicht einmal die Mafia dahintersteckt. Verstehst du?«

»Yeah, you mean that after the nazis and the commies, there's not even a big padrino or something on the bad guys side?«

»You really got the point. Andy, großartig! Nach den Krautfressern und Russen nicht einmal das Schlimmste, was Italien zu bieten hat. Deshalb habe ich nur noch mal gesagt, dass es dank dem Mut einiger Polen zumindest gelungen ist, die direkten Verantwortlichen hinter Gitter zu bringen. Irgendeiner hat sich erinnert, dass nur einer von denen Pole war und die anderen ein Marokkaner und ein Ukrainer. Die haben uns in Wolhynien und Galizien niedergemetzelt, die Ukrainer waren in der SS, in Auschwitz. Aber die anderen Pilger behaupteten trotzdem, es gebe keine Entschuldigungen, es sei eine Schande und basta, nicht einmal zwanzig Jahre nachdem Polen seine Freiheit zurückerlangt hat. Die Leute würden hinter dem Wohlstand herrennen und darüber alles vergessen. Ein Glück, dass jemandem, der so weit weg wohnt, das Schicksal der polnischen Nation noch immer am Herzen liegt, sagten sie. Hey, sie haben mich zur Messe eingeladen, die sie morgen in der Abtei abhalten, damit ist klar, wann wir hingehen …«

»Du kannst ruhig hingehen, wenn du willst. Ich bleibe hier und schaue sie mir ein anderes Mal an.«

»Nein, kommt gar nicht in die Tüte. Du bist mein Partner, richtig? Inzwischen liegt dir pólnisch Vólk doch auch am

Herzen, oder? Himmel, Andy, wenn mein Großvater solche Sachen sagte, wurde mir schlecht vor Langeweile …!«

Edoardo, der so sehr lachen muss, dass ihm die blonden Locken in die Augen fallen, ist so unübersehbar glücklich, dass Andy nur nicken kann.

»Ist dir klar, dass wir zum ersten Mal auf wirkliches Interesse gestoßen sind? Morgen helfen wir denen einen ordentlichen Stapel Flyer über, dann können sie sie in ganz Polen verteilen … Verstehst du, dass dann mit ein bisschen Glück echt was ans Licht kommen könnte?«

Anand nickt noch einmal, die Lippen schmal. Er denkt nicht an die verschlungenen Wege der Flugblätter durch die fernen polnischen Provinzen, sondern an seinen Freund, der entweder seinem Großvater oder ihrem Papst nacheifert, an dessen Beerdigung er sich noch haargenau erinnert. Rom in Tränen, Rom lahmgelegt, alle zu Hause, sogar er und seine Familie, um dem historischen Augenblick vor dem Fernseher beizuwohnen.

»Was ist? Passt dir was nicht?«

»Entschuldige, nein. Ich musste an die Beerdigung von Papst Wojtyla denken. Weil du pólnisch Vólk gesagt hast.«

Sofort ist Edoardo wieder beruhigt und schüttet sich aus vor Lachen wegen des unsäglichen Akzents. Doch weil ihm diese unbändige Heiterkeit ein bisschen unangenehm ist, erzählt Andy einfach weiter, wie seine Mutter damals eine Stunde mit einer Tante aus London am Telefon hing, die wieder vor Rührung über Lady Dianas Beisetzung zerfloss, dem Großereignis, dem sie in England beigewohnt hatte. Seine Mutter hatte mit den Augen gerollt wie in einem Bollywood-Film, und das war das Lustigste gewesen, doch Anand kommt gar nicht so weit, es zu erwähnen.

»Du kannst dir nicht vorstellen, was bei uns zu Hause los war: der totale Irrsinn. Ich bekam die schöne Aufgabe zugeteilt, die Verwandten in die Aufbahrungshalle zu begleiten. Stundenlanges Schlange stehen, unfassbar. Wie die Sardinen, schlimmer noch: wie betende Sardinen. Ich sagte, für diese gute Tat müssten sie mir einen Haufen Sonntagsmessen gutschreiben. Aber ich muss zugeben, dort zwischen all den Menschen zu sein, die aus der ganzen Welt angereist waren, um unserem Karol Lebewohl zu sagen, war auch schön. Na komm, begleite mich doch morgen zur Messe in die Abtei.«

»I think, I'd rather not«, erwidert Andy reflexhaft, er weiß selbst nicht warum, so etwas hat ihn noch nie gekratzt. Und noch weniger weiß er, warum er, ohne Luft zu holen und ohne dass Edo abermals danach gefragt hätte, auf die Sache mit den Flugblättern antwortet. Ja, es könnte was dabei herauskommen, wenn diese Pilger sie wirklich mitnehmen und in Polen verteilen würden: Internet ist eine Sache, aber ein in die Hand gedrückter Zettel eine ganz andere.

»Ganz genau! Auch weil die Verschwundenen häufig aus irgendwelchen gottverlassenen Gegenden kamen, aus winzigen Käffern …«

»Aber wieso sollten sich die, die etwas drüber wissen, an dich und nicht an die polnische Polizei wenden?«

Da passiert etwas, womit Anand Gupta nicht gerechnet hätte, und es ist nicht Edoardos Blick auf seine Converse, mit denen er ein paar Steinchen fortkickt, und auch nicht seine allzu euphorische Miene, mit der er wieder aufsieht und ihm ernst und unverwandt in die Augen schaut.

»Weißt du, Partner«, sagt er, »vielleicht ist es mir gar nicht mehr so wichtig, dass ich eine Spur der Verschollenen finde. Genauer gesagt: Vielleicht ist mir klar geworden, dass es nicht sehr wahrscheinlich ist. Wir können uns schließlich nicht vierteilen, oder? So that's fine with me. Aber es wäre mir schon wichtig, dass all das nicht völlig umsonst gewesen ist. Dass es dem armen pólnisch Vólk irgendwie zugutekommt …« Und als er wieder lachen muss, fängt das Blau seiner Augen zu schillern an.

Den restlichen Nachmittag über kommen nur noch wenige Besucher, und sie beide vertreiben sich die Zeit mit ihrem eigenen Kram: Der eine versinkt freimütig in General Anders' Buch, der andere tippt gelangweilt, aber erleichtert auf seinem Handy herum. Kaum sitzen sie im Auto, reckt Edoardo den Arm aus dem offenen Fenster, zeichnet die ersten Spitzkehren nach und singt, »Alle ans Meer!«

Diesmal sind sie vor sieben Uhr am Strand von Scauri. Sie genießen das Wasser und die Sonne, solange die scheint, und spielen dann mit einem Frisbee, das sie dem einzigen Inder abgekauft haben, der mit seinem eigentlich den Schwarzen vorbehaltenen Bauchladen unterwegs ist. Normalerweise hätte Edoardo ihn Löcher in den Bauch gefragt, doch diesmal lässt er Andy den Vortritt, gibt sich mit der Feststellung zufrieden, dass tatsächlich jemand aus Kaschmir kommt, und wundert sich, als der Partner grüßend das Frisbee hebt und »salam aleikum« sagt. Eine Weile hechten sie hinter der grünen Scheibe her, die den dunkelnden Sonnenuntergang über dem Strand von Scauri in psychedelischem Kontrast durchschneidet.

Mehr noch als die Müdigkeit ist es der Hunger, der sie in die nächstbeste Pizzeria treibt. Während sie die Strandpromenade entlanglaufen, stoßen sie zufällig auf ein Schild, das eine Abendvorstellung des Zeichentrickfilms *Kung Fu Panda* ankündigt.

»Hast du den gesehen, Partner?«

»Nein, ich habe ja keine kleinen Geschwister oder kleine Cousins … zumindest nicht in Rom.«

»Hättest du Lust? Er ist kein Meisterwerk, aber lustig … Ach, hör mal: Wollen wir uns auch eine Portion Pommes kaufen?«

»Sure. Chips and Pizza. Aber ich würde auch einen Mozzarella nehmen, in Amerika vergesse ich den im Nullkommanichts …«

»Fassen wir also zusammen: Pizza, Pommes, einen fetten Büffelmozzarella und einen Kinderfilm im Arena Eden von Scauri? Gefällt dir das Programm?«

Ja, der Partner Anand Gupta, der sich Büffelmilch und Salz von den Lippen leckt, scheint vollauf zufrieden. Und später, als sie im Freilichtkino sitzen, sind beide hocherfreut, dass zwischen urlaubenden Familien drei Mädchen sitzen, die sich offenbar köstlich über einen Zeichentrickfilm in einer Sprache amüsieren, von der sie kein Wort verstehen. Große, strahlend blonde Mädchen in Flip-Flops, Shorts oder Minirock, die allem Anschein nach nordisch sind und deshalb von einer Gruppe prolliger Jungs belagert werden, die sie aus der Reihe dahinter belauern, derweil der dicke Panda Po sich vergeblich müht, zum Drachenkrieger zu werden, zum Auserwählten, der den fürchterlichen Tai Lung besiegen und den Frieden zurückbringen soll.

Da es in Italien die obligatorische Filmpause gibt, ist es für Edoardo und Anand ein Leichtes, die Snack-und-Getränkebar vor den Mädchen zu erreichen, die erst noch ihre Verehrer abwimmeln müssen. Es ist nicht das erste Mal, dass sie diese Masche durchziehen, aber ein paar dreisten Halbstarken drei nordische Schönheiten abzujagen macht besonderen Spaß.

»Hello!!! How are you!? What would you like to drink?«, prescht Edoardo mit strahlendem Lächeln und seinem kalifornischsten Akzent vor. Es funktioniert prächtig. Die Mädchen begrüßen sie, als wären sie ihre festen Freunde, und die Ausgaben für Cola und Popcorn sind läppisch angesichts der Genugtuung, dass die Skandinavierinnen dankbar knabbernd zwischen ihnen Platz nehmen. Der Film beginnt wieder, und die Wikingerinnen lachen noch mehr und geben ihren beiden Rettern mit sanften Stupsern gegen die Schenkel zu verstehen, dass sie ihnen ruhig den Arm um die Schultern legen dürfen, was Edo tut, oder ihre Hand nehmen können, was Andy tut. Schade, dass die Prolls sich in die Reihe hinter ihnen gesetzt und die Kleinfamilie verdrängt haben. Obwohl sie in breitestem kampanischem Dialekt reden, entgeht sogar Anand Gupta nicht, dass ihre Beleidigungen immer mehr in

Drohungen umschlagen und ihre bevorzugte Zielscheibe dieser Affe ist, dem man eine Lektion erteilen muss, sprich seine Wenigkeit. Offenbar ahnen die Typen nicht, dass die bedröhnte Ami-Schwuchtel und der Scheiß-Paki verstehen, worüber sie sich auslassen, doch das macht ihre Drohungen nicht weniger beunruhigend. Edoardo Bielinskis Arm fängt an, auf der leicht sonnenverbrannten Haut von Gunnel aus Stockholm zu kleben, während Anand Guptas Hand immer wieder in der Popcorntüte verschwindet. Der finale Kampf des übergewichtigen Pandas, der den oberfiesen Tai Lung mit sämtlichen Techniken besiegt, die ihm der ehrwürdige Meister Shifu beigebracht hat, und dabei die Wucht seines unstillbaren Appetits zum Einsatz bringt, ist ein Spaß, der den beiden Freunden entgeht. Nur Gunnel, Kerstin und Annika johlen ein stadiontaugliches »Yeah!«, als Po seinem übermächtigen gefleckten Gegner mit dem legendären Wuxi-Fingergriff den Gnadenstoß versetzt. Nur Edo und Andy sprechen nicht mit Hingabe das Zauberwörtchen nach, das, mit erhobenem kleinem Finger, die endgültige Vernichtung des Bösewichts begleitet. Sogar die Jungs hinter ihnen wiederholen begeistert: Skadoosh!

Aber wenn man seit so langer Zeit befreundet ist, reicht ein kurzer Blickwechsel, um alles erträglicher zu machen oder zumindest die nötige Zuversicht wiederzufinden: dieses Quäntchen Mut, das man leichter zu zweit aufbringt. Die Situation klärt sich dann von allein, besser gesagt, es klärt sich die Art und Weise ihrer Handhabung. »You boys would like to have some ice cream or a drink?«, fragt Annika mit den langen Haaren, die auf Englisch erdbeerblond heißen, sie ist die Hübscheste und Zierlichste von den dreien, und vielleicht hat sie sich deshalb in die Mitte gesetzt. »Oh yes, sure, let's go for a gelato«, antwortet Andy und überlegt, dass ein Spaziergang zur Strandpromenade an einem belebten Sommerabend keine schlechte Idee ist. Natürlich kommen die Typen hinterher, sie kleben ihnen so dicht an den

Fersen und grummeln so feindselig vor sich hin, dass es selbst den Schwedinnen auffällt. »Shouldn't we tell these guys to just fuck off?«, fragt Annika, die offenbar drauf und dran ist, die Sache selbst in die Hand zu nehmen. »Well, no dear, I don't think so«, gibt Andy in so ungerührtem Ton zurück, dass sein Freund ihm diese instinktive Antwort während der restlichen gemeinsamen Zeit immer wieder auftischen wird, und auch bei jeder passenden Gelegenheit danach, wenn sie über Skype miteinander reden. Doch vielleicht ist es gerade dieses »nooh dear«, das Edoardo den nötigen Schneid versetzt.

»These guys could be trouble«, sagt er laut und deutlich, »so now we're gonna have our nice gelato and then we'll take you home, if you don't mind.«

Nein, die Mädchen haben nichts dagegen, dass man sie in ihre Feriensiedlung zurückbringt, ganz im Gegenteil. Und sie haben nichts dagegen, dass Andy, der an der Kasse gerade das Eis bezahlt, auf ein Kopfnicken seines Partners hin auch nach einer Flasche Sekt verlangt und sie, als er zu ihnen zurückkehrt, Edoardo wie eine Trophäe entgegenstreckt, der ausruft: »Chammm-peiiin!«

Man weiß nicht, wann oder wie sehr ihnen bewusst wurde, dass ihre Selbstverteidigung in Provokation umschlug, ihre Angst in Lust, es drauf ankommen zu lassen, sich aufzuspielen, und das weniger der Mädchen als dieser Typen wegen, die ihnen an den Fersen klebten und vielleicht nicht unbedingt Kriminelle, aber ohne Frage echte Neandertaler waren. Und sie könnten noch nicht einmal sagen, was in einem klick! macht, was einen scheiß drauf sagen lässt, was dafür sorgt, dass die Angst, die man nicht zu haben vorgibt, irgendwann tatsächlich verschwunden ist. Sie wissen nur, dass sie sich ungefähr so fühlten wie Clint Eastwood und James Bond, als Architektin Shrila Guptas Citroën vor den Toren des schwedischen Feriendorfes in Baia Domizia hielt und Kerstin dem Wachmann zu verstehen gab, ihre Freunde dürften mit hinein, und diesen gloriosen Moment weidlich genossen. Und dass, nachdem sie geparkt hatten und die Mädchen zu ihren Bungalows verschwunden waren, um später am Strand wieder zu ihnen zu stoßen, beide sich zu der Straße umdrehten, wo drei Mopeds und zwei große Motorroller mit leuchtenden Scheinwerfern standen, und vielleicht gab es vor allem einen Grund, weshalb sie keine abfällige Geste in deren Richtung machten: weil es noch nie einen Helden gab, der den Mittelfinger reckt. Doch worauf sie letztendlich am meisten stolz sind, ist, dass sie sich, nachdem sie am Meeresufer den Asti Spumante plus eine von den Mädchen beigesteuerte Flasche Rotwein sowie drei Flaschen Bier geleert haben (Letztere vor allem die Wikingerinnen), dass sie sich also um nach zwei Uhr nachts, als außerdem klar war, welches Mädchen wem am besten gefällt (Annika beiden, aber sie scheint wie immer eher auf Andy zu stehen), mit weder sonderlich keuschen noch nüchternen Küssen und Umarmungen voneinander verabschieden und sich für den nächsten Abend verabreden.

»Selber Strand, selbes Meer ...«

»What?«

Andy erklärt es Annika, während Edoardo sich eine Handynummer einprägt.

»We've got a hard day tomorrow! Bye bye and buonanotte.«

Ja, ein schwerer Tag. Auch wenn die Feinde vor den Toren der Feriensiedlung ohne einen mirakulösen Wuxi-Fingergriff verschwunden sind. Und so fallen Andy und Edo ziemlich aufgekratzt, müde und betrunkener als üblich, aber auch glücklicher als üblich oder zumindest als in den vergangenen Tagen, in ihre Betten.

»Edo?«

»Was?«

»Wann ist diese Messe morgen?«

»Um halb elf, Herrgott!«

»Okay, ich wecke dich ...«

»Hmhm ... danke, Partner, du bist der Beste. Fast hast du dir Miss Strawberry Hair verdient, aber nur fast ... «

Doch lange bevor der von Anand auf Viertel nach neun gestellte Wecker klingeln kann, plärrt Antonello Vendittis *Grazie Roma!* los, Edoardos Ersatz für den mit Sara aus Magliano geteilten Klingelton, der so romantisch war, wie ein Stück von Massive Attack nun einmal sein kann, jedoch als morgendlicher Weckruf allemal besser taugte als Vendittis Ziegen-Vibrato. Edos geisterhaft nach dem Nachttisch tastende Hand lässt sich nur damit erklären, dass die schwedische Hoffnung selbst bis in die untersten Schichten des Tiefschlafs vorgedrungen ist.

»Mama ...?«

Es folgt eine Reihe einsilbiger Laute, von denen »okay« der artikulierteste ist, sowie eine letzte Kraftanstrengung, die sich zu »ist gut. Danke. Wir sprechen uns, Ma« aufschwingt. Danach dreht er sich auf den Bauch und schläft wieder ein, doch Andy ist inzwischen wach. Er kümmert sich um alles, was es zu erledigen gibt, einschließlich des Frühstücks mit Banane und Brötchen für seinen Langschläfer-Freund, »Danke, Signora, sehr freundlich«. Er bereitet sogar die Flyer-Stapel vor und bindet sie mit Gummis zusammen, und als es halb zehn ist, rüttelt er Edoardo ohne Vorwarnung wach. Der kommt ohne Trödelei und Protest in die Gänge und macht den Mund erst auf, als sie im Auto sitzen, um zu sagen, dass seine Großmutter sich den Knöchel verstaucht hat, weshalb der Ausflug der Großeltern und polnischen Freunde nach Montecassino gestrichen ist.

»Tut mir leid für deine Großmutter. She isn't in the hospital, is she?«

»Nein, Notaufnahme, Röntgenbilder, und jetzt ist sie wieder zu Hause. Wir können meine Großeltern ja besuchen gehen, wenn wir wieder in Rom sind, dann kriegst du vielleicht noch die Veteranen und Veteraninnen mit, die werden hellauf begeistert von dir sein. Zumal du gerade auf dieses

Buch abfährst. Aber vorher gibst du mir eine Zusammenfassung, damit ich nicht blöd dastehe ...«

»Die Veteraninnen?«

»Soweit ich es verstanden habe, ist unter den Leuten, die aus London gekommen sind, auch die Freundin einer gewissen Frau Grabowska, sie waren zusammen bei den Hilfstruppen des Zweiten polnischen Korps. Die haben da alles Mögliche gemacht: von Krankenschwester bis Automechanikerin. Sie hat mir ein Foto gezeigt, auf dem die beiden an einem Militärlaster herumschrauben, ganz süß.«

»So you're not totally ignorant of everything regarding this story.«

»Wie denn auch, Andy? Ich bin unter diesen Leuten großgeworden. Jedenfalls ist die Grabowska eine lebenslustige Alte, eine ehemalige Musiklehrerin, die angeblich sogar mit der Frau deines Kommandanten musiziert hat.«

»Mit der Frau von General Anders?«

»Yessir! Irena Anders, Schauspielerin, eine Schönheit bis ins hohe Alter, sie hat einen Film mit De Sica und Anna Magnani gedreht, ehe sie nach England ging und Generalsgattin wurde. Ah, und sie war die Erste, die dieses berühmte Lied über den roten Mohn gesungen hat, das ich dir jetzt vielleicht doch mal beibringen sollte.«

»Und wieso fällt dir das plötzlich ein?«

»Pff, ich musste auf einmal an diese Frau denken, die häufig meine Großeltern besuchte, als ich klein war, und ich mochte die Geschichten, die sie erzählte. Diese zum Beispiel und besonders die über den Bären. Aus dem Iran hatten sie ein Braunbärjunges mitgenommen, das man mit der Flasche aufziehen musste, und als der Bär größer wurde, hat er angefangen, alles zu fressen, sogar Zigaretten, und er liebte Bier. Er hieß Wojtek und gehörte zu ich weiß nicht mehr welchem Regiment oder Bataillon, und nach dem Krieg ist er ebenfalls nach Großbritannien emigriert, in den Edinburgher Zoo. Er war sogar hier, angeblich hat er während der Schlacht geholfen, die Munitionskisten zu schleppen. Das war meine absolute Lieblingsgeschichte.«

»Das glaube ich, cool!«

»Wojtek the bear, yes! Wenn mir noch andere einfallen, erzähle ich sie dir …«

Auf dem üblichen Parkplatz steigen sie aus dem Auto und machen sich direkt auf den Weg zur Abtei. Schon um diese Uhrzeit beginnt es, heiß zu werden, während sie übernächtigt bergan schnaufen und die immer näher rückenden Mauern des Klosters wie eine Festung über ihnen aufragen.

»Haben wir die Flyer mit?«, fragt Edo und bleibt unvermittelt stehen.

»So viele, wie in die Rucksäcke reingingen. Der Rest ist im Auto.«

»Puh … danke.«

Er atmet tief durch, wischt sich mit den Händen über die Stirn, richtet den Blick auf ihr Ziel und beginnt, recht zögerlich und nicht besonders laut »Czerwone maki na Montecassino. Zamiast rosy piły polską krew …« anzustimmen. »Wie es weitergeht, weiß ich nicht mehr.«

»Heißt was?«

»Roter Mohn von Montecassino, statt Tau trank er polnisches Blut. Na? Sag nicht, dir gefällt's«, fügt er hinzu, während er sich entschlossen wieder in Bewegung setzt.

»It's very patriotic, I guess.«

»Definitely. Du bist echt unschlagbar, Andy.«

Sie erreichen den zentralen Kreuzgang, als sich die Pilger gerade versammeln, ein paar Alte oder Behinderte werden im Rollstuhl geschoben. Alle tragen ein Holzkreuz um den Hals und ein mit einer Sicherheitsnadel an der Brust befestigtes rot-weißes Bändchen. Noch immer sind ein paar hängende Schnauzer zu sehen, die Anand gar nicht mehr auffallen, während er einen raschen Blick auf die Uhr wirft und feststellt, dass es wundersamerweise nicht einmal Viertel nach zehn ist.

»I'd go and take a glimpse at the Church, before the mass is starting, all right?«

»Du willst dich echt sofort aus dem Staub machen, Mistkerl? Geh, geh ruhig, grüß mir den heiligen Benedikt, aber lass mich nachher nicht hängen, Partner!«

»Come on, you silly!«, raunt Andy und schiebt sich mit einem grüßenden Kopfnicken an der Polengruppe vorbei.

Wer weiß, ob er auch »dzień dobry« gesagt hat, überlegt Edoardo Bielinski, als er ihn mehrere Stufen auf einmal nehmend die Freitreppe emporsteigen sieht, die zum Eingang der Basilika führt. Zugleich hat er einen am Vortag kennengelernten Wallfahrer entdeckt, der auf ihn zukommt, ihn mit drei förmlichen Küssen begrüßt, Edek nennt und ihn den anderen vorstellt: Edek aus Rom, der an ihrem Soldatenfriedhof Wache steht und heute zu ihrer Messe eingeladen ist.

»Sehr erfreut«, sagt auch der Pfarrer Don Pawel aus Krakau und lässt sich das Pilgerkreuz und die Ansteck-Flagge reichen. Das Kreuz hängt er Edoardo um den Hals, die Nadel muss er sich selbst ans T-Shirt heften, das eines der letzten noch saubereren ist und obendrein riesig und orange, mit dem lilagrünen Schriftzug *writer* auf der Brust. Nicht ideal für den Anlass, aber Kerstin oder Gunnel würde es gefallen.

Während der Messe und vor allem, als die Benediktiner nach der polnischen Predigt und den Gebeten, denen er folgen kann, zu Ehren der Gäste gregorianische Gesänge anstimmen, kämpft Edoardo mit heftigen Müdigkeitsattacken, aus denen er immer wieder hochfährt, um auf sein Handy zu schielen, das unter dem riesigen Surfer-Shirt glücklicherweise gut verborgen ist. Und es ist ein Glück, dass er auf dem rechten Schenkel das unmissverständliche Summen einer Nachricht verspürt, als er mit Danuta aus Poznań und Janusz aus Lublin ein Zeichen des Friedens austauscht und die Messe fast vorüber ist. Als bereits alle für das Abendmahl anstehen, nutzt er den Augenblick und stiehlt sich hinaus, und kaum ist er vor der Kirchentür, zieht er den verbotenen

Gegenstand aus der Tasche. »Slept well u heroes?« Da ist die ersehnte SMS, doch Edoardo weiß nicht, welches der Mädchen ihm geschrieben hat. Es fuchst ihn ein bisschen, dass die Frage im Plural gestellt ist, und es geht ihm gegen den Strich, dass von dem anderen Helden nicht die leiseste Spur zu sehen ist, nicht einmal von dem Punkt aus, an dem man sämtliche darunter liegenden Kreuzgänge und das Bergpanorama rings um das Tal überblicken kann. »Less than U!« schreibt er zurück, denn schließlich ist schon fast Mittag, und fügt einen Smiley hinzu. Dann tippt er an Andy: »Wo steckst du?« Postwendende Antwort: »Rückseite Museum mega komm!«

Das Abendmahl wird noch eine ganze Weile dauern, und Edoardo ist neugierig geworden: Was kann es im Museum eines Benediktinerkloster so schrecklich Interessantes geben, das seinen Freund dazu veranlasst, »mega« und »komm« mit Ausrufungszeichen zu schreiben? Kaum sieht er ihn, allem Anschein nach kein bisschen überrascht darüber, wie schnell Edoardo seiner befehlsartigen Anweisung gefolgt ist, macht Anand ihm ein Zeichen, stehen zu bleiben, sich ganz langsam zu nähern, still zu sein.

Auf dieser Seite mündet der Gang in eine Kolonnade, die nicht einmal eine großartige Aussicht verspricht. Erst, als er bei Andy ist, begreift er, was seinen Blick bannt. Zwischen dem unteren Rand des Dachgebälks und dem obersten Gesimsvorsprung ist ein Nest, ein Schwalbennest. Sonst nichts. »Na toll!«, will er gerade sagen oder ihm zu verstehen geben, da packt Anand seinen Arm und drückt ihn fest. Auch das ist neu. Bevor er es recht erfassen kann, schlüpft die Mutterschwalbe aus dem Nest, schießt zu den Höfen hinunter, schwingt sich wieder empor, und gleich darauf tauchen die Köpfe der Jungen auf, die mit ihren noch rosigen Schnäbeln ihren Hunger kundtun. Edo hat Andy noch nie so glücklich gesehen. Er strahlt, Rührung liegt in seinen Augen, er räuspert sich sogar leicht, wie er es nach dem Verlassen der heiligen Basilika hätte tun müssen, und sagt endlich etwas, nur ein Wort.

»Nice?«

»Yeah, sure …«

»Ok, let's go … takes her a while to be back.«

»Soll das heißen, du warst die ganze Zeit hier und hast Mama Schwalbe dabei zugesehen, wie sie ihre Jungen füttert?«

»Ein Stündchen ungefähr. Außerdem hat man hier schnell alles gesehen. Und das Museum … na ja, ich habe das Nest durch ein Fenster entdeckt, als ich drin war, und bin hier heruntergekommen.«

»Du bist zur Wiege des abendländischen Mönchstums gekommen, um Birdwatching zu betreiben!«

»I enjoy it.«

»Das habe ich gesehen. Die kleine Schwalbe gefällt dir fast noch besser als Annika, ich fass es nicht!«

»Quatsch. Träum weiter. Sagen wir, es handelt sich um eine ältere Liebe.«

»Was denn? Schwalben? Vögel? Und wieso weiß ich nichts davon? Wieso bist du deinen Eltern nie auf den Senkel gegangen, dass du einen Sittich oder einen Kanarienvogel oder sonst was haben willst, als wir anderen wie verrückt um einen Hund oder eine Katze gebettelt haben?«

»Weil ich lieber ein Aquarium als einen Käfigvogel haben wollte. Erinnerst du dich an mein Aquarium?«

»Klar. Du hattest auch diesen komischen Fisch, so einen platten schwarzen mit einem weißen Strich, glaube ich, der reglos im Wasser stand und sogar rückwärts schwimmen konnte. Abgefahren!«

»Messerfisch. Das war der Einzige, an dem mir was lag.«

»Genau. Ich hatte nicht den Eindruck, dass du überhaupt auf Tiere stehst.«

»Schon, aber das mit den Schwalben ist eine andere Geschichte. Sie hatten ihr Nest in unserem Haus in der Maremma gebaut, ich langweilte mich zu Tode, und als ich es entdeckt hatte, konnte ich nicht mehr aufhören, es zu beobachten. Genau wie jetzt. Ich muss ungefähr zehn gewesen sein. Zu groß, um herumzuerzählen, dass ich Freundschaft mit den Schwalben geschlossen hatte …«

»You could have told me, you stupid. Ich hätte mich nicht darüber lustig gemacht oder Chad oder den anderen Blödmännern erzählt: Little Andy Gupta really likes *Vögel*! Für wen hältst du mich?«

»Na ja, als ich aus den Ferien zurück war, hatte ich es schon vergessen.«

»Das bezweifle ich.«

Auf dem letzten Stück des Ganges beschleunigt Edoardo den Schritt, was dem Stimmengewirr geschuldet sein könnte, das aus der Basilika dringt, und hält den Kopf auf eine Art gesenkt, die Anand ihm in seiner üblich unbeschwerten Art nachlaufen und seinen Arm berühren lässt.

»Hey, bist du etwa sauer?«

»Ein bisschen. Du bist immer so nett und freundlich, und dann traust du nicht einmal deinem besten Freund. Aber so ist es nun mal, und jetzt haben wir keine Zeit, drüber zu reden. Bald gehst du sowieso nach Amerika und fängst wieder von vorn an.«

»I think it's time to get your work done.«

»Our Allright! In welcher Sprache muss ich es dir sagen, Anand Gupta, dass ich dich nicht von ungefähr gebeten habe, mit mir hierher zu kommen?«

Andy deutet ein Lächeln an und streift den Arm seines Freundes mit dem Zeigefinger. »Let's not make this really weird impression on your Polish people«, murmelt er.

»Wir sind seltsam, aber das kann dir doch wurst sein!«, entgegnet Edo, als er Janusz erblickt und auf ihn zugeht. Er stellt seinen Partner auf Polnisch vor und gibt eine kurze Zusammenfassung auf Englisch, aus Höflichkeit und um klarzumachen, wie man sich mit ihm verständigen kann.

»Dzień dobry«, sagt Andy mit seinem Laurel-und-Hardy-Akzent, den er in jeder Sprache hat, außer in seinem leicht römisch gefärbten Italienisch, »nice to meet you.«

Sie sind zum Mittagessen eingeladen. In das Restaurant des Hotels, aus dem die Polen am Nachmittag wieder nach Rom aufbrechen. Edo gibt haufenweise Tipps für preiswerte Trattorien, Läden und Märkte, und Andy, der neben ihm hertrottet und zumindest die Namen und Adressen versteht, holt sein Moleskine hervor, notiert sie in Druckbuchstaben und hält Danuta die herausgerissenen Seiten hin.

»Dzjękuję.«

»Proszę.«

Das Hotel liegt an der Umgehungsstraße von Cassino und sieht aus wie ein gestrandetes Kreuzfahrtschiff aus Rimini oder Miami, wie Anand feststellt. Der Parkplatz, auf dem die Reisebusse ankommen sollen, ist so gut wie menschenleer. Sie nutzen die Wartezeit, um die Flyer aus den Rucksäcken zu holen, in die Kiste zu packen und in die Eingangshalle zu bringen. Edo rümpft die Nase über das allzu Neue und allzu Luxuriöse, das ihnen vom spiegelglatten Boden und den rechteckigen Riesensofas in der Lobby entgegenschlägt, doch das ist nicht der richtige Tag, um darüber nachzugrübeln, wer oder was diese grottenhässliche Fata Morgana neben dem Autobahndreieck aus dem Boden gestampft hat.

»Wenn alle sitzen, machen wir die Runde, okay? Ich erkläre die Sache, und du hilfst mir beim Austeilen?«

»Yes, Sahib!«

»Was?«

»Nichts, das war ein Witz … geht klar.«

Zwischen dem Tischgebet und den Vorspeisen sind die Freunde bis auf die letzten drei Packen all ihr Material losgeworden. Edoardo hat rote Wangen wie nach dem Basketballtraining oder wie früher als kleiner Junge, als er während der Weihnachtsaufführung in der vordersten Reihe sang. Sie haben sich nicht einmal einen Sitzplatz gesucht, was sich schließlich als nützlich erweist. Als sie an den Tisch von Pater Pawel kommen, stellt sich heraus, dass er sehr gut Italienisch spricht, da er über ein Jahr lang das Priesterseminar im Vatikan besucht hat.

»Sprichst du Italienisch?«, fragt er Andy freundlich.

»Ja, ich wohne auch in Rom.«

»Und wo kommst du her, wenn ich fragen darf?«

»Das ist ein bisschen kompliziert, sagen wir, meine Eltern stammen aus Indien.«

»Ah, Indien: Das dachte ich mir. Dann komm doch später noch einmal zu mir, wenn du fertig bist, ich will dir jemanden vorstellen. Sie spricht sehr gut Englisch, ihr könnte euch also unterhalten.«

»Aber das ist wirklich nicht nötig, Pater, danke …«

»Nicht doch, ich glaube, es wäre der Dame eine Freude, mit dir zu sprechen.«

Natürlich kann es sich Edoardo nicht verkneifen, ihm »Himmel, das gibt's doch gar nicht!« zuzuraunen, doch die Dame nimmt ihn, nachdem Pater Pawel ihn ihr vorgestellt hat, mit einem übertriebenen »So pleased to meet you, Anand!« in Beschlag und schleift ihn mit sich fort, eine leicht glatzköpfige, mindestens siebzig Jahre alte Matrone.

Edo schickt ihm ein spöttisches Grinsen hinterher, doch eigentlich ist Andy ganz froh, von jemandem unter die Fittiche genommen zu werden, und sei es von diesem alten, ebenso massigen wie energischen polnischen Schlachtschiff. Das Einzige, was ihm einfach nicht in den Kopf will, ist, wie sie es schafft, von der Vorspeise bis zum Nachtisch alles wegzuputzen, obwohl sie in einem fort redet, derweil er, obwohl er nur zuhört, mit dem x-ten Bissen halb in der Luft vor dem noch halb vollen Teller sitzt, als der Kellner zum Abräumen kommt. Denn die Geschichte, die Hanka Kowalska – »just call me Hanka« – ihm erzählt, ist wunderschön.

Für sie, hebt sie an, seien es ganz besondere Tage, weil sie zum ersten Mal nach Ancona zum Grab eines Onkels fahre, der mit General Anders gekämpft habe.

»You know a little bit oft he story of general Anders and his army?«, fragt sie und macht sich die Pause zunutze, um sich einen ordentlichen Schluck Rotwein zu genehmigen.

Andy nickt, beugt sich, er weiß nicht weshalb, schüchtern und stolz zum Rucksack hinunter und zieht das Buch hervor.

»Oh, wonderful!«, ruft Hanka, zwitschert etwas in ihrer Sprache und hält ihren Tischnachbarn das Exemplar von *An Army in Exile* hin, die mit bedeutsamem Lächeln und nachdrücklichem Kopfnicken ihre Zustimmung bekunden.

»Dzjękuję«, murmelt Anand und wird rot, was man zum Glück nicht sieht.

»So, you know!«, fährt Hanka Kowalska fort. »But you do not know everything …«

Was Anand Gupta tatsächlich nie hätte wissen oder erahnen können, ist, dass, während Hankas Onkel in die Armee eintritt und schließlich in Italien kämpft und stirbt, seine nach Kasachstan deportierte Frau und die Kinder nach der Evakuierung in den Iran ihre Odyssee Richtung Orient fortsetzen. Nach einer endlosen Reise mit allen möglichen Verkehrsmitteln – Lastwagen, Zug, Schiff – erreichen sie das Land seiner Vorfahren, Indien. Und da die kleine Cousine an Tuberkulose erkrankt, erhält die Familie die Genehmigung, in das Flüchtlingslager nach Maharashtra umzuziehen, an einen Ort am Fuß des Himalajas, in dem es wegen des milden Klimas zahlreiche Sanatorien gibt. Als das Mädchen genesen ist, arbeitet die Tante weiterhin im Sanatorium, und die beiden Cousins erhalten das großzügige Angebot, gratis eines der britischen Internate zu besuchen, für die jener Ort, Panchgani, ebenfalls berühmt ist oder zumindest war. Ob er je von Panchgani gehört habe, will Hanka wissen.

»I'm not sure«, erwidert Andy und erklärt, dass er nie in Indien gelebt hat und seine Wurzeln in einem anderen Teil des Subkontinents liegen.

»Aha«, fährt seine Gesprächspartnerin leicht enttäuscht fort, denn sonst hätte er vielleicht gewusst, dass ein paar Jahrzehnte später einer der berühmtesten Rockstars aller Zeiten besagte St. Peter's School ihres Cousins Mietek besucht hat.

»Guess who?«, fragt sie.

Anand hat keine Lust nachzudenken und sagt wahrheitsgemäß, für Rock oder sonst irgendeinen bestimmten Musikstil habe er nicht sonderlich viel übrig, er höre, was ihm gerade unterkomme.

»But you know Freddie Mercury?«

»Oh sure«, ruft Andy und muss freimütig lächeln. Zum einen, weil es tatsächlich ein absurder Zufall ist, und zum anderen, weil er belustigt und geradezu gerührt ist von der alten Polin mit ihrem Pilgerkreuz, die so unbändig stolz darauf ist, dass ihr Cousin dieselbe Schule besuchte wie eine Berühmtheit, die man vor allem wegen ihrer leidvollen, mit dem Tod bezahlten und offen zur Schau gestellten Homosexualität kennt.

»Amazing!«

Die gesamte Kriegszeit über und bis nach dem Eintreffen der traurigen Nachricht, dass der Vater in Ancona gefallen war, bleiben Hankas Cousins in Panchgani, nehmen am Leben der polnischen Gemeinschaft teil und freunden sich mit den anderen Flüchtlingsschülern an, zumeist Waisen. Doch das Internat unterstützt auch andere Beziehungen, weshalb ihre Cousins bis heute in Kontakt mit ihren ehemaligen indischen Mitschülern stehen. Auf einer Teeparty des St. Peter's, zu der auch polnische Schülerinnen des St. Joseph's Convent zugelassen waren, lernte ein elternloses Mädchen seinen zukünftigen Ehemann kennen: niemand Geringeren als den Sohn eines indischen Maharadschas. Was bedeutet, dass eine der Schulfreundinnen ihrer Cousine Julka zu einer – wie lautet das Wort für Prinzessin gleich? – Maharani wurde.

»Yes, Maharani«, bestätigt Andy weinduselig, weil Hanka

mit ihm unermüdlich auf die indisch-polnische Freundschaft anstößt. Diese drei Jahre waren wirklich eine unbeschwerte Zeit für ihre armen Cousins, nach allem, was sie durchgemacht hatten, obgleich man sagen muss, dass sie sich einigermaßen glücklich schätzen konnten, nicht ihre Mutter oder ein kleines Geschwisterchen verloren zu haben wie viele andere. Ja, Julka sage ihr immer wieder, wie im besten Sinne prägend ihre britisch-indische Erziehung für sie war. Und natürlich könne er sich vorstellen, wie oft sie ihr das wahre Märchen vom polnischen Waisenmädchen erzählt habe, das zur Maharani wurde, wenn auch erst Jahrzehnte später. Denn als Polen kommunistisch wurde und Indien kurz vor der Unabhängigkeit stand, sind ihre Verwandten nach Australien ausgewandert. Es vergingen Jahrzehnte, ehe die Cousins, die in der Zwischenzeit beide wunderbare australische Familien gegründet und es zu gewissem Wohlstand gebracht hatten, sie besuchen kamen. Es war schier überwältigend, diese Menschen wieder in die Arme schließen zu können, mit denen sie als kleines Mädchen gespielt hatte, bevor die Welt in Trümmer ging. Nur die Tante, die schon in Indien angefangen hatte, ihnen Päckchen zu schicken, und die ihnen ihr Leben lang unter die Arme gegriffen hatte, ist leider gestorben, ohne ihre Heimat und ihre Lieben wiederzusehen.

Hanka Kowalskas weingerötete Augen füllen sich mit Tränen, ihr zitterndes Kinn verdoppelt sich, ihre Gabel ruht minutenlang auf dem Tischtuch.

»Sorry«, sagt sie und tupft sich die Augen mit der Serviette trocken. Sicher habe Anand bereits mitbekommen, dass sie ein gefühliges Volk seien, »not like the English speaking, no, very romantic«.

Andy nickt, trinkt noch einen Schluck, der brennt, ehe er überhaupt im Magen ist, und ist irgendwie bezaubert von dieser Frau, die alles andere als romantisch wirkt: wie sie isst, wie sie redet, wie ihre energiestrotzende, massige Gestalt im Hier und Jetzt verankert scheint. Jedenfalls ist er heilfroh, Hanka Kowalska kennengelernt zu haben, ihre Adresse notieren zu können und ihr zu versprechen, dass er ihr eine Postkarte aus den Vereinigten Staaten schicken wird, sobald er dort ist.

»Oh, from America!«, bemerkt sie und will gerade zu der Geschichte von Verwandten ausholen, die nach weiteren Irrfahrten um die halbe Welt dort gelandet sind, als Edoardo auftaucht und sagt, es sei Zeit, nach Hause zu fahren.

Inzwischen sind sie beim Kaffee, beim Grappa oder beim Limoncello, doch noch sitzen alle Polen auf ihren Plätzen.

Seinem Atem beim knappen »Hör mal, Partner, wie müssen los« nach zu urteilen, hat Edo ebenfalls ein paar Verdauungsgläschen intus. Doch als Anand sein Gesicht sieht, springt er sofort auf.

»Was ist los? Geht es dir nicht gut?«

»Beschissen. Lass uns gehen, ich brauche Schlaf, sonst sterbe ich.«

»Okay, gehen wir.«

Andy wäre nicht Andy, wenn er sich nicht ausgiebig von Hanka Kowalska küssen und umarmen lassen und von allen verabschieden würde, ehe er zu Edoardo stößt, der ihn wie ein in der Restauranttür lehnender Wischmopp erwartet. Andy hat ebenfalls zu viel getrunken, schiebt es auf die Müdigkeit und den flauen Magen und merkt gar nicht, wie mies es seinem Freund geht.

»Luft!«, ruft er, stürzt aus dem Kreuzfahrtschiffhotel und bleibt abrupt stehen, um mit geschlossenen Augen tief ein- und auszuatmen.

Wenn es einen Moment gibt, in dem sie einen Unfall samt der von Edoardo befürchteten Konsequenzen riskieren, ist es wohl dieser, doch sie erreichen ihr Doppelbett ohne Zwischenfälle und brechen darauf zusammen. Sie haben nicht einmal auf ihre Handys geschaut oder sie stummgeschaltet. Und werden erneut von *Grazie Roma!* geweckt. Andy geht ran, weil Edoardo keine Anstalten macht, sich zu rühren.

»Hey, deine Schöne hat angerufen. Sie macht sich Sorgen. Und schickt dir tausend Küsse.«

»Ist gut.«

»Edo, was ist los? Hast du Kopfweh? Musst du kotzen oder was? Ich habe gesagt, wir treffen uns nach dem Abendessen, und hoffe, wir müssen die Schwedinnen nicht versetzen.«

»Nein, jetzt geht's mir besser. Der schwerste Kater ist vorüber.«

Anand erwartet, dass Edo sich umdreht oder ihn zumindest um ein Aspirin bittet, doch nichts passiert. Und während er ins Bad geht, um ihm die Kopfschmerztablette trotzdem zu holen, hört er, als er den Wasserhahn zudreht, ein heftiges Schluchzen. Er weiß nicht, was er tun soll. Hockt sich einen Moment lang auf den Klodeckel, das Glas mit dem sprudelnden Wasser in der Hand, und hofft, dass es vorübergeht. Aber es geht nicht vorüber, sondern wird noch heftiger. Er weiß nicht, ob es eher Mitleid oder Unglaube ist, die ihn aus dem Bad treiben und sofort wieder innehalten lassen beim verstörenden Anblick von Edoardo Bielinski, der in seinem orangefarbenen XL-T-Shirt das Kissen umklammert und bebt wie ein elektrisierter Frosch.

»Edoardo, was ist passiert?«

»Ich habe eine Vermisste gefunden, das ist passiert.« Endlich dreht Edo sich um und sieht ihn mit seinen großen, blauen, von Alkohol und Verzweiflung verschleierten Augen an.

»Mach die Fensterläden zu, dann erzähl ich es dir.«

Anand nimmt auf dem Stuhl am Schreibtisch Platz und hört sich zum zweiten Mal an diesem Tag eine polnische Geschichte an.

»Ich plauderte gerade mit Janusz, da kam dieser alte Herr und fragte ihn, ob er mit mir sprechen dürfe. Er wolle sich bei mir bedanken. Er hat meine Hände genommen und sie gedrückt. ›Wissen Sie‹, sagt er zu mir, ›ich habe auch gekämpft, aber mit den Russen, mit General Berling. Ich habe mir auch zahlreiche Orden verdient.‹ Weißt du, wer Berling ist, Partner?«

»Der, den Anders für einen korrupten Verräter hielt, wenn ich mich nicht irre …«

»So richtig weiß ich es auch nicht, ich kann dir nur sagen, dass er diese Einheit kommandierte, die der Roten Armee unterstand. Und wenn ich nicht falschliege, sind viele deportierte Polen dort gelandet, weil sie keine andere Wahl mehr hatten. Jedenfalls kam der Alte aus einem kleinen Ort in den Masuren und hatte eine Enkelin, Ania. Schon in der Grundschule war klar, dass sie eine große Begabung fürs Tanzen hatte, unter dem Kommunismus hätte man sie in eine staatliche Ballettschule gesteckt, doch jetzt musste man Geld auftreiben. Um ihr diesen Traum zu erfüllen, haben seine Frau und er die Ersparnisse geknackt. Also geht sie auf die beste Schule für klassischen Tanz in Warschau, aber bis auf ein paar Auftritte in Fernsehshows bringt sie es nicht weit. Sie war nicht nur begabt, sondern auch schön – ihr Großvater hat mir ein Foto gezeigt. Verdammt schön. Typ unnahbares Supermodell. Irgendwann lernt sie einen gewissen Tomek kennen, der ihr verspricht, in Italien hätte sie viel größere Chancen, weil es das Land der Mode sei. Die Großeltern erfahren davon, als Ania und ihre Mutter zu Weihnachten ins Dorf zurückkehren. Der Alte war einigermaßen perplex, ›ich traue diesen jungen Leuten nicht, die wer weiß wie zu Geld gekommen sind‹, hat er wohl zu seiner Tochter gesagt. Doch sie lachte ihn aus und meinte, er sei von vorgestern und eifersüchtig obendrein.«

»Ich glaube, ich weiß, was jetzt kommt, Edoardo …«

»Na schön, aber hör zu. Angeblich war diese Ania nicht ganz so überzeugt, sie wollte ja Tänzerin und nicht Modell werden. Aber dann bekommt sie die Zusage einer amerikanischen Tanzschule, so eine wie in diesen Fernsehserien, meint der Großvater, aber noch renommierter. Und um die Reise und den Aufenthalt in New York zu bezahlen, beschließt sie, nach Italien zu gehen.«

»Juilliard?«

»Woher weißt du das? Hast du dort auch Verwandte?«

»Genau. Meine Cousine Deva hat dort das Konservatorium besucht. It's really very prestigious as a college for fine arts. Erzähl weiter.«

»Na ja, der Rest ist, wie du befürchtest. Ania geht mit Tomek nach Italien. Sie schickt Geschenke, Geld, Fotos. Vor allem an ihre Mutter, per Mail, und die druckt ein paar davon aus und lässt sie den Großeltern zukommen. Schnappschüsse, die an Luxusorten nicht nur in Italien entstanden sind. Der Großvater erzählt von einem Bild, auf dem Ania Alain Delon umarmt, und von vielen anderen mit berühmten Leuten. Er bekommt einen Haufen Postkarten, auch eine mit der Freiheitsstatue, auf der steht: ›Bald werde ich hier sein, danke Oma, danke Opa!‹ Aber dann verschwindet Ania irgendwann. Ania antwortet nicht mehr. Tomek antwortet nicht mehr. Schließlich geht ihre Mutter zur Polizei und meldet sie als vermisst. Die Polizisten sagen, sie würden ihr Möglichstes tun, könnten die Ermittlungen aber nicht auf die halbe Welt ausweiten. Also warten sie. Sie warten vom Ende des Sommers bis zum Winteranfang. Was passiert ist, erfahren die Großeltern erst hinterher. Anias Mutter reiste nach Olbia, und man führte sie in ein Leichenschauhaus. Dort lag seit Monaten eine Frau, die ihre Tochter sein könnte. Sie trieb ertrunken vor der Costa Smeralda. Sie zeigen ihr den Schmuck, den sie trug, gleichen ihn mit den mitgebrachten Fotos ab und erkennen zwei Ringe wieder. An dem Punkt hat der Alte sich an die Brust gefasst. Er trug eines dieser Touristentäschchen unter dem Hemd, weißt du, um nicht beklaut zu werden. Er öffnet das Mäppchen, holt einen Ring hervor und besteht darauf, ihn mir in die Hand zu legen. Mit niedergeschlagenen Augen betrachtet er den Ring auf meiner Handfläche, sagt ›Ania, Anusia‹. Ich war total fertig, Andy. Mit dem Ring in der Hand saß ich da und kam mir vor wie Frodo Baggins. Dieser Scheißring sah genauso aus wie der eine von deiner Mutter, der sich dreht, weißt du?«

»Der aus mehreren Bändern mit unserem Logo auf dem Rand? God, that's so freaky!«

»Total gruselig, ja. Aber das war es nicht, was mich fertiggemacht hat. Und auch nicht unbedingt, dass man nie erfahren wird, weshalb sie tot ist und dass kurz darauf auch die Großmutter starb – an gebrochenem Herzen, könnte man meinen – und der Alte daraufhin nach Warschau zog. Du hast fast sofort gesagt: Ich glaube, ich weiß, was jetzt kommt. Aber er weiß es nicht. Anias Großvater hat mir die Geschichte erzählt, als wäre sie ein tragisches Unglück. Wie konnte seiner Enkelin heutzutage so etwas passieren? Immer wieder hat er gesagt, ›Wir wollen das Geld nicht zurück, das wir Anusia gegeben haben‹. Ihn so zu sehen, diesen alten Polen, dem Opa Wladek womöglich unterstellt hätte, Parteimitglied gewesen zu sein, Himmel, das hat so wehgetan, Andy!«

»Aber glaubst du, er hat es nicht durchschaut, oder er hat sich geschämt?«

»Keine Ahnung. Vielleicht wollte er nicht verstehen, oder vielleicht wollte Anias Mutter es nicht verstehen. ›Ich habe meine Eltern im Krieg verloren, wurde deportiert und zweimal verwundet‹, sagte er. ›Wegen einer der Verwundungen musste ich mehrmals operiert werden. Ich habe meinen Bruder nicht mehr wiedergesehen, der im Westen geblieben ist. Aber ich war jung. Jetzt bin ich alt, ich muss mich um meine Tochter kümmern. Ich kann alles, als Hausmann bin ich inzwischen ziemlich gut.‹«

»That's heartrending …«

»Ja, herzzerreißend. Was kann man für einen Menschen tun, der an einer Schuld für etwas zerbrochen ist, für das er einen Scheißdreck kann? Versuchen, diesen verdammten

Tomek aufzuspüren? Das wäre vielleicht sogar machbar, oder? Und dann? Selbst wenn dieser Drecksack für Zuhälterei verknackt würde, was hätte der Großvater davon?«

»Nothing. Only more sorrow.«

»Weißt du, während ich diesen unheilvollen Ring in der Hand hielt, kam mir zum ersten Mal der Gedanke, dass es in manchen Fällen vielleicht besser wäre, die Vermissten blieben Vermisste. Aber der Alte hörte nicht auf, sich bei mir zu bedanken für das, was ich tue, und mir zu sagen, angesichts der Tragödie hätte man doch wohl ein Anrecht auf die Wahrheit. Was für ein Hohn, Andy …«

»So what do you intend to do now?«

»Nichts. Jetzt gehe ich ausgiebig duschen, und dann machen wir uns auf den Weg zu den Schwedinnen, das bringt mich auf andere Gedanken. Welche hat angerufen?«

»Gunnel.«

»Na, dann auf zu Gunnel, in Gottes Namen.«

Während Edoardo Bielinski im Bad ist, geht Anand hinunter, um der Betreiberin des Bed & Breakfast zu sagen, dass sie am übernächsten Tag abreisen, und mit der Kreditkarte zu bezahlen, die er wegen seines bevorstehenden Umzugs in die Vereinigten Staaten seit Kurzem besitzt. Allerdings erzählt er seinem Partner erst am nächsten Tag davon, als alles erledigt ist.

Es ist nicht mehr früh am Morgen, doch in der schwedischen Feriensiedlung schlafen noch alle, als Andy nach Cassino zurückkehrt, um seine Sachen zu packen und das Gepäck wegzubringen. Als er nach Baia Domizia zurückkommt, will der Wachmann ihn nicht hineinlassen, also muss er Annika wecken.

»This is my boyfriend«, bestätigt sie, als sie ihm in hellblauen Flip-Flops und mit zerzaustem Haar entgegenschlappt und ihre Behauptung mit einem verschlafenen Kuss besiegelt. Sie fragt ihn nicht einmal, wo er war, während sie ihn zu sich ins Bett zieht und ihm zu Edoardos Schnarchen im Nebenzimmer das Poloshirt auszieht.

»Like a walrus«, ist das Letzte, was Andy sagt.

Die letzten Ferientage von Annika und Gunnel verbringen Anand Gupta und Edoardo Bielinski im Feriendorf La Serra, während Kerstin, der sie den Aufenthalt hier zu verdanken haben, bereits in der ersten Nacht zu ihren Eltern umquartiert wurde. Natürlich entschuldigt Andy sich bei ihrem Vater, dem Anwalt Per Tore Svensson, für die unvorhergesehene Störung, und bietet an, ihren Anteil für die Unterbringung zu bezahlen, und wieder einmal kommt es ihm gelegen, dass man nicht sieht, wie er rot wird.

Doch es sind so anständige und nette Jungs, und solche Dinge muss man nun einmal in Kauf nehmen, wenn man das Vergnügen haben will, zumindest einen Teil seines Urlaubs mit der fast erwachsenen Tochter zu verbringen.

»Just tell me if you have some nice friend to introduce to our Kerstin«, sagt der Anwalt lachend, und das Einzige, was er von den Jungs annimmt, ist, dass sie die Mädchen zum Flughafen begleiten.

Als sie in der Schlange am Check-in in Fiumicino stehen, hat Edoardo den größeren Abschiedskummer. Gunnel hat sich sogar als Fußballfan geoutet, sie kennt sich richtig gut aus und ist sich nicht zu schade, hinter einem Ball herzurennen. Im Tor ist sie tougher, als man erwarten würde, und dass sie total verrückt nach Zlatan Ibrahimović ist (»die haben nur den«, sagt er zu seinem Partner, dem die Sache reichlich schnuppe ist) und ihm den Spitznamen »Frànscescottòtti« verpasst hat, geht Edo nur scheinbar gegen den Strich. Im Gegenteil: Es ist offensichtlich, dass ihm dieses Mädchen immer besser gefällt, das bereits beschlossen hat, sich für Jura mit Spezialisierung auf Völkerrecht einzuschreiben. Gunnel ist ebenfalls begeistert von dem, was Edoardo vor dem Friedhof von Montecassino getan hat, auch wenn sie ihn bei jeder Gelegenheit damit aufzieht, und einen der letzten Flyer, die sie unter dem Sitz des Citroën gefunden haben, will sie sich an ihre Zimmertür kleben.

»For my Zlatanona. The one I found while looking for the lost! Love«, hat Edoardo mit grünem Filzstift draufgeschrieben.

Am Ende des Sommers verkündet er, dass er zwar noch nicht entschieden hat, was er studieren möchte, aber genau weiß, wo er es zu tun gedenkt: in Stockholm. Er will sich bei einem Sprachkurs einschreiben und sich einen Job suchen, und auch Professor Bielinski findet, dass man, um Schwedisch zu lernen, ruhig noch ein oder zwei Semester drangeben darf.

Und eines Morgens, als Edoardo aufsteht und sieht, dass draußen der erste Schnee des Jahres fällt, findet er auf dem Computer eine Mail von Andy aus Cambridge, Massachusetts vor, geschrieben, als in Schweden noch tiefste Nacht war.

Lieber Partner,
heute habe ich viel an Dich gedacht. Erstens, weil ich mir in der Bibliothek das Buch von General Anders ausgeliehen habe, das ich tatsächlich nie zu Ende gelesen hatte. Wären wir Deine Großeltern besuchen gegangen, hätte ich ihnen keine Zusammenfassung geben können. Zum Teil liegt das natürlich daran, dass wir in unseren letzten Tagen anderes zu tun hatten, aber nicht nur. Am Anfang hat mich die Lektüre schwer begeistert, wegen all der unglaublichen Dinge, die dieser Mann getan und erlebt hat, die Flucht zu Pferde, die unmenschliche Gefangenschaft, die Aufgabe, eine Armee zu gründen und die größtmögliche Anzahl von Frauen und Kindern zu retten. Und dann gab es da diese irrwitzigen Geschichten, beispielsweise von all den Flügen, um von einem Punkt zum anderen zu gelangen, die über die unglaublichsten Orte führten, von Russland nach England mit Zwischenlandung in Ägyp-

ten, dann über den Tanganjikasee mit Landung im Kongo und in Gibraltar: Absurde Routen, klapprige Flugzeuge, eines war vollkommen vereist und drohte abzustürzen, aber das wurde dem General erst gesagt, als er am Abflugort aufwachte. Oder als sie mit Stalin reden mussten und er und die anderen polnischen Abgesandten in ihrem Hotel mit Telefonanrufen unbekannter junger Russinnen bestürmt wurden, die so taten, als hätten sie sich verwählt. Oder dass sie sich nur flüsternd unterhielten, selbst wenn sie allein in ihren Zimmern waren, und dabei unablässig mit einem Löffel auf den Tisch trommelten. Geschichten wie aus einem Film, nur viel besser, weil sie tatsächlich passiert sind. Aber dann habe ich das Interesse verloren, und ich glaube, nicht nur wegen Annika. Mir ging auf, dass es mir schwerfiel, mich gänzlich auf die Geschichte einzulassen. Vielleicht war genau das ein Grund, weshalb sie mich anfangs so fasziniert hatte. Es ist schwer zu erklären, ich versuche es mit einem Beispiel. Erinnerst Du Dich an Kung Fu Panda? Weißt Du noch, wie der Fettsack in einer der ersten Szenen davon träumt, der Drachenkrieger zu sein, aber sein Vater sagt ihm, er habe eine Nudelsuppen-Vision gehabt? Der Vater ist überglücklich über diesen günstigen Wink des Schicksals, schließlich kocht seine Familie seit Generationen Nudelsuppe. Vielleicht brauchte ich auch etwas, das mich von meinen üblichen Nudeln ablenkte, ich wollte auch von etwas Heldenhaftem träumen. Nur dass ich mich darin nicht wiederfand. Eure Art, bis zum Hals in der Geschichte zu stecken, bis zum letzten Blutstropfen zu kämpfen – und das ebenfalls seit Generationen, vom Großvater bis zum Enkel –, ist mir im Grunde ein Rätsel. Sie gefällt mir, genauso wie mir Dein Experiment vor dem Friedhof gefallen hat, hat aber nichts mit mir zu tun. Dieses Buch erneut zur Hand zu nehmen und mich meinen damaligen Eindrücken zu stellen bestätigt mich darin. Aber vielleicht sollte ich versuchen, mich klarer auszudrücken. Manche Dinge verstehe ich, aber eben auf eine andere Weise. Wie zum Beispiel durch die Sache mit den Schwalben. Als ich dort stand und das Nest unter dem Gewölbe des Säulenganges beobachtete, musste ich sofort daran denken, dass es zur Zeit der Schlacht dort nicht hätte sein können. Dabei war es Mai, als General Anders' Soldaten dort kämpften. Die Schwalben mussten also schon zurückgekehrt sein. Aber dort konnten sie natürlich nicht bleiben, die Abtei war dem Erdboden gleichgemacht. Und woanders konnten sie auch nicht nisten, denn ringsum war alles zerstört. Und sie konnten nicht gefahrlos fliegen, denn an der Front wurde hoch geschossen, und überall gab es Luftangriffe. Deshalb habe ich mich gefragt: Wo blieben die Schwalben in Zeiten des Krieges? Und ich habe mir sämtliche Szenarien des Zweiten Weltkrieges vor Augen geführt, zumindest die, die wir in der Schule durchgenommen haben – Europa, Nordafrika, Russland, Indochina, Pazifik – und mir diese durchgedrehten Schwärme armer, schwarzer Vögel in der ganzen Welt vorgestellt. Verstehst Du, Edo: Um ein Gefühl für das zu bekommen, was mir euer General erzählte, habe ich den Weg über die Schwalben genommen. Deshalb – und das ist die letzte Neuigkeit, die ich Dir schreibe – habe ich überlegt, wie ich dieses Interesse neben meinem Studium pflegen könnte, und habe das zur Uni gehörende »Museum of Comparative Zoology« entdeckt, das etliche Aktivitäten anbietet. Little Andy Gupta really likes Vögel, wie Du richtig gesagt hast.

Besauf Dich nicht zu heftig dort oben im Wikingerland, und gib Gunnel einen dicken Kuss.

Yours, forever
Anand

LETZTE SCHLACHT
11.–18. Mai 1944

Gefreiter Samuel Steinwurzel, 52. Wilno Infanteriebataillon,
5. Kresowa Infanterie Division, II. polnisches Korps
  Mailand, September – Oktober 2009
  Lwiw, September 1939 – Mailand, Januar 1965

MILITES V PEDESTRIS LIMITUM POLONIAE
LEGIONIS QUOS VIS EXULES FECIT
PER CARCERES CASTRA SIBERIAE PALUDES
PER DESERTAM MARIQUE POLONIAM PETENTES
HIC PER DIES SEPTEM PUGNAVERUNT DIII
VITAM DEDERUNT MDII VULNA ACCEPERUNT

Inschrift des Denkmals der Kresowa Division, Punkt 569, Cassino

»Samuel Steinwurzel, 1943.« Neben der Fotografie steht nicht mehr als dieser maschinengetippte Schriftzug. Die Schrift und das fotokopierte Bild schwimmen, leicht aus der Mitte gerutscht, auf einem großen, edlen Bogen Briefpapier, dessen Farbton wohl »champagner« heißt. Der Mann auf dem Foto trägt eine dunkle Jacke, sein dunkles Haar ist zurückgekämmt, er sieht aus wie ein Erwachsener, obwohl man ihn in seinem Alter heute für einen Jungen halten und auch so nennen würde, sein gesetzter Ausdruck unterstreicht und überspielt zugleich die lange Nase, fast sieht er aus wie ein Pierrot in Zivil. Obwohl ich ihn noch nie so ernst gesehen habe, voll feierlichem Ernst, der seinen Zügen etwas ungewollt Schwermütiges verleiht, erkenne ich ihn auf Anhieb.

»Samuel«, sage ich zu seinem Sohn, »das wusste ich nicht. So hieß er also?«

»Ja, genau. Eigentlich wurde er Milek genannt, aber hier ...«

Hier in Italien haben sie ihn womöglich gefragt, »He, du, Soldat, wie heißt du? Milek? Wie? Ah: Emilio!!!, hier sagt man Emilio, auf Italienisch heißt du Emilio.«

Der Mann auf dem Foto ist die Wurzel von allem. Er ist der Quell, der mich dazu brachte, den zwischen den Kontinenten hervorsprudelnden und in den Strom dieser Seiten zusammengeflossenen Rinnsalen nachzugehen, seinen Mäandern zu folgen, bis er das Valle del Liri erreicht und in der Schlacht mündet. Doch wie es bei Quellen häufig der Fall ist, schien jener Ursprung verloren gegangen und versickert zu sein.

Vor langer Zeit hatte ich meine Mutter gefragt: »Stimmt es, dass Emilio Steinwurzel mit Anders' Armee nach Italien kam und in Montecassino kämpfte?«

»Aber nein, das war mein Cousin Dolek. Er war bei den Polen. Emilio war ja aus Lemberg, ein Galizier, weißt du.«

»Aber Mama, wenn er aus Lwiw stammte, wäre es doch noch wahrscheinlicher. Diese Soldaten kamen zum großen Teil aus den östlichen Gebieten, sie waren von den Russen deportiert und dann wieder freigelassen worden.«

»Ich weiß nicht. Nein.« Dabei hatte sie ein Gesicht gemacht, das ihre totale Ahnungslosigkeit bestätigte.

Meine Mutter wusste so gut wie nichts von dem, was sich in jenem Teil Polens abgespielt hatte, und ich wusste noch nichts von Irka und den Szer-Brüdern. Gut möglich, dass ich niemals davon erfahren hätte, hätte sie nicht diesen nie kennengelernten Cousin anstelle des Familienfreundes hervorgekramt, den ich seit Kindertagen jeden Sommer wiedersah. Natürlich war mir klar, dass auf ihre Erinnerung immer weniger Verlass war. Doch weil ich nicht den kleinsten Anhaltspunkt hatte, begann ich, an meiner eigenen zu zweifeln. Wer hatte mir erzählt, dass Emilio Soldat in Italien gewesen war? Wann? Wie konnte ich mich daran erinnern, mich an Montecassino erinnern, an die Existenz einer polnischen Armee? Wieso war mir sogar der Name »Anders' Armee« im Kopf geblieben, obwohl ich doch noch so gut wie nichts über die mit dem Zweiten Weltkrieg verknüpften Ereignisse wusste, ganz gleich, ob sie meine Familie oder jemand anderen betrafen?

Also begann ich, den Hinweisen meiner Mutter zu folgen, tauschte eine Geschichte gegen die andere, begab mich auf die Spuren der Szer-Brüder und ließ die Geschichte Emilio Steinwurzels außer Acht, die zusammen mit ihm auf dem jüdischen Teil des Mailänder Musocco-Friedhofs zu enden schienen. Als ich Monate später die Telefonnummer seines Sohnes herauszufinden versuchte, sofort fündig wurde und anhand des Eintrags auf der Telefonbuch-Website feststellte, dass er in die Wohnung in der Via Bramante gezogen war, ließ ich einen ganzen Sommer vergehen, ehe ich mich durchringen konnte, ihn anzurufen. Es hatte etwas mit dem Unbehagen zu tun, sich bei einem Menschen zu melden, den man seit über zwanzig Jahren aus den Augen verloren hatte, aber vor allem mit der Furcht, er könnte mir sagen: »Nein, da hast du wohl etwas durcheinandergebracht, du irrst dich.«

Als ich Gianni Steinwurzel endlich anrief, nutzte er gerade den herrlich klaren Tag zu einer Wanderung in den Bergen. »Ja, sicher«, antwortete er auf die Frage, ob sein Vater mit General Anders nach Italien gekommen sei, und seiner leicht atemlosen Stimme war anzuhören, dass er bergan marschierte. Bevor er eine Höhe erreichte, in der es kein Funknetz mehr gab, verabredeten wir, uns an einem Abend der darauffolgenden Woche zu treffen.

Die unvermittelte Bestätigung einer Erinnerung, die ich selbst in Zweifel gezogen hatte, wäre mir wie ein unwirkliches Glück erschienen, hätte mich die Unterhaltung mit Gianni, der beim Reden unverdrossen weiterwanderte, nicht geradewegs zu dem Mann geführt, den ich kannte: Er war der Sohn eines Vaters, dem er nicht nur äußerlich ähnelte, sondern der genauso unfähig war, die langen, dünnen Beine auf einem Sofa oder unter einem Tisch stillzuhalten. Beiden stand die Ruhelosigkeit ins Gesicht geschrieben – die eher kleinen, ovalen Köpfe, die langen Nasen –, was ihnen eine Ähnlichkeit mit den Vogelmenschen von Bruno Schulz verlieh, dem jüdisch-galizischen Maler und Schriftsteller, der von einem SS-Mann erschossen wurde, um einem anderen SS-Mann, der Schulz unter seinen zweifelhaften Schutz genommen hatte, eins auszuwischen. Selbst das Mietshaus in der Via Bramante mit seiner Smog-geschwärzten Fassade aus braunen Klinkern, die hier und da verrutscht oder verloren gegangen sind, entsprach der schrägen Düsternis meiner Vorstellung. Die einzige Neuigkeit der letzten Jahrzehnte waren das Klingelschild und dass es im Erdgeschoss keine chinesischen Läden mehr gab.

Doch ringsherum wimmelt es von Chinesen. Die ersten tauchten hier bereits in den Dreißigerjahren auf, und wenn ich als Kind und als Teenager mit meiner Mutter die Via

Paolo Sarpi heraufkam und drei oder vier Restaurants mit roten Laternen und mehrere Lederwaren-Schaufenster mit der Aufschrift »Hu« oder »Wong« passierte, versuchte ich mir einzubilden, in einer anderen Welt zu sein. »Chinatown« war die Bezeichnung, die auch Emilio Steinwurzel benutzt hatte, um diese exotischen Phänomene zusammenzufassen, die sich unweit seines Hauses aneinanderreihten. »Chinatown«, wohlmeinende Hyperbel für alle, die beharrten, »*Milan l'è un gran Milan*« – Mailand ist ein großes Mailand –, und das war eine fraglose Behauptung und fast Ehrensache. Das Schöne an der Via Paolo Sarpi war jedoch etwas anderes. Diese hinter der flachen Altstadt leicht ansteigende Straße, nur wenige Schritte von den Bastioni di Porta Volta entfernt, glich einer breiten Dorfstraße, in der es nichts gab, was es nicht gab: original Tiroler Lodenjacken, Weinhandlungen, Milchläden, Wäschehäuser mit einer bunten Auswahl handbestickter florentinischer Flachwäsche sowie eine kleine Boutique, die geblümte Kleider und Röcke schneiderte und mein heiß begehrtes Lieblingsziel war. In der Via Paolo Sarpi kostete alles weniger, und die Qualität war gut: so gut, wie es nur die vom Inhaber persönlich ausgewählte Ware sein konnte, der den ganzen Tag in seinem Fachgeschäft verbringt. Vielleicht fühlte es sich für den Mann, der sich Milek nannte, sogar ein wenig wie zu Hause an, wie das Lwiw seiner Jugend, in das er nicht zurückkehren konnte, mochten die Geschäfte und Werkstätten auch eher typisch mailändisch und nicht gerade jüdisch sein. Doch heute ist Chinatown wirklich Chinatown, es reicht weit über die Via Paolo Sarpi hinaus und ist der zentrale Umschlagplatz für chinesische Waren, die an zahllosen Ständen und in unzähligen Läden in ganz Italien landen. Die Gehsteige wimmeln vor Chinesen, die Kartons von Lieferwagen hieven und sie in die Lastenaufzüge der Großhändler bugsieren. Das haufenweise feilgebotene, immer gleiche Zeug ist so scheußlich, dass man schon beim Anblick der sich für Wolle ausgebenden Winterpullis ein lästiges Kratzen am Hals verspürt. Doch liegt das vor allem an der Menge: Selbst wenn sie aus Kaschmir wären, sähen sie aus wie alte Lumpen.

Seit die Gegend sich verändert hatte, war ich ein paarmal zurückgekehrt, allerdings nie durch die Via Bramante gegangen. Es gab keinen Anlass dafür, auch wenn es wohl nicht ganz zufällig war, dass ich keinen Fuß dorthin setzte. Doch abgesehen von den Großhändlern, war meine Faszination für Chinatown sehr viel größer als meine Trauer um die Via Paolo Sarpi meiner Kindheit. Das ferne, authentische China, das sich in diesen italienischen Straßenzügen in einer Gegend auftat, die mein erster Bezugspunkt auf dem Mailänder Stadtplan gewesen war, begeisterte mich. Tofu-Handlungen, chinesische Konditoreien, chinesische Apotheken und Arztpraxen, chinesische Reisebüros, chinesische Supermärkte, chinesische Friseure, chinesische Eisenwarenläden, chinesische Restaurants und Kneipen, die ausschließlich Chinesen frequentierten, laufende Fernseher, die chinesische Videos zeigten, chinesische Gäste, die, chinesische Zeitungen lesend, auf ihr Essen warteten, chinesische Gerichte, die nur auf Chinesisch an die Speisetafel geschrieben und in den chinesischen Restaurants jenseits des Viertels nicht zu finden waren. Die im Viertel verbliebenen Italiener waren darüber nicht erfreut, sie hatten Eingaben beim Bürgermeister gemacht, um die Invasion der Chinesen zu stoppen oder zumindest einzudämmen, und es hatte tödliche Abrechnungen zwischen Jugendlichen in globalisierter Rapper-Kluft gegeben, doch jedes Mal, wenn ich durch diese Straßen ging, dachte ich, dass es mir durchaus gefallen würde, dort zu leben.

Bis zu dem Tag, als ich in die Via Bramante zurückkehrte. Ich ging zu Fuß, an einem brütend heißen Abend Anfang September, und schleifte einen nagelneuen roten Rollkoffer hinter mir her, der in einem modernisierten Geschäft am Bahnhof Milano Porta Garibaldi einen billigen chinesischen Rollkoffer ersetzt hatte, der kaputtgegangen war. Ich zog also mein italienisches Markenprodukt, das dennoch Made in China war, am durchtrainierten Volk der Happy Hour im Corso Como und an der Gedenktafel für Präsident Hồ Chí Minh am Eckhaus des Viale Pasubio vorbei. Ich musste noch über die Kreuzung rollen, an der die Bastioni di Porta Volta auf die Via Farini und die auf den Eingang des Zentralfriedhofs zulaufende Via Ceresio treffen und so breit sind, dass man das Gefühl hat, einen Fluss überqueren zu müssen, eine Art Grenzstrom. Wie unzählige Male zuvor bog ich also in die Via Paolo Sarpi ein, in das noch immer dichte Gedränge der Chinesen, die sich in ihrer Welt bewegten, doch diesmal, ohne mich umzublicken. Die Via Bramante, die auf die hohe Friedhofsmauer zuläuft, war schon immer eine dunkle Querstraße der lebhaften und geschäftigen Via Paolo Sarpi, gesäumt von ehemaligen Gewerbehöfen, Garagen und Autowerkstätten. Doch mit den chinesischen Großhändlern, die sich dort ausbreiteten, wo vorher nichts war, oder dem Restaurant Serafino mit seinen schweren, roten Vorhängen und dem kursiven Neonschriftzug, der auch früher schon bessere Zeiten gesehen zu haben schien, wirkte sie trostlos. Oder eher geschändet als trostlos: geschändet in ihrer Traurigkeit und der noch dickeren Schmutzschicht auf der Fassade des mehrstöckigen Hauses, in dem Emilio Steinwurzel lebte und nun sein Sohn wohnt. An diesem Wirtschaftswundergebäude hatte mir nie viel gelegen, und so waren es nicht meine Erinnerungen, die mir auf dem Weg dorthin das Herz zusammenschnürten, sondern seine. Was blieb von der Gegenwart eines polnischen Juden in diesem Außenposten Chinas, auf dieser Karte, die die letzten großen Migrationsströme abbildete und die früheren, kleineren ausradierte? Die Zukunft ist chinesisch, wir gehören der Vergangenheit an. Auch unsere Überlebenden sind fast alle tot, und kein individuelles oder kollektives Gedenken kann daran etwas ändern.

Jetzt gibt es in der Via Bramante nur noch uns, die Kinder, Gianni Steinwurzel, der herunterkommt, um mich zu begrüßen, mich hastig und wie selbstverständlich auf die Wangen küsst und sogleich, meinen roten Rollkoffer hinter sich herziehend, mit langen, ein wenig schiefen Schritten vorausgeht. Wir kommen gar nicht dazu, zu überlegen, seit wann wir uns nicht mehr gesehen haben, aber später fällt es ihm wieder ein: seit der Beerdigung meines Vaters, ein gutes Jahr nach der seines Vaters. Dezember 1984, vor fünfundzwanzig Jahren.

Dennoch scheint sich so gut wie nichts verändert zu haben. Noch immer hängt am Türpfosten keine Mesusa, und obwohl der neue Esstisch dort steht, wo früher die Sofas waren, ist diese spiegelverkehrte Wohnzimmereinrichtung die einzige größere Veränderung in der Wohnung. Auch wir haben uns nicht großartig verändert. Wir tragen keine Brille, unser Haar ist nicht allzu schütter oder grau oder gefärbt oder wohlfrisiert, wir sind weder besonders dick noch besonders faltig geworden, die Art, uns zu kleiden oder zu sprechen, hat sich nicht radikal verändert, und ebenso wenig unsere Ansichten zum Weltgeschehen und zur Politik. Gianni kaschiert seinen Bauchansatz mit einem klassischen Hemd, das in einer Jeans steckt, ich komme in bequemen orientalischen Hosen, wie ich sie schon vor dreißig Jahren trug. »Du siehst immer mehr aus wie deine Mutter«, ist sein einziger Kommentar, während er immer mehr Ähnlichkeit mit seinem Vater hat. Als könnte Veränderung ausschließlich rückwärts auf den physischen Spuren unserer Eltern verlaufen. Als wäre die Feststellung, einander so wenig gealtert zu sehen, diese trügerische Jugend, die uns der Zeit unserer tatsächlichen Jugend wieder so nahebringt, dass sie fast greifbar erscheint, nur ein Trick, um die eigentliche Macht, die uns konserviert, zu vertuschen: die, Kinder zu sein. Allerdings nicht über eine Bruchstelle hinaus nach vorn katapultiert, wie wir geglaubt hatten, sondern umgekehrt. Wir waren liebe Kinder, wir haben alles getan, was man von uns erwartete: Wir haben einen anständigen Job, eine Familie.

Doch statt geerbter Möbel, Kristall und Silberzeug haben wir ein unsichtbares Erbe mitbekommen, das uns inwendig formt, wenn es zu spät ist und die Spuren, denen wir zu folgen beginnen, weniger werden und kaum noch lesbar sind.

Das Erste, was Gianni gleich nach dem Betreten der Wohnung zeigt, sind zwei Aktenordner, die er nach seiner Reise in die Ukraine vor ein paar Jahren angelegt hat und bereits am Telefon erwähnte. Seine Pilgerfahrt zu den Ursprüngen der Familie väterlicherseits bis zurück zu den Urgroßeltern war nicht nur eine wichtige Erfahrung für ihn, sondern ist auch eine gemeinsame Grammatik, die nun auf dem Tisch liegt, an den wir uns setzen. Sie macht es mir leicht, ihn rundheraus nach seinem Vater zu fragen: Haben ihn die Russen deportiert, weil er aus Lwiw stammte und ein Bürger der von ihnen besetzten Gebiete war?

»Nein, nein, er war Soldat. Während der Invasion war er im polnischen Heer und bekleidete auch irgendeinen Dienstgrad. Unteroffizier, Leutnant, irgend so etwas. Er wurde gefangen genommen und dann nach Sibirien geschickt. Von dort gelang es ihm, zu der Armee zu stoßen, die sich gerade formierte, und mit ihr kam er nach Italien.«

Ich nicke begeistert und sehe Gianni triumphierend verschwörerisch an. »Jetzt wird mir alles klar: die in den Gulag geschickten polnischen Kriegsgefangenen und so weiter. Entschuldige, wenn ich das so sage, aber ich befasse mich seit über einem Jahr mit dieser Geschichte.«

Gianni scheint sich zu freuen, dass sein Vater in das historische Puzzle passt, sowohl in meines als auch in das große Ganze, und tippt mit dem Finger auf einen der Ordner, um zu sagen, dass er darin alles aufbewahrt, was er dazu beisteuern kann.

»Wollen wir es jetzt ansehen oder später?«

»Später. In Ruhe. Zuerst sollten wir etwas essen gehen.«

»Ich hoffe, du findest darin etwas Nützliches«, sagt er, ist bereits aufgesprungen und steckt das Portemonnaie in die

Hosentasche, »denn mein Vater hat mir einen Scheißdreck erzählt, und meiner Mutter offenbar auch.«

»Wie geht es deiner Mutter?«

»Na ja, gesundheitlich ist sie noch ganz gut beieinander, aber du weißt ja, wie es ist ...«

Ich nicke, und schon sind wir an der Haustür. Zügigen Schritts nehmen wir denselben Weg zurück, den ich gekommen bin, um zu einer Pizzeria außerhalb der chinesischen Zone zu gehen, dennoch will laut Gianni keine seiner Frauen woandershin ziehen. Cecilia, die mittlere seiner drei Töchter, gesellt sich zu uns, sie ist die Einzige, die wegen irgendwelcher Uni-Aufnahmetests in Mailand geblieben ist, und da sie genauso alt ist wie Edoardo und Anand, erkundige ich mich beim Essen nach ihrem Abi. Gianni bringt mich über die letzten Jahrzehnte auf den neuesten Stand, widmet sich aber genauso eingehend und mit ungleich viel größerer Begeisterung seiner Ukrainereise, auf die ihn eine vorangegangene Reise nach Israel gebracht hatte, als er im Archiv von Yad Vashem nach den Namen seiner ermordeten Angehörigen suchte.

»Die Namen hat wohl meine Tante angegeben, die dort unten lebt.«

Erst, als wir das dritte Mal am nach wie vor geöffneten Tofu-Verkauf vorbeikommen, erscheint es mir allmählich gar nicht mehr so selbstverständlich, dass sich sogar ein Mensch wie Gianni Steinwurzel zu einer sogenannten »Gedenkreise« entschlossen hat. Ein leitender Angestellter, ständig auf Achse, um die Baustellen einer großen Handelskette zu beaufsichtigen, Vater von drei großen Töchtern, der am Wochenende auf Berge kraxelt, statt sich aufs Sofa zu lümmeln, all das entspricht dem Menschen, der er immer war: ein Steinwurzel, der am liebsten schon fertig wäre mit dem, was er gerade tut, um sich gleich etwas Neues vorzunehmen und nie Ruhe zu geben. Selbst er hat das Bedürfnis verspürt, seine Zeit, die sich per se nach vorn bewegt, der

Suche nach der Vergangenheit zu widmen. Gianni Steinwurzel, der im Internet buddelt, sich in Yad Vashem vor den Computer klemmt, einen Typen ausgräbt, der ihm aus Polen ein Straßenverzeichnis von Lwiw vor 1939 schickt, eine ukrainische Pflegerin kontaktiert, die unweit von Vercelli arbeitet und während seiner Reise als Dolmetscherin fungiert, haufenweise Fotos von alten Bäuerinnen, Holzhäusern, Grabsteinen und Straßenschildern knipst, wenn auch, wie ich später feststelle, auf seine Weise – dauernd in Eile, es wird, wie's wird – weshalb einige der Fotografien leicht verwackelt sind.

Während wir die Via Paolo Sarpi wieder hinaufgehen, durch dieses exterritoriale, rund um die Uhr geöffnete China, wo inzwischen nicht mehr ganz so viele Menschen unterwegs sind, kommt mir all das nicht nur schräg, sondern irgendwie auch problematisch vor. Wenn selbst einer wie Gianni Steinwurzel den Rückwärtsgang einlegt, haben wir gegen die Chinesen sowieso schon verloren. Die Erinnerung ist heilig, aber auch ein Klotz am Bein, und ein Volk, das sich in Hunderttausenden von Video- und Audiozeugnissen zerreibt, in drei Millionen Namen von insgesamt sechs Millionen Ermordeten, denn mehr wurden selbst von der zentralen Datenbank von Yad Vashem nicht erfasst, mag zwar zäh sein wie Unkraut, bleibt aber dennoch ein wirrer Haufen von versprengten Sippen, Kindern und Kindeskindern einzelner Überlebender. Die Chinesen brauchen keine Erinnerung und scheinen unter ihrer Versprengung, dieser Diaspora, nicht zu leiden. Es genügt ihnen, zahlreich, tüchtig, arbeitsam und anpassungsfähig zu sein und von ihrem Chinesischsein nicht einen Deut abzurücken, das ihnen ebenso fraglos ist wie die Tatsache, dass das Gras grün und die Sonne warm ist. Auch das ist ein Zugehörigkeitsgefühl, ein Gefühl der Erwählung gar, das neben der wirtschaftlichen und demografischen Macht, die ihnen die Zukunft in die Hände legt, auf Geschichten und Zählungen verzichten kann.

Was würde passieren, wenn sie uns ähnlich würden, nicht

nur uns Juden, sondern uns altem, vergangenheitsschwerem Kontinent oder uns Nachkommen sämtlicher Völker, die von der Neuen Welt aus die winzigen Heimatkäffer ihrer Vorfahren bereisen oder zumindest für zweifelhafte Stammbäume aus dem Internet die Kreditkarte springen lassen? Was geschähe, wenn die Bürger mit chinesischen Wurzeln, die auf kalifornischem Boden oder unweit der Via Paolo Sarpi geboren wurden, zurückkehren wollten, wenn ein jeder wissen wollte, woher er kommt und von wem er abstammt, um sich selbst besser zu verstehen? Das ist so gut wie unmöglich. Selbst wenn die illegalen chinesischen Einwanderer in Mailand postwendend zurückgeschickt würden, würden sie ihr Haus oder ihr gesamtes Viertel oder Dorf womöglich nicht mehr finden. Nach der Revolution galt für ihre Vergangenheit lange Zeit dasselbe wie seit Jahrhunderten für den Kaiserpalast in Pekings Zentrum: Sie war verboten. Immerhin wurde die Verbotene Stadt zu einem Museum, das heute jeder besuchen kann, der sich eine Eintrittskarte kauft, um durch die Parks und kaiserlichen Höfe zu schlendern. Doch wenn die Chinesen vor allem die Zukunft sind, mag das auch daran liegen, dass sie hierherkommen, sich über sämtliche Kontinente verteilen, die gleichen Kisten mit den gleichen Schuhen und den gleichen Jogginganzügen in jedem Winkel der Welt abladen können, zur Verbotenen Stadt aber noch immer weitestgehend keinen Zutritt haben und den Mäandern ihrer Geschichten nicht frei folgen dürfen. Würden sie eines Tages nach und nach immer zahlreicher Einlass in die Hunderte der Öffentlichkeit verwehrten Paläste begehren, in die einsturzgefährdeten, unsanierten ebenso wie in die Hauptsitze der Partei, begännen die Mauern, die das Zentrum des Reiches noch immer umschließen, vielleicht zu bröckeln.

Vielleicht ist es auch für die Leute so, die vor dem Tofu Schlange stehen, für die Angestellten in den Restaurantküchen, für die Jugendlichen mit den gefakten Ray-Bans, die an der Ecke der Via Bramante abhängen und rauchen, dass der Sohn und die Tochter zweier befreundeter Familien in den vierten Stock eines Mailänder Wohnhauses zurückkehren, um ihre Spielkarten auf den Tisch zu legen – fünf oder sechs Schriftstücke, ein paar spärliche Sätze eines Toten, der »einen Scheißdreck erzählt hat« –, sie mit anderen zu mischen – Landkarten, Tabellen, Quellen, Zeugenberichten – und am Ende möglichst den Mann von der Fotografie von 1943 aufzudecken: Samuel Steinwurzel, Milek, den Soldaten der polnischen Armee, den der Frieden in Emilio verwandelt.

Er wurde am 2. Juli 1914 in Radziechów, heute Radechiw, geboren, rund siebzig Kilometer nordöstlich von Lwiw in Richtung Brody, wo die Panzer der Roten Armee im Juni 1941 in einer letzten Schlacht versuchten, die vorrückenden Panzer der Deutschen aufzuhalten. Schon vor dem Krieg lebten dort vornehmlich Ukrainer, die Juden waren die größte Minderheit, doch war die Stadt vor allem polnisch und österreich-ungarisch geprägt. Vor Jahrhunderten hatte ein polnischer Graf eine katholische Kirche und sich selbst einen Palast am Rand seines weitläufigen Anwesens errichtet, das sein Nachfolger zu Teilen in einen öffentlichen Park umwidmete. Es folgten die Grundschule, die Mittelschule, das Gericht, das Rathaus und die öffentlichen Bäder, die ukrainische Kirche, die Synagoge sowie etliche Backsteingebäude rund um den Marktplatz, an dem sich die jüdischen Geschäfte reihten. Doch je weiter man sich in den Vierteln der unterschiedlichen ethnischen Gruppen vom Zentrum entfernte, desto häufiger waren die Häuser aus Holz und die Straßen aus Lehm, die Stadt wurde zu einem riesigen Dorf, woran sich, Gianni Steinwurzels Fotos nach zu urteilen, bis heute nicht viel geändert hat. Ein riesiges Dorf, das in Felder und Weiden überging, daneben ein Fluss und ringsherum Wälder. Ihretwegen waren Samuel Steinwurzels Eltern nach Radziechów gezogen. Mojzesz und Fania Steinwurzel kamen aus einem noch weiter östlich gelegenen, noch kleineren und noch umwaldeteren Dorf. Hrycowoła oder Grystovolya oder Hrystevolia oder Khrystovolya: Ersterer war der polnische, die anderen die möglichen Umschriften des ukrainischen Namens. Mit wenigen Hundert ukrainischen Waldarbeitern mitten im Wald zu leben hatte sich für Samuels Großvater als Vorteil erwiesen. Weil es dort so gut wie keine Juden gab, war Nechemia Steinwurzel in Hrycowoła für alle zum Holz-Juden geworden. Über Jahrzehnte brachte Nechemia sein Gewerbe zum Blühen, und allmählich wurde der Wald von Hrycowoła, Quell des Wohlstands und Monopol, seinem Sohn Mojzesz zu eng. Um das Geschäft zu vergrößern, muss man in eine größere Stadt ziehen, nach Radziechów, wo es nicht nur Holz, sondern auch eine direkte Straße nach Lwiw gibt. Und weil das Geschäft auch dort prosperiert, wagt er schließlich den nächsten Sprung und zieht mit Frau und Kindern in die Hauptstadt.

»Steinwurzel Mojzesz, kup., Glinianska 17«, steht in dem Vorkriegsstraßenverzeichnis von Lwiw, das Gianni sich von einem polnischen Herrn hat schicken lassen: »kup« steht für »kupiec«, »Händler«. Sein Vater, der als kleiner Junge nach Lwiw kommt, wird die folgenden Jahre seines Lebens in einem Haus an einer Allee am Stadtrand verbringen, die sich als Landstraße durch die Felder gen Osten fortsetzt, in die Richtung also, aus der Mojzesz Steinwurzel herzog, weshalb die Wahl der Adresse womöglich vor allem der geschäftlichen Logistik geschuldet ist. Jedenfalls lebt die Familie, der ein Mädchen namens Hela geboren wird, in einem Haus jüngeren Datums, das jedoch, Giannis Fotos nach zu urteilen, auch heute noch recht bürgerlich und solide wirkt. Unter solchen Verhältnissen aufzuwachsen und das väterliche Handwerk zu erlernen, das dem einzigen männlichen Erben naturgemäß zusteht, ist ein Kinderspiel. Währenddessen konnte der Junge zur Schule gehen, auf eine jüdische, nicht unbedingt orthodoxe Schule womöglich, denn einen Sohn, der sich nur aufs Beten versteht, kann man nicht gebrauchen.

»Womöglich« sage ich nicht nur, weil sich die meisten polnischen Juden für solche Schulen entschieden und es in Lwiw mehr als genug davon gab, sondern auch, weil ich versuche, meine wenigen Karten auszuspielen und ihre spärlichen Anhaltspunkte zu deuten. Denn Nechemias Enkel, Mojzesz Sohn, hieß Samuel. Nicht Emil wie Irkas Stiefbruder, wie ich vermutet hätte, weil ich ihn als Emilio kenne. Und auch nicht ursprünglich Samuel und später Emil oder erst Emil und dann Samuel oder nur Emil für das Melderegister, da der vom Rabbiner vermerkte jüdische Name sowieso Samuel gewesen wäre. Viele hätten bei einer so respektablen Adresse außerhalb der jüdischen Viertel erwogen, ihren Aufstieg zu festigen und ihren Kindern zur Untermauerung einen leichteren, mondäneren und vor allem weniger jüdischen Namen zu geben. Man griff auf das griechisch-römische Repertoire zurück, traute sich sogar an einige katholische Namen heran, vorzugsweise solche wie Anna und Józef, die mit dem Alten und dem Neuen Testament im Einklang standen, und mied, vor allem aus Taktgefühl oder weil man die Vaterlandsliebe nicht verletzen wollte, slawische oder allzu slawische Namen. Solche wie Władysław, mit dem Albert Anders und Elżbieta Tauchert, als es noch keinen unabhängigen Staat gab, ihre Zugehörigkeit zu Polen und vielleicht das Schicksal des zukünftigen Befehlshabers besiegelten. Doch was bei einem deutschen Adeligen als freie patriotische Geste daherkam, hatte für einen jüdischen Spross ganz anderes Gewicht. In den ansatzweise assimilierten jüdischen Familien waren die beliebtesten, weil als besonders männlich und modern geltenden Jungennamen – die im Jiddischen obendrein fast identisch waren – deshalb vor allem deutschen Ursprungs: Herman, Gustaw, Ludwik, Teodor, Artur, Edward, Henryk, Zygmunt, Emil und sogar jener, der in seiner Koseform zu Dolek wurde: Adolf.

Doch die Steinwurzels waren bodenständige Leute, sie glichen dem Holz, dem sie ihren Wohlstand verdankten, und wollten ihre Zugehörigkeit ebenso wenig verdrängen wie die Mühe, die Karren aus dem Wald zu ziehen, oder ihre Armut in Hrycowoła. Deshalb war und ist der einzige registrierte Name ihres männlichen Erben der eines biblischen Propheten.

Aber Lwiw war eine große Stadt, und sie war eine polnische Stadt, polnisch, weil ihr steter Fortschritt der ganzen Nation zur Ehre gereichte, polnisch, weil fast zwei Drittel ihrer Bewohner polnisch waren, mochte das weitere Drittel auch jüdisch sein. So bleibt an einem Jungen, auch wenn er sich um Holzlieferungen kümmert und jüdische Schulen besucht, etwas von dieser Stadt haften. An Samuel Steinwurzel bleibt Milek haften. Und da der vollständige Name in Polen nur für den Notar und das Meldeamt existiert, wird er für seine Mitschüler und Lehrer, für die Kunden, Lieferanten und die Arbeiter seines Vaters, denen er bei Bedarf zur Hand gehen muss, Milek heißen, alle Welt nennt ihn Milek. Selbst zu Hause rufen sie ihn Milek, solange er denken kann: Milek, nicht Shmulik. Milek klingt obendrein weicher und ähnelt dem slawischen Etymon von »lieb«, »miły«, hat aber mit Samuel nichts zu tun. Vielleicht ist der Gebrauch des Jiddischen, dem der andere Kosename entsprungen wäre, in der Familie nicht mehr üblich. Es zeigt jedenfalls, dass die Steinwurzels in ihrem Bestreben, normale, respektierte polnische Bürger zu sein, nicht unempfänglich sind. Denn das ist vielleicht das Einzige, was sie sich ohne jedes bürgerliche Gewese – Theaterabende, unkoschere Delikatessen, Tennis- und Klavierstunden, Schönheitswettbewerbe für die Kinder – wirklich für sich selbst und ihren Nachwuchs wünschen: als Bürger anerkannt zu werden. Wegen der Steuern, die sie zahlen, wegen der Menschen, denen sie Arbeit geben, wegen der Arbeit selbst, die, wie sie auch Milek eingebläut haben, über allem anderen steht. Wegen des Geschäftssinns, mit dem sie die galizischen Wälder in polnisches Wirtschaftswachstum verwandelten. Somit wird Milek, getragen von seinem sanften Namen und der Stadt Lwiw, ebenfalls gewissermaßen Pole. Das Zusammensein mit den Hilfsarbeitern, Lageristen, Bau- und Zimmerleuten macht ihn mehr zum Polen als die gemischte Gesellschaft, die sich in den österreichisch-ungarischen Cafés im Stadtzentrum trifft. Er wird Pole, ohne je aufzuhören, ein guter jüdischer Sohn zu sein.

So stelle ich ihn mir mit fünfundzwanzig Jahren vor, als die polnische Armee ihn einzieht und er im Holzlager vorbeigeht, um zuerst denen Lebewohl zu sagen, die trotz der Mobilisierung geblieben sind, und sich auch von den Bäumen Galiziens zu verabschieden, das nie mehr polnisch sein wird. Danach geht er nach Hause, um seiner Mutter und seiner Schwester Lebewohl zu sagen, die ihn mit Proviant versorgen, ihre Tränen hinunterschlucken, sinnlose Dinge sagen wie »aber versprich mir, dass du vorsichtig bist«, und sich von Mojzesz zu verabschieden, der ihn fest umarmt und murmelt, er habe jetzt zu tun, auch an einem solchen Tag würden das Holz und die Arbeit nicht warten. So verlässt Milek das Haus in der Glinianska-Straße 17 und macht sich am Vortag oder am Tag des Überfalls der Deutschen auf Polen, denen die Sowjets folgen werden, auf den Weg. Wohin, weiß man nicht, womöglich zu einem im Osten stationierten Regiment, zu dem er schließlich stößt und das kurze Zeit später von Angehörigen der Roten Armee geschlagen wird. Nur eines ist sicher: Milek Steinwurzel wird gefangen genommen, als er die Unabhängigkeit der Republik verteidigt, und in die Heimat der russischen Sieger gebracht.

Zwischen September und Oktober 1939 beginnt seine Gefangenschaft und man hört nichts mehr von ihm. Ein dunkles, verworrenes Kapitel nimmt seinen Anfang, in dem spärliches Licht in fleckig gebrochenen Strahlen wie durch Baumkronen abermals in Waldesdickicht fällt. In den Wald von Katyn unweit der ukrainischen Stadt Smolensk, wo die Deutschen finden werden, wonach die Polen suchen, seit das Abkommen mit Stalin sie alle hätte befreien sollen.

Bereits in der Lubjanka erhält General Anders von einem polnischen Hauptmann, der vorübergehend in seiner Zelle landet, erste Nachrichten von den Lagern, in denen ihre Offiziere gefangen gehalten werden: Koselsk, Starobilsk und Ostaschkow. Doch als er, zum Befehlshaber ernannt, zwischen Moskau und seinem Hauptquartier in Busuluk im Ural pendelt und keinen Einzigen von ihnen auftauchen sieht, wird die Frage nach ihrem Verbleib immer drängender. Am 16. August 1941, während der ersten Konferenz zur Aufstellung der Armee, erhält er von den sowjetischen Behörden eine alarmierende Antwort. Die Zahl der Kriegsgefangenen beläuft sich auf »zwanzigtausend Gefreite und Soldaten in zwei Lagern und hundert Offiziere im Lager von Grjasowez. Was ist mit den anderen geschehen?«, fragt er sich. »Unsere besten Offiziere waren in Koselsk und Starobilsk. Aber wo steckten sie?« Man musste sich auf die Suche nach ihnen machen. Nachdem der ebenfalls in einem Lager inhaftierte Maler und Schriftsteller Hauptmann Józef Czapski mit der Aufgabe betraut worden war, findet am 2. Dezember 1941 die Konferenz mit Stalin statt, ohne dass man Genaueres über ihr Verschwinden in Erfahrung gebracht hätte.

SIKORSKI: Ich habe hier eine Liste von rund viertausend deportierten Offizieren, die sich noch immer im Gefängnis oder in den Arbeitslagern befinden, und auch diese Namensliste ist unvollständig, da sie nur aus dem Gedächtnis erstellt wurde. Diese Männer sind hier, in Russland, und keiner von ihnen wurde herausgegeben.
STALIN: Das ist unmöglich. Sie müssen wohl ausgebrochen sein.
ANDERS: Und wohin hätten sie fliehen können?
STALIN: Nun ja, in die Mandschurei.

Die sinnlose Suche wird ohne große Hoffnung fortgesetzt, immer länger werden die mühselig erstellten Vermisstenlisten, je zahlreicher die getrennt deportierten Offiziersfrauen samt ihren Familien in den Sammellagern eintreffen.

Als Radio Berlin am 13. April 1943 die Entdeckung von Tausenden Leichen im Wald von Katyn verkündet, sind Anders und seine Soldaten bereits im Mittleren Osten. In Berlin hat Joseph Goebbels die Exhumierung all dieser polnischen Gefangenen mit lebhaftem Interesse verfolgt, die, wie er am 9. April in seinem Tagebuch vermerkt, »die Bolschewisten einfach niedergeknallt und in Massengräber verscharrt haben … und nun zeigt sich eine grauenvolle Verwüstung der menschlichen Seele«.

Dieser Satz ist beinahe ebenso verstörend wie der darauffolgende Kommentar, die Welt würde endlich begreifen, was sie bei einem Sieg der Bolschewisten zu erwarten hätte. Am ersten Satz erschüttert das gänzlich Unpolitische. Der entwaffnete Ton, die Aufrichtigkeit. Oder das, was der Verfasser des Tagebuches dafür hält, obschon er selbst in diesen persönlichen Aufzeichnungen Propagandaminister bleibt. »Nun zeigt sich eine grauenvolle Verwüstung der menschlichen Seele.« Die menschliche Seele. Das Grauen.

Hatte Joseph Goebbels vergessen, dass Hitler seinen verlässlichsten Männern am Tag nach dem Überfall eingeschärft hatte, »die Vernichtung Polens steht im Vordergrund. Ziel ist die Beseitigung der lebendigen Kräfte, nicht die Erreichung einer bestimmten Linie«? Wusste er nicht, dass zu der Zeit, in der er schrieb, Millionen Polen als Zwangsarbeiter ins Reich deportiert worden waren? Dass eine unendlich viel größere Anzahl als die geschätzten Leichen in den Massengräbern von Katyn bereits in den Konzentrations- und Vernichtungslagern umgebracht worden war: christliche Polen, keine Juden. Deren Schuld vielfach darin bestand, das Beste der eroberten Nation verkörpert zu haben, genau wie die von den Russen massakrierten Offiziere. Dass die Universitätsprofessoren von Krakau und Lwiw absichtlich von ihnen eliminiert worden waren? Dass die Universitäten, Oberschulen, Bibliotheken verwüstet oder geschlossen worden waren und die Kinder in den Volksschulen laut Himmler lernen sollten, »einfaches Rechnen bis höchstens 500, Schreiben des Namens, eine Lehre, dass es ein göttliches Gebot ist, den Deutschen gehorsam zu sein und ehrlich, fleißig und brav zu sein. Lesen halte ich nicht für erforderlich«? Stimmte er etwa nicht mit der Doktrin überein, die Polen und Slawen allgemein als *Untermenschen* einstufte? Erinnerte er sich nicht an den »Generalplan Ost«, der die Massendeportation der Polen in den Ural und nach Sibirien vorsah, kaum würden diese Gebiete zu Deutschland gehören, um arischen Lebensraum freizumachen?

Natürlich kann man sagen, die Deutschen haben nie einen Massenmord an Offizieren begangen. Aber Goebbels empört sich auch, unter den Hingerichteten befänden sich mehrere Priester, als hätten sie den katholischen Klerus nicht niedergemetzelt und Geistliche nicht ins Konzentrationslager gesteckt oder auf der Stelle ermordet. Nein, er sieht keinerlei Parallelen. Das Grauen ist immer das Grauen der anderen.

Einen Tag nach der Radiomeldung schreibt er bereits in ganz anderer Stimmung:

Die Auffindung von 12 000 von der GPU ermordeten polnischen Offizieren wird nun in größtem Stil in der antibolschewistischen Propaganda eingesetzt. Wir haben neutrale Journalisten und polnische Intellektuelle an die Fundstelle führen lassen. Jetzt hat der Führer auch die Erlaubnis gegeben, von uns aus eine dramatische Meldung in die deutsche Presse zu geben. Ich gebe Anweisung, dieses Propagandamaterial in weitestem Umfang auszunutzen. Wir werden davon einige Wochen leben können.

Von den Deutschen, und mit noch verzweifelterer Vehemenz von den Polen, wird die Einsetzung eines Untersuchungsausschusses des Roten Kreuzes gefordert, und diese Forderung genügt, um die Sowjetunion ihre Beziehungen zu der polnischen Exilregierung in London abbrechen zu lassen. Abermals wird Polen von den gleichsam spiegelbildlichen Taten der Mächte überrollt, die es in Stücke rissen. Zwar wird es einen Ausschuss geben, dem jedoch auf Druck der Sowjets die Gewähr des Roten Kreuzes entzogen wird. Unter den zwölf Medizinern verschiedener Nationalitäten, die sich Ende April an den Ort des Geschehens begeben, sticht Vincenzo Maria Palmieri aus Neapel in den Aufnahmen der *Wochenschau* durch seinen breitkrempigen, schwarzen Hut und den maßgeschneiderten Mantel hervor; die italienische Eleganz des jungen Gerichtspathologen will nicht zu dem Ort und den Umständen passen. Zurück in der Heimat, verfasst er einen Bericht über die Ermittlungen, der bereits im Juli veröffentlicht wird.

Zum Abschluss seiner Arbeit hat der Ausschuss ein Gutachten erstellt, dessen Ergebnis ich wortgetreu wiedergebe.

»Die Todesursache lässt sich ausschließlich auf Genickschüsse zurückführen.«

»Den bei den Leichen gefundenen Briefen, Tagebüchern und Zeitungen ist zu entnehmen, dass die Hinrichtungen in den Monaten März und April 1940 erfolgt sein müssen.«

»Die in den Massengräbern und bei den Leichen der polnischen Offiziere gefundenen und im Bericht benannten Beweisstücke stimmen mit diesen Ergebnissen vollständig überein.«

Ich füge hinzu, dass besagte Ergebnisse einstimmig angenommen und unterzeichnet wurden und dass es in der Vorbesprechung unter den Mitgliedern des Aus-

schusses ebenfalls zu keinerlei Meinungsverschieden-
heiten kam.

Doch weil Churchill und Roosevelt die Beziehung zu Stalin
nicht wegen ein paar Tausend toter Polen aufs Spiel setzen
wollen, suchen sie nach einem gangbaren Weg, um gute
Miene zum bösen Spiel zu machen. Zweifellos ist die Tatsache, dass die Rote Armee im Januar 1944 die Ukraine zurück-
gewonnen hat und weiter Richtung Westen vorrückt, von
größerer Wichtigkeit als die Massengräber von Katyn. Wir
kennen doch unsere Pappenheimer, mögen sich die Lenker
der freien und demokratischen Welt gesagt haben. Ob es nun
die einen oder die anderen waren, ist doch unerheblich, fähig
dazu wären beide.

So kommt es, dass in der Nachkriegszeit ein neapolitanischer Universitätsprofessor seine akademische Laufbahn wegen besagter Obduktionsberichte riskiert, die ihn als reaktio-
nären Faschisten dastehen lassen. Als ihn ein seit Kurzem
nach Neapel gezogener polnischer Deportierter und einsti-
ger Soldat unter General Anders 1955 um ein Treffen bittet,
antwortet Vincenzo Maria Palmieri höflich, er könne sein
Interesse zwar »vollkommen« verstehen, doch wolle er die
Massengräber von Katyn »nicht wieder aufwühlen und die
schmerzlichen Gespenster der Vergangenheit ruhen lassen«.
Weitere Jahrzehnte vergehen, ehe wiederum Palmieri den
polnischen Überlebenden treffen möchte.

Was will der denn jetzt von mir?, fragt sich Gustaw Herling, während er sich an einem Januartag 1978 auf den Weg
zu der Verabredung macht, bei Regen und peitschenden Böen
»dass ich, an meinen windgeblähten Regenschirm geklammert, fast fliegend in das alte Universitätsviertel gelangte
wie in der Erzählung *Der Pensionist* von Bruno Schulz«. Da
er weiß, was ihn erwartet, empfindet er in den Gassen des
Decumano »eine Leere und Einsamkeit, die nur versteht, wer
in eine durch und durch fremde, scheinbar akzeptierte und

zutiefst gehasste Stadt emigriert ist: Heute früh war mir, als würde ich einen polnischen Friedhof besuchen, ich verspürte einen Kloß in der Kehle wie jedes Mal, wenn ich über die Autobahn nach Rom fahre und die Abtei von Montecassino erblicke«.

Doch der Ordinarius am Institut für Gerichtsmedizin will keine Beichte ablegen über »plötzliche Tränen und das heftige Bedürfnis, alles laut auszusprechen in der Gegenwart eines Menschen, der *etwas davon versteht*«. Er zieht lediglich eine Schachtel mit Fotografien aus einem Regal, die er mit nüchterner, unmerklich bewegter Stimme kommentiert.

»Ein Gestank, ein entsetzlicher Gestank, den ich niemals vergessen werde. Es war fast unmöglich zu arbeiten, obwohl sich die Leichen in der trockenen Erde gut erhalten hatten. Sogar Personalausweise, Briefe, Zeitungsausschnitte, Familienfotografien hatten in den Uniformtaschen überdauert. Sehen Sie sich diese Fotos an, es sind wie aus einem Erdblock gehauene Gesichter, ähnlich den länglichen Reliefs auf der Fassade eines ausgegrabenen Tempels ...«

Professor Palmieri ist zuversichtlich, er fühlt sich von der Wahrheit der Wissenschaft bestätigt und glaubt fest, dass »die Russen sie eines Tages anerkennen werden müssen«.

Doch als es endlich so weit kommt, ist er schon lange tot. Erst mit der Transparenz der Gorbatschow-Ära, der Glasnost, die den Zerfall des Sowjetreiches einläutet, gehen von sowjetischer Seite Eingeständnisse und Entschuldigungen nach Polen. Berias und Stalins unmittelbare Verantwortung werden ebenso publik gemacht wie die genaue Anzahl der Opfer. Es sind über zwanzigtausend, Soldaten und Zivilisten, die in Lagern und Gefängnissen saßen. Sie wurden in den Wäldern, in russischen und ukrainischen Haftanstalten hingerichtet und an nie erwähnten Orten zutage befördert. Was die Mehrheit von ihnen, die Offiziere, anbelangt, so sind – oder waren – diese Männer nicht nur zur Führung einer Armee ausgebildet, sondern gehörten zur obersten polnischen Elite. Jeder mit abgeschlossenem Universitätsstudium wurde nach dem Militärdienst als Offizier in die Armee der Republik eingegliedert. So ist es auch in Anders' Armee, wo Dr. Adolf Szer den Rang als Hauptmann bekleidet. Und weil das Vorkriegspolen trotz des zum *Numerus nullus* ausgeweiteten *Numerus clausus* vor jüdischen Ärzten aller Art wimmelte, endet eine nicht unerhebliche Anzahl von ihnen in den Massengräbern von Katyn und der anderen Schauplätze des Massakers.

Hätte man sie nicht als Flüchtlinge, sondern als Militärs in die Sowjetunion deportiert, wären sämtliche Cousins meiner Mutter, die ihren Abschluss an der Universität von Montpellier gemacht hatten, Gefahr gelaufen, das Schicksal ihres in Auschwitz getöteten Bruders Józek vorwegzunehmen. Vielleicht bestand ihr paradoxes Glück darin, bei Ausbruch des Krieges so nah an der gestürmten Grenze zu wohnen, dass die Unmöglichkeit, dem Ruf an die Waffen zu folgen, den spontanen Entschluss gebot, die Flucht zu den Deutschen zu wagen. Jede Art von Überleben schließt zahllose entronnene Tode in sich ein, ob tatsächliche oder hypothetische.

Samuel Steinwurzels umgangener Tod ist in seiner am 18.4.1947 in Predappio ausgestellten Demobilisierungsbescheinigung der polnischen Streitkräfte vermerkt, die Gianni mir mit den anderen Unterlagen zur Ansicht überlassen hat. Zwei Einträge. »3. Rang:... Maj. Anw.« und »13. Ziviler Beruf und/oder Hochschulabschluss:... Holzsachverständiger«. Wer weiß, ob es an seiner mangelnden Begabung liegt oder ob der Vater ihm einen akademischen Abschluss verwehrt, um ihn möglichst schnell an seiner Seite zu haben, jedenfalls ist es Mileks Rettung, nicht studiert zu haben.

Das gilt jedoch nur für das Massaker an den Offizieren. Die Erlebnisse der rangniedrigeren Kriegsgefangenen sind eine andere Geschichte, sie ist verworren und willkürlich und vielleicht deshalb so unklar, weil der Skandal von Katyn, seine verleugnete Wahrheit, die Schicksale der anderen Soldaten ins Dunkel zurückgedrängt hat. Jedenfalls scheint die Antwort, die General Anders im August 1941 zu den knapp zwanzigtausend Soldaten in Gefangenschaft erhält, zumindest auf formaler Ebene keine Lüge zu sein. Und die anderen? Sie sind ebenfalls verschwunden, verpufft, wer weiß wo geendet. Die Polen wissen, dass manche fast umgehend wieder laufen gelassen und vor allem die Bewohner der westlichen Besatzungszone zum Teil wieder an die Deutschen ausgeliefert wurden. Hätte sich der Soldat Steinwurzel in einer der beiden Gruppen wiedergefunden, hätte er in Polen in der Falle gesessen.

Doch Milek landet in einer dritten Gruppe, zu der auch die Unzähligen gehören, die, kaum hat man sie aus der Kriegsgefangenschaft entlassen, vom NKWD gefangen genommen werden. Für politische Gefangene gilt die Genfer Konvention nicht, man kann sie also hinschicken, wo man will, und der Kampf gegen die Rote Armee ist fraglos als konterrevolutionär einzustufen. Deshalb entgeht auch Samuel Steinwurzel der Judenvernichtung, denn man schickt ihn nach Sibirien.

Jedoch ist unbekannt, wann oder wohin. Das seiner Frau gegenüber kaum und ohne weitere Erklärungen erwähnte Sibirien ist kein geografischer Ort. Sibirien ist Gefangenschaft, Kälte, Zwangsarbeit. Sibirien ist der Gulag.

Die Polen kommen von überall her, Zivilisten und Soldaten, und schließen sich dem polnischen Korps an: vom Straßen- und Eisenbahnbau in der Ukraine, aus der Oblast Archangelsk, aus Sibirien selbst, sogar aus den Minen an der Kolyma. Von dort kommt »eine Gruppe von 171 Mann, die die Kolyma am 8. Juli 1942 verlassen hatten, also ein Jahr nach dem Abkommen, Männer, die wie durch ein Wunder noch am Leben waren. Fast alle hatten ihre Finger und Zehen verloren und trugen entsetzliche schwarze Flecken am Körper, wegen des Skorbuts.«

General Anders spricht mit fast allen, er sammelt ihre Geschichten, und mit der Zeit gelingt es ihm, von den Fingerlosen zweiundsechzig schriftliche Berichte zu erhalten. Auszüge daraus nimmt er in seinem Buch auf und nennt die Verfasser nur beim Anfangsbuchstaben, »zum Schutz der in Polen verbliebenen Familien«, jedoch unter Angabe der exakten Nummer, mit der sie in den Archiven verzeichnet sind.

Was wird ein Leser aus London oder Mailand wohl gedacht haben, als er 1949 oder 1950 auf diese Seiten stieß, die für den Westen jahrzehntelang das wichtigste Zeugnis bleiben? Es ist nicht schwer, sich den typischen Käufer von *An Army in Exile* vorzustellen: konservativ, antikommunistisch, an politischer und militärischer Geschichte interessiert, womöglich ebenfalls Veteran. Er hat Mitgefühl mit den armen Polen, kann den in jeder Zeile spürbaren Hass ihres Kommandeurs gegen die Usurpatoren seiner Heimat, für deren Freiheit er sinnloses Blut vergoss und vergießen ließ, nachvollziehen. Schon richtig, dem Leser die Bedeutung des Kommunismus vor Augen zu führen, doch sollte man es nicht übertreiben. Womöglich hat der tapfere General zu viel Dante gelesen, handelt es sich ohne Zweifel doch um einen hochgebildeten Mann.

Ich sah ein Lager in Magadan. Es war ausschließlich von Versehrten ohne Hände und Füße belegt. Ich sah keine Blinden unter ihnen. Alle waren durch Erfrierungen in der Mine verstümmelt. Selbst sie wurden nicht umsonst am Leben gelassen. Sie mussten Säcke nähen und Körbe flechten. Auch jene, die beide Hände verloren hatten, mussten arbeiten. Sie verschoben dicke Holzstämme mit Beinen und Füßen. Andere, die keine Füße mehr hatten, spalteten Holz. Der grauenvollste Anblick war, wenn diese Verstümmelten in Fünfergruppen in die *Banja* (das primitive Dampfbad) gingen.

Samuel Steinwurzel ist nicht an der Kolyma und hoffentlich auch nicht in den entsetzlichsten Anlagen im äußersten sibirischen Norden geendet. Doch da er ein Mann von guter Gesundheit und Mitglied eines feindlichen Heeres war und man ihn während der Verhöre des NKWD, bei denen Folter an der Tagesordnung war, womöglich als Sohn eines echten Kapitalisten entlarvt hatte, ist er um ein reguläres Arbeitslager wohl schwerlich herumgekommen. Wieder mochte seine letzte Rettung das Holzsachverständiger-Diplom gewesen sein. Bei den Unmengen arktischen Waldes, den es abzuholzen und zu verarbeiten galt, hatte die riesige Maschinerie namens Gulag erfahrene Fachleute dringend nötig. Leider folgten die Entscheidungen der Geheimpolizei keiner industriellen Logik. Doch wenn Milek während seiner Lagerjahre irgendeinen Vorteil aus den Erfahrungen in der Holzverarbeitung ziehen konnte, wird er seinem Vater Mojzesz und all seinen Vorfahren gedankt haben.

Es gibt ein weiteres Indiz, das seine Internierung an einem nicht restlos abgeschiedenen, sondern fest im Gulag-System verankerten Ort vermuten lässt, wo die befohlene Freilassung der Polen fast umgehend umgesetzt wurde. Das »Datum der Einberufung in die polnische Armee außerhalb Polens«, das ebenfalls in seiner Demobilisierungsbescheinigung vermerkt ist: 15. 9. 1941.

Genau einen Tag zuvor stattet General Anders dem Lager von Tozk einen Besuch ab, wo ihn die ersten Eingetroffenen der 5. Division, in die der Soldat Steinwurzel eingegliedert wird, mit Spannung erwarten.

Es bestand aus kleinen Zelten im Wald. Mein Leben lang werde ich diesen Anblick nicht vergessen! Die meisten Männer trugen weder Schuhe noch Hemden. Sie waren alle zerlumpt, einige in den Resten der alten polnischen Uniform! Alle waren ausgemergelt, wahre Gerippe, größtenteils von Schwären wegen des Vitaminmangels bedeckt. Es war das erste und hoffentlich letzte Mal in meinem Leben, dass ich barfüßige Soldaten an mir vorbeimarschieren sah.

Wer weiß, ob Milek diesem Aufmarsch zugesehen hat oder noch zu erschöpft von seiner Reise war, um sich darüber klar zu werden, dass diese strammstehenden Gerippe mit Holzgewehren zu seinen Waffenbrüdern werden würden. Jedenfalls ist er abermals in einem Wald gelandet, wo entsetzliche Kälte herrscht und es an allem mangelt: Nägel, Lastwagen, Hacken und Schaufeln, Seife, Öfen für die Soldatenzelte. Es kommt nicht genug Nahrung an, weder für die Menschen noch für die geschundenen Gäule, wie sich der ehemalige General einer Kavalleriebrigade bei Stalin beklagt. Wieder einmal sind nur die Läuse im Überfluss vorhanden und sorgen für die ersten Typhusepidemien.

Aber trotz Hunger, Kälte und Krankheiten hat Samuel Steinwurzel abermals Glück.

Mit der Zeit wird es für einen Juden immer schwieriger, in die Reihen der Armee aufgenommen zu werden. Zu Anfang, als Milek eintrifft, sind fast die Hälfte der zahllosen Einberufenen Juden. Den anderen im Wald hausenden Männern kommt das seltsam und unerhört vor, und die Sorge und Missgunst in den Zelten wächst. Zwar konnten sie nicht ahnen, dass ein Drittel der polnischen Deportierten Juden waren, doch an all jene, die ein Lob auf die Rote Armee gesungen hatten, konnten sie sich sehr wohl erinnern. Was sollen wir mit all diesen Leuten anstellen, die sich den Sowjets in die Arme geworfen haben?, fragen sie sich. Was für ein polnisches Heer soll das sein, das mehrheitlich aus Juden besteht?

Die politischen und militärischen Führungsspitzen sind ebenfalls verstimmt und besorgt. Zwei polnischen Juden, Henryk Ehrlich und Wiktor Alter, bleibt das nicht verborgen, und unverzüglich begeben sie sich zu General Anders, um sich für ihresgleichen zu verwenden. Sie sind Sozialisten, Mitglieder der Zweiten Internationale und obendrein Mitglieder des Allgemeinen Jüdischen Arbeiterbundes, der mit den Kommunisten auf der einen und den Zionisten auf der anderen Seite seit jeher über Kreuz liegt. Die beiden sind also vaterlandsliebende Polen, und als solche wurden sie von den Sowjets behandelt. Man hatte die beiden bei ihrem Fluchtversuch über die litauische Grenze gefasst, als Spione zum Tode verurteilt und das Urteil in zehn Jahre Gulag umgewandelt. Während sie auf ihre Strafe warteten, wurden sie durch die Amnestie befreit. Jetzt müssen sie den Kommandeur überzeugen, dass die Juden genau wie alle anderen für Polen kämpfen werden, mehr noch: Wer kann sich den Sieg über die Schinder seinesgleichen brennender wünschen als ein Jude, wer sehnt sich heftiger danach, seine Angehörigen wieder in Freiheit zu sehen, wer würde sein Blut und das des Feindes freiwilliger vergießen, um sich an ihm zu rächen? Vielleicht ist ihnen klar, dass sie ein riskantes Spiel spielen, als sie sich auch nach den verschwundenen Offizieren erkundigen, doch wissen sie die sozialistischen und gewerkschaftlichen Organisationen hinter sich, ob jüdisch oder nicht, vor allem die der Vereinigten Staaten. Am 1. Dezember 1941, dem Tag vor der polnisch-sowjetischen Konferenz, werden sie abermals verhaftet. Die Nachricht löst einen Chor von Protesten aus, Petitionen an Stalin werden verfasst, die sogar Albert Einstein und Präsident Roosevelts Frau unterzeichnen, doch zwei Jahre lang hört man nichts mehr von ihnen. Stalingrad ist gerade befreit, ein Beweis vor den Augen der Welt, dass die Russen den Krieg zu einem Preis und unter Bedingungen gewinnen, die für jeden anderen unerträglich wären. Henryk Ehrlich und Wiktor Alter waren Spione Hitlers, lautet die Meldung, wir haben sie hingerichtet. Es hilft nichts, dass man sich im Ausland empört und sie die neuen Sacco und Vanzetti nennt. Vielleicht hat Ehrlich in seiner Zelle Selbstmord begangen, doch

Alter wurde zwei Tage nach dem Treffen zwischen Sikorski und Stalin getötet.

Auch General Anders bringt die jüdische Frage auf, wenn auch auf seine Weise. Während der Konferenz beklagt er sich fast sofort, dass die Juden als Erste befreit wurden, danach erst die Ukrainer und ganz zum Schluss die Polen, obendrein die am wenigsten einsatzfähigen. Bestimmt hat es ihn übermenschliche Überwindung gekostet, einen diplomatischen Weg zu finden, um deutlich zu machen, dass die Russen ihm absichtlich die nutzlosesten Arbeitskräfte unterjubeln, den Ausschuss, mit dem sich keine taugliche Armee auf die Beine stellen lässt. Dann muss er sich auf die Zunge beißen und darf kein Wort darüber verlieren, dass vielleicht eine noch boshaftere Absicht dahintersteckt, ihre Armee mit dem jüdischen Element zu überschwemmen. Später jedoch, als er die Zahl seiner Soldaten nennt – hundertfünfzigtausend, vielleicht mehr – und fürchtet, er könnte zu hören bekommen, das Maß sei voll, kommt er abermals auf das Thema zu sprechen.

ANDERS: Unter ihnen ist eine erhebliche Anzahl von Juden, die nicht in der Armee dienen wollen.
STALIN: Juden sind lausige Soldaten.
SIKORSKI: Viele der Juden, die sich bei der Armee gemeldet haben, sind wegen Schmuggelei verurteilte Schwarzhändler. Aus denen werden nie gute Soldaten. Die will ich nicht in der polnischen Armee.
ANDERS: Zweihundertfünfzig Juden sind aus Busuluk desertiert, wegen des Gerüchtes, Kuibyschew werde aus der Luft angegriffen, das sich später als falsch erwies. Weitere sechzig Juden sind am Tag vor der Waffenausgabe aus der 5. Division desertiert.
STALIN: Die Juden sind eben lausige Soldaten.

Milek ist nicht unter denen, die getürmt sind, er hat die Waffen entgegengenommen, die endlich die Holzgewehre ersetzen, und wie alle anderen Männer der 5. Division angefangen zu trainieren. Womöglich ebenfalls mit wachsender Zuversicht, wenngleich sich an der körperlichen Verfassung und den äußeren Umständen nichts geändert hat. Dieses Problem haben die polnischen Führungsspitzen bereits aufgeworfen, aber es gibt noch eine heiklere Frage zu klären.

Tatsächlich wird es bei ihrem erneuten Treffen mit Stalin am folgenden Tag ziemlich schwierig, das Leck zu stopfen, das sich in diesem Augenblick der Einigkeit aufgetan hat, und nachdrücklich auf das andere Problem zu sprechen zu kommen: dass die zu diesem Zeitpunkt systematisch nicht befreiten Polen den Minderheiten angehören.

ANDERS: Wir wurden offiziell in Kenntnis gesetzt, dass die Belarussen, Ukrainer und Juden nicht in die Freiheit entlassen werden, dabei waren – und bleiben – sie polnische Staatsbürger, da Sie sämtliche Verbindlichkeiten mit Deutschland aufgekündigt haben.
STALIN: Und was stellt ihr mit Belarussen, Ukrainern und Juden an? Ihr wollt Polen, das sind die besten Soldaten.

Diesmal reagiert auch Sikorski vorsichtiger, er lässt den Seitenhieb abperlen und verknüpft die Frage der Staatsbürgerschaft sogleich mit der territorialen Herkunft. Schließlich kommt man auf die Belarussen und vor allem auf die Ukrainer zu sprechen, denen man den Kopf zurechtrücken sollte, weil sie Freunde der Deutschen sind, also zurück in den Treibsand.

»Wir sorgen uns nicht um die Ukrainer, sondern um das Gebiet«, bemerkt der Premier der polnischen Exilregierung knapp.

Am Recht eines jeden, in die Armee einzutreten, lässt sich

nicht rütteln, denn die Anerkennung der Grenzen Polens kommt der Anerkennung seiner Bewohner gleich. Die der polnischen Republik von 1939 entrissenen Staatsbürger verkörpern das Recht des Bodens, sie sind *ius soli* in Fleisch und Blut.

Doch die Russen werden genau das tun, was die Polen zu ahnen und zu fürchten beginnen. Sie werden immer mehr Juden, Belarussen und Ukrainer wie Sowjetbürger behandeln. Die endgültige Anerkennung kommt spät, Anders' Armee steht bereits unter britischem Kommando. Doch solange sie in der Sowjetunion sind, stecken die Polen in einem Dilemma. Je weiter die Rote Armee vorrückt, desto mehr verlieren die Sowjets das Interesse daran, ein in jeder Hinsicht unabhängiges nationales Heer durchzufüttern. Wenn es nach ihnen ginge, sollte es am besten ganz verschwinden. Anders und seine Männer sehen die Truppenstärken und Rationen immer weiter zusammenschrumpfen: Sie müssen sich die Rationen mit Frauen und Kindern teilen, womit es physisch unmöglich wird, sich den Anordnungen der Russen zu widersetzen. Von den hundertfünfzigtausend Soldaten, die Anders im Dezember erwähnt, bleiben weniger als die Hälfte in den letzten Sammellagern, und nur vierzigtausend Mann wird die Verlegung in den Iran gewährt. Das Floß wurde immer kleiner, während irgendwo dort draußen die Offiziere waren, die man im Gulag oder gar an der Kolyma wähnte, dazu zahllose Polen, vielleicht eine Million, vielleicht mehr, von denen wer weiß wie viele durch die Steppen irrten und versuchten, zu ihnen zu gelangen. Und wenn sie auftauchten, sollte man sie zurückweisen?

Weder die polnische noch die sowjetische Verfassung lassen eine Ungleichbehandlung ihrer Bürger zu. Doch die Praxis sieht ganz anders aus. Vielleicht lag es daran, dass das Armeekorps zusehends strenger reguliert wurde, oder daran, dass sich die Sowjets die Minderheiten einverleibten, oder auch daran, dass es den Polen im Grunde ebenfalls in den

Kram passte. Tatsache ist, dass sie am Ende selbst für die ethnische Selektion sorgen.

Je mehr Zeit vergeht, desto unmöglicher wird es für die Juden, Belarussen und Ukrainer, in die Armee einzutreten, man bedient sich sogar verschiedener Tricks, um einen Großteil der bereits Eingezogenen wieder rauszuwerfen. Vor allem die Juden, und sei es nur, weil es so viele sind.

Als sich die Szer-Brüder in Usbekistan zur Musterung melden, erweist sich von den vielen Hochschulabschlüssen, die theoretisch ausgereicht hätten, um sie in Katyn sterben zu lassen, nur ein einziger als nützlich, um sich die Uniform mit dem polnischen Adler zu sichern, die die Briten jenseits des Kaspischen Meeres ausgeben und dabei auch den ihnen folgenden Zivilisten das Bürgerrecht zuerkennen. Die Juden mögen lausige Soldaten sein, doch sind sie häufig gute Ärzte. Wenn einer im Krieg weder schießen noch Panzer fahren kann und seine Vaterlandsliebe obendrein zweifelhaft erscheint, gibt es unterm Strich nur zwei Berufe, die ihn akzeptabel machen: Arzt und Ingenieur.

Der Mann, der als Erster das Musterungsbüro der Armee in Taschkent betritt und sich als Dr. Adolf Szer vorstellt, geboren in Będzin, Medizinstudium im französischen Montpellier, bereits vor dem Krieg praktizierender Arzt in seiner Heimat, muss selbst bei einem Offizier, der sich bei Tauglichkeitsbescheinigungen für Juden ziert, jeden Zweifel zerstreut haben.

Trotz der Auszehrung werden ihm eine kräftige Statur und kantige Züge mit einer leicht krummen, wiewohl männlichen und alles andere als jüdischen Nase bescheinigt, was auf einen guten Charakter schließen lässt. Auf die Frage, woher er komme, antwortet er sachlich und in makellosem Polnisch ohne den kleinsten jiddischen Einschlag, er sei in die Oblast Archangelsk deportiert worden, in ein rudimentäres Lager, wo er seinen Dienst als Lagerarzt geleistet habe.

»Unter diesen Bedingungen zu praktizieren ist nicht leicht, doch man lernt eine Menge.«

»Sicher. Könnten Sie mir jemanden nennen, den Sie kuriert haben und der sich vielleicht in unseren Reihen befindet?«

Referenzen, Referenzen von Polen zumal, hat Dolek mehr als genug. Er sagt, einige seiner Patienten seien ebenfalls anwesend, sie hätten die Musterung erfolgreich durchlaufen oder warteten noch darauf. Doch die Kommission ist schon überzeugt.

»Das ist kein Quacksalber …«, bemerkt einer der Offiziere, kaum ist Dolek aus der Tür, wenn auch im Flüsterton, damit der russische Inspekteur ihn nicht hört.

»Ganz recht, einer von diesen Juden, von denen man es nicht erwarten würde …«

Er wird mit einem »A« registriert und erhält den ihm zustehenden Offiziersgrad. Daraufhin winken sie auch die schöne blonde Schwägerin mit ihrem verwaisten Stiefbruder und dem Ehemann durch, mag er auch ein mickeriger Jude mit nutzlosem Abschluss sein.

Vielleicht wurde die gesamte Gruppe der Szer-Brüder und selbst Benno, der später kam, in die Armee aufgenommen, je nachdem, wie verzweifelt man die Ärzte brauchte, die zu jener Zeit bei den Polen zu finden waren. Den ersten Dienst am Vaterland musste Dr. Szer sofort leisten und in den zwischen Taschkent und Samarkand zerstreuten Camps und Lazaretten hin und her hetzen. Eine Epidemie dieses Ausmaßes zu bezwingen ist ein Kampf um Leben und Tod, und es genügt nicht, seinen Beruf zu beherrschen, es braucht militärische Tugenden: Tapferkeit, Opferbereitschaft, Kaltblütigkeit. Jahre bevor es für ihn an die Front geht, macht sich Dolek auf dem ihm zugewiesenen Schlachtfeld verdient.

Bestimmt wurde er deshalb gebeten zu bleiben, als sie nach Palästina kommen: es nicht seinen Brüdern und all den anderen gleichzutun, deren Fahnenflucht wie eine vom Schicksal gewollte Lösung des Judenproblems erschien.

Nicht einmal der Druck der Engländer kann die Polen dazu bewegen, sich ernsthaft auf die Suche nach den verschwundenen Juden zu machen. Doch vielleicht teilte Dolek inzwischen den Korpsgeist, vielleicht hatten ihn all die geretteten oder in den Tod begleiteten Kranken mit der Armee und mit Polen verschmelzen lassen.

Und Samuel Steinwurzel?

Warum ist er nicht in Palästina geblieben? Damit wäre für Milek, der Krieg und Gefangenschaft bereits durchlebt hatte, die Reise und mit ihr die sichere Kriegsaussicht zu Ende gewesen. Zwar wechselt ein Teil der jüdisch-polnischen Soldaten zu den zionistischen Milizen, dem Zellkern der zukünftigen israelischen Armee, doch ist das eine freiwillige Entscheidung. Warum will Samuel Steinwurzel in den Krieg ziehen?

Und warum befand er sich noch unter den vier- oder fünftausend Juden in Anders' Armee, als die in den Mittleren Osten verlegt wurde? Warum wurde er nicht bei irgendeiner medizinischen Musterung ausgesiebt, in der jeder ein »D« wie dienstuntauglich bekam, der, obwohl klapperdürr, bei der ersten Einberufung mit einem »A« für den körperlichen Zustand versehen wurde, ein A, das Milek wiederum bis zur Demobilisierung erhalten bleibt?

Vielleicht, weil er sich im Wald von Tozk mit irgendeiner Tischlerarbeit hervorgetan hatte? Weil es nicht genug katholische Polen gab, um ein paar Bretter zu sägen und zu hobeln?

Denn – zumindest stelle ich es mir so vor – wenn es jemand gewagt hatte, den unzweifelhaften Namen Steinwurzel, Samuel auf eine Liste zu setzen, wird es auch jemanden gegeben haben – den Hauptmann, den Leutnant –, der den Kopf geschüttelt hat.

»Nein, den streichst du wieder raus. Milek ist ein guter Soldat und ein guter Pole.«

War Samuel Steinwurzel ein guter Pole?

Bestimmt entsprach er nicht dem gegenteiligen Klischee: weder physisch – er war groß und hellhäutig, mit einer langen, aber geraden Nase – noch sonst. Er war weder Zionist noch Kommunist oder orthodox, sprach nicht bei jeder sich bietenden Gelegenheit Jiddisch und war weder in seiner eigenen Wahrnehmung noch in den Augen der anderen vornehmlich Jude. Selbst wenn er nicht zu denen gehörte, deren Wagemut oder außergewöhnliche Schießkünste auf der Hand lagen, war er ein guter Soldat: Er war zäh, loyal, diszipliniert und reaktionsschnell, sprungfertig, flink. Woher sollten seine Vorgesetzten wissen, dass der bürgerliche Patriarch eines Familienunternehmens sein rastloses Wesen zu ihrem Vorteil gebändigt hatte? Weil die Juden lausige Soldaten waren, mussten sie, wenn sie es nicht waren, irgendwie doch gute Polen sein. Wäre es nicht so gewesen, hätte sich Milek durch sein Verhalten nicht als Ausnahme von der Regel hervorgetan, wäre er zur Bestätigung der Regel nicht als Pole in sein Bataillon aufgenommen worden, hätte er die Gelegenheit, sich aus dem Staub zu machen, gewiss nicht ungenutzt gelassen.

Israel Gutman, einer der bedeutendsten Holocaust-Forscher, hat es sich zur Aufgabe gemacht, den Antisemitismus in Anders' Armee aufzudecken, vom Befehlshaber durch die Hierarchien bis zum Truppenalltag. Aber die jüdischen Soldaten, die bis zuletzt blieben, bestätigen fast ausnahmslos, dieses Problem habe es zwar gegeben, jedoch seien sie nicht davon betroffen gewesen. Vielleicht blieben sie aus Dankbarkeit, vielleicht hielten sie ein gewisses Maß an Antisemitismus für normal und deshalb für unerheblich. Sie waren assimilierte polnische Juden, bürgerliche Juden zumal, genau wie Milek.

Manche hatten sich sogar gemeldet, nachdem die Sowjets der Armee die Luft abgedrückt hatten, in Palästina oder noch später, als der Eintritt völlig freiwillig war und sie sogar die Alternative gehabt hätten, in die jüdischen Einheiten des britischen Heeres einzutreten, oder nach der Bildung der Jüdischen Brigade. Viele dieser Männer wollten an der Seite der Polen kämpfen, für ihr Heimatland und für ihr Volk.

Und Milek?

Meines Wissens hat er nach dem Krieg keine Kontakte nach Polen aufrechterhalten und auch zu Polen in Italien keine Bekanntschaft gepflegt, nicht einmal zu den dort verbliebenen ehemaligen Kameraden. Ersteres ist nicht sonderlich überraschend, und Letzteres könnte vor allem damit zu tun haben, dass er ein viel beschäftigter Mann war, immer auf dem Sprung, die neurotische Version seines Vaters Mojzesz. Aber wie dem auch sei, um eine Verbindung nach Polen hat er sich nie mehr bemüht.

Samuel Steinwurzel beschloss, für die Freiheit Polens zu kämpfen, weil seine Familie dort ihr Leben verlor. Und er wusste es. Darüber berichteten die jüdischen Zeitungen, das wussten vor allem die Polen, die im Kontakt mit der Armia Krajowa standen, der heimlichen Armee, die sich gebildet hatte, um die Deutschen auf besetztem Boden zu bekämpfen, und die für die Londoner Exilregierung wie auch für die britische Regierung die verlässlichste Informationsquelle darstellte.

Er wusste, dass die Juden in Lwiw ins Ghetto gepfercht worden waren, er wusste, dass die Deutschen dort mit ihrer Selektion und massenweisen Deportation begonnen hatten, und er wusste so gut wie sicher von den NS-Lagern, die für einen Juden den Tod bedeuteten. Vielleicht war ihm wenigstens das Wissen um das erste ukrainische Schlachten erspart geblieben, und es bleibt zu hoffen, dass die stadtferne Adresse in der Glinianska-Straße nicht nur dem Leben all seiner Verwandten, sondern auch den Körpern seiner Schwester und seiner Mutter als Schutzschild diente.

Sie sterben dennoch. Als er mit der Armee, die sich inzwischen »Polnische Streitkräfte im Osten« nennt, 1942 im Irak oder in Palästina ist, ist die Jüngste dran, Hela, die es, anders als Milek, zu einem Studienabschluss gebracht hatte und Apothekerin geworden war.

Im Jahr darauf, 1943, als der Soldat Steinwurzel seine militärische Ausbildung mit Manövern in Ägypten vervollständigt, stirbt sein Vater Mojzesz im Ghetto von Lwiw, seine Mutter Fania und seine große Schwester Ella, die mit Emil Zelcer verheiratet und bereits Mutter eines vierjährigen Jungen namens Abraham ist, werden in das Vernichtungslager Majdanek deportiert.

Aber das weiß Milek nicht. Er weiß nicht, dass, als er im März 1944 in Italien landet und der wirkliche Krieg endlich beginnt, vermutlich bereits alle tot sind. Und sollte ihm dennoch zu Ohren gekommen sein, dass die Ghettos, auch das von Lwiw, liquidiert worden waren, war er gewiss dennoch bereit, im Namen der Rache und erst recht im Namen der Hoffnung zu kämpfen.

Die Glinianska-Straße war von den jüdischen Vierteln so weit entfernt, dass im Ghetto zu landen nicht unvermeidlich war. Sollte es unter all den Kunden und Angestellten seines Vaters denn keinen Einzigen gegeben haben, der, und sei es gegen Geld, bereit gewesen war, ihnen zu helfen? Womöglich war Mojzesz noch immer zu stolz, um jemanden um Hilfe zu bitten, und vielleicht auch zu regeltreu, doch konnte nicht wenigstens Hela irgendwo versteckt worden sein, die an der Universität so viele auch polnische Freundschaften geschlossen hatte?

Vielleicht ging ihm das durch den Kopf, wenn sich die polnischen Kameraden nachts über die Neuigkeiten von zu Hause austauschten: wer geschnappt, wer auf der Stelle hingerichtet, wer als Mitglied oder Unterstützer des Widerstands im Konzentrationslager gelandet war. Häufig waren es Leute, die sie kannten, und ihr aufgeregtes Flüstern trug die Namen derer, die immer zahlreicher gegen die Deutschen kämpften, von einem Feldbett zum nächsten. Milek versuchte, sich aus ihrem Gemurmel herauszuhalten, das häufig in der Frage gipfelte, wann sie endlich an der Reihe wären, ihren Beitrag zur Befreiung des Vaterlandes zu leisten. Er schloss die Augen und dachte an die Seinen. Und fühlte sich allein. Doch wenn einer seiner jüdischen Kameraden sich zu ihm herüberlehnte und fragte, »Milek, was, glaubst du, ist aus ihnen geworden? Ob sie durchkommen?«, lag er, ganz gegen sein Naturell, reglos da wie ein Kind, das sich schlafend stellt.

Ja, vielleicht hielt sich Samuel Steinwurzel von der Hoffnung fern, damit sie nicht ins Gegenteil umschlug, und mied ebenso hochfliegende Rachegelüste. Doch selbst wenn es ihm über Tage gelang, an nichts zu denken, während er lernte, Stacheldrahtknäuel zu überspringen oder Minen zu erkennen, oder seinen Rucksack neu packte oder seine Stiefel putzte, spürte sein nervöser Körper, welchem Ziel er entgegenging. Sterben, schon möglich, aber wenigstens sterben, wie es sich gehört, sterben als Jude und als Pole, als freier Mensch, nein: als Mensch, nicht mehr und nicht weniger.

Das ist für mich der Soldat Milek, Gefreiter des Zweiten polnischen Korps, 5. Division »Kresowa« unter dem Kommando des Generals Nikodem Sulik, 5. Wilno-Brigade, 15. Infanteriebataillon, kurz vor der Landung an der südlichen Adriaküste und unterwegs zur Front der berühmtesten Schlacht.

Samuel Steinwurzel ist der Mensch, der zahllose polnische Juden ihr Leben lang hätten sein wollen. Er wird sich niemals vorwerfen lassen müssen, davongekommen zu sein, weil er unter falschem Namen floh, sich wie ein Steinzeitmensch in Wäldern oder Höhlen versteckte, sich in Hundehütten, Kohlen- und Kartoffelkellern verkroch wie in Abstellkammern oder Schränken vergessener Krempel. Oder das gänzlich unverdiente Glück gehabt zu haben, als Sklave zu überleben, als weniger als das: als Haut und Knochen, den Regeln des Ghettos und dem Gesetz des Lagers unterworfen und dem ewig nagenden Gefühl, der nagenden Ohnmacht, der

Demütigung jener Menschen und junger Männer ausgesetzt, die nicht in der Lage waren, ihre Frauen, Mütter, Kinder, jüngeren Geschwister oder Großeltern zu verteidigen.

Was hättest du schon tun können, sagen sie sich, du allein gegen die Deutschen? Woher hättest du überhaupt ein Gewehr nehmen sollen, bei all der SS rund ums Ghetto? Wenn du geschnappt worden wärst, wären allesamt auf der Stelle erschossen worden, hast du das vergessen?

Also kommen sie jedes Mal zu dem Schluss, dass man keine andere Wahl hatte: Entweder, man versuchte sich zu retten, oder man starb. Dennoch gelingt es ihnen nie, mit dem Thema abzuschließen und Frieden zu finden.

Und tatsächlich stimmt es nicht.

»Milek, Milek, schläfst du? Milek, hör zu: Es ist wichtig. Hast du gehört, dass es im Warschauer Ghetto einen Aufstand gibt?«

»Ich hab's gehört, Leon.«

»Sie haben sich verschanzt und sie haben Waffen, Milek, die Armia Krajowa hat sie ihnen gegeben. Und sag jetzt nicht, das führt zu nichts, das wissen wir eh.«

»Wieso sollte ich das sagen? Hoffen wir mal, dass sie ordentlich viele abmurksen, bevor ...«

»Ja, hoffen wir's, Milek, hoffen wir's. Wollen wir für unsere kämpfenden Brüder in Warschau beten?«

»In Ordnung, aber vergiss das Beten. Wir bringen einen Trinkspruch auf sie aus, eine *Brachà*, um sie zu segnen, aber das machen wir morgen ...«

»Du hast recht, Milek. Die kämpfen, und wir dürfen uns die Sphinx und die Pyramiden ansehen.«

Ehe das Zweite polnische Korps in ein einziges Scharmützel in Apulien oder am Sangro gerät, hat es in rund hundert polnischen Ghettos Aufstände gegeben, darunter in Łachwa, Mińsk Mazowiecki, Białystok, Częstochowa und auch in Będzin, der Stadt der Szer-Brüder. Bewaffneter Widerstand in Lwiw, Łódź und Wilna, jüdische Partisanenverbände in den Wäldern Galiziens, Belarus' und Litauens, sogar ein Aufstand im Vernichtungslager Sobibor und ein weiterer in Treblinka. In Warschau brach der Aufstand am Vortag des jüdischen Osterfestes los, am 19. April 1943, und hielt an, bis der im Ghetto gelegte Brand am 16. Mai zur Niederlage führte. Die Quantität und Qualität der in das größte Ghetto Polens eingeschmuggelten Waffen waren kaum mehr als symbolisch, die Anzahl der Kämpfenden war größer, sie waren besser organisiert und besser mit den Polen vernetzt. Deshalb ist es das einzige Ghetto, aus dem einige sich retten und durch die Abwasserkanäle in den anderen Teil der Stadt gelangen können, wo sie später zusammen mit vielen anderen, unter falscher Identität versteckten Juden mit der Armia Krajowa am Warschauer Aufstand teilnehmen. Die ersten in Europa, die die Nazis mit Waffen herausforderten, waren junge Leute: Sehr viele von ihnen waren beim Einfall der Deutschen noch minderjährig gewesen und waren es auch während der Schlacht, selbst ihre Anführer waren nicht älter als fünfundzwanzig.

Israel Gutman war genau zwanzig Jahre alt, als er am Aufstand teilnahm. Im Ghetto hatte er kurz nacheinander seinen Vater, die nierenkranke große Schwester und einige Monate später seine Mutter sterben sehen. Er war mit einer kleinen Schwester zurückgeblieben und hatte beschlossen, sie dem Waisenhaus des renommierten Kinderarztes Dr. Janusz Korczak anzuvertrauen, doch am 5. August 1942 blieb dem guten, pflichttreuen Doktor nichts anderes übrig, als seine Kinder nach Treblinka zu begleiten. Der junge Israel hat nur noch seinen Schmerz und seine zionistische Jugendorganisation, die sich, weil sie sich, im Kampf gegen die Deutschen mit dem Sozialismus vereint, den Kommunisten und den jungen Anhängern des Bundes anschließt, die im Ghetto fingierte Briefe mit der Unterschrift »Henryk Wiktor« in Umlauf bringen, eine Ermutigung von Henryk Ehrlich und Wiktor Alter aus den sowjetischen Massengräbern. Gutman, der an einem Auge verletzt wird, ist gezwungen, seinen Bunker zu verlassen, und wird deportiert. Erst nach Majdanek, dann nach Auschwitz. Auch in Birkenau beteiligt er sich am Widerstand und hilft, die Häftlinge des sogenannten Sonderkommandos, das dafür zuständig ist, die aus den Gaskammern kommenden Leichen zu den Krematorien zu schaffen, mit Sprengstoff zu versorgen. Er wird weder unter den Ermordeten noch unter den Gefassten sein, als am 7. Oktober 1944 das Krematorium IV in die Luft gesprengt wird. Nach seiner Befreiung aus dem Lager Mauthausen begibt er sich Hals über Kopf nach Italien, um sich der Jüdischen Brigade anzuschließen, die sich inzwischen um die jüdischen Flüchtlinge kümmert und ihnen hilft, nach Palästina zu gelangen. Kurz vor dem Unabhängigkeitskrieg kommt er in das britische Mandatsgebiet, sagt 1961 im Eichmann-Prozess aus und lebt fünfundzwanzig Jahre lang in einem Kibbuz in Galiläa, ehe er 1975 promoviert und Historiker wird: Über viele Jahre ist er der Leiter des Recherchezentrums in Yad Vashem, Herausgeber der *Enzyklopädie des Holocaust* und Berater der polnischen Regierung in jüdischen Fragen.

In dem einzigen Videointerview, das ich auftreiben konnte, zeigt sich Israel Gutman als ein leicht beleibter Herr mit schlohweißem Haar, rundem Gesicht und kleinen, traurig verschüchterten Augen hinter einer großen Brille, die auf der Spitze seiner Kartoffelnase sitzt.

Während er jedes antisemitische Phänomen in Anders' Armee aufs Korn nahm, hatte ich etwas wahrgenommen, das sich nicht auf die Übernahme der ausschließlichen Sichtweise seines Volkes reduzieren ließ, denn genau damit hatte ich immer gehadert. Mit einer Geschichtsschreibung, die nicht nur die Zugehörigkeit des Historikers widerspiegelte, sondern sich insgeheim, zumindest innerhalb der zulässigen Grenzen einer modernen Geisteswissenschaft, mit nationalem Interesse deckte. Innerhalb dieser Grenzen war fast niemand davor gefeit: englische Historiker, die dem britischen

Verdienst am Sieg von Montecassino mehr Bedeutung bei-
maßen als dem französischen und den militärischen Wert des
polnischen leugneten; französische Historiker, die die Schuld
der Marokkaner und zugleich den Beitrag der Kolonialtruppen bei der Befreiung Frankreichs kleinredeten; indische
Historiker, die Gandhi von jedweder Verantwortung an der
Tragödie der Teilung freisprachen, welche auch einstige
Kameraden der indischen Division auseinandergerissen und
zu gegnerischen Soldaten gemacht hatte. Jeder beanspruchte
alle möglichen Lorbeeren für sich, spielte die eigenen Fehler
und Vergehen herunter und hob, wenn möglich, die Vergehen und Fehler der anderen hervor. Jedes Mal – ohne meiner
Mutter zu nahe treten zu wollen, die sofort wieder »du bist
keine Historikerin« sagen würde – musste ich versuchen, mir
auch die andere Seite anzuhören und mich im Fall der indischen Geschichte sogar fragen: Wer schildert mir seine Sicht
der Dinge? Ein Hindu, ein Moslem oder jemand anders?
Irgendwann begriff ich, dass es in dem Spiel sogar um die
Zahl der Opfer ging, der unschuldigen Opfer zumal: Jeder
trieb die Schätzungen der eigenen Verluste in die Höhe und
machte die der Gegenseite zugefügten kleiner. Je tragischer
die Ereignisse waren, desto ausgreifender wurde die Erinnerung des eigenen Grauens auf Kosten desjenigen der anderen, die Geschichte wurde zur Traumografie, zur Überliefe-
rung der eigenen, unüberwindlichen Traumata.

»Poland's Holocaust«: Es war klar, was von einem solchen
Titel zu erwarten war. Es war auch klar, was von Israel Gutman, Shoa-Experte und israelischer Historiker, zu erwarten
war, ohne ihn genauer zu kennen. Dennoch spürte ich zwischen seinen Zeilen etwas, das sich jedem Versuch entzog,
ihn auf eine jüdische, israelische, zionistische Identität fest-
zunageln, etwas, das dem vorausging, was darüber hinaus-
ging: wie ein noch glühenderer Zorn, in dem sich ein gren-
zenloser, sinnloser Schmerz Bahn zu brechen suchte. Ihr habt
uns abermals davongejagt, ihr habt uns daran gehindert,

gegen unsere Peiniger zu kämpfen, ihr habt uns das Recht genommen, den Preis unserer Staatsbürgerschaft zu zahlen: Das sagte Gutman zwischen den Zeilen. Wie konnten wir beweisen, dass wir nicht allesamt treulose Feiglinge waren, wenn auch ihr uns aufgrund eures Vorurteils ausgeschlossen und ausgegrenzt habt?

Deshalb habe ich mich auf die Suche nach seiner Geschichte gemacht.

Samuel Steinwurzel aber trägt zusammen mit dem letzten knappen Tausend polnischer Juden die grüne Uniform und das Barett mit dem Adler, als die Gelegenheit kommt, der ganzen Welt zu zeigen, was Polen für seine Freiheit und Unabhängigkeit zu geben bereit ist. Denn das hatte Polen inzwischen verzweifelt nötig.

Am 4. Juli 1943 stürzt das Flugzeug, das den Premier im Exil von einem Truppenbesuch im Mittleren Osten zurück nach London bringen soll, direkt nach dem Start vom Flughafen von Gibraltar ins Meer. »Wir alle waren von der ersten Nachricht der Tragödie von Gibraltar und des Todes unseres obersten Befehlshabers zutiefst erschüttert und überwältigt. Es war ein entsetzlicher Schlag für die gesamte Armee«, kommentiert Anders, doch vor allem fügt er hinzu:

Ich wusste, dass Gen. Sikorski zukünftig allerhöchste Vorsicht gegenüber Russland an den Tag gelegt hätte, und auch, dass kein anderer Pole so hohes Ansehen bei den Alliierten genießen würde. Wir alle wussten, dass die englischen und amerikanischen Führungskräfte bei ihren Treffen mit Gen. Sikorski große Verpflichtungen eingegangen waren. Und ich habe allen Grund zu der Annahme, dass die Sache Polens in den letzten Kriegsentwicklungen sehr viel besser verteidigt worden wäre, wäre er nicht gestorben.

Vielleicht überschätzt General Anders die Lage, immerhin war es um die polnische Sache bereits seit der Entdeckung der Massengräber von Katyn, als der Bruch mit der Sowjetunion lediglich den Beginn ihrer Isolierung bedeutet hatte, nicht sonderlich gut bestellt gewesen.

Also treffen sich Churchill, Roosevelt und Stalin am 28. November 1943 zum ersten Mal, um sich über die Fortsetzung des Zweiten Weltkriegs abzustimmen und sich darüber Gedanken zu machen, was aus der Welt werden soll. Sie beschließen das Datum der Landung in der Normandie, die Dreiteilung Deutschlands, die Gründung der Vereinten Nationen. Doch für die abwesenden Polen – und Sikorski wäre es womöglich ebenfalls gewesen – verhandeln sie vor allem die Verschiebung der Grenzen. Stalin sollte die östlichen Gebiete erhalten, im Tausch gegen eine Scheibe der ehemals deutschen Gebiete, die ungefähr von Schlesien bis nach Danzig reicht.

Doch das sollte man dem wertvollen Verbündeten, den man wohl eher für seine geheimdienstlichen Tätigkeiten denn für die heroisch-romantischen Einsätze seiner immer zahlreicheren Exilsoldaten von Norwegen bis Nordafrika sowie der wagemutigen Piloten in der Luftschlacht um England schätzt, lieber schonend beibringen.

Fürs Erste reicht eine gemeinsame Erklärung der »Großen Drei« aus Teheran: »Wir sehen mit Zuversicht der Zeit entgegen, da alle Völker der Welt imstande sein werden, frei von Tyrannei und gemäß ihren Wünschen und ihrem eigenen Gewissen ein freies Leben zu führen.«

Am 22. Februar 1944 geht man von vagen, vertraulichen Gerüchten zum ersten Mal zu etwas Öffentlichem und ganz Unmissverständlichem über, und der Premierminister Winston Churchill spricht vor dem Unterhaus.

»Das Schicksal des polnischen Volkes steht in den Gedanken und der Politik der Regierung Seiner Majestät und des britischen Parlamentes obenan. Mit großem Vergnügen hörte ich von Marschall Stalin, dass auch er entschlossen sei, ein starkes, völlig unabhängiges Polen als eine der führenden Mächte in Europa zu schaffen. Ich habe starkes Mitgefühl für die Polen, diesen heldenhaften Menschenschlag, deren Nationalgeist Jahrhunderte voller Missgeschick nicht ersticken können; ich habe aber auch Verständnis für den russischen Standpunkt. Die Befreiung Polens wird gegenwärtig von den russischen Heeren vollendet, nachdem diese Millionenverluste bei der Zerschlagung der deutschen Militärmaschine erlitten haben. Ich bin nicht der Meinung, dass die russische Forderung nach Sicherheit die Grenzen des Vernünftigen und Gerechten überschreitet. Marschall Stalin und ich kamen auch überein, dass Polen im Norden und Westen auf Kosten Deutschlands entschädigt werden müsse.«

Doch das ist für die Männer des Zweiten polnischen Korps kein Trost, und ebenso wenig für Samuel Steinwurzel. Wer weiß, ob es auf dem Schiff, das die 5. Division »Kresowa« – benannt nach den Kresy, den östlichen Gebieten, aus denen ein Großteil der Soldaten stammte – nach Italien brachte, ein Radio gab, über das man die BBC empfangen konnte. Doch wenn dem so war, muss wohl auch Milek zusammen mit all den anderen ein Unwohlsein im Herzen und in der Magengegend verspürt haben, das die übliche Seekrankheit bei Weitem übertraf.

»Sie haben uns verraten, sie haben uns an diesen georgischen Teufel verkauft, soll er in der Hölle verrecken!«

»Was sagst du da? In der Hölle ist es zu warm, nach Sibirien muss man ihn schicken, wo er uns hinschicken ließ, und dort muss er bleiben, bis er krepiert …«

»Würde General Sikorski noch leben, hätten sie sich das vielleicht nicht getraut …«

»Sie waren das, jemand hat das Flugzeug manipuliert, sie haben ihn ermordet, diese russischen Dreckskerle!«

»Nein, ach was, das waren unsere lieben englischen Freunde, schließlich ist er aus Gibraltar abgeflogen.«

»Aber was kümmert uns das jetzt noch? Wichtig ist nur eins: Wenn es wirklich so ist, wie Churchill angeblich gesagt hat ...«

»Wenn ja, dann ist es das Ende, nein, das kann nicht sein.«

Und während irgendjemand kotzen muss, klammert sich jemand anderes wie betrunken an seinen Kameraden und versucht, die erste Strophe der Nationalhymne anzustimmen, »Noch ist Polen nicht verloren, solange wir leben«. Doch wegen der Weinkrämpfe, die beim Refrain »Marsch, marsch, Dąbrowski von der italienischen Erde nach Polen« losbrechen, lassen die Männer einander los, und bei alldem lehnt Milek dürr und weiß wie ein *Pierrot lunaire* an der Reling.

Sollte es tatsächlich so sein, wie kann er dann nach Lwiw zurückkehren und nach Überlebenden suchen? Wenn es gut läuft, lassen sie ihn nicht mehr raus, und wenn es schlecht läuft, fangen sie ihn am Übergang ab: um ihn wieder einzusperren, irgendwo in den Gulag zu schicken. Und wenn es gut läuft, hat er nichts mehr, weder das Haus in der Glinianska-Straße noch das Holzlager oder das Sägewerk. Nichts, um von vorn anzufangen, wenn noch jemand übrig wäre. Doch wahrscheinlicher ist, dass es schlecht läuft, denn er ist der Sohn eines Unternehmers, er ist selbst Kapitalist, auch wenn die Deutschen ihm alles genommen haben.

»Milek?«

»Du kannst froh sein, dass du aus Warschau stammst, Franiek.«

»Was soll ich dir sagen.«

»Manchmal denke ich, es wäre einfacher zu wissen, dass sie bereits alle tot sind ...«

»Nein, Milek, hör auf damit! Wir müssen kämpfen: Nur so können wir den Engländern und Amerikanern zeigen, dass sie nicht über unsere Köpfe hinweg entscheiden können.«

»Hoffen wir's. Aber wir haben sowieso keine andere Wahl.«

Wenn das die Ansichten der Truppe sind, was mag wohl General Anders gesagt haben, als der britische Befehlshaber General Leese ihm mitteilt, welche Gedanken sie sich hinsichtlich seines Kontingents im Hauptquartier gemacht haben?

»Man schlug vor, dem Zweiten polnischen Korps in der ersten Phase der Schlacht die schwierigste Aufgabe zu übertragen, die Eroberung der Anhöhen von Montecassino und dann von Piedimonte.«

Seit seiner Ankunft in Italien hatte Anders die alliierten Truppen beim Angriff auf die Abtei eine nach der anderen scheitern sehen, ganz gleich, ob ihre Mauern noch unversehrt waren oder wie splitterige Zähne in Trümmern lagen. Da waren noch die Gurkhas, die sich in der Rocca Janula verschanzt hatten und in eine mittelalterliche Belagerung geraten waren. Sie hielten die Burg, konnten sie jedoch nicht verlassen, um die höher gelegenen Stellungen zu erobern, und inzwischen hatte das Kommando jede Hoffnung verloren. Richtig, die Gurkhas. Überaus tapfer, zumal im Gebirge, und nichts war gegen die Rajputana Rifles einzuwenden, ebenso wenig gegen die Engländer des Bataillons Essex. Doch der Großteil der von den Briten zum genannten Ziel geschickten Männer gehörte ihren Kolonialtruppen an, und das wollte schon etwas heißen. Auch die neuseeländischen Einheiten waren vollkommen erschöpft. Und nach dem Blutbad im Rapido hatte nicht einmal mehr Clark die Hand gehoben: Ihm reichte es, nur irgendwie nach Rom zu kommen.

Der Kommandeur begriff, dass Ehre und Gunst zwei gegensätzliche Arten sein mochten, die »schwierigste Aufgabe« in Betracht zu ziehen, doch in seiner soldatischen und polnischen Seele muss sich wohl etwas anderes gerührt haben, eher ein Reflex denn ein wirklicher Gedanke.

Ihr habt die größte und mächtigste Luftflotte, die es je gab, ihr könnt über beliebig viele Panzer verfügen, über Granatwerfer, Panzerfäuste, Maschinengewehre, Rauchbomben, Granaten, aber ihr habt nicht meine Männer. Ihr habt die Freiheit, aber ihr habt nicht den Mut, den Opfergeist, die Kampfeslust dieser Soldaten, auf die ihr keinen Heller gewettet hättet, als ich sie zum ersten Mal vor mir aufmarschieren sah, Gestalten, wie sie sich nicht einmal eure Lust am makabren Grusel je hätte ausmalen können. Und das wisst ihr. Ihr wisst, dass vielleicht nur wir es schaffen können.

Doch seine Rolle verlangte es, dass er diese Anwandlung von Stolz möglichst schnell in den Griff bekam und sich auf reine Berechnung verlegte: eine Berechnung, die nicht nur in der ungefähren Subtraktion der Verluste bestehen konnte, sondern zwangsläufig auch die heimtückischsten politischen Variablen mit einbeziehen musste.

Mir wurde jedoch bewusst, dass das Armeekorps auch beim Einsatz an einer anderen Front erhebliche Verluste erleiden könnte. Hingegen wäre der Erfolg der Operation gegen Montecassino, das in der Welt bereits gut bekannt war, für die polnische Sache von großer Bedeutung; es wäre die beste Antwort auf die sowjetische Propagandabehauptung, die Polen wollten nicht gegen die Deutschen kämpfen. Es hätte der Widerstandsbewegung in Polen neuen Mut gegeben. Es hätte die polnischen Streitkräfte mit Ruhm bedeckt. Ich überschlug die Risiken des Gefechts, die unvermeidlichen Verluste und die Verantwortung für das Scheitern der Aktion, die allein bei mir läge. Nach einem Moment des Nachdenkens antwortete ich, ich würde die Aufgabe übernehmen.

Der Oberbefehlshaber der polnischen Streitkräfte kommt auf dem Weg zu einem Treffen mit Sir Alexander im Königspalast von Caserta vorbei und prognostiziert »niederschmetternde« Verluste und die Niederlage. Anders macht gute Miene und hält dagegen. »Er sagte mir freiheraus, ich würde träumen.« Sein Vorgesetzter bleibt überzeugt, es sei sinnlos, nach drei gescheiterten Anläufen auf demselben Ziel zu beharren, und plädiert auch vor Alexander für eine alternative Ausweichstrategie. Vielleicht ging dem polnischen Oberbefehlshaber auf seinem Rückflug nach London durch den Kopf, dass Anders inzwischen mehr wie ein Politiker denn wie ein Militär dachte. Natürlich war das nicht seine Schuld. Bei den Verhandlungen mit Churchill und Stalin hatte er sich bereits beachtlich geschlagen, und Polen wird ihm ewig dankbar sein für all die Leben, die er gerettet hat, und wie es ihm im Iran und in Palästina gelang, sich sogar um Schulen, Waisenhäuser und Suppenküchen zu kümmern. An Władysław Anders' persönlichem Verdienst war nicht zu rütteln, erst recht nicht an seinem Patriotismus, doch was war er im vorigen Krieg gewesen? Brigadegeneral. Vielleicht wird ihm bei dieser Feststellung im südlichen Himmel ein Seufzer in Richtung ihrer vierzehn in den Massengräbern von Katyn verlorenen Generäle entschlüpft sein.

Doch dann kommt der Frühling, und nachdem die Waffen über einen Monat lang kaum zum Einsatz kamen, fängt das sumpfige Terrain an zu trocknen. Überall, in der Ebene und auf den Bergen, sprießt das Grün, alle Arten von Gräsern, gefleckt von einem Meer roter Mohnblumen.

Die Moral der polnischen Truppen ist so gut, dass sich selbst die an Kameraden jeglicher Couleur gewohnten Engländer wundern. Was ist das für ein Menschenschlag? Sie rauchen Zigaretten mit Spitze, sind immer geputzt und geschniegelt und begrüßen nicht nur die jungen Bäuerinnen der Ciociaria mit Handkuss, die natürlich völlig hingerissen sind. »Sissies«, könnte man meinen, Weicheier, um nicht Schlimmeres zu sagen, aber das stimmt nicht. Denn ganz gleich, welche militärische Operation man mit ihnen durchführen muss, sie marschieren los, als ginge es zu einem Picknick. Wenn man ihnen zu sagen versucht, »He du, wenn du dich nicht duckst, schießen die Krautfresser dich über den Haufen!«, und dabei ihren Kopf herunterdrückt und »Bumm-Bumm« sagt, damit sie es kapieren, passiert nichts: Sie pfeifen drauf. Also, Schneid haben sie, und das nicht zu knapp. Sie hassen die Deutschen wirklich! Aber bei mir zu Hause heißt zu viel Mut Leichtsinn, man kann also nur hoffen, dass man nicht allzu häufig mit ihnen zu schaffen hat.

Die Sache beruht allerdings auf Gegenseitigkeit, und wenn man zufällig doch einmal ein irgendwo aufgetriebenes Fläschchen miteinander leert, besteht die Gefahr, dass der vorletzte Ruhetag übel endet.

Es reicht, dass jemand von den Engländern eine stinknormale Bemerkung macht wie »hoffen wir mal, dass wir heile aus dieser verdammten Hölle rauskommen«, die sich gar nicht unbedingt an die Polen richtet, da werden sie schon fuchsig. Selbst wenn alle schon angetrunken sind, ist ihre Empörung unübersehbar und ihre Gesichter sprechen Bände.

»Was ist? Ist euch denn gar nicht daran gelegen, eure Haut zu retten? Ihr seht doch auch, wie herrlich es ist, im Krieg verheizt zu werden.«

Je nachdem, ob der Ton provokant oder kameradschaftlich ist, brauchen die Polen mehr oder weniger lang, um sich an ihre Disziplin und ihre sprichwörtliche Höflichkeit zu erinnern. Ist es die Sache wert, sich mit diesen Feiglingen zu streiten?

Deshalb erzählt der Soldat, der am besten Englisch kann, noch einmal, was sie seit dem Überfall auf Polen durchgemacht haben. Die Engländer reagieren ungläubig und gelangweilt zugleich. In einem letzten Versuch erweitern die Polen die Liste der Grausamkeiten um die jüngsten Nachrichten vom Widerstand in der Heimat, doch tun sie es fast nur für sich selbst. Der Wein geht in einer unwirklichen Stimmung zu Ende, ganz in der Nähe blökt ein mageres Schaf oder eine italienische Ziege und wird von allen besser

verstanden als der misslungene Dialog zwischen Waffenbrüdern.

Doch bei der Rückkehr in ihr Lager sind die Polen eher
energiegeladen denn bedrückt. Selbst eine dumme Erfahrung wie diese stärkt sie. Milek geht zwischen Franciszek
Kułakowski aus Warschau und Leon Simon, mit dem ihn die
Heimatstadt, die Religion und die Zugehörigkeit zur 15.
Wilno-Infanterie verbindet. Man weiß nicht, weshalb in
ihrem Bataillon so viele Leute aus Lwiw sind, doch ist das
beileibe kein unglücklicher Zufall. Solange Lesek – dessen
Spitzname sich zu seinem Namen genauso verhält wie Milek
zu Samuel – nicht an gewissen Themen rührt, verstehen sie
sich prächtig.

Franiek stimmt ein Lied an, einen slawischen, tanzbaren
Gassenhauer, und singt aus vollem Hals für die Engländer,
für das italienische Schaf und vor allem für die Deutschen,
die ganz in der Nähe sein dürften, und es ist herrlich, gemeinsam grölend durch den lauen Abend zu laufen, die Geschichte
der lustigen Alten mit dem sehr frechen Zicklein, das ihr
zwei Kohlköpfe stibitzte, in die Landschaft zu johlen, die
unweigerlich wieder zur Front werden wird, und abschließend herauszubrüllen: »Fik mik, fik mik, tralilalilalilalalla:
zwei Kohlköpfe!«

Milek scheint inzwischen wieder ganz der Alte, seine
angeborene Nervosität ähnelt dem Spürsinn eines Hundes,
und tatsächlich hat er etwas von einem schmalschnäuzigen
Jagdhund. Es muss wohl auch am Frühling liegen, an diesem
Land, das von allen, durch die sie gekommen sind, das beste
ist, an seinen Menschen, denen selbst er sich verwandt fühlt,
obwohl er gar nicht katholisch ist. Sie sind in Europa, trotz
allem, und nicht entsetzlich weit weg von zu Hause, und
trotz der bevorstehenden Schlacht ist das Heimweh erträglich. Es muss wohl diese Gewissheit sein, dass jetzt sie an der
Reihe sind, dass diese klaren Tage die letzten sein könnten,
die sie so empfänglich macht, wissend und doch wieder nicht,

aufgekratzt und gefasst zugleich, hellwach und wie betäubt. Alles wird mit den Sinnen wahrgenommen, sogar die Heimatliebe wird zu etwas Fassbarem, zu einer während der Übungen bis zum Automatismus tausendfach wiederholten Geste: auf dass der Soldat, den Tod vor Augen, mit dem Menschen verschmelzen kann.

Sie sind zuversichtlich, weil ihnen nichts anderes übrig bleibt, weil sie Schnee, Steppen, Wüsten und Meere durchquert haben, um an diesen Ort zu gelangen. Nur sie wissen es, doch sie wissen es alle, wie wenig sie noch mit den einstigen, hässlichen Schatten ihrer selbst zu tun haben, die sich in einem Wald im Ural zusammendrängten. Und jetzt ist nicht der rechte Moment, um an jene zu denken, die sie dort oder auf ihrer Odyssee verloren haben.

Doch auch an der Spitze herrscht Optimismus, dort, wo man die Pläne kennt, das Ausmaß der Offensive, die diesmal mit Besonnenheit, Methodik und allem Drum und Dran vorbereitet worden ist. Sie sind in überwältigender Überzahl, werden alle gemeinsam – Amerikaner, Franzosen, Engländer und Polen – auf einer Linie angreifen, die vom Golf von Gaeta bis nach Cassino reicht, endlich ist die Witterung günstig, und sämtliche Vorbereitungen wurden ordnungsgemäß getarnt.

Dass er aus diesem Grund keine Späher losschicken kann, ist General Anders' einziger Wermutstropfen, ansonsten gibt es keinen Grund, sich zu beklagen. Er musste sogar per Los entscheiden, welche Division den auf die Abtei zielenden Angriff anführen und Höhe 593, Kalvarienberg genannt, erobern soll: Keiner der beiden Befehlshaber war bereit, dem anderen den Vortritt zu lassen. General Bronislaw Duch an der Spitze der 3. Division »Karpacka« gewinnt, General Nikodem Sulik von der 5. Division »Kresowa« hat das kürzere Streichholz gezogen.

In der 15. Wilno-Infanterie murrt kaum jemand über dieses willkürliche Urteil, weder Lesek noch Franiek aus Warschau, der sagt »es kommt, wie es kommt«, und Milek erinnert sich diesmal sogar an seinen Rang und merkt an, dass hier jeder nur an seinem Platz zu bleiben und seine Pflicht zu tun hat.

Doch kaum müssen sie an die Linie, also in die Berge, um auf den Angriffsbefehl zu warten, ändern sich die Dinge. Warten ist nur ein Wort. Während der etappenweisen Annäherung, zuerst mit Fahrzeugen, dann zu Fuß bergan, in fast vollkommener Dunkelheit, ist noch alles in Ordnung. Die härteste Herausforderung ist das Schweigegebot, das noch strenger ist als das der Mönche in der Abtei, deren Ruinen sie erobern sollen. Das Ziel, auf das sie sich zubewegen, hat einen allzu bedeutungsschweren Namen: Die Engländer nennen es »Phantom's Ridge«, sie nur »Gespenst«. Während sie Tag um Tag in ihren aus Steinen und bestenfalls mickrigem Buschwerk errichteten Deckungen hocken und warten, fühlen sie sich tatsächlich immer mehr wie Gespenster: Sie können sich nicht rühren, können nicht sprechen, außer übertönt vom lautesten Lärm des unablässigen Artilleriefeuers, können sich nicht waschen. Was nicht unerheblich ist, denn ihre alten Bekannten, die Läuse, kehren zurück. Unglaublich, wie schnell man die Scheußlichkeiten vergessen hat, kaum geht es einem besser: verdorbenes Essen, Wasser, das nur nachts als Rostbrühe dürftig und warm aus der Leitung tröpfelt. Alles andere ist neu, aber im schlechten Sinne, eine Überraschung für alle, die glaubten, das Schlimmste auf der Welt bereits durchlitten zu haben. Es herrscht ein unerträglicher Gestank nach toten Mauleseln und Soldaten. Bereits beim Aufstieg hatten sie den Gerippen auf dem Weg ausweichen müssen, während aus dem Unterholz links und rechts verstümmelte Rümpfe mit bestiefelten Beinen hervorschauten, und sie mussten sich zusammenreißen, um nicht nachzusehen, ob auch noch der Rest dranhing. Diesen instinktiven Fehler begeht man nur einmal. Doch wenn man sich beim Marschieren nur auf den Vordermann konzentrieren kann, sich bei Stillstand nicht rühren darf und obendrein die meiste Zeit den Mund halten muss, wird der Gestank nach Tod so überwältigend, dass man sich beim Atmen fragt, wie man überhaupt atmen kann. Man möchte wenigstens sagen, »hier kann man nicht atmen«, aber das könnte tödlich sein. Denn die Deutschen sind nicht zu sehen, nicht einmal tagsüber, sie sind ebenfalls Gespenster, dennoch sind sie da. Sie sind ebenfalls stumm, doch sie lassen ihre Waffen sprechen. Oder vielleicht ist »sprechen lassen« zu viel gesagt: Die Waffen sprechen, sonst nichts, sie sagen das Einzige, was zählt, nehmen sie mit Artilleriefeuer und Granatwerfern unter Dauerbeschuss, vor allem nachts. Mit Geschossen und Granaten, die überall einschlagen – vorn, seitlich, hinten – sagen sie, »ihr könnt uns nicht sehen, aber wir sind ganz in der Nähe, über euch, nah und fern, überall.« Es ist, als hätte sich sämtliches Leben in die Ohren und in die Nase verlegt. Seltsamerweise gewöhnt man sich leichter daran, beim Lärm der womöglich tödlichen Waffen einzuschlafen, als bei dem Gestank all derer, die bereits tot sind. Für Milek ist die Reglosigkeit eine Qual. Doch wenn er dem Drang nachgäbe, die tauben Glieder zu recken, mit den Füßen aufzustampfen, die er nicht spürt, und brächte dabei versehentlich einen einzigen Stein ins Rollen, würden die Maschinengewehre derer sprechen, die die Engländer fast ehrfürchtig »grüne Teufel« nennen. Auch das erschien vielsagend: Leuten, die »Kraut« und »Jerry« so häufig in den Mund nehmen, dass es kaum noch wie eine Schmähung klingt, kommt angesichts der unbezwingbaren Fallschirmjäger keine Gemeinheit mehr über die Lippen.

Sie hätten ebenfalls ein paar üble Namen auf Lager, aber im stummen, reglosen Warten wird sogar die Sprache taub: Essen, Wasser, Funkgerät, Verbandszeug, Munition. Und Deutsche: »niemcy«. Manchem geht die Bedeutung des Wortes erst wieder auf, wenn er es in die Tat umsetzen muss und den anderen pantomimische Zeichen macht, die die

Kameraden nicht auf Anhieb verstehen. Warum legt er einen Finger auf die Lippen, wenn wir alle vollkommen still sind? Warum zeigt er dorthin, wo das letzte Mal …? Aber natürlich! »Niemicy«, die Stummen, also die Deutschen: Nie schien der Kern eines Wortes vielsagender zu sein. Seit ihrer Ankunft bemühen sie sich, wenigstens einen Schatten von ihnen zu erhaschen − ein hochriskantes Unterfangen −, ein irgendwie deutbares Geräusch. Die Deutschen sind wer weiß wo, doch inzwischen bestimmt ganz nah, zu nah. Denn die 15. Wilno-Infanterie hat sich schließlich ganz vorn in Stellung gebracht, was bedeutet, dass sie als Erste zur festgesetzten Stunde aufbrechen wird. »Da hast du's!«, haben sie demjenigen per Gesten zu verstehen gegeben, der lautstark gemurrt hatte, als es noch möglich war.

So kommt nach zwei Wochen gespenstischer Anspannung der festgelegte Tag des Angriffs: der 11. Mai 1944. Am Nachmittag werden die Tagesbefehle mit den Botschaften der Generäle Alexander, Leese und Anders an die polnischen Truppen ausgegeben, und der Funker der 15. Infanterie presst das Ohr an den Hörer, um wenigstens die ihres Kommandeurs zu übermitteln.

Soldaten:
Der Moment der Schlacht ist gekommen. Lange haben wir auf den Moment der Revanche gewartet, auf die Stunde, es unserem Erbfeind heimzuzahlen. Schulter an Schulter werden mit uns britische, amerikanische, kanadische sowie neuseeländische Divisionen und französische, italienische und indische Truppen kämpfen. Die uns übertragene Aufgabe wird dem Namen des polnischen Soldaten in der ganzen Welt zu Ruhm gereichen. Im Vertrauen in die Gerechtigkeit der göttlichen Vorsehung gehen wir mit den heiligen Worten unseres Herzens voran: Gott, Ehre, Vaterland.

Doch es ist nicht gesagt, dass die ganze Truppe einschließlich des Gefreiten Samuel Steinwurzel die Botschaft hören konnte. Was allerdings überall und vor allem in den ersten Linien ankommt, ist die Botschaft der Waffen. Punkt 23:00 Uhr. Tausendsechshundert auf fünfunddreißig Kilometern entlang der gesamten Front in Stellung gebrachte Geschütze schlagen gleichzeitig los, zusammen mit der leichteren Artillerie der Alliierten, die davon unendliche Reserven besitzen. Noch nie hat man ein solches Sperrfeuer erlebt, zuallerletzt diejenigen, die den Kopf unbedingt unten halten müssen und es nicht wagen dürfen, dem Spektakel zuzusehen. Alles fliegt über sie hinweg: Raketen, Haubitzen, Granaten, Splitter jeder Art und Beschaffenheit – Eisen, Felsen, geborstenes Holz, brennendes Holz und auch Dinge, von denen man lieber nicht weiß, was sie sind. Die Steine der Deckungen zittern wie elektrisiert, aus dem Berg unter den flach hingekauerten Körpern steigt ein tiefes, zorniges Grollen, das in etwas Undefinierbares umschlägt, als die Antwort der feindlichen Artillerie losbricht. Es ist nicht erstaunlich, dass die aufgeschichteten Mäuerchen in Stücke gehen, oder dass die Einschläge einen Regen aus allem, was zu Staub zermahlt werden kann, gen Himmel regnen lassen, und dennoch fühlt es sich an, als würde sämtliches Granitgestein unter ihnen zerbröckeln und zergehen. Für unendlich lange Zeit müssen die Männer genauso ausharren, an den Rücken dieses wieder lebendig gewordenen versteinerten Wals geklammert. Als endlich jemand einen Blick auf die Uhr werfen kann, ist es kaum zwölf. Noch eine weitere Stunde Warten, doch inzwischen erscheint es tatsächlich als Privileg, dass sie beim Aufbruch die Ersten sein werden.

Auch der Mond hat inzwischen den vorgesehenen Stand erreicht und wird von den Wolken nicht allzu sehr getrübt.

Als sie sich endlich hochrappeln, sind die Körper noch immer taub – manch einem ist das Trommelfell geplatzt – und trotz der steifen Glieder durchgeschüttelt bis ins Mark.

Die erste und die zweite Kompanie mit Lesek und Franiek treten in Aktion, die Milek, seit sie in die erste Linie gebracht wurden, nicht mehr wiedergesehen hat. Vor dem Aufstieg hatten sie sich umarmt, gezwungenermaßen stumm, doch die Dunkelheit hatte ihnen erlaubt, vor Anspannung zu weinen: nur mit den Augen, diesen häufig nutzlosen Nebenorganen.

Das zeigt sich auch, als Mileks gesamte dritte Kompanie nur die Ohren zum Grat des Gespenstes spitzen kann, auf dem die Kameraden losmarschiert sind. Leider dauert das Warten nicht lang. Der Beschuss, der den gesamten Apennin in Schutt zu legen schien, ist offenbar nutzlos geblieben. Aus den unversehrten Unterständen der Deutschen bricht sofort heftiges Feuer los, und aus dem Explosionslärm lassen sich die Stimmen der Mörser und Maschinengewehre heraushören, die Hilfe- und Befehlsschreie, das Brüllen der Getroffenen. Polnisches Brüllen, denn die »niemcy« sind noch immer stumm. Sie haben ihre Vorhut zerstört, kaum hatten sie ihre Deckung verlassen, haben wer weiß wie viele ihrer Männer getötet, ehe sie überhaupt herauskommen konnten. Das ist die unmissverständliche Botschaft auch an jene, die nie erlebt haben, wie es sich anhört, wenn ein Mann von einer Mischung aus Metall und Sprengstoff zerfetzt wird. Wie zur Bestätigung schweigt auch das Funkgerät beider Kompanien.

Als auch Milek zum Grat des Gespenstes aufbrechen muss, weiß er nicht wirklich, was in seinem allzu lang verstummten Schädel vorgeht, in seinem Körper, der nur noch zur Unterstützung der Herzfunktion zu taugen scheint. Der Sprengstoffgestank, der hartnäckig jeden anderen Geruch überdeckt, hat den Geruchssinn zerstört, und auch das Gehör ist noch immer eingeschränkt. Von nun an muss man sich wieder auf die Augen verlassen, so sehr sie auch brennen: hinsehen, wohin man die Füße setzt, denn es ist ein einziges Auf und Ab zwischen Felsen, Gestrüpp und Brombeeren, einem von den Flammenwerfern der Pioniere geschlagenen Pfad zu folgen ist undenkbar. Doch das alles Beherrschende ist das Herz, das den gesamten Brustkorb erfüllt und so heftig hämmert, dass man nicht mehr versteht, was zum Teufel es ausdrücken und vermitteln will: Angst? Hass? Eher das eine oder das andere? Oder beides? Gibt es da einen Unterschied? Das Einzige, was Milek unmissverständlich wahrnimmt, ist, dass er am Leben ist und wohl dem sicheren Tod entgegengeht. Alles andere, was ihm bis zum Rückzugsbefehl am nächsten Tag widerfährt, der unvermeidlich ist, wollen sie nicht allesamt niedergemetzelt werden, hat große Ähnlichkeit mit einem düsteren, raucherfüllten, vom Auflodern der Detonationen erhellten Abgrund, mit dem Szenario also, in das er geraten ist.

Es dauert nicht lang, und ihre Kontakte brechen ebenfalls ab: zuerst zu den Unterstützungskräften, dann zwischen den Abteilungen, und als auch der Funkverkehr sich verabschiedet, gelingt es ihnen nur wie durch ein Wunder, nicht in heilloser Orientierungslosigkeit zu enden. Als sie sich möglichst schnell und geduckt vorankämpfen, stoßen sie fast sofort auf ihre verletzten oder getöteten Kameraden. Lesek hat ein riesiges Loch im Kopf, Franiek fehlt das linke Bein samt Leiste und Becken. Rings um die aus dem Gestrüpp aufragenden Felsvorsprünge, bis zu denen die Lichtkegel ihrer Taschenlampen reichen, wimmelt es vor zusammengekrümmten Leichen. Der frische Tod riecht ganz anders, er stinkt nicht. Doch genau das macht ihn grauenhaft, weil er die Erinnerung an zahllose kleine Blessuren – läppische Kratzer, Schürfungen – zu etwas Übelkeitserregendem und Endgültigem vervielfacht. Für einen kurzen Moment kommt Milek wieder zu sich, nimmt seinen Kameraden die Erkennungsmarken ab, drückt ihnen die Lider zu. Gern würde er auch das Loch in Leon Simons Kopf schließen, des polnischen Juden aus Lwiw, doch für einen so ekelerregenden und sinnlosen Handgriff bleibt keine Zeit. Lieber durchwühlt er dessen Rucksack, um die Brieftasche und alles andere hervorzukramen, das Briefe oder Fotografien enthalten könnte. Er findet nur Erstere, wundert sich nicht, rennt los, um den Rucksack des anderen Kameraden zu finden, dem er auch die Medaille der Muttergottes von Tschenstochau abgenommen hat. Franieks Rucksack wurde sonst wohin geschleudert, wenn er ihn nicht gleich findet, muss er aufgeben und hoffen, dass früher oder später irgendjemand hier heraufkommt, um alles und alle einzusammeln. Was nicht gesagt ist, bedenkt man den Verwesungsgestank und die Überreste, mit denen sie in den vergangenen Wochen zusammenleben mussten. Denn hat man einen Toten zu Gast, droht man das gleiche Ende zu nehmen, wenn man nicht die Geduld aufbringt, einen günstigen Moment abzuwarten, um ihn aus der Deckung zu schaffen.

Milek gibt auf, er sollte sich lieber um die Verletzten kümmern. Während er Verbände und Aderpressen anlegt, fällt sein Blick auf einen Rucksack, der auf einem Wust Stacheldraht gelandet ist, Minen könnten darunter lauern. Mit dem Gewehrkolben angelt er nach einem Schultergurt, reißt den Rucksack hoch und fängt ihn im Flug. Es ist der richtige. Als er wieder auf die Füße springt und seiner Kompanie nachläuft, kann er nachdenken. Ich muss für Leon das Kaddisch sprechen, irgendeinen Angehörigen in Polen ausfindig machen, der überlebt hat. Ich muss Franieks Familie einen Brief schreiben. Das Herz hämmert nicht mehr, es ist nun fester geworden und sitzt weiter oben, an der gleichen Stelle wie die Übelkeit, offenbar ist Schmerz ein Angstlöser.

Hätten die Deutschen sie ins Visier genommen, hätten sie jetzt reichlich Zeit gehabt, sie auszulöschen. Was bedeutet, dass weiter vorn noch jemand ist, der den unsichtbaren Feind beschäftigt hält, es ist also noch nicht alles verloren. Die Schilderungen all der Grausamkeiten gegen die Juden und Polen in Mileks Heimat reichen nicht an den Schrecken der Leichen von Franciszek Kułakowski und Leon Simon heran.

Auf ihrem Weg über das Gespenst werden sie von einigen Stellungen unter Beschuss genommen, die die Vorhut nicht aus dem Weg räumen konnte. Man muss sie ausfindig machen, Deckung suchen, Richtung Bunker schießen, und der Erste, der ihn erreicht, wirft eine Granate hinein. Beim ersten Anzeichen einer Feuerpause schickt man zur Sicherheit, oder um sich abzureagieren, noch ein paar Maschinengewehrsalven hinterher. Jetzt begleiten auch sie die Detonationen mit Schmähungen in ihrer Sprache, mit Schreien wie: Das ist für Polen, und es ist erst der Anfang. Auch Milek brüllt »Dla Polski!«, mehr braucht es nicht, da steckt alles drin. Er rennt und schießt, ohne sich bewusst zu machen, dass auch er zu einem ihrer Toten oder Verwundeten werden könnte.

Dann, irgendwann, die ausgerichteten amerikanischen Bazookas wollen gerade losschlagen, um das Nest unschädlich zu machen, taucht im fahlen Licht des grauenden Morgens die symbolische Andeutung einer weißen Flagge auf: ein schmutziges Taschentuch. Vor allem die Verblüffung hält sie rechtzeitig zurück, als ein Maschinengewehrschütze mit erhobenen Händen auftaucht und ruft: »*Nicht schießen! Nicht schießen!*«

»*Nein!*«

Warum rufen sie das zu mehreren reflexhaft zurück? Wieso bleiben sie dort, ohne die Waffen zu senken, jedoch auf Abstand? Wieso sagte der Unteroffizier nur: »*Wir nehmen Sie mit!*«, als aus dem Bunker ein zweiter Mann auftaucht?

Wieso gibt es im Krieg Regeln zu befolgen? Wieso sind diese berühmten Fallschirmjäger kaum älter als Kinder und sehen aus, als hätten sie einige Zeit im Gulag verbracht? Wieso ist das Töten derer, die sich ergeben, das Morden überhaupt, plötzlich kein blinder Instinkt mehr?

Wer weiß, ob es genau an jenem Tag und nicht während des zweiten Angriffs auf das Gespenst zu diesem Vorfall kam? Im Krieg verschmelzen die sich überstürzenden Erlebnisse zu einer vagen, ununterscheidbaren Erinnerung.

Ungefähr das bleibt dem Gefreiten Steinwurzel von jenem

Tag im Gedächtnis, der Polen in den Augen der Welt zu Ruhm verhelfen sollte und stattdessen mit den Überbleibseln der ersten beiden Kompanien endet, die zwischen Felsbrocken und verkohlten Bäumen auf dem Gespenst den Rückzug antreten. Die noch wehrfähigen Männer sind nur eine Handvoll, man muss beim Transport der Verletzten helfen. So kehrt man zur Ausgangsstellung zurück, und zusammengekauert, die Steine der Deckung als Kissen unter dem Kopf und in Erwartung neuer Befehle, die jeden Moment eintreffen könnten, erfüllt man endlich die Pflicht zu schlafen.

Ungefähr zur selben Zeit sucht Kommandeur Oliver Leese General Anders auf, um ihn aufzurichten. Er erklärt, das Zweite polnische Korps sei, obschon geschlagen, unerlässlich gewesen, um die feindlichen Kräfte auf sich zu bündeln, vor allem die Artillerie zu fordern und seiner 8. Armee den Vorstoß in das Valle del Liri zu ermöglichen. Doch diese technische Wertschätzung des freiwilligen Opfers geht seinem definitiven Nein zu jedweder Neuaufstellung der polnischen Truppen für die Offensive am folgenden Tag voraus. Die Briten, also er selbst, werden entscheiden, wann es so weit sein wird, und Anders muss gehorchen!

Die ganze Nacht des 11. bis in den frühen Nachmittag darauf hat der General die immer spärlicheren Berichte über den Fortgang der Schlacht verfolgt und bis zuletzt gehofft, eine sofortige Gegenwehr organisieren zu können. Doch er kann nichts anderes tun, als sich diesen hereintröpfelnden Meldungen aus Zahlen zu überlassen, Höhenangaben, die den eingenommenen und verlorenen Stellungen entsprechen, Verlustzahlen, die mit jedem Bericht steigen, bis eine endgültige Summe vorliegt: 205 Tote, 1028 Verwundete, 384 Vermisste.

Aber obwohl das bittere Ergebnis eindeutig ist, war selbst dem Befehlshaber nicht klar, was sich dort oben auf dem Berg abspielte. Der Krieg ist nicht mehr wie auf alten Ge-

mälden, wo »der Feldherr von einer Anhöhe das Kampf-
geschehen beobachtet, Fortschritte und Hindernisse sieht,
anspornt, Befehle erteilt, lenkt. Heutzutage lässt sich eine
Schlacht nicht mehr mit den Augen oder durch das Fernglas
verfolgen, sondern ist kaum vorstellbar, ganz gleich, wo sie
sich vollzieht, und allemal auf den Hängen des Montecassino«.

Bei allem, was ihm von seinen Männern nach und nach zu
Ohren kommt, bleibt ihm nichts weiter übrig, als die zahllosen Einzelstimmen, diese »Sammlung kleiner, zuweilen
jäh vom Tod beendeter Heldenepen«, zu einem Gesamtbild
zusammenzufügen. Aus dem hervorgeht, dass »zweifellos
auch diese Schlacht einer eigenen Logik folgte«, unsichtbar
zwar für jene, die in sie verwickelt waren, aber dennoch Ausdruck »eines unermüdlichen großen Willens, mannhafter
Zähigkeit und Opfermutes, den man gemeinhin Heldentum
nennt«.

Doch gab es einige, die während der Schlacht einen noch
greifbareren Eindruck der Geschehnisse hatten als der General oder die einzelnen, unter dem Gefechtsfeuer in den nächtlichen Klüften versprengten Soldaten. Seit dem Morgengrauen arbeitet man im polnischen Feldlazarett im »Hölle«
genannten Tal im Akkord, schweißgebadet, die Kittel und
Uniformen vom Kontakt mit den Verwundeten durchtränkt,
weil keine Zeit bleibt, sie zu wechseln.

Der Militärarzt Dolek Szer hatte Erfrierungen und Lun-
genentzündungen behandelt, Typhus und Malaria bekämpft
und in der Krankenhausbaracke oder in den usbekischen
Lagerzelten womöglich gar Kinder zur Welt gebracht, doch
noch nie musste er einen Arm oder ein Bein absägen, Ge-
schosssplitter und Knochenfragmente aus allen Körperteilen
ziehen, Eingeweide herausnehmen, um nachzusehen, ob es
darunter noch etwas zu entfernen gibt, und sie dann wieder
an ihren Platz zu stopfen und alles zuzunähen. Oder viel-

leicht doch, vielleicht war er schon während der Schlachten am Sangro in Italien gewesen, doch war das nichts dagegen. Damals hatte man wenigstens mit etwas Ruhe arbeiten und sich klarmachen können, wer der arme Teufel war, der unter dem Messer landete. Hier gab es ein Blutbad aufzuwischen, abzubinden, zu verarzten, so schnell und so gut wie möglich zu stillen. Tröstende und ermutigende Worte oder Gesten wurden hohl, die Gesichter verschwammen und verschwanden hinter dem auf die klaffenden Wunden gerichteten Blick, der nach dem Auge eines Projektils, nach den Zähnen der Schrapnelle suchte, die sich in das lebendige Fleisch gegraben hatten.

Es war zum Kollaps gekommen, er war in vollem Gange, wer weiß, wann er endete. Wie genau, war nicht zu sagen, die Anweisung, sämtliche Verwundeten, denen die Hilfe einer Krankenschwester genügte, möglichst woanders zu behandeln, war schnell erteilt. Was blieb, war diese brüllende Masse, die nach der Mutter, der Muttergottes, dem Allmächtigen flehte, die protestierte, sie wolle keinen Arm, kein Bein verlieren, sie wolle nicht sterben, die schrie, weinte, sich übergab vor Schmerzen oder weil sie den eigenen Gestank und den der Leidensgefährten nicht ertrug.

Man durfte nicht darauf achten, man durfte auf gar nichts achten, das Debakel unter seinen Händen nicht bis ins Hirn dringen lassen. Und nur hoffen, dass der Feind sie an diesem Tag und so lange wie nötig ihre Arbeit machen ließ, ihnen erlaubte, zu retten, was zu retten war.

Dass nicht das Gleiche geschah wie einige Tage zuvor, als die deutsche Artillerie die wichtigste Sanitätsstation unter Beschuss genommen und zehn Verwundete, den Kaplan Don Augustyn und zwei Kollegen getötet hatte, darunter Dr. Adam Graber aus Warschau. In Ägypten hatte Dolek mit ihm Karten gespielt, auch wenn er für diesen Zeitvertreib nicht allzu viel übrighatte. Doch Graber war ein angenehmer, besonnener Mensch. Ein Mann, der sich mit dem Schicksal seiner Lieben abgefunden hatte und zu sagen pflegte: »Weißt du, Dolek, unsere Religion erinnert uns daran: ›Dein Blut ist nicht mehr wert als das Blut der anderen‹, und auch wenn ich kein praktizierender Jude bin, war ich immer der Meinung, dass darin der Sinn unseres Berufes liegt.«

Jedenfalls war ihm der alte Dr. Graber, der weniger alt war, als es den Anschein hatte, mochte er auch auf die fünfzig zugehen, ans Herz gewachsen. Schwer zu sagen, ob es das überstandene russische Lager oder der ständige Gedanke an die Deutschen war, die ihn so sehr hatten welken lassen. Doch zu erleben, wie man selbst als Heiler von Körper und Seele sterben konnte, war für Dolek ein schwerer Schlag. Und wenn er am 8. Mai 1944 zu dieser Uhrzeit an der Stelle seines Freundes Adam Graber gewesen wäre? Doch jetzt konnte er nicht darüber nachdenken und würde es für lange Zeit nicht tun können. Als der Befehlshaber und das, was von seinen Truppen noch unversehrt geblieben war, in der Nacht des 12. Mai endlich versuchen konnten, Schlaf zu finden, war die Schlacht noch in vollem Gange und würde es für unabsehbare Zeit bleiben.

*

Das, was vom 15. Infanteriebataillon noch übrig ist, wartet auf neue Befehle und möglichst erbauliche Nachrichten von den Verwundeten und Vermissten, doch häufig sind die eintreffenden Neuigkeiten alles andere als ermutigend. Immerhin scheint es an der Front inzwischen besser zu laufen. Die Engländer, denen man, ohne es zu wissen, als Blitzableiter diente, hatten in den folgenden Tagen weitere Fortschritte gemacht und ließen sich in zwei Worten zusammenfassen. Das erste lautete »Brücke«. Während sie die Fallschirmjäger auf dem Gespenst aufgestöbert hatten, hatten die Pioniere der 4. indischen Division mit dem Bau der ersten Brücke begonnen, fast auf derselben Höhe, auf der das 143. Regiment der Texaner im Januar versucht hatte, den Fluss zu überqueren, kurz vor dem Dorf Sant'Angelo in Theodice. Die Brücke über den Gari, der Sergeant John »Jacko« Wilkins verschluckt hatte, war am 12. Mai um 7:00 Uhr fertiggestellt. Ob dem Soldaten Jeff McVey, der noch bei den amerikanischen Truppen an der Küste war, wohl je die Namen der sieben Fertigkonstruktionen aus Stahl und Planken zu Ohren kamen, die seine toten Kameraden rächten? Amazon, Blackwater, Congo, Cardiff, London, Oxford, Plymouth. Wahrscheinlicher ist, dass zu ihm wie auch zu den Polen eine andere Nachricht durchdrang. Die Panzer! Am feindlichen Ufer rollten die ersten Panzerkonvois. Und da die Brücken hielten und das Terrain inzwischen trocken war, fuhren sie nicht wie ein Haufen riesiger Schaben ineinander, sondern rückten weiter zu den feindlichen Linien vor.

Aber es ist nicht dort unten im Tal, wo die deutsche Verteidigung bereits am 14. Mai gesprengt wird. Der erste Durchbruch der Gustav-Linie erfolgt am schwierigsten Punkt, und zwar durch jene, die in der Hierarchie der alliierten Kräfte fast auf der untersten Stufe stehen, noch unter den Gurkhas und den Indern und weit unter den Neuseeländern und den Polen des Zweiten Armeekorps. Seit der ersten Offensive hatte die Geschicklichkeit ihres Kommandeurs unerwartete Erfolge gezeitigt, allerdings war General Alphonse Juin mitsamt seiner *Armée d'Afrique* bis vor zwei Jahren dem verräterischen Vichy-Regime treu gewesen. Besser, er ging mit seinen Truppen möglichst unauffällig vor, die trotz ihrer Kampftauglichkeit in den Bergen keine allzu offensichtlichen Lorbeeren verdienten.

Milek und seine Kameraden waren gleich nach ihrer Landung in Italien mit ihnen in Berührung gekommen, als die 5. Division »Kresowa« an die Hauptfront versetzt wurde. »Löst die Franzosen ab«, hatte es geheißen. Doch selbst, als sie erfuhren, dass diese Franzosen zur 2. marokkanischen Division gehörten, waren sie nicht auf ihren Anblick gefasst gewesen, obwohl sie die vergangenen Jahre im Iran, im Irak, in Palästina und Ägypten gewesen waren. Womöglich hatten sie nicht richtig hingehört, wenn die dort getroffenen Kameraden der Karpacka bei ihren Schilderungen von Tobruk und den anderen nordafrikanischen Unterfangen erwähnten, die französischen Truppen seien die seltsamsten von allen, bestünden sie doch zum größten Teil »aus Negern aller Farben und Sorten«.

Es war weniger die Hautfarbe oder die Physiognomie, die die frisch aus Ägypten eingetroffenen Polen verstörte, sondern vielmehr der Aufzug dieser Männer, ihr Verhalten wie auch das ihrer Vorgesetzten, die zwar fast durchweg Franzosen, aber gegebenermaßen weit in der Minderzahl waren.

Zum Teil steckten sie nicht einmal in einer Uniform, sondern trugen ein Beduinengewand und Sandalen an den Füßen.

Italien war zwar weder Sibirien noch der Ural, doch im März war es noch immer unerwartet kalt, und vereinzelte weiße Flecken verrieten, dass bis vor Kurzem noch Schnee gelegen hatte. Über ihren Kaftanen, die in Material und Farbe dreckigen Strohsäcken glichen, trugen sie amerikanische Waffen, und auf dem Kopf einen Tellerhelm mit dem Kreuz von Lothringen, dem Symbol der Jeanne d'Arc, das nun für die »*France Libre*« stand, allerdings vermochte dieser Gegensatz den Verdacht der Polen, diese Soldaten hätten mit ihrem gerechten Befreiungskrieg herzlich wenig zu tun, nur zu verstärken.

Allen war aufgefallen, dass die Methoden, mit denen ihre Offiziere sie antreten und losmarschieren ließen, eher an den Zusammentrieb einer Schafherde denn an den Usus einer modernen Armee erinnerten.

Lesek hatte sogar beobachtet, wie sie ihre kahl rasierten, von einem einsamen Zopf bekrönten Schädel in einen Turban wickelten. Als sich später eine Diskussion darüber entspann, wem diese unheimlichen barbarischen Krieger am ähnlichsten wären, und alle die Türken nannten, lag es womöglich an diesem Zopf, dass ihm der treffendste Vergleich einfiel:

»Die Tataren!«

»Mein Gott, ja: Sie sehen aus wie die Goldene Horde!«

»In meinem Lager in Komi wimmelte es vor Tataren, die bis in die Nacht tieftraurige Lieder sangen. Im Gegensatz zu dem Abschaum der russischen Kriminellen waren die aber völlig harmlos.«

»Was soll das denn heißen, Franiek. In Samarkand haben sie uns schließlich gut behandelt, oder nicht? Wir meinen doch nicht die Tataren von heute ...«

Vor ihrem Einsatz in vorderster Linie fanden die Männer der 15. Infanterie in den Gerüchten, die unter den Alliierten kursierten, eine Bestätigung für ihren intuitiven Vergleich. Es hieß, diese Soldaten würden sich aufs Grausamste an ihren Feinden austoben, sie würden Ohren, Nasen oder Schlimmeres auf makaberste Arten abschneiden. Angeblich gehörten sie Berberstämmen an, uralten Kriegersippen aus den marokkanischen Bergen, deshalb zögen sie mit wildem Gebrüll in den Kampf und riefen den Namen Allahs und des Propheten an. Wenn sie nicht kämpften, hätten sie strenge Ausgangssperre, und ihre Feldlager seien von Stacheldraht umzäunt.

Den Polen, die in sowjetische Lager verschleppte kaukasische Stämme gesehen hatten, kam das seltsam vor. Vor allem Franciszek Kułakowski wollte ein für alle Male wissen, ob es sich um »normale Soldaten« handelte oder ob diese Berber – wie der Name vermuten ließ – tatsächlich den barbarischen Söldnern des römischen Heeres glichen.

Und da er in der Schule Französisch gelernt und sogar ein paar Gedichte von Rimbaud übersetzt hatte, fand er die Gelegenheit, mit einem ihrer Offiziere zu sprechen. Der Offizier erklärte sofort, wie stolz ihn der Kampf zur Befreiung Frankreichs mache, was niemand besser verstand als ein Pole, und Franiek nickte.

»Als wir erfuhren, dass Paris gefallen ist, war das für uns alle ein entsetzlicher Schock. Etes-vous de Paris, peut-être?«

»Mais non«, rief der Offizier, »je suis de Marrakech!«, und erklärte, dass auch ein Großteil der Weißen in ihrem Kontingent, einschließlich General Juin selbst, zwar in Übersee geboren und aufgewachsen, aber deshalb nicht weniger patriotisch sei.

»Durch diesen Krieg lerne ich zum ersten Mal mein Frankreich kennen, und ich kann es gar nicht abwarten, endlich nach Paris zu kommen!«

»Ich hingegen habe das Glück, aus Warschau zu stammen, und jeden Tag träume ich davon, dorthin zurückzukehren. Auch wenn ich nicht wissen will, wie die Deutschen dort gewütet haben.«

»Ah, ils sont terribles, les boches!«, sagte der Franzose aus Marrakesch und stieß die Schmähung mit einer Verachtung hervor, wie man sie selbst von einem Engländer noch nicht gehört hatte, was ihn Franiek umso sympathischer machte. Deshalb glaubte er ihm, als er sagte, wenn ihre Männer aus Algerien kämen, seien auch Zwangseinberufene darunter, doch von den Goumiers, den marokkanischen Berbern, hätten sich allesamt freiwillig gemeldet. Sie pflegten zwar primitive Stammessitten, doch in ihrer Todesverachtung und der Geschicklichkeit, wie Ziegen auf die unbezwingbarsten Berge zu klettern, seien sie unschlagbar.

»Und wieso haltet ihr sie in einem Käfig?«, fragte Franiek zaghaft.

»Parce-que ils sont des sauvages!«, rief der Franzose voller Stolz. »Sie sind unsere punischen Truppen, mit denen wir das Deutsche Reich besiegen werden!« Und da Franiek diesen Scherz verstand, fand die Unterhaltung zu einem für beide durchaus befriedigenden Abschluss.

Doch als die französischen Punier oder Tataren am 14. Mai die Steilwände der Monti Aurunci erklimmen und die Gustav-Linie durchbrechen, dringt diese neueste, ermutigende Nachricht womöglich gar nicht bis zu Milek und seinen Kameraden durch, die darauf warten, an die vorderste Front zurückzukehren, und falls doch, geben sie nicht viel darauf, denn nicht einmal die anderen Kommandos halten sie für entscheidend. Zum einen, weil ein einziger Durchbruch zu geringfügig ist, um bereits auf den Sieg zu hoffen, zum anderen, weil die Franzosen nun einmal Franzosen sind, die designierten Protagonisten der Schlacht sind jedoch die unter britischem Kommando versammelten Männer: die Engländer, Waliser, Schotten, Iren, Kanadier und, wieder einmal, die Inder und die Gurkhas, die die Deutschen endlich ins Tal zurückdrängen.

Nicht einmal aus den heute erhältlichen Büchern über die Schlacht um Montecassino geht selbstverständlich hervor, dass die Soldaten des französischen Expeditionskorps die Ersten waren, die die Gustav-Linie überrannten. Schuld daran mag der übliche nationale Blickwinkel sein, doch vielleicht auch etwas anderes, das ihren Erfolg wenig vorzeigbar macht.

Während die Polen noch in ihren Deckungen kauern, ehe sie den Kampf auf dem Kalvarienberg und dem Gespenst fortsetzen, und gleich darauf losgeschickt werden, die Deutschen aus Piedimonte zu vertreiben, fallen die Kolonialtruppen der »France Libre« über Ausonia, Esperia, Campodimele, Lenola, Spigno Saturnia und zahlreiche andere Dörfer her und richten grenzenlose Verwüstungen an: Sie plündern und morden, und vor allem vergewaltigen sie. Fast alle Bewohnerinnen der Ciociaria, davon zahlreiche junge Mädchen und Kinder, aber auch Alte, werden von immer mehr Soldaten vergewaltigt. Auch Männer sind darunter, vor allem das Martyrium des Pfarrers von Esperia ist unvergessen.

Das ist das Einzige, was von den Franzosen in Italien in Erinnerung bleibt.

Nach dem Krieg geschieht etwas Merkwürdiges: Die Vergewaltigungen werden zu einer Begebenheit, die zwar bekannt ist, über die man aber, ob aus politischem Kalkül oder aus Anstand, nicht spricht. Genauer gesagt, es sprechen nur diejenigen darüber, die von ihrer künstlerischen Freiheit Gebrauch machen: Moravia widmet ihr einen Roman, De Sica einen Film mit Sophia Loren. Doch die Frauen, an denen sich *La Ciociara* inspiriert, verschwinden mehr und mehr. Sie heißen auch gar nicht mehr so, sondern sind zu den *Marocchinate* geworden.

Ein entsetzliches Wort, vom Grauen hervorgespien und erfüllt von den Schreien der Frauen, der Demütigung der Männer, die zum Zuschauen gezwungen oder beim Versuch, sie zu schützen, ermordet oder ebenfalls vergewaltigt wurden.

Doch irgendwann schleift dieses Wort sich ein. Wird zu einem Makel.

Deshalb und aus dem Bedürfnis, das Trauma zu verdrängen, behalten die Frauen der Ciociaria, sofern sie nicht von schweren Verletzungen, Geschlechtskrankheiten oder Schwangerschaften gezeichnet sind, die Sache lieber für sich und üben sich in Schweigen. Oder sie wandern aus, ziehen wie viele ihrer Landsleute in die halbe Welt, mit dem guten Grund, dass in der Ferne niemand erfahren wird, was ihnen widerfahren ist.

Die lächerlichen Entschädigungen, die zuerst von Frankreich und dann von der neuen italienischen Republik an die zivilen Opfer gezahlt werden, gibt es für materielle oder physische Schäden. Nicht für Vergewaltigung: Noch für Jahrzehnte gilt sie in Italien als moralisches Verbrechen und, sofern sie im Krieg begangen wurde, als etwas, das bedauerlicherweise passiert.

Es passiert durch die Wehrmacht in Polen, in Russland und in ungleich geringerem Umfang auch in Italien, es passiert in monströsem Ausmaß, als die Rote Armee in Deutschland einfällt, es passiert durch die Amerikaner vor allem in Japan, es ist in Afrika unter dem faschistischen Heer passiert. Und jedes Mal ist die Botschaft dieselbe: Hat die Verachtung für die besiegten Völker ein gewisses Maß überschritten, kippt das zehnte Gebot. Du nimmst dir die Frauen und die Habe der anderen. Das ist richtig oder zulässig oder zumindest unvermeidlich. Erst nach dem Krieg im ehemaligen Jugoslawien wird Massenvergewaltigung als Kriegsverbrechen anerkannt.

In der Ciociaria gelangen so wenige Anzeigen vors französische Militärgericht, dass sich ein französischer Historiker selbst heute noch herausnimmt, die Schilderungen aus Italien »Spinnereien« zu nennen, und zu dem Schluss kommt, »ein Teil der nationalen Schmach und des Untergangs des Faschismus lässt sich zweifellos dadurch tilgen, dass man die neuen Eroberer zu den neuen Teufeln stilisiert«. Er geht sogar so weit, den Frauen der Ciociaria zu unterstellen, sie nährten ein »abseitiges Bedürfnis nach exotischen sexuellen Erfahrungen« und hätten ihre Liederlichkeiten hinterher als Vergewaltigung ausgegeben.

In Italien war es wiederum vor allem die extreme Rechte, die das Schicksal der von muslimischen Bestien vergewaltigten italienischen und katholischen Frauen mit höchstmöglichen Opferzahlen vor sich hertrug. Aus all diesen Gründen wird man über die Massenvergewaltigung in der Ciociaria wie auch über zahllose andere Gräueltaten des letzten Weltkrieges nie Gewissheiten erlangen: nicht einmal über die Zahl der Opfer. Das Einzige, was man bis heute mit Sicherheit weiß, ist, dass sie stattgefunden haben. Man weiß noch nicht, in welchem Maß und auf welche Weise die selbst von General Alexander harsch zurückgepfiffenen französischen Kommandos für das Verhalten ihrer Kolonialtruppen verantwortlich waren. Waren es die Offiziere, die ihren Männern die Befugnis erteilten, sich abzureagieren? Einer der wenigen Goumiers, die vor Gericht gebracht wurden, erklärt, »er hätte sich niemals erlaubt, Franzosen zu belästigen, doch erschien es ihm selbstverständlich, Italiener zu plündern oder zu vergewaltigen, da sie Feinde waren«. Wer hatte ihm das in den Kopf gesetzt? Und wie viele Weiße nahmen an den Vergewaltigungen teil? Verschiedene Zeugenaussagen erwähnen »nicht nur Marokkaner, sondern auch ein paar Franzosen«. Noch weniger hat man versucht zu verstehen, wer die Goumiers sind.

»Sie melden sich nicht aus Patriotismus, sondern aus anderen Gründen: die Aussicht auf ein sicheres Gehalt, die Möglichkeit, sich als Kämpfer hervorzutun, Stammestreue. Es waren nicht nur ›Marokkaner‹, sie stammten aus sämtlichen der ärmsten Bevölkerungen des Maghreb, Bergbewohner, Analphabeten, denen die französischen Offiziere wie Väter, spirituelle Weise oder Stammesführer erscheinen mussten.« So zeichnet sie der Autor, der den Frauen der Ciociaria exotische Gelüste unterstellt, in bester kolonialistischer Tradition. Allerdings klingen die spärlichen Zeilen über die Schlacht in den sehr viel weniger tendenziösen Büchern kaum anders. Sie beschreiben archaische, grausame, aber tapfere Kriegerstämme.

Wer sich eingehend mit den Goumiers befasst, rückt von dieser Darstellung ab. Viele von ihnen waren Gesindel aus den Armenvierteln Casablancas, manche wurden sogar aus dem Gefängnis geholt oder auf frischer Tat begnadigt, wenn sie das Einberufungsformular mit dem Finger unterzeichneten. In anderen Fällen wurden sämtliche tauglichen männlichen Bewohner eines Bergdorfes mit razziaähnlichen Methoden eingezogen: vor allem in Gegenden, in denen die Franzosen den letzten Berberaufstand niedergeschlagen hatten. Zu diesem Schluss kommt ein marokkanischer Historiker und schickt seiner in einem amerikanischen Fachblatt veröffentlichten Abhandlung voraus, in seinem Land habe es nie ein Interesse an diesen letzten Ausprägungen des Kolonialismus gegeben. Fern ihres Ursprungslandes leben auch die meisten Historikerkollegen, die sich auf die Spuren einer anderen, wiewohl ähnlichen Geschichte begeben: die der indischen Soldaten, die sich, nachdem sie sich im Ausland mustergültig verhalten haben, während der Teilung Indiens zu paramilitärischen Gruppen zusammenschließen, die plündern, morden und vergewaltigen. Nur trifft es diesmal jene, die bis kurz zuvor ihre Landsleute, Mitbürger oder Nachbarn gewesen waren.

Es scheint, als würde die Lampe des Krieges ihre Dämonen vor allem in den ärmsten Teufen heraufbeschwören und auf tragische Weise leibhaftig werden lassen. Die Zahl der Soldaten des französischen Expeditionskorps, die an der Front von Cassino gefallen sind, beläuft sich auf über siebentausend. Laut neuesten, einhelligen Schätzungen könnte die ihrer Opfer ebenso hoch sein.

Bei Kriegsende werden die Goumiers, die sich unterm Strich genauso verhalten hatten, wie man es, im Guten wie im Schlechten, von ihnen erwartete, demobilisiert. Die Unabhängigkeit Marokkos sorgt dafür, dass sie vollends in Vergessenheit geraten.

Es war das amerikanische Oberkommando, das General Charles de Gaulle mit Unterstützung Londons die rechtmäßige Ehre zuteilwerden ließ, die Siegesparade in Paris mit seinen Truppen anzuführen, allerdings unter der Bedingung, dass die Spitze des Zuges ein angemessenes Frankreichbild vermittelte. Die Bürger von Texas oder Louisiana sollten nicht denken, ihre Söhne hätten ihr Leben gegeben, um Eingeborenenvölker zu befreien. Deshalb werden in der 2. Panzerdivision, die ohnehin nur zu einem Viertel aus farbigen Soldaten bestand, all jene ersetzt, die, wären sie in die Hände der Deutschen gefallen, allein ihrer Hautfarbe wegen erschossen worden wären. Zur Not war es immer noch besser, einen Senegalesen durch einen Maghrebiner zu ersetzen.

Man hatte den Arc de Triomphe noch nicht erreicht, da waren die Punier von Frankreich bereits verschwunden.

Genau das Gegenteil widerfährt denen, die für alle das Symbol der Schlacht um Montecassino bleiben. Kein Buch, ob englisch oder amerikanisch, das nicht die einmalige militärische Tapferkeit der *Fallschirmjäger* hervorhebt, ihre Geschlossenheit, ihre Schlagkraft. Wie um zu sagen: Ihr müsst wissen, dass wir es mit den besten Männern des Deutschen Reiches zu tun hatten, mit der durch Jahrhunderte preußischer Militärtradition geschmiedeten Elite. Wir dagegen waren nur normale Männer in Uniform, weshalb wir, obwohl zahlenmäßig überlegen und im Besitz der besseren Mittel, etliche Monate brauchten, um sie zu besiegen.

Während dieser vier Monate wurden die Fallschirmjäger, die sich dort oben in den Ruinen des zerstörten Klosters verschanzt hatten, in Deutschland zu Legenden. Sie waren die Spartaner, die dem persischen Heer widerstanden, diesem Söldnerhaufen, Inbild einer ebenso vermessenen wie verderbten Macht, die also dem Untergang geweiht war. In der Seele des Führers waren sie stets ebenso gegenwärtig wie in den Gedanken Joseph Goebbels', der nicht müde wurde, sie in den Wochenschauen zu präsentieren, wohl wissend, dass er ausnahmsweise nichts als die Wahrheit zeigen musste, um in den Herzen des deutschen Volkes den Glauben an das unbesiegbare Deutsche Reich neu zu entfachen. Sofern verfügbar, ist die Wahrheit Propagandazwecken dienlicher als die Lüge. Die 1. Fallschirmjäger-Division hatte von Hitler den Befehl erhalten, bis zum Ende durchzuhalten und bis zum letzten Mann zu kämpfen.

Konnte jemand daran zweifeln, dass sie es tat?

Es war ihnen zu verdanken, dass Montecassino »nunmehr in der ganzen Welt bekannt« war, ihrem Ruhm und ihrer Glorie mussten General Anders und seine Männer den Sieg entreißen. Damit die Welt sah und erkannte und Polen am Ende mit dem entschädigte, was ihm zustand: mit sich selbst,

nicht mehr und nicht weniger. Das wussten auch seine Soldaten, wenngleich sie am eigenen Leib erfahren hatten, dass
nichts einer Schlacht Mann gegen Mann, unter den Augen
von Sendboten und Barden, mit Helmen, Schilden und in der
Sonne funkelnden Schwertern ferner war. Sie mussten wieder dort hinauf, auf die Hänge und Flanken voller Minen
und Hindernisse, und sie in ein Ruhmesfeld verwandeln:
damit ihr Blut zu der Druckerschwärze auf den Walzen der
Rotationsmaschinen würde, und sie das Ziel erreichten, auf
das die Objektive der Kameraleute gerichtet waren.

Das ist es, was Milek und seine Kameraden schließlich
einen abermaligen Versuch unternehmen lässt, während die
Deutschen sich daranmachen, den in der Nacht zuvor erhal-
tenen Befehl umzusetzen: der Rückzug zur rückwärtigen
Senger-Linie. Die Franzosen haben eine Verteidigungsflanke
durchstoßen, die britischen Panzer füllen das gesamte Tal.

Die Fallschirmjäger auf dem Klosterhügel haben den vorrückenden Feind buchstäblich vor Augen. Doch sie kämpfen
trotzdem, einerseits, weil sie angegriffen werden, andererseits, weil der *Führerbefehl* es verlangt, der für ihren General
der höchste aller Befehle ist.

Die polnischen Soldaten, die sich in vorderster Linie wieder hinter ihre Deckungen zurückgezogen haben, bekommen
von alldem nichts mit, und auch General Anders und die
anderen alliierten Befehlshaber wissen von dem Rückzug der
Deutschen noch nichts. Also wiederholen sie mehr oder
weniger die gleiche Schlacht wie zuvor.

Die leidlich zusammengestoppelte »Kresowa« macht den
Anfang. Am 17. Mai um sieben Uhr morgens kehrt sie auf
das Gespenst zurück, erobert den Colle Sant'Angelo, gerät
unter schweren Artilleriebeschuss, leistet Widerstand, bis
die Munition ausgeht, erhält Nachschub und Verstärkung –
Panzerfahrer, Artilleristen der Flugabwehr, Mechaniker und
Kommandofahrer –, verschanzt sich auf dem Hügel und
hängt fest.

Denjenigen, die auf den Monte Calvario vorrücken, darunter der Soldat Herling, gelingt es ebenfalls nicht, die verdammte Höhe 593 zu überwinden. Wie Milek, dessen Erinnerung sich diesmal nicht an den Eindruck der ersten gefallenen Kameraden klammern kann, bleiben auch Gustaw Herling nur »lose Erinnerungsfetzen. Vorstoß zum Hügel 593 in der Nacht vom 16. zum 17. Mai, die Schuhe mit Sackleinen umwickelt – ein schwarzes Loch, bis zu dem Augenblick, da die Deutschen eine Rakete gen Himmel schicken und die Nacht zum Tage, den Weg unserer Patrouille aber in ein Schlachthaus verwandeln. Wie ist es uns, dem Artillerie-Späher und mir mit dem Funkgerät auf dem Rücken, trotz allem gelungen, inmitten der um uns herum sterbenden Infanteristen bis zum Gipfel vorzudringen? Wie konnten wir am 17. Mai den ganzen Tag lang aus einem flachen Erdspalt heraus die unmittelbare Umgebung der deutschen Bunker unter Artilleriefeuer halten? Wie sind wir in der Dämmerung zum Häuschen des Doktors herabgestiegen? In dem von Menschen überfüllten Häuschen gewinnen die Erinnerungsfetzen schärfere Konturen. Ich kann mich an Dialoge in der Dunkelheit erinnern, die um die Frage kreisen, ob die Schlacht gewonnen oder verloren sei: So wenig wussten wir darüber in der Nacht vom 17. Zum 18. Mai, kurz vor dem Hissen der Siegerfahne in der Abtei. Ich entsinne mich auch der Bitte irgendeines Verbindungssoldaten, der seinen Vorgesetzten in weißrussisch eingefärbtem, singendem Tonfall zu überzeugen suchte, ein unter Feuerhagel aus dem Häuschen des Doktors verlegtes Kabel (wegen der Störungen in der Radiokommunikation) werde nicht sogleich wieder durch den pausenlosen deutschen Beschuss zerstört werden. In dieser Bitte war kein Schatten von Verwegenheit; es wiederholte sich darin nur immer der Satz: ›Auch ich möchte meinen Teil dazu beitragen‹«.

Die Schlacht ist verloren und gewonnen zugleich, denn in der Nacht des 17. Mai erklärt sich der Kommandeur der Fallschirmjäger bereit, den ihm von General Kesselring persönlich erteilten Rückzugsbefehl auszuführen. Bei allem Respekt für *Führerbefehl* und Propaganda, aber das Deutsche Reich kann sich kein Heldenopfer erlauben, das die Zahl von dreihundert Mann bei Weitem überstiege, es braucht seine besten Soldaten lebend, gebietet ihm der Oberbefehlshaber der deutschen Streitkräfte in Italien.

In den Trümmern der Abtei sind keine Feinde mehr, als die auf den Kalvarienberg gestiegenen Männer vor den Augen der Welt und für Polen beginnen, ihre Fahne zu hissen. Oder doch: Aber wieder einmal sind die Deutschen versteckt. Es kommt kaum mehr als ein Dutzend zum Vorschein. Als sie den polnischen Adler erkennen, erbleichen sie. Die verschlissenen Uniformen starren vor Dreck, die Bärte sind lang, die Verbände nie gewechselt. Wo sind sie hervorgekrochen? Gibt es dort noch mehr? Aus einem Loch, wie es scheint. In dem, was vom Fußboden noch übrig ist, klafft ein Spalt, der unter die Erde führt: in die Krypta, wo sich die unversehrten sterblichen Überreste des heiligen Benedikt befinden. Jetzt ruhen hier auch die Leichen der Fallschirmjäger, die nicht begraben werden konnten. Manche haben Särge bekommen, andere sind notdürftig mit Lumpen und ihren nutzlos gewordenen Rucksäcken zugedeckt. Eigentlich war dies nicht als Sammelgrab, sondern als provisorisches Lazarett gedacht. Tatsächlich gibt es drei Schwerverletzte, die direkt vor dem Altar auf dem goldenen Fußboden liegen. Man hat ihnen Brot, Wasser und Dosennahrung dagelassen. Die Kameraden, die in Ermangelung eines Leonidas gern dortgeblieben wären: Schließlich ist der Führer in Berlin, und nicht einmal ein Generalmajor geht noch in die vorderste Linie. So erhellen nur zwei flackernde Kerzen die Krypta und machen die Angst in ihren Gesichtern greifbar. Aber die Polen wollen nur so schnell wie möglich fort von diesem unerträglichen Leichengestank. Mit der gehissten Fahne und dem Trompeter, der aus vollen Lungen das Krakauer Hejnał bläst, fällt ihnen das Atmen endlich leichter.

Tags darauf, am 19. Mai 1944, besucht General Anders das Schlachtfeld, auf dem, wie er später erfahren wird, im Verlauf der beiden Gefechte fast neunhundert seiner Männer gefallen sind.

»Es bot sich ein erschreckendes Bild: Vor allem gab es riesige Depots mit ungenutzter Munition für sämtliche Waffen und sämtliche Kaliber. Die Bergstraßen waren von Zementblöcken gesäumt, Deckungen und Vorposten zur Bergung der Verwundeten. Hie und da Haufen von Landminen, Leichen deutscher und polnischer Soldaten, nicht selten in tödlicher Umklammerung. Weiter hinten Panzer, einige umgestürzt, die Raupenketten geborsten, andere reglos, wie zum Angriff bereit, amerikanische Panzer der vorangegangenen Schlachten mit ihren auf das Kloster gerichteten Geschützen. Die Hänge der Hügel, vor allem jene, an denen das Gefecht weniger heftig gewütet hatte, waren von scharlachrotem Mohn übersät; es waren unglaubliche Mengen, und ihr Rot war schön und unheilvoll zugleich. Alles, was vom sogenannten Tal des Todes blieb, waren nackte, geborstene Stämme, von Geschosssplittern durchlöchert. Überall auf den Hügeln Löcher und Spuren von Bomben und Geschossen, Fetzen alliierter und deutscher Uniformen, Helme, Maschinenpistolen, Handgranaten, Munitionskisten, Stacheldrahtknäuel, lauernde Fallen auf jedem Schritt. Und über allem ragten die Ruinen des Klosters. Von Weitem konnte man die wuchtige Westmauer sehen, die einzige, die noch stand, darauf zwei Fahnen, die deutsche und die britische. Im Tal das dem Erdboden gleichgemachte Dorf Colle d'Onofrio. Auf dem Hügel gegenüber das Haus des Doktors. Vom Kloster war nur ein riesiger Haufen Schutt und Trümmer geblieben, aus dem geborstene Marmorsäulen und zerstörte Heiligenstatuen aufragten. Überall Bruchstücke von Fresken und Mosaiken, Fragmente von Gemälden und anderen Kunstwerken. Aus den noch unversehrten Eckräumen drang der entsetzliche Gestank deutscher Leichen, die im intensiven Gefecht nicht hatten fortgeschafft werden können und zwischen den aufgerissenen Truhen mit geistlichen Gewändern zurückgelassen werden mussten. Kostbare Kunstschätze, Skulpturen, Gemälde und seltene, mit Miniaturen verzierte Bücher lagen neben Kriegsmaterial im Staub und im Dreck. Ein Wirbelsturm aus Eisen und Feuer war über das bezaubernde Hügelland hinweggefegt und hatte dieses herrliche Kloster in Schutt und Asche gelegt.«

Um das Element, das nach der Schlacht aus der Landschaft verschwunden war, kümmerte sich, soweit möglich, Dr. Szer mit dem Gesundheitspersonal der Armee. Und wo war Milek? Ist er auch diesmal unversehrt davongekommen? Oder hat er am zweiten Angriff gar nicht teilgenommen? Vielleicht bedeutete sein »einen Scheißdreck erzählen« gar, dass er sich über eine leichte Verletzung während des ersten Gefechts ausschwieg, die einzige Möglichkeit, um dem zweiten entgangen zu sein? Ist es möglich, dass für den Rest seines Lebens nicht einmal seine Frau beim Anblick der Narbe eine Erklärung erhielt?

Gewiss ist nur, dass er in Montecassino gekämpft hat. Das beweist die Demobilisierungsbescheinigung des Gefreiten Samuel Steinwurzel, die unter dem Eintrag »Auszeichnungen« »Tapferkeitskreuz«, »Armeeorden« und an letzter Stelle »Kreuz von Montecassino« auflistet.

Wie viel sind diese Orden wert? Insbesondere das »Kreuz von Montecassino«? Vermutlich sind sie nicht mehr als eine Teilnahmeanerkennung und somit nur ein Beleg. Die beiden Anhaltspunkte, die ich hatte, um mich der Schlacht des Soldaten Milek, seiner wenig ruhmreichen, aber unbestrittenen Teilnahme daran zu nähern, waren die Zuerkennung dieses Ordens sowie die in seinem Wehrpass vermerkte Einheit. Vertäut an diesen beiden Pfeilern, habe ich versucht, ein Netz aus den detailliertesten Berichten über den Einsatz seines Bataillons zu spinnen und es mit der Liste der Gefallenen zu verweben, die heute auf dem Friedhof unterhalb der Abtei liegen. Leon Simon, Schütze, 15. Wilno-Infanteriebataillon, geboren am 29.7.1912 in Lwiw, gestorben am 12.5.1944, begraben im jüdischen Abschnitt: Samuel Steinwurzel wird ihn, wenn er nicht mit ihm befreundet war, zumindest gekannt haben. Franciszek Kułakowski, Schütze erster Klasse, 15. Wilno-Infanteriebataillon, geboren am 9.12.1910 in Warschau, gestorben am 12.5.1944: Er wiederum ist eine Zufallsentscheidung, die im Gespinst der Imagination hängen geblieben ist. Doch weil ich vom Soldaten Kułakowski nicht mehr weiß als diese Daten, sollte ich mich bei seiner Familie im Voraus für die Freiheit entschuldigen, die ich mir in seinem Namen erlaubt habe. Dennoch möchte ich ihn lieber nicht durch einen erdachten Namen ersetzen, denn selbst wenn von einem Menschen nur Daten und Namen bleiben, kann jeder auf der Welt sehen, dass er existiert hat. Eine ersonnene Figur als Tribut an ihr wahres Leben nachzeichnen: Darin liegt für mich die symbolische Macht der Fiktion.

Im Übrigen ist Mileks gesamte Vorkriegswelt, seine Familie und seine Vorfahren, nach und nach aus der Datenbank von Yad Vashem und aus anderen Erinnerungsarchiven aufgetaucht. Verschiedene Netze, ineinandergelegt und an den Namen der Ermordeten festgemacht, die kaum die Hälfte ihrer tatsächlichen Zahl abdecken. Doch so großmaschig die Netze auch sein mögen, häufig bleibt noch etwas anderes darin hängen: eine kurze Erinnerung aus erster Hand, eine Karte wie die handgezeichnete und mit hebräischen Anmerkungen versehene eines Überlebenden, anhand der ich das Städtchen Radziechów rekonstruiert habe: die gesamte Stadt, nicht nur das Viertel der verschwundenen Juden.

Auch im Fall der Szer-Brüder hat mir das befragte kollektive Gedächtnis des Internets geholfen, manche Erinnerungslücken meiner Mutter zu füllen. Dolek, mein nie kennengelernter Verwandter, dem meine Mutter durch keine besondere Erinnerung verbunden zu sein scheint, habe ich mir mit einigen Skrupeln ausgedacht, vor allem dort, wo Irkas Schilderungen ihn im Stich lassen mussten. Und doch scheint sein Schock über den Tod von Dr. Adam Graber, geboren am 8. 2. 1896 in Warschau, von allen Mutmaßungen über die Schlacht die wahrscheinlichste.

Um denen eine Stimme zu geben, die in ihrem Leben nie etwas erzählen wollten oder die ich nie auf ein Wort treffen konnte, blieb mir nichts anderes übrig, als mich an diese Daten zu halten. So waren es durch eine unverhoffte Verkehrung die Untergegangenen, die den Geretteten ans Licht halfen.

Außerdem habe ich versucht, die verlorenen Erinnerungen durch gesammelte und bewahrte auszugleichen: Berichte von Deportierten und Soldaten, die sich mit Mileks Geschichte überschneiden und sie erhellen.

Doch all das genügte nicht. Denn die Geschichten von Milek, Dolek, seinen Brüdern und Irka sind nur einzelne unter den vielen zusammenlaufenden Fäden, die längst nicht alle in das Geflecht dieser Schlacht eingegangen sind: Es sind lediglich die, die mir in die Hände fielen. Darum habe ich versucht, eine »Sammlung kleiner Heldenepen« zusammenzutragen, wirr und bruchstückhaft, ähnlich vielleicht den Mosaikfragmenten, die der Kommandeur des Zweiten Korps in den Trümmern der Abtei gefunden hat.

Und ich wollte, dass er selbst davon erzählt, ebenso wie ich Gustaw Herling zu Wort kommen lassen wollte, denn sie sind in Montecassino gewesen. Sie kämpften für ein so klares Ziel, dass selbst Anders – ähnlicher Herkunft wie die ranggleichen deutschen Generäle, glühender Patriot, in Ansätzen reaktionär und sogar antisemitisch – das Unterfangen, das seinem Namen und seinen Männern zu Ruhm verhelfen sollte, als Abfolge wirrer, jedweder Fasslichkeit entzogener Tage erinnert, von denen ein Haufen Trümmer und Reste, Bruchstücke und toter Schemen bleibt.

Mut in Friedenszeiten ist mitunter schwerer als Mut im Krieg, Mut in Friedenszeiten hat etwas mit Wahrheit zu tun. Das erkennt Gustaw Herling, noch in der Uniform des Zweiten Armeekorps, der seinen Beitrag zum ersten Jahrestag der Schlacht *Zivilcourage* nennt.

»Zivil? Aber wir sind doch Soldaten! Das stimmt. Aber wir sind Soldaten und nicht mehr. Niemals waren, sind und werden wir ›*Raubritter*‹ sein, die den Frieden für eine Pause zwischen den Kriegen und den Krieg für eine lebensvolle Zeit halten. Es heißt, jemand besitze Zivilcourage, wenn er unliebsame oder gar unbequeme Dinge tut oder sagt, weil er von ihrer ur-innersten Richtigkeit überzeugt ist. Nur solchen Menschen kann man bedenkenlos vertrauen.«

Und so sehe ich endlich den Mann wieder, denn ich gekannt habe, den Familienfreund Emilio Steinwurzel, der jedes Mal, wenn wir morgens um sieben mit dem chronisch verspäteten Zug in Mailand eintrafen, bereits wartend am Bahnsteig stand, auf den Schlafwagen zusprang, uns die Koffer aus der Hand riss und mit langen Vogelschritten dem Ausgang zustrebte. Ich sehe in ihm den Gefreiten Steinwurzel wieder, meinen nicht sonderlich ruhmreichen Soldaten Milek, stets verlässlich und auf dem Sprung, stets bereit, sich für jemanden oder etwas ins Zeug zu legen, im Frieden wie im Krieg.

Der Krieg, der nach der Schlacht um Montecassino weiterging.

Die Polen kämpfen in den Marken, befreien nach einer weiteren blutigen Schlacht, an der auch das Italienische Befreiungskorps teilnimmt, am 18. Juli 1944 Ancona mit seinem strategischen Hafen. Zusammen mit dem 1. Kanadischen Korps durchbrechen sie in der Woche zwischen dem 25. August und dem 2. September die Gotenlinie. Zugleich sind sie auch woanders. Sie sind in Warschau, wo sich die Armia Krajowa am 1. August gegen die Deutschen erhebt. Die ganze Stadt, Viertel für Viertel, Haus für Haus, kämpft an der Seite der bewaffneten Männer gegen schwere Artillerie und deutsche Panzer. Sie wollen die Hauptstadt befreien, wie Paris es ihnen gleichtun wird: Sie allein holen zum ersten Schlag aus, nachdem Radio Moskau dazu aufrief: »Jagt die Deutschen fort!« Die Rote Armee ist fast vor den Toren. Aber dann bleibt sie an den Ufern der Weichsel stehen, von den Sowjets kommt keinerlei Unterstützung.

Ganz gleich, wo sie kämpfen – in Warschau, in Italien, in der Panzerdivision in der Normandie nach dem D-Day –: Ende August haben die Polen begriffen, dass die Sowjets sich nicht mehr rühren würden. Sie hatten damit gerechnet, trotz der Hoffnung, eines Besseren belehrt zu werden. Sie wussten, dass die Freiheit Polens, ganz Polens, immer ungewisser wurde. Darum wollten sie mit ihren Waffen in die Botschaft des Zweiten Armeekorps in Montecassino einstimmen, koste es, was es wolle, um sich bei Churchill und Roosevelt in der einzigen verständlichen Sprache ein letztes Mal Gehör zu verschaffen.

»Fern der Grenzen unserer Heimat waren wir Waffenbrüder der Soldaten der Armia Krajowa«, erinnert sich Herling 1969, als es in Polen noch weitere zwanzig Jahre verboten war, diesen nicht in den Schauplätzen, sondern im Ziel geeinten Kampf zu erwähnen.

Während auch der Soldat Herling begann, mit seinem Bataillon die Hügel der Marken zu erklimmen, bringt General Anders dieses Gefühl gegenüber Winston Churchill zum Ausdruck. Sie treffen sich am 26. August unweit von Fano im Hauptquartier der Alliierten. Inzwischen hat die Rote Armee das Stadtviertel Praga besetzt, steht dort jedoch abermals still, ohne einen Fuß auf das andere Weichselufer zu setzen, wo die Schlacht im Zentrum tobt.

Der Premierminister hat Gen. Anders zu den glanzvollen Siegen des 2. Korps gratuliert und seine lebhafte Anerkennung zum Ausdruck gebracht. Dann fragte er:

Wie steht es um die Moral Ihrer Soldaten angesichts der gegenwärtig durchlebten Ereignisse?

Gen. Anders antwortete, die Moral der Truppen sei ausgezeichnet, jeder Soldat wisse genau, dass seine Aufgabe und oberste Pflicht in der Zerstörung Deutschlands bestehe, und sei sich der Tatsache bewusst, dass er für dieses Ziel kämpfe; doch zugleich seien alle Soldaten um die Zukunft Polens und wegen der Geschehnisse in Warschau in großer Sorge.

Sie diskutieren über die Grenzen, obwohl inzwischen klar ist, dass nur die Polen sich weigern, ihren von den Zugeständnissen an Stalin gezogenen Verlauf anzuerkennen. Doch als Anders sich versteift und beharrt, niemals würden sie hinnehmen, dass die Russen sich nähmen, was sie wollten, nur weil sie bereits dort seien, schlägt Churchill einen beschwörenden Ton an. Er blickt ihm in die Augen, berührt ihn mit der Hand, verspricht ihm, dass sich bei der Friedenskonferenz alles lösen wird, kaum haben sie den Sieg errungen.

CHURCHILL: Ihr werdet an der Konferenz teilnehmen. Ihr müsst uns glauben, dass England in diesen Krieg eingetreten ist, um eure unantastbare Unabhängigkeit zu verteidigen, und ich kann euch versichern, dass wir niemals abtrünnig werden.

ANDERS: Unsere Soldaten haben nicht einen Moment das Vertrauen in England verloren. Das kann Gen. Alexander bestätigen, der genau weiß, dass sämtliche seiner Befehle stets ausgeführt wurden und werden. Doch wir kennen Russland zu gut, als dass wir ihm glauben könnten. Die Sowjets, die nach Polen eindringen, verhaften unsere Frauen und Kinder und deportieren sie nach Russland, genau wie 1939. Sie entwaffnen die Soldaten unserer inneren Armee, erschießen unsere Offiziere und werfen unsere Verwaltungsbeamten ins Gefängnis, sie eliminieren alle, die seit 1939 unermüdlich gegen die Deutschen gekämpft haben und es noch immer tun. Unsere Frauen und Kinder sind in Warschau, doch lieber sollen sie sterben, als unter den Bolschewiken zu leben. Lieber sterben wir alle im Kampf, als in Sklaverei zu leben.

CHURCHILL: (zutiefst bewegt, mit Tränen in den Augen): Ihr müsst England glauben. Wir werden euch niemals im Stich lassen. Niemals. Ich weiß, dass die Deutschen und die Russen eure besten Männer vernichten, vor allem die Intellektuellen. Ich habe tiefes Mitgefühl mit euch. Doch habt Vertrauen. Wir werden euch niemals im Stich lassen, und Polen wird glücklich sein.

Wenige Tage nachdem die Polen die letzte Verteidigungslinie der Deutschen unweit von Cattolica durchstoßen haben, ergibt sich Warschau. Man zählt zweihunderttausend Tote, fast durchweg Zivilisten, der Rest der Bevölkerung wird evakuiert. Manche enden in deutschen Arbeitslagern, andere in Konzentrations- oder Vernichtungslagern, wieder andere werden einfach weit fort von der Hauptstadt gebracht. Warschau ist eine zerstörte Stadt, eine tote Stadt, doch das genügt nicht: Zuerst erfolgt eine sorgfältige Plünderung, dann macht man sie dem Erdboden gleich. Peinlich genau, mit Sprengstoffladungen und Flammenwerfern, Gebäude für Gebäude, Stein für Stein.

Wieder einmal sehen die Sowjets vom Viertel Praga auf dem anderen Weichselufer aus zu. Sie überqueren den Fluss erst, als die Deutschen ihr Werk vollendet haben.

Während der ganzen Zeit, die den Soldaten des Zweiten Armeekorps eine verdiente Ruhepause sein sollte, brennt Warschau. Milek holt hervor, was er von Franciszek Kułakowskis Rucksackinhalt behalten hat: ein recht hässliches Foto, auf dessen Rückseite eine Adresse steht. Er denkt an den Brief, den er über Verbindungen zur Armia Krajowa zu schleusen versucht hat, wer weiß, ob es zu spät war, und wer weiß, wo er gelandet ist. Er war gar nichts Besonderes, nur ein paar schlichte Zeilen, denn zum Schreiben fehlte Milek stets die Geduld. Bei Franiek, der angefangen hatte, aus dem Französischen zu übersetzen, in der Hoffnung, sein Dienst in der Armee würde ihm nach dem Krieg den Weg zum Studium ebnen, wäre das womöglich anders gewesen. Nicht Literaturwissenschaft, sondern alte Geschichte wollte er studieren, schon als kleiner Junge war er von Hannibal besessen gewesen. Und natürlich hatte er sich vorgestellt, in Warschau die Stufen der Universität zu erklimmen, die nun, geplündert, in verkohlten Trümmern lag.

»Ich habe einmal zu dir gesagt, ›Du kannst froh sein, dass du aus Warschau stammst‹. Aber ich habe mich geirrt«, murmelt er dem Foto zu. Und wieder muss er daran denken, dass es auch in diesem Fall womöglich leichter wäre zu wissen, dass bereits alle tot sind. Aber das ist unwahrscheinlich. Deshalb beschließt er, sich nochmals ein paar Zeilen abzuringen und sie loszuschicken: Man weiß nicht, an wen, man weiß nicht, wann. Aber wenn er nicht lockerlässt, müssen sie früher oder später irgendjemanden erreichen. Also kann er sie ebenso gut jetzt gleich zu Papier bringen, während Warschau schwelt und die Erinnerung an Franiek noch lebendig ist. Während der Soldat Milek nichts zu tun hat und genauso nervös ist wie seine Kameraden. Wenn auch auf andere Weise, denn natürlich betrifft ihn das alles besonders, Warschau ist ihrer aller Hauptstadt, aber seine Heimatstadt ist Lwiw, wo es auch einen Aufstand gab, wo die Sowjets den Soldaten der Armia Krajowa zwar zur Hilfe kamen, sie danach aber fast alle festnahmen. Gut möglich, dass er den einen oder anderen kennt, doch an sie denkt Milek nicht, wenn ihm die Glinianska-Straße in den Sinn kommt. Aber jetzt genug damit. Jetzt schreibt er diesen vermaledeiten Brief, dann ist es endlich erledigt.

Liebe Familie Kułakowski,

erlauben Sie mir, dass ich mich vorstelle. Ich bin ein Kamerad Ihres Franiek und war mit ihm in Montecassino. Leider gehöre ich einer anderen Kompanie an, weshalb ich nicht bei ihm war, als ~~er getötet wurde~~ er von uns ging. Doch ich kann Ihnen versichern, dass er ~~vermutlich~~ nicht gelitten hat und ihm ein würdiges Begräbnis zuteilwurde. Gerade entsteht ein Friedhof für alle gefallenen ~~Helden~~ Helden dieser Schlacht, von der Sie gewiss gehört haben. Ich möchte Ihnen nur sagen, dass Franiek ein stets aufrechter Kamerad war, ein Freund, der viele interessante Dinge zu erzählen wusste und uns zum Lachen brachte. Es war mir eine Ehre und eine Freude, ihn in diesen langen Jahren der Ausbildung und des Kampfes unter General Anders kennengelernt zu haben.

Auch solche Gesten helfen den Soldaten, durchzuhalten. Oder sie tun das Gegenteil und verausgaben sich bis zur Erschöpfung in endlosen politischen Diskussionen, in denen irgendwann immer irgendjemand sagt, sie seien sinnlos, solange der Krieg noch im Gange sei. Erst, wenn alle um einen Konferenztisch sitzen, wird man wissen, was Sache ist. Bis dahin gilt es weiterzumachen, voller Hoffnung und Pflichtgefühl. Weitermachen muss man sowieso, erneut in die Schlacht ziehen, denn schließlich gibt es nichts, was die trüben Gedanken besser verjagt.

Bald werden sie wieder kämpfen, und unter miserablen Bedingungen obendrein: Der Herbst bringt Regen, der Regen Schlamm, aber es sind gar nicht mal die technischen Schwierigkeiten, die diese neuen Berge so entsetzlich machen. Immer öfter trifft man dort oben auf italienische Partisanen, und obwohl sie ihre Befreier mit offenen Armen empfangen, sind es doch größtenteils Kommunisten, die sie wie Genossen begrüßen. Sie sagen sogar »Towarischtsch«: Offenbar sind Polnisch und Russisch für sie das Gleiche. Sie bekunden sogar ihren Neid auf das glückliche Polen, das samt und sonders unter die Kontrolle der Roten Armee fällt. Nichts für ungut, aber wären ihre Befreier doch auch die Sowjets! In solchen Momenten sind die Polen froh, dass sie keine Zeit zu bleiben haben und ihr Italienisch nur für ein paar mickerige Einwände reicht. Diese Männer glauben ihnen sowieso kein Wort. Und doch ist es seltsam: Sie pflegen ihre spärlichen, heruntergekommenen Waffen mit derselben Hingabe, wie es die Brüder in Warschau taten, auch ihre Stimmen werden hitzig, sobald die Sprache auf die Nazis oder die Freiheit kommt, und ihre rissigen, rauen Wangen beginnen zu glühen, wenn sie nicht gerade alle draußen im Regen stehen.

So muss man sich damit abfinden, dass sie bis auf Weiteres Genossen sind, wenn auch anders, als diese freien Kommunisten glauben, und als am 27. Oktober 1944 das Geburtsdorf des Tyrannen fällt, klettert der ganze Platz von Predappio jubelnd auf die Panzer der Polen.

Berg für Berg kämpfen sie sich weiter durch den romagnolischen Apennin und flankieren die an der Küste vorrückenden Briten. Am 9. November erobert das 5. Korps Forlì, am 16. Dezember nehmen die Neuseeländer Faenza ein: Doch inzwischen macht der vorgerückte Winter einen Stillstand unvermeidlich.

Während dieser notwendigen und wohlverdienten Pause angesichts der erlittenen Verluste, die ähnlich hoch sind wie die von Montecassino, bricht von ferne die Katastrophe über sie herein.

Am 4. Februar 1945 kommen die Großen Drei zum zweiten Mal zusammen. Der gewählte Ort scheint einen Hinweis zu geben, in welche Richtung das Tauziehen geht. Stalin schützt gesundheitliche Probleme vor, die ihm keine weite Reise erlauben, doch zum Ausgleich stellt er die Sommerresidenz von Zar Nikolaus zur Verfügung. Was in Jalta beschlossen wird, ist ganz einfach: Man teilt das Nachkriegseuropa untereinander auf. Stalin würde gern auch Italien unter seinem Einfluss haben, doch das erscheint Roosevelt und Churchill zu viel des Guten. Zum ersten Mal beginnt die Furcht, ganz Polen könnte verloren sein, einer Gewissheit zu ähneln. Roosevelt und Churchill haben eingewilligt, dass Polen nicht mehr von seiner rechtmäßigen Regierung in London vertreten werden solle, sondern von der durch die Sowjets ernannten Führung, kaum dass sie sich dazu herabgelassen hatten, einen Fuß nach Warschau zu setzen. Die einhellige Zusicherung, diese Vertretung nach dem Krieg auf offenere und demokratischere Weise auszuweiten, ist eine der billigsten Lügen, die Stalin je in den Mund gelegt wurden, und auch als Feigenblatt für die Scham der freien Welt reicht es kaum aus.

Diesmal kann General Anders nicht behaupten, dass die Moral seiner Truppen trotz allem ausgezeichnet ist. Und erst recht nicht, dass sie stets das größte Vertrauen in England hatten und haben werden. Diesmal stehen seine Soldaten kurz vor der Meuterei oder der massenweisen Fahnenflucht. Derselbe Befehlshaber, der noch lauter brüllen möchte als sie und dem es fast lieber wäre, zu den Tagen von Montecassino zurückzukehren, es sich aber ausgerechnet jetzt verkneifen muss, an die auf diesem wie auf anderen Bergen geopferten Männer zu denken, hat zum ersten Mal Mühe, seine aus sowjetischer Sklaverei hinausgeführte Armee im Griff zu behalten.

Doch kaum haben sich die Gemüter beruhigt, regt auch der General sich ab, hält inne und kommt zu dem Schluss, dass die Situation unhaltbar ist. Er diktiert ein Telegramm an die Regierung in London und verfasst anschließend einen Brief gleichen Inhalts an Sir Harold Alexander, der das Datum 13. Februar 1945 trägt:

Wir durchleben den schwersten Moment unseres Lebens. Die von den Großen Drei in Jalta getroffene Entscheidung macht unsere Heimat und unsere Nation zur Kriegsbeute für die Bolschewiken und stürzt uns in sofortige Ohnmacht. Wir haben Tausende begrabene Kameraden auf unserem Weg zurückgelassen, den uns die Schlacht zur Rückkehr in die polnische Heimat zu weisen schien. Deshalb empfindet der Soldat des 2. polnischen Korps die jüngste Entscheidung der Konferenz der Großen Drei für die größte Ungerechtigkeit, die seinem Ehrgefühl gänzlich zuwiderläuft. Dieser Soldat fragt mich nun: Wohin soll dieser Kampf führen? Heute kann ich seine Frage nicht beantworten. Was geschehen ist, ist überaus ernst; wir befinden uns in einer Situation, aus der ich bislang keinen Ausweg sehe. Ich sehe nur die Notwendigkeit, jenen Teil meiner Männer zurückzuziehen, die an der Front sind, und das a) ihrer zuvor beschriebenen Gefühle und b) der Tatsache wegen, dass das Gewissen weder mir noch meinen untergeordneten Kommandeuren das Recht gäbe, unseren Männern weitere Opfer abzuverlangen.

Doch dann kontaktieren ihn die polnische Regierung und sämtliche alliierten Kommandeure und halten ihn zurück: Alexander beordert ihn gleich nach seiner Rückkehr aus Griechenland nach Caserta. Er verspricht Anders, den Kampfeinsatz seiner Soldaten zu vermeiden, bekräftigt jedoch, was bereits seine Untergebenen sagten: Es braucht die polnischen Streitkräfte, um die Linien zu halten. Obendrein sind sich alle einig, dass sich ein Rückzug zum jetzigen Zeitpunkt negativ auf das wenige auswirken könnte, was am politischen Horizont noch möglich erscheint.

Also passiert erst einmal gar nichts. Nur des Nachts hört Milek hier und da das jähe, erstickte Aufschluchzen weinender Männer, das an Eselswiehern oder an eine rostige Wasserpumpe erinnert. Aber auch das legt sich wieder. Das Zweite Armeekorps wird dem Ziel der Alliierten bis zum Ende dienen. Vielleicht ist es besser so. Das sagen sich irgendwann auch die älteren Soldaten, die ehemaligen Deportierten aus den verlorenen Kresy. Denn ab diesem Moment werden sie eine Armee im Exil. Doch das Exil ist ein Geisteszustand, an den man sich nur allmählich gewöhnt. Was bleibt ihnen fürs Erste anderes übrig, als zusammenzubleiben? Das ist nur möglich, wenn sie in der Armee bleiben, und früher oder später muss eine Armee zurück an die Front. Außerdem sind sie inzwischen das Doppelte der Vierzigtausend, die sich am Kaspische Meer einschifften. Sämtliche neue Unterstützung kommt nun geradewegs von den Deutschen, die allenthalben Niederlagen erleiden: aus ihren Lagern jeder Art, vor allem aus den Gefangenenlagern und sogar aus den Uniformen der Wehrmacht, die zu tragen sie häufig gezwungen waren. Es mag an der unverbrauchten Wut der neuen Kameraden liegen oder daran, sich durch ihre Gegenwart der eigenen Verzagtheit unfreiwillig bewusst zu werden, jedenfalls sind sie abermals bereit, als man sich im April zur letzten Offensive auf den Weg macht.

Sie ahnen nicht, dass sie in der Emilia erneut gegen die 1. Fallschirmjäger-Division kämpfen müssen, doch am Ende befreien sie am 14. April Imola und marschieren am 21. April um sechs Uhr früh als Allererste in Bologna ein. Es ist unmöglich, sich dem Jubel der italienischen Städte zu entziehen, sich trotz der Stiefel nicht leichtfüßig zu fühlen, den Marschschritt zu halten, sich nicht von der Welle der Beifallrufe davontragen zu lassen, die die Straße entlangwogt und den Weg zur Piazza weist. Die Karpacka zieht mit sämtlichen Panzern ein und schickt jemanden los, um die polnische Flagge am höchsten Gebäude Bolognas aufzuhängen, dessen drolliger Name zu ihrer Stimmung passt: »Torre degli Asinelli«. Es ist ein wunderschöner Tag, General Clark spricht auf der Piazza Maggiore, sein Adamsapfel hüpft vor Stolz, sie stehen neben den Engländern und den Italienern, ob reguläre oder Partisanentruppen, dazu die Standarten, die alliierten Flaggen, die Trikolore. Und niemand will heute etwas darauf geben, dass die am heftigsten geschwenkten, fadenscheinigsten und schmutzigsten Fahnen rot sind. Denn von heute an ist der Krieg auch für sie vorbei.

Was nun anbricht, ist ein allmähliches Sich-Anpassen an den Zustand des Exils, das sie für lange Zeit nicht wahrhaben wollen. Solange sie als in Italien stationierte, alliierte Soldaten im Dienst sind, bietet das Zweite Armeekorps Rückzug und Halt. Es organisiert Kurse, gründet Schulen, gestaltet ihre Freizeit, so gut es kann. Auch Milek besucht einen Kurs, der ihn zum Unteroffiziersanwärter macht, wie eine Urkunde des »Ausbildungszentrums der Armee«, ausgestellt am 13. Januar 1945, beweist.

Es dauert nicht lang, und die letzten Versprechen der Alliierten lösen sich in Luft auf. Die Warschauer Regierung bleibt unter Moskauer Kontrolle, doch als das noch nicht in trockenen Tüchern ist, wird der gesamte Führungsstab des polnischen Untergrundstaates unter dem Vorwand von Verhandlungsgesprächen verhaftet. Zahlreiche Mitglieder der Armia Krajowa landen im Gefängnis, im Gulag, werden erschossen oder verschwinden. Am 9. Juni 1946, als der Sieg der Alliierten über die Nazis mit einer glanzvollen Parade und großem Feuerwerk in London gefeiert wird, sind die Polen nicht dabei. Die Warschauer Delegation lässt vermutlich auf Geheiß der Sowjets wissen, sie könne nicht teilnehmen, und diejenigen, die unter britischer Führung gekämpft haben und nach dieser Absage eingeladen werden, verweigern ihre Teilnahme.

Sie sind die Sieger und zählen doch zu den Besiegten: So sehen es die ehemaligen Kämpfer der freien polnischen Streitkräfte. Und als nichts anderes mehr bleibt als die Demobilisierung – die Milek am 18. 4. 1967 in Predappio unterzeichnet –, riskieren diese Soldaten zum ersten Mal die kollektive Entwurzelung. Wer innerhalb einer bestimmten Frist nicht nach Polen zurückkehrt, verliert das Recht, es späterhin zu tun. Doch von denen, deren Heimatorte nun in den sowjetischen Republiken Ukraine, Litauen und Belarus liegen, aus denen die Minderheiten, die Polen, ihre Familien oder was davon noch übrig ist, vertrieben wurden, zieht das kaum jemand in Betracht.

Auch Milek, der so sehr die Zähne zusammenbeißen musste, träumt von einer Rückkehr nach Polen. Ausgerechnet jetzt, da er bewiesen hat, Pole zu sein, wird er wie alle anderen staatenlos. Schließlich versucht sich die englische Regierung in einer winzigen Wiedergutmachung: Sie bietet den Soldaten, die unter ihrer Führung kämpften, die Staatsbürgerschaft an, und ein Großteil seiner Kameraden emigriert nach Großbritannien.

Nicht aber der Obergefreite Steinwurzel, der inzwischen zu Emilio geworden ist: Denn Milek hat abermals Glück.

Er ist nicht der Einzige, der im Krieg oder danach ein italienisches Mädchen kennengelernt hat. Das allein ist schon ein Glück, erst recht für all diese einsamen, heimatlosen Männer. Gott sei Dank ist das Einzige, was der Krieg nicht zerstören kann, das Bedürfnis nach Liebe. Und so ist der Grund, weshalb sich die polnischen Soldaten in Italien niederlassen, fast durchweg romantischer Natur. Gustaw Herling heiratet die Tochter von Benedetto Croce. Auch Dolek Szer bleibt wegen der großen Liebe zu einer Prinzessin mehrere Jahre in Rom. Natürlich ist es eine unglückliche Liebe, da ihre Familie nichts von dieser Beziehung wissen will. Musste sich ausgerechnet der einzige Jude dieser erzkatholischen Armee in ihre Tochter vergucken?

Irka, die hier und da auf diese Episode zu sprechen kam, scheint sie aus der Ferne verfolgt und ihrem israelischen Eheleben damit ein kleines romanhaftes Extra gegönnt zu haben. Doch erinnerte sie keine Einzelheiten mehr, außer dass Dolek, nachdem er jede Hoffnung hatte fahren lassen, nach New York übersiedelte, wo er Chefarzt wurde und in hohem Alter starb.

Ich gestehe, dass mir eine altmodische Klatschblatt- oder Hollywoodschmonzetten-Neugierde bleibt, und deshalb richte ich an alle potenziellen Leser und Leserinnen dieses Buches die Frage, ob ihnen je etwas über die Liebe einer vermutlich römischen, adeligen Vorfahrin zu einem polnisch-jüdischen Soldaten und Arzt zu Ohren gekommen ist.

Doch bei dem Mädchen, dem Milek begegnet, gibt es keine unüberwindlichen Hindernisse. Sie ist klein, dunkel und quirlig wie die meisten Italienerinnen, die die Polen kennenlernen, und heißt obendrein Eliana Finzi. Sie ist Jüdin, eine Jüdin aus Mantua. Wie genau sich seine Eltern kennenlernten, konnte Gianni Steinwurzel mir nicht sagen. Vielleicht war sein Vater bei Mantua stationiert, vielleicht lernte er Signorina Finzi kennen, als sie gerade irgendeine Cousine zu den Büros irgendeiner jüdischen Einrichtung begleitete, um Näheres zu der einzigen deportierten Verwandten herauszufinden, die, wie sich schließlich herausstellt, in Auschwitz ermordet wurde. Sollte es so oder ähnlich gewesen sein, hätte Milek doppeltes Glück gehabt. Just in dem Moment, als es ihm endlich gelingt, eine überlebende Tante ausfindig zu machen und die Bestätigung zu erhalten, dass außer ihr alle tot sind, taucht ein anständiges Mädchen auf, das ihn versteht und sich dennoch beim besten Willen nicht vorstellen kann, was er durchgemacht hat. In Mantua ist die Altstadt einschließlich der Synagoge unversehrt. Die mantuanischen Juden beklagen sich, wie schwer sie unter dem Faschismus gelitten haben, doch sie sind fast alle am Leben. Außerdem will Signorina Eliana Finzi keine Zeit mit traurigen Erinnerungen verlieren. Sie kann es gar nicht abwarten, die gestohlenen Jahre, die sie in die Schweiz fliehen musste, mit diesem hochgewachsenen Herrn in seiner adretten Alliiertenuniform wettzumachen. Für Milek liegt die Sache noch einfacher: Er hat keine Familie mehr, kein Land, und wird kein Soldat mehr sein. Er kann auf seine ausgelöschte Vergangenheit gut verzichten, heißt seine Zukunft doch Eliana

Finzi. Es braucht nur eine Winzigkeit, um sie nicht entwischen zu lassen: Man muss nur heiraten. Die englische Staatsbürgerschaft kann er sich aus dem Kopf schlagen, denn Soldaten mit italienischen Frauen sind in Großbritannien nicht erwünscht, aber was soll's. Inzwischen kann Emilio immer weniger mit seinen Waffenbrüdern anfangen. Es ärgert ihn, dass sie ständig unter sich bleiben und ständig nur an Polen denken. Womöglich beruht die Sache auf Gegenseitigkeit, die Zeiten, als die Waffen des Feindes alle gleich machten, sind vorbei. Vielleicht hat er auch etwas zu hören bekommen wie: »Du kannst uns nicht verstehen, Milek, du bist Jude, du hast ein Land, in das du gehen kannst«. Und im Grunde haben sie recht. Samuel Steinwurzel, der nicht in Palästina hatte bleiben wollen und gar nicht daran denkt, nach Israel auszuwandern, ist der Ansicht, dass ein Land wie Italien, in dem die Juden weniger gnadenlos verfolgt wurden und das ihm viel mehr Sympathie als Vorurteile entgegenbringt, ein sehr guter Ort ist, um zu bleiben. Was kümmert es ihn, dass es dort vor Kommunisten wimmelt, die Leute wie ihn sofort als reaktionär und mitunter obendrein als »faschistisch« abstempeln? Auch in solchen Fällen genügt eine kurze Erwähnung dessen, was seiner Familie widerfahren ist, und alle halten den Mund. Besser, man geht ihnen einfach aus dem Weg.

Dank der am 25. Oktober 1951 von der polnischen Botschaft am Heiligen Stuhl ausgestellten Genehmigung, heiraten der Unteroffiziersanwärter Samuel Steinwurzel und Signorina Eliana Finzi in der Synagoge Norsa in der Via Govi in Mantua. Weil es für einen politischen Flüchtling auf dem Land keine Arbeit gibt, selbst wenn er bereit ist, sein nützliches Fachwissen zum Wiederaufbau Italiens einzubringen und hart zu arbeiten, ziehen sie schließlich nach Mailand.

Bei der Geburt des ersten Sohnes sind die Eltern noch immer nicht standesamtlich getraut, da der Vater auf seine Staatsbürgerschaft wartet, die ihm die Stadt Mailand erst am

28. Januar 1965 zuerkennt. Das hindert sie allerdings nicht, das Kind Giovanni und mit Zweitnamen Mosé zu nennen, in Erinnerung an den Großvater Mojzesz, und auch bei der Zweitgeborenen hält man sich an den jüdischen Brauch, die Namen seiner Toten zu vergeben, und nennt sie Anna, die italienische Variante von Fania.

In der neuen, hart erarbeiteten und ersparten Wohnung in der Via Bramante wird dem inzwischen italienischen Bürger ein Titel verliehen, der den militärischen Rang verdrängt: Ingenieur. Er ist ihm derart auf den Leib geschnitten, dass ich es kaum glauben kann, als sein Sohn mir eröffnet, es handele sich um eine reine Formalie. Als ich zum zweiten Mal in die Wohnung komme, um die Unterlagen abzuholen, die Gianni für mich zusammengesucht hat, geht mir auf, dass ich gar nicht weiß, welchem Beruf Emilio eigentlich nachging. Auf dem Klingelschild, der einzigen Neuerung der letzten dreißig Jahre, ist der Name seines Geschäftspartners geblieben, MIGLIAVACCA, der ebenfalls Ingenieur war.

In der Langeweile nach den Mittagessen, wenn die Erwachsenen im Wohnzimmer auf Polnisch plauderten und Elena, die nichts verstand, die Küche aufräumte, vertrieb ich mir die Zeit damit, mir die Namen Steinwurzel-Migliavacca, Migliavacca-Steinwurzel im Kopf herumgehen zu lassen, die, losgelöst von ihrer Bedeutung, etwas Absurdes bekamen. Die zweite Silbe des ersten Namens wurde oft wie »wurstel« ausgesprochen, doch seine wörtliche Bedeutung erschien mir nicht weniger albern.

Heute verblüfft mich der literarische Anklang seiner Namen, die mir früher so grotesk vorkamen: die Anspielung auf den großen Schriftsteller der Brianza, der tatsächlich Ingenieur war und tatsächlich Emilio hieß, verbunden mit einem Wort, das der Feder des großen jüdischen Dichters entsprungen zu sein scheint, der ebenfalls in den ehemaligen Gebieten Österreich-Ungarns geboren wurde und Verse schrieb wie: »Es ist Zeit, dass der Stein sich zu blühen bequemt«.

Ich bin regelrecht enttäuscht, als eine Freundin und Kennerin des Dichters mir sagt, dass es in Paul Celans vor Wurzeln und Steinen strotzendem Werk keine einzige »Steinwurzel« gibt.

Der Name Steinwurzel steht auch weiterhin auf dem Klingelschild in der Via Bramante, man wird ihn weiterhin verhunzen, bei Gianni und bei seinen drei Töchtern, und schließlich wird er aufhören zu existieren: Die Wurzel wird herausgerissen und nicht erblühen.

So bleibt uns nichts als das gemeinsame Bedauern, unsere Eltern, unsere Väter, zu Lebzeiten nie etwas gefragt zu haben, denn wären wir nur hartnäckig geblieben, hätten sie vielleicht doch etwas erzählt.

Vielleicht waren wir zu jung und sie noch zu sehr damit beschäftigt, unermüdlich voranzukommen, zu arbeiten und sich ein Leben aufzubauen, genau wie die Chinesen, die sich von der Via Paolo Sarpi inzwischen bis zur Via Bramante ausgebreitet haben. Auch sie waren Menschen der Zukunft und konnten nichts anderes sein: zumindest jene Geretteten, die nicht Gefahr liefen, nachträglich unterzugehen.

Mein Vater und meine Mutter waren in München, der sogenannte Ingenieur Emilio Steinwurzel in Mailand, der zukünftige Historiker der Schoah, Israel Gutman, in Israel, Marek Edelman sogar in Warschau, er war der letzte Befehlshaber der Bundisten des Ghettoaufstandes, und nachdem er beschlossen hatte, in Polen zu bleiben, arbeitete er als Kardiologe, weil ihm dies die beste Art erschien, das Andenken der Toten zu bewahren, bis sich der politische Wind drehte.

Und wenn ich mich frage, warum selbst Milek, der nie beschlossen hatte zu fliehen, der sich keinen einzigen Tag in einem Schrank oder in einem Kohlen- oder Kartoffelkeller verstecken musste, der aus freien Stücken darauf bestanden hatte, für die Nation zu kämpfen, deren Staatsbürgerschaft er besaß, warum selbst er nie »einen Scheißdreck« erzählen wollte, komme ich zu dem Schluss, dass es wohl mit alldem zu tun haben muss.

Es reicht nicht, mit Waffen gegen das eigene Schicksal gekämpft zu haben, um sich vor dem Schicksal der anderen in Sicherheit zu wissen: um all das Grauen in Schach zu halten, das jeden Überlebenden entweder als Schuldgefühl oder als vollkommene Sinnlosigkeit überkommt. Auf das Grauen gibt es keinen Nachlass, nur weil man im Krieg gewesen ist. Der Krieg selbst wird nicht weniger grauenvoll, nur weil er richtig und notwendig war.

Irka wird noch immer von dem Bild ihrer in Treblinka umgekommenen Mutter heimgesucht, wo man »die Menschen lebendig begrub«, meine Mutter von der irgendwie erfahrenen Gewissheit, dass ihr Bruder an der Rampe von Auschwitz bereits keine Schuhe mehr trug, und Milek von der durch irgendwen verbürgten Erkenntnis, dass sein Vater Mojzesz sich vor der Liquidierung des Lwiwer Ghettos aus dem Fenster stürzte.

Selbst Israel Gutman, der sich bereits als Junge dem Zionismus anschloss, kann nur wackelige Brücken über diesen Abgrund schlagen, in den man nicht allzu tief hinunterschauen sollte.

Das meinte ich zu spüren, als ich etwas über ihn herauszufinden versuchte, vor allem in zwei Artikeln, in denen nur indirekt von der Schoah die Rede ist. Der eine ist ein Kommentar, in dem Gutman die Entscheidung verteidigt, die Fresken, die Bruno Schulz für das Haus seines deutschen Beschützers malte, nach Yad Vashem zu bringen. Er behauptet, es sei richtig, dass diese Bilder dort seien, auch wenn kaum jemand den Künstler kennt. Sie müssten in Israel sein, Wohnort der meisten Überlebenden, die ein Anrecht darauf hätten.

Die zweite Meinung ist sehr viel verblüffender. Gutman verteidigt das Zeitzeugenbuch eines gewissen Binjamin Wilkomirski, das sich als Werk eines Schweizers herausstellt, der nie als Kind in Auschwitz gewesen ist, und für einen riesigen Skandal sorgt.

»Ich glaube, das ist unwichtig. Das Buch ist keine Fälschung. Dieser Mann lebt diese Geschichte mit ganzer Seele. Sein Schmerz ist echt.«

Ein ganzes, der Sache Israels und des jüdischen Volkes verschriebenes Leben reicht nicht aus, um diesen Schmerz loszuwerden. Es ist wirkungslos. Die Wut, das Verlangen nach Gerechtigkeit, all das führt zu nichts, ebenso wie der Widerstand gegen die Deutschen in jedem möglichen Augenblick.

Dem Schuldgefühl mag man entkommen können, doch der sinn- und endlose Schmerz lässt einen nicht los. Er bläst wie ein Blasebalg, wie eine unsichtbare Pumpe auf der Höhe des Herzens, und drängt einen weiter, immer weiter.

Nur in einer Hinsicht hat sich der bewaffnete Kampf vielleicht als nützlich erwiesen: um dem Gefühl, nichts als Grauen erlebt zu haben, Einhalt zu gebieten. Gutman erinnert sich an jede helfende und schützende Geste seiner Kameraden in Majdanek, er erinnert Brotlaibe, die der Häftlingskolonne auf ihrem Marsch nach Mauthausen aus einem Zug zugeworfen wurden, er erinnert das Warschauer Ghetto während der wenigen Tage der Befreiung. Und auch Marek Edelman hat sein posthum erschienenes Buch *Die Liebe im Ghetto* genannt.

Sowohl der junge zionistische Soldat als auch der sozialistische Anführer, der während des Warschauer Aufstandes zurück in den Kampf zog, sagen über den ersten bewaffneten Aufstand gegen die Nationalsozialisten letztlich das Gleiche. Dass sie keinerlei Hoffnung hatten zu siegen, dass ihnen gar nicht in den Sinn kam, etwas Heldenhaftes zu tun, aber dass ihnen der Kampf das Atmen erlaubte: nicht besser zu atmen, sondern zu atmen. Leider habe ich den exakten Wortlaut nicht mehr gefunden, doch ich glaube, es war Edelman, der sagte, es brauchte weniger Mut, auf die Deutschen zu schießen, als in den Tod zu gehen, wie es ein Großteil der polnischen Juden tat: wohl wissend, was sie erwartete, und dennoch gefasst, diszipliniert, schweigend, ohne Geschrei, Tränen oder stammelndes Flehen um Gnade.

Aber dann sehe ich wieder meinen Vater an jenem Tag vor mir, als ich ihm frühmorgens die Tür öffnete und nur wusste, dass er mit dem Zug aus Mailand zurückgekommen war. Niemand hatte mir gesagt, was er dort allein zu tun gehabt hatte, irgendetwas Dringendes, er fährt kurz hin und kommt sofort wieder, du lernst so lange. Ich musste mich auf mein bevorstehendes Abitur vorbereiten, und obwohl ich kaum etwas anderes im Kopf hatte, war das Gesicht meines Vaters in seinem abgewetzten Lodenmantel unter der verknautschten Tweedkappe so düster, dass ich bei seinem Anblick nicht an mich halten konnte.

»Sag mir, was du in Mailand gemacht hast, sag's mir sofort, Papa, und versuch ja nicht, mir irgendeinen Blödsinn zu erzählen. Sag mir, was passiert ist, wo du mich schon nicht mitgenommen hast.«

Er stand noch immer auf der Schwelle, seine Miene verdüsterte sich noch mehr, und er sagte nur: »Emilio Steinwurzel ist gestorben. Ich war bei seiner Beerdigung.«

Aber mir, der man sogar verschwiegen hatte, dass Emilio an einem Lebertumor litt, eine Folge – wie Gianni mir sagte – der als Soldat erlittenen Malaria, genügte diese Antwort nicht. Wieder einmal fühlte ich mich beraubt, in die Blase des Schweigens zurückgestoßen, in dieses »einen Scheißdreck erzählen«, das mir als Schild und Schutz dienen sollte und es womöglich auch gewesen war, mir zugleich aber meinen rechtmäßigen Anteil Schmerz vorenthielt, diese unsichtbar pumpende, treibende Kraft.

Ein Jahr nach Emilio war mein Vater an der Reihe: ein tödlicher Herzinfarkt, während meine Mutter und ich in Mailand waren, wo ich seit Kurzem lebte. In meinem zuerst als Ausgeschlossene und dann als trauernde Tochter empfundenen Schmerz war mir nie wirklich bewusst geworden, dass mein Vater an jenem Morgen, als ich ihn gezwungen hatte, mir die Wahrheit zu sagen, seinen einzigen polnisch-jüdischen Freund verloren hatte, der ihm in den Nachkriegsjahren geblieben war.

Vielleicht hatte er mir gesagt, dass Emilio Steinwurzel in Anders' Armee gekämpft hatte, vielleicht galt für meinen Vater die Regel nicht, mit niemandem darüber zu sprechen, und womöglich war er es, der Milek gedrängt hatte, ihm seine Geschichte zu erzählen.

Weil mein Vater neidisch auf diese Geschichte war. Weil mein Vater seinen italienischen Freunden, die in Jugoslawien oder gar im Ossolatal gewesen waren, erzählt hatte, er sei ebenfalls irgendwo in den Wäldern gewesen, mit den Russen oder den Polen, um gegen die Nazis zu kämpfen.

Aber das stimmte nicht. Ich fand es irgendwann zufällig heraus, nachdem er gestorben war, ebenso wie ich kurz vor seiner Beerdigung herausfand, dass seine Identität durchweg falsch war: sein Vor- und Nachname und sein Geburtsdatum, an dem wir ihn jedes Jahr gefeiert hatten.

Milek oder Emilio war das, was mein Vater gern gewesen wäre, sein imaginäres Gegenstück, dem dieses Buch gewidmet ist.

Es ist seltsam, dass ich bis ans Ende kommen musste, um zu begreifen, dass mein Vater sich schwerlich anders hätte entscheiden können. Als seine Flucht begann, hatte er seine kleinen Geschwister und Neffen bei sich, die Kinder eines älteren Bruders, die er zu retten versuchen musste. Nachdem sie einer nach dem anderen von den Deutschen entdeckt werden und er eine polnische Familie überreden kann, wenigstens den Neffen Beniek in einer Hundehütte zu verstecken, ist mein Vater allein. Inzwischen ist der sowjetische Teil Polens, in dem sich der Großteil des jüdischen Widerstandes konzentriert, so gut wie unerreichbar, und die Ghettos sind geschlossen. Was blieb ihm anderes übrig, als weiter zu fliehen?

Noch etwas ist seltsam: Bei meinem zweiten Besuch in der Via Bramante ging mir auf, dass ich mir Samuel Steinwurzels Fotografie von 1943 nur eingebildet hatte. Es gibt lediglich eine Aufnahme von 1932, das Bild im Pass, den Milek bei sich trug, als er nach Lwiw aufbrach, darauf ein Jungengesicht, worüber auch die zurückgestriegelten Haare und der gute Anzug nicht hinwegtrügen können. Es zeigt noch keine Spur von Leid. Da wird mir klar, dass es sich mit einer Fotografie meines Vaters überlagert haben muss, von der ich nur weiß, dass sie nach 1939 und vor 1945 aufgenommen wurde. Und es ist mein Vater, der auf diesem sepiafarbenen Passfoto aussieht wie ein Pierrot in Zivil: Segelohren, spitze Nase und ein so hageres, verstörtes Gesicht, wie er es nie mehr haben sollte.

Da verstehe ich, dass, wie Israel Gutman sagt, die Wahrheit sich manchmal als Lüge verkleidet, und ich glaube, ich habe gut daran getan, meinen Vater nie etwas zu fragen, und ich weiß, dass ich alles tun werde, um nie ein Wort darüber zu verlieren, wie es ihm tatsächlich gelang, sich zu retten und zu dem Vater zu werden, den ich geliebt habe und liebe für all das, was er war und hätte sein wollen.

Dieses Buch ist für ihn, für meinen Vater, meinen imaginären Soldaten, und auch für Emilio Steinwurzel, der zwar wirklich gekämpft, aber weder seiner Frau noch seinen Kindern je davon erzählt hat, für Milek, gestorben an Krebs und vielleicht auch an dem Wissen um seinen Vater, der sich im Lwiwer Ghetto aus dem Fenster stürzte und dessen Gespenst er auf den Friedhof von Musocco mitnahm, um uns davon zu befreien.

Unsere Väter können wir nichts mehr fragen. Wir können nur an ihre Leben und an ihre Wahrheiten erinnern, mögen sie auch als unergründbares Gerücht daherkommen oder sich in die nie hinreichend große, nie hinreichend beständige Barmherzigkeit der Lüge kleiden.

Danke

An Irena Sher und Gianni Steinwurzel; an Paolo Morawski, Camilla Miglio und ihre Familien; an Laura Bosio; an Chiara Valerio und Federica Manzon; an Roberto Saviano; an Kay Scott de Lautour, Roberto Molle, Livio Cavallaro und alle, die für die *Associazione Battaglia di Cassino* und die Website *Dal Volturno a Cassino* arbeiten; an Fabio Santopietro, an Laila Wadia und an Sergio Altieri.

Inhalt